U0907945

初岸
Chu
an

与美同栖

名家读古文（二）

西渡——编

北京联合出版公司
Beijing United Publishing Co.,Ltd.

图书在版编目（CIP）数据

名家读古文．二 / 西渡编．-- 北京：北京联合出版公司，2017.7

（名家领读）

ISBN 978-7-5596-0229-9

Ⅰ．①名… Ⅱ．①西… Ⅲ．①古典散文—文学欣赏—中国 Ⅳ．① I207.62

中国版本图书馆 CIP 数据核字（2017）第 079461 号

名家读古文（二）

作　　者：西　渡

选题策划：北京时代光华图书有限公司

责任编辑：牛炜征

特约编辑：刘冬爽

封面设计：新艺书文化

版式设计：冉　冉

北京联合出版公司出版

（北京市西城区德外大街 83 号楼 9 层　100088）

北京晨旭印刷厂印刷　新华书店经销

字数 413 千字　880 毫米 ×1230 毫米　1/32　16.5 印张

2017 年 7 月第 1 版　2017 年 7 月第 1 次印刷

ISBN 978-7-5596-0229-9

定价：49.00 元

前言

先对本书所谓古文的含义做一点说明。古文本来是一个与骈文相对的概念，也就是用文言写的散体文。但这一套《名家读古文》所选文章既包括散体文，也包括一部分辞赋骈文。在本书中，我把古文的含义定义为古代散文，也就是与诗歌、小说、戏剧等并立的一种文体名称，包括除了诗歌、小说、戏剧以外的一应文章。这一套书实际上是一个我国古代散文的欣赏读本。本册所收文章起于唐，止于清。

唐朝是我国散文发展的一个重要时期。初唐文章形式上大致还在六朝文章的笼罩之下，骈文仍然是流行的文章体裁。本书选入的王勃《滕王阁序》、骆宾王《代李敬业传檄天下文》都是骈文。王勃的文章还有夸饰的倾向，不免依然靠着堆砌辞藻典故来完篇，但是内中却有一种蓬勃的青春气象，这是六朝那些修辞主义的文章所未见的。骆宾王的文章虽然也采用了骈文的形式，却是一篇实用文字，也就是说它是确有内容要表达，它的那些辞藻典故都是为着表达内容服务的，所以它虽然采用了骈文的形式，但在精神上已经摆脱了骈文的桎梏。后来李白、王维的一些文章则有了更多的个性的表达，骈文的形式已不再能够束缚作家个性的表现。盛唐作家以作诗余力偶然为文，却能将文章内外点缀得花团锦簇，自有一种浑然的气象，最为后世难及。这乃是唐人生命的充溢所致。中唐以后，韩、柳提倡古文，人们终于明白散文才是文章正宗，骈文的势力由是受到重创。韩愈的文章道学气重，有时不免令人生厌，但一篇《祭十二郎文》情真语切，千百年来不知感动了多少读者；《送李愿归盘谷序》流利婉转，已有宋人文章的风姿，在韩文中最可讽诵。东坡甚至说“唐无文章，惟韩退之《送李愿归盘谷》一篇而已”。话虽夸诞，从散文发展的角度来看，其实有其道理。柳宗元兼擅政论、寓言、游记，但最为人称道的还是他的游记。他的《永州八记》，可贵之处在于能将自己的生命体验溶解在山水之间，而又文字雅洁，含蓄不露。这实际上是将诗的方法引到了散文中，从此文章中的山水也有了人性，而不仅是人们观照、欣赏的对象。杜牧的《阿房宫赋》是赋体名篇，却是有感而发，他的那些富丽堂皇的藻绘，都是出自表现主题的需要，与六朝赋不一样。晚唐皮日休、陆龟蒙、罗隐的小品文，多“抗争和愤激之谈”，成为“一榻糊涂的泥塘里的光彩和锋铓”（鲁迅语）。

古文运动在韩、柳手上虽然已取得很大成绩，但并没有彻底完成对骈文的革命。唐末五代之际，在社会和文坛上占优势的仍然是骈文。当时的官府文书，都采用骈体。散体文最终压倒骈文成为主流文体是在宋人手上。宋初王禹偁等已开北宋诗文革新运动的先河，至欧阳修以文坛宗主和朝廷名臣的地位力倡古文，推尊韩愈，又得苏氏父子襄助，散体文终于在和骈文的长期拉锯中获得全胜。此后，骈文的影响虽然还在，却也只能自甘支流，再没有力量与古文正面争锋了。欧阳修的文章纡徐婉转，摇曳生姿，叙事、记人、状物、抒情，无不从容而就，饶有一种亲切动人的力量。苏轼论文主“自然”，以为作文当如“行云流水，初无定质，但常行于所当行，常止于所不可不止”，实际上是对欧阳修影响下的宋人文章风格的一个概括。苏轼本人才高气豪，于文章兼长各体。其议论则风起云涌，尽纵横捭阖之态；其抒情则杂花生树，穷秀雅妩媚之致；状物则毕现纤毫之细，写景则妙入风云之心，叙事则曲尽本末之微。苏轼于文体多有创获，其前、后《赤壁赋》为散体赋的千古绝调，而《记承天寺夜游》一类短文则成为明人小品的滥觞。其时王安石、苏洵、苏辙、曾巩都是文名隆盛的大家，这些人各擅所长，形成了我国散文发展史上的一个高潮。这个盛况延至南宋，在陆游等人手上依然还有不错的成绩。

北宋的古文运动比起韩愈来，无论理论还是实践都有发展。韩愈以道统的继承人自居，强调文以载道，文章头巾气重。欧阳修虽然也还以道统自命，但是很多文章却更多地表现了个人的感受，实际上把散文引向了近代化的道路。这个倾向在苏轼手上得到了发扬，文章的个性更强，语言上更注意吸取口语的长处，近代的面貌已经很明显了。这也是苏氏文章至今还有影响的原因。

元明清三代的文章基本上从唐宋两代而来。金元之际，文人多难，优秀的散文作者、作品都不多。只有元好问为一特例，诗称大家，文也有佳构。本书收入的《市隐斋记》《送秦中诸人引》都颇为人传诵。元末，宋濂、刘基都还写过一些有己见的文章。入明，小和尚出身的朱元璋大兴文字狱，倡理学，定八股取士，于是“台阁体”起，除了马屁文章，什么也不能写了。其后，前、后七子出来反对“台阁体”，提倡“文必秦汉”，形成了一股很大的文学潮流，终于冲垮了“台阁体”的堤围。但是由于前、后七子文学理论上的天然缺陷，其作品缺乏创新，为后世传诵的作品很少。中间，以茅坤、归有光等为首的“唐宋派”强调学习唐宋古文家的作品，强调表现自己的面貌，取语平易，力避艰深，实际上是要回到宋人创始的近代化道路上。但是“唐宋派”作家大多已深染明人的道学习气，难免见解迂腐，心胸没有宋人开阔，文风趋于柔弱。其中实际成就最大的数归有光。归善以日常琐事表现家庭成员之间的亲情，在朴素简洁的文字下蕴含深厚的情感，在当时和后世都有很大影响。明人散文最大的成就体现在“公安”一派的创作里。“公安”诸公思想上深受李贽的影响，追求个性自由，反对道学对人性的束缚。在文学理论上，他们主张“独抒性灵，不拘格套”，文体上也突破了传统古文的陈规，大量写作轻灵俊逸、新颖别致的小品，语言上更接近活泼生动的口语。我们今天读他们的文章，还能感到作者的性情面貌跃然纸上。可以说，如果没有后来的反复，散文近代化的过程在“公安派”手里已经接近完成。“公安派”以袁宗道、袁宏道、袁中道三兄弟为首，江盈科、陶望龄等为其附庸，尤以袁宏道成就为高。袁宏道的散文题材丰富，体裁也较广，尺牍、游记、人物传记无所不善。行文清新明畅，情趣盎然，充满生活气息和作者的主观情意。“公安派”的散文对五四以后的白话散文有较大影响。时间上与“公安派”先后的散文流派还有以钟惺、谭元春为首的“竟陵派”，其文学主张与“公安派”也相接近，都主张抒发性灵，风格上则与“公安派”的明丽流畅不同，以幽深孤峭相标榜。本书选入的钟惺《夏梅说》颇能代表这一派立意新异、感情幽独的特色。“竟陵派”也是明末小品文章的重要一支。复社是明末一个政治性的社团，以天下事自任，其成员的文章也关心时事，风格慷慨激昂，以张溥的《五人墓碑记》最为世传诵。复社属意现实的文章也是散文近代化的一个重要标志。

清初的文章继承了明末自由表现的路子。黄宗羲、顾炎武、王夫之的学术文章发扬光大了复社关心现实的传统，成为近代思想的先声。“清初三大家”的文章则可以看作明末“公安派 ”“竟陵派”的流风余韵。张潮的《幽梦影》是一本清新脱俗的警句集，继承了“公安派”独抒性灵的特点，形式上更加无拘无束，或者说它根本抛弃了形式。其内容虽不外文人雅致，但颇能发现蕴含在日常生活现象之下的美，道他人所未道，体现了一种诗意的生活境界。本书从其上篇节选了四十五则，以飨读者。因为找不到现成的鉴赏文字，我只好自己动手，在文后略缀数语，实在是割舍不下那些玲珑可爱的文字，非敢以专家自居。这一点还要请读者鉴谅。“桐城派”是清代影响最大的散文流派。这一派的文章讲求所谓“义法”。“义”是指文章内容而言，他们对“义”的讲求实际上就是要文章内容符合理学道统；“法”就是要“言有序”，也就是讲究文章的剪裁安排，而他们的这个“法”又是从八股时文而来。可以说，“桐城派”的取向在内容和形式两方面，都是对明末以来散文自由化取向的反动。这一派的作家大多思想守旧，趣味狭窄，其文章虽有条理清晰，结构严谨，文字精练工整的优点，但往往言语无味，缺乏个性，可读性不强。这一派的代表作家为方苞、姚鼐。由于“桐城派”的主张迎合了清朝统治者的需要，其影响一直延及清末，新文化运动中被指为“桐城谬种”的就是这一派的徒子徒孙。清代晚期，魏源、龚自珍等人思想上突破了宋明理学的窠臼，文章复有个性的表现。其后，历史翻开了新的一页，以文言写作的古文已不能适应社会现实的需要。于是，新文化运动应运而生，白话取代了文言，古文的历史使命也就结束了。

我国古代散文的传统源远流长，一些名篇杰作代代传诵，一些名言警句和诗词名句一样流布人口，成为习用的成语。和诗歌一样，古代散文对我国民族语言的形成和丰富做出了巨大的贡献。读一点古代散文，对提高个人的人文和文学素养，丰富个人的语汇，提高驾驭民族语言的能力，都有很大的好处。近来社会上流行一种说法，以为“文言是白话之母”，写好白话，首先要学通文言。这种说法实际上把“话”与“文”的关系搞反了。文言是一种书面语言，而且是与人们日常使用的“话”脱离的书面语言。它本身就不是文学语言的源头活水，更不能成为“白话之母”。文学语言的源泉只有一个，那就是与人们的生活须臾不可分的“话”。从古文的实践也可看出，凡是文章有活力、创作成绩好的时期，都是“文”与“话”相去不远，或者善于从“话”中汲取营养来丰富语言的文学表现力的时期，如先秦，韩、柳推行古文运动的中唐，以及后来的北宋、明末，而凡是只着眼于“文”，以此画地自闭的时期，文章就难有活力，散文的创作就出现衰退。古代散文积几千年来流传下来的作品浩如烟海。这是一个非常丰富的传统，但是这也是一个有局限和缺陷的传统。某种程度上说，古代散文所反映的社会生活的内容并不广阔。古代散文作家大多是官僚地主阶级的知识分子，反映的是他们所接触的社会生活，表现的是他们的意识、见解和情趣。对越出他们生活范围的现实，古代散文就很少反映。如果我们要想知道古代农工商各阶层的实际生活是什么样子的，我们能从古代散文里找到的材料是非常有限的。古代散文所表现的思想意识也大体没有超出儒、释、道三教的范围，而以儒教的道统为正宗、主体，加上一点文人情趣做调料。所以，其见解可以说并不怎么高明。这和我国古代的社会发展水平是一致的。近代以前，中国社会虽然经常有改朝换代的变动，但社会的基本结构并没有根本的改变。在这样一个超稳定的社会结构中，自然不可能产生超出与这个结构相适应的意识范围的见解。古代散文中那些千古流传的名篇杰作，如欧阳修的《秋声赋》，苏轼的前、后《赤壁赋》，其见解都没有越出我们上面所说的范围。我们并不是苛求古人，要求他们具备现代意识，同时我们也不必讳言他们的局限性。从表现方法来说，古代散文也有其特殊限制。古代散文是用文言写的，而文言作为一种远离口语实践的书面语言，它和人们的实际经验之间是脱节的，因而难以全面、细致地反映人们实际的生活经验。我们读西方的小说和散文，对它们所描写的生活会有一种非常真切的了解，我们甚至可以在现实中重新组织起这样的生活。但是，我国古代散文对现实的反映却是粗线条的，甚至可以说是抽象的。对作者所描写的经验，我们往往只有一些概念性的了解。事实上，古代散文采用了一种类似诗歌中“意象”的方法。它已经预先把经验抽象为“意象”了，所以我们也只能“意象”地感受古人的经验。《秋声赋》《赤壁赋》这些名文都是用这样的方法写成的。它们确实写得很美，但也确实显得粗疏。所以，文言有文言的优势，白话也自有白话的优势，我们正可不必人为夸大文言的优势，盲目地拜倒在古人脚下。

本书收入唐宋元明清五代名文五十七篇，涉及散文作家三十八人，其中很大部分是我国大、中学语文教材的必选篇目。每篇文章都附有现代著名作家、学者所做的解读。为了便于普通读者理解原文，我们对本文词义和典故出处尽量做了注释，为避免烦琐，除确有必要外，不做词句的串讲。在注释过程中参考了一些注家的研究成果，未在文中一一表明，谨此说明，并对这些注家表示感谢。

西渡

目 录

李 华

韩 愈

刘禹锡

柳宗元

杜 牧

范仲淹

欧阳修

苏 洵

周敦颐

曾 巩

王安石

苏 轼

苏 辙

陆 游

周 密

元好问

龚自珍

骆宾王

骆宾王（640？—684？），婺州义乌（今浙江义乌）人。唐高宗时供职道王府。历武功、长安两县主簿，迁侍御史。因上书论朝政，触怒武后，谪临海丞。郁郁不得意，弃官而去。徐敬业起兵扬州，反对武后，宾王参与其谋，为记室。敬业兵败，被杀。一说，亡命不知所终。有《骆丞集》（一称《骆临海集》）。

代李敬业传檄天下文

伪临朝武氏者[1]，人非温顺，地实寒微[2]。昔充太宗下陈，尝以更衣入侍[3]。洎乎晚节[4]，秽乱春宫[5]。密隐先帝之私，阴图后宫之嬖[6]。入门见嫉[7]，蛾眉不肯让人；掩袖工谗[8]，狐媚偏能惑主。践元后于翚翟[9]，陷吾君于聚麀[10]。加以虺蜴为心[11]，豺狼成性，近狎邪僻[12]，残害忠良，杀姊屠兄，弑君鸩母[13]。神人之所共疾，天地之所不容。犹复包藏祸心，窥窃神器[14]。君之爱子[15]，幽之于别宫[16]；贼之宗盟[17]，委之以重任。呜呼！霍子孟之不作[18]，朱虚侯之已亡[19]。燕啄皇孙[20]，知汉祚之将尽[21]；龙漦帝后[22]，识夏庭之遽衰。

敬业皇唐旧臣，公侯冢子[23]。奉先君之遗训，荷本朝之厚恩[24]。宋微子之兴悲[25]，良有以也；桓君山之流涕[26]，岂徒然哉！是用气愤风云[27]，志安社稷。因天下之失望[28]，顺宇内之推心[29]。爰举义旗，誓清妖孽。南连百越[30]，北尽三河[31]，铁骑成群，玉轴相接[32]。海陵红粟[33]，仓储之积靡穷；江浦黄旗[34]，匡复之功何远。班声动而北风起[35]，剑气冲而南斗平[36]。喑呜则山岳崩颓，叱咤则风云变色。以此制敌，何敌不摧；以此攻城，何城不克！

公等或家传汉爵[37]，或地协周亲[38]，或膺重寄于爪牙[39]，或受顾命于宣室[40]。言犹在耳，忠岂忘心？一抔之土未干[41]，六尺之孤安在[42]？倘能转祸为福，送往事居[43]，共立勤王之勋[44]，无废大君之命，凡诸爵赏，同指山河[45]。若其眷恋穷城[46]，徘徊歧路，坐昧先几之兆[47]，必贻后至之诛[48]。请看今日之域中，竟是谁家之天下！

移檄州郡，咸使知闻。

注释

[1] 伪：表示不合法。临朝：君临朝廷。武氏：武则天。

[2] 地：指门第。

[3] “昔充”二句：下陈，指嫔妃，武氏十四岁入宫为太宗“才人”。更衣，换衣，常用作上厕所的讳语。

[4] 洎（jì）：及，到。晚节：后来的行为。

[5] 春宫：即东宫，太子所居。

[6] “密隐”二句：密隐，掩盖。嬖（bì），宠爱。两句意谓武氏太宗死后削发为尼，掩盖其才人身份，暗中图谋进入高宗后宫，取得宠幸。

[7] 入门：指被选入宫的嫔妃进门。见：被。

[8] 工谗：巧于进谗。

[9] 践元后：指登上皇后之位。元后，皇后。翚翟（huīdí）：指皇后的礼服，饰有五色雉和长尾雉。

[10] 聚麀（yōu）：许多头牡鹿共有一头牝鹿。麀，牝鹿。这里指武则天以太宗妃妾而作为高宗的皇后，使高宗陷于禽兽之行。

[11] 虺（huǐ）：蝮蛇。蜴（yì）：蜥蜴。

[12] 近狎：亲近。

[13] 鸩（zhèn）：鸟名。羽毛有毒，以浸酒，饮之即死。这里指毒害。

[14] 神器：指帝位。

[15] 爱子：指李旦。

[16] 幽：囚禁。

[17] 宗盟：亲信、家族和党羽。

[18] 霍子孟：霍光，汉昭帝死后，迎立昌邑王贺，贺行淫乱，光表太后废之。改立武帝曾孙病已，是为宣帝。作：兴起。

[19] 朱虚侯：即刘章，汉高帝子齐悼惠王肥的次子，封朱虚侯，与陈平、周勃平吕氏之乱。

[20] 燕啄皇孙：汉成帝时有童谣，“燕飞来，啄皇孙”，后来，赵飞燕进宫为成帝皇后，暗中杀死许多皇子。“燕啄皇孙”就成为一种谶语。

[21] 祚（zuò）：国家的命运。

[22] 龙漦（lí）帝后：古代神话传说，龙降夏庭，自称为褒之二君。夏帝卜于神，根据神的指示，用木盒将龙留下的漦（涎沫）封闭起来。到周厉王末年，将木盒开启，龙漦流出，化为玄鼋，进入后宫，一宫女感而怀孕，生褒姒，后为幽王王后，幽王宠褒姒，欲废太子，改立褒姒所生子，招致犬戎之祸，西周倾覆。

[23] 冢子：长子。

[24] 荷：蒙受。

[25] 宋微子：殷纣王的庶兄，名启，周武王灭殷之后，封之于宋。他路过殷之故都，内心悲伤，作《麦秀歌》。

［26］桓君山：桓谭，字君山。汉光武帝时，官议郎、给事中，因上疏陈时政，并反对图谶，被谪为六安郡丞，郁郁不乐而死。

［27］气愤风云：（他的）意气可使风云（对武氏劣迹）感到愤恨。

［28］失望：指武后使天下失望。

［29］推心：指国人对李敬业的信任。

［30］百越：泛指今南方沿海地带。

［31］三河：河东、河内、河南，在今山西、河南一带，即指中原。

［32］玉轴：指船。轴，通“舳”。

［33］海陵：今江苏省泰州市。红粟：指陈年霉米。

［34］江浦：指我国东南一带。黄旗：指黄旗紫盖状的云气，旧时以为这是“天子气”。

［35］班声：马声。

［36］南斗：二十八宿之一，由六颗星组成。平：这里指剑气上冲与牛斗相接。

［37］公等：这里泛指中央和地方的文武官员。家传汉爵：世袭朝廷爵位。

［38］地：这里指地位。周亲：至亲。

［39］膺：受。寄：托付。爪牙：比喻将领。

［40］顾命：皇帝临死的遗命。宣室：汉代未央宫正殿前室，这里借指皇帝的大殿。

［41］一抔（póu）之土：指坟墓上的土，这里指高宗乾陵。一抔，一捧。

［42］六尺之孤：指嗣位的新君。

［43］往：已死的，指高宗。居：现存的，指中宗，其时被软禁在房州。

［44］勤王：诸侯大臣为解除天子患难而起兵，称为勤王。

［45］“凡诸”二句：同指山河，这是封爵的誓言。这句意思是

说：有功的一定受爵，同指山河为信。

［46］穷城：没有后援的孤城。

［47］先几之兆：事前的征兆。

［48］贻：给予。后至之诛：这里意思是，迟迟不响应的，一定要军法从事。

骆宾王《代李敬业传檄天下文》赏析①

熊　笃

弘道元年（683），唐高宗死去，太子李显即位（中宗），武则天临朝称制；翌年即废中宗为庐陵王，改立第四子李旦为帝（睿宗），实囚之于宫。武后大权在握，改东都洛阳为神都，悉改百官名称，积极筹建武周王朝。李唐宗室旧臣与武后集团长期以来的权利斗争更趋尖锐。李敬业是唐朝开国功臣英国公李勣（本姓徐，因有功赐姓李）的长孙，曾任太仆少卿、眉州刺史，这年因事谪柳州司马，便与其弟敬猷联络薛璋、唐之奇、杜求仁及客居扬州的骆宾王等人，于九月在扬州以恢复中宗帝位为号召，发动武装暴动，旬日之间便云集十万余人。敬业自称匡复府上将、领扬州大都督。骆宾王为艺文令，写下了这篇声讨武后的檄文。

武则天是中国历史上唯一的女皇帝，有卓越的政治才能，贞观之治的统一强盛在她手里得到切实巩固，对历史颇多贡献；但她为了夺权称帝，残酷杀戮异己，株连太广，连作（做）了太子的亲生儿子李弘、李贤，因有才能也被她先后杀害，更不必说大批忠于李唐的朝臣地方官了。过去对这篇讨武檄文的评价，或因肯定武后历史功绩而否定骆宾王，或因强调封建正统而拔高骆宾王的“忠义大节”（如明末追谥宾王为“文忠”，清雍正时又为其建忠孝祠），其实

① 熊笃（1944—），中国古代韵文专家，巴渝文化学术权威，学界称之为“重庆名师”。本文选自陈振鹏、章培恒主编的《古文鉴赏辞典》（上），上海辞书出版社1997年版。标题为编者所加。

皆失之片面。檄文中固有维护李唐王朝的正统观念，但更主要的则是他长期侘傺失志、身受迫害压抑，而对武后政权不满的爆发。在此六年前（678），他因受诬陷“坐赃”而被捕下狱，在《狱中书情通简知己》中就公然声称“莫言韩长儒，长作不然灰”；出狱后作《畴昔篇》，又感愤“谗言巧佞傥无穷”；公元680年，除临海县丞，因才高位卑受人奚落而“怏怏失志，弃官而去”（《旧唐书》本传），而他的个性又是“天生一副侠骨，专喜欢管闲事，打抱不平，杀人报仇，革命，帮痴心女子打负心汉”（闻一多《宫体诗的自读》）。此时恰好身处政治暴风雨中心的扬州，故李敬业起兵，正好为他提供了一个喷发胸中积郁愤懑的机会。这是作者写作本文时的心态。檄文中的情绪也反映了当时一批人怀念贞观、永徽之治，反感武后残暴的共同心态。

作为军用文书的檄文，本篇确实达到了“事昭而理辨，气盛而辞断”（《文心雕龙·檄移》）的要求。首段历数武氏罪恶昭彰，警醒李唐社稷面临生死存亡之秋，为兴兵讨武铺垫了充足的理由，可谓“事昭而理辨”；次段接写敬业举义之名正言顺和兵威强盛之必胜无疑，可谓“气盛而辞断”；末段号召京、藩文武响应，示之以大义，动之以刑赏，更是理直气壮，慷慨果断。

而每段内部的层次章法，也无不体现出这些特点。

首段分两层：先历数武氏之罪不容诛，紧扣首句一个“伪”字（篡位不合法、非正统）：论本性，无妇人应有的谦和温顺；论出身，是个贫寒微贱的木材商家庭；论资历，仅是太宗后宫排在后列的才人，以更衣之便得幸；论品行，她先与太子淫乱，后为掩盖曾为太宗才人之迹而削发为尼，以图高宗后宫嬖幸……这是纵向揭其根底之“伪”。然后写其对帝、后、臣、属所犯罪行：对嫔妃心怀嫉妒，以色媚取专宠；对皇帝巧言进谗加以迷惑，陷高宗于父子共妻的乱伦中；诬陷王皇后自己取而代之；亲近许敬宗、李义府等邪僻佞臣；残害长孙无忌、褚遂良等忠臣义士；杀害兄长、侄儿侄女等亲属；害死皇帝和皇后；特别是野心勃勃，妄想篡夺皇位，废中宗为庐陵王，囚睿宗于宫中，大封诸武党羽，委以重任……这是从横向斥其篡逆之“伪”。第二层先以“呜呼”领起，前两典感叹王佐之臣已被杀尽，讥刺现有朝臣中再无霍光、刘章那样辅弼良臣了；后两典以汉成帝后赵飞燕、周幽王妃褒姒为喻，直斥武后是亡国灭君的祸根，说明李唐社稷危在旦夕。这就为下段正写兴兵讨武、匡扶唐室之刻不容缓，作了有力铺垫。

次段亦分两层，先写起兵之正义：说敬业乃功臣、宗室后裔，出身高贵，理当义不容辞，肩负匡复重任；接以宋微子、桓谭二典比喻敬业乃宗室不忘故国、失爵谪居外地的忧国之情，故志安社稷，乃应天顺民之壮举。第二层写其兵威之壮：从控制地盘之广、兵马战船之众、粮草储备之丰，东南帝气之旺、兵威士气之高等多方面铺张扬厉，说明天时、地利、人和均占优势，必然攻无不克，战无不胜。整段从道义之正和实力之强两方面来争取人心，理直气壮，慷慨磅礴，具有很强的号召力和凝聚力。

末段针对敌方先示之以大义：前四句晓谕在朝诸君，皆厚蒙国恩重托，不论宗室异姓，讨逆义不容辞；接以“一抔之土未干，六尺之孤安在”的诘问，激发故君之思和新君之危，是动之以深情。再以“凡诸爵赏，同指山河”正面饵之以赏赐；以不察征兆，“后至之诛”怵之以刑罚。末句“请看今日之域中，竟是谁家之天下”，气势磅礴，充满必胜信心，成为后世经常引用的警句。通篇雄文劲采，足以鼓舞斗志；事彰理辩，足以折服人心。难怪武后看罢也赞叹其才，而怪宰相“何得失如此人”了（《酉阳杂俎》卷一）。

本篇通体骈四俪六，不仅句式整饬而略显错综（四四四四、四四六六、六四六四、四六四六参差成趣；每句中的音步变化如四字句有二二结构，有一三结构；六字句有三三、三一二、二二二、

二四、四二等结构），平仄相对而低昂有致（如“入门见嫉”四句，一三两句、二四两句平仄完全相反对应），对仗精工而十分自然（如“南连百越”对“北尽三河”，“海陵红粟”对“江浦黄旗”，不仅词性、句法结构相对，而且方位、地名、颜色等事类也相对），用典贴切委婉而不生硬晦涩（如用霍子孟、朱虚侯、赵飞燕、褒姒、宋微子、桓君山等典故），词采华艳赡富而能俊逸清新；尤其难得的是，无论叙事、说理、抒情，都能运笔如舌，挥洒自如，有如神工巧铸，鬼斧默运，虽经锻炼而成，却似率然信口。音节美、文情美达到了高度统一，堪称声文并茂的佳品；与六朝某些堆砌典故藻饰、晦涩板滞、略无生气的骈体文，自有霄壤之别；而与王勃的《滕王阁序》，堪称骈文的双璧。

李敬业的举义，终被武则天的三十万大军彻底打垮了，骆宾王从此也“亡命不知所之”（《新唐书》本传），然而他的这篇檄文却传诵千古，具有不朽的艺术价值。

王　勃

王勃（649—676），字子安，绛州龙门（今山西省稷山县）人，唐初作家。十几岁时，应举及第，授朝散郎，任沛王府修撰，因戏檄英王鸡被唐高宗逐出沛王府。后任虢（guó）州参军，又因事革职，其父王福畤也受牵连，贬为交趾令。王勃渡海探望父亲时，溺水而死，年仅二十七岁。

王勃兼擅诗文，与杨炯、卢照邻、骆宾王合称“初唐四杰”。他的诗文对六朝以来的浮艳文风有所突破，扩大了题材的范围，风格刚健清新。有《王子安集》。

滕王阁序

豫章故郡，洪都新府[1]。星分翼轸[2]，地接衡庐[3]。襟三江而带五湖，控蛮荆而引瓯越[4]。物华天宝，龙光射牛斗之墟[5]；人杰地灵，徐孺下陈蕃之榻[6]。雄州雾列，俊采星驰，台隍枕夷夏之交，宾主尽东南之美[7]。都督阎公之雅望，棨戟遥临[8]；宇文新州之懿范，襜帷暂驻[9]。十旬休假[10]，胜友如云[11]；千里逢迎[12]，高朋满座。腾蛟起凤，孟学士之词宗[13]；紫电青霜[14]，王将军之武库。家君作宰，路出名区；童子何知，躬逢胜饯[15]。

时维九月[16]，序属三秋[17]。潦水尽而寒潭清[18]，烟光凝而暮山紫。俨骖騑于上路[19]，访风景于崇阿[20]。临帝子之长洲[21]，得仙人之旧馆[22]。层台耸翠，上出重霄[23]；飞阁流丹[24]，下临无地[25]。鹤汀凫渚，穷岛屿之萦回[26]；桂殿兰宫，列冈峦之体势[27]。

披绣闼，俯雕甍[28]，山原旷其盈视，川泽纡其骇瞩[29]。闾阎扑地[30]，钟鸣鼎食之家[31]；舸舰迷津[32]，青雀黄龙之舳[33]。云销雨霁[34]，彩彻区明[35]。落霞与孤鹜齐飞，秋水共长天一色[36]。渔舟唱晚，响穷彭蠡之滨[37]；雁阵惊寒，声断衡阳之浦[38]。遥襟甫畅，逸兴遄飞[39]。爽籁发而清风生[40]，纤歌凝而白云遏[41]。睢园绿竹，气凌彭泽之樽[42]；邺水朱华，光照临川之笔[43]。四美具[44]，二难并[45]。

穷睇眄于中天[46]，极娱游于暇日。天高地迥[47]，觉宇宙之无穷[48]；兴尽悲来，识盈虚之有数[49]。望长安于日下[50]，指吴会于云间[51]。地势极而南溟深[52]，天柱高而北辰远[53]。关山难越，谁悲失路之人[54]？萍水相逢，尽是他乡之客。怀帝阍而不见[55]，奉宣室以何年[56]？

嗟乎！时运不齐[57]，命途多舛[58]。冯唐易老[59]，李广难封[60]。屈贾谊于长沙[61]，非无圣主；窜梁鸿于海曲[62]，岂乏明时[63]？所赖君子安贫，达人知命[64]。老当益壮[65]，宁移白首之心[66]？穷且益坚[67]，不坠青云之志[68]。酌贪泉而觉爽[69]，处涸辙以犹欢[70]。北海虽赊，扶摇可接[71]；东隅已逝，桑榆非晚[72]。孟尝高洁[73]，空怀报国之情；阮籍猖狂，岂效穷途之哭[74]？

勃三尺微命[75]，一介书生[76]。无路请缨，等终军之弱冠[77]；有怀投笔，慕宗悫之长风[78]。舍簪笏于百龄，奉晨昏于万里[79]。非谢家之宝树[80]，接孟氏之芳邻[81]。他日趋庭，叨陪鲤对[82]；今兹捧袂[83]，喜托龙门[84]。杨意不逢，抚凌云而自惜[85]；钟期既遇[86]，奏流水以何惭？

呜呼！胜地不常[87]，盛筵难再。兰亭已矣[88]，梓泽丘墟[89]。

临别赠言[90]，幸承恩于伟饯；登高作赋，是所望于群公[91]。敢竭鄙诚[92]，恭疏短引[93]。一言均赋，四韵俱成[94]。请洒潘江，各倾陆海云尔[95]。

注释

[1]“豫章”二句：豫章，汉郡名，治所在今江西省南昌市。洪都，即洪州，唐改豫章郡为洪州，设大都督府。

[2]翼、轸（zhěn）：二星宿名。古代把州域的地理区划和天上星座的位置相对应。翼、轸是楚地的分野，洪州古为楚地。

[3]衡庐：指衡山和庐山。衡山，五岳之一，在今湖南省。庐山，在今江西省。

[4]“襟三”二句：襟三江而带五湖，以三江为襟，以五湖为带。控蛮荆而引瓯越，在西控扼着荆蛮，向东牵制着浙闽。襟、带，名词用作动词。三江，指流经鄱阳湖附近的长江，古代有长江至此“分为三”的记载。五湖指菱湖、游湖、莫湖、贡湖、胥湖，都在太湖东岸，古代各为一湖，后来相连。蛮荆，古称楚国为“蛮荆”。指今湖北、湖南全部及四川、贵州的一部分。瓯（ōu）越，指今浙江南部及福建等地。境内有瓯江，古为越国。

[5]“物华”二句：物华天宝，物产的精华就是上天的珍宝。龙光，指宝剑的精气。斗、牛，二星宿名。墟，居处之地，这里指星座。据《晋书·张华传》说，斗、牛之间有紫气，张华派雷焕到丰城（属洪州），在地下掘得宝剑两把。剑出之后，天上紫气也随之消失。

[6]“人杰”二句：人杰地灵，人间俊杰乃是大地的灵气所钟。徐孺，即徐孺子，名稺，东汉豫章人。陈蕃做豫章太守时，不见宾客，却特设一榻招待徐稺，徐稺走后，即悬起不用。

[7]“雄州”四句：雄州，唐代重要州郡有“雄”“望”“紧”

之称，以别于一般。雾列，布列如云雾。俊采，指人才。星驰，如运行的星辰（极言其多）。台，城楼。隍，护城河（有水叫池，无水叫隍）。枕，靠，据。夷、夏，这里分别指少数民族和中原华夏族所居之地。

［8］“都督”二句：阎公，名字不详，“公”是敬称。雅望，好的声望。棨（qǐ）戟，带有外套的戟（戟是长枪一类的兵器），用作仪仗。遥临，从远地而来。

［9］“宇文”二句：宇文新州，一位姓宇文的新州刺史。新州，治所在今广东新兴县。懿范，美好的榜样。襜（zhān）帷，车帷，指代车马。

［10］十旬休假：唐制，官吏十天休沐一次。十旬，这里等于说“十天”。

［11］胜友：良友。

［12］千里逢迎：迎接千里而来的客人。

［13］“腾蛟”二句：腾蛟，蛟龙腾空。起凤，凤凰起舞。孟学士，名未详。词宗，众人仰慕的文章大师。

［14］紫电、青霜：宝剑名。

［15］“家君”四句：家君，家父。宰，县官。路出，路过，途径。名区，著名之地。童子，王勃自称。胜饯（jiàn），盛大的饯别宴会。饯，送行。

［16］维：在。九月：有人认为应作“九日”。九月九日是重阳节，古人在这天登高。

［17］序：时序。三秋：指晚秋，即九月。

［18］潦（lǎo）水：地面的积水。

［19］“俨骖”句：俨，使……整齐，整治。骖騑（cānfēi），驾车的马（驾车的马居中者叫“服”，两旁者叫“騑”，或叫“骖”），这里代车马。上路，地势高峻的路。此句意谓在高峻的路面上驾车

前进。

［20］崇阿（ē）：高丘。

［21］临：来到。帝子：与下句“仙人”都是指滕王李元婴。长洲：阁的所在地。

［22］旧馆：即滕王阁。

［23］“层台”二句：层台，高台，指滕王阁。耸翠，高耸的翠绿山峰。重霄，高空。

［24］流丹：指彩绘的鲜艳好像要流动的样子。

［25］无地：空不着地。

［26］“鹤汀”二句：凫（fú），野鸭；鹤、凫，泛指水鸟。汀，水边平地，小洲。渚，水中小块陆地。穷，极。

［27］“桂殿”二句：桂殿兰宫，用桂树木兰来形容建筑用材的精美。列冈峦之体势，排列成岗峦起伏的体势。

［28］“披绣”二句：绣、雕，形容绘饰雕刻的华美。闼（tà），门。甍（méng），屋脊。

［29］“山原”二句：盈视，等于说“满眼”。纡，曲。骇瞩，令人看了骇异。

［30］闾阎（lǘyán）：里门和巷门，这里借代民间房屋。扑地：遍地。

［31］钟鸣鼎食之家：鸣钟列鼎而食的人家，指富贵人家。

［32］舸（gě）：大船。舰：船舱四周加板的船。迷津：迷乱了渡口（形容其多）。

［33］青雀、黄龙：指船的形制像青雀、黄龙。舳（zhú）：船后持舵处。借代船只。

［34］霁（jì）：雨止放晴。

［35］彩彻：阳光普照。彩，光彩，指阳光。彻：贯、遍。区明：天空明朗。区，天空。

［36］“落霞”二句：鹜（wù），野鸭。这两句从庾信《马射赋》的“落花与芝盖同飞，杨柳共春旗一色”点化而来。

［37］“渔舟”二句：彭蠡（lǐ），鄱阳湖的古称。此句意谓，声音一直传到鄱阳湖边。

［38］“雁阵”二句：断，止。衡阳，今湖南衡阳市。相传衡阳有回雁峰，雁至此不过。浦（pǔ），水边。

［39］“遥襟”二句：遥襟，远怀。甫，初。畅，畅快。逸兴，飘逸的兴致。遄（chuán），急速。飞，飞动，涌现。

［40］爽籁（lài）：管子参差不齐的排箫。爽，参差不齐的样子。籁，指箫管之类的乐器。

［41］纤歌：高歌声愈高则愈细，故称高歌为“纤歌”。遏（è）：止住。此句用《列子·汤问》秦青唱歌“响遏行云”的典故。

［42］“睢园”二句：睢园，即梁园，也叫兔园。西汉梁孝王所建，经常在这里宴请文士。绿竹，梁园中的竹林。枚乘的《梁王兔园赋》和郦道元的《水经注》都曾提到过。气凌，豪气胜过，指酒量大。彭泽，指陶渊明，他曾做过彭泽令。樽（zūn），酒杯。

［43］“邺水”二句：邺，今河北省临漳县，是曹魏兴起之地。朱华，指芙蓉。曹植在邺城作《公讌诗》，有“朱华冒绿池”的句子。光，指文采的光辉。临川，指谢灵运，他曾做过临川（郡名，在今江西临川）内史。

［44］四美具：良辰、美景、赏心、乐事同时具备。语出谢灵运的《拟魏太子邺中集诗序》：“天下良辰、美景、赏心、乐事，四者难并。”

［45］二难并：贤主、嘉宾同时聚合。

［46］穷：极尽。睇眄（dìmiǎn）：睇，小视；眄，斜视。这里指目光流动、随意观赏。中天：半天空。

［47］迥（jiǒng）：远。

［48］宇宙：天地四方叫宇，古往今来叫宙，总指时间和空间。无穷：无限。

［49］识：领悟到。盈虚：指盛衰、成败、贵贱等。数：定数，命运。

［50］长安：唐代京城（西京）。日下：习称京师，这里既实指具体地方（京都），又取其字面上的意思。下边“云间”与此同。

［51］吴会：吴郡，今江苏苏州。会，都会。吴是东南地区一大都会。云间：地名，古属吴郡。按，以上两句，前一句是主，有“日近长安远，可望不可即”的意思，下一句只是陪衬。

［52］极：尽。我国地势由西北向东南倾斜，东尽于海。南溟（míng）：南方的大海。这是指远在南海交趾的父亲。

［53］天柱：古代传说，昆仑山上有铜柱，高耸撑天，名曰天柱。北辰：北极星。喻指国君。

［54］失路：迷路。比喻仕途不得志。

［55］怀：存念，想着。帝阍（hūn）：为天帝守门的人，喻指君门、朝廷。

［56］奉：侍奉，服侍。宣室：汉代未央宫前殿正室，汉文帝曾在此召见贾谊。这里借指君王。

［57］时运不齐：命运不好。

［58］舛（chuǎn）：不顺。

［59］冯唐：西汉时人，头发白了还只作个小小郎官。武帝求贤良，有人推荐他，但年已九十余，不能再任职。

［60］李广：西汉名将，多次抗击匈奴，屡建大功而不得封爵。参见《史记·李将军列传》。

［61］屈：使屈居。贾谊：西汉政治家，曾受到文帝赏识，后因受谗不得重用，被任为长沙王太傅。

［62］窜：被迫隐匿。梁鸿：东汉贤士，因作《五噫歌》讽议

时事，被迫逃至齐、鲁之间，后又往吴地，为人舂米。海曲：岛，这里泛指滨海之地。

［63］明时：政治清明之时。

［64］达人：通达事理的人。

［65］老当益壮：年纪虽老，志气应当更加旺盛。

［66］“宁移”句：即使头发白了也不改变初衷。宁，岂。白首，年老。

［67］穷：困顿。且：将。

［68］不坠青云之志：不减弱高尚的志趣。

［69］贪泉：据《晋书·吴隐之传》记载，广州北二十里的石门有贪泉，谁喝了贪泉之水就会贪得无厌。吴隐之在赴任广州刺史的途中，喝了贪泉水，还作诗说：“古人云此水，一歃（饮）怀（想要得到）千金，试使夷齐（伯夷、叔齐）饮，终当不易心。”到任后，操守愈严。

［70］涸辙：水枯干了的车辙。《庄子·外物》有一个涸辙中的鲋鱼求斗升之水以求存活的寓言，比喻处境极为危困。

［71］“北海”二句：北海，古人想象中的北方大海。赊（shē），远。扶摇，从下而上的旋风。

［72］“东隅”二句：东隅，东方日出处，指早晨，引申为“早年”。桑榆，指西方日落之处，引申为“晚年”或“后来的岁月”。《后汉书·冯异传》有“失之东隅，收之桑榆”的话。

［73］孟尝：字伯周，东汉人，曾任合浦（今广东合浦一带）太守，德行高洁，政绩卓然，后因病辞职。桓帝时，尚书杨乔多次推荐他，但终不见用，死在家里，年七十岁。

［74］“阮籍二句”：阮籍，字嗣宗，魏末诗人，不满司马氏，为了避祸，借狂饮沉醉来掩护自己。《晋书·阮籍传》说他常常独自驾车外出，不顺着路走，路尽时就痛哭而返。猖狂，指行为狂诞、

不拘礼教。穷途，路不通（前边没有路了）。

［75］三尺微命：（我）只是一个绅长三尺、官品低微的人。三尺，指绅（衣带结余的下垂部分）长三尺。《礼记·玉藻》：“绅长制，士三尺。”微命，官品低下。周代任官自一命至九命，一命最低。《周礼》郑玄注说：“王之下士，一命。”按，唐制与《周礼》《礼记》所载已有不同，这里只是比喻的说法。

［76］一介：一个（自谦之词，含有草芥之意）。

［77］“无路”二句：请缨，汉武帝派终军（人名）与外族和亲，终军请求赐给长绳，说必缚其君长而归。事见《汉书·终军传》。弱冠，古代二十岁为弱冠。终军请缨时才二十多岁。

［78］“有怀”二句：投笔，用东汉班超投笔从军的故事。班超家贫，为人抄书度日。曾叹息说，大丈夫当为国立功，怎能在笔砚当中讨生活呢！见《后汉书·班超传》。宗悫（què），南朝宋人。《宋书·宗悫传》说，宗悫少年时，叔父问他的志向，宗悫说：“愿乘长风破万里浪”。

［79］“舍簪”二句：簪，古代用来束发连冠的针形首饰。笏（hù），臣子上朝时拿的手板（用象牙或竹木做成）。这里用簪笏借代仕宦。百龄，百岁，指一生。晨昏，指昏定（晚上给父母安好床席）和晨省（早晨问父母安否）。

［80］非谢家之宝树：《世说新语·言语》载，东晋谢安问他的子侄们，为什么人们都希望子弟成才？他的侄子谢玄答道，就好比芝兰玉树，人们都想让它们长在自己的阶庭之前。后来，人们称谢玄为“谢家宝树”。

［81］接孟氏之芳邻：《列女传·母仪传》载，孟轲的母亲为了教育儿子，三次搬家，选择好的邻居。

［82］“他日”二句：趋庭，快步地走过庭前。古代臣子行过君父之前，要快步走，表示恭敬。叨（tāo）陪，谦辞，叨光陪侍的意

思。鲤对，《论语·季氏》记孔丘之子孔鲤，有几次走过庭前，孔丘与他问答，教他学《诗》、学《礼》的事。

［83］今兹：如今。捧袂（mèi）：举起双袖，古人见面揖让的礼节。这里是“奉陪”的意思。

［84］托：托身。龙门：在山西省稷山县西北黄河中。古书上有“江海鱼集龙门下，登者化龙（登上龙门的就化为龙）”的记载。“登龙门”被引申为由于谒见名人而抬高了身价的意思。

［85］“杨意”二句：杨意，即杨得意，为汉武帝管猎犬的官，他向汉武帝推荐了著名辞赋家司马相如。抚，抚弄。凌云，指司马相如的《大人赋》，据说武帝读了它，“飘飘有凌云之气”。

［86］钟期：即钟子期，春秋时人，善听音。同时人伯牙，善鼓琴。此处以钟子期比阎公，以伯牙自比。

［87］胜地不常：名胜之地（指洪州）不能常游。

［88］兰亭：故址在今浙江省绍兴市西南。这里指王羲之等人在兰亭的集会。

［89］梓泽：即金谷园，晋朝大富豪石崇的别墅，故址在今河南省洛阳市西北。丘墟：废墟。

［90］赠言：指写作本文。

［91］群公：犹言“诸公”“列位”。

［92］敢竭鄙诚：敢不尽我鄙陋之心。

［93］疏：草拟。短引：小序。

［94］“一言”二句：一言均赋，指分韵赋诗。古人集会赋诗，往往每人各分一字为韵。均赋，大家都写。四韵，古诗一般两句一韵，四韵共八句。俱成，都要成篇。

［95］“请洒”二句：潘，指潘岳。陆，指陆机。钟嵘在《诗品》中说：“陆才如海，潘才如江。”云尔，焉，用在一篇之末。

绵丽高华　壮优兼美[①]

——读王勃《滕王阁序》

吴调公

一、传奇性的杰作　广泛的影响

《滕王阁序》是初唐四杰首席人物王勃的代表作，也是古代骈文中的冠冕。这篇文章之所以脍炙人口，主要是因为作者的才思横溢和风格的绵丽高华；但另外，同本文写作经过之富于传奇性，也不无关系。据唐人王定保所记：

> 王勃字子安，六岁能属文，清才俊发，构思无滞。年十四，省其父至江西。会府帅宴于滕王阁。时帅府有婿善为文章，帅欲夸之宾友，乃宿构《滕王阁序》，俟宾会而出之，为若即席而就者。既会，帅果授笺诸客，诸客辞；次至勃，勃辄受。帅既拂其意，怒其不让，乃使人伺其下笔。初报曰："南昌故郡，洪都新府。"帅曰："此亦老生常谈耳。"次曰："星分翼轸，地接衡庐。"帅沉吟移晷。又曰："落霞与孤鹜齐飞，秋水共长天一色。"帅曰："斯不朽矣！"[②]

---

① 吴调公（1914—2000），当代文艺理论批评家。原名吴鼎第，笔名丁谛，江苏镇江人，主要论著有《谈人物描写》《文学分类的基本知识》等，本文选自吴调公《古典文论与审美鉴赏》，齐鲁书社 1985 年版。

② 王定保：《唐摭言》（引自《太平广记》卷一七五）。

尽管上述记载未必完全可靠，但结合旧有记载，从王勃富有才气看来，大概还是可信的。

在冠盖云集、铺张扬厉的宴会上，作为一个过路的青年人，毫无准备，匆遽作文，而写得竟使人那么称赏。一奇也。“诸客”都因为有所顾忌而不敢动笔，但他偏偏要显示才华，“慨然不辞”①，也许还明知有人在窥伺着，而他却毫无惧怯。二奇也。面对着高官显爵，王勃该算是一个年轻的小人物了，但他竟然旁若无人，“对客操觚，顿刻而就，文不加点，满座皆惊。”②三奇也。

当然，这篇文章创作经过之奇还不止此。过去还留下这么一个传说。王勃省父，舟次马当，去南昌七百里。梦水神告曰：助风一帆。次日清晨，果抵南昌与宴。故事纵然失之虚幻，但似乎说明连上苍对这位才人也很钟情，不惜大力援助，给了他一个大显身手的机会。难怪后人黄淳耀过马当山时写下了一首风情跌荡（宕）的怀念王勃旧事的七绝诗：

斗鸡檄就海南来，犹有雄文对客裁。一日长风千里阁，世间惟有鬼怜才！③

“一日长风”，远泝（溯）“千里”，竟飞抵滕王阁下。这船也真是神奇了。它和李白说的“千里江陵一日还”的“轻舟”，确可媲美。神奇，人奇，舟奇，文奇，融成一气，可说是四奇。

---

① 《新唐书 · 王勃传》（卷二〇一）。

② 辛文房：《唐才子传》卷一。

③ 见陈济生：《两朝遗诗》。

这样一篇奇文，出于一个青年[①]小人物之手，难怪引起了后代文人的兴趣。大概除了欧阳修和王观国[②]二人曾对文章有过一些非难以外，极大多数文人都很推崇。连著名散文家韩愈读了这篇骈文后，也大为激赏，“壮其文辞”，并表示读之可以“忘忧”，认为自己所写的《滕王阁记》，得以“载名其上，词列三王之次，有荣耀焉”。另外，学识渊深、识见透辟的宋人洪迈也曾对序文给以好评。不仅如此，有关滕王阁的这一段故事，还分别为若干文体汲取，作为题材：话本如《马当神风送滕王阁》；戏曲如明人郑瑜《滕王阁》、清人周皑《滕王阁》；赋体如清人陈维崧《滕王阁赋》；散文如韩愈之作。王勃之名和滕王阁古迹，都以文而传世。

二、牢笼百态　气象恢宏

读了《滕王阁序》，人们首先为文章浩浩荡荡的气势所吸引，感到波涛万顷，汪洋无极。虽说这是骈文，但并不因对仗和音节的限制，而形成呆滞和板重的缺点。相反，作者能控纵自如地运用骈体形式，把藻丽的词语、博洽的典故溶解于清空条畅的肌理之中。结果，滕王阁室内室外景物的描绘、作者自我感情的抒发，水乳交融，一泻千里，恰如“长江大河，浑浩流转”。[③]造境宏伟，色彩浓郁，开腾挪，千汇万状。骈文体制而能显示出这样的造诣，委实不易。刘熙载评韩愈文章如水，说他有“浩乎”“沛然”[④]的气度。作

---

① 关于王勃作《滕王阁序》之年，历来论见不一。《旧唐书》谓为二十八岁；《新唐书》和《唐才子传》谓为二十九岁；《摭言》谓为十三岁；高步瀛《唐宋文举要》谓为十四岁；岑仲勉《王勃疑年》疑为二十三岁。也有的认为是二十岁左右所作。我同意最后一说，此处不加考辨。

② 见欧阳修《集古录跋尾》和王观国《学林》卷六。

③ 苏洵：《上欧阳内翰书》。

④ 刘熙载：《艺概 · 文概》。

为散文，能够达到这境界，毕竟有其方便之处，而骈文居然也能表现与此大体类似的卓越特色，这就说明王勃的才思横溢，而韩愈对他文章的激赏，也不外因为王勃骈文的“浩乎”“沛然”之气，与韩愈自己散文的“浩乎”“沛然”之气，确有其相通之处了。

让我们先来看看这篇文章格局的宏伟。全文共分三大段。第一大段从滕王阁写起。先写时间，后写空间。时间从月令到秋光，空间则从有关阁的历史传闻到阁的地理形势；而形势尤为重点，包括近景和远景。就近景言，既有室内，又有室外；就远景言，包括市容和江景。第二大段正面展开阁中雅集的铺写，从盛宴引起人们的兴会开始，包括管弦、歌声、美酒、佳文等四方面。但下面，笔势一转，却又由兴会转入牢愁，包括有关长安远阻的怅望、远途探亲的间关之感，和古今名贤同具坎坷命运等三层意境，抒发了作者身世拂逆的郁塞之气。段末，并没有停止在低沉情调之中，而是一转而为奋发昂扬，以不负明时勉励自己。最后第三大段，比较简单，只是总结作者生平素（夙）愿和表明临别赠言深情的结语。

就凭以上简单的勾画，我们已经可以看出，《滕王阁序》之所以气象恢宏，确有赖于作者的牢笼百态的描写，而这一描写主要是凭藉（借）两种手法。第一，从不同角度来描写同一景物。同是写南昌疆域，既从“豫章”的“故郡”着笔，又从“洪都”的“新府”落墨。同写阁的高耸，既就其“上出”而仰观，又就其“下临”而俯视。同是写宴集的乐声之美，既从“爽籁”的器乐声来描摹，又从“纤歌”的声乐来点染。同是表示自己的振奋有为、努力前程，前一联是用了取材于水的典故，即“北海虽赊，扶摇可接”；后一联用取材于陆的典故，即“东隅已失（逝），桑榆非晚”。这种既同而又不同的写法，不仅可避免对句中变相雷同的“合掌”，更可以开拓读者的审美天地，扩大了描写对象的内容，也使得情景在不同关系、不同角度的转换中，表现出丰富多采（彩）的生活的特点。第二，通过情景的正反相比形成对衬，使得人事人情、风土风物，由于相反相成，显示它们的复杂关系。有的是由今昔而构成正反，如嗟叹自己的“时运不齐，命途多舛”，是今，下面转为列举冯唐、李广等等，却又是昔。有的是用两个地域遥相对峙，互为映衬，如“望长安于日下”是西北，“指吴会于云间”是东南，合而言之，烘托出游子远眺中苍茫寥落的意境。有的是先后描绘出两种矛盾的情绪，反映内心的波澜起伏，如原来是“逸兴遄飞”，后来却转为“兴尽悲来”。有的则表现为两种截然不同的遭遇，如上联的“杨意不逢，抚凌云而自惜”，指历来志士怀才不遇，而下联的“钟期既遇，奏流水以何惭”，却又指当前席间，终幸遇到文章知己。总之，不同层次之间的正反相形，固然可以加强文章的波澜翻复，而同一层次中，两个对偶句子合成一联，相反相成，也大大提高了艺术的表现力。

三、清词丽句　优而能壮

对于初唐四杰的“清词丽句”[①]，杜甫是并不反对的。按照他的看法，上攀屈、宋与兼取众长毫无矛盾。他反对纤弱小巧，但并不反对清词丽句。清词丽句指文词的洗炼（练）干净、丰采翩翩。骈文而不注意洗炼（练），就失之臃肿；没有丰采，也将失之干枯；因此骈文对清丽是应该特别注意的。拙劣骈文的作者很可能因为片面追求“丽”而沦为堆砌，致使脉络不畅，炼词不精，自然也就谈不上什么“清词丽句”了。《滕王阁序》中，清词丽句之所以蔚然耀采，主要渊源于作者的才思横溢和学力深厚。王勃胸中富有丘壑，取境铸词，不落凡俗；同时更因为他反对“衒才饰智者”违背

① 杜甫《戏为六绝句》云：“清词丽句必为邻。”

“怀真蕴璞”[①]的精神，只是卖弄花俏，所以他能力矫隋代浮艳的气习（习气）。由于如此，《滕王阁序》这篇骈文尽管词藻华美，用典繁富（复），但因作者有一枝凌云健笔，控纵自如，气势奔腾，如骏马驶坡，意境澄彻（澈），似清潭见底，所以给读者带来的是晶莹、奔放而决非“采滥辞诡”[②]的印象。“老当益壮，宁移白首之心；穷且益坚，不坠青云之志。”这是不假雕琢而自然流露出真情实感的“清”。“渔舟唱晚，响穷彭蠡之滨；雁阵惊寒，声断衡阳之浦。”这是怀着不与俗伍的心情所体验的萧散凄瑟的景物之“清”。“关山难越，谁悲失路之人；萍水相逢，尽是他乡之客。”这又是游子抒发其客中况味的苍凉激越之“清”。

讲到王勃的骈文之“丽”，前面已经说过，他同隋代的浮艳之风完全不同。他受其祖父王通的影响，很大程度上沿袭了儒家文艺思想的传统，再加上他的“词情英迈”[③]，所以他的“丽”是优而兼壮的。然而从通篇境界的开阔和文气的奔放来说，毕竟是以阳刚见长。当然，他的阳刚风格是结合着清词丽句的。“四杰”之一的杨炯有过确切的评论：“八纮驰骋于思绪，万代出没于毫端。……壮而不虚，刚而能润。”[④]“刚而能润”，确是说到了点子上。

《滕王阁序》的阳刚之美首先表现为景物画面的浩浩荡荡，茫无际涯。从滕王阁地势位居要冲，“襟三江而带五湖，控蛮荆而引瓯越”，到阁前凭眺时的壮观，是“山原旷其盈视，川泽纡其骇瞩”，无不显示气魄之雄伟，大荒之吞吐。其次，表现为作者不因生活道路坎坷而卑躬屈志的雄图壮志。尽管是“无路请缨，等终军之弱

① 王勃：《上吏部裴侍郎启》。

② 刘勰《文心雕龙·情采》：“采滥辞诡，则心理愈翳。”

③《旧唐书·文艺传》（卷一九○）。

④ 杨炯：《杨盈川集·王子安集序》（卷三）。

冠”，但依然能“有怀投笔，慕宗慤之长风”；虽说是“空余（怀）报国之情”，但他永远不渝的素志，却表现为．“岂效穷途之哭！”

正如前文所说，他的骈文特定的阳刚之丽，包含着清丽特色。既不同于庾信《哀江南赋》的慷慨悲凉，也不同于清人汪中的萧疏淡雅。他是善于用蓬勃气势驾驭清词丽句的。他的“丽”虽说有时也不免流露几分冷色，但并不过分幽苦；文采相当优美，但优美却能与高华相结合。“层台”之“翠”，“飞阁”之“丹”，不可谓不丽，然而结合滕王阁建筑物地形的高峻来看，却正如杨炯说的“壮而能润”。再看，“落霞与孤鹜齐飞，秋水共长天一色”。这是从王勃写文时起就一直被人传诵的名句，也可以说是清词丽句。“落霞”自高而低；“孤鹜”横空而飞；“秋水”“长天”分明是清丽景物；“一色”暗示了青青蒙蒙，融成一体。这幅画面是多么优美，又是多么的壮阔！而况在水天相接处，看到霞光流动和野鸭飞翔，于“一色”之静中寓有“齐飞”之动。这难道不是“刚而能润”、壮优兼美么？至于王勃素以才思敏捷见称，抗坠自然，汪洋起伏，如潮如海，这些因素都有助于序文之“润”，更有助于风格之“刚”，那就等下文再谈了。

四、音节铿锵　脉络流畅

《滕王阁序》之所以壮，不仅因为其造境开阔，而且同作者善于掌握音节，也是密切相关的。音节铿锵在序文中最突出的表现，是通篇对句在音节和结构上富于错综变化。首先对偶句的构成方式，各有不同。有的是用两个较长的上下合成的复句互为对仗，如“腾蛟起凤，孟学士之词宗；紫电青霜，王将军之武库”。有的则用较短的单句互为对仗，如“虹（云）销雨霁，彩彻区明”。其次，两个对偶句关系的处理也各有不同。有的表示互为平行的内容，形成铺陈的语气而显示韵味的宏伟，如“闾阎扑地，钟鸣鼎食之家；

舸舰迷津，青雀黄龙之舳”。有的则表示下联对上联的转折关系，形成排奡之语，从而显示音节由低沉到高亢，如“孟尝高洁，空怀报国之情；阮籍猖狂，岂效穷途之哭”。当然，更重要的还是第三，作者能处于高屋建瓴之势，熟而能化地掌握通篇音节，结合自己情绪的奔腾起伏和忧喜悲欢，不期然而然地选取与之相适应的对句；也就是说，作者能辨别词语的音色、音势、音长、音重，以安排对句的结构方式和介词联词（如“而”“之”“于”“以”等等）的更迭，以及章法变化等等因素，从而表现出通篇音节的和谐之美。高歌低唱、急管柔弦，前呼后应，此伏彼起。这就形成了《滕王阁序》的音节铿锵、脉络流畅的特色。

王 维

王维（701—761），字摩诘，太原祁人（今山西祁县）。唐开元九年（721年）进士。天宝末，为给事中，安禄山陷两京，王维曾接受伪职。禄山乱后，受降官处分，后仕至尚书右丞。《旧唐书·文苑传》《新唐书·文艺传》，载有他的事迹。王维是一个有多方面才能的艺术家，善画，工书法，又擅长音乐；诗歌在盛唐时代是田园山水一派的代表作者，与孟浩然齐名，号称“王孟”；散文也有特色。有《王右丞集》。

山中与裴秀才迪书

近腊月下[1]，景气和畅[2]，故山殊可过[3]。足下方温经，猥不敢相烦[4]。辄便往山中，憩感配寺，与山僧饭讫而去[5]。

北涉玄灞，清月映郭[6]。夜登华子冈[7]，辋水沦涟，与月上下[8]。寒山远火，明灭林外[9]。深巷寒犬，吠声如豹。村墟夜舂，复与疏钟相间[10]。此时独坐，僮仆静默，多思曩昔，携手赋诗，步仄迳，临清流也[11]。

当待春中，草木蔓发[12]，春山可望，轻鯈出水[13]，白鸥矫翼[14]，露湿青皋[15]，麦陇朝雊[16]：斯之不远，傥能从我游乎[17]？非子天机清妙者，岂能以此不急之务相邀[18]，然是中有深趣矣，无忽[19]。

因驮黄蘗人往，不一[20]。山中人王维白[21]。

注释

[1] 腊月：农历十二月。近腊月下：迫近腊月，季冬。下，指所值时间，犹言眼下。

[2] 景：景物。气：气候。和：温和，指不甚寒冻。畅：指使人觉得清爽。

[3] 故山：指王维的蓝田别业。殊：尤，特别。可：宜，应该。过：看望。

[4]“足下”二句：温经，温习经书。岁末温经，是董遇读书用“三馀”（“冬者岁之馀，夜者日之馀，阴雨者晴之馀”，见《魏志·王朗传》注引《魏略》）之例，古人往往如此。猥，发语词，含有冒昧、轻率的意思，谦词。烦，干扰。猥不敢相烦，不敢冒昧来干扰你。

[5]“辄便”二句：辄，即。憩，休息。感配寺，寺庙名。饭讫，吃完饭。王维有《游感化寺诗》和《过感化寺昙兴上人山院诗》，《文苑英华》卷二百三十四皆作化感寺。《旧唐书·方伎·神秀传》载其弟子义福，“初止蓝田化感寺”。感配寺，疑当作化感寺。

[6]“北涉”二句：涉，渡过。玄灞，灞水，源出蓝田县东，流入渭水。潘岳《西征赋》：“南方有玄灞素浐。”玄，形容水色深青。郭，外城。

[7] 王维蓝田辋川别墅有华子岗、欹湖、竹里馆、柳浪、茱萸沜、辛夷坞等佳胜之地，见《辋川集》。

[8]“辋水”二句：沦涟，水上波纹。微风吹水，水纹如轮，叫沦；风行水上，形成波纹，叫涟。与月上下，指月影随波低昂晃动。

[9]“寒山”二句：寒山，冬日的山，草衰叶落，一片萧瑟，故称寒山。远火，远处人家的灯光。明灭，忽明忽暗。

[10]“村墟”二句：村墟，村庄。舂，捣米。疏钟，佛寺稀疏的钟声。间（jiàn），杂。

[11]“多思”四句：曩昔，从前。仄迳，小路。临，从高往下望。清流，即指辋水。

[12]“当待”二句：春中，春时。蔓发，蔓延滋长。

[13]“春山”二句：春山可望，春山可供赏玩。儵（tiáo），白鲦鱼。轻儵出水，轻捷的鲦鱼跃出水面。

[14]矫翼：举起翅膀飞翔。扬雄《解嘲》：“矫翼厉翮。”

[15]皋：泽边地。青皋：青青的水边平地。

[16]陇：同垄，田坎。朝雊（gòu）：雄雉晨鸣。《诗·小弁》：“雉之朝雊。”

[17]“斯之”二句：斯之不远，这时节并不远。傥，同倘，或者，表示希望。

[18]“非子”二句：天机，生性，指有不平凡的禀赋。清妙，清远超俗。务，事。不急之务，指春游在世俗人看来并不是什么急于要办的事。

[19]无忽：不要忘记。

[20]“因驮”二句：驮，牲口运载。黄檗（bò），俗称黄柏，药用植物，古代又用作黄色染料。这句说，趁驮送黄檗的便人送信去。不一，不一件一件地细说。

[21]山中人：《楚辞·九歌·山鬼》：“山中人兮芳杜若，饮石泉兮荫松柏。”这里用以自称。

王维《山中与裴秀才迪书》赏析 ①

刘学锴

王维工诗善画。苏轼评其诗谓："诗中有画""画中有诗"。这篇山水小品，写得饶有诗情画意，不妨说是文中有诗，文中有画，体现了诗、画、文的融合。题内"山中"，指蓝田县南的峣山中。王维在蓝田辋谷川口（即峣山口）有隐居别业，常与朋友裴迪在这一带的风景佳胜处同游赋诗。这是王维从长安回到辋川别业后给裴迪写的一封信，邀他在开春后同游山中。秀才，是当时对士人的通称。

信一开头，就以轻淡而有情致的笔墨明快地提出"故山殊可过"这个全文的中心，农历十二月，气候本来还相当寒冷，但对大自然特别敏感的王维，却已感到阳气的萌动和景物气候的温煦宜人。这正透露出他"天机清妙"的秉赋。接着讲到，由于裴迪正在温习经书，不便相邀，只能自己先往山中，这就为下面邀裴明春同游埋下伏笔。

接下来一段，是对山中冬夜清寥优美景色的具体描绘，也是对上文"故山殊可过"的具体印证。作者先点出"北涉玄灞"的经行路线，并以"清月映郭"带出特定的时间背景和景物总特征，然后顺着由近及远，由水而山，由视而听，由色而声的次序进行描写，

① 刘学锴（1934—），安徽省政协常委，曾宪梓奖一等奖获得者，中国李商隐研究会会长，唐代文学研究会常务理事，著有《李商隐研究》等。本文选自陈振鹏、章培恒主编的《古文鉴赏辞典》（上），上海辞书出版社 1997 年版。标题为编者所加。

显得既从容有致，又井然有序；并且运用以动衬静、以明托暗、以声显寂的手法，使读者于波光月影的荡漾、寒山远火的明灭、深巷寒犬的吠叫、夜舂疏钟的相间中，感受到辋川月下寒夜的幽寂、清寥与深永。辋川景物原是作者所熟悉的，但寒夜登华子冈所见所闻，却使他感到既新鲜又亲切，像是发现了一个新的充满诗情画意的境界。这正是作者笔下的境界虽带有冬夜的幽寒，却并不显得凄清，而是具有令人神往的诗意美的原因。接着，作者用“此时独坐”一句作为转折，由途中观赏月夜清景折入静夜独坐时对往昔与裴迪同游情景的追忆。“此时”“曩昔”“独坐”“携手”，两两相对，“步仄径”“临清流”的兴会与眼下的“独坐”“静默”相形，益发衬托出对朋友的思念，从而引出对“春中”同游的热烈期待。

接着，文章以欢快而充满展望的语调描绘出明春山中生机勃发的景象。从春山到春水，从天空到地下，从田野到草地，从植物到动物，到处充溢着跃动的生机，展示出与寒冬月夜的辋川迥然不同的境界，其中渗透了作者对春天、对生命的热爱。想到这一切，他对朋友的思念更加殷切了，因而水到渠成地发出“从我游”的邀约。作者强调只有“天机清妙”者才能领略大自然的美景，并在观照中发现“深趣”，这就把同游山中升华到一个更高的思想境界和美学境界，被世俗视为“不急之务”的游赏也就获得了深刻的意义。文章写到这里，随即淡淡收住，留下对明春山中同游的期待，让读者去驰骋想像（象）。

同作者许多优秀的山水诗一样，这篇山水小品尽管也有对具体景物鲜明如画的描绘，但它的主要特点却是表现作者在观照自然时所领略到的一种得意忘言的“深趣”，一种对自然界诗意美的发现的喜悦，和对更美好的生活的向往。它的艺术感染力也主要来自渗透在作者所描绘的境界中的一片荡漾诗情。这和后来一些以刻画客观景物为主的山水游记是很不同的。

文章以春中同游山中为结穴，但它用笔的重点仍在寒夜月下辋川景物的描写。寒夜景色之美已使人神往，则“春山可望”之时更不待言。对春天山中的风光，只以想象之笔稍作点染，正是由于上文已做了充分的铺垫。文中多用比较整齐的四字句，但不拘骈偶，语言清丽，又贯注着深情妙趣，读来只觉流畅自如，毫无板滞之感。

李　白

李白（701—762），字太白。祖籍陇西成纪（今甘肃天水附近），后世迁居中亚细亚，李白诞生在碎叶城（今吉尔吉斯斯坦境内的托克马克），五岁时随父迁居绵州彰明县（今四川江油市）青莲乡。早年在蜀中度过。二十五岁后漫游各地，天宝初年到长安作翰林供奉，三年后因谗去职离京继续漫游生涯。“安史之乱”爆发后，他参加了永王李璘的幕府，受牵连论罪，流放夜郎（今贵州省桐梓县东），次年中途遇赦。晚年漂泊东南，最后病死在当涂（今安徽当涂县）。

李白是我国最伟大的古典诗人之一。他的诗豪迈飘逸，雄奇瑰丽。他的散文也具有清新明朗、奔放流畅的特点。有《李太白全集》。

与韩荆州书

白闻天下谈士[1]相聚而言曰：“生不用封万户侯[2]，但愿一识韩荆州[3]。”何令人之景慕，一至于此耶[4]！岂不以有周公之风[5]，躬吐握之事[6]，使海内豪俊[7]，奔走而归之[8]。一登龙门[9]，则声誉十倍。所以龙盘凤逸之士[10]，皆欲收名定价于君侯[11]。愿君侯不以富贵而骄之，寒贱而忽之[12]，则三千宾中有毛遂[13]。使白得颖脱而出，即其人焉[14]。

白，陇西布衣[15]，流落楚汉[16]。十五好剑术，遍干诸侯[17]；

三十成文章[18]，历抵卿相[19]。虽长不满七尺，而心雄万夫[20]。王公大人，许与气义[21]。此畴曩心迹[22]，安敢不尽于君侯哉？

君侯制作侔神明[23]，德行动天地，笔参造化[24]，学究天人[25]。幸愿开张心颜[26]，不以长揖见拒[27]。必若接之以高宴[28]，纵之以清谈[29]，请日试万言，倚马可待[30]，今天下以君侯为文章之司命[31]，人物之权衡[32]，一经品题[33]，便作佳士；而君侯何惜阶前盈尺之地[34]，不使白扬眉吐气，激昂青云耶[35]？

昔王子师为豫州[36]，未下车即辟荀慈明[37]；既下车又辟孔文举[38]。山涛作冀州[39]，甄拔三十余人[40]，或为侍中、尚书[41]，先代所美[42]。而君侯亦一荐严协律[43]，入为秘书郎[44]；中间崔宗之、房习祖、黎昕、许莹之徒[45]，或以才名见知[46]，或以清白见赏[47]。白每观其衔恩抚躬[48]，忠义奋发[49]，以此感激。知君侯推赤心于诸贤腹中，所以不归他人，而愿委身国士[50]。傥急难有用，敢效微躯[51]。

且人非尧舜，谁能尽善[52]？白谟猷筹画，安能自矜[53]？至于制作[54]，积成卷轴[55]，则欲尘秽视听[56]，恐雕虫小技[57]，不合大人。若赐观刍荛[58]，请给纸墨，兼之书人[59]，然后退扫闲轩[60]，缮写呈上[61]，庶青萍、结绿，长价于薛、卞之门[62]。幸推下流[63]，大开奖饰[64]，惟君侯图之[65]。

注释

[1] 白：李白自称。谈士：善谈时事的人。

[2] 生：平生，活一辈子。万户侯：汉代的一种爵位，享有征收一万户租税的采地。这里是沿用旧称，泛指高官显爵。

[3] 但：只。一识：认识一下，见一面。

[4] “何令”二句：景慕，景仰爱慕。一，竟。

[5] 岂不以：难道不是因为。“岂不以”直贯以下两句。周公

之风：周公那样的作风。周公，姓姬名旦，周文王之子、武王之弟，曾助武王灭商。成王即位年幼，周公辅政。

［6］躬：自身、亲自去做。吐握：吐哺握发。《史记·鲁周公世家》载，周公为了招贤，“一沐三握发（洗发中途要好几次把头发挽起），一饭三吐哺（吃饭中间要好几次吐出口里的食物）”，去接待求见的人。“吐握之事”指为招引贤才而尽心劳碌。

［7］海内：国内。豪俊：才智过人之士。

［8］归之：到你这里来。

［9］登龙门：常用以比喻突然显贵，或指由于拜见名流而抬高了自己的身价。龙门，参见《滕王阁序》注（84）。

［10］龙盘凤逸：像蟠伏的龙，散逸的凤。喻指怀才未遇的人。龙、凤，比喻才能优异的人。盘、逸，比喻还未展露。

［11］收名：获得名誉。定价：做出评价。君侯：对封建官僚的尊称，这里指韩朝宗。

［12］“愿君”二句：不以富贵而骄之，不因自己富贵而对士人骄傲。寒贱而忽之，不因士人贫寒而忽视他们。

［13］三千宾：战国时赵国公子平原君号称“食客三千”。毛遂：战国时赵国平原君赵胜的门客，他在赵楚定盟、合纵破秦中立了大功。事见《史记·平原君列传》。

［14］“使白”二句：颖，禾穗。这里指锥尖。即其人焉，就是毛遂那样的人。

［15］陇西：李白祖籍陇西成纪（今甘肃秦安县）。布衣：没有官职的人。

［16］楚汉：今湖北、湖南一带。

［17］干：拜见。诸侯：指地方长官。

［18］成文章：学成文章，指写文章的技巧成熟。

［19］历：遍。抵：接触。卿相：指朝中官员。

［20］心雄万夫：壮志胜过万人。

［21］许与：称道。气义：气概和道义。

［22］畴曩（chóunǎng）：往日，平素。心迹：存心，心事。

［23］制作："制礼作乐"的省略语，这里指政绩。侔（móu）：相齐，等同。

［24］笔参造化：文章论及天地之道。参，这里有"阐述""论列"的意思。造化，宇宙，自然。

［25］学究天人：学问深入到自然现象和社会人事的精微奥秘之处。

［26］幸愿：表敬副词。开张心颜：开心张颜，指推诚相见，和颜相接。

［27］长揖：拱手高举自上而下的行礼，是一种平等的相见礼。士人见公卿时行长揖之礼是高傲的表现。见拒：拒绝我。

［28］必若：如果，假使。之，代李白。

［29］纵之以清谈：让我无拘束地畅谈。纵，任凭。清谈，原指魏晋时议论老庄思想的玄虚言谈。

［30］"请日"二句：万言，万字。倚马可待，比喻文章写得快而且好。《世说新语·文学》载，东晋桓温北征，途中叫袁虎倚立马前起草报捷文书，他一下子就写了七张纸，绝妙无比。

［31］司命：即文昌星，迷信认为是主持文运的星宿。

［32］权衡：衡量的器具，这里指能够评定人物优劣的人。

［33］品题：评量，品评。

［34］盈尺：满一尺。

［35］激昂青云：奋发意气于青云之上，指痛痛快快地做一番事业。

［36］王子师：东汉人王允，字子师。为豫州：任豫州刺史。

［37］下车：官员到任。辟（bì）：征聘为官。荀慈明：东汉人

荀爽，字慈明，王允召他为从事官。

［38］孔文举：东汉人孔融，字文举，也称孔北海，“建安七子”之一。

［39］山涛：西晋人，字巨源。“竹林七贤”之一。作冀州：任冀州刺史。作，起。

［40］甄拔：考察并选拔。

［41］“或为”句：侍中，掌传达皇帝诏令的官员。尚书，协助皇帝处理政务的官员。句意谓，有的人做到了侍中、尚书的高官。

［42］先代所美：这是前人所称道的事。

［43］严协律：协律，即协律郎，是掌管音乐的官。严协律，其人不详。

［44］入：入朝做官。秘书郎：掌管图书经籍的官员。

［45］崔宗之、房习祖、黎昕、许莹：四人事迹史书无载。崔宗之，杜甫《饮中八仙歌》中“八仙”之一。之徒：这类人。

［46］见知：被知遇。

［47］见赏：被赞赏。

［48］衔恩：感恩。抚躬：抚身自问的样子。意谓因受深恩而忖度报答。

［49］忠义奋发：激发起忠义之心。

［50］“知君”三句：推赤心于诸贤腹中，与这些贤人推心置腹，以诚相待。国士，国内杰出的人物，指韩朝宗。

［51］“倘急”二句：倘，倘若。急难有用，遇有急难需要用人之时。敢，表谦副词。效，献。微躯，微贱之身，这是谦词。

［52］尽善：达到完美无缺的程度。

［53］“白谟”二句：意思是，我在治理国家的办法方面，是没有什么值得自夸的。谟猷（móyóu）筹画，打算、计划，这里指从政治国方面的设想。自矜，自夸，自以为是。

[54] 制作：指文章诗赋。

[55] 积成卷轴：指自己的著作已积累成册。古代书籍是写在长条纸上，卷在木轴上的。

[56] 欲尘秽视听：本打算把这些文章拿来玷污您耳目。这是谦词。尘秽，脏污，作动词用。

[57] 雕虫小技：微不足道的小技，指诗文等的写作。雕虫，雕绘如虫形的字，语出扬雄《法言・吾子》。

[58] 若赐观刍荛（chúráo）：如果承蒙您赏光看看我的言论。《诗经・大雅・板》："先民有言，询于刍荛。"言执政者当听取草野之人的言论。刍荛，原指割草和砍柴的人，即"草野之人"，这是对自己的意见或文章的谦虚说法。

[59] 兼之书人：指再加派抄写的人。

[60] 闲轩：清静的房子。轩，窗，代房子。

[61] 缮写：誊写。

[62] 庶：或许。青萍：宝剑名。结绿：美玉名。长（zhǎng）价：增长价格。薛、卞：薛烛和卞和，分别是春秋越国人和楚国人，一个善于鉴别剑，一个善于鉴别玉。

[63] 幸推下流：希望（您）荐举我。下流，低贱的人，李白自谦之词。

[64] 奖饰：奖励，表扬。

[65] 惟：发语词。图之：考虑这件事。

李白《与韩荆州书》赏析[①]

王运熙　施绍文

李白的散文现存几十篇，数量不多，但有的也写得很好。本文便是他散文中的名篇。

本文约写于唐玄宗开元二十一年（733）左右。这时李白寓家于安州（治所在今湖北安陆），漫游今湖北、湖南一带，广事交游，渴望获得仕进机会，施展抱负，因此写了这封信给韩荆州。韩荆州，即韩朝宗，此时正任荆州大都督府长史兼襄州刺史、山南东道采访处置使，是荆襄地区的高级行政长官。他乐于识拔后进，为时人推重，所以李白写了这封自荐书给他，希望得到援引。

本文开头借谈士之口，说他们不想封万户侯，但愿认识韩荆州，赞美韩朝宗对士人具有强大的吸引力。后世“识荆”一语，即源于此，成为人们拜见贤者、初次相识的雅语。接着，李白以西周时周公旦“躬吐握”和东汉李膺使后进“登龙门”两个典故，说明海内豪俊之士奔走归附韩朝宗的原因。相传周公为了不怠慢来谒见的士人，“一沐三握发，一饭三吐哺”（《韩诗外传》）；东汉李膺以

① 王运熙（1926—2014），教授，曾任中国语言文学研究所所长，中国古代文论学会第一届常务理事。专于中国古典文学和文学理论批评，著有《六朝乐府与民歌》《文心雕龙探索》等。施绍文（1928—），浙江省武义县人，长期从事高等院校“中国古代文学”专业的教学与科研工作，著有《黄景仁诗选注》《学记译注》等。本文选自陈振鹏、章培恒主编《古文鉴赏辞典》（上）上海辞书出版社 1997 年版。标题为编者所加。

维持纲常名教为己任，后进之士被他认真接待的，名为“登龙门”，犹如鱼跃上龙门，化而为龙，成为不平凡的人物，接着又说：韩朝宗如能不以己之富贵骄人，不以人之贫贱而轻忽之，则李白就能如战国时毛遂那样，在三千门客中脱颖而出。毛遂是赵国平原君的门客，他向平原君自荐，在赵、楚两国谈判中立了功。颖脱，指锥子放在袋中，其颖（尖头）立刻破袋而出，比喻贤士的才能必然迅速显现。这一段着重赞美韩朝宗能礼贤下士，把他和周公、李膺相比，可谓称颂备至。这种颂美从不少士人的谈论中引出，显得很自然，并不使人感到是阿谀奉承。后面再从平原君的故事中，很自然地表达了自荐的心情和要求。

第二段简单介绍自己的经历和才能。李白出生于蜀中，自称为西凉武昭王李暠之后代（见《上安州裴长史书》），李暠是陇西成纪人，又是汉代名将李广的十六世孙，故此处说是陇西布衣。这时他流寓于今湖北省汉水流域一带（战国时属楚地，故称楚汉）。他十五岁爱好击剑，三十岁文章写得很有成就，凭着其文武才能，遍谒诸侯（指各地地方长官）和王公卿相，冀求援引。那些达官贵人也承认他的气节道义很好。李白在另一篇文章《上安州裴长史书》中曾谈到，他早年时曾与蜀中友人吴指南同游楚地，指南死于洞庭湖滨，李白素服恸哭，临时葬指南于湖侧。数年后从金陵一带归来，又筹措经费，把指南安葬于江夏城（今湖北武昌）东。这便是他重视气节、道义的一个例子。段末说：这是他平时的心情和行为，希望韩朝宗能够了解。李白在本文中介绍自己的经历、才能和性格特点颇为简括，在《上安州裴长史书》中则有较详细的叙述，读者可以参看。

第三段进一步希望韩朝宗能够认识自己的才能而加以任用。先是颂扬韩朝宗的德行、学问、文章都好；意为他具备这么好的修养，能够识拔贤能之士是不言而喻的。接着希望韩朝宗要气度宽宏，不因自己的长揖不拜而拒予接待。长揖，拱手自上而至极下，是古代宾主以平等身份相见时所行的礼。他要求韩朝宗不但不拒绝接待，而且要优厚款待，这样他的文才便能充分发挥出来。据说东晋时大臣桓温北征，半路上要写一篇露布（公告），叫幕下文士袁宏倚立在马前起草。袁宏手不停挥，很快写满七张纸，而且写得相当好（见《世说新语·文学》）。此处用这一典故来说明自己文思敏捷、才能出众。（李白的文才确是非常敏捷的，故杜甫有“敏捷诗千首”的诗句称赞他。）接着又说：今天大家认为你韩朝宗是衡量文章、人物的权威人士，一经你的好评，便称佳士。你何必吝惜阶前盈尺之地，不让我李白像袁宏那样倚马草文，一展文才，扬眉吐气，直上青云呢？李白颂扬韩朝宗，希望他赏识自己的才能而加以任用；但他对韩朝宗没有显示出一点卑躬屈膝的样子，而是长揖不跪拜。（李白《忆襄阳旧游赠马少府巨》诗中也有“高冠佩雄剑，长揖韩荆州”之句。）这里充分显示了他“平交王侯”的气概。《古文观止》编者评云：“此段正写己愿识荆州，却绝不作一分寒乞态，殊觉豪气逼人。”说得颇为中肯。

第四段推开一步，补充说明自己要求归附韩朝宗的原因。先是说，从前东汉王允做豫州刺史，任用了贤士荀爽、孔融；西晋山涛做冀州刺史，甄拔三十余人，有的在朝廷做了侍中、尚书等官，为前人所赞美。接着就说韩朝宗也荐举了协律郎严某为秘书郎，还有崔宗之、房习祖等人，有的富有才学，有的行为清白，都被赏识荐用。李白看到他们衔恩图报，忠义奋发，因此心情激动，知道韩朝宗对贤士能推心置腹，所以决心归附于他。国士，全国推尊仰慕之士，这里是对韩朝宗的美称。段末表示，倘逢急难之际，自己愿为之献身，表现出诗人满腔报国的热忱。这里急难是指战乱等关系国运的大事。安史之乱爆发，李白出山参与永王李璘幕府；他临终前不久，还打算以老病之身参加李光弼军队，讨伐安史余孽（见《李太尉大举秦兵百万出征东南懦夫请缨冀申一割之用半道病还留别金陵崔侍御》诗），都表现出他敢效微躯的举动和精神。

最后一段说自己愿呈献文章，求得对方赏识。先是说人不会尽善尽美，关于政治方面的谋画（划）主张，不敢自夸，至于诗文，写得颇多，积成卷轴，这类雕虫小技，如果对方不嫌弃而愿赐观，则请给与（予）纸墨等文具，还有抄写人员，就可认真抄写呈上。青萍，宝剑名。结绿，美玉名。春秋时越国人薛烛和楚国人卞和，一个善于识剑，一个善于识玉。结尾意思说：宝剑美玉依靠良工的鉴别，方能增长声价；自己地位不高，也要靠韩朝宗大加奖励称誉，才有光明前途啊！唐代读书人的习尚，欢喜把自己的诗文等作品写在卷子上呈献给达官贵人或文坛前辈，希望获得他们的赏识，从而猎取功名。李白也准备把文章呈献给韩朝宗。李白在政治才能上也颇自负，曾自称“怀经济之才”(《为宋中丞自荐表》)，并常以东晋名臣谢安自比。本段说“白谟猷筹画，安能自矜”，比较谦逊，可能是他没有写什么政治性论文，能向韩朝宗呈献的都是一些文学性诗文的缘故。

本文和李白的某些诗篇一样，充分表现了他自负和傲岸的性格。他写信要求韩朝宗赏识自己，所以更是着重称述自己。首段以毛遂自比，说明其才能超过众人；接着说自己能文有武，心雄万夫，讲究气节道义，文才更是卓越敏捷；结尾说准备呈献所作诗文：自负不凡的高昂气概，贯穿全篇。李白不但自负，而且兀傲。对那些达官贵人，李白希望他们援引，但他不肯为此而卑躬屈膝，所谓“安能摧眉折腰事权贵”(《梦游天姥吟留别》)；而是要以平等之礼节结交。他对韩朝宗是长揖不拜，对当时另一名人李邕，李白赠诗给他说，“宣父犹能畏后生，丈夫未可轻年少”(《上李邕》)，要李邕学习孔子，知道后生可畏，不要看轻自己这个年轻人。李白这种傲岸和自负的气质，在本文中紧密结合，随处流露，而在第三段中表现尤为突出，在要求“扬眉吐气，激昂青云”的语句中达到了顶峰。由于生动地展示了自负、傲岸的性格特征，诗人的形象在本文中可说跃然纸上。

文中对韩朝宗也是颂扬备至。先是以周公、李膺相比，赞美他礼贤下士；接着又说他德行、才学都极好；继而又说他已经荐举了一批佳士。这种颂扬，目的是说明韩朝宗必能赏识、荐举自己，为本文自荐这一主题服务。颂扬对方，称述自己，两条线索在文中很好配合，交叉进行，起了打动对方的作用。

本文语言特色，是夸张而又流畅奔放。文中不论颂扬对方，称述自己，都出以夸张笔墨，充分显示出诗人的浪漫气质。全篇语言明快流畅，句子长短错综，自然奔放，富有气势，很好地表现了诗人的豪迈性格与胸襟。前三段末尾，都使用了感情洋溢的感叹语句，“使白得颖脱而出，即其人焉”，“安敢不尽于君侯哉”，“不使白扬眉吐气，激昂青云耶”，各自在上文具体描述基础上进行小结，做到声情摇曳，增加了艺术感染力。

春夜宴桃李园序

夫天地者，万物之逆旅[1]；光阴者，百代之过客[2]。而浮生若梦[3]，为欢几何[4]？古人秉烛夜游[5]，良有以也[6]。况阳春召我以烟景[7]，大块假我以文章[8]。会桃李之芳园，序天伦之乐事[9]。群季俊秀[10]，皆为惠连[11]；吾人咏歌，独惭康乐[12]。幽赏未已[13]，高谈转清。开琼筵以坐花[14]，飞羽觞而醉月[15]。不有佳作，何伸雅怀？如诗不成，罚依金谷酒数[16]。

注释

［1］逆旅：客舍，旅馆。

［2］过客：过路的旅客。

［3］浮生：谓人生好像浮萍生活在水面上一样。

［4］几何：多少，多久。

［5］秉烛夜游：出自《古诗十九首》："昼短苦夜长，何不秉烛游！"秉，执持，拿。

［6］良有以：确有它的道理。良，确实。以，原因。

［7］阳春：温暖的春天。烟景：指春天的景色，因为它常常呈现出烟雾朦胧的状态。

［8］大块：指大地；一说指大自然。出自《庄子》的《齐物论》和《大宗师》。《大宗师》云："夫大块载我以形，劳我以生，使我以劳，息我以死"。假：借，这里是提供的意思。文章：错综华美的色彩或花纹。自然景物，像锦绣交织成文一般，所以这样说。

［9］天伦：旧时用为父子、兄弟等亲属的代称。伦，次序。因为父子、兄弟间的长幼、先后等次序是天生的，故称天伦。

［10］群季：众位弟弟。季，幼小。

［11］惠连：指南朝宋文学家谢惠连。他幼年能文，以诗歌擅名，与族兄谢灵运并称“大小谢”，灵运极爱其才。在这里，李白是借以赞喻众弟的才华。

［12］康乐：谢灵运是谢玄的孙子，曾袭封康乐公，世称谢康乐。这里作者是借以自喻。

［13］幽赏：幽雅地观赏。已：止。

［14］琼筵：华贵的筵宴。

［15］羽觞：爵杯，古代的酒器。《汉书·外戚列传下·班倢伃传》：“酌羽觞兮销忧。”颜师古注引孟康说：“觞，爵也，作生爵（雀）形，有头、尾、羽翼。”

［16］“罚依金谷”句：晋代石崇，家有金谷园，经常宴客于园中，当筵赋诗，没有写成的就罚酒三杯。

李白《春夜宴诸从弟桃李园序》赏析①

霍松林

这是一篇散文小品，却洋溢着诗情画意，像一首优美的诗。长期以来，家弦户诵，脍炙人口；明代的大画家仇英还把它转化为视觉形象，流传至今。

从题目看，这是一篇记事文。记事文，一般要包含六个要素：who（什么人）、when（什么时候）、where（什么地方）、what（干什么）、how（怎样干的）、why（为什么那样干）。其中都有w，简称六个w。题目中回答了四个w：什么人？作者与从弟；什么时候？春夜；什么地方？桃李园；干什么？宴饮。这已经在很大的程度上泄露了主题，使人一看题目就知道文章的基本内容，又怎么能引人入胜呢？然而一读全文，就立刻被那强烈的艺术魅力所吸引，陶醉于美的享受。原因在于：在文章中，作者结合剩下的两个w，对已见于题目中的四个w作了进一步的独特的回答，从而展现了情景交融、景美情浓的艺术天地。

全文是以议论开头的："夫天地者，万物之逆旅也；光阴者，百代之过客也。而浮生若梦，为欢几何？古人秉烛夜游，良有以也。"《古文观止》的编者说这是"点'夜'字"。即回答了一个w："什么时候"。"点'夜'字"，这固然是对的，但不仅如此，更重要的还在于回答了另一个w："为什么"。白天满可以"宴"，为什么

① 霍松林（1921—2017），甘肃天水人。著名中国古典文学专家、文艺理论家、诗人、书法家，著有《文艺学概论》《唐宋诗文鉴赏举隅》《西厢述评》等。本文选自霍松林《唐音阁鉴赏集》，河北教育出版社2002年版。

要“夜”宴呢？就因为“浮生若梦，为欢几何”，所以要及时行乐，连夜间都不肯放过。及时行乐的思想在我们看来是消极的，但在封建社会的某些知识分子和达官贵人那里却是普遍存在的。《古诗十九首》有云：“生年不满百，常怀千岁忧。昼短苦夜长，何不秉烛游？”曹丕《与吴质书》有云：“少壮真当努力！年一过往，何可攀援？古人思秉烛夜游，良有以也。”作者在行文上的巧妙之处，就表现在他不去说明自己为什么要“夜”宴，只说明“古人秉烛夜游”的原因，而自己“夜”宴的原因，已和盘托出，无烦词费。

“阳春召我以烟景，大块假我以文章”，这是万口传诵的名句。《古文观止》的编者说它“点‘春’字”，即与第一段“点‘夜’字”结合，照应题目，回答了一个w：“什么时候”。这当然不算错，但也不仅如此。它用一个表示进层关系的连词“况”承接第一段，进一步回答“为什么”。“浮生若梦，为欢几何”，因而应该“夜”宴；更何况这是春季的“夜”，“阳春”用她的“烟景”召唤我，“大块”（天地）把她的“文章”献给我，岂容辜负！因而更应该“夜”宴。而这两句之所以成为名句，就由于那的确是佳句。第一，只用几个字就体现了春景的特色。春天的阳光，暖烘烘，红艳艳，多么惹人喜爱！“春”前着一“阳”字，就把春天形象化，使人身上感到一阵温暖，眼前呈现一片红艳。春天地气上升，花、柳、山、水以及其他所有自然景物，都披绡戴縠，分外迷人。那当然不是绡、縠，而是弥漫于空气之中的袅袅轻烟。“景”前着一“烟”字，就展现了这独特的画面。此后，“阳春烟景”，就和作者在《黄鹤楼送孟浩然之广陵》一诗中所创造的“烟花三月”一样，成为人们喜爱的语言，一经运用，立刻唤起对春天美景的无限联想。至于把天地间的森罗万象叫做（作）“文章”，也能给人以文采炳焕，赏心悦目的感受。第二，这两个句子还把审美客体拟人化。那“阳春”是有情的，她拿美丽的烟景召唤我；那“大块”（天地）也是有情的，她把绚烂的文章献给我，既然如此，我这个审美主体又岂能无情！自然与审美客体互相拥抱，融合无间了。

“会桃李之芳园”以下是全文的主体，兼包六个 w，而着重写“怎样干的”。这一点很重要。试想，春夜与诸从弟“会桃李之芳园”，如果是为了饯别，那就会出现“醉不成欢惨将别，别时茫茫江浸月”的场面，或“今宵酒醒何处，杨柳岸晓风残月”的景象，未免大败人意。如今幸而并非如此。“会桃李之芳园”不是为了别的什么，而是为了“序天伦之乐事”。这一句既与第一阶段“为欢几何”里的“欢”字相照应，又赋予它以特定的具体内容。这不是别的什么“欢”，而是“序天伦之乐事”的“欢”。看样子，作者与从弟们分别很久了。不但相会了，而且相会于流芳溢彩的桃李园中，阳春既召我以烟景，大块又假我以文章，此时此地，“序天伦之乐事”，真是百倍的欢乐！当然，“天伦之乐事”，不同的人有不同的“序”法。那么，作者和他的诸弟们是什么样的人呢？“群季（诸弟）俊秀，皆为惠连”。以谢惠连比他的从弟，他自己呢，那不用说就相当于谢灵运。“吾人（我自己）咏歌，独惭康乐”，不过是自谦罢了。人物如此俊秀，谈吐自然不凡。接下去的“幽赏未已，高谈转清”，虽似双线并行，实则前者是宾，后者是主。“赏”的对象，那就是前面所写的“阳春烟景”“大块文章”和“桃李芳园”；“谈”的内容，主要是“天伦之乐事”，但也可以包括“赏”的对象。“赏”的对象那么优美，所以“赏”是“幽赏”。“谈”的内容那么欢乐，所以“谈”是“高谈”。在这里，美景烘托乐事，幽赏助长高谈，从而把欢乐的激情推向高潮。

“开琼筵以坐花，飞羽觞而醉月”两句，集中写“春夜宴桃李园”，这是那欢乐的高潮涌起的最高浪头。“月”乃春夜之月，“花”乃桃李之花。兄弟相会，花月交辉，幽赏高谈，其乐无穷，于是继之以开筵饮宴。“飞羽觞”。一句，实在写得好！《汉书·外戚传》引班赋云："酌羽觞兮销忧。"颜师古注采用孟康的解释："羽觞，爵也，作生爵形，有头尾羽翼。"爵，是酒器的名称；而在古代，爵字又与雀字相通，这种称为爵的酒器，正作雀的形状，有头、尾、羽翼。因为有羽翼，所以又叫羽觞。班倢伃一个人借酒浇愁，"觞"虽有"羽"，却只能"酌"，不能"飞"。李白生动地用了一个"飞"字，就把兄弟们痛饮狂欢的场景表现得淋漓尽致。

痛饮固然可以表现狂欢，但光痛饮，就不够"雅"。于是以"不有佳作，何伸雅怀？如诗不成，罚依金谷酒数"结束了全篇。《古文观止》的编者说："末数语，写一觞一咏之乐，与世俗浪游者迥别。"这是相当中肯的。

开头以"浮生若梦，为欢几何"引出夜宴，在今天看来，思想境界当然不同。但在李白那里，却是有其社会原因的。当时政治黑暗，他怀有"安黎元""济苍生"的壮志，却到处碰壁，无法实现，因而常有"举杯消愁愁更愁"的感慨，哪里有什么欢乐！此其一。更重要的是开头一段，不过是为了引出下文；而那个"欢"字，又为全文定下了基调。"况"字以下，写景如画，充满着春天的生机；叙事如见，洋溢着健康的欢乐。意境是崇高的，格调是明朗的。熟读全文，并不会滋生"浮生若梦"的消极情绪，却能于获得艺术享受的同时提高精神境界，热爱自然，热爱人生。

结尾的"如诗不成，罚依金谷酒数"，用的是石崇《金谷诗序》（《全晋文》卷三三）的典故（石崇宴客金谷园，赋诗不成者罚酒三觞）。这篇序，从体裁和题材上看，也与《金谷诗序》相似。而《金谷诗序》却说什么"感性命之不永，惧凋落之无期"，情调很悲凉。李白的这篇作品同样写游宴，却完全摆脱了"既喜而复悲"的陈套，给人以乐观情绪的感染，这是难能可贵的。与古人的同类作品相比，说它别开生面或"开拓了新的领域"，不算过分。

李　华

李华（716—766），字遐叔，赞皇（今属河北）人。唐代散文家，与萧颖士齐名。开元二十三年进士及第。官至吏部员外郎。安禄山陷长安时被俘受伪职，后贬杭州司户参军。晚年奉佛，无意诗书。文章承六朝遗风，多杂骈骊之辞，但已有恢复古文的主张，为唐古文运动先驱。有《李遐叔文集》。

吊古战场文

浩浩乎！平沙无垠，敻不见人[1]。河水萦带，群山纠纷[2]。黯兮惨悴，风悲日曛[3]。蓬断草枯，凛若霜晨。鸟飞不下，兽铤亡群[4]。亭长告余曰[5]：“此古战场也。常覆三军，往往鬼哭，天阴则闻。”伤心哉！秦欤汉欤？将近代欤[6]？

吾闻夫齐魏徭戍，荆韩召募[7]，万里奔走，连年暴露。沙草晨牧，河冰夜渡；地阔天长，不知归路。寄身锋刃，腷臆谁诉[8]？秦汉而还，多事四夷；中州耗斁[9]，无世无之。古称戎夏，不抗王师[10]。文教失宣，武臣用奇[11]；奇兵有异于仁义，王道迂阔而莫为[12]。呜呼！噫嘻！

吾想夫北风振漠，胡兵伺便。主将骄敌，期门受战[13]。野竖旄旗，川回组练[14]。法重心骇，威尊命贱。利镞穿骨[15]，惊沙入面。主客相搏，山川震眩[16]。声析江河，势崩雷电。

至若穷阴凝闭，凛冽海隅[17]；积雪没胫，坚冰在须。鸷鸟休巢，征马踟蹰[18]；缯纩无温[19]，堕指裂肤。当此苦寒，天假强胡[20]；凭陵杀气[21]，以相剪屠。径截辎重[22]，横攻士卒；都尉新降[23]，将军覆没。尸填巨港之岸[24]，血满长城之窟。无贵无贱，同为枯骨，可胜言哉！鼓衰兮力尽，矢竭兮弦绝。白刃交兮宝刀折，两军蹙兮生死决[25]。降矣哉，终身夷狄；战矣哉，骨暴沙砾。鸟无声兮山寂寂，夜正长兮风淅淅；魂魄结兮天沉沉，鬼神聚兮云幂幂[26]。日光寒兮草短，月色苦兮霜白。伤心惨目，有如是耶！

吾闻之：牧用赵卒，大破林胡[27]，开地千里，遁逃匈奴。汉倾天下，财殚力痡[28]。任人而已[29]，其在多乎？周逐猃狁，北至太原[30]，既城朔方[31]，全师而还。饮至策勋[32]，和乐且闲，穆穆棣棣[33]，君臣之间。秦起长城，竟海为关[34]，荼毒生灵，万里朱殷[35]。汉击匈奴，虽得阴山[36]，枕骸遍野，功不补患。苍苍蒸民[37]，谁无父母？提携捧负，畏其不寿。谁无兄弟，如足如手？谁无夫妇，如宾如友？生也何恩，杀之何咎？其存其没，家莫闻知。人或有言，将信将疑。悁悁心目[38]，寝寐见之。布奠倾觞[39]，哭望天涯。天地为愁，草木凄悲。吊祭不至，精魂何依？必有凶年，人其流离。呜呼噫嘻！时耶命耶？从古如斯。为之奈何，守在四夷[40]。

注释

[1]“平沙”二句：垠，界限，边际。敻（xiòng），远。

[2]“河水”二句：萦带，像衣带一样环绕着。纠纷，杂乱。

[3]“黯兮”二句：黯，阴暗。曛（xūn），昏暗不明。

[4]铤（tǐng）：快跑。亡群：失群，离群。

[5]亭长：古时十里一亭，置亭长。

［6］将：还是。

［7］“吾闻”二句：齐、魏、荆、韩，即战国时的齐、魏、楚、韩诸国。徭戍，劳役屯戍。即征派士兵防守边境。召募，作名词用，指召募来的兵勇。

［8］腷臆（bìyì）：郁结，愤懑。

［9］斁（dù）：财力耗竭。

［10］“古称”二句：戎，指居住我国西部的民族，这里泛指边境地区的少数民族。夏，指我国中原地区民族，即汉族。王师，我国古代对帝王军队的称呼。

［11］奇：诡谲之术。

［12］迂阔：不切合实际。

［13］期门：这里指守卫军营的大门。形容主将骄傲轻敌，敌人冲到营前才接战。

［14］川：平川，平原。组练：组甲和练袍，军士穿的两种衣甲。这里指披上铠甲的军队。

［15］镞（zú）：箭头。

［16］“主客”二句：主客，指主客两军，即防守者和入侵者。震眩，由于受到震动，昏眩迷乱。

［17］“至若”二句：穷阴凝闭，指严冬季节乌云四合，凝结不开。穷阴，极阴，指严冬。凛冽，严寒。海隅，海角。

［18］“鸷鸟”二句：鸷（zhì）鸟，凶猛的鸟。休，栖止。踟蹰（chíchú），徘徊不进。

［19］缯（zēng）：古代对丝织品的统称。纩（kuàng）：丝绵。

［20］假：借，引申为赐予。强胡：强大的胡人，这里借指少数民族。

［21］凭陵：依仗。杀气：寒气。

［22］辎（zī）重：军用物资的统称。

［23］都尉：武官名，汉代在边境各郡设都尉，掌武事。李陵以都尉降匈奴。

［24］巨港：大河。

［25］绝：折断。蹙（cù）：迫，逼近。

［26］幂幂（mìmì）：黑沉沉、阴森森的样子。

［27］“牧用”二句：牧，李牧，战国末年赵国名将，长期防守在赵国的北边，打败东胡，降服林胡，使匈奴远遁，十余年不敢接近赵国边境。林胡，匈奴的一种。

［28］“汉倾”二句：倾天下，尽全国之力。殚（dān），竭。痡（fū），病，引申为疲敝。

［29］任人：指任用得人，即用人得当。

［30］“周逐”二句：周，指周代。猃狁（xiǎnyǔn），古代北方的一个少数民族，即汉代的匈奴。太原，在今宁夏固原县北，是太原戎所居之地。《诗经·小雅·六月》：“薄伐玁（同猃）狁，至于大（同太）原。”

［31］城：筑城。朔方：地名，在今内蒙古自治区鄂尔多斯右翼各旗。《诗经·小雅·出车》：“天子命我，城彼朔方。”

［32］饮至：兵胜还师告至于宗庙，并在宗庙中饮酒庆贺。至，指班师回到国都。策勋：把功劳记录在简策上。策，古代用竹片或木片记事，成编的叫策。后来就指书册。

［33］穆穆：和平恭敬的样子。棣棣（dì）：雍容娴雅的样子。

［34］竟海：一直到海。竟，终。

［35］“荼毒”二句：荼（tú）毒，毒害，残害。朱殷，指赤黑色的血迹。

［36］阴山：内蒙古自治区境内山脉，西起河套，东接内兴安岭。汉武帝多次伐匈奴，才夺得此山，设兵屯守，匈奴之势始衰。

［37］苍苍：青黑色，这里代指头发。蒸民：同“民”。众多的

百姓。

[38] 悁悁（juān）：忧闷的样子。

[39] 布奠：摆设祭品。觞（shāng）：酒杯。

[40] 守在四夷：引自《左传·昭公二十三年》："古者天子，守在四夷。"这是说要用仁德使四方归服，都来为天子守卫国土，就没有战争的祸患了。

悲惨阴暗的战争画卷[①]

——重读《吊古战场文》

臧克家

八九岁时读过的一篇古文，八十岁后，还能一字不漏地背出来，而且不时吟诵其中特别动人的章节，心为之惊，神为之摇，它魔力之大，可想而知了。童年读它的时候，只觉得气氛浓重，音调铿锵，状写宏伟，悲怆感人。对于作者用意之所在，则茫然无所知。随着时代的变迁、年龄的增长、个人对战争的亲身体验，对这篇从儿童时代起就一直极为欣赏的佳作，可以说，完全吃透它的味了。

文章一开头的十句，以巨匠之手，给我们描绘出一个触目惊心、浩瀚悲惨的阴森环境，撼动了读者的心。从无边的平沙，到纷纷绕绕的山山水水；从呼号的悲风、暗淡的日光到严霜之后的断蓬枯草、惊惶失措的飞禽走兽，耳目之所及，自然景象，以及有生物类，无不笼罩在凄凄惨惨的一团大气氛之中！然后用一个句子点明："此古战场也。"但不用客观描述的手法，加上"亭长告余曰"，加强了作者的主观成分，使人觉得他笔下描绘的一切景物，系亲身感受，因而加浓了文章的感染力。作者运用了问答体式，但又略去

① 臧克家（1905—2004），山东潍坊诸城人，笔名少全、何嘉。现代诗人，曾任中国作家协会顾问、理事，中国文联委员，中国诗歌学会会长等职。著有诗集《烙印》《宝贝儿》等。本文选自《文史知识》编辑部编《古代抒情散文鉴赏集》，中华书局 1988 年版。

了主人的设问，文字显得很精练。接下去，对沙场战死，神号鬼哭阴森情景的状写之后，用“伤心哉”三字直截了当地从内心发出了带着血泪的呼号，控诉了战争给人类带来了可悲可悯的创痛！这个战场，是近世的，它却上接秦汉古代，一幕一幕悲剧，不断地在重演。

上面的一段惨凄描绘之后，接着用“吾闻夫”一提，开始了历史的回溯，叙事抒怀，议论横生。从战国开头，一直贯串到秦汉以来，诉说了边疆战士的苦难与流血牺牲的悲惨命运，重点指出战争发生的根源，在于“文教失宣”“武臣用奇”。也就是说，舍弃了文德教化使“古称戎夏，不抗王师”的办法，动辄用武力，而视“文教”为“迂阔”，真是可悲、可叹呵！

为了使人发生具体亲切之感，作者又用“吾想夫”展开了想象宏伟的战争画卷：江河奔腾，天崩地裂，一气呵成，如泣如诉，真是令人闭气吞声，悲痛欲绝！每读到“尸填巨港之岸，血满长城之窟”“白刃交兮宝刀折，两军蹙兮生死决”“鸟无声兮山寂寂，夜正长兮风淅淅。魂魄结兮天沉沉，鬼神聚兮云幂幂。日光寒兮草短，月色苦兮霜白……”这些句子，不禁为作者悲天悯人的激情，对战争给人民带来的深似大海的苦难的同情所深深感动，而不忍卒读；也为他宏大的气魄、具体而形象的状写、悲壮而动情的节拍合奏而成的艺术魅力所感染！“伤心惨目，有如是耶？”作者的心声，引起我们有力的共鸣。是呵，战争，真像是一个可怕的恶魔，它吞食了多少宝贵的生命，它破坏了多少家庭的幸福，它毁灭了人类对和平的希望与对美好未来的追求。战争呵，真可诅咒，真可痛恨，战争真是万恶之首呵！

又是“吾闻之”。作者用重墨状写战争的惨状，引证历史上的几次战争的情况：有的，有所得；有的，有所失。这得失是以作者对战争的主观看法而定的。对李牧统率赵卒大破林胡，对“周逐猃狁”“全师而还”，予以肯定。相反，对于“秦起长城”“荼毒生灵”“汉击匈奴”“功不补患”，则提出了非议。作者是以成败、利害为标准评定谁是谁非的。这篇《吊古战场文》可以说是篇杰作，这是为历代读者所公认的。作者的用心是良善的，爱人民，爱和平并为之呼号，控诉战争的罪恶，这应当得到我们的同情。文章艺术表现能力高强，绘声绘形，撼动读者的心魄，引起强烈的共鸣。可是，作者表现在这篇大作之中的主要论点，却是站不住脚的。他不分皂白地反对战争，把战场形容得阴森可怕，这会以感人的艺术性掩盖或减损了文章的思想性。

战争，是有两面性的。一面是正义性，一面是侵略性。如果抹杀了这条界限，就会造成有害的结果。对于这一点，古代许许多多政论家、作家、诗人，都已经明白指出来了。杜甫对于唐玄宗凭仗武力发动侵略战争，写出了“边庭流血成海水，武皇开边犹未已”的名句；对被征去讨伐安禄山叛乱的士卒，却作诗劝慰说：“我军取相州，日夕望其平”“况乃王师顺，抚养甚分明”。李白也是这样的。在《战城南》名作中，大呼：“烽火燃不息，征战无已时”“士卒涂草莽，将军空尔为”。结句道出诗人的主意：“乃知兵者是凶器，圣人不得已而用之。”当然，这是对不义之战而言的。对为了保卫祖国的疆土、抗击侵略的正义战争，则情调昂扬，高唱战歌。《塞下曲六首》，五言短句，气壮山河，读了之后，令人精神振奋不已。“愿将腰下剑，直为斩楼兰”“何当破月氏，然后方高枕”“弯弓辞汉月，插羽破天骄”“横行负勇气，一战静妖氛！”请看这是何等气概。我们读这些警句的时候，受到鼓舞，兴起爱国主义热情，正义为之高涨，与读《吊古战场文》的心情截然相反。边塞诗人岑参，他参加过边塞战争，感受很深，我们试读他的名作《走马川行奉送封大夫出师西征》《轮台歌奉送封大夫出师西征》以及《白雪歌送武判官归京》，看诗人描写的战地风光，真实明丽而不阴暗惨凄；写将士的气概，高昂而不消沉。“上将拥旄西出师，平明吹笛大军行，四边伐鼓雪海涌，三军大呼阴山动”“将军角弓不得控，都护铁衣冷犹著，……纷纷暮雪下辕门，风掣红旗冻不翻”（通行版本为“都护铁衣冷难著”），环境如此之困窘，战斗这般猛烈，但将士精神抖擞，战天时，战强敌，为了什么？为了忠君爱国，为了“誓将报主静边尘”。

上边所举的几个大诗人对战争的观点与态度，和《吊古战场文》作者所持的有相同的一面，更多的是相反的一面。李杜和许多名作家、诗人对战争的残酷性，是一致反对的；但前者分清了正义战争与侵略战争的界限，因而对待的态度截然不同；而后者呢，不问这一些，只一味无条件地反对战争，把战场描写得阴风惨惨，凄凄切切，形同人间地狱，把战士写得毫无思想，写成毫无意义的战争的牺牲品。作者凭悲愤心怀写出了一篇令人读了心欲裂、泪频倾的文章，但对战争感到可怕而又无可如何！只能发出“时耶？命耶？从古如斯”的悲叹。

在这篇大作结尾处，作者提出了弭止战争的一个简单方案，这就是“守在四夷”。作者的心是苦的。他以激昂悲愤的热情，气盛言宜地控诉了战争使生活秩序被破坏，骨肉离散，生离死别，尸骸遍地，哭声震天，把人间破坏成了个什么样子的世界！作者认识到国内战争多起于边疆，如何对付“夷狄”确是个关系到国家安危治乱的大问题。其实，这个问题，两千多年前就被认识到了。贾谊向汉文帝上的“治安策”中，就说：“匈奴嫚侮侵掠，至不敬也；为天下患，至亡已也。”他痛心于“陛下何忍以帝皇之号为戎人诸侯，势既卑辱，而祸不息”，因此“可为流涕”，主张出兵抗击，并自荐“以臣为属国之官以主匈奴”。秦汉以来，如何“安边”，成为国家争议的问题之一。如何与少数民族和睦相处，互不侵犯，有各种策略和措置：筑长城以防御之；和亲以姻娅之；称臣割地输币以下之；或以怀柔政策以安之。可是这几种方法，历代多用，却成效不大。迫不得已，只有用战争手段来解决问题。在我强敌弱的情况下，我方出师“征讨”，如唐玄宗之对“南诏”，这是侵略，是不正义的。如果少数民族贵族头头，肆意犯境，掠夺侵扰，为了国家主权不被破坏，人民生命安全得到保障，奋起抗击，这是完全应该的。汉武帝对匈奴大动武力就是文帝时期忍辱吞声的反动行为。《吊古战场文》的作者，他是想用儒家的所谓“文教”以感化、维系少数民族的专权者，可是对方是“少礼义”的处于游牧时代的民族，侵略性是与生活环境和生活情况有关，凭“文教”这单方是不可能奏效的。文章的作者，也提到用人的得当与否，不但是胜败的关键，也是维持边疆安稳的要素。他还举例以明之。意思是说，只要用人得当，士卒用命，一定会胜利而归的。主帅的得人，对战局确有关系。名将声盛，使对方不敢轻举妄动。班超在西域三十一年，边疆平定无事。可是，战争的胜败、国家的安危，在于政治的修明、武力的强大，这是主要的。同时，以强大的兵力作为侵略的工具，使生民涂炭，怨声载道，是不义的、不可行的。如果对侵略者的侵略，全力抗战，不惜牺牲，去争取胜利，这是正义的，也是光荣的。遗憾的是，《吊古战场文》的作者，没有分清这两者的界限，这就减却了文章的思想性以及对读者的教育意义。

韩　愈

韩愈（768—824），字退之，河内修武（今河南省孟州市）人。韩氏郡望为昌黎，每自称昌黎韩愈，后世称韩昌黎。贞元八年（792）进士。曾先后任宣武及宁武节度使判官。贞元末，官监察御史，因上书言事，贬阳山令。宪宗时，累官至太子右庶子，随宰相裴度平淮西，迁刑部侍郎。因谏佛骨事，贬潮州刺史，移袁州。穆宗时，召为国子监祭酒，历京兆尹及兵部、吏部侍郎。谥文，世又称韩文公。

韩愈是杰出的散文家和诗人。

他是唐代古文运动的主要倡导者。他反对六朝以来专重形式的艳丽浮夸的文风，要求恢复先秦两汉那种具有切实内容和活泼形式的散文传统。主张“文以载道”，即写文章要为宣传儒家正统思想服务；同时还提出“大凡物不得其平则鸣”，即把文学视为抒发不平、反映现实的工具。在文学形式上，他提倡创新，要求“唯陈言之务去”“词必己出”，反对抄袭前人做“剽贼”。他的散文雄奇奔放又曲折变化，诗歌追求奇险，形成了宏伟奇崛和“以文为诗”的特色。在文学史上，韩愈是继司马迁之后的大散文家，在文体革新方面开一代风气。

有《昌黎先生集》。

答李翊书

六月二十六日愈白：李生足下：生之书辞甚高，而其问何下而恭也[1]？能如是，谁不欲告生以其道？道德之归也有日矣，况其外之文乎？抑愈所谓望孔子之门墙而不入其宫者[2]，焉足以知是且非邪？虽然，不可不为生言之。

生所谓立言者是也[3]。生所为者与所期者，甚似而几矣[4]。抑不知生之志，蕲胜于人而取于人邪[5]，将蕲至于古之立言者邪？蕲胜于人而取于人，则固胜于人而可取于人矣；将蕲至于古之立言者，则无望其速成，无诱于势利，养其根而俟其实，加其膏而希其光[6]。根之茂者其实遂[7]，膏之沃者其光晔[8]，仁义之人，其言蔼如也[9]。

抑又有难者，愈之所为，不自知其至犹未也。虽然，学之二十余年矣。始者非三代两汉之书不敢观，非圣人之志不敢存。处若忘[10]，行若遗，俨乎其若思[11]，茫乎其若迷。当其取于心而注于手也，惟陈言之务去，戛戛乎其难哉[12]！其观于人，不知其非笑之为非笑也。如是者亦有年，犹不改。然后识古书之正伪，与虽正而不至焉者，昭昭然白黑分矣，而务去之，乃徐有得也。当其取于心而注于手也，汩汩然来矣[13]。其观于人也，笑之则以为喜，誉之则以为忧，以其犹有人之说者存也[14]。如是者亦有年，然后浩乎其沛然矣。吾又惧其杂也，迎而距之[15]，平心而察之，其皆醇也，然后肆焉[16]。虽然，不可以不养也。行之乎仁义之途，游之乎《诗》《书》之源，无迷其途，无绝其源，终吾身而已矣。气，水也；言，浮物也。水大而物之浮者大小毕浮。气之与言犹是也：气盛，则言之长短与声之高下者皆宜。

虽如是，其敢自谓几于成乎？虽几于成，其用于人也奚取焉[17]？虽然，待用于人者，其肖于器邪[18]？用与舍属诸人[19]。君子则不然：处心有道，行己有方，用则施诸人[20]，舍则传诸其徒，垂诸文而为后世法。如是者，其亦足乐乎，其无足乐也？

有志乎古者希矣[21]，志乎古必遗乎今，吾诚乐而悲之。亟称其人，所以劝之[22]，非敢褒其可褒而贬其可贬也[23]。问于愈者多矣，念生之言不志乎利，聊相为言之[24]。愈白。

注释

［1］下而恭：以下自居而对对方十分恭敬。

［2］抑：转折连词，可是。宫：房屋的通称。不得其门而入：借用《论语·子张》所载子贡之语。

［3］立言：古人有“三不朽”之说，“太上有立德，其次有立功，其次有立言”。（见《左传·襄公二十四年》）此指著书立说，以期流传后世。

［4］“生所为”二句：所为者，指所作的文章。所期者，所期望的。几（jī），接近。

［5］蕲：同“祈”，追求。胜于人：指胜过别人。取于人：被人所取，包括应科举为主司所取。

［6］膏：指灯油。希：希望，企求。

［7］遂：成，畅达。指果实结得饱满。

［8］晔（yè）：明亮。

［9］蔼如：美盛的样子。

［10］处：止。

［11］俨：端庄。

［12］戛（jiá）戛：困难的样子。

［13］汩（gǔ）汩：水流动的样子，喻文思流畅。

［14］说：通“悦”，喜悦。

［15］“迎而”句：距，同拒。迎而距之：喻文思沛然而至，但下笔时先不让它纵放奔泻，为的是先要平心体察，看是否醇厚纯粹。

［16］肆：纵恣奔放。

［17］“其用”句：奚（xī）：何。这句说：写作古文虽近乎成功，

但对于当时一般人来说不合其实用，不为其所取。

[18] 肖：相像。器：器具。

[19]“用与”句：属：从属。这句说用与不用由人决定。

[20] 施诸人：指将自己所奉行之“道”施行于人。

[21] 希：同“稀”，稀少。

[22]“亟称”二句：亟（qì），屡次，又读“jí”，急迫地。其人，指“志乎古者”。劝，鼓励。

[23]“非敢”句：说自己称赞志乎古者，为的是鼓励他们，并不敢临于其上加以褒贬。乃自谦语。

[24] 聊：姑且，略微。

略谈韩愈《答李翊书》[1]

叶圣陶

国文课本中往往选用古人论文的文章。这类文章，多数表白作者自己的甘苦，犹如现在所谓写作经验。其中有的持论很高，说理近乎玄奥。一个中学青年学习国文，在写作一方面所求并不很高，无非要在组织思想、处理材料、运用语言文字等事项上养成良好习惯而已。所求不过如此，而用这类文章作为指导的理论，就会使读者觉得写作是非常艰难的工作，在修养还没有到家的时候，简直没有执笔的资格。这就会抑止写作的动机，妨碍写作的应用，所受的影响不免是“负”面的了。

然而这类文章也未尝不可读，只要能活读而不死读。所谓活读，就是辨明古人持论的范围，酌取其大意，而不拘泥于一言一句的迹象。辨明了范围，就知道古人持论的所以然；这是知识方面的事。酌取其大意，化为自己的习惯，就增长自己的写作能力；这是行为方面的事。如果在讲解和记诵以外不再作什么研讨，那就是死读。

韩愈的《答李翊书》，各种高中国文课本差不多都选了，有些初中课本也选了。这篇文章以“蕲至于古之立言者”为作文的标的，又以“行乎仁义，游乎诗书”为修养的基本，都是非常艰巨的

① 叶圣陶（1894—1988），原名叶绍钧，字秉臣、圣陶，现代作家、教育家、文学出版家和社会活动家，有“优秀的语言艺术家”之称。著有《稻草人》《西川集》《脚步集》等。本文选自《叶圣陶语文教育论集》，教育科学出版社 1980 年版。

事。一个中学青年如果也要认定这样的标的，立下这样的基本，然后写作，那就一辈子别想写作了。可是韩愈也并非故为高论。他所说的原是“著述之文”，不是一般的文。“著述之文”必待存养有所得，学术成系统，然后写作。古来成一家言的作者差不多都是存养有所得，学术成系统的。所以他以“蕲至于古之立言者”为标的。他又是自认为继承儒家道统的人。儒家最大的修养纲领是仁义，儒家最重要的教科书是经籍（以偏概全就是“诗书”），所以他以“行乎仁义，游乎诗书”为基本。知道了这些，就辨明了他这篇文章持论的范围。从此更可以推想开来。现在一个中学青年作文，不过要表白自己所经验的事物，发抒自己所蕴蓄的情意，以适应处于人群之中的需要；决（绝）不是要“立言”，也决（绝）不是要写“著述之文”。写“著述之文”只是极少数人的事，并非人人所必需。而运用语言文字叙事达意却是生活的重要条件，实为人人所必具。二者不可混为一谈。因此，我们不妨理解韩愈为什么这样说，可是不必攀附他的说法，也以“蕲至于古之立言者”为作文的标的。再说，韩愈以文见道，为了要继承道统。我们写文，或者给朋友寄封信，或者向父母有所报告，都只是日常生活的事，无所谓道统。存心和制行要不违仁义，原是不错的；但是我们不必为了作文而“行乎仁义”。阅读记载前人经验的书，也是有道理的；可是我们不必而且不该限于经籍而“游乎诗书”。若是作者自命要继承儒家道统，原无妨依照韩愈的说法；但是我们只要做一个能够利用语言文字的人，就不须依照韩愈的说法了。

这篇《答李翊书》中用了这些譬喻，如“养其根而俟其实，加其膏而希其光，根之茂者其实遂，膏之沃者共光晔”“气，水也，言，浮物也，水大而物之浮者大小毕浮”。读譬喻，必须究明它所喻的是什么，才有用处。“根茂实遂，膏沃光晔”，无非说内面越充实，表现于外的越完美；所以从根本入手，须求内面的充实，这就得“养根”“加膏”。“气”是个玄奥的名词，包括人的一切修养成果——包括孟子所谓“浩然之气”的“气”和曹丕所谓“文以气为主”的“气”，前者是德性方面的修养成果，后者是语言文字方面的修养成果。表现于外面的“言”决定于修养成果的“气”，正如浮物的“大小毕浮”与否决定于水的大小。这些意思，对于希冀“立言”的作者固然有用，对于通常学习写作的人，如中学青年，也未尝无用。一般人学习写作，往往只从记诵和摹仿入手。常常听到这样的发问：“要把文章写好，该读些什么书？”就是例证。殊不知写作的根源在于自身的生活，脱离生活，写作就无从说起。即以一封平常的信来说，也必须把所要说的弄得清清楚楚，才写得好；而把所要说的弄得清清楚楚，就是生活方面的事，不是记诵和摹仿方面的事。生活内容有繁简和深浅的分别，在简和浅的阶段的人固然不能强求其繁和深；可是连简和浅的阶段也抛开了，就只能一阵胡写，决无是处。从韩愈所说气与言的关系，又可知一切修养是写作的基本。德性方面有修养，观物论事自然中节；语言文字方面有修养，遣词谋篇自然合度。修养在乎平时，文章随时而作；随时的写作有了平时的修养，就可以依习惯着手，无所容心，而“物之浮者大小毕浮”。就一个中学青年说，德性方面的修养是通于各种学科各项行为的事，语言文字的修养是国文科所专重的事；要希望写作得像个样子，还必须平时在这两方面努力才行［还得补充一句，德行方面的修养，其目的不在于写作，而在于要作（做）一个健全的人］。

韩愈这一篇“抑又有难者”以下一段，写创作的心理与过程，如果能够活读，也有受用处。此外也还有可说的，恐怕头绪太繁，不再说了。

送孟东野序[1]

大凡物不得其平则鸣[2]。草木之无声，风挠之鸣[3]；水之无声，风荡之鸣[4]。其跃也，或激之[5]；其趋也，或梗之[6]；其沸也，或炙之[7]。金石之无声[8]，或击之鸣[9]。人之于言也亦然[10]，有不得已者而后言[11]，其歌也有思[12]，其哭也有怀[13]。凡出乎口而为声者，其皆有弗平者乎[14]！

乐也者，郁于中而泄于外者也[15]，择其善鸣者而假之鸣[16]。金、石、丝、竹、匏、土、革、木八者[17]，物之善鸣者也。维天之于时也亦然[18]，择其善鸣者而假之鸣。是故以鸟鸣春[19]，以雷鸣夏，以虫鸣秋，以风鸣冬。四时之相推敚[20]，其必有不得其平者乎？

其于人也亦然，人声之精者为言，文辞之于言[21]，又其精也，尤择其善鸣者而假之鸣[22]。其在唐虞[23]，咎陶、禹[24]，其善鸣者也，而假以鸣。夔弗能以文辞鸣[25]，又自假于韶以鸣[26]。夏之时[27]，五子以其歌鸣[28]。伊尹鸣殷[29]，周公鸣周[30]。凡载于《诗》《书》、六艺[31]，皆鸣之善者也。周之衰[32]，孔子之徒鸣之[33]，其声大而远[34]。传曰[35]："天将以夫子为木铎[36]。"其弗信矣乎[37]？其末也[38]，庄周以其荒唐之辞鸣[39]。楚，大国也，其亡也，以屈原鸣[40]。臧孙辰、孟轲、荀卿[41]，以道鸣者也[42]。杨朱、墨翟、管夷吾、晏婴、老聃、申不害、韩非、眘到、田骈、邹衍，尸佼、孙武、张仪、苏秦之属[43]，皆以其术鸣[44]。秦之兴[45]，李斯鸣之[46]。汉之时，司马迁、相如、扬雄[47]，最其善鸣者也。其下魏晋氏[48]，鸣者不及于古[49]，然亦未尝绝也。就其善鸣者[50]，其声清以浮[51]，其节数以急[52]，其辞淫以哀[53]，其志弛以肆[54]，其为言也，乱杂而无章。将天丑其德莫之顾邪[55]？何为乎不鸣其善鸣者也[56]？

唐之有天下[57]，陈子昂、苏源明、元结、李白、杜甫、李观[58]，皆以其所能鸣[59]。其存而在下者，孟郊东野，始以其诗鸣[60]。其高出魏晋，不懈而及于古，其他浸淫乎汉氏矣[61]。从吾游者[62]，李翱、张籍其尤也[63]。三子者之鸣信善矣[64]，抑不知天将和其声而使鸣国家之盛邪？抑将穷饿其身、思愁其心肠而使自鸣其不幸邪[65]？三子者之命则悬乎天矣[66]。其在上也奚以喜[67]？其在下也奚以悲？东野之役于江南也[68]，有若不释然者[69]，故吾道其命于天者以解之[70]。

注释

[1] 孟东野：孟郊，中唐诗人，与韩愈并称韩、孟，长期不得志，五十岁始为溧阳（在今江苏）尉。序：一种“赠言”的文章，流行于唐以后。有《孟东野集》。

[2] 平：平衡，常态。鸣：发声。

[3] 挠：搅动。

[4] 荡：摇动、振荡。

[5] 或：有的。激：指冲击水流，使水势向上跃起。

[6]“其趋”二句：趋，本指快走，此指水流很快。梗，指阻塞水流。

[7] 炙：烤，烧。

[8] 金石：钟、磬（qìng）一类的乐器。

[9] 击：敲打。

[10] 亦然：也是这样。

[11] 有不得已者：有不得不说的原因。已，止。言，说。

[12] 其歌也有思：是因为思绪的触动。

［13］怀：想念，留恋，这里有“悲伤”的意思。

［14］其：表测度语气，有“大概”的意思。弗平者：不平的原因，不平的事情。

［15］中：指内心。外：指声音的表现。

［16］假：凭借。

［17］金：指钟、镈（bó）等金属乐器。石：指磬一类乐器。丝：指琴瑟一类乐器。竹：指箫管一类乐器。匏（páo）：指笙竽一类乐器。土：指埙（xūn）一类乐器。革：指鼓一类乐器。木：指柷（zhù）敔（yǔ）一类乐器。这些是我国上古时代的八种乐器，旧称“八音”。

［18］维：发语词，无义。时：时令，季节。

［19］“是故”句：所以，在春天借鸟来鸣。

［20］推敚（duó）：推移。敚，古“夺”字。

［21］文辞：文章。

［22］尤：尤其，特别。

［23］唐虞：我国传说的远古时代的唐尧及虞舜。

［24］咎陶（gāoyáo）：即皋陶，舜时掌司法的官。《尚书·皋陶谟》和伪古文《尚书·大禹谟》分别记载了据说是皋陶和大禹的言论。

［25］夔（kuí）：舜时乐官。

［26］韶：相传是舜时乐曲名。

［27］夏：朝代名。禹受舜禅让，国号为夏。

［28］五子以其歌鸣：启（禹的儿子）的儿子夏王太康，游乐无度，为后羿所逐。太康的五个兄弟怨恨太康失国，作歌讽刺。事见《史记·夏本纪》。

［29］伊尹：名挚，商汤的贤臣，相传他曾作《汝鸠》《汝方》等文（今佚）。殷：朝代名，商代盘庚迁都于殷。

［30］周公：姬旦，周武王之弟。曾作《大诰》《康诰》等文，见伪古文《尚书》。

［31］《诗》：《诗经》，收先秦诗歌三百零五篇。《书》：《尚书》。六艺：指六经：《诗经》《书经》《礼经》《乐经》（今佚）《易经》《春秋经》。

［32］周之衰：周朝衰微的时候。

［33］之徒：之类的人。徒，辈。

［34］大而远：指影响大而且久远。

［35］传（zhuàn）：阐述儒家经典的文字，这里指《论语》。

［36］“天将”句：语出《论语·八佾》。原意是，上天将要把孔夫子当作百姓的导师。这里指孔子不被诸侯重用，将致力于著述。木铎（duó），铜质木舌的铃。古代宣布新政令的时候，摇木铎召集百姓来听。

［37］其弗信矣乎：难道不是真的吗？信，可靠，确实。

［38］其末也：周末的时候。

［39］庄周：战国中期宋人，著有《庄子》。荒唐：形容言辞夸大。

［40］屈原：战国末期楚人，著有《离骚》等。

［41］臧孙辰：即臧文仲，春秋时鲁国大夫。《左传·襄公二十四年》：“臧文仲既没，其言立。”孟轲：战国中期邹人，著有《孟子》。荀卿：战国末期赵人，名荀况，著有《荀子》。

［42］以道鸣者也：是用道来鸣的人。道，思想、学说，这里指儒家之道。

［43］杨朱：战国时卫人，字子居，其学说散见于《孟子》等书中。墨翟（dí）：战国初鲁人，有《墨子》。管夷吾：字仲，春秋时齐相，言论见于《国语·齐语》《管子》。晏婴：春秋时齐大夫，字仲，其言行见《晏子春秋》。老聃（dān）：道家学派的创始人，约与孔子同时，有《老子》（即《道德经》）。申不害：战国时郑人，

任韩相，有《申子》。韩非：战国末期韩国人，有《韩非子》。昚（shèn）到：即慎到，战国时赵人，有《慎子》。田骈（pián）：战国时齐人，有《田子》。邹衍：战国时齐人，为燕昭王师，有《邹子》等。尸佼（jiǎo）：战国时鲁人，有《尸子》。孙武：战国时齐人，有《孙子》。张仪：战国时魏人，为秦惠王相，主连横说。苏秦：战国时周人，为燕相，主合纵说。之属：这类人。

［44］术：学说、主张，指诸子百家的学说。

［45］兴：兴起，建立。

［46］李斯：战国末期楚人，后为秦始皇丞相，有《谏逐客书》等。

［47］司马迁：西汉史学家，有《史记》。相如：即司马相如，字长卿，西汉辞赋家，有《子虚赋》等。扬雄：字子云，西汉辞赋家，有《甘泉赋》《法言》等。

［48］氏：加在国或朝代名之下，代“国”或“朝代”。

［49］不及于古：赶不上古代。

［50］就其善鸣者：即使就它的善鸣的人来说。

［51］清以浮：轻薄而浮夸。

［52］节：音节，节拍。数（shuò）：细密，频繁。急：急促。

［53］淫：淫靡。哀：悲凉。

［54］弛：懈怠。肆：放肆，不依法度、不守规矩。

［55］“将天”句：也许是上天厌恶他们的德行丑恶而不关心他们吧？将，表测度的副词。丑，作以动词用，以……为丑，有“憎恶”的意思。莫之顾，不顾惜他们。邪（yé），同“耶”。

［56］“何为”句：不然的话，为什么不让那些善鸣者来鸣呢？第一个“鸣”用为使动词。

［57］唐之有天下：即唐朝建立以后。

［58］陈子昂：唐诗人，字伯玉，有《陈拾遗集》。苏源明：原名预，字弱夫，唐文学家，有《苏源明前集》。元结：字次山，

唐诗人，有《元次山集》。李白：字太白，唐诗人，有《李太白全集》。杜甫：字子美，唐诗人，有《杜少陵集》。李观：字元宾，唐文学家，有《李观集》。

［59］能：擅长。

［60］“其存”三句：直到现在，处在下位的人中，有个孟东野，开始用他的诗来鸣。

［61］“不懈”二句：不懈，指没有懈笔之处。浸淫，渗入，这里是“接近”“类似”的意思。

［62］从吾游者：跟我交往的人，这里指韩愈的学生。

［63］李翱（áo）：字习之，唐代古文家，有《李文公集》。张籍：字文昌，唐诗人，有《张司业集》。尤：杰出，特出。

［64］三子：指孟郊、李翱、张籍。信善：确实好。

［65］“抑不”二句：抑……抑……，选择连词。和，调谐。穷饿、思愁，都用为使动词。思愁，悲苦。

［66］悬：系。

［67］“其在”句：处在上位，何必欢喜？其，句首语气词，无义。奚以，何以。

［68］役于江南：指任溧阳尉事。役，服役，这里是“供职”的意思。

［69］“有若”句：好像心里有什么不痛快似的。释然，心胸开朗的样子。

［70］“故吾”句：所以我写了这些关于命运取决于天的道理来劝解他。

谈韩愈的《送孟东野序》[①]

周振甫

唐代散文大家韩愈以创作散文著名，他的《送孟东野序》又是用力之作，成为他的散文的名篇之一，选入《古文观止》，更为著名。他对孟郊（字东野）特别推重，写了《荐士》诗："国朝盛文章，子昂始高蹈。勃兴得李杜，万类困陵暴。"接下来就介绍孟郊："有穷者孟郊，受材实雄骜。"对这样一位诗人，给他写送别序，自然是很用力的。但对这篇序，却有不同看法，这里试就写作角度来探讨一下。

何焯在《义门读书记》讲《昌黎集》里说："但吾终疑'不得其平'四字，与圣贤之善鸣及鸣国家之盛处，终不能包含。此韩子之文，尚未与经为一耳。"就是说，这篇序的主旨有问题。这篇序的开头说："大凡物不得其平则鸣。"那应该指有才能而受压抑的人，感到不得其平而鸣。可是文章里讲了当权的得意的人物，他们在歌颂国家的兴盛。他们不属于被压抑而有不平的人物，"不得其平则鸣"好像不包括他们在内。这是说这篇的主旨同文中所举的例证不合，有问题。但林云铭的《韩文启》里却提出另一个意见。他说："凡人之有言，皆非无故而言，其胸中必有不能已者。这不能已，便是不得其平。""俗眼错认'不平'为不得用扼腕，何

① 周振甫（1911—2000），浙江平湖人。中华书局编审，著名学者，中国古典诗词、文论专家，资深编辑家。著有《严复思想述评》《周振甫文集》等。本文选自周振甫《诗文浅释》，见《周振甫文集》第九卷中国青年出版社 1999 年版。

啻千里？独不思篇中言皋陶，言禹，言伊尹，言周公，皆称其鸣之善。其不平处岂亦为不得用而然乎？”他认为当权的得意的人有话不能不说，这也是不得其平则鸣。不得其平则鸣同当权者的歌颂盛明并没有矛盾。吴楚材、吴调侯在《古文观止》里说：“此文得之悲歌慷慨者为多。谓凡形之声者皆不得已，于不得已中又有善不善，所谓善者又有幸不幸之分。”这里讲的，先说不平则鸣多数指悲歌慷慨，但这种善鸣又有幸不幸，幸指当权者的歌颂，不幸指被压抑者的鸣不得意。以上三种说法，何焯认为不平则鸣就指被压抑者的鸣他的不得意，不能指得意者的歌颂；林云铭认为只要有话不能不说都是不平则鸣，所以得意者的歌颂也是不平则鸣；二吴认为不平则鸣多数是指悲歌慷慨，但得意者的歌颂也可称不平则鸣。

对这三种说法应该怎样看呢？看原文：“有不得已者而后言，其歌也有思，其哭也有怀。凡出乎口而为声者，其皆有弗平者乎？”“是故以鸟鸣春，以雷鸣夏，以虫鸣秋，以风鸣冬，四时之相推夺，其必有不得其平者乎？”在这里，打雷是由于雨块带有多量异种电的云相冲击而成，是有不平的；风鸣是由于空气的流动也有不平；鸟鸣虫鸣大概为了求偶，不是什么不平。人们的言语，高兴时发欢笑，得意时发歌颂，都说不上不平则鸣。因此把各种鸣声都说成不平则鸣，是不恰当的。韩愈为什么这样说？就是要安慰孟郊。孟郊处境穷困，要到江南去做溧阳尉的小官，他的不平则鸣，是鸣他的不得意。韩愈要安慰他，说不平则鸣不一定是可悲的，要是你得意了，进了朝廷，为朝廷歌颂，也是不平则鸣。这样的安慰其实是不恰当的。孟郊的不平则鸣，是鸣他的有才而不得意。假使他进入朝廷，替朝廷歌功颂德，那就不属于不平则鸣了。就“不得其平则鸣”这样主旨说，同文章中写得意者的歌颂相矛盾，是有问题。这个问题却并不损害这篇文章的成为名篇。

读这篇文章，“大凡物不得其平则鸣”这个主要论点是激动人心的。这使人想起，司马迁在《报任少卿书》里愤激地提出：“诗三百篇，大抵圣贤发愤之所为作也。”这个发愤著书的命题，到韩愈笔下，成为“大凡物不得其平则鸣”，把内容扩大了。发愤著书，限于著书，能著书的人比较少。“不得其平则鸣”，能鸣的就多了，写诗是鸣，呼号也是鸣，说话来鸣不平也是鸣，实际上是把发愤著书的命题扩大了，普及到所有有不平的人。因此，这篇文章光就他提出这一个命题，就可以成为名句了。这说明写作要成为名篇，就要能提出激动人心的命题来。读者接受了这个命题，自然要读下去。碰到能发挥这一命题的话，自然能打动读者，看到矛盾，不能发挥这一命题的话，自然划过去，不放在心上。经过读者这样取舍，矛盾被抛弃了，能说明命题的被记住了。这样，这篇文章在读者的记忆中还是成为名篇。文中写历代的善鸣者，有孔子之徒，有庄周，有屈原，有先秦诸子；汉有司马迁、司马相如、扬雄；唐有陈子昂、李白、杜甫等。这些都可证实和加强不得其平则鸣这个主旨，最后归到孟郊。这说明，写文章，除了要提出有力的主旨以外，还需要有丰富的材料来加以证明，文章才有力量。反过来说，要是提不出有力的主旨，人云亦云，即使内容说得很妥帖，读者看过也就忘掉，成不了名文。没有丰富的材料，内容就嫌单薄，缺乏说服力，也不行。

韩愈这篇文章，还有一个特点。他论历代的善鸣者，在先秦诸子中特别推重庄子，超出于其他诸子，把庄子与屈原并提。他这样写：

周之衰，孔子之徒鸣之，其声大而远。传曰：天将以夫子为本（木）铎。其弗信矣乎？其末也，庄周以其荒唐之辞鸣。楚大国也，其亡也，以屈原鸣。臧孙辰、孟轲、荀卿，以道鸣者也。

下面列举墨翟、老聃、韩非、孙武等十四人称为“以其术鸣”。这样的写法，正是把庄子突出，几乎把他同当时被尊为圣人的孔子和伟大诗人屈原并列了。孟子和其他诸子都退在后面，这是韩愈的创见。在他以前，刘勰《文心雕龙·诸子》里，论到诸子文章的特色，像“孟荀所述，理懿而辞雅”一段，提到管、晏、列子、邹子、墨子等，就是没有庄子，把庄子列在以上诸子之下。萧统《文选》，不认为诸子是文。韩愈把庄子这样突出，是有他的卓见的。再像说：“汉之时，司马迁、相如、扬雄，最其善鸣者也。”把司马迁放在第一，这也是他的卓见。刘知几在《史通·六家》里就尊班固而贬低司马迁，韩愈根本不提班固，而把司马迁列在第一位，这是对司马迁散文的极力推重。后来的古文家接受他的意见，也推重司马迁，但又贬低相如、扬雄。他又推重相如、扬雄，这说明他的散文成就，在辞采方面又吸收了相如、扬雄，做到了“沉浸浓郁，含英咀华”，有他的特点。这是他的散文，同宋代欧阳修的散文平顺通达的不同的地方。下面对魏晋作家，评为“其声清以浮，其节数以急，其辞淫以哀，其志弛以肆，其为言也，乱杂而无章”。这也显示了他的独特看法，根本不提人名。这种看法把魏晋作家贬得太低了，但也为后来古文家所接受，所谓“文起八代之衰”。在以上的叙述里，显示出他对历代作家的评价，有他的独特见解。其中像推重庄子和司马迁，更为卓见。这些卓见超越前人，也是这篇文章成为名文的原因之一。在写法上，《古文观止》里评为：“句法变换凡二十九样。如龙之变化屈伸于天。”这是指他讲各种鸣的写法，确实有变化，是句法上的特点。这种变化是同他对历代作家的评价不同结合的。

林纾在《韩柳文研究法》里又指出这篇文章的毛病。韩愈称：“唐之有天下，陈子昂、苏源明、元结、李白、杜甫、李观，皆以其所能鸣。其存而在下者，孟郊东野始以其诗鸣。”林纾说：“陈子昂诸人，正以诗鸣者也。此数人既以诗鸣，则说到东野，不应用一‘始’字。”这是用词不当。还有，把陈子昂、李白、杜甫不称为以诗鸣，用来陪衬孟郊的以诗鸣，这样来突出孟郊，不免把孟郊推得过高了。总之，这篇文章有毛病，但仍不失为名篇之一。说明决定文章的能不能成为名篇，还得看主旨有没有创见，叙述有没有提出新的见解来，有没有新的表达法；要是主旨有创见，叙述有新的见解，又有新的表达法，即使文章本身有缺点，还是有可能成为名篇的。

送李愿归盘谷序[1]

太行之阳有盘谷[2]，盘谷之间，泉甘而土肥，草木丛茂，居民鲜少。或曰："谓其环两山之间，故曰盘。"或曰："是谷也，宅幽而势阻[3]，隐者之所盘旋[4]。"友人李愿居之。

愿之言曰："人之称大丈夫者，我知之矣。利泽施于人[5]，名声昭于时[6]。坐于庙朝[7]，进退百官[8]，而佐天子出令。其在外，则树旗旄[9]，罗弓矢[10]，武夫前呵[11]，从者塞途。供给之人[12]，各执其物，夹道而疾驰。喜有赏，怒有刑。才畯满前[13]，道古今而誉盛德，入耳而不烦。曲眉丰颊，清声而便体，秀外而惠中[14]，飘轻裾、翳长袖、粉白黛绿者[15]，列屋而闲居，妒宠而负恃，争妍而取怜[16]。大丈夫之遇知于天子[17]，用力于当世者之所为也。吾非恶此而逃之，是有命焉，不可幸而致也[18]。

"穷居而野处[19]，升高而望远，坐茂树以终日，濯清泉以自洁[20]。采于山，美可茹[21]；钓于水，鲜可食。起居无时，惟适之安[22]。与其有誉于前，孰若无毁于其后[23]？与其有乐于身，孰若无忧于其心？车服不维[24]，刀锯不加[25]，理乱不知[26]，黜陟不闻[27]。大丈夫不遇于时者之所为也，我则行之。

"伺候于公卿之门，奔走于形势之途[28]，足将进而趑趄[29]，口将言而嗫嚅[30]，处秽污而不羞，触刑辟而诛戮[31]，徼倖于万一，老死而后止者，其于为人贤不肖何如也？"

昌黎韩愈[32]，闻其言而壮之。与之酒而为之歌曰："盘之中，维子之宫；盘之土，可以稼；盘之泉，可濯可沿[33]；盘之阻，谁争子所[34]？窈而深[35]，廓其有容[36]；缭而曲，如往而复[37]。嗟盘之乐兮，乐且无殃[38]。虎豹远迹兮，蛟龙遁藏；鬼神守护兮，呵禁不祥[39]。饮则食兮寿而康[40]，无不足兮奚所望？膏吾车兮秣吾马[41]，从子于盘兮，终吾生以徜徉[42]”。

注释

[1] 李愿：隐士名，生平不详。五百家注载唐人《跋盘谷序后》说：“陇西李愿，隐者也，不干誉以求进，每韬光而自晦……昌黎韩愈知名之士，高愿之贤，故叙而送之。”盘谷：地名，在今河南省济源市北。

[2] 阳：山南为阳。

[3] 宅：地位，位置。幽：指深僻的地方。势阻：地势险阻。

[4] 盘旋：盘桓，留连。

[5] 利泽：利益，恩泽。

[6] 昭于时：显耀于一时。昭，显扬。

[7] 坐于庙朝：指在朝廷做官，参与国家大事。庙，宗庙。古代聘享、命官、议事常在祖庙举行，与朝廷出政并重，所以庙朝并称。

[8] 进退：升降，任免。

[9] 树：立起。旄：旗的一种，在旗杆上有犛牛尾或鸟的羽毛做装饰。这里指大官僚的仪仗。

[10] 罗：罗列。弓矢：代指兵器。

[11] 武夫前呵：武士在前面喝道。呵（hē），大声喝叱。

[12] 供给之人：供应差遣的人。

[13] 才畯：有才能的人。畯，同“俊”。

[14] “请声”二句：便体，体态轻盈。这里指歌舞的侍女。一说指近侍。秀外而惠中，外貌秀美，内心聪慧。惠，同“慧”。

[15] “飘轻”三句：裾（jū），衣服的前襟。一说为后襟。翳（yì）长袖，指用长袖遮蔽着身体。翳，遮蔽。一说翳，曳，拖。即拖着长袖。古谚有“长袖善舞”的话。粉，化妆用的粉末。黛，古

代妇女用以画眉的青黑色颜料。粉白黛绿，指美人。

［16］“妒宠”二句：妒宠，妒恨受宠的人。负恃，依仗所凭借（美貌）。负，在这里是动词，依仗。恃在这里作名词用，所凭借的，指美貌或男人的欢心等。妍，美。怜，爱。这两句是说，（那些众多的姬妾）依仗着自己的才貌互相争宠斗艳。

［17］遇知：信任优待。遇，待。知，被了解。

［18］不可幸而致：不能够徼倖得到。幸，徼倖。

［19］野处：居住在田野。

［20］濯清泉：用清泉洗涤。

［21］茹：吃。

［22］“起居”二句：起床和休息没有一定的时间，怎样舒适就怎样做。

［23］“与其”二句：与其当面受到称赞，不如背后不受毁谤。另一解为，与其有以前的称赞，不如没有后来的毁谤。

［24］车服：古代的车马服饰根据官位的高低而有所不同，这里以“车服”代指官爵。《尚书·舜典》：“车服以庸。”孔安国传：“功成则赐车服，以表显其能用。”维：束缚。这里说不受官爵的约束，即不做官。

［25］刀锯不加：刀锯等刑罚落不到身上。刀锯，古代刑罚的一种。《国语·鲁语上》：“中刑用刀锯。”这里泛指刑戮。

［26］理乱不知：世上的治乱一概不知，即不过问政治。理，治。

［27］黜陟不闻：朝廷官位的升降一概不闻。黜，降官；陟，升官。《尚书·舜典》：“三载考绩，三考黜陟幽明。”孔安国传：“黜退其幽者，升进其明者。”

［28］奔走于形势之途：奔走在势利场上，即趋炎附势的意思。形势，即权势的意思。《三国志·吴书·薛琮传》：“假以威宠，借之形势。”

[29] 趑趄（zījū）：要向前进又不敢走的样子。

[30] 嗫嚅（nièrú）：要说话而又不敢开口的样子。

[31] 触刑辟而诛戮：触犯刑法而被杀。辟，法。

[32] 昌黎：郡名。三国魏正始五年置辽东属国，后改昌黎郡。韩愈称“昌黎”，当系郡望。

[33] 沿：循行，这里指沿水散步。《尚书·禹贡》：“沿于江海。”孔安国传：“顺流而下曰沿。”

[34] 谁争子所：谁来争你的这个地方呢？所，处所。

[35] 窈：幽远。

[36] 廓其有容：空廓而有容量。

[37]“缭而”二句：缭，环绕。往，去。复，返。山路回环曲折，行人好像往前行，却不知不觉又转回来了。

[38] 殃：祸害。一作“央”（尽）。

[39] 呵禁：呵斥、禁止。不祥：不吉利的东西。

[40] 则：而。

[41] 膏（gào）：把油加在车轴上。秣：喂（马）。指准备出发。

[42] 徜徉：徘徊游荡。

读韩愈《送李愿归盘谷序》[1]

吴小如

一

苏轼在《潮州韩文公庙碑》中曾表彰韩愈是“文起八代之衰，而道济天下之溺”；韩愈本人在《答李翊书》中也说自己“始者非三代两汉（‘两’一作‘秦’）之书不敢观，非圣人之志不敢存”。根据这些几乎已成定论的意见，我们只要一谈到韩愈，就会很自然地产生两种印象：一、韩愈是复古主义者，他要使文章恢复到西汉《史记》以前的那种基本上以散体为主的形式；二、韩愈是反对六朝骈体文的，因为骈体文尚辞藻、重文采、讲究堆砌典故，而内容比较贫乏，所以韩愈本人写文章就不大讲求声色辞采。其实，这只看到了韩愈提倡古文的一个方面。如果翻阅一下韩愈的全部文章，就会感到他写的散文不仅要“起八代之衰”，而是企图集古今之大成，在继承先秦两汉、魏晋六朝各体文学作品的基础上走一条创新的路。因为韩愈不但能写富有辞采的散体文，而且同样能写相当漂亮的骈体文。尤其是他的这篇《送李愿归盘谷序》，更是熔《诗》《骚》、赋和骈体文于一炉的代表作。

自六朝以来，有文、笔之分，所谓“有韵为文，无韵为笔”。

① 吴小如（1922—2014），原名吴同宝，曾用笔名少若，安徽泾县人。著名历史学家，北京大学教授，在中国文学史、古文献学、俗文学、戏曲学、书法艺术等方面都有很高的成就和造诣，被认为是"多面统一的大家"。著有《古文精读举隅》《古典小说漫稿》等。本文选自吴小如《古文精读举隅》，天津古籍出版社2002年版。

《送李愿归盘谷序》原是散文，但文中押韵的句子并不少（韵脚却很自由），可谓融文笔为一。其文总的间架结构是散体，但具体描写却多偶句，可谓融骈散为一。铺陈摹写处文句有时有韵，有时无韵，俨然开唐宋古文赋（如《阿房宫赋》《秋声赋》《赤壁赋》）之先河，而实际则直接继承了汉魏六朝赋体的特点。篇末以有韵歌词作结，这首歌曲前一半像《诗经》和《石鼓文》，后一半则全用《楚辞》句型，可以说做到《诗》《骚》二体巧妙而有机的结合。难怪前人认为晋无文章，只有一篇陶渊明的《归去来辞》而已（欧阳修语）；唐无文章，只有一篇《送李愿归盘谷序》而已（苏轼语）。话虽稍近夸张，实足以说明其文之确具特色。而这个特色的形成，我以为就在于继承遗产、融合众体，既有传统依据，又具有作者自家的独特风格。读者非但不觉此文沾染了六朝习气，反而感到它汲取了六朝文的特点和长处，这才是对文学遗产继承和发展的统一，既属有本之木，有源之水，又以新颖的面貌展示出作者的才华和功力。

二

在分析这一名篇的艺术特点之前，还有几个先决的问题要简单谈一下。一、李愿是何许人？二、对文章的题目应如何理解？三、作者此《序》是以李愿本人的话为主要内容的，换言之，即作者借李愿之口来表达自己的观点和意见，而李愿之所谈究竟包括了几种范畴的人？

先说第一个问题。旧注多以李愿为西平王李晟之子，恐非是。据清人陈景云《韩集点勘》之说，李晟之子是唐朝宫禁的宿卫将，根本无归隐之事。可见这里韩愈所说的“友人李愿”是另外一个人。其次，从文章的内容看，作者一开头就介绍了盘谷的情况，然后说“友人李愿居之”，可见李愿本已住在盘谷（其地在今河南济源）。今济源有石刻，谓此文作于唐德宗贞元十七年（公元801年），当时韩愈正在长安。文章的题目作“送李愿归盘谷”，可见李愿是从京师长安回归故居，韩愈乃作此《序》以壮其行色。第三，李愿从盘谷到长安，显然有出山求仕之意。不想到了京师之后，竟发现当时的豪门权贵是如此专横跋扈与荒淫腐朽；官场中也大都是蝇营狗苟、趋炎附势之徒，种种丑态都被李愿看在眼里。于是他才决心归隐，不再留居长安。因此，韩愈在借李愿之口来描写当时上层社会的人物时，下笔极有分寸。一种是在朝的豪门权贵，这种人本算不上“大丈夫”，但因他们地位高，权势重，所以才被人“称”作“大丈夫”。而“大丈夫不遇于时者之所为”，乃李愿自谓，这个“大丈夫”实是真正的大丈夫，同上文“人之称大丈夫者”并不属于同一范畴。旧说多以“伺候于公卿之门”以下至“其于为人贤不肖何如也”为第三种人，即向豪门权贵去趋炎附势的家奴走狗式人物。我则以为，这种人在未得意时，固然极尽其“伺候”“奔走”之能事；但中唐时期，门阀制度已逐渐衰微，一般的布衣之士并非完全不可能爬上高位，而这班人之所以也能成为“大丈夫”，其当务之急则是先要充当豪门走狗，然后逐步转化为显贵。这就是杜甫所说的“同学少年多不贱，五陵衣马自轻肥”。可见这第三种人同第一种“人之称大丈夫者”实属一类人物，他们同那种不屑于与之同流合污的真正大丈夫是相对立的。而那些已经当权得势的“大丈夫”实际上有一批是从这些个无耻之徒中间慢慢“熬”或“混”到显贵地位的，其身价之高低不过是从量变到质变而已。

三

下面谈谈这篇文章的结构艺术。一言以蔽之，可以说它是以“偶”为主的。所谓“偶”，指两两相称或彼此对比。但在相称或对比之中又有所侧重，显得在排比对偶中有变化，并不要求整篇的布局绝对均衡，我试名之曰“偶中有奇”。如第一段写盘谷，用传统史书的术语说应属于“记事”性质。而后面李愿的大段发言以及韩愈送行的歌词，皆属于“记言”性质，“记事”部分只说了简短的一段，而“记言”部分则占了全文绝大部分篇幅。这就是偶中有奇。至于“记言”部分，又以李愿之言为主，韩愈相送的歌词不过是陪衬之笔。但作者此文本为送人而作，理应作者是主而李愿是宾。今则以宾为重点，主反退居次要地位，这又是偶中有奇。李愿的话共划分为三个自然段，如上所述，人物虽属于两个范畴，却包括着三种身份，这还是偶中有奇。对于“人之称大丈夫者”，其描述共分在朝、出外和平居日常生活三层，这仍是偶中有奇。而对第三层的描写，虽分外有“才俊（畯）满前”，专门阿谀奉承和内有“粉白黛绿者”列屋争妍这两个方面，看似均衡布局，然而对后者的描写笔墨偏多，以见其在荒淫享乐方面尤重于爱听歌功颂德的话，依旧是偶中有奇。第二段写“大丈夫不遇于时者之所为”，又分三小节（“三”为奇数）：一是生活上“惟适之安”，二是精神上的“无忧于心”，三是对民事的不闻不问，而这第三小结却是第一二两小结的一个小结。其偶中有奇的结构特点更为显然。

当然，文章中也有只偶不奇的地方。如第一段便用两个“或曰”形成对称。但细究之，前实而后虚。因盘谷之得名显然由于地势的缘故而与有无隐者无关。但作者却是要借后一层意思把文章生发开去，更侧重于第二个“或曰”的内容，所以也还不是绝对的均衡布局。

末一段歌词，从“盘之中”到“如往而复”共六小节，都是两句一节，比较匀整。但前三节和第五六两节都是实写，独第四节为虚笔，并不相称。从“嗟盘之乐兮”至结尾“终吾生以徜徉”，也是六小节。但这后一个六小节与前六节不同。前三小节是泛说，每节二句；中二小节是指李愿，每节一句；最后一小节是说自己，却写了三句，看似匀整，却屡有变化。这也属于“偶中有奇”。

四

本篇的主题思想也不是一眼就看得出的。歌颂隐者僻居山林之乐，自是题中应有之义，但这是最表面的意思。而讥刺豪门权贵的炙手可热和嘲讽“伺候”“奔走”之徒的厚颜无耻，则是比较深入一层的揭露了。至于通过李愿之口，强调穷通“有命”，宣传明哲保身之道，应属文章的局限性，然而这仍非作者立意的主旨。作者真正的用心所在却若隐若显地体现在李愿所说的三段话的后两段中。那就是：所谓“遇知于天子，用力于当世”的“大丈夫”，其当权得势和荒淫享乐的好运气实际是不会长久的。冰山易倒，统治阶级内部的互相倾轧，达官贵人因胡作非为而招来的飞灾横祸，这正是中唐时期经常出现的社会现实，在韩愈、柳宗元、刘禹锡、白居易的文章和诗歌中都有不少具体的反映。李愿正是针对这种活生生的现实才发生这样的感慨：“与其有乐于身，孰若无忧于其心”“车服不维，刀锯不加”，以及“处秽污而不羞，触刑辟而诛戮”这一类的话。这说明豪门贵族在大权独揽时固然趾高气扬，十分得意；而其后果却非常危险，不堪设想。所以韩愈在送李愿的歌词中提到了“虎豹远迹兮，蛟龙遁藏；鬼神守护兮，呵禁不祥”。“虎豹”“蛟龙”显然是比喻，而“不祥”的实质则是指当时黑暗腐朽、瞬息万变的动荡政治局面。除了这些内证之外，还有外证足资参考。韩愈在《圬者王承福传》中就有一段话说得十分清楚明确：

> 嘻！吾操镘以入贵富之家有年矣，有一至者焉，又往过之，则为墟矣；有再至三至者焉，而往过之，则为墟矣。问之其邻，或

曰：噫！刑戮也。或曰：身既死，而其子孙不能有也。或曰：死而归之官也。吾以是观之，非所谓食焉怠其事，而得天殃者耶！……

而在白居易的《凶宅》《凌霄花》等诗中，所反映的大抵也是类似的情况。可见唐王朝中叶的社会现实确是如此。而这种现状对封建统治阶级巩固其政权是非常不利的。这才是韩愈写这篇序文的真正用意。

但韩愈的文章是写得相当巧妙的。在李愿对“人之称大丈夫者”的一段描述中，明明是讥刺，看去却仿佛歌颂；明明是揭露，看去却仿佛夸耀。甚至愈写愈铺张，看去似艳羡口吻，实际却是无情鞭挞。而对这种“大丈夫”所即将面临的危险处境，却含蓄地停顿不说下去，然后在后面的几段话中曲折地把真意透露给读者。所谓“徼幸于万一，老死而后止”，即是说无论高高在上的达官贵人或依附于权豪之门的无耻之辈，能保全首领活下来的不过是极少数的例外而已。因此我以为，六朝骈文虽辞采富赡，典故很多，但文章内容却比较直截了当，没有什么深度；唐宋八家的古文，看似平淡质实，而它们所反映的思想内容却深微曲折，不是一下子就能从表面上看得出来的。然则苏轼说韩愈“文起八代之衰”，是否其真正可贵处在此不在彼呢。质之读者，不知以为然否？

祭十二郎文[1]

年月日，季父愈闻汝丧之七日[2]，乃能衔哀致诚[3]，使建中远具时羞之奠[4]，告汝十二郎之灵[5]：

呜呼！吾少孤[6]，及长[7]，不省所怙[8]，惟兄嫂是依[9]。中年，兄殁南方[10]，吾与汝俱幼，从嫂归葬河阳[11]，既又与汝就食江南[12]；零丁孤苦，未尝一日相离也。吾上有三兄[13]，皆不幸早世[14]。承先人后者[15]，在孙惟汝，在子惟吾，两世一身[16]，形单影只。嫂尝抚汝指吾而言曰："韩氏两世，惟此而已！"汝时尤小，当不复记忆；吾时虽能记忆，亦未知其言之悲也。

吾年十九，始来京城，其后四年，而归视汝。又四年，吾往河阳省坟墓[17]，遇汝从嫂丧来葬[18]。又二年，吾佐董丞相于汴州[19]，汝来省吾；止一岁[20]，请归取其孥[21]。明年丞相薨[22]，吾去汴州[23]，汝不果来[24]。是年，吾佐戎徐州[25]，使取汝者始行，吾又罢去[26]，汝又不果来。吾念汝从于东[27]，东亦客也[28]，不可以久；图久远者，莫如西归，将成家而致汝[29]。呜呼！孰谓汝遽去吾而殁乎[30]！吾与汝俱少年，以为虽暂相别，终当久相与处，故舍汝而旅食京师[31]，以求斗斛之禄[32]；诚知其如此[33]，虽万乘之公相[34]，吾不以一日辍汝而就也[35]！

去年，孟东野往[36]，吾书与汝曰[37]："吾年未四十，而视茫茫[38]，而发苍苍[39]，而齿牙动摇。念诸父与诸兄[40]，皆康强而早世，如吾之衰者，其能久存乎[41]？吾不可去，汝不肯来，恐旦暮死，而汝抱无涯之戚也[42]。"孰谓少者殁而长者存，强者夭而病者全乎[43]？呜呼！其信然耶[44]？其梦耶[45]？其传之者非其真耶[46]？信也，吾兄之盛德而夭其嗣乎[47]？汝之纯明而不克蒙其泽乎[48]？少者强者而夭殁，长者衰者而存全乎？未可以为信也。梦也，传之非其真也[49]？东野之书，耿兰之报，何为而在吾侧也？呜呼！其信然矣[50]！吾兄之盛德而夭其嗣矣！汝之纯明宜业其家者[51]，不克蒙其泽矣！所谓天者诚难测[52]，而神者诚难明矣！所谓理者不可推[53]，而寿者不可知矣[54]！虽然[55]，吾自今年来，苍苍者或化而为白矣，动摇者或脱而落矣[56]。毛血日益衰[57]，志气日益微，几何不从汝而死也[58]！死而有知，其几何离[59]？其无知，悲不几时，而不悲者无穷期矣[60]。汝之子始一岁[61]，吾之子始五岁[62]，少而强者不可保，如此孩提者又可冀其成立耶[63]？呜呼哀哉！呜呼哀哉！

汝去年书云："比得软脚病[64]，往往而剧[65]。"吾曰："是疾也，江南之人，常常有之。"未始以为忧也[66]。呜呼！其竟以此而殒其生乎[67]？抑别有疾而至斯乎[68]？汝之书，六月十七日也。东野云：汝殁以六月二日[69]。耿兰之报无月日。盖东野之使者不知问家人以月日，如耿兰之报[70]，不知当言月日。东野与吾书，乃问使者，使者妄称以应之耳[71]。其然乎？其不然乎[72]？

今吾使建中祭汝，吊汝之孤与汝之乳母[73]。彼有食可守以待终丧[74]，则待终丧而取以来[75]；如不能守以终丧，则遂取以来。其余奴婢，并令守汝丧。吾力能改葬，终葬汝于先人之兆[76]，然后惟其所愿[77]。

呜呼！汝病吾不知时，汝殁吾不知日；生不能相养以共居，殁不能抚汝以尽哀，敛不得凭其棺，窆不得临其穴[78]。吾行负神明[79]，而使汝夭。不孝不慈[80]，而不得与汝相养以生，相守以死；一在天之涯，一在地之角，生而影不与吾形相依，死而魂不与吾梦相接，吾实为之，其又何尤[81]！彼苍者天，曷其有极[82]！自今已往，吾其无意于人世矣！当求数顷之田于伊、颍之上[83]，以待余年，教吾子与汝子幸其成[84]，长吾女与汝女待其嫁[85]，如此而已！呜呼！言有穷而情不可终，汝其知也耶？其不知也耶？呜呼哀哉！尚飨[86]。

注释

［1］十二郎：名老成，排行十二，故称十二郎。韩愈二哥韩介之子，过继给韩愈大哥韩会为子。韩愈幼而丧父，由韩会夫妇抚养成人，自幼与韩老成在一起生活。

［2］季父：叔父。

［3］衔哀致诚：含着悲哀表达诚挚的心意。

［4］建中：和后文的耿兰，可能都是韩愈家中的仆人。远具：从远处备办。时羞：应时的鲜美食品。羞，同“馐”。奠：祭品。

［5］汝：你。灵：死者的魂灵。

［6］孤：指幼年丧父。韩愈父韩仲卿死于大历五年（770），当时韩愈三岁。

［7］及长（zhǎng）：等到年纪长大了。

［8］不省（xǐng）所怙（hù）：不记得父亲的音容。怙，依靠。《诗经·蓼莪》：“无父何怙？”后因用“怙”作为父亲的代称。

［9］惟兄嫂是依：即“唯依兄嫂”，只能依靠兄嫂抚养。

［10］兄殁南方：韩会死在韶州（今广东韶关）刺史任上，年四十二岁。殁（mò），死。

［11］河阳：今河南省孟州市西，韩愈家祖坟所在地。

［12］既：既而，后来。就食：谋生活。按，唐建中二年（781），北方动乱不安，韩家避居宣州（今安徽省宣城市），他家另有田园在此。

［13］三兄：韩愈只有韩会、韩介两个胞兄，“三”字当误。

［14］早世：过早地去世。

［15］先人：指韩愈父韩仲卿。

［16］两世一身：两代都只有一个人。身，在这里指能继承家业的男子。

［17］省（xǐng）：探视，看望。

［18］从嫂丧来葬：因嫂嫂丧亡来老家安葬，韩愈嫂郑氏死于贞元九年（793）。

［19］佐：辅佐、协助。董丞相：即董晋，贞元十二年（796）七月任宣武军节度使，韩愈在其部下为节度推官。汴州：治所在今河南省开封市。

［20］止一岁：住了一年。

［21］孥（nú）：家属，指妻和子。

［22］薨（hōng）：古代对诸侯或高级官员死亡的特别说法。贞元十五年（799）二月，董晋死于汴州。

［23］去：离开。

［24］不果：没能够。

［25］佐戎：辅佐军事工作。指韩愈离开汴州到徐州投靠武宁节度使张建封，担任节度推官的职务。

［26］“使取”二句：派去接你的人刚走，我又辞退官职离开。唐德宗贞元十六年（800），张建封去世，韩愈西归洛阳。

［27］从于东：跟我到东边（指徐州）来。

［28］客：指暂时客居，不是长久之计。

［29］“将成”句：把家安顿好再把你接来。

［30］“孰谓”句：谁料到你骤然离开我而死呢！

［31］旅食：在外地谋生。韩愈于贞元十七年（801）来京城长安选官，调为四门学士。

［32］斗斛（hú）之禄：微薄的俸禄。斛，十斗。

［33］诚：如果。

［34］万乘（shèng）之公相：泛指高官。万乘，指拥有一万辆

兵车的大国，借指天子。乘，一车四马。公相，公卿宰相。

［35］“吾不”句：我一天也不离开你去就任官职。以，于。辍（chuò），中断。

［36］孟东野：见本书《送孟东野序》注［1］。贞元十八年（802），孟出任溧阳（今江苏溧阳市）县尉。该县离宣州不远，所以韩愈托孟郊捎信。

［37］书：这里指带信。

［38］茫茫：视力模糊不清。

［39］苍苍：头发花白。

［40］诸父：泛称，伯父、叔父。

［41］其：岂。

［42］无涯之戚：无尽的忧伤。涯，边际。戚，忧伤。

［43］“孰谓”二句：句中“少者”“强者”指十二郎。“长者”“病者”指韩愈自己。夭，早死。

［44］其信然耶：难道果真是这样吗？其，岂。

［45］其：与下句的“其”都是选择连词，意为“还是”。

［46］传之者非其真：传来的消息不确实。

［47］“信也”二句：如果是真的，像我哥哥这样有大德的人就断了后吗？嗣，子孙后代。

［48］“汝之”句：你这样的纯正聪明竟不能承受他的恩泽吗？克，能够。

［49］“梦也”二句：如果说是梦，传来的消息不真的话。

［50］其信然矣：确实是真的啊！其，表加强语气。

［51］业：作动词用，继承家业。

［52］诚：确实。测：推测。

［53］理：事理。推：推知。

［54］寿：寿命。

［55］虽然：虽说是这样。

［56］动摇者：指牙。

［57］毛血：指体质。

［58］几何：这里当“为什么”“怎么”讲。

［59］其几何离：眼下的分离能有多久呢？意谓自己很快也将死去，与死者相会。

［60］“悲不几时”二句：悲伤的日子将不会长久（因为我也离死不远），不悲伤的日子倒是无穷无尽的。

［61］汝之子：指韩老成次子韩滂。老成死时，他才一岁。

［62］吾之子：指韩愈长子韩昶（chǎng），这年五岁。

［63］孩提：幼儿。这里指韩滂和韩昶。冀：希望。成立：成长到能够自立。

［64］比（bì）：近来。脚软病：双脚萎弱不能行走的病症。一说即今之脚气病。

［65］剧：加剧，严重。

［66］未始：未曾。

［67］其：岂。殒（yǔn）：死亡，这里指“丧失”。

［68］“抑别”句：还是有别的病而致你于死呢？抑，选择连词。

［69］以：于。

［70］如：而。连词。

［71］“使者”句：使者胡乱报个日期来应答一下罢了。

［72］“其然”二句：是这样呢，还是不是这样呢？

［73］吊：慰问。孤：指韩老成的儿子。乳母：奶妈。

［74］终丧：丧期终了。古礼，子为父服丧三年。

［75］取以来：把他们搬取到我这里来。

［76］兆：坟地。

［77］“然后”句：这样以后，才算了却我的心愿。其，指代“我”。

[78]“敛不”二句：敛，把尸体装入棺材。凭，靠着。窆（biǎn），下棺入墓穴。

[79]行负神明：行为对不起神明。

[80]不孝不慈：指对父母不孝，对侄儿不慈。

[81]其又何尤：又能怨恨谁呢？尤，怨。

[82]“彼苍”二句：语出《诗经·黄鸟》：“彼苍者天；歼我良人。”和《诗经·鸨羽》：“悠悠苍天，曷其有极！”意谓：苍天啊，我的痛苦悲伤哪里是尽头呢？曷（hé），何。

[83]伊、颍之上：指韩愈的故乡。伊河和颍河，都在河南省。

[84]幸其成：希望他们成材。

[85]长（zhǎng）：作使动词用，使长大，养育。

[86]尚飨（xiǎng）：希望死者来享用祭品。是祭文结尾的格套。

韩愈《祭十二郎文》鉴赏①

王思宇

韩愈的《祭十二郎文》，被称为祭文中的“千年绝调”，是古代抒情散文中的不朽名篇。十二郎是韩愈的侄子，名老成，韩愈仲兄（二哥）韩介所生，伯兄（大哥）韩会无子，出继给韩会作子嗣；他在族中排行第十二，故称十二郎。《祭十二郎文》写于贞元十九年（803）五月，韩愈三十六岁，在京城长安（今西安）任监察御史。

祭文是祭奠亲友的文辞；也有祭神祭物的，但不多见。韩愈以前的祭文，内容多是赞颂死者的功业或德行，以寓哀悼之意；形式一般都是骈文或四字一句的韵文，比较呆板。韩愈这篇《祭十二郎文》，通篇全用散体，全篇都叙写他和十二郎的情谊和对十二郎之死的悲痛，在祭文中是首创。这篇文章可以分为三大段。从“年月日”至“告汝十二郎之灵”这几句，说明祭奠时间，谁祭谁，是祭文开头的固定形式。以下至“吾不以一日辍汝而就也”为第一大段，写十二郎生前，作者同他的深厚情谊。这段又分两小段：前半段从身世、家世的不幸这两个方面，写幼时孤苦相依；后半段叙二人的三别三会，写成年后离合不定，最后终于不得会合而成永别，悔恨无穷，终身抱痛。从“去年，孟东野往”至“其然乎？其不然

① 王思宇（1938—），原名王继光，笔名史愚、季光。四川三台人。历任人民文学出版社古典文学编辑室编辑、副主任，编审。著有《先秦两汉诗选讲》《文言小说名篇选注》等。本文选自吴功正主编《古文鉴赏辞典》，江苏文艺出版社1987年版。标题为编者所加。

乎”为第二大段，写十二郎之死，也分两小段：前段写对十二郎之死的悲痛；后段详叙死期死因，皆不得确实结果，既补明开头闻丧七日始来祭奠，是因为不得确实死期，又为下文“汝病吾不知时，汝殁吾不知日”伏根。最后一大段写对十二郎及其遗孤的吊慰，交代迁葬及教养遗孤等事，要死者放心。

韩愈的散文历来被认为结构谨严而又富于变化，清代桐城派古文家刘大櫆说：“文贵变。……一集之中篇篇变，一篇之中段段变，一段之中句句变，神变，气变，境变，音节变，字句变，惟昌黎能之。”（《论文偶记》）这篇《祭十二郎文》，也体现了这个特点。全篇三大段之间，不但自有有机联系，而且一段之中，又分若干小段，小段之中，又有若干层次，层次当中，还有不少转折。以第二大段的前半段为例。一开始，作者先不直接写十二郎，而是先写自己。“吾年未四十”四句，是衰象，后来被传颂为写未老先衰的名句，这是一层。“念诸父与诸兄，皆康强而早世”，是长辈的例子，又是一层。以下四句，一句写一层意思，说明自己将死，要十二郎早来相会。这是第一小段。下面“孰谓”两句一转，便过渡到十二郎之死。这种写法，是用上文反跌下文，也就是用自己之将死而竟不死。反衬出十二郎之不应死而竟死的特别可哀。“少者殁而长者存，强者夭而病者全”，这不合情理，太使人悲哀，在这个巨大的打击下，作者神志恍惚，不相信这是事实，所以下面紧接着一转，发出“其信然耶？其梦耶？其传之非其真耶？”三个疑问，然后从信说到疑，一层；从疑又说到信，又一层；最后把十二郎之死归咎于天，归咎于神，归咎于理，得出“寿者不可知”的结论。这是第二小段。从文意讲，十二郎之死，于此已经写完，此段已可结束，但“虽然”两字一转，又上承开头“而发苍苍”一段翻进一层，写自己的衰象更加严重，又回到自己之将死。“几何不从汝而死也”，是说自己不久也要跟在十二郎的后面死去，讲的本来是一件不幸的事，可是下面突然一转，又变成了幸事——“死而有知，其几何离？其无知，悲不几时，而不悲者无穷期矣！”作者已经痛不欲生，所以视死为幸了。这是第三小段。文章至此，已将作者和十二郎两个方面讲尽，但作者还不结束，又上承第二小段写二人之子之难保。这是第四小段。以上可以看出，短短一段当中，层次转换，变化无穷，有如万水回环，千峰合抱。而这一切在作者说来，不过是将情将事如实叙写，并未有意去精心结撰，过接转换，显得非常自然，看不出丝毫造作之迹。这种不刻意追求结构而结构自妙，在古今都是不可多得的。

除了结构方面这个韩文的共同特点之外，此文还有它独具的显著特色。读完这篇祭文，我们最突出的一个感觉，就是全篇自始至终，贯注着一个“情”字。“言有穷而情不可终”，作者在此文结尾的这句话，表明它是因情而写，所写皆情，整篇祭文都是作者用感情所写成。韩愈三岁丧失父母，由兄嫂——也就是十二郎的父母抚养成人，他和十二郎，虽为叔侄，实同兄弟，从小生活在一起，“零丁孤苦，未尝一日相离”，感情特别深厚。十二郎的死，使他悲痛欲绝，也勾起他的辛酸回忆。身世的不幸，家世的凄凉，父母的早逝，兄嫂的抚养，从前同十二郎一起生活的种种情景，都一齐涌上心头；自己的衰病，子孙辈的幼小，这是眼前必须正视的情况。所有这一切，汇成一股感情的激流，作者悲感万端，百思萦集，情不能已，因而写成此文。这里有怀念，有感激，有悔恨，有哀愤，有内疚，有期望，全篇每句每字，都可看到作者感情的奔流。此文不但全篇写情，而且写得非常真，非常深，历来被称为“至情”之文。作者从自己的不幸身世，说到同十二郎的情谊，说到十二郎之死和善后事宜，不加修饰，不作渲染，完全从肺腑中流出，全都是骨肉至情的真实流露。开头的“少孤”“兄殁”“吾与汝俱幼”，看去似乎很平淡，却饱含着作者的无限辛酸和眼泪，写得很沉痛。嫂子的惨不忍闻的话和“抚汝指吾”的慈爱而又凄楚的神情，对自己离家谋生的深沉悔恨，得知十二郎死讯后的悲痛心情，也无不情真语真，悲酸无限。我们还可看到，作者抒写时非常坦率，想到什么就写什么，心里怎么想，笔下就怎么写，没有丝毫隐避，一任感情自然倾泻。例如写自己离家的目的，明白地说是以“求斗斛之禄”，要是别人，恐怕就不会这样直截了当，很可能不是闭口不说，就是另外安上一个什么冠冕堂皇的名目。想到二人之子，说：“少而强者不可保，如此孩提者，又可冀其成立耶？”按照旧时的忌讳，这样的话是不吉利的，由此正可看出作者此时悲痛至极，因而什么也不顾忌了。末尾将十二郎之死完全归罪于自己，说自己“行负神明”“不孝不慈”，更是披肝沥胆的恸哭长号。清代叶燮论诗文，有重“胆”之说：“无胆则笔墨畏缩”“欲言而不能言，或能言而不敢言”(《原诗》)。韩愈此文，正称得上有胆：他既敢打破祭文的传统形式，又敢无话不说，所以才写出这篇千古传颂之作。不仅如此，我们细读全文，还可看到作者感情的起伏变化。篇中用“呜呼”“呜呼哀哉”这两个悲叹词，来表现这种变化情态，凡是用这种词的地方，都表示感情变得更加强烈。从第一个“呜呼”开始，可以看到，作者由含着眼泪的深沉倾诉，进而呜咽抽泣，进而泪流满面，至“汝之子始一岁”一段之末，连用两个“呜呼哀哉”，已经是号啕痛哭，感情发展到一个高潮。到“呜呼！汝病吾不知时”至“彼苍者天，曷其有极”这个长句，声调急促，一气贯注，一句紧接一句，一字紧接一字，中间不能断开，简直就是顿足捶胸，呼天抢地，悲痛之情发展到最高点。值得注意的是，这种发展，并不是直线的，在一度激烈之后，又伴随着一段虽然悲切但却较为平静的倾诉，这样或高或低，或疾或徐，就像生活中的真实情况一样。结尾“言有穷而情不可终”，使人感到祭文已完，作者仍然悲哭不已。清人储欣评论此文说：“以痛哭为文章。有泣，有呼，有诵，有絮语，有放声长号，此文而外，惟柳河东太夫人墓表同其惨烈。”（见其编选的《唐宋八大家类选》卷十四）《古文观止》的编选者也说：“情之至者，自然流为至文。读此等文，须想其一面哭，一面写，字字是血，字字是泪。”这些话是很有见地的。确实，读这篇祭文，我们不但可以看到作者眼泪纵横的模样，还可听到作者痛哭的声音。正因为如此，千百年来，不知有多少读者被它所打动。宋代大作家苏轼曾说，“读韩退之《祭十二郎文》而不堕泪者，其人必不友”，可见它感人之深。正是为了抒情，此文在写法上也有着与一般祭文显著不同的一个特色：通篇以汝吾相称，好像同亡者家常对话一样，读来特别真切感人。开篇“告汝十二郎之灵”，作者不像一般祭文用“祭”字，而特别用一“告”字，这就使读者先留下一个印象：下面的话都是作者向十二郎的倾诉。把此文同韩愈以前和以后其他许多祭文比照读读，就会产生这样一个感觉：其他那些祭文，祭的是“死人”，文中内容大多是赞颂死者的功业或德行，俨如对死者一生的评论，祭的是死者，实际上是讲给其他活着的人听。旧时祭文的写法大多如此公式化，所以为人传颂的不多。此文则不然。它写的全是作者同十二郎之间的个人家常琐事，通篇没有一句专门赞颂的话（只在行文中顺带提到伯兄的“盛德”和十二郎的“纯明”），每字每句，都是讲给死者听的，而死者也好像并没有死，正在听作者讲说。篇中叙十二郎生前种种家庭琐事的段落，就像久别重逢的亲人在一起回忆往事。即使是讲十二郎之死的地方，也好象（像）死者就在旁边倾听，例如讲死期死因一段，就像二人在一起核实情况一样。同时，文中不时插入一些问话，如“其竟以此而殒其生乎？抑别有疾而至斯乎？”“其然乎？其不然乎？”“汝其知也耶，其不知也耶？”像是作者当着十二郎的面在问他，更增强了当面对话的意味。因为是讲给死者听的，所以文中不发半句议论，文字朴素如口语，全文反复曲折，好像絮絮叨叨，实则不觉其烦，而且越读越打动人。也是为了抒情，此文还特别注意文言虚词，特别是语气词的运用，从而增强了行文的感染力。不论在古文或白话文中，虚词都是不可缺少的一个部分。有的古代散文，往往由于虚词运用的巧妙，使文章别具风采。欧阳修的《醉翁亭记》，全文除一句之外，其他每句之末，都用一个语气词“也”字，因而使文章格外生色，是大家熟知的例子。在《祭十二郎文》的第二大段中，这一点也很突出。这段开头，“吾年未四十，而视茫茫，而发苍苍，而齿牙动摇”，连用三个并列的转折连词“而”字。从“呜呼！其信然耶？其梦耶？其传之非其真耶？”以下，先是连用三个“耶”字，紧接着又接连不断地连用三个“乎”字，三个“也”（同“耶”，作疑问语气词）字，五个“矣”字。如是迭用连词和语气词，第一是可以加重语气，使表达的感情更加强烈；第二是可以押韵和增强文章的节奏，从而增强作品的感人力量。由于连用“耶”“乎”“也”“矣”等语气词，使这篇祭文在散体之中又含有韵味，节奏也更加顿挫有力，更能打动读者的心。

刘禹锡

刘禹锡（772—842），字梦得，洛阳（今河南省洛阳市）人。贞元九年（793）进士，授监察御史。与柳宗元等参与王叔文领导的永贞革新运动，失败后，贬为郎州（今湖南常德）司马，后来做过一些地方的刺史，晚年迁至太子宾客。

刘禹锡是唐代中叶著名诗人，散文简洁晓畅。有《刘梦得文集》《外集》。

陋室铭[1]

山不在高，有仙则名。水不在深，有龙则灵。斯是陋室[2]，惟吾德馨[3]。苔痕上阶绿，草色入帘青。谈笑有鸿儒[4]，往来无白丁[5]。可以调素琴[6]，阅金经[7]。无丝竹之乱耳[8]，无案牍之劳形[9]。南阳诸葛庐[10]，西蜀子云亭[11]。孔子云："何陋之有？"[12]

注释

［1］铭：文体的一种。本篇属箴铭类，意在规戒自己。

［2］斯：此，这。

［3］惟吾德馨：但我的品德是美好的。馨，能散布到远处的香气。《左传·僖公五年》："黍稷非馨，明德惟馨。"

［4］鸿儒：大儒。《论衡·超奇》："能精思著文，连结篇章者

为鸿儒。”

[5] 白丁：白衣，即平民。这里是指没有文化的人。

[6] 素琴：指朴素无华的琴。素，无饰曰素。

[7] 金经：指用泥金书写的佛经。一说，指《金刚经》。

[8] 丝竹：泛指音乐。丝，弦乐器；竹，管乐器。

[9] 案牍：指官场文书。劳形：犹言伤身。形，指身体。

[10] 南阳诸葛庐：诸葛亮隐居南阳时的草庐。

[11] 子云：扬雄的字。他是蜀郡成都人。在成都有宅一区，人称扬子宅，亦称草玄堂，为其著《太玄》之处。

[12]“孔子云”二句——《论语·子罕》：“子欲居九夷。或曰：‘陋，如之何？’子曰：‘君子居之，何陋之有？’”

短小、精粹、隽永[①]

——刘禹锡《陋室铭》赏析

李如鸾

唐代刘禹锡的《陋室铭》是一篇脍炙人口、流传百代的佳作。

西汉韩婴《韩诗外传》卷五中写道："彼大儒者，虽隐居穷巷陋室，无置锥之地，而王公不能与争名矣。"《陋室铭》这个题目很可能是受《韩诗外传》的启发而拟定的。

"铭"，是古代的一种文体。古代常刻铭于碑版或器物，用来称颂功德，或用来表示鉴戒。

本文的主旨是"斯是陋室，惟吾德馨"。这个主旨，作者在开篇处并没有点明，而是暗运斧斤，徐徐道出。文章先用一组形式匀齐的排句作为铺垫："山不在高，有仙则名"，是陪衬主旨的第一层；"水不在深，有龙则灵"，是陪衬主旨的第二层。有了这两层有力的铺垫，然后再引出揭示主旨的第三层——"斯是陋室，惟吾德馨"。文章用山和水比附室，用不高和不深比附陋，用仙和龙比附主人，用名和灵比附德馨。这种"旁起"的写法，使文章有波澜，有曲折，曲尽引人入胜之妙。

接下去，文章正面描述与陋室有关的情况："苔痕上阶绿，草色入帘青"，写陋室的景色。满阶苔痕，一院青草，环境幽静清雅。

---

① 李如鸾（1931—2006），中国古典诗词鉴赏家，《古今汉语辞典》（商务印书馆）编委之一。本文选自《文史知识》编辑部编《古代抒情散文鉴赏集》，中华书局1988年版。

这除了表明作者一切任其自然、恬适自得的心境之外，还说明作者不愿广为交游，前来造访的人不多。值得提出的是，这里的“上”字和“入”字，用得非常传神。有了这两个字，便成静景活写，显得既有精神，又有情味，从中流露出作者对陋室周围景色的喜爱之情。“谈笑有鸿儒，往来无白丁”，写陋室的人物。前一句是实写，后一句是虚写。鸿儒来访，与鸿儒谈笑，可以想见作者的身份。这两句在于衬托主人的德才兼备，表明主人高雅脱俗的情怀。“可以调素琴，阅金经。无丝竹之乱耳，无案牍之劳形”，写主人在陋室中的活动。“可以调素琴，阅金经”，用的是散行句式，是从正面说的；“无丝竹之乱耳，无案牍之劳形”，用的是骈俪句式，是从反面说的。骈散句之中，又有呼应，有对照，“可以调素琴”与“无丝竹之乱耳”相呼应，相对照；“阅金经”与“无案牍之劳形”相呼应，相对照。一正一反，虚实相生，相映成趣，行文的缜密，从这里可以看出。以上所写的陋室之景，陋室之人，陋室之事，目的在于表明“惟吾德馨”，正因为陋室的主人道德高尚，声名远播，才见出陋室不陋。

行文至此，意思似乎已经基本写尽。然而才华横溢的作者并不感到满足，他还要向纵深方面开拓、生发，于是又写出“南阳诸葛庐，西蜀子云亭”二句。“诸葛庐”，遗址在今湖北省襄樊市西，是三国时期政治家、军事家诸葛亮隐居时所住的草庐。“子云亭”，遗址在今成都少城西南，指西汉文学家、哲学家兼语言学家扬雄住过的“扬子宅”，也称草玄堂。文章为了押韵，所以不说扬子宅或草玄堂，而说“子云亭”。子云是扬雄的字。这两句，作者采用类比的手法，以历史上两个知名人物的名室和自己的陋室作比，意思是说，南阳诸葛庐和西蜀子云亭也都是陋室，由于它们的主人品德高尚，因而陋室不陋；那么自己的陋室难道不是如此吗！有了这一层意思，便丰富了文章的内容，加重了主题的分量，使作品又多了一层波澜。

全文的最后一句：孔子云："何陋之有？"孔子这句话出自《论语·子罕》，原文是"子欲居九夷。或曰：'陋，如之何？'子曰：'君子居之，何陋之有？'"我们知道，自汉武帝刘彻"罢黜百家，独尊儒术"以来，各朝代多把孔子创立的儒学奉为至高无上的经典，把孔子的言论视为金科玉律。因此，当时写文章引用孔子的话，便格外具有号召力。本文以孔子的话作结，是为了"援古以自重"，用来突出君子居之、陋室不陋的主旨。不过，作者有意不引"君子居之"四个字，只引"何陋之有"，而把"君子居之"这层意思暗含其中。这样写，不露痕迹，颇有余味。

《陋室铭》一文的思想内容比较复杂，既有积极的一面，也有消极的一面。文章中所表现的作者重视修身养性，强调洁身自好，不羡慕富贵荣华，不追求物质享受，都是有进步意义的。今天，也有一定的借鉴价值。但是，本文所表现的自命清高、与人无患、与世无争的消极情调，也正是作者历史的和阶级的局限在作品中的反映。

遗憾的是，这篇作品写作的确切年代已经无法知晓。不过根据文章所表现的情调和"阅金经"的字句来推断，本文很有可能作于以王叔文为首的政治革新集团遭到失败以后。当时刘禹锡因受株连，曾经两次被贬，过了二十余年的坎坷生活。"穷则独善其身"，他从反面汲取了教训。

近年来，有的人说，刘禹锡住过的陋室，相传在今河北省定县南三里庄。河北省定县是战国时期中山国活动的中心，汉高帝时设为郡，景帝时改为国，治所定在卢奴，就是现在的定县。《新唐书》列传第九十三有刘禹锡本传，本传上记载，刘禹锡自己说他的籍贯在中山（"自言系出中山"）。由此看来，说刘禹锡的陋室在今定县，不是没有可能。如果这个传说可信，《陋室铭》一文当写在刘禹锡从政前的青年时代。不过，刘禹锡从政前涉世不深，政治上没有受过挫折，是很难发出案牍劳形的慨叹、很难对遁世的佛学发生兴趣的。因此，我们认为本文写于作者的贬官时期，比较近乎情理。

《陋室铭》是一篇仅有八十一个字的短文，它的立意、布局、语言都很有特点。从立意来看，本文虽然是为陋室作铭，但没有直接描述陋室如何简陋，而是采取因人及物的手法，从其它（他）几方面加以映衬，因而感到新颖脱俗，不落窠臼。从布局来看，本文是用议论的笔墨开篇，以双重比喻起兴，作为蓄势，而后揭示主旨；主旨一经点出，便层层扣紧，先用衬托的手法，再用列举史实和引用古语的写法，逐步加深主旨，句句坐实主旨，使得全篇首尾呼应，统体浑成。从语言上看，有排句，有对偶，有散行；以四言句为主，中间杂有五言句和六言句；除用单句结尾不押韵外，通篇押的是一个韵脚，而且两句一押，两句构成一个完整的意思。这样写，语句参差错落，音调铿锵谐美，节奏鲜明顿挫。

总之，《陋室铭》篇幅短小，内容精粹，情味隽永，不愧是出自大作家刘禹锡之手的百读不厌的佳作。

柳宗元

柳宗元（773—819），字子厚，河东解（今山西平陆）人。唐代著名的文学家、思想家。德宗贞元十二年（796），以进士应博学宏词科及第。贞元十四年（798），授集贤殿正字。贞元十九年（803），调为监察御史里行。顺宗即位（永贞元年，805），参加政治改革运动，任尚书礼部员外郎。永贞改革失败，被贬为永州（治今湖南零陵）司马。宪宗元和十年（815），改任柳州（治今广西壮族自治区柳州市）刺史。元和十四年（819）死于柳州，年四十七。

柳宗元与韩愈同时从事于古文运动，号称韩柳。柳宗元在政治上主张革新，在思想上具有朴素唯物主义观点，他的散文长于政论、山水游记和寓言，语言精练清警，章法谨严，具有独特的艺术风格。由于政治抱负未能施展，长期遭贬，接触下层，文章内容充实，对当时弊政，多所谴责，对自己的际遇，更是愤恨不平。韩愈评其文，以为“雄深雅健，似司马子长”（见刘禹锡《唐故尚书礼部员外郎柳君集记》）。

钴鉧潭西小丘记

得西山后八日，寻山口西北道二百步[1]，又得钴鉧潭。潭西二十五步，当湍而浚者为鱼梁[2]。梁之上有丘焉，生竹树，其石之突怒偃蹇[3]，负土而出，争为奇状者，殆不可数。其嵚然相累而下者[4]，若牛马之饮于溪；其冲然角列而上者[5]，若熊罴之登于山[6]。

丘之小不能一亩[7]，可以笼而有之[8]。问其主，曰："唐氏之弃地，货而不售[9]。"问其价，曰："止四百。"余怜而售之。李深源、元克己时同游，皆大喜，出自意外。即更取器用[10]，铲刈秽草，伐去恶木，烈火而焚之。嘉木立，美竹露，奇石显。由其中以望，则山之高，云之浮，溪之流，鸟兽之遨游，举熙熙然回巧献技[11]，以效兹丘之下[12]。枕席而卧，则清泠之状与目谋[13]；瀯瀯之声与耳谋[14]；悠然而虚者与神谋[15]；渊然而静者与心谋[16]。不匝旬而得异地者二[17]。虽古好事之士，或未能至焉。

噫！以兹丘之胜，致之沣镐鄠杜[18]，则贵游之士争买者，日增千金而愈不可得。今弃是州也，农夫渔父，过而陋之，贾四百[19]，连岁不能售。而我与深源、克己独喜得之，是其果有遭乎！书于石，所以贺兹丘之遭也[20]。

注释

[1] 寻：沿，顺。道：经过。

[2] 湍（tuān）：急流。浚：深。梁：指水堰；鱼梁：用沙石筑堤，当中留孔，把竹笱（gǒu）放在里边，用以捕鱼，称为鱼梁。

[3] 突怒：形容山石突起如怒的样子。偃蹇：骄横的样子。

[4]"其嵚"句：嵚（qīn）然：高峻的样子。累：叠。句意谓险怪的山石相连而下。

[5] 冲然：向前突出的样子。角列：如兽角之并列。

[6] 罴（pí）：熊类。

[7] 不能一亩：不满一亩。

[8] 笼而有之：包笼起来占有它，极言其小巧玲珑之状。

[9] 货而不售：卖而没卖出去。货，出卖。售，卖出。下文“余怜而售之”是使卖出，即买下的意思。

[10] 更（gēng）：交互。器用：工具，如锄、铲之类。

[11] 举：都。熙熙然：和悦的样子。回巧：运用智巧。回，运转。《太玄·玄摛》：“天日回行。”范望注：“回，犹运也。”

[12] 效：呈献的意思。

[13] 清泠（líng）：形容水的清凉明澈。谋：接触、合拍。

[14] 潆潆：泉水回荡的声音。

[15] 悠然：虚空的样子。

[16] 渊然：静默的样子。

[17] 匝旬：满十天。匝，周。旬，十日为一旬。

[18] 致：移，放。沣（fēng）：即沣邑，周文王的都城，在陕西省户县东。镐（hào）：即镐京，周武王的都城，在陕西省长安区西南。鄠（hù）：陕西省长安区西南。杜：即杜陵，陕西省长安区东南。沣镐鄠杜都在唐代京城长安附近，是有名的地区。

[19] 贾：同“价”。

[20] 遭：遭遇，遇合。

柳宗元《钴鉧潭西小丘记》鉴赏①

霍松林

《钴鉧潭记》写潭,《钴鉧潭西小丘记》写丘。

开头几句，照应前两篇，点出西山、钴鉧潭和小丘的发现经过及其位置，并为后面“不匝旬而得异地者二”埋下伏线。接下去，即抓住小丘的“异”点，描绘满布丘上的嶙嶙奇石。在一般人看来，那些毫无生命的石头本来就暴露在那里；但在作者眼中，却是另一回事：“其石之突怒偃蹇，负土而出，争为奇状者，殆不可数。”这是说：那数不清的石头本来被埋于泥土之中、不见天日，却不甘埋没，愤然突破地面，负土而出，争为奇状，用以显示自己的才能、博取人们的赞扬。构思何等新颖！二十来个字，既写出了石数之多、石态之奇，又化静为动，传达了奇石的情感。石头无所谓情感，这自然是作者赋予的。而一经赋予，那形象就立刻栩栩欲活。王夫之说过：“烟云泉石……寓意则灵。”一点也不假。但“意”绝不能生硬地“寓”。在这里，作者即景会心，主观的情和客观的景契合无间，从而创造了独特的境界，既寓了“意”，又妙合自然。

作者于总写众石之后，又分写其中的两类：“其嵚然相累而下者，若牛马之饮于溪；其冲然角列而上者，若熊罴之登于山。”“若牛马”“若熊罴”的比喻本来很寻常，但和“相累而下”“角

① 选自霍松林《唐音阁鉴赏集》，河北教育出版社2000年版。标题为编者所加。

列而上”及“饮于溪”“登于山”结合起来，就显得生气勃勃。而“饮于溪”，又带出丘下景物，与前面“当湍而浚者为鱼梁，梁之上有丘焉”相应。

一个“不能一亩，可以笼而有之”的小丘似乎没有什么好写，作者却写得这样生动、这样诱人。

当然，作者不是为写小丘而写小丘，而是大有深意的。他着力写小丘的特异甚至给丘上的石头注入理想，这都是为了反跌下文。小丘有众石“争为奇状”，理应得到人们的重视，然而事实却不是这样。“问其主，曰：‘唐氏之弃地，货而不售。’问其价，曰：‘止四百。’”这就是它的遭遇！

“余怜而售（买）之”中的“怜”，乃是“同病相怜”的“怜”，怜小丘正所以怜自己。但仍不肯泄露主题，却用同游者的“大喜”作为反衬（“大喜”者，喜小丘之贱，出自意外耳），与前一篇用“乐”字异中有同。作者“怜”，同游者“喜”，虽然心情各别，却同样是“人弃我取”。不但“取”，而且在取得之后，刮垢磨光，让那被人遗弃的小丘变得更美好。“铲刈秽草，伐去恶木，烈火而焚之。嘉木立，美竹露，奇石显”等句，很有点“新松恨不高千尺，恶竹应须斩万竿”的意味。稍不同者，杜诗所表现的是长新松、斩恶竹的愿望，而这里则已经诉诸行动。像新松一样，嘉木、美竹自然越高越好；但不能揠苗助长。铲去秽草、伐掉恶木，则原来被淹没的嘉木、美竹就自然会显露出来，拂日凌云的前景是不难预卜的。

何况秽草、恶木既除，不仅“嘉木立、美竹露、奇石显”，而且整个天地都为之开朗。“由其中以望，则山之高、云之浮、溪之流、鸟兽之遨游，举熙熙然回巧献技，以效兹丘之下”。这个小丘，不是也可以使作者“乐居夷而忘故土”吗？但他并不蹈袭前篇，却用一组排句，实写“枕席而卧”于小丘之上的时候“清泠之状与目谋，潆潆之声与耳谋，悠然而虚者与神谋，渊然而静者与心谋”，几乎达到了“与万化冥合”的境界。而“清泠之状”与“潆潆之声”，又分明指的是丘下二十五步以外的钴鉧潭。于是回应首段（也遥应前篇），绾合潭、丘，作一小结：“不匝旬而得异地者二，虽古好事之士，或未能至焉！”看来他是十分得意的。

这得意，其实是失意的特殊表现形式，读者已不难体会；但如果就此收束，仍嫌意犹未足。因而又以抒情的、跌宕多姿的文笔略作发挥：先对小丘的未能致身于繁华的京城郊区而远弃荒凉的永州表示痛惜，反转来又对小丘得到他与同游者的赏识表示庆贺。尽管始终没有说到他自己，但“今弃是州也”的小丘的遭遇，不正是他自己的遭遇吗？被人遗弃的小丘还会得到他与同游者的赏识，而他自己呢？贺小丘，不过是自伤不遇罢了。

至小丘西小石潭记

从小丘西行百二十步，隔篁竹[1]，闻水声，如鸣珮环[2]，心乐之。伐竹取道[3]，下见小潭，水尤清冽[4]，全石以为底[5]，近岸卷石底以出[6]，为坻为屿，为嵁为岩[7]。青树翠蔓，蒙络摇缀，参差披拂[8]。

潭中鱼可百许头，皆若空游无所依。日光下澈[9]，影布石上，佁然不动[10]，俶尔远逝[11]。往来翕忽[12]，似与游者相乐。

潭西南而望，斗折蛇行，明灭可见[13]。其岸势犬牙差互[14]，不可知其源。

坐潭上，四面竹树环合，寂寥无人，凄神寒骨，悄怆幽邃[15]。以其境过清，不可久居，乃记之而去。

同游者：吴武陵、龚古、余弟宗玄[16]，隶而从者[17]，崔氏二小生[18]，曰恕己，曰奉壹。

注释

[1] 篁（huáng）竹：竹林。篁，丛生的竹子。

[2] 佩、环：都是古人佩带在身上的玉制装饰品，走路时相碰作响。

[3] 伐竹取道：砍倒竹子，开出一条小路。

[4] 清冽：水清冷的样子。

[5] 全石以为底：潭底是一整块石头。

[6] 卷石底以出：即“石底卷以出”。以，而。意谓石底向上翻卷而高出水面。

[7]“为坻”二句：坻（chí），水中高地。屿，小岛。嵁（kān），

不平的岩石。岩，有石窟的岩石。

［8］“青树”三句：翠，绿。蔓，蔓草。蒙络，形容草木交结如网，覆盖在岩石上。蒙，覆盖，包裹。络，网络。摇缀，摇动相连。参差，高低不齐。披拂，被风吹动的样子。

［9］下澈：（日光）照透水底。澈，明净。

［10］佁（yǐ）然：痴呆不动的样子。

［11］俶（chù）尔远逝：忽然向远处游去了。俶尔，骤然。逝，往，去。

［12］翕（xì）忽：轻快疾速的样子。

［13］“斗折”二句：斗，指北斗。斗折，像北斗七星那样曲折。蛇行，像蛇屈曲爬行的样子。明灭，忽现忽隐。

［14］犬牙差互：形容岸势如狗牙交错不齐。

［15］悄（qiǎo）怆：冷寂悲伤。一说，寂静的意思。邃：深。

［16］吴武陵：信州人，元和初进士。柳宗元谪永州时，吴武陵亦在永州。当柳宗元为柳州刺史时，吴武陵北还。龚古：未详。

［17］隶而从者：附属跟从的人。

［18］崔氏二小生：《柳河东集》旧注：“崔简之子。”按，崔简是作者的姐夫。

柳宗元《小石潭记》鉴赏[①]

张中行

在我国文学史上，柳宗元是写景的名家。他的山水游记有独特的风格，语言精炼（练）而刻画入微，并能创造境界。《永州八记》是他游记里的名作，包括八篇优美的散文，《小石潭记》是大家爱读的一篇。

全文分作五段，层次清楚。第一段系引言的性质。开头从小丘写起，接着写小石潭，先不写近见而写远闻，这样，景物若隐若现，就能引人入胜。第二段写潭的本身，着重写潭水清澈，游鱼活泼。但写法又各有不同，前者是暗写的，后者是明写的。第三段写潭外的水流，着重显示其曲折深远，使人感到有山重水复的意味。第四段变换了写法，以上是写形态，这里深入一层，改为写意境。这样写，读者由环境的凄清可以体会到作者身世的悲凉。最后一段是补叙性质，追记一下游历的侣伴，作为游记的结束。

这是一篇写景的散文，最突出的优点是景物写得逼真。柳宗元描画景物，总是用千锤百炼的语言轻轻点染几笔，构成鲜明的图画，使人仿佛身临其境。例如这篇写潭边和岸上的景象，“近岸，卷石底以出，为坻，为屿，为嵁、为岩。青树翠蔓，蒙络摇缀，参

---

① 张中行（1909—2006），原名张璇，学名张璿。著名学者、哲学家、散文家。主要从事语文、古典文学及思想史的研究。曾参加编写《汉语课本》《古代散文选》等，与季羡林、金克木合称“燕园三老”。本文选自《古文选读》，中国青年出版社1964年版。标题为编者所加。

差披拂。”只用二十几个字，就把潭中怪石交错、岸上枝蔓交萦的景象概括而形象地表现出来。描写潭水和游鱼的部分尤其精彩。作者要表现潭水的清澈，却不直接写潭水，而写鱼“皆若空游无所依”“日光下彻（澈），影布石上”。鱼在水中，仿佛在空中没有凭依，阳光下射，一直穿到潭底，这就形象地写出了潭水的清澄、透明。描写游鱼，从静止和活动两个方面来表现，静止时是呆呆地不动，活动时是一会儿游向远处，忽儿蹿向这边，忽儿蹿向那边，寥寥十二个字就抓住游鱼的特点，构成了一幅鱼影的图画。

作者描画景物，语言精炼（练）而优美。例如写溪流的曲折蜿蜒，用“斗折蛇行”来作比，这四个字包含两个比喻，溪身像北斗星那样曲折，是静的，溪水像蛇那样游动，是动的，既写了静态又写了动态。又如“明灭可见”，精确地写出了从潭上望小溪的景象，由于溪流曲折，一段看得见，是亮的，一段看不见，是暗的，所以忽明忽灭，写得巧妙而贴切。还有，这篇文章比较多地用了四字句，连用这样的句子，读起来显得简炼（练），爽朗，整齐，和谐，富于音乐美。

这篇文章有不少地方用了情景交融的写法。如写最初发现小石潭时，说水声“如鸣珮环，心乐之”，写游鱼的活泼，说“似与游者相乐”，写坐潭上时候的感受，说“凄神寒骨，悄怆幽邃”，这样写，景物染上人们的感情色彩，文章所创造的境界就更为鲜明切实。

杜　牧

杜牧（803—852），字牧之，京兆万年（今陕西西安）人。他是宰相杜佑的孙子，唐文宗太和二年（828）进士及第。曾任监察御史、司勋员外郎、考功郎中、知制诰和中书舍人等职。

杜牧诗与李商隐齐名，是晚唐的重要作家。文章多感时愤世之作，豪迈挺拔，辞彩新隽。韩柳派的古文作家，在晚唐最有影响的也应该推杜牧。有《樊川文集》。

阿房宫赋

六王毕，四海一[1]；蜀山兀，阿房出[2]。覆压三百余里，隔离天日[3]。骊山北构而西折[4]，直走咸阳；二川溶溶[5]，流入宫墙。五步一楼，十步一阁。廊腰缦迴，檐牙高啄[6]。各抱地势，钩心斗角[7]。盘盘焉，囷囷焉，蜂房水涡[8]，矗不知乎几千万落[9]。长桥卧波，未雲何龙[10]？复道行空，不霁何虹[11]？高低冥迷[12]，不知西东。歌台暖响，春光融融[13]。舞殿冷袖，风雨凄凄[14]。一日之内，一宫之间，而气候不齐[15]。

妃嫔媵嫱[16]，王子皇孙[17]，辞楼下殿，辇来于秦[18]。朝歌夜弦[19]，为秦宫人。明星荧荧[20]，开妆镜也；绿云扰扰，梳晓鬟也[21]；渭流涨腻，弃脂水也[22]；烟斜雾横，焚椒兰也[23]；雷霆乍惊，宫车过也[24]；辘辘远听，杳不知其所之也[25]。一肌一容，尽态极妍[26]，缦立远视，而望幸焉[27]。有不得见者，三十六年。

燕赵之收藏，韩魏之经营，齐楚之精英[28]，几世几年，剽掠其人，倚叠如山[29]。一旦不能有，输来其间[30]。鼎铛玉石，金块珠砾，弃掷逦迤[31]，秦人视之，亦不甚惜[32]。

嗟乎！一人之心，千万人之心也[33]。秦爱纷奢[34]，人亦念其家。奈何取之尽锱铢[35]，用之如泥沙？使负栋之柱[36]，多于南亩之农夫[37]；架梁之椽[38]，多于机上之工女[39]；钉头磷磷[40]，多于在庾之粟粒[41]；瓦缝参差[42]，多于周身之帛缕[43]；直栏横槛[44]，多于九土之城郭[45]；管弦呕哑[46]，多于市人之言语。使天下之人，不敢言而敢怒。独夫之心，日益骄固[47]。戍卒叫[48]，函谷举[49]。楚人一炬，可怜焦土[50]。

呜呼！灭六国者，六国也，非秦也。族秦者[51]，秦也，非天下也。嗟乎！使六国各爱其人，则足以拒秦。使秦复爱六国之人，则递三世可至万世而为君[52]，谁得而族灭也[53]？秦人不暇自哀[54]，而使后人哀之；后人哀之而不鉴之[55]，亦使后人而复哀后人也[56]。

注释

[1]“六王”二句：六王，六国，韩、赵、魏、楚、燕、齐。毕，完结、灭亡。四海，指全中国。古代以为中国四面有海（见《礼记·祭义》）。一，统一。

[2]“蜀山”二句：蜀山兀（wù），蜀山（树木）被伐光。兀，高而上平，秃貌，指树木被砍光。《史记·秦始皇本纪》载，始皇作阿房宫，把“荆（湖南、湖北）蜀（四川）地材”都伐至关中。出，出现，意思是建成。

[3]“覆压”二句：覆压，掩盖，指宫室面积。隔离天日，把

天和日隔开，形容建筑高大。

[4]骊山：在西安东临潼区东南三里。秦始皇二十七年，作阁道，自咸阳至骊山八十里。又营葬于骊山，役徒七十万人。北构而西折：指自骊山之北构筑宫殿，向西转折一直修到秦京咸阳。

[5]阿房宫在古滈（hào）水与潏（jù）水之间，所以说二川。溶溶：水盛貌。

[6]“廊腰”二句：廊腰，曲折的走廊。缦，无文采的缯帛。缦迴，如缦带回环萦绕。檐牙，檐口瓦当，状如牙齿。啄，鸟嘴。

[7]“各抱”二句：各抱地势，每一座楼阁，都根据地势高下建筑，即因地制宜。钩心，屋心相聚如钩。斗角，屋角相凑如斗。

[8]“盘盘”三句：盘盘，大貌。囷囷（qūn），曲折回旋貌。蜂房水涡，像蜂房那样密，像漩涡那样起伏。

[9]矗（chù）：高耸貌。落：院落，引申为一个建筑单位的量词。

[10]雩（yú）：古代求雨祭神名雩。《左传》桓公五年：“龙见而雩。”龙：龙星。原意是龙星出现就该举行雩祭。这里是借龙星的龙作蛟龙的龙，意思说，并非举行雩祭的时候，为什么龙会出现。龙指长桥，桥体宏伟，采画鲜明，宛似龙卧水上。雩，或作“云”。

[11]“复道”二句：复道，驾在空中的道路，对地下道路而言，上下都有通道，所以称复道。这种空中通道，上面有屋覆盖，因此又称为阁道。霁（jì），雨止日出。虹，复道凌空饰彩，好像虹霓。不霁何虹，并非雨止日出的时候，为什么有彩虹出现。

[12]冥迷：分辨不清。

[13]融融：和乐貌。

[14]凄凄：寒冷貌。

[15]不齐：不同

[16]妃嫔媵嫱（yìngqiáng）：指六国诸侯的配偶、宫女。妃，天子、诸侯、太子的配偶。媵，后妃陪嫁的人。嫱，宫中女官。

［17］王子皇孙：六国王侯的女儿和孙女。皇孙即王孙，为避重复，故改王为皇。

［18］辇（niǎn）：用人挽着走的车。

［19］弦：奏乐。

［20］荧荧：形容星光。

［21］“绿云”二句：绿云，比喻头发黑而密。扰扰，缭绕。鬟，把头发梳成环状，以为装饰。晓鬟，指早起梳妆，犹言晓妆。

［22］“渭流”二句：渭流，即渭水。咸阳在渭水北，骊山在渭水南，秦宫室布满渭水的南北。腻，脂垢。脂水，洗胭脂的水。

［23］“烟斜”二句：斜横，纵横弥漫。椒兰，两种芳香植物。

［24］“雷霆”二句：宫车，帝王所乘之车。这两句说，像雷霆的声音使人骤然吃惊，这是宫车疾驰过去了。

［25］“辘辘”二句：辘辘（lù），车声。远听，老远地倾听着。杳（yǎo），远。不知所之，不知道到哪里去了。

［26］“一肌”二句：一肌，任何一处肌肤。一容，任何一种姿态。尽、极，非常。态、妍，都是姿容美好的意思。

［27］“缦立”二句：缦立，久立。缦，通“慢”，宽缓。一说，缦同“曼”，柔美。望幸，指希望受到宠爱。被皇帝宠爱叫幸。

［28］“燕赵”三句：燕赵、韩魏和齐楚，泛指六国，互文见义。收藏、经营、精英，也是互文见义。收藏，指收藏的珍玩宝物。“经营”“精英”，也指的是珍宝。

［29］“几世”三句：世，三十年为一世。剽（piāo）掠，抢劫、掠夺。其人，各国的人民。倚叠，堆积。

［30］“一旦”二句：一旦，指国亡之时。不能有，没有力量保有。其间，指阿房宫中。

［31］“鼎铛”三句：鼎铛玉石，金块珠砾，把宝鼎看作铁锅，美玉当作石块，黄金成了土块，珍珠看成碎石。弃掷逦迤，随地乱

抛。弃掷，抛弃。逦迤（lǐyǐ），相连不断的样子。

［32］“秦人”二句：秦人，指秦国的统治者。惜，珍视。

［33］心：想法、心理。

［34］纷奢：豪华，奢侈。

［35］锱铢（zīzhū）：古代重量名。二十四铢为两，《说文》：六铢为锱。这里比喻细微的数量。

［36］栋：房屋的正梁。负栋之柱：支撑栋梁的柱子。

［37］南亩：对田亩的习称。

［38］椽（chuán）：架在梁上承瓦的木条。

［39］机：织布机。这两句说，阿房宫的椽子，比织布机上的女工还多。

［40］磷磷（lín）：本来是形容水中石子的样子，这里形容钉头多。

［41］庾（yú）：粮仓。

［42］参差（cēncī）：形容瓦缝横直密布的样子。

［43］缕：线。

［44］直栏横槛：指栏杆纵横。

［45］九土：九州，指天下。郭：外城。

［46］管弦：管乐器和弦乐器。呕（ōu）哑：乐声。

［47］“独夫”二句：独夫，暴君，这里指秦始皇。骄固，骄傲、顽固。

［48］戍卒：戍守边疆的兵士，指陈胜、吴广等。

［49］函谷举：项羽使黥布等攻破函谷关，西屠函阳。举，破。

［50］“楚人”二句：楚人，指项羽。一炬，一把火，指项羽火焚秦宫。焦土，指阿房宫被烧成焦土。

［51］族：灭族。

［52］递：递传。递三世：挨次传三代人。秦二世而亡，此言递三世，就是说，不但不会亡国，还可以从三世一直传下去甚至传

到万世。

［53］族灭：即灭族。

［54］不暇：来不及。

［55］鉴：借鉴。

［56］这句的意思是，将会让更后的人为后人哀叹了。

杜牧《阿房宫赋》鉴赏[①]

霍松林

在唐人小赋中，杜牧的《阿房宫赋》是一篇很出色的作品。脱稿不久，即引起人们的重视。《新唐书·文艺传·吴武陵传》中有这样一段记载：

> 太和初，礼部侍郎崔郾试进士东都，公卿咸祖道张乐。武陵最后至，谓郾曰："君方为天子求奇材，敢献所益。"因出袖中书笏授郾读之，乃杜牧所赋阿房宫。辞既警拔，而武陵音吐鸿畅，坐客大惊。武陵请曰："牧方试有司，请以第一人处之。"郾谢已得其人；至第五，郾未对，武陵勃然曰："不尔，宜以赋见还！"郾曰："如教。"牧果异等。

在晚唐人冯贽所著的《云仙杂记》里，甚至说虱子也在念《阿房宫赋》。这自然是虚构，但也曲折地反映了这篇作品流传之广、影响之大。

杜牧是主张"凡为文，以意为主、气为辅，以辞彩章句为之兵卫[②]"的。那么，他写《阿房宫赋》，其用意何在呢？

关于阿房宫建造的时间、原因、地址及规模，《史记·秦始皇

① 选自霍松林《唐音阁鉴赏集》，河北教育出版社 2000 年版。

② 《樊川文集》卷一三《答庄充书》。

本纪》《汉书·贾山传》《水经注·渭水》以及《三辅旧事》《三辅黄图》等都有记述；《史记》成书最早，其记述也比较准确，故摘引如下：

> （始皇）三十五年（前212），……始皇以为咸阳人多，先王之宫廷小，吾闻周文王都丰，武王都镐，丰、镐之间，帝王之都也。乃营作朝宫渭南上林苑中。先作前殿阿房，东西五百步，南北五十丈，上可以坐万人，下可以建五丈旗。周驰为阁道，自殿下直抵南山。表南山之巅以为阙。为复道，自阿房渡渭，属之咸阳，以像天极，阁道绝汉抵营室也。阿房宫未成；成，欲更择令名名之。作宫阿房，故天下谓之阿房宫。隐宫徒刑者七十馀万人，乃分作阿房宫，或作丽山。

这一段记述与《阿房宫赋》的描写相对照，有几点值得注意：一、秦始皇修阿房宫，主要由于“咸阳人多，先王之宫廷小”。即随着国家的统一，作为国都的咸阳人口不断增加，原有的宫廷已不能满足新的需要，故于渭水之南营建新的朝宫，可见《阿房宫赋》把阿房宫的兴建完全归因于“秦爱纷奢”，并不确切。二、阿房宫先建前殿，终始皇之世，全部工程并未完成。即使全部完成，也谈不上《阿房宫赋》所说的“覆压三百馀里”。三、秦始皇三十五年才开始修阿房宫，距始皇之死不过两年，因而《阿房宫赋》说“宫人”们“缦立远视，而望幸焉，有不得见者三十六年”，也不合事实。

项羽入关，阿房宫即化为灰烬，杜牧描写阿房宫，所依据的最早最可靠的文字资料，也只能是《史记》中的有关部分。而把《阿房宫赋》的描写和《史记》中的有关记载相比较，就发现它在很大程度上出于作者的艺术想象和夸张；想象和夸张的用意，则在于借历史题材以警戒当时的荒淫君主。就是说，这不是历史著作，而是文艺作品。如果把它看成历史著作据以考证阿房宫的规模、评论秦始皇的功过，那就错了。

《阿房宫赋》被选入《古文观止》卷七，编选者评论说："前幅极写阿房之瑰丽，不是羡慕其奢华，正以见骄横敛怨之至，而民不堪命也，便伏有不爱六国之人意在。所以一炬之后，回视向来瑰丽，亦复何有！以下因尽情痛悼之，为隋广、叔宝等人炯戒，尤有关治体。不若《上林》、《子虚》，徒逢君之过也。"指出这篇作品"为隋广（隋炀帝）、叔宝（陈后主）等人炯戒，尤有关治体"，很有见地；但由于对杜牧的社会环境和政治态度缺乏了解，还未能准确地揭示出作者的创作意图和这篇作品的思想意义。

杜牧所处的时代，政治腐败，阶级矛盾异常尖锐，而藩镇跋扈，吐蕃、南诏、回鹘等纷纷入侵，更加重了人民的痛苦。大唐帝国，已面临崩溃的前夕。杜牧针对这种形势，极力主张内平藩镇、加强统一，外御侵略、巩固国防。为了实现这些理想，他希望当时的统治者励精图治、富民强兵。而事实恰恰和他的愿望相反。穆宗李恒以沉溺声色送命。接替他的敬宗李湛，荒淫更甚："游戏无度，狎昵群小""视朝月不再三，大臣罕得进见"。又"好治宫室，欲营别殿，制度甚广"。并命令度支员外郎卢贞，"修东都宫阙及道中行宫"，以备游幸。[①]……对于这一切，杜牧是愤慨而又痛心的。他在《上知己文章》中明白地说："宝历（敬宗的年号——引者）大起宫室，广声色，故作《阿房宫赋》。"[②] 可见《阿房宫赋》的批判锋芒，不仅指向秦始皇和陈后主、隋炀帝等亡国之君，而主要是指向当时的最高统治者的。

"六王毕，四海一。蜀山兀，阿房出。"起势雄健，涵盖无穷。

---

① 引文见《通鉴》卷二四三。

② 《樊川文集》卷一六。

乍看似乎仅仅是叙事；实则于叙事中寓褒贬，并为此后的许多文字埋下根子。“六王”为什么会“毕”？“四海”为什么能“一”？一亡一兴，关键何在？读完全篇，这些问题就会得到解答。例如在中间写道：“燕赵之收藏，韩魏之经营，齐楚之精英，几世几年，摽（剽）掠其人，倚叠如山。”则六王之骄奢淫逸，不惜民力，已于言外见意。到了篇末，更明确地作了结论：“灭六国者六国也，非秦也。……使六国各爱其人，则足以拒秦。”读到这里，再回头看看首句，就不能不惊佩那个“毕”字下得好！“六王”之“毕”，其原因既在自身，那么，秦能统一四海的原因，也就不言可知了。这两句一抑一扬；而扬秦又是为更有力地抑秦蓄势。秦统一四海之后，如果吸取“六王”的教训，“复爱六国之人”，就不会那么迅速的（地）被“族灭”。谁知秦王一旦变成秦始皇，立刻志得意满，走上腐化的道路。“蜀山兀，阿房出。”一因一果，反映了一苦一乐，六个字概括了无限深广的内容。“兀”“出”两字，力重千钧，自不待言。而从“兀”到“出”的过程，更给读者留下了驰骋想象的广阔天地。第一，举蜀山以概秦陇之山。由蜀山到关中，要经过“难于上青天”的蜀道，凭借人力运送巨大的木料异常艰难。而一定要取材蜀山，见得秦陇一带的树木已经砍伐一空，尚不敷用。秦陇之山尽秃而殃及蜀山，直到蜀山不剩一木而阿房始“出”，则阿房宫多么宏大，秦始皇多么骄奢，已不难想见。第二，举木料以概其他建筑材料。所需的木料既如此众多，则其他的建筑材料需要如何，也不难想见。第三，举砍伐、运送木料以概其他工程。而从木材及其他一切建筑材料的砍伐、加工、运送直到合拢来建成“覆压三百余里”的阿房宫，都是役使人民进行的，这中间榨取了多少人民的血汗，葬送了多少人民的生命，也是可以想见的。“六王”既以“不爱其人”而覆亡，秦始皇又将自己的淫乐建筑在人民的苦难之上，那么，从“六王”的已“毕”，不是很可以预见秦的将“毕”吗？

廖莹中《江行杂录》上说：

> 杜牧之《阿房宫赋》云：“六王毕，四海一。蜀山兀，阿房出。”陆参作《长城赋》云：“千城绝，长城列。秦民竭，秦君灭。”参辈行在牧之前，则《阿房宫赋》又祖《长城》句法矣。

《长城赋》（见《全唐文》卷六一九）以四个三字句发端，一句一意，层层逼进；又句句押韵，音节迅急，有如骏马下坡，俊快无比。《阿房宫赋》正与此相似，说它“祖《长城》句法”，是很有见地的。但作赋以四个三字句开头，并非始于陆参，而是创于晋人郭璞。郭璞《井赋》云：“益作井，龙登天，凿后土，洞黄泉。”此后，南朝谢惠连《雪赋》以“岁将暮，时既昏，寒风积，愁云繁”发唱，无疑受了郭璞的启发，却青出于蓝。《长城赋》学习《井赋》《雪赋》的句法，又比前者更胜。《阿房宫赋》则在取法前人的基础上有更多的创造，百尺竿头，更进一步。这说明文艺创作既贵在创造，又需要借鉴前人。有这个借鉴和没有这个借鉴是不同的，这里有精粗之分、文野之别。杜牧作《阿房宫赋》，既表现了惊人的艺术想像（象）力，又很善于借鉴前人。这在后面还要谈到。

“覆压三百余里，隔离天日”两句，紧承“出”字，总写阿房宫的规模。上句言其广，下句言其高。自“骊山北构而西折，直走咸阳”到“高低冥迷，不知西东”，就广、高两方面作进一步的描写。“五步一楼，十步一阁。廊腰缦回，檐牙高啄。各抱地势，钩心斗角”等句，既简练，又形象。特别是“长桥卧波，未云（雲）何龙？复道行空，不霁何虹？”更其传神。不说长桥如龙，复道如虹，而说“未云何龙”“不霁何虹”，不仅笔势跌宕，而且从惊叹语气中表达了对那些建筑物的观感，给客观描写涂上了浓烈的抒情色彩。欧阳修很赞赏苏舜钦写松江长桥的“云头滟滟开金饼，水面沉沉卧彩虹”一联。”[①]其后一句可能从杜牧的这两句脱胎，但相形之下，未免减色。

以上写阿房宫的宏伟瑰丽，已寓贬意；但还不能完全说明问题。因为完成如此宏丽的建筑，固然加重了人民的负担；但如果在完成之后，用来做有利于人民的事情，那还是应该赞许的。所以，作者在写了阿房宫的宏伟瑰丽之后，立刻将笔锋伸向更重要的地方。“歌台暖响，春光融融；舞殿冷袖，风雨凄凄。一日之内，一宫之间，而气候不齐。”这几句用夸张的手法描写了歌舞之盛（歌喉吐暖，舞袖生风，以致改变了气候）。接下去，点出那些供秦始皇享乐的歌舞者，乃是六国的“妃嫔媵嫱，王子皇孙”；既回应“六王毕”，又暗示秦统治者的前途。

关于阿房宫的宏丽和秦始皇的淫乐，《史记》以后的描述不断增加夸张和想像（象）的成分。《三辅黄图》云：“阿房宫可受十万人，车行酒，骑行炙，千人唱，万人和。”《阿房宫赋》中“歌台暖响”等句如果说有文字资料作为根据的话，其根据不过如此；因而可以看出作者在艺术构思方面的高度创造性。

承“为秦宫人”的“明星荧荧……”一段是脍炙人口的：忽然间，天际群星闪耀；不是群星，而是美人开了妆镜！忽然间，空中绿云飘动；不是绿云，而是美人梳理头发！渭河暴涨，泛起红腻；原来是美人泼了脂水！烟雾乍起，散出浓香；原来是美人点燃兰麝！不直说美人众多，却用明星、绿云、渭涨、雾横比喻妆镜、晓鬟、弃脂、焚椒，间接地写出美人众多，其手法已很高明。但还不止此。通过形象而又贴切的比喻，既写了美人，又写了阿房宫。下临渭水、高插青霄的楼阁，像蜂房似的布满空际的窗户，以及当窗

① 欧阳修《六一诗话》云：“松江新作长桥，制度宏丽，前世所未有。苏子美《新侨对月诗》所渭：‘云头滟滟开金饼，水面沉沉卧彩虹’者是也，时谓此桥非此句雄伟不能称也。”

晓妆的美人，都历历如见。而写美人，又正是为了写秦始皇。所以接着便写“宫车”之过。“宫车”日日行幸，而宫人尚“有不得见者三十六年”，则秦始皇荒淫到何种程度，也就用不着说穿了。

这一段也是前有所承的。陆参《长城赋》云：

> 边云夜明；列云铧也；白日昼黑，扬尘沙也；筑之登登，约之阁阁，远而听也，如长空散雹；蛰蛰而征，沓沓而营，远而望也，如大江流萍；其号呼也，怒风匉訇；其鞭朴也，血流纵横。

《阿房宫赋》的开头既然取法于《长城赋》，那么中间的这一段，造句、构思都有一致之处，可能也受了《长城赋》的启发。当然，如果从句式的相似方面着眼，它受《华山赋》的影响更其明显，洪迈《容斋随笔·五笔》卷七指出：

> 唐人作赋，多以造语为奇。杜牧《阿房宫赋》云：“明星荧荧，开妆镜也；绿云扰扰，梳晓鬟也；渭流涨腻，弃脂水也；烟斜雾横，焚椒兰也；雷霆乍惊，宫车过也；辘辘远听，杳不知其所之也。”其比兴引喻，如是其侈！然杨敬之《华山赋》又在其前，叙述尤壮。曰：“见若咫尺，田千亩矣；见若环堵，城千雉矣；见若杯水，池百里矣；见若蚁垤，台九层矣；醯鸡往来，周东西矣；蠛蠓纷纷，秦速亡矣；蜂窠联联，起阿房矣；俄而复然，立建章矣；小星奕奕，焚咸阳矣；累累茧栗，祖龙藏矣。”……则《阿房宫赋》实模仿杨作也。

杨敬之《华山赋》[①]一脱稿，即传诵士林，轰动一时，韩愈、李

① 《华山赋》见《唐文粹》卷六。“见若咫只”等句，写华山顶上远望所见。

德裕、杜佑都十分赞赏。上引数句，杜佑时常吟诵[①]。杜佑是杜牧的祖父，则杜牧熟习这篇作品是毫无疑问的。但杜牧的“明星荧荧”等句，绝不能说是“模仿杨作”；而是从杨作中吸取了有益的东西加以变化，用以表现新的主题，具有推陈出新的作用。

从“燕赵之经营”到“一旦不能有，输来其间。鼎铛玉石，金块珠砾，弃掷逦迤；秦人视之，亦不甚惜”，承上歌舞之盛，美人之多，进而写珍宝之富。通过这一系列叙写，形象地点出阿房宫的用途，从而对秦始皇进行了鞭挞。

从开头直到这里，作者以精练、生动的笔墨，叙写了阿房宫的兴建、规模和用途，没有抽象地发议论，而议论已寓于其中。读者不难看出：用人民的血汗凝成、供统治者享乐的阿房宫，集中地反映着人民的苦难，也集中地反映着统治者的荒淫腐化。

于是，作者水到渠成似的进一步完成他的主题：写阿房宫的毁灭，也就是写秦统治者的毁灭及其所以毁灭之故，向当时的最高统治者敲响警钟。

“嗟呼！”“一人之心，千万人之心也。”这自然是“人同此心”的超阶级观点。但继之而来的“秦爱纷奢，人亦念其家。奈何取之尽锱铢，用之如泥沙”，却对秦统治者的残民以自肥作了有力的抨击。以下数句，尤其精彩：“使负栋之柱，多于南亩之农夫；架梁之椽，多于机上之工女；钉头磷磷，多于在庾之粟粒；瓦缝参差，多于周身之帛缕；直栏横槛，多于九土之城郭；管弦呕哑，多于市人之言语；使天下之人，不敢言而敢怒。独夫之心，日益骄固。戍卒叫，函谷举；楚人一炬，可怜焦土！”这是紧承“嗟呼”以下各句而来的。“秦爱纷奢，人亦念其家”两句，“秦”“人”并提。接着以“奈何取之尽锱铢，用之如泥沙”的愤慨语，总括秦的纷奢及

① 见《容斋随笔》卷七《唐赋造语相似》条。

其给人民带来的灾难。然后用“使”字领起，摆出一系列罪证。秦统治者剥削、压迫人民的罪证是不胜枚举的。文学创作的特点在于通过个别表现一般，因而在一篇作品中也用不着从各方面罗列罪证。作者写的是《阿房宫赋》，即从阿房宫着笔，就前半篇的叙写作了合逻辑的推演。一连串用准确的比喻构成的排句，形象地表现了“秦”与“人”、剥削者与被剥削者一乐一苦的两个方面及其相互关系。一句句喷薄而出、层层推进，到了“使天下之人，不敢言而敢怒”，已将火山即将爆发的形势全盘托出。再用“独夫之心，日益骄固”从反面一逼，便逼出“戍卒叫，函谷举”的局面，农民起义的熊熊烈火终于埋葬了统治者。而供统治者享乐的阿房宫，也随之化为灰烬。

作者由于受历史的局限，并不否定封建制度，相反，倒是想巩固它。如前所说，他写《阿房宫赋》，其目的不过是给当时的最高统治者提供历史教训而已。为了丰富历史教训的内容，从“六王毕，四海一”以下，一直是既写秦，又不忘六国。就章法说，以秦为主，以六国为宾。就思想意义说，以六国为秦的前车之鉴。阿房宫中的无数美人，乃是六国的“妃嫔媵嫱”；阿房宫中的无数珍宝，又是六国“取掠其人”的长期积累。六国一旦灭亡，则美人“辇来于秦”，珍宝“输来其间”；那么，秦一旦蹈六国的覆辙，又将怎样呢？秦不以六国为鉴，终于自食其果；那么，当时的统治者又走秦的老路，难道会有什么更好的结局吗？写到这里，真可谓“笔所未到气已吞”！接下去，还不肯正面说破，却以无限感慨揭示出六国与秦灭亡的原因：“呜呼！灭六国者六国也，非秦也；族秦者秦也，非天下也。嗟夫！使六国各爱其人，则足以拒秦；使秦复爱六国之人，则递三世可至万世而为君，谁得而族灭也？”既指出六国与秦的所以亡，又指出倘能“各爱其人”，就不会亡。这才将笔锋移向“后人”——主要是当时的统治者：“秦人不暇自哀，而后人哀之；

后人哀之而不鉴之，亦使后人而复哀后人也。”

行文至此，作者以饱含激情的笔墨，成功地表现了他的创作意图。结句更有言尽意不尽的特点。但在我们看来，他表现的情和意是复杂的，必须加以分析批判。他认为统治者残暴地剥削民脂民膏以满足其穷奢极欲的腐朽生活，必然要招致人民的反对（“戍卒叫”指陈涉起义）和自身的灭亡，这在当时是有进步性的。但出发点却是“恨铁不成钢”，因而对秦不以六国为鉴、当时的君主不以秦为鉴感到痛心：从这里已可以看出他的立场。至于他认为封建帝王倘能爱民，“则递三世可至万世而为君”，封建制度就可以万古长存，更是违反历史发展规律的。事实上，作为剥削阶级代表的封建帝王不可能彻底的爱民，也不可能科学地总结历史上的经验教训。个别的开国君主如李世民等人，在一定程度上能够以前代的亡国之君为鉴，多数人则反是。《汉书》卷七五所记汉元帝与京房的对话，就很能说明问题：

是时中书令石显颛（专）权。……（京房）问上（元帝）曰：“幽、厉之君何以危？所任者何人也？”上曰：“君不明，而所任者巧佞。”房曰：“知其巧佞而用之耶？将以为贤也？”上曰“贤之。”房曰：“然则，今何以知其不贤也？”上曰：“以其时乱而君危知之。”房曰：“若是，任贤必治，任不肖必乱，必然之道也。幽、厉何不觉寤而更求贤，曷为卒任不肖以至于是？”上曰：“临乱之君各贤其臣，令皆觉寤，天下安得危亡之君？”房曰：“齐桓公、秦二世亦尝闻此君而非笑之，然则，任竖刁、赵高，政治日乱，盗贼满山，何不以幽、厉卜之而觉寤乎？……夫前世之君亦皆然矣。臣恐后之视今，犹今之视前也。”

《通鉴·唐纪·贞观十一年》所载马周的议论也与此相类似：

“盖幽、厉尝笑桀、纣矣，炀帝亦笑周、齐矣，不可使后之笑今如今之笑炀帝也。”

不难看出，杜牧“后人哀之而不鉴之”的议论，是和京房、马周的议论一脉相承的。后人“笑”前人、“哀”前人，却不肯引以为鉴，硬是要倒（蹈）前人的覆辙，就只能使“后人而复哀后人”、复“笑”后人，这的确是可“悲”的！

元朝人祝尧在《古赋辨体》里说：“杜牧之《阿房宫赋》，古今脍炙；但太半是论体，不复可专目为赋矣。毋亦恶俳律之过而特尚理以矫之乎？”明朝人吴讷在《文章辨体序说》中引了祝氏的这几句话，然后说：“吁！先正有云：‘文章先体制而后文辞。’学赋者其致思焉！”把文章体裁看得比内容还重要，这显然是荒谬的。何况说《阿房宫赋》“太半是论体”，也不完全符合事实。作者先以约占全文三分之二的篇幅，简练地叙述、生动地描写了阿房宫的兴建、规模和用途，形象鲜明而含意深广。“嗟呼”以下，当然发了议论。但是第一，议论中有描写。例如“使负栋之柱，多于南亩之农夫……”一段，不加判断，只用农民、工女及其所生产的粟粒、帛缕等的数量与阿房宫上的柱、椽、钉、瓦等相比较，而阶级矛盾的尖锐化已见于言外。第二，议论带有浓烈的抒情性。以“嗟乎”“呜呼”“嗟夫”开头的各小段，都洋溢着愤慨、痛惜与哀怨交织而成的复杂情感。这种把议论、写景（广义的景）、抒情结合起来的艺术特色，也表现在杜牧的诗歌创作中。比如为人传诵的“一骑红尘妃子笑，无人知是荔枝来”“霓裳一曲千峰上，舞破中原始下来”“商女不知亡国恨，隔江犹唱后庭花”之类，不都是这样的吗？笼统地否定文学创作中的一切议论的做法，在今天还能看到，这其实是有害的。

范仲淹

范仲淹（989—1052），字希文，吴县（今江苏苏州）人，北宋政治家、军事家。少时孤苦，宋真宗大中祥符八年（1015）中进士，后来官至枢密副使（中央军事副长官）、参知政事（相当副宰相）。仁宗时，曾带兵镇守延安，抵御西夏对中原的进犯。政治上他主张革除积弊，提出过均田赋、修武备、减徭役、择长官等十条建议，因遭反对，没有得到实施。范仲淹博通六经，散文、诗、词均有名篇，在北宋诗文革新运动中起了一定的积极作用。有《范文正公集》。

岳阳楼记[1]

庆历四年春[2]，滕子京谪守巴陵郡[3]。越明年[4]，政通人和[5]，百废具兴[6]。乃重修岳阳楼，增其旧制[7]，刻唐贤今人诗赋于其上[8]。属予作文以记之[9]。

予观夫巴陵胜状[10]，在洞庭一湖。衔远山，吞长江[11]，浩浩汤汤[12]，横无际涯；朝晖夕阴[13]，气象万千。此则岳阳楼之大观也[14]，前人之述备矣[15]。然则北通巫峡[16]，南极潇湘[17]，迁客骚人[18]，多会于此，览物之情[19]，得无异乎[20]？

若夫霪雨霏霏[21]，连月不开[22]，阴风怒号，浊浪排空[23]，日星隐曜[24]，山岳潜形；商旅不行，樯倾楫摧[25]；薄暮冥冥[26]，虎啸猿啼。登斯楼也[27]，则有去国怀乡[28]，忧谗畏讥，满目萧然[29]，感极而悲者矣。至若春和景明[30]，波澜不惊[31]，上下天光，一碧万顷[32]；沙鸥翔集[33]，锦鳞游泳[34]；岸芷汀兰[35]，郁郁青青[36]。而或长烟一空[37]，皓月千里，浮光跃金[38]，静影沉璧[39]；渔歌互答，此乐何极[40]！登斯楼也，则有心旷神怡[41]，宠辱皆忘[42]，把酒临风，其喜洋洋者矣[43]。

嗟夫！予尝求古仁人之心，或异二者之为[44]，何哉[45]？不以物喜，不以己悲[46]；居庙堂之高[47]，则忧其民；处江湖之远[48]，则忧其君。是进亦忧，退亦忧[49]。然则何时而乐耶？其必曰"先天下之忧而忧，后天下之乐而乐"欤[50]？噫[51]！微斯人，吾谁与归[52]！

时六年九月十五日。

注释

[1] 岳阳楼：在今湖南省岳阳市古城西门上，面临洞庭湖，是游览胜地。唐代开元初年建，北宋时滕子京重修。

[2] 庆历四年：即公元1044年。庆历，宋仁宗年号。

[3] 滕子京：名宗谅，与范仲淹同年中进士，是范的朋友。曾任环庆路都部署，兼庆州太守，在防守西夏方面有功。后被政敌诬告"枉费公用钱"，贬至岳州。谪（zhé）：被贬官。守巴陵郡：任巴陵郡太守（实任岳州知州）。巴陵郡是岳州的旧称。太守是对州郡长官的传统称呼。

[4] 越明年：到第二年。越，及。

[5] 政通人和：政务顺利，百姓和乐。

[6] 百废具兴：一切荒废的事业都兴办起来了。"具"，通"俱"。

[7] 增其旧制：扩大它原有的规模。

[8] 唐贤：唐代名人。今人：指宋代人。

［9］属：同“嘱”。予：我。

［10］夫：语助词。胜状：胜景，美好的景色。

［11］“衔远”二句：湖含远山，吸纳长江。衔，含，包。远山，当指君山等。

［12］浩浩：水势盛大的样子。汤（shāng）汤：大水急流的样子。

［13］朝晖：早上阳光明媚。夕阴：傍晚阴气凝结。晖，日光。

［14］大观：壮观，雄伟的景象。

［15］备：详尽。

［16］然则：既然如此，那么……。巫峡：长江上游三峡之一，在今重庆市巫山县与湖北巴东县之间，地处洞庭湖的西北方向。

［17］极：直到。潇湘：二水名，在湖南境内，合流后流入洞庭湖。

［18］迁客：被降职外调的官吏。骚人：诗人。

［19］览物之情：观赏景物引起的感想，思绪。

［20］得无异乎：（心情）能不起变化吗？无，表推测语气。

［21］若夫：在一段开头引起叙议的发语词。霪（yín）雨：连绵的久雨。霏霏：形容雨下得很密的样子。

［22］不开：不放晴。

［23］排：冲击。这里形容浪涛凌空的样子。

［24］曜（yào）：光亮。

［25］樯（qiáng）：船上的桅杆。楫：船桨。“樯楫”在这里指船只。

［26］薄暮：傍晚。薄，迫近。冥冥：昏暗的样子。

［27］斯：此。

［28］去国：离开京都，指官员被贬外调。

［29］萧然：萧条寂寥的样子。

［30］至若：表示他转的虚词。春和：春日和暖。景明：阳光

明媚。景，音义同“影”，日光。

［31］不惊：指平静。

［32］“上下”二句：天色湖光相映，水天一片碧色。顷，百亩。

［33］沙鸥翔集：水鸟时而飞翔，时而聚集。

［34］锦鳞：指鱼。鱼鳞似织锦。

［35］芷：香草。汀（tīng）：水中小洲。

［36］郁郁：形容香气浓郁。青青：茂盛葱绿的样子。

［37］长烟一空：长空的雾气散尽。

［38］浮光耀金：月光照在浮动的水面上，金光跳跃。

［39］静影沉璧：平静的月影映在水底，好似沉下的一块玉。璧，圆形的玉。

［40］何极：哪有穷尽？

［41］心旷神怡：心情开朗，精神愉快。

［42］宠辱皆忘：一切荣辱得失都忘掉了。

［43］洋洋：同“扬扬”，得意的样子。

［44］“或异”句：也许不同于上述两种心境的。为，表现，行为。

［45］何哉：那是什么样的呢？

［46］“不以”二句：不以物喜，不因外物的美好而喜悦。不以己悲，不因自己境况不佳而悲伤。物，指外界的社会与自然环境。己，指个人得失遭遇。

［47］居庙堂之高：指在朝廷做官。庙堂，皇家宗庙和朝廷议事的殿堂。高，指高位。

［48］处江湖之远：指士大夫不在朝做官而在野。远，指边远地区任职。

［49］“是进”二句：进亦忧，在朝廷做官也担忧。退亦忧，在野无职也担忧。

［50］其：表测度的语气词。先天下之忧而忧：忧在天下人之

前。后天下之乐而乐：乐在天下人之后。欤（yú）：疑问语气词。

［51］噫（yī）：表感叹。

［52］“微斯”二句：微，非，不是。斯人，这个人，这样的人。“吾谁与归”，“吾与谁归”的倒装。

范仲淹的《岳阳楼记》[①]

张中行

在湖南岳阳市的西门城上，有一座岳阳楼，下面就是洞庭湖。这里正当湖水入江的口子，朝辉暮霭，万顷烟波，气象非常雄壮。岳阳楼和湖北武昌的黄鹤楼、江西南昌的滕王阁一样，都是我国著名的名胜古迹，很多诗人在这些地方写过不朽的诗篇，像崔颢的《黄鹤楼》诗、杜甫的《登岳阳楼》诗、王勃的《滕王阁序》都是很有名的文学作品。宋朝范仲淹写的散文《岳阳楼记》也是一篇名作。

范仲淹是北宋时期著名的政治家和军事家。他做官作（做）到“参知政事”，相当于宰相的职位，他还带兵在西北地区抵抗过西夏，西夏人很重视他，说他“胸中自有数万甲兵”。范仲淹年轻时候读书，常常连粥都吃不饱。早年的穷苦生活使他有机会同一般人民接触，了解并同情人民的疾苦。那时候，北宋王朝表面上虽然还能够维持安定，可是阶级矛盾和民族矛盾已经一天比一天尖锐。范仲淹看到这种危机，很想设法挽救，所以在他作（做）秀才的时候，就有“以天下为己任”的抱负，想为国家做一番事业，做官以后，一再上书给皇帝，提出减轻租税、整顿武备、选拔贤能等等有利于国家和人民的建议。他的这些行为，引起朝廷保守派的反对，

① 选自中央人民广播电台文艺部、北京出版社编《阅读和欣赏·古典文学部分（一）》，北京出版社 1979 年版。

于是在宋仁宗庆历五年，他被迫离开朝廷，到邓州去做官。《岳阳楼记》这篇文章就是他的朋友滕子京在这个时候请他写的。

滕子京名字叫宗谅，和范仲淹的关系相当深，也是一个有本领有志气的人物。在范仲淹往邓州以前，滕子京受朝里腐败官僚的攻击，被贬到岳州，心里很有些愤慨。范仲淹担心他会惹出祸来，想找个机会劝劝他，正赶上滕子京求他给重修的岳阳楼写一篇记，所以他就写出自己理想的为人处世的态度，一方面勉励滕子京要学习古代有修养的人，不计较个人的眼前得失，要能够“先天下之忧而忧，后天下之乐而乐”，一方面因为他自己也正在受排挤，不得志，和滕子京的处境差不多，所以把自己的信念公开出来，以便更严格地督促自己。

《岳阳楼记》全文可以分作四段，开头一段叙述作记的缘由。这段话是说：宋仁宗庆历四年的春天，滕子京被贬到岳州作（做）知州。过了一年，政务办得很顺利，人民安居乐业，一切荒废的事业都兴办起来了。于是重修岳阳楼，扩大了原来的规模，把唐朝人和当代人作的诗赋刻在上面。然后叫我写一篇文章把这件事记下来。文章里所说的巴陵郡是古地名，就是当时的岳州，现在的湖南省岳阳市。

这一段文字很简短，可是写得很扼要。题目是《岳阳楼记》，就从作记的缘由写起，作记是滕子京请求的，就从滕子京怎样来岳州写起，这样显得很自然。接着写滕子京的成绩，只用了八个字，“政通人和，百废具兴”，“政通人和”，分别说两个方面，“百废具兴”，概括说一切方面，这样就既简括又有分量。下面用一个“乃”字承上启下，表明重修岳阳楼是政务有了成绩以后的事。重修岳阳楼的情况，需要说，但不宜于说得太详细，于是只提出值得记的两点，就是扩大规模和刻诗赋于其上，使读者从这两点就可以推想出重修以后的盛况。最后用“属予作文以记之”一句，直截了当地点明本题。

第二段写岳阳楼的特点，作者是从两个方面来描写的。

岳州景色的壮丽，集中在洞庭一湖。这里水势浩大，一望无边，山川明秀，早晚阴晴变化不同。这就是在岳阳楼上所见的雄伟景象，古人已经说得很多了。岳阳是连接各地的交通要道，被贬谪的官吏和诗人大半在这里聚会，那么不同的景色，能不引起人们不同的感情吗？文章里所说的“迁客”是指被贬谪到远地的官吏，“骚人”是指多愁善感的诗人，这个称呼是从屈原所作《离骚》而来的。

这段文字包括两层意思。前一层到“前人之述备矣”，描写岳阳楼的形势，表明岳阳楼成为人人欣赏的名胜，确是名不虚传。这层意思作者没有详细写，因为“前人之述备矣”，用不着多说。可是也写得很精彩。文章里用一个“衔”字来说明洞庭湖和远山的关系，用一个“吞”字来说明洞庭湖和长江的关系，用字既精炼（练），又把死的地势环境写成活的形象，再加上下面的“浩浩汤汤，横无际涯”，就使读者好像真是置身于洞庭湖旁，看到烟波浩淼（渺）的宏伟景象。后一层意思顺着前一层说下来，用“然则”一转，从着重写景物过渡到着重写人，也就是从静态过渡到动态。这层意思点明“因景生情”，对岳阳楼的大观而言，是承上；对下面一大段描写景物的文章而言，是启下。

第三段是分别写人们在不同景色影响下的悲喜之情，用来证实上一段末尾所说的“览物之情，得无异乎”。

这段话是说：有时候，连绵阴雨，长期不晴，狂风怒吼着，卷起了湖上的波涛，天气显得阴沉沉的，日月都失去了光彩，山川也好像被隐蔽起来，船只损坏，旅客们都被阻止住了。傍晚一片昏黑，到处听到的是老虎和猿猴啼叫的声音。在这个时候，人们登上岳阳楼，就会想起被贬逐，受排挤，背井离乡种种不如意的事，因而触景生情，觉得满目凄凉，心情十分沉重。也有时候，在二三月里，春光明媚，湖面平静得像一面镜子，一眼望到的是碧澄澄的万顷烟波，水天一色。水面上沙鸥成群，水里游鱼可数，湖岸上长满了茂密青葱的芳草。晚上月亮出来了，圆圆的月影沉入湖心，照在水面，发出了闪闪金光。在静悄悄的夜晚，远处送来一阵阵渔人歌唱的声音。这时候，人们登上岳阳楼，就会觉得心旷神怡，忘掉世上一切荣辱得失，一面乘风凉，一面喝酒，那真是高兴极了。文章里所说的“锦鳞游泳”，“锦”是形容美好，“鳞”就是鱼，这种以部分代全体的写法，在文学作品里是常见的，像不说车而说“轮”，不说船而说“帆”等等都是。“浮光跃金”的跃字，有的本子用跳跃的“跃”，有的用照耀的“耀”，都是表示闪动，意思差不多。

这一段着重写两种不同的景色，目的是用具体事例来说明感情随着环境变化的情况。两部分布局相同，都是先写眼前看到的景，后写触景而生的情；写景部分，都是先写白天，后写晚上。这段话在全篇中是个重点，这里写得越鲜明，越酣畅，下文的议论就越有着落。我们读这段文章，看得出作者是想精雕细琢的。可是又不能过多地耗费笔墨。这怎么办呢？作者很巧妙地解决了这个矛盾，办法是抓重点。像这段的两部分里，重点各有三个：一个是天气，悲的一面是阴雨连绵，喜的一面是春光明媚；另一个重点是湖上的景色，这写得比较详细，尤其是喜的一面，水上，水中，天空，湖岸，飞鸟，游鱼，都有精致的描画，可以说是绘影绘声；还有一个重点是牵连到景色中的人物，悲的一面是“商旅不行”，喜的一面是“渔歌互答”。这样抓住重点，举出一些有代表性的事物加以描绘，就构成两幅色彩鲜明的图画，能够使读者获得活生生的印象。

第四段是最后一段，正面写出自己的生活态度。这段话是说：古时候品德高尚的人，不像上面所说的人那样，随着景色的变化而或悲或喜。这是因为，他们不受环境的影响，不计较个人的得失。

他们在朝就关心人民，在野就关心君主，无论得志不得志，都放心不下。那么，什么时候才能够快乐呢？那就是，忧在一切人之先，乐在一切人之后。这样的人才是我的同道呢。文章里所说的“不以物喜”的“物”，指环境和一切外界事物，“庙堂”就是朝廷。“微斯人”的“微”，意思相当于是非的“非”。

这段话是全文的中心，分作三层说。第一层，到“或异二者之为”，从批判上面的两种不同表现写起，虽然意思有所转折，却承接得很自然。接着用“何哉”设问，过渡到正面解说古仁人之心，这是第二层。最后一层，明确表示自己的态度，要引古仁人为同道，这层意思用叹词“噫”起头，慨乎言之，可以见得是充满了强烈的向往的感情，这就显得态度不但明确，而且异常坚定。

以上大致介绍了这篇文章的内容。下面再总的谈谈这篇文章的优点。

《岳阳楼记》过去是公认的一篇好文章；我们今天读了，也觉得确是很好。究竟好在哪里呢？

首先当然是中心思想好。它鲜明地表现了我国历代进步知识分子的抱负。这篇文章虽然在描写景物方面写得很出色，它的着重点却在于发表议论，提出主张。后代人推崇这篇文章，主要也就在于它的议论中包含着“先天下之忧而忧，后天下之乐而乐”的千古名言。这两句名言，我们日常谈话或者写文章时候也经常引用，以证明“吃苦在前，享乐在后”是人的高贵品质，可见这篇文章在今天来看还是有可资借鉴的地方的。

在写作技巧方面，这篇文章也有不少值得学习的地方。关于剪裁方面的问题，例如包括什么内容，什么地方详写，具体写，什么地方略写，概括写，怎么样布局，怎么样过渡，上面介绍内容的时候已经谈到，不再重复。这里想着重分析一下作者精雕细琢的那段写景文章，看看有什么特点。这可以提出四个方面说一说。

第一是写景色能够利用典型的鲜明的形象，以造成逼真的境界。我们念“若夫霪雨霏霏，连月不开”这一节文字，就会有天昏地暗、阴风惨惨的感觉；念“至若春和景明，波澜不惊”这一节文字，就会有春光明媚、万物欢欣的感觉。这就是因为，作者写出的一些事物，都是有代表性的，而且具有鲜明的形象。客观世界的任何景象，都是复杂的因素集合而成的，描写一种景象，不可能把一切组成部分都写下来。所以要眼光锐敏，选择有代表性的，点染一笔两笔，使景色活现在读者眼前。《岳阳楼记》描写景物，正是用的这种手法。试想，用“阴风怒号，浊浪排空”表现坏天气，用“上下天光，一碧万顷”表现好天气，不是非常经济、非常恰当吗？

第二是能够以景寓情，情景交融。文章里描写景物，像画画一样，一草一木都要有作用。作者在这里想说明的是触景生情的情况，自然更不能脱离人物的心情而刻板地描写。这就是说，要选择适当的景物，使景里隐含着情，让读者读的时候，看的是景物，心情却随着动荡，或者分不出什么是景什么是情。在这方面，作者是费了相当的功夫的。例如为了引起愁苦之情，就写“虎啸猿啼”，这是因为，虎是深山里的凶猛的动物，虎啸能够唤起阴森森的恐怖的感觉；至于猿啼，在我国文学上是一贯表示悲哀的。又如为了引起快乐之情，就写“沙鸥翔集，锦鳞游泳”，这是因为，沙鸥能够唤起自由闲适的感觉，等等。

第三是用对比来加强文章的感染力。在文章里用对比来加强表达力量，这在我国是个常用的修辞方法。《岳阳楼记》写景这一段的两部分，全部用的对比写法。写天气，一方面是阴，一方面是晴；写湖面，一方面是“浊浪排空”，一方面是“波澜不惊”；写人物活动，一方面是“商旅不行”，一方面是“渔歌互答”。这样互相对照，悲的就更显得可悲，喜的就更显得可喜了。

第四是吸收了赋的特点，使文字具有音乐感。在这篇文章里，作者大量地用了四字句，这样，读起来就整齐，响亮。又用了不少对偶句，像“日星隐曜，山岳潜形”“沙鸥翔集，锦鳞游泳”“浮光跃（躍）金，静影沉璧”。对偶的上下两句，声音对称，读起来会有抑扬顿挫的感觉。另外作者在文章里还使用了押韵的方法，最明显的是“明”“惊”“顷”“泳”“青”几个字，这样读起来就更感到悠扬顺畅，非常悦耳。

最后再谈谈这篇文章的性质。从题目上看，《岳阳楼记》是记事的文章，可是和一般的杂记性的文章不同，因为它着重在发表议论，提出主张。有人把它看成议论文，可是显然它又不同于一般的议论文。可以说，它是把叙事、描写和议论结合在一起的。这是从内容方面看。从表达形式方面看，它也有特点。它是散文，可是其中一部分近于有韵律的赋，可以说，它是把散文和韵文结合在一起的。就是这样，这篇《岳阳楼记》，篇幅虽然不长，却有不少值得深入体会的地方。

欧阳修

欧阳修（1007—1072），字永叔，号醉翁，晚年改号六一居士，北宋庐陵（今江西吉安市）人。早年孤苦好学，二十四岁中进士。先做谏官，刚直敢言，被贬至滁州、扬州、颍州任知州，晚年回朝廷任职，官至枢密副使、参知政事。因议论新法，与王安石不合，致仕后退居颍川，卒谥文忠。

欧阳修是北宋文坛的领袖人物，诗文革新运动的主将。论文宗韩愈，曾刊行韩集。又能奖掖后进，提携后进。主张文学应切合实用，反对五代至宋初浮靡侈丽的文风。他在诗、词、散文等方面都有成就。他的词清丽明媚，语近情深，散文平易流畅，清新自然，叙事、说理、状物、记人，无不从容舒徐，婉转多姿。被列为“唐宋八大家”之一，对后世散文的发展有很大影响。

作品有《欧阳文忠集》。在史学方面，曾与宋祁合著《新唐书》，又单独编纂了《新五代史》。

醉翁亭记

环滁皆山也[1]。其西南诸峰，林壑尤美[2]，望之蔚然而深秀者，琅琊也[3]。山行六七里，渐闻水声潺潺，而泻出于两峰之间者，酿泉也。峰回路转[4]，有亭翼然临于泉上者[5]，醉翁亭也。作亭者谁？山之僧智仙也。名之者谁？太守自谓也[6]。太守与客来饮于此，饮少辄醉[7]，而年又最高，故自号醉翁也。醉翁之意不在酒，在乎山水之间也。山水之乐，得之心而寓之酒也[8]。

若夫日出而林霏开[9]，云归而岩穴暝[10]，晦明变化者，山间之朝暮也[11]。野芳发而幽香[12]，佳木秀而繁阴[13]，风霜高洁[14]，水落而石出者[15]，山间之四时也。朝而往，暮而归，四时之景不同，而乐亦无穷也。

至于负者歌于途[16]，行者休于树，前者呼，后者应，伛偻提携[17]，往来而不绝者，滁人游也。临溪而渔，溪深而鱼肥；酿泉为酒，泉香而酒洌[18]，山肴野蔌[19]，杂然而前陈者，太守宴也。宴酣之乐，非丝非竹[20]；射者中[21]，奕者胜[22]，觥筹交错[23]，起坐而喧哗者，众宾欢也。苍颜白发[24]，颓然乎其间者[25]，太守醉也。

已而夕阳在山[26]，人影散乱，太守归而宾客从也。树林阴翳[27]，鸣声上下，游人去而禽鸟乐也。然而禽鸟知山林之乐，而不知人之乐；人知从太守游而乐，而不知太守之乐其乐也[28]。醉能同其乐，醒能述以文者，太守也。太守谓谁？庐陵欧阳修也[29]。

注释

[1] 环：环绕。滁（chú）：指滁州城，今安徽省滁州市。

[2] 林壑（hè）：树林和山谷。

[3]“望之”二句：蔚（wèi）然，草木茂盛的样子。琅琊（láng yá），山名，在滁州西南十里。

[4] 峰回路转：山势曲折回环，路也随着转弯。

[5] 翼然：鸟张开翅膀的样子。临：居高临下。

[6]“名之”二句：名，作动词用，取名。太守，即郡太守，秦代郡的行政长官。宋代行政区划有州无郡，州长官称知州。这里称太守是沿用旧名。

[7]饮少辄醉：喝一点就醉。辄，就。

[8]“得之”句：领会在心里，寄托在喝酒上。

[9]若夫：他转连词，相当于“说到那”“至于”。日出而林霏开：太阳一出来，树林的雾气就散了。霏，云气。

[10]“云归”句：烟云聚拢来，山谷就阴暗了。暝，昏暗。

[11]“晦明”二句：或暗或明，随时变化，这是山间朝暮的不同景色。晦，昏暗。

[12]“野芳”句：野花开了，发出清幽的香气。芳，指代花。此句写春。

[13]“佳木”句：美好的树木枝叶繁茂，形成一片浓郁的绿荫。此句写夏。秀，发荣滋长。

[14]风霜高洁：即“风高霜洁”，形容秋高气爽，霜色洁白。此句写秋。

[15]水落而石出：此句写冬。

[16]负者：肩负东西的人。

[17]伛偻（yǔlǚ）：俯身躬背的样子。指老年人。提携：指被人搀扶的小孩。

[18]泉香而酒洌（liè）：泉水香甜而酒味清凉。洌，清。一作“泉洌而酒香”。

[19]山肴：用山中禽兽做的菜，即野味。肴，荤菜。野蔌（sù）：野菜。

[20]“宴酣”二句：酣，喝酒喝到高兴的时候。丝、竹，弦乐器和管乐器，这里代指音乐。

[21]射者中（zhòng）：投壶的人投中了。射，指投壶，古代的一种游戏。把箭投入壶中，以投中多少决胜负。

[22]弈（yì）：指下围棋。

[23]觥（gōng）：用犀牛角做的酒杯。筹：酒筹，行酒令时用

来决输赢的竹制筹码。交错：杂乱。

[24] 苍颜：苍老的面容。

[25] 颓然：这里指醉后昏然欲倒的样子。

[26] 已而：过了一些时候。

[27] 阴翳：树木枝叶茂密成阴。翳，遮盖。

[28] 乐其乐：前一“乐”字用为动词，有“得到乐趣”的意思。其乐，指滁人的快乐。

[29] 庐陵：即吉州，今江西吉安市，欧阳修的家乡。

谈欧阳修的《醉翁亭记》[①]

周振甫

欧阳修《醉翁亭记》是传诵的名篇之一。它的写景有特色：一是从大到小，移步换形；二是情景结合，转换无迹；三是用说明来作描写；四是对偶与散行错综，整齐活泼。

一、先写“环滁皆山也”，是个大范围，按此句不确，不是环滁皆山。下指“西南诸峰”，范围缩小。再指“琅琊”，再缩小。再指山上的醉翁亭，再缩小。从作者所见说，先看环滁的山，再走向西南诸峰，看到“林壑尤美”。再走上琅琊山，看到“蔚然深秀”。再上山，听见水声，看到泉水泻出两峰间。再前行，“峰回路转，有亭翼然”。登上亭，看到景物的朝晚不同，四时变化。从大范围到小范围是为了要突出醉翁亭。一路写来景物各个不同，是移步换形，写出所见所闻，引人入胜。这样写到醉翁亭是非常自然的。在描写景物上，概括与具体相结合，避免一般化。像“林壑尤美”“蔚然深秀”，还没有写到亭，只是陪衬，所以概括写。像“峰回路转，有亭翼然，临于泉上”，这才写亭，是主体，就具体写。要是把山里的景物也具体写，就把宾主的地位混淆，不能把亭突出来了。

二、写到亭，说“名之者谁，太守自谓也”。太守自号醉翁，所以也称亭为醉翁。“太守与客来饮于此，饮少辄醉而年又最高，故自号曰醉翁也。”按欧阳修因支持范仲淹的革新政治主张，被贬官

① 选自周振甫《诗文浅释》，见《周振甫文集》第九卷，中国青年出版社 1999 年版。

到滁州做太守，当时只有 39 岁。这篇即是在他 40 岁左右写的，为什么称“翁”？他很想做一番事业，并不沉醉于酒，为什么称“醉翁”？在这里含有他因赞同革新而被贬官的不平的感慨。接下去说：“醉翁之意不在酒，在乎山水之间也。山水之乐，得之心而寓之酒也。”点明他意不在酒，在山水，那就说明他没有醉，醉了就不能欣赏山水了。他倘真的爱山水，怎么又寓之酒呢？在这里，含有他的不平的感情，想借酒来排解，但排解不了，所以意不在酒；又想借山水来排解，也不行，只好又寓之于酒，又借翁来自遣。这是抒情，抒发他的不平之情。从抒发不平之情到意不在酒，转到在乎山水，接下来描绘山水景物，这样转得很自然。从意在山水，再转到寓之于酒，把感情写得含蓄不露，不落痕迹，构成他的文章的特色之一。

三、这篇文章的描写，都用“也”字做句尾，不少句子采用“……者……也”的形式，这是说明的句式，却用在描写风景里，是比较特别的。像：“山行六七里，渐闻小（水）声潺潺而泻出于两峰之间者，酿泉也。”“若夫日出而林霏开，云归而岩穴暝，晦明变化者，山间之朝暮也。”这里，前面是写所闻所见的景物，后面是写朝晚景物的变化，都是写景。但用“者”和“也”相应，就把写景变成说明。有了这个说明，就点明这些景物是什么，而前者是写酿泉，后者是写山间之朝暮。但也有不用“者”字的，即不点明的，像“醉翁之意不在酒，在乎山水之间也。山水之乐，得之心而寓之酒也”。这两句话里不用“者”字，不点明这里在讲什么。倘加点明，那么“意不在酒，在乎山水者，借山水以寄慨也”；“山水之乐，得之心而寓之酒者，借酒以消愁也”。这样一点明，就不含蓄了，就落痕迹了，所以不用“者”，不点明。但不点明又要使读者体会到他的用意。因此在形式上显出这两句的不同来。从这个不同里，显示他的含义。再像“太守与客来饮于此，饮少辄醉，而年又最高，故自号曰醉翁也”，这句也不用“者”，用“者”成了“故自号醉翁者，有所感也”，也要点破了。当然这篇里也有点破而不用“者”的，像“环滁皆山也”，已经点破“皆山”，同上举的不用“者”而未点破的不同。这里显示出他用说明句来做描写景物的含义。

四、这里的写景句，采用相对的形式。像朝暮相对，晦明相对，写成“日出而林霏开，云归而岩穴暝”，这是对偶。接下去倘作“朝则明、暮则晦”，也成了对偶，但他作“晦则明变化者”，就变成散行了。再像“野芳发而幽香，佳木秀而繁阴，风霜高洁，水落而石出者，山间之四时也”，这里“野芳”两句写春夏的景色相对，“风霜”两句写秋冬景色不对，倘作“风高霜洁，水落石出”，就对了。这里的不对，是有意要改成不对的。对偶显得整齐，不对显得活泼，对偶和散行结合，构成错综之美。

这篇还可注意的是“山水之乐”要“寓之酒”，不是真乐山水。末段说“人知从太守游而乐，而不知太守之乐其乐也”，见得人之乐是从太守游，太守之乐则人不可知，接下“醉能同其乐”，太守之乐又回到酒，说明并非真乐山水，还是借酒消愁罢了。

秋声赋

欧阳子方夜读书[1]，闻有声自西南来者，悚然而听之[2]，曰："异哉[3]！"初淅沥以萧飒[4]，忽奔腾而砰湃[5]，如波涛夜惊，风雨骤至。其触于物也，鏦鏦铮铮[6]，金铁皆鸣，又如赴敌之兵，衔枚疾走[7]，不闻号令，但闻人马之行声。余谓童子[8]："此何声也？汝出视之[9]！"童子曰："星月皎洁，明河在天[10]，四无人声，声在树间。"

余曰："噫嘻悲哉[11]！此秋声也，胡为而来哉[12]？盖夫秋之为状也[13]：其色惨淡[14]，烟霏云敛[15]；其容清明，天高日晶[16]；其气栗冽[17]，砭人肌骨[18]；其意萧条，山川寂寥[19]。故其为声也：凄凄切切，呼号奋发[20]。丰草绿缛而争茂[21]，佳木葱茏而可悦[22]；草拂之而色变[23]，木遭之而叶脱；其所以摧败零落者[24]，乃一气之余烈[25]。夫秋，刑官也，于时为阴[26]；又兵象也[27]，于行为金[28]，是谓天地之义气，常以肃杀而为心[29]。天之于物，春生秋实[30]。故其在乐也，商声主西方之音；夷则为七月之律[31]。商，伤也[32]，物既老而悲伤；夷，戮也[33]，物过盛而当杀。

"嗟乎！草木无情，有时飘零，人为动物，惟物之灵，百忧感其心[34]，万事劳其形[35]，有动于中，必摇其精[36]。而况思其力之所不及，忧其智之所不能，宜其渥然丹者为槁木，黟然黑者为星星[37]；奈何以非金石之质，欲与草木而争荣。念谁为之戕贼，亦何恨乎秋声[38]？"

童子莫对[39]，垂头而睡。但闻四壁虫声唧唧[40]，如助余之叹息。

注释

[1]欧阳子：作者自称。方：正在。

[2]悚（sǒng）然：惊惧的样子。

[3]异哉：奇怪呀！

[4]淅沥（xīlì）：指雨声。以：而。萧飒（sà）：风声。

[5]砰湃（pēngpài）：即“澎湃”，波涛声。

[6]鏦（cōng）鏦铮（zhēng）铮：金属相击撞的声音。

[7]衔枚：古代行军时，士兵口里横衔一种叫作“枚”的筷子形状的小棒，使他们不能说话，以保持行军的秘密。

[8]童子：未成年的仆役。

[9]汝：你。

[10]明河：天上的银河。

[11]噫嘻（yīxī）：感叹词。

[12]胡为而来哉：这是为什么来的呢？

[13]盖夫（fú）：发语词，表示下边要有议论。秋之为状：秋表现出来的形状或外表是这样的。

[14]惨淡：凄清暗淡。

[15]烟霏云敛：烟雾在飞动弥漫，而云气在收敛消失。霏，云气。

[16]日晶：阳光明彻。

[17]栗冽（lìliè）：寒冷。

[18]砭（biān）：刺。

[19]寂寥：冷落。

[20]“凄凄”二句：凄凄切切，凄凉悲切。呼号奋发，奋起叫喊。

[21]丰：多。缛（rù）：茂盛。

[22]葱茏（cōnglóng）：树木繁茂青翠的样子。

[23]拂：掠过。这里指接触。

［24］摧败：衰败。零落：凋落。

［25］一气：指秋气。余烈：余威。

［26］“夫（fú）秋”三句：秋季是自然界的刑官，在时令上属于阴。刑官，古代设官，用四时作官名，掌管刑法的司寇被称作“秋官”。阴，古代以春夏为阳，秋冬为阴。

［27］兵象：征战的征兆。古代出师征伐多在秋季，因那时正当收获季节，便于抢掠食物。

［28］于行为金：在与五行的关系当中，秋属于金。古代阴阳家认为四季是五行（金、木、水、火、土）相生相克的结果，并把五行与四季相配，秋属金。

［29］“是谓”二句：义气，指天地摧残杀戮之气。《礼记·乡饮酒义第四十五》说，这种气始生于西南方，至西北方为极盛点，而西南至西北属于秋的方位。肃杀，酷烈萧索。

［30］“天之”二句：天对于万物，是使它们在春天成长，秋天结实。

［31］“故其”三句：所以，从它与音乐的关系上看，秋天之音是商声，阴历七月正当夷则之律。乐，音乐。商声，我国古代音乐中五声（宫、商、角、徵（zhǐ）、羽）之一。五声和四时相配，商声属秋。五声也和四方相配，商声配属西方之音。夷则，十二律即，黄钟、大吕、太簇、夹钟、姑洗、仲吕、蕤（ruí）宾、林钟、夷则、南吕、无射（yè）、应钟之一。律，本是确定音高的器具。古人把乐律和历法联系起来，十二律与十二月相配，七月正当夷则。

［32］商，伤也：商声，是表达悲伤的。

［33］夷，戮也：夷则，是表达杀戮的。

［34］感：触动。

［35］劳其形：使身体受苦。形，身体。

［36］“有动”二句：中，内心。精，精神。

[37]“宜其”二句：宜，该当。渥（wò）然丹者，指红润的容颜，比喻年富力强。渥然，红光润泽的样子。槁（gǎo）木，枯木，比喻衰老。黟（yī）然黑者，指乌黑的头发，比喻健美。黟然，黑色的样子。星星，形容头发斑白。

[38]“念谁”二句：想想是什么残害了自己的身体，又何必怨恨秋声的悲凉呢！意谓是人的忧思把自己折磨得衰老了。戕（qiāng）贼，伤害。

[39]莫对：不回答。

[40]唧（jī）唧：虫叫声。

瑟瑟金风天外至[①]

——重读《秋声赋》纪感

臧克家

“悲哉，秋之为气也。萧瑟兮草木摇落而变衰。”

古今悲秋之作，冷艳如百花，入目感怀，作者如林，又岂止宋玉一个？

“洞庭始波，木叶微脱”，千古名句，令人怀思。

人是富于情感的，能不感于物而动？“悲落叶于劲秋，喜柔条于芳春”，是自然的。

潦水尽而空潭清，碧天高而愁云淡。凉秋，它以它的容颜感人。

西风呼号，鸣蛩悲切。凉秋，它以它的声音动人。

听见南来鸿雁的嘹唳，于是就产生了“所嗟人异雁，不作一行归”的心情。

络纬声声，引起离妇的愁怀：“寒到身边衣到无？”

多少志士，怀才不遇，瑟瑟秋风，登高作赋。

多少思妇，凉宵无眠，愁绪缕缕，听窗外秋霖淅沥。

多少诗人，潦倒穷愁，秋夜孤灯，狂歌当哭。

各人的地位、境况不同，而所感也就千差万别，作为辞章，或以抒愤，或以寄愁，但因秋而感兴则是一样的。

“全家都在秋声里，九月衣裳未剪裁。”

---

① 选自臧克家《克家论诗》，文化艺术出版社 1985 年版。

这是黄仲则为个人穷愁而悲吟。

杜甫的《茅屋为秋风所破歌》也是写个人悲惨景况，但结尾数句，表现了诗人广阔的胸怀，与英国伟大浪漫主义诗人雪莱《西风歌》(通译《西风颂》)的结句异曲而同工。

前边，谈了感人的秋天，谈了因为秋天而写出的感人的名文与诗句，这，我仅仅拿它们作为一个小小序曲，且读凄凄切切感人肺腑的长歌——《秋声赋》吧。

秋声，也是作者的心声。写秋声可以直接写个人亲身感受，也可以凭借想象去抒写。姜白石著名的《齐天乐》咏蟋蟀词，就是用了“思妇无眠……夜凉独自甚情绪？”“候馆迎秋，离宫吊月，别有伤心无数”这样一些典型的情景来打动人心的。这些情景却非他个人所经受。《秋声赋》则不然，它是欧阳子凭他直接感受即兴而作的。因此，他写得具体、细致、亲切动人。使读者如临其境，如闻其声，心内凄怆，与之共鸣。

这篇赋，一起头，写欧阳子夜读，一句带过，即写秋声，但不开门见山，只说“闻有声自西南来者”，使笔有曲折，耐人寻味。其实“西南来者”四字已经透露了消息，又加“悚然而听之，曰：‘异哉’”，已使读者有此声不寻常之感了。接下去用了十一个排句，一个又一个恰切而又新颖的比喻，一连串双声叠韵的词句，把秋声状写得声势浩大，撼人心灵。“𩘳𩘳铮铮，金铁皆鸣；又如赴敌之兵，衔枚疾走，不闻号令，但闻人马之行声”的声调，夜惊的波涛，骤至的风雨，大军赴敌衔枚疾走的气势，真如韩潮苏海，一泻千里！其意气之盛，可谓既悲且壮！这个起笔，使我想到《西风歌》劈头的一句：“啊，犷野的西风……”

在有意设问的“此何声也？”之后，出现了与童子的几句问答。如长江急浪过了三峡，显现出一片宽舒景象，使人的情绪由张到弛。“星月皎洁，明河在天”，一幅平静而明媚的秋夜情景，来到了读者的眼前，使我们从听觉进入了视觉，得到双层美感享受。

当我们的作者带着惊奇悲怆的感情，明确地点出“此秋声也”之后，紧接着追问这秋声：“胡为乎（而）来哉！”这一问，似乎有点奇突。寻思一下，没有这一问，怎能引出下面那一套滔滔大议论来。这宏大的议论，正是作者所以写这篇赋的主意所在。下边，又以传神之笔，描绘了秋的颜色，秋的形容，秋的声势，秋的意味。写得十分精炼（练），十分美妙，给“秋之为状”作了一幅维妙维肖（惟妙惟肖）的写照。写了这幅秋的肖像，是为了壮其“声”，这秋声呵，“凄凄切切，呼号奋发”，浩荡无际，威力无敌，丰草一听到它的声音，立即为之色变，嘉树遭到它的袭击，便无边落木萧萧下。秋天的这种杀气腾腾、“摧败零落”的威力，“乃一气之余烈”。

我们读到这里，好似言已尽，意已穷了。因为发挥已经尽致，即使作者手中有一支生花妙笔，也似乎难以为继了。出人意外地，用“夫秋”二字一提，从感性推向了理性，由具体描绘，进入了理论的阐发，柳暗花明，把读者引入了另一种境地。从对秋声的感受，深入到人生的大问题上来。我们读到这下半段，并没有把作者传染我们的悲秋之感放松下来。由于对人生的悲切感受，反而使我们沉入了严肃的幽思，思考人生的意义与价值。

每个人对秋声都有自己的感受，从这种感受中，表现出他对人生的态度。

李煜被俘以后，孤院锁清秋，在“秋风院落藓侵阶”的时候，不禁悲吟：“秋风多，雨如和，窗外芭蕉两三窠，夜长人奈何！”表现出无限愁苦的情绪。

而烈士秋瑾在就义时却高吟：“秋风秋雨愁煞人！”这个“愁”字，是满含“出师未捷身先死”的遗恨。

历代骚人文士，悲秋者多，但描写秋景使人气壮神怡的也不是没有。王勃的“落霞与孤鹜齐飞，秋水共长天一色”，使人读了，有“天高地迥，觉宇宙之无穷”的气概。更令人壮志奋发、心胸开张的是陆放翁的不同凡响的诗句：

> “人言悲秋难为情，我喜枕上闻秋声。
> 唾手便有擒胡兴……，壮士抚剑精神生。”
> “驾前六军错锦绣，秋风鼓角声满天。”
> “楼船夜雪瓜洲度，铁马秋风大散关。”

身世不同，处境各异，对秋声的感受自然也就两样，这样心情自然会表露在他们的诗赋之中，无遁形，无遗声。

再回到《秋声赋》来吧。

前一大段，作者凭如椽大笔，已把秋声状写得痛快淋漓，使我们同感共鸣，悲从中来。后半截，引喻取譬，把秋天比作肃杀的“刑官”，在时序上“为阴”；再比作“兵象”，五行之中属“金”。接下去，感慨万端，议论横生。“天地之义气，常以肃杀而为心”。大自然对于万物，是春生而秋实的。作者又引音乐与律吕作比例，说明，秋声是西方的声音，是悲伤的声音；“律”中的“夷则”属于“七月”，“夷”就是杀戮的意思。人间万类，老了自然悲伤，过盛了，应该杀戮。从大自然规律中悟出了一番有关人生的大道理来，然后长叹一声，把满腹忧愤，倾泄而出，令人悲哀，也令人沉思。

草木是无情的，秋声一响，凋零残败；而人，这个万物之灵呢，活在人世间，真是难呵，难呵。一百样忧愁触动他的心，一万种事情劳损他的形体。内心的感伤，必定使精神受到影响，况且，追求一些个人力所不及的理想，为自己智力不能达到的情事，而忧心忡忡，这样下去，等待你的是空茫与失望。弄得春红的面色，变得槁木一般；黑丝化作白发一头。人生在世，岁月几何？身子不比金石，又何必与草木争一时的荣华呢！想到这一些情况，你自然会觉得，人的衰颓是自我戕贼的结果，又何必一味去怨恨秋声呢！

这篇《秋声赋》，童年读过，至今还能一字不漏地背诵出来，足见印象之深了。当年读时，只觉得它文采富丽，声调悦耳；今日重读，了解了它深沉的意义，欣赏它卓越的表现艺术，进一步思考作者的人生观与生活态度。

任何人读罢这篇赋，心中会兴起一种悲凄之感，不禁掩卷叹息，默然深思、发问：这是一篇意味消沉、声调凄切的悲秋之作吗？

好像是。又好像不是。

这怎样解说呢？

看作品，应当首先看人。

欧阳修是个什么样的人？

从宋史他的传记上看，他是一个胸怀大志，忧国忧民，不畏强暴，敢于斗争的大政治家、文学家、词客、诗人，成就是多方面的。他挺身与“小人朋党”作战，他勇敢直谏，不避艰险，屡遭贬抑而志气不衰。谪居滁州，还写出《醉翁亭记》那样放达、乐观的优美散文，读之令人心旷神怡。他官拜枢密副使，参知政事，地位显赫而且知兵。像他这样的达官贵人，多半是安享荣华，四时皆春，秋声入耳，也会成为动听的音乐，诗韵的悠扬，又悲从何来呢？而我们的欧阳子，却为什么因秋声而大动其忧伤之情呢？

我窃以为，他的忧伤，不是为了个人的名利，而是有点先天下之忧的意味在。“思其力之所不及，忧其智之所不能”，是隐含着胸怀宏图不得施展的意义。悲忧先存乎心中，原非秋声所致，但秋声一入耳，因而生感，枨触于怀的郁抑之情，便喷薄而出。这篇赋，表现了作者个人对秋声的感受与感想，但它也代表了旧时代正直的知识分子与有抱负的政治家们的情怀，所以，它是有典型意义的。

我对《秋声赋》，作如是观。

这篇赋，文采声调，俱臻佳境，由情入理，层层逼进，联珠妙喻，入耳动情。

赋中平添了一个童子，粗看好似为了增添一点情趣，细细品味，则觉得这个小人物在开头结尾两次出现，是为了以他的天真反衬主人翁的悲伤。你看，“童子莫对，垂头而睡”了，足见这个未经人事的稚气孩子，并不识愁滋味，而我们的欧阳子呢，却想入睡而不得，只好愁听“四壁虫声”，增加个人的叹息。

悲秋伤春，人情难免。这，不但因人的情况而不同，也与社会性质，时代精神密切关联。假使欧阳子生在今天，我想，他不会写这样一篇《秋声赋》，也许会作一篇《秋声颂》的吧？

1982 年 5 月 10 日完成

（原载《阅读与欣赏》（6），北京出版社 1983 年版）

泷冈阡表[1]

（1）呜呼！惟我皇考崇公卜吉于泷冈之六十年[2]，其子修始克表于其阡[3]；非敢缓也，盖有待也[4]。

（2）修不幸，生四岁而孤。太夫人守节自誓[5]，居穷[6]，自力于衣食[7]，以长以教[8]，俾至于成人[9]。太夫人告之曰："汝父为吏，廉而好施与[10]，喜宾客。其俸禄虽薄[11]，常不使有余，曰：'毋以是为我累[12]。'故其亡也，无一瓦之覆、一垄之植[13]，以庇而为生[14]。吾何恃而能自守耶[15]？吾于汝父，知其一二，以有待于汝也。自吾为汝家妇，不及事吾姑[16]，然知汝父之能养也[17]。汝孤而幼，吾不能知汝之必有立[18]，然知汝父之必将有后也[19]。吾之始归也[20]，汝父免于母丧方逾年[21]。岁时祭祀[22]，则必涕泣曰：'祭而丰，不如养之薄也[23]。'间御酒食[24]，则又涕泣曰：'昔常不足，而今有余，其何及也[25]！'吾始一二见之[26]，以为新免于丧适然耳[27]。既而其后常然，至其终身未尝不然。吾虽不及事姑，而以此知汝父之能养也。汝父为吏，尝夜烛治官书[28]，屡废而叹[29]。吾问之，则曰：'此死狱也[30]，我求其生不得尔。'吾曰：'生可求乎？'曰：'求其生而不得，则死者与我皆无恨也；矧求而有得邪[31]！以其有得，则知不求而死者有恨也。夫常求其生，犹失之死[32]；而世常求其死也[33]。'回顾乳者剑汝而立于旁[34]，因指而叹曰：'术者谓我岁行在戌将死[35]，使其言然，吾不及见儿之立也，后当以我语告之。'其平居教他子弟[36]，常用此语，吾耳熟焉[37]，故能详也。其施于外事，吾不能知；其居于家，无所矜饰[38]，而所为如此，是真发于中者邪[39]！呜呼！其心厚于仁者邪[40]！此吾知汝父之必将有后也。汝其勉之！夫养不必丰，要于孝[41]；利虽不得博于物[42]，要其心之厚于仁。吾不能教汝，此汝父之志也。”修泣而志之[43]，不敢忘。

（3）先公少孤力学[44]。咸平三年进士及第[45]。为道州判官[46]，泗、绵二州推官[47]，又为泰州判官[48]。享年五十有九。葬沙溪之泷冈[49]。

（4）太夫人姓郑氏，考讳德仪[50]，世为江南名族。太夫人恭俭仁爱而有礼，初封福昌县太君[51]，进封乐安、安康、彭城三郡太君[52]。自其家少微时[53]，治其家以俭约，其后常不使过之，曰：“吾儿不能苟合于世[54]，俭薄所以居患难也[55]。”其后修贬夷陵[56]，太夫人言笑自若，曰：“汝家故贫贱也[57]，吾处之有素矣[58]。汝能安之，吾亦安矣。”自先公之亡二十年，修始得禄而养[59]。又十有二年，列官于朝，始得赠封其亲[60]，又十年，修为龙图阁直学士、尚书吏部郎中、留守南京[61]。太夫人以疾终于官舍[62]，享年七十有二。

（5）又八年，修以非才[63]，入副枢密[64]，遂参政事[65]。又七年而罢。自登二府[66]，天子推恩[67]，褒其三世[68]。故自嘉祐以来[69]，逢国大庆[70]，必加宠锡[71]。皇曾祖府君[72]，累赠金紫光禄大夫、太师、中书令[73]。曾祖妣累封楚国太夫人。皇祖府君累赠金紫光禄大夫、太师、中书令兼尚书令[74]。祖妣累封吴国太夫人。皇考崇公累赠金紫光禄大夫、太师、中书令兼尚书令。皇妣累封越国太夫人[75]。今上初郊[76]，皇考赐爵为崇国公，太夫人进号魏国。

（6）于是，小子修泣而言曰：“呜呼！为善无不报，而迟速有时，此理之常也。惟我祖考，积善成德，宜享其隆[77]。虽不克有于其躬[78]，而赐爵受封，显荣褒大，实有三朝之锡命[79]，是足以表见于后世，而庇赖其子孙矣。”乃列其世谱，具刻于碑。既又载我皇考崇公之遗训，太夫人之所以教而有待于修者，并揭于阡[80]。俾知夫小子修之德薄能鲜[81]，遭时窃位[82]；而幸全大节[83]，不辱其先者[84]，其来有自。

（7）熙宁三年，岁次庚戌四月辛酉朔十有五日乙亥[85]，男推诚保德崇仁翊戴功臣、观文殿学士、特进、行兵部尚书、知青州军州事、兼管内劝农使、充京东东路安抚使、上柱国、乐安郡开国公[86]，食邑四千三百户、食实封一千二百户[87]，修表。

注释

［1］泷（shuāng）冈：地名。在今江西省永丰县沙溪镇南之凤凰山。阡（qiān）表：即墓碑，墓表。阡，墓道。

［2］惟：语首助词，无义。皇考：对亡父的尊称。皇，显。亡父称考，亡母称妣。崇公：即崇国公。欧阳修的父亲名观，字仲宾，死后曾追封为崇国公。卜吉：以占卜来选择风水好的墓地下葬。据《欧阳修年谱》所载。欧阳观卒于大中祥符三年（1010），次年葬于吉州吉水县之泷冈，下距熙宁三年（1070）欧阳修作此墓表，时隔整整六十年。

［3］克：能够。表于其阡：树立墓前碑文。

［4］有待：有所等待。

［5］太夫人：指欧阳修的母亲郑氏。古时列侯之妻称夫人；列侯死，子称其母为太夫人。守节自誓：谓郑氏决心守寡，不再嫁人。

［6］居穷：家境贫寒。

［7］自力于衣食：自己操持生活。

［8］长：养育。

［9］俾：使。

［10］施与：施舍，即助人以财物。

［11］俸禄：犹官薪，官饷。薄：少。

［12］毋：勿要，不可。累：牵累，累赘。

［13］“无一”二句：一瓦，指代房屋。一垅，指代田地。垅，同“垄”，田埂。植，种植。这里指代庄稼，收成。

［14］庇而为生：可以依靠而度生计。

［15］恃：依赖。自守：指守寡。

［16］姑：婆婆。这里指欧阳修的祖母。

［17］能养：谓克尽孝道。养，供养长辈。

［18］有立：即有所成就，有所建树。

［19］必将有后：必定会有好的子孙以承继父业，光耀祖宗。

［20］始归：刚出嫁的时候。归，旧时称女子出嫁为“于归”。

［21］免于母丧：即守丧期满，除去哀悼母亲的丧服。

［22］岁时祭祀：谓逢年过节时祭奠祖先。

［23］“祭而丰”二句：意谓死后祭礼再丰盛，不如生前好好奉养，以使父母虽过简陋生活却能够多活几年。

［24］间：间或，有时。御：进用。

［25］“昔常”三句：意谓从前生活不甚丰裕，因而未能很好奉养母亲，如今虽然条件好了，但是要想弥补这一不足却来不及了。

［26］始一二见之：起初一两次见到这光景。

［27］“以为”句：适然：当然如此。这句说：以为是刚除丧服，犹有悼母余哀，当然这样罢了。

［28］烛：指点燃灯烛，用作动词。官书：这里指有关刑狱方面的文书案卷。

［29］屡：每每，常常。废：停止，搁下。

［30］死狱：谓应判处死刑的案件。

［31］矧（shěn）：况且。

［32］犹失之死：还有因误判而致死刑的。失，过失。这里指错判。

［33］世常求其死：谓世间治狱的官吏每欲致犯人以死罪来作

为自己办案的出发点和归宿。

[34] 乳者：犹奶妈。剑：挟在胁下。一本作“抱”。

[35] 术者：指占卜、算命的人。岁行在戌：指岁星运行，时在戌年。

[36] 平居：素日平常。

[37] 耳熟：经常听到，已经很熟悉了。耳，听，闻。用作动词。

[38] 矜（jīn）饰：装模作样。

[39] 发于中：出自于内心。

[40] 厚：注重。用作动词。

[41] 要于孝：重要的是要孝顺。

[42]“利虽”句：谓好处虽难以普及众人。

[43] 志：记。

[44] 先公：指作者亡父欧阳观。先，先人，对已故前辈的尊称。力学：用力于学问

[45] 咸平三年：1000 年。咸平，宋真宗赵恒的年号。进士及第：谓考中进士。

[46] 道州：州名，唐置，治所在今湖南道州，位于湘江支流潇水流域。判官：官名。州府长官的僚属，宋制凡二人，从七品，主管文书，小州判官或代理司法。

[47] 泗：泗州，唐置。治所在今安徽泗县。绵：绵州，隋置。治所在今四川绵阳。推官：与判官同为州府长官的僚属，主管司法事务。小州推官、判官不并置，或以推官兼观察支使。

[48] 泰州：州名。汉置海陵县，五代南唐后改为泰州，治所即今江苏泰州市。据《欧阳修年谱》载，欧阳观乃卒于泰州任所。

[49] 沙溪：地名。在今江西省永丰县南凤凰山北。

[50]“考讳”句：考：指郑氏的父亲。讳：《礼记·曲礼》：“死者之名曰讳。”这句说：郑氏的父亲名德仪。

［51］福昌：古县名，辖境相当今河南宜阳县附近一带。县太君：按宋制，朝廷卿、监及地方知州等官的母亲封县太君。太君，古代官吏母亲的一种封号，次于太夫人。

［52］乐安：古郡名。安康：古都名，辖境相当于今陕西省安康市一带。彭城：古郡名，即今江苏省徐州市。案，这些郡名仅作赠封的一种荣誉称号，实际并非实封其他。

［53］少微时：未显贵的时候。

［54］苟合于世：迎合世俗而生活。苟，苟且，随顺。

［55］俭薄：犹俭约。所以居患难：可以依靠它（俭约的习惯）度过危难。

［56］夷陵：县名，县治在今湖北省宜昌东南。宋仁宗景祐三年（1036），范仲淹因得罪宰相吕夷简而被黜，欧阳修代为鸣不平，作《与高司谏书》，与司谏高若讷争辩，因言辞激烈，反对坚决，遂遭贬夷陵县令。其母郑氏随同前往。

［57］故：本来。

［58］处之有素：意谓平日已经习惯如此。

［59］得禄而养：谓做官而得俸禄以归养母亲郑氏。按，欧阳修进士及第在宋仁宗天圣八年（1030），由此得授官食禄，上距其父死之大中祥符三年（1010），整二十年。

［60］“又十有二年”三句：宋仁宗康定元年（1040），欧阳修被召还京，复任馆阁校勘原官，转太子中允。庆历元年（1041）十一月，仁宗祀南郊，加恩百官，欧阳修亦得升迁，由太常博士加骑都尉，改集贤校理。封赠其亲，当在此年。

［61］龙图阁直学士：官号，宋代加给侍从官的一种荣誉头衔。龙图阁，宋代收藏和管理图书典籍的官署。尚书：指尚书省，官署名。其长官为尚书令。吏部：尚书省下属之官署名。郎中：官名，尚书省下各部内各司的主管。留守：官名。宋制，帝王外出巡视或

亲征，每命亲王或大臣留守京城，称东京留守，掌管宫钥及京城治理与守卫等事。当时西京河南府、南京应天府与北京大名府亦均各置留守，以知府兼任之。南京：宋真宗时，升宋州为应天府，建为南京，治所在今河南省商丘市。

［62］“太夫人”句：欧阳修的母亲郑氏卒于皇祐四年（1052）。官舍，馆舍，官吏的住宅。

［63］非才：自谦之词，意谓才位不相称，忝列其位。

［64］入：这里指做官。副枢密：即枢密副使，官名。宋制，枢密院为最高军事机关，别称宥司，掌军国机务、兵防边备、军马等政令。其长官为枢密使，副长官则称枢密副使或同知枢密院事等。

［65］参政事：即参知政事，官名。犹副宰相。据《欧阳修年谱》所载，欧阳修于宋仁宗嘉祐六年（1061）由枢密副使转户部侍郎参知政事。

［66］二府：宋制，枢密院与中书省分掌全国军政大权，合称二府。

［67］推恩：谓施与恩惠。

［68］褒：褒奖，封赠。三世：谓曾祖、祖、父母三代。

［69］嘉祐：宋仁宗赵祯年号（1056—1063）。

［70］国大庆：指朝廷祭祀天地祖宗、册封后妃、命立太子等大典。

［71］宠锡：这里指加官晋爵、赏赐财物。宠，恩宠。锡，赏赐。

［72］府君：旧时子孙对先世的敬称。

［73］累赠：陆续追赠许多官爵，其最终所封之最高官爵称累赠。金紫光禄大夫：官名。宋制，金紫光禄大夫用作阶官之号，为正三品文阶官。太师：官名。三师（或称“三公”）之一。宋制，以太师、太傅、太保为三师。中书令：官名，中书省长官。宋制，中书令乃未尝真拜之赠官，一般以他官兼领此职者，均不预政事，

仅示官阶。

［74］尚书令：官名，尚书省长官（唐初行宰相之职）。宋制，尚书令仅用以定官位俸禄，无实际职掌。

［75］越国太夫人：据《欧阳修行状》及《神道碑》《墓志铭》，欧阳修母郑氏封号均称“韩国”，不言“越国”“魏国”。而《欧阳氏谱图系》记欧阳修母封号唯言“魏国”，未称“越国”“韩国”。据此，“越国”之称或乃欧阳修误记，或乃郑氏最后之封号。然据下文言及其父“皇考赐爵为崇国公”，而遍查《欧阳修年谱》《行状》《神道碑》《墓志铭》等，却均作“郑国公”，且崇国公实际上又是欧阳观最后之封号，是“越国太夫人”也很可能为欧阳修之母郑氏之最后封号，诸墓志碑状均属误记。

［76］今上：谓宋神宗赵顼，在位十八年（1067—1085）。初郊：指神宗即位后举行的首次郊祀活动。郊，郊祀，即封建帝王的祀天活动。

［77］隆：盛，多。

［78］不克有于其躬：未能亲身享受。

［79］三朝：谓仁宗、英宗、神宗三朝。锡命：天子赐予诸侯爵服等赏命。

［80］揭：标举。这里指记载。

［81］俾（bǐ）：使。德薄能鲜：自谦之词，谓德行浅薄，能力很差。鲜，少。

［82］遭时窃位：亦自谦之词。谓生逢其时，占据高位。

［83］幸全大节：意谓侥幸得以全身尽节，未遭刑戮。

［84］不辱其先：没有辱没祖宗。

［85］熙宁：宋神宗赵顼年号（1068—1077）。岁：指岁星。次：停留之处。四月辛酉朔：阴历四月初一日。这一日的干支纪日是辛酉，四月十五日则是乙亥。

［86］男：儿子对父母的自称。推诚保德崇仁翊戴功臣：宋代封赐臣下的功臣名号。按，以下所列是欧阳修当时的全部官衔和封爵。观文殿学士：官名。宋制，诸殿学士为帝王侍从顾问，虽无典掌实权，而资望极高。除特别恩赐外，非曾任执政的大臣不授。特进：官名，汉置。宋制，特进为第二阶文散官，相当于正二品。行：大官兼管小官之称。兵部尚书：官名，掌天下军卫、武官选授之政令。青州：州名，治所在今山东省益都县（今青州市，下同）。宋制，知州以朝臣出任，称权知军州事，兼管军政大权。内劝农使：官名，掌劝励农桑事宜，宋制以州官兼之。京东东路：宋时行政区域分全国为十五路，下设州县。熙宁七年（1074）分京东路为京东东、西二路。京东东路辖境相当于今山东、河南、江苏一带，治所在青州（今山东益都）。安抚使：官名，掌一路军政大权，多以知州兼任。上柱国：官名，战国时楚国始置，唐以后沿用作勋官之称号。乐安郡：郡名，治所在今山东省惠民县。开国公：宋时赐封文武功臣的爵位。

［87］食邑：亦称"采邑""封地"，即以封地内所收租税以作食禄之谓。食实封：指实封的食邑。食邑制始于周朝，宋制，食邑自二百户至一万户，食实封自一百户至一千户。据《欧阳修年谱》载，欧阳修于嘉祐六年（1061）封开国公；治平二年（1065）加上柱国；四年擢特进，除观文殿学士，赐推诚保德崇仁翊戴功臣，熙宁元年（1068）转兵部尚书，知青州军州事，兼管内劝农使，充京东东路安抚使。

欧阳修《泷冈阡表》指导大概[①]

朱自清　叶圣陶

这篇文字，通体只有一条线索，就是一个“待”字。为什么直到父亲葬了六十年，才给他作墓表呢？因为有所等待。为什么要等待？因为作者的母亲说过“有待于汝”的话。母亲的“有待于汝”不是漫无凭依的空希望，她根据父亲的孝行与仁心，知道这样的人该会有好儿子，能够具有同样的孝行与仁心，并且能够显荣他的父母祖先——就是所谓“有后”。在父亲下葬的那年，作者才只有五岁，当然不能作墓表。后来长大起来，而且“食禄”了，“列官于朝”了，他还是不作，因为母亲所等待的还没有确切的着落；直到“天子推恩褒其三世”，三代都受了皇帝的赠封，作者觉得“是足以表见于后世而庇赖其子孙矣”，换一句说，母亲所等待的有了确切的着落了，他才动手作墓表。他以为“天子推恩褒其三世”是自己“幸全大节”的凭证，而自己所以能够“幸全大节”由于不负母亲的等待，也就是不背父亲的遗训，总之是所谓“不辱其先”，真成了个好儿子。这并不是夸张自己，只是见得父亲具有孝行与仁心而果真“有后”，果真有好儿子，乃是“为善无不报”的“理之常”。要表扬父亲，还有比这个更值得叙述的吗？所以必须等待到这时候才来作墓表。——作者的意念是依着这样一条线索发展的。

---

① 朱自清（1898—1948），原名自华，号秋实，后改名自清，字佩弦。现代杰出的散文家、诗人、学者、民主战士。代表作有《春》《背影》《荷塘月色》等。本文选自毋庚才、刘瑞玲编《名家析名篇》，北京出版社1984年版。

意念发展的线索既已成立，同时就把取材的范围也规定了。这一篇文字属于碑志类，所谓碑志类，是就它刊刻的方式而言，实际上也就是传记。传记叙述一个人的生平有牵涉得很广的，为什么这一篇仅叙父亲的孝行与仁心两端呢？还有，作者在四岁时候，父亲就去世了，对于父亲的生平，当然只能间接地从母亲方面得知；但是母亲对于父亲的生平，平日一定琐琐屑屑讲得很多，为什么这一篇仅叙母亲讲到父亲的孝行与仁心的一番话呢？原来作者认为孝行与仁心是父亲的两大“善”，只此两端，就足以表现父亲的全貌。他在文字的第六段里有“俾知夫小子修……”的话，所谓“俾知”，使什么人知道呢？不是要使子孙与世人知道吗？要使子孙与世人知道什么？不是说父亲的两大“善”影响了他，果然使他“幸全大节，不辱其先”，可见这两大“善”是人生的至宝吗？这就使这篇文字在叙述以外，自然而然带着教训意味。大凡含有教训意味的文字，是排斥那没有教训意味的成分的；所以这一篇仅叙父亲的孝行与仁心两端。并且，作者受父亲的影响，是从母亲特别把父亲的两大“善”教训他而来的；惟（唯）有把母亲当时的教训摹声传神地叙述下来，才见得他的受影响为什么会这么深切。这好像是在写母亲，其实正是出力地具体地写父亲。若再加上母亲平日琐琐屑屑讲到父亲生平的旁的话，那就使这一番话比较不显著，把它的力量减弱了；所以这一篇仅叙母亲讲到父亲的孝行与仁心的一番话。——以上是说取材的范围受着意念发展的线索的限制。

不只第二段的取材如上面所说，再看第四段里叙述母亲“治其家以俭约”；当作者贬谪的时候，母亲说过“汝能安之，吾亦安矣”的话；这都与第二段里所叙父亲的话“毋以是为我累”相应合，见得母亲是真能够体验父亲的志概，本着父亲的志概训练儿子的。写母亲也就是写父亲，所以这些材料要取。再看第五段，说了“天子推恩，褒其三世”，以下就直接第七段的“于是小子修泣而言曰”，似乎也没有什么不可以。但是“天子推恩，褒其三世”是作者“幸全大节”的凭证，如果就此一笔叙过，未免把这种凭证看得太不郑重了，把朝廷的宠锡（赐）看得太不恭敬了；所以要把三代所受的赠封逐一记下来，以表郑重与恭敬。可见这一段关于三代受赠封的文字，也是从作者意念发展的线索而来的。

自来传记文字很多，作者意念发展的线索不同，取材范围也就不一样。如归有光的先妣事略，是从一种“孺慕”的意念发展开来的；所以只取日常琐屑作材料，使全篇带有抒情的情调，而没有什么教训意味。欧阳修这一篇的第二段虽然纡徐曲折，摹声传神，也像是抒情的文字，但他把这一段作为全篇的主要材料，是着眼于它的教训意味的；所以这一段与其他各段统看，就不觉得什么抒情的情调，只觉得作者在那里向人说教。欧阳修是上承唐朝的韩愈而提倡古文的；他占很高的官位，有许多文人做他的门人，受他的提拔，他是当时文坛的盟主。韩愈开始以文字为教，主张为文须得传尧舜禹汤文武周公孔孟之道，也就是汉朝以来我国的传统伦理观念。欧阳修当然也作这样想。在寻常的题目之下，如一篇游记一篇短序之类，自然不妨随便一点；但现在遇到的却是个非常严重的题目——要叙述自己的父亲。以文坛盟主的资格，作这样非常严重的题目，若作来没有“传道”的作用，岂不是自己取消自己的主张？于是他抓住父亲的孝行与仁心两端，以为全篇的主要材料，因为孝与仁正是我国最重要的传统伦理观念。他又把母亲预料父亲“有后”，到后来果真“有后”，可见“为善无不报”，作为全篇的线索，这“为善无不报”也正是我国的传统伦理观念。既叙述了父亲，又有了“传道”的作用，从欧阳修当时的观点与立场着想，没有比这样下笔再得体的了。看一篇文字，要知道作者的观点与立场，要知道他处在怎样的一种思想环境与现实环境之中，才会得到客观的理解。倘若不能抱这样的态度，只凭读者自己的主观见解去评判，那就难以理解得透彻。如说这一篇第五段历记三代所受的赠封，夸耀虚饰的荣显，酸味十足；又说第六段表明为善果真有报，近于一种迷信的因果论，与无知的积善老婆婆的见解不相上下；这就是凭现代的人的主观见解去评判古人的文字了。这样评判固然也是一种研讨，但对于作者为什么要这样取材，这样下笔，并没有得到理解却是真的。

现在请把各段的大意与作用来说一说。第一段从作表延迟说起，标出“待”字。第二段说明“待”字的来由在母亲“有待于汝”的话；而母亲这个话是有根有据的，那根据在父亲的孝行与仁心。于是叙述母亲所讲关于父亲的孝行与仁心的一番话，也就安排了本篇的主要材料。第三段记父亲的官职、年岁与葬地，是传记一类文字的格式。到这里，叙述父亲的生平的部分完毕了。第四段叙母亲，而着眼于母亲能够体验父亲的志慨（概），能够随时本着父亲的志概训练儿子，可以说是从旁面叙父亲。这段里因为叙“得禄而养”母亲，用了“自先公之亡二十年”作为时间副语；以下就顺次下去，连用“又十有二年”“又十年”，来表明自己进官与母亲去世的时间。第五段开头用“又八年”，紧接上段，而叙的是自己“登二府”，三代受赠封的事情，这表明母亲所谓“有待于汝”有了着落了。于是来了第六段，见得这才是可以作墓表的时候了。作墓表不但记叙一个人的生平而已，更要子孙与世人得到一种教训，才有意义；所以先前不作，直到这个时候才作。第七段记作表的年月与作表当时自己的赐号、官职、封爵、禄秩及名字，也是传记一类文字的格式。

第二段所叙母亲的一番话最长，也最关紧要。这一番话又可分为六节。从“汝父为吏”到“以有待于汝也”是一节，说明他处在寡居穷困的境地“而能自守”，只因她对于父亲知道一二，有待于她的儿子。以下到“然知汝父之能养也”是一节，到“然知汝父之必将有后也”又是一节，这两节就是所谓“知其一二”。从什么方面知道的呢？第四节到“而以此知汝父之能养也”为止，第五节到“此吾知汝父之必将有后也”为止，说明了知道的所以然。末了一节是结论，她说从“汝父之志”看来可见养亲最重要的是孝，待物最重要的是“其心厚于仁”。这里第二节说“能养”，第三节说“必将有后”，第四节承接“能养”说，第五节承接“必将有后”说，第六节用“孝”与“其心厚于仁”双承“能养”与“必将有后”，层次极为清楚整齐。

第三段开头是“先公少孤力学”一语，“少孤”叙他的境遇，“力学”叙他的努力，都只是抽象说法；如果没有这四个字，好像也没有多大关系。可是没有这四个字，开头一语就成“先公咸平三年进士及第”，语气见得急促了。现在用这四个字，语气就见得舒缓；“力学”又与“进士及第”有了照应。并且，“少孤力学”是抽象说法，而第二段母亲口里称述父亲全是具体说法；一面具体，一面抽象，也有错综的趣味。

第四段第二句实在是“太夫人自其家少微时，治其家以俭约”，“恭俭仁爱而有礼，初封福昌县太君，进封乐安、安康、彭城三郡太君”三语是插进去的，作为对于“太夫人”的形容语。所以要把这三语插进去的缘故，第一，与前所说加用“少孤力学”四字一样；作“太夫人自其家少微时”，嫌其急促，插入这三语，语气就舒缓了。第二，太夫人被封为“福昌县太君，进封乐安、安康、彭城三郡太君”本来在作者“列官于朝”之后，但“始得赠封其亲”一语之下是接不上母亲被封为什么的（若要在这里叙明母亲被封为什么什么，就得像现在作文一样，把这个话括在括弧里头了，而从前作文是没有这个格式的）。正好前面有个可以安插的地方，所以就把它提到前面去了。

第四段里的“又十年”，指宋仁宗皇祐四年，与以下的“修为龙图阁直学士尚书吏部郎中，留守南京”，都是“太夫人以疾终于官舍”的时间副语，表明作者任这些官职的时候，母亲去世了。若以为作者“为龙图阁直学士尚书吏部郎中，留守南京”，是皇祐四年才开始的事情，那就错了。原来作者除龙图阁直学士，在前此八年（仁宗庆历四年）；落龙图阁直学士，在前此七年（庆历五年）；复龙图阁直学士，在前此三年（皇祐元年）；知应天府，兼南京留守司事，授尚书吏部郎中，在前此二年（皇祐二年）；都不是皇祐四年才开始的。

第六段里“既又载我皇考崇公之遗训，太夫人之所以教而有待于修者”两语，是归结全篇的话、很关重要。全篇的主要目标当然在记载父亲的遗训，但父亲的遗训所以会在作者人生上发生影响，却在母亲本着遗训训练儿子，期待儿子。没有父亲的遗训，母亲将本着什么来训练儿子，这是不可知的。没有母亲的训练，父亲的遗训会不会在作者人生上发生影响，也很难说定。遗训与母亲的训练是二而一的，惟（唯）有这两项合并在一起，才收到真实的效果——就是儿子果真能够“幸全大节，不辱其先”。这里所指出的两语就表明这个二而一。同时也点醒了本篇叙述手法的所以然。原来本篇从母亲的口吻叙述父亲的遗训，又叙述母亲的俭约安贫，无非要表明母亲能够本着遗训训练儿子。所以说，这两语是归结全篇的话。

以上把全篇的取材、布局、照应各方面大略说过了。大概读一篇文字，仅能逐句逐句照字面解释，是不够的；必须在解释字面之后，更从文字以外去体会，才会得到真切意义。现在请把本篇须得加意体会的地方提出来说一说。第二段母亲的话的第一节里，提起父亲的“毋以是为我累”一语，为什么“有余”反而是“累”呢？因为欲求“有余”，或许会伤“廉”，或许会损害“好施与”的品性，这是对于自身的“累”；“有余”而传到儿子手里，或许使儿子惯于席丰履厚，不能居患难，安贫贱，这是对于儿子的“累”；对于儿子的“累”也就是自己的“累”。这些“累”都是要不得的，所以说“毋以是为我累”。同节里有“无一瓦之覆，一垄之植”两语，这等于说没有房屋与田地，但比起“无屋舍田亩”来，却具体得多，印象深刻得多。“一瓦”“一垄”都是最低限度，最低限度的财产也没有，可见穷困真到了极点了。第三节“然知汝父之必将有后也”一语，如果去掉“将”字，作“必有后也”，文意也顺适。但“必有后也”是断定口气，加入“将”字就是期望口气；这里承上文的“有待于汝”，作期望口气尤合于说话当时的神情。第四节叙述父亲的话，说“祭而丰，不如养之薄也”，又说“昔常不足而今有余，其何及也”，都从一句简单的话，表出父亲追慕不已的孝思。祭祀是人子的一件大事，固然要求其丰盛；但是，如果不是死后的祭祀而是生前的奉养，即使比较菲薄一点，在人子是何等的快慰呢？在奉养的时候，因为手头“不足”不得好好奉养；现在手头“有余”了，偏偏又无法奉养，在人子是何等的深恨呢？这两层意思，从这两句简单的话里表达出来，父亲的孝思如何深切也就可想而知了。再看在“御酒食”上头加上一个“间”字，见得所谓“有余”也是有限得很的，不过比往时稍稍宽裕一点而已。稍稍宽裕一点，就想到不及拿来奉养，那孝思真是没有一刻不在心上的了。同节“至其终身未尝不然”一语，是找足一句的说法。每逢祭祀，每对酒食，总是要涕泣而叹息，这样直到他临死；说他的孝思没有一刻不在心上，还有可以怀疑的吗？死后的追慕尚且如此，那么，生前的奉养虽因“不足”而菲薄一点，但必然纯本于孝思，是不问可知的了。所以本节的末了说“以此知汝父之能养也”。第五节里母亲问“生可求乎？”以下父亲回答的一番话，层次很多，言外还有意思，必须仔细体会。这一段话开头说“求其生而不得，则死者与我皆无恨也”，并不直接回答说“生”的可求不可求，只是提出一个原则来：法官必须劳费心思替将死的罪犯寻一条生路。即使个个罪犯都寻不到生路，但那一番心思是不得不劳费的；因为惟（唯）有这样做，在法官是尽了他的职责，良心上没有什么抱恨；在罪犯是自己犯了实罪，虽死也没有什么抱恨。以下接说“矧求而有得邪”，用的是反问感叹的语气。假定求而总是不得，但为彼此不致抱恨起见，尚且非求不可；现在实际上又“求而有得”，怎么能不求呢？这就回答了“生可求乎”的问语；见得“生”是可求的，而且非求不可的。以下接说“以其有得，则知不求而死者有恨也”，这是推开来想。从“求而有得”着想，可见偶尔疏忽一件案子，也许正冤枉一个罪犯，将使他抱恨而死。那么，做法官的还可以偶尔疏忽一件案子吗？以下接说“夫常求其生，犹失之死，而世常求其死也”。这是对于当时一般法官的感慨。“常求其生”指自己说；像自己这样存心，这样审慎，说不定还有考核与判断的错误，因而把不该受死罪的罪犯冤枉处死。而一般法官对于案子只是随便处理，一味疏忽；那不但是不替罪犯寻生路，简直是专把罪犯赶上死路去了。说着这样感慨的话，他自己决（绝）不愿像一般法官那样随便与疏忽，那意思也就表明了。接着父亲叹息说恐怕见不到儿子的成立，“后当以我语告之”，以下母亲又说“教他子弟常用此语”；这里的“我语”“此语”不能呆看。“我语”“此语”该是指前面的话而言，而前面的话是说法官必须尽心替罪犯寻生路，以求彼此无恨；难道父亲料定儿子与“他子弟”将来都要作（做）法官吗？这就是呆看了。原来“我语”“此语”是指象（像）前面的话那样的存心而言；儿子与“他子弟”将来固然不一定作（做）法官，但那样的存心是无论作（做）什么都必要的，所以说“后当以我语告之”，所以“教他子弟常用此语”。以下母亲赞叹父亲，用推进一层的说法，先说“其施于外事，吾不能知”；这不但按照实际情形说，她自己处在家里，不能知道父亲在外面的情形；同时还表出一种料想，也许父亲在外面，更有许多教人感服的事情，只是她不能知道，故而也无从说起了。在外面作（做）事而能教人感服，也许还有点“矜饰”的意味，并不完全出于自然；于是推进一层说，在家里是绝对用不到“矜饰”的，而父亲能那样地认真尽责，可见他的存心是完全出于自然的了。存心完全出于自然，怎么就归结到“此吾知汝父之必将有后也”呢？中间好像缺少了一座过渡的桥梁。原来过渡的桥梁就是“为善无不报”；这“为善无不报”是“理之常”，人人所有的信念，不烦言而可知，所以把它省略了。第六节开头说“汝其勉之”，明明是教训语，以下却又说“吾不能教汝”，而用“此汝父之志也”来结束；见得所谓“养不必丰，要于孝，利虽不得博于物，要其心之厚于仁”，只是从“知其一二”的父亲的性行上体验出来的一点道理；就为体验出来了这点道理，她才有以教儿子，她才有待于儿子。倘若没有这一节话，以上几节仅仅说明了“汝父之能养”“汝父之必将有后”，与儿子的关系还浅。现在有了这一节，见得她的教训也就是“汝父之志”，她所谓“有待于汝”，是期待“汝父之志”在儿子的人生上发生优善的影响，这与儿子的关系就深切多了。

第四段叙母亲的话“吾儿不能苟合于世，俭薄所以居患难也”；意思是说“不能苟合”必然常“居患难”，习惯了“俭薄”，“居患难”就安之若素了。这个话正与父亲“毋以是为我累”的话正反相应，父亲的意思是丰厚（有余）要成累，母亲的意思是俭薄就没有什么累。以下“汝家故贫贱也……”两句是承接上文，用叙述来加倍描写。“汝能安之，吾亦安矣”一句，虽只有八个字，可是把母亲与儿子融融泄泄，“居患难”而心胸旷然的情境，都表现出来了。作者的母亲画荻教子，自来称为贤母的模范。读本篇所叙母亲的一些话，真像看见了这位贤母，听到了她的温恭慈爱的口吻。

第六段“为善无不报”之下，加“而迟速有时”五字，作为对于“报”字的副语，与下文相应；这是文字的周密处。“我祖考积善成德，宜享其隆”，但“不克有于其躬”，这就像是“不报”。然而到后来“赐爵受封，显荣褒大，实有三朝之锡命”，可见并不是“不报”，只是“报”得“迟”一点罢了。这就是所谓“迟速有时”。若不在上文把这一层先行点明，下文“不克有于其躬”就未免有点突兀了。末句的末了说“小子修”“德薄能鲜，遭时窃位”，“德”与“能”都不行，原不该有什么发展，而现在竟得发展，无非遭遇时世，窃居高位而已：把自己说得这样地平凡，只是要反衬下文的“全大节”与“不辱其先”。“全大节”与“不辱其先”不是容易做到的事情，而平凡的自己居然能够做到，那是经过了许多奋勉的工夫而来的。下一个“幸”字，所以表明奋勉成功的意思。若把这“幸”字解作通常的“侥幸”意味就差一点了。平凡的自己何所凭借而能奋勉呢？凭借的是父亲的遗训与母亲的训练；把成功的原（缘）由都归到父母身上，这就是所谓“其来有自”。

* * *

现在请把本篇所用的字与词、语，应该提出来说明的，逐一说明于下。

关于坟墓的刻石，通常有两种，一种是“墓表”，也称“墓碑”，一种是“墓志铭”。一般的见解，“墓表”所以彰其人，立在坟上，供瞻仰的人观看；“墓志铭”埋在坟中，将来时候或许陵谷变迁，发现的人就可以知这坟中埋的是谁。但姚鼐《古文辞类纂》的序文里说：“志者，识也。或立石墓上，或埋之圹中，古人皆曰志。为之铭者，所以识之之辞也。然恐人观之不详，故又为序。世或以石立墓上曰碑曰表，埋乃曰志，及分志铭二之，独呼前序曰志者，皆失其义”。这是说关于坟墓的刻石，不管它立在坟上或是埋在坟中，“古人皆曰志”；他是不承认有“墓表”与“墓志铭”的分别的。

“呜呼”是叹词，或仅表感叹，或在感叹之外兼表伤痛或赞美的意思。本篇里用了三个“呜呼”。第一段里的“呜呼”仅表感叹，感叹作表的延迟。第二段里的“呜呼”就兼表赞美了，赞美父亲“其心厚于仁”。第六段里的“呜呼”也兼表赞美，赞美祖考的“实有三朝之锡命”。从此又可见“于是小子修泣而言曰”的“泣”字是感慰的“泣”，不是伤痛的“泣”。

本篇里用了两个“惟”字，一个在第一段，一个在第六段。这两个“惟”字不是“惟独”，没有实义，只是古代的发语词——在说话开头的时候，带出一个没有实义的字来，以助语气。去掉“惟”字，作“我皇考”“我祖考”，意思也一样。现在加用这古代的发语词，见得称说自己的“皇考”与“祖考”，语气更庄敬一点。

“皇”字是对于先代的敬称。篇首初提到父亲，当然该庄敬；第五段叙述父亲受朝廷的赠赐，第六段说到父亲的遗训，也非庄敬不可；所以都用“皇考”。第三段里的“先公少孤力学”，第四段里的“自先公之亡二十年”，都只是寻常叙述语；所以不用“皇考”而用“先公”。第五段里称曾祖为“皇曾祖”，称祖父为“皇祖”，理由与前面所说一样。

“崇公”是赐爵崇国公的简称。在“皇考”之下，又称父亲的赐爵，也所以表示庄敬。除了对于自己的祖先以外，对于其他的人不称他的名字而称他的官位、封爵、谥号，也都表示庄敬的意思。

“卜吉”就是下葬；但是说“卜吉”见得当时是郑重其事，占卜了“吉兆”而下葬的，正与全句郑重、庄敬的情味相一致。第三段里叙及葬地，仅是寻常叙述语，所以用“葬”字就够了。

“克”字与“能”字的分辨，在“前言”里已经提到，这里不再说。现在只说第六段里“虽不克有于其躬”一语的“不克”。这一语说祖考“不克”在生前“享其隆”，而“享其隆”是一件大事，提及的时候应该郑重、庄敬的；所以不作“不能”而作“不克”。

本篇里用了许多“也”字，这些“也”字可以分为三类。“非敢缓也”“故其亡也”“吾之始归也”“此死狱也”“汝家故贫贱也”等语里的“也”字是一类，表示语气到此稍稍顿一顿，话还没有说完。“盖有待也”“以有待于汝也”“然知汝父之能养也”“然知汝父之必将有后也”“不如养之薄也”“而以此知汝父之能养也”“则死者与我皆无恨也”“则知不求而死者有恨也”“而世常求其死也”“吾不及见儿子之立也”“故能详也”“此吾知汝父之必将有后也”“此汝父之志也”“俭薄所以居患难也”“此理之常也”等语里的“也”字是一类，表示语气到此完足，一句话已经说完。第三段里“其何及也”一语的“也”字又是一类，与“邪”字相当，是反问与感叹的语气。如果说白话，“非敢缓也”作“并不是敢于迟缓”，“此死狱也”作“这是一件该判死罪的案子”，“汝家故贫贱也”作“你家本来贫贱”，都只须稍稍顿一顿就是，不须再用什么语助词。“故其亡也”作“所以他去世的时候”，“吾之始归也”作“我嫁过来的时候”；这里值得注意，白话里的时间副语“……的时候”，文言里可作“……也”。所以“当他入学的时候”可作“方其入学也”，“与你碰见的时候”可作“与君之相遇也”。再说第二类“也”字。“盖有待也”作“是有所等待”，“以有待于汝也”作“因此对于你有所等待”，都只在声调上表示语气完足，末了不须再用什么语助词。“然知汝父之能养也”作“然而知道你父亲是能够奉养的”，“然知汝父之必将有后也”作“然而知道你父亲是一定会有好子孙的”，“则知不求而死者有恨也”作“就知道不经仔细考求而被处死刑的有怨恨了”，“吾不及见儿之立也”作“我见不到儿子的成立了”；从这里可以知道，白话里的“是……的”与“了”两种断定语气，在文言里就是“也”字。再说第三类“也”字。“其何及也”白话里作“还那里来得及呢！”这“也”字正是白话里的“呢”。“什么缘故呢？”文言作“何也？”，“什么人呢？”文言作“谁也？”

“盖有待也”的“盖”字，与“乃”字意义相近，作“乃有待也”也可以。全句说白话，是“并不是敢于迟缓，是有所等待”。可见白话里这样语气之下的“是”字，文言作“盖”字或“乃”字。所以“并不是不愿意做，是没有能力做”，文言作“非不愿也，盖无其能也”。“这不是远山，是停着的云”，文言作“是非远山也，乃停云也”。

“自力于衣食”一语，照样说作白话是“自己尽力对于衣食”，或“自己尽力在衣食方面”，都不很顺适。这只须说“自己尽力谋衣食”就可以了。又如下文“新免于丧”，白话就是“新近除服”。那“于”字都不必译作“对于”或“在”字放在话里的。

“以长以教”的“长”字作“长养”解，所以与“教”字处同等的地位。被“长”被“教”的都是作者。

“以长以教”，以什么长养儿子教训儿子呢？原来是以“自力于衣食”。因为“自力于衣食”已经说在前面，“以”字之下就可以直接“长”字“教”字了。这与“以庇而为生”一语情形完全相同。原来是“以一瓦之覆，一垄（垅）之植，庇而为生”，但为要说明没有“一瓦之覆，一垄之植”，必须把这两语提在前面，才加得上一个“无”字；两语既已提在前面，“以”字之下就可以直接“庇而为生”了。明白了这个，也就可以明白“俾至于成人”“俾知夫小子修……”两语的句法。“俾”就是“使”，使那一个“至于成人”，使什么人知道，语中都不点明，必然已经提在前面了。不错，已经提在前面了；对于“俾至于成人”的“俾”字是“修不幸”的“修”字，对于“俾知夫小子修……”的“俾”字是“是足以表见于后世而庇赖其子孙矣”一语里的“后世”与“子孙”。

本篇里用了四个“邪”字，“邪”就是“耶”。“吾何恃而能自守邪？”“矧求而有得邪！”都是反问口气，“邪”字与白话里的“呢”字相当。“是真发于中者邪！”“其心厚于仁者邪！”都是赞叹口气，“邪”字与白话里的“啊”字相当。后面两语说作白话，就是“这真是从心里发出来的啊！”“他的心里仁道很厚的啊！”

“祭而丰，不如养之薄也”，说作白话，就是“祭得丰厚，不如供养得菲薄”。又如“读而勤”“学而有成”“为吏而廉”一类的语句，白话就是“读得勤快”“学习得有成就”“做官做得廉洁”；这些“而”字都与白话里的“得”字相当。“养之薄”本来也可以作“养而薄”，现在不用“而”字而用“之”字，叫做（作）“互文”——就是说，错综地使用作用相同的字，以避免重复。这“之”字并不与“我的”“你的”的“的”字相当而与上语的“而”字作用相同。“互文”常常用在语式相同的两语里。“而”字与“之”字可为“互文”之外，其他“互文”还有很多。如陶潜《归去来辞》里的“舟遥遥以轻扬（飏），风飘飘而吹衣”两语语式相同，“以”字与“而”字是“互文”。

“间御酒食”的“御”字，与白话里的“用”字相当。白话说“请用饭”，比较“请吃饭”恭敬一点。文言说“御酒食”，也比较“进酒食”恭敬一点。

本篇里用了许多“其”字，多数“其”字都是寻常用法，在白话里就是“他的”。只有两个比较不寻常，现在提出来说一说。一个是“其何及也”的“其”字。这一语说作白话，就是“还那（哪）里来得及呢！”“其”字与白话的“还”字正相当。再从《左传》里摘出一些语句来看，如“其何不济？”“其何以免乎？”“其何以报君？”“其何后之有？”说作白话，就是“还有什么不成功呢？”“还以什么方法避免呢？”“还拿什么报答您呢？”“还会有什么后代呢？”可见在反问或感叹的语句里，“其”字用在开头，语气与白话里说“还”字一样。又一个是“汝其勉之”的“其”字。

这“其”字表示命令与期望的意思。不说“汝勉之”而说“汝其勉之”，更见恳切叮咛的心怀。《尚书》里有“帝其念哉！”“嗣王其监子兹！”的语句，《左传》里有“吾子其无废先君之功！”的语句，“其”字的用法都与“汝其勉之”一语相同。

“吾始一二见之，以为新免于丧适然耳；既而其后常然；至其终身，未尝不然”一句里，连用“适然”“常然”“未尝不然”，逐层递进，把父亲没有一刻不存着孝思说到极点。凡要使读者听者的感兴逐渐达到顶点，用这种逐层递进的说法是很有效的。

“以为新免于丧适然耳”的“耳”字，与寻常作“而已”或“罢了”意义的“耳”字不同。它与“也”字相当，放在语句的末了，表示语气到此停顿。所以这一语若作“以为新免于丧适然也”语调是一样的。说作白话，就是“以为他新近除服偶尔这样”，无论用“耳”用“也”都不须再找什么语助词来译它了。“我求其生不得尔”的“尔”字，与这个“耳”字，完全相同；也与“也”字相当，也是放在语句的末了，表示语气到此停顿。“我求其生不得尔”，也可以作“我求其生不得也”。再就本篇用“也”字的语句来看，有些“也”字也可以换作“耳”字；如“盖有待也”也可以作“盖有待耳”，“以有待于汝也”也可以作“以有待于汝耳”。可见“也”“耳”两字是常常可以通用的。不过用“也”字语气重一点，用“耳”或“尔”字语气轻一点，这是分别所在。

“矧”字与“况”字意义相同。有人说这两个字，语气有缓急的分别，“况”字语气缓，“矧”字语气急。这种分别，现在也不能辨明；只觉得“况”字是常用字，“矧”字是比较不常用的字罢了。

本篇里用了三个“夫”字。“夫常求其生”“夫养不必丰”两语里的“夫”字是一类，放在语首，表示提示的意思。白话里没有与这个“夫”字相当的字；说这两语，就是“常常给他寻生路”“奉养不一定要丰盛”，开头都不须用什么语词，只须发声前低后高就是了。“俾知夫小子修……”一语里的“夫“字又是一类，放在动词底下，没有意义，只把上面那动词拖得舒缓一点。白话里也没有与这个“夫”字相当的字。这样的“夫”字当然不妨去掉；所以这一语也可作“俾知小子修……”

“犹失之死”一语里，“失之”两字是相连的；凡是说话说得不对，做事做得错误，文言都可用“失之”两字来表示。这一语说作白话，就是“尚且会弄错了教人冤枉死”。文言为什么缩得这样简短呢？因为“犹失之死”与上语“常求其生”句法相同，成为对偶，而对偶的语句，往往可以简缩而见意的。

“剑”字的来源，在《礼记·曲礼》上。《曲礼》上的文句是“长者……负剑辟咡诏之，则掩口而对”。郑注说：“负，谓置之于背；剑，谓挟之于旁”。孔疏说：“剑，谓挟于胁下，如带剑也。”可这“剑”字是把小儿挟在胁下的意思。本篇各本有异文若干处，这个“剑”字，一本作“抱”字。有人说，作“剑”字表示“乳者”把作者挟在胁下，看主人在灯下办公事，情态很生动；若作“抱”字，就觉得直致了。但这“剑”字是个僻字（僻字与古字不同，古字是现在不常使用的字，僻字是向来就少经使用的字），就本篇全体看，使用僻字的就只有这一处，未免见得不调和。并且，用“剑”，字就生动，用“抱”字就直致，也只是从爱好僻字而来的主观看法。所以，作者当时用的如果真是“剑”字，在全篇用字须求调和这一点上是可议的。

作者的父亲死在宋真宗大中祥符三年，那年正是“庚戌”，与术者的话相应。作者所以要把“岁行在戌将死”的话叙下来，就为事实与预言相应的缘故。至于这是偶合还是术者真有预知的本领，这问题在现代人当然很容易想起；但在作者当时是不成问题的。

“吾耳熟焉”的“焉”字与“之”字相当，指称上一语里的“此语”。这四个字说作白话，就是“我听熟了这个话”。《左传》里有“公使让之，且辞焉”的语句，《孟子》里有“尧之于舜也，使其子九男事之，二女女焉”的语句，“辞焉”就是“辞之”，“女焉”就是“女之”。可见“焉”字与“之”字常常通用的。

作者“贬夷陵”是宋仁宗景祐三年的事情。按年谱，景祐元年，“授宣德郎，试大理评事，兼监察御史，充镇南军节度，掌书记馆阁校勘”。景祐三年，“是岁，天章阁待制权知开封府范仲淹言事忤宰相，落职，知饶州。公切责司谏高若纳，若纳以其书闻，五月戊戌，降为峡州夷陵县令”。

作者初入仕“得禄而养”是宋仁宗天圣八年的事情。按年谱，天圣七年，“是春，公……试国子监为第一，补广文馆生。秋，赴国学解试，又第一”。天圣八年，“正月，试礼部，……公复为第一。三月，御试崇政殿，公甲科第十四名。五月，授将仕郎，试秘书省校书郎，充西京留守推官”。

“列官于朝”，指宋仁宗庆历二年作者“知太常礼院”而言。

作者“拜枢密副使”是宋仁宗嘉祐五年的事情。“参知政事”是嘉祐六年的事情。

“又七年”，指宋英宗治平四年。按年谱，治平四年，“二月，……御史彭思永、蒋之奇以飞语污公，上察其诬，斥之。公力求去。三月壬申，除观文殿学士，转刑部尚书，知亳州。……五月甲辰，至亳”。这就离开了中央而充外任了。

“实有三朝之锡命”的“实”字，不是“实在”而是“果然”。“果”本来是“木实”，有“果然”一义，自然“实”也可以作“果然”了。如在叙述一个学生怎样怎样用功之后，接着说“每试实列前茅”，在叙述人家怎样怎样对我有好感之后，接着说“实慰我心”，这些“实”字都是“果然”。

以上说到的一些文言虚字，固然要分析、比较，确切地知道它们所表示的意义与语气；但是要熟悉它们并且使用它们，非加工吟诵不可。从吟诵入手，所得到的才是习惯，而不仅是知识。

* * *

读过了这篇文字，可以想起许多问题。譬如，碑志传记的文字，目的在叙述人物，从这篇文字看来，叙述人物的主要手法是什么呢？第一是抉出那个人品性与行为上的特点，凭那些特点来表现他的全貌。本篇作者以为孝行与仁心是父亲的两大“善”，是父亲的特点，所以着眼在此，其他不再叙述。第二是用具体写法。本篇作者不用一些抽象词语来形容父亲的孝与仁，而用父亲在祭祀与进酒食的时候怎样追慕，在办公事的时候怎样用心，来表现父亲的孝与仁；这就是用具体写法。

又如，具体写法与抽象写法，方法上与效果上什么不同呢？抽象写法只凭作者主观的意见；如作者观得某人能够孝顺他的父母，就说他“能孝其亲”，觉得某人的孝行真是做到极点了，就说他“孝行纯笃”；这里“能孝”与“纯笃”都是作者主观的意见。具体写法就不然。如“祭而丰，不如养之薄也！”“昔常不足而今有余，其何及也！”本是本篇作者父亲常说的两句话；关于“求其生”的意见，本是本篇作者父亲某一夕说起的一番话；作者觉得就是这几句话，已可充分地见到父亲的孝行与仁心了，于是把它们记下来。还有说话当时的背景，“祭而丰……”一句是“岁时祭祀”的时候说的，“昔常不足……”一句是“间御酒食”的时候说的，“求其生而不得……”一段是“夜烛治官书，屡废而叹”的时候说的；在那样背景中，说那样的话，父亲的孝行与仁心真是宛然如见了。这里只有选取材料（就是言语、行动、背景等）的时候多少参有作者主观的意见，待材料选定之后，作者的任务只是叙事与记言罢了。这种手法叫做（作）表现，意思是使所写的人物自己显示在读者面前。以上是两种写法方法上的不同。抽象写法只能教人家知道些什么。如前面所举的例子，说某人“能孝其亲”或“孝行纯笃”，读者读了，就知道某人“能孝其亲”或“孝行纯笃”；但某人怎样“能孝”，他的孝行怎样“纯笃”，却是无法知道的。具体写法在教人家知道些什么之外，还能教人家感到些什么。如本篇叙述父亲的话与说话当时的背景，那背景与说话构成一种真切的境界，显示一个生动的人物，可供读者自己用心灵去探索与认识。探索与认识的结果，不但知道作者的父亲曾经说过那些话而已，并且感到作者父亲真是个尽孝尽仁的人。以上是两种写法效果上的不同。

又如，凡是碑志传记文字，是不是或多或少都用具体写法的呢？所谓抉出人物的特点，这特点是不是专指那人的长处而言呢？这类文字，有的带教训意味，有的却不带，这带与不带由什么而分别呢？想到这些问题，就可以各就方便，取若干篇碑志传记来看。又如，这篇文字纡徐而庄敬，风格与它相近的文字，作者还有哪些篇呢？人家说作者“文备众体”，作者的文字工作，涉及的方面到底有多少呢？想到这些问题，就可以取作者的全集来看。又如，本篇所用的一些文言虚字，在本篇里作这样意义这样语气，能不能从其他文篇中得到印证呢？本篇所用的一些修辞方法，如逐层递进的说法与对偶句里用互文，能不能从其他文篇中找到例子呢？想到这些问题，就得随时留意，以免错过发现的机会。

苏　洵

苏洵（1009—1066），字明允，眉州眉山县（今四川省眉山）人。少好游侠，二十七始发愤读书。宋仁宗庆历七年（1047），应进士和茂才异等考试，均不中。归家闭门读书，于是通六经、百家之说。嘉祐初（1056年），重到汴京，因欧阳修的举荐，文名大振，授秘书省校书郎，后为霸州文安县（今河北文安）主簿。事迹见《宋史·文苑传》。

苏洵的文章深受《孟子》《战国策》的影响，纵横雄奇，宏伟犀利，曾巩称赞他的文章“烦能不乱，肆能不流”（《苏明允哀词》）。与子苏轼、苏辙，并称“三苏”，均列名“唐宋八大家”。

六国论

六国破灭，非兵不利，战不善，弊在赂秦[1]。赂秦而力亏[2]，破灭之道也。或曰：六国互丧，率赂秦耶[3]？曰：不赂者以赂者丧。盖失强援，不能独完[4]。故曰弊在赂秦也。

秦以攻取之外，小则获邑，大则得城[5]。较秦之所得与战胜而得者，其实百倍；诸侯之所亡与战败而亡者，其实亦百倍。则秦之所大欲，诸侯之所大患，固不在战矣。思厥先祖父，暴霜露，斩荆棘，以有尺寸之地[6]。子孙视之不甚惜，举以予人，如弃草芥[7]。今日割五城，明日割十城，然后得一夕安寝。起视四境，而秦兵又至矣。然则诸侯之地有限，暴秦之欲无厌，奉之弥繁，侵之愈急[8]。故不战而强弱胜负已判矣[9]。至于颠覆，理固宜然[10]。古人云：“以地事秦，犹抱薪救火，薪不尽，火不灭[11]。”此言得之。

齐人未尝赂秦，终继五国迁灭[12]，何哉？与嬴而不助五国也[13]。五国既丧，齐亦不免矣。燕、赵之君始有远略，能守其土，义不赂秦[14]。是故燕虽小国而后亡，斯用兵之效也[15]。至丹以荆卿为计，始速祸焉[16]。赵尝五战于秦，二败而三胜[17]。后秦击赵者再，李牧连却之[18]。洎牧以谗诛，邯郸为郡[19]，惜其用武而不终也。且燕、赵处秦革灭殆尽之际[20]，可谓智力孤危[21]，战败而亡，诚不得已。向使三国各爱其地[22]，齐人勿附于秦，刺客不行[23]，良将犹在[24]，则胜负之数[25]，存亡之理，当与秦相较，或未易量[26]。

呜呼！以赂秦之地封天下之谋臣，以事秦之心礼天下之奇才，并力西向[27]，则吾恐秦人食之不得下咽也[28]。悲夫！有如此之势，而为秦人积威之所劫[29]，日削月割，以趋于亡。为国者无使为积威之所劫哉[30]！

夫六国与秦皆诸侯，其势弱于秦，而犹有可以不赂而胜之之势。苟以天下之大，下而从六国破亡之故事，是又在六国下矣[31]。

注释

［1］“六国”四句：六国，韩、魏、楚、燕、赵、齐。公元前203—前221年，秦始皇先后灭了六国。兵，武器。利，锐利。赂，贿赂，指割地。弊在赂秦，弊端在于割土地以事秦国。

［2］力亏：国力削弱。

［3］“六国”二句：互丧，指先后灭亡，灭亡的原因有差别。互，交互，由此而及彼，由彼而及此。率，完全，一概。

［4］“盖失”二句：强援，强有力的支援。完，保全。

［5］“秦以”三句：攻取，用战争手段夺取。邑，小城。城，大城。

［6］“思厥”四句：厥，其，指六国君主。先祖父，泛指前辈。暴霜露，冒着风霜雨露。斩荆棘，披荆斩棘，指开辟疆土的辛劳。尺寸，形容少。

［7］草芥：比喻极微贱的东西。芥，小草。

［8］“奉之”二句：奉之弥繁，送给秦的地越多。侵之愈急，秦国侵扰那国就越厉害。

［9］判：分明。

［10］“至于”二句：颠覆，灭亡。理固宜然，道理本该是这样的。

［11］这是苏代的话。苏代（苏秦的弟弟）向魏安釐王说：“以地事秦，譬犹抱薪救火，薪不尽，火不灭。”

［12］秦始皇二十六年（前221），齐王建和他的相国后胜，发兵守他们的西界，不通秦。秦派将军王贲从燕南进攻齐国，齐王建投降，被迁于共（gōng）。齐国在韩、赵、魏、楚、燕之后，相继灭亡，王亦被迁，所以说迁灭。迁是流放的意思。

［13］与：指站在秦的一边，与秦和好。嬴：秦王的姓，指秦国。

［14］“燕赵”三句：始，起初。远略，长远的谋略。义，指坚持抗秦的原则。

［15］燕在秦始皇二十五年（前222）被秦灭亡，亡于韩、魏、楚、赵之后。

［16］始：这才。速祸：加速了祸患的到来。《史记·燕世家》及《刺客列传》记载，秦始皇二十年（前227），燕太子丹派刺客荆轲刺杀秦王，没有成功，荆轲被杀。秦王命令王翦带兵攻燕，燕王退守辽东。后五年秦灭燕，俘燕王喜。燕想通过个人谋杀来解救危难，所以失败了。

［17］《战国策·燕策一》载，苏秦对燕文侯说："秦、赵五战，秦再胜而赵三胜。"

［18］却：击退。

［19］"洎牧"二句：洎（jì），及，等到。以谗诛，受谗被杀。邯郸为郡，秦灭赵后，置邯郸郡。

［20］革：革除，推翻。灭：消灭。殆：差不多。革灭殆尽：快要把各国吞并完。

［21］智力：智谋和力量。孤危：指燕、赵抗秦势孤力弱，处境危险。

［22］向使：假使。三国：指韩、魏、楚。

［23］刺客不行：指燕不派荆轲行刺。

［24］良将犹在：指赵不杀李牧。

［25］数：命运，指结局。胜负之数：胜败的结局。

［26］"当与"二句：当，通"倘"，如果。量，判断，这里有预料、预测的意思。

［27］西向：向西方对付秦国。

［28］食之不得下咽：犹言内心惶恐，寝食不安。

［29］积威：长期以来取得的威势。劫：劫持，吓住。

［30］为国者：治理国家的人。为，治。

［31］"下而"二句：从，跟随。故事，旧例。是，这。在六国下，指将不如六国。

苏洵《六国论》赏析[①]

隋树森

这篇文章是论述战国时代六国灭亡的原因的，主要的意思是：六国的灭亡由于赂秦，赂秦增加了敌人的力量，削弱了自己的力量，所以终于招致灭亡，治国的人应当引为鉴戒。

文章不是单纯地评论古代的历史事件，而是讽喻北宋统治者不应当采取妥协苟安的外交政策。

公元十一世纪以来，北宋的势力比较微弱。当时北边有契丹，西边有西夏。宋真宗景德元年（1004），与契丹（后来称"辽"）缔结澶渊之盟，宋朝答应每年给契丹白银十万两，绢二十万匹。宋仁宗庆历二年（1042），契丹派使者到宋朝索要晋阳（今山西省太原市）和瓦桥（在今河北省雄安新区）以南十县的土地，结果定盟，由宋朝每年给契丹增加白银十万两，绢十万匹。庆历三年，西夏向宋朝请和，宋朝每年赠给西夏银十万两，绢十五万匹，茶三万斤。宋朝这样一再屈服妥协，结果增加了敌人的财富，削弱了自己的力量，带来无穷的后患，而并不能换得和平。苏洵尽管不理解秦国的统一天下是当时社会发展的必然结果，不过他写这篇文章借古讽今，向北宋统治者敲起警钟，指出一味向敌人屈膝求和必然招致灭亡，这些意见还是正确的。

---

① 隋树森(1906-1989)，字育楠，元曲研究专家。曾编辑出版了《全元散曲》（上、下册），《元曲选外编》（戏剧）等。本文选自《古文选读》，中国青年出版社1964年版。标题为编者所加。

这篇文章可以分为五段。

第一段开门见山地提出中心论点："六国破灭，弊在赂秦。"中心论点提出之后，紧接着就从两方面说出这个论点所持的理由：一个是赂秦而力亏，破灭之道也；一个是不赂者因失强援，不能独完。第二个理由的提出，是因为六国中真正赂秦的只有韩、魏、楚三国，熟悉历史的人可能发生这样的疑问："六国互丧，率赂秦耶？"作者为使论点巩固，无懈可击，使用设问的办法提出这个问题，然后主动地阐明这个问题："不赂者以赂者丧。盖失强援，不能独完。"使作者有理由以肯定的口气再一次地重申自己的论点："故曰'弊在赂秦'。"

第二段紧接上文，就赂秦必致灭亡加以申说。文章首先指出秦国在攻取之外所得的土地，比战胜而得的竟多"百倍"；诸侯赂秦所失的土地，比战败而失的也多"百倍"。两个怵（触）目惊心的"百倍"，已经突出了赂秦求和的危害性。作者顺着语势，下了这样的断语："则秦之所大欲，诸侯之所大患，固不在战矣。"雄辩地论断了"非兵不利，战不善"，而是"弊在赂秦"。"故不战而强弱胜负已判矣。至于颠覆，理固宜然。"这是承上文作（做）出的判断和小结。"抱薪救火"这一形象的比喻，是对本段论点的有力的补充。

第三段反过来对不赂秦则国未必亡加以申说。文章首先用设问的形式，主动地回答了"未尝赂秦"的齐国为什么最后也不免于灭亡——"与嬴而不助五国"。与首段的"盖失强援，不能独完"相照应。接着就称赞燕赵之君有"远略""不赂秦"，能守土抗秦。指出燕国对秦"用兵之效"："虽小国而后亡"。指出燕国用荆轲刺秦王，才招来祸患。赵国在军事上本来能抵抗秦国，赵国的国君听信谗言，杀害大将李牧，自坏长城，这才使"邯郸为郡"。"燕赵处秦革灭殆尽之际，可谓智力孤危"，这是说明燕赵"失强援，不能独完”，跟第一段所说的“不赂者以赂者丧”相呼应，以明归根到底还是“弊在赂秦”。“向使二国各爱其地……或未易量”，是根据自己的观点提出来的假设，这也是这一段的小结。

第四段先指出六国本来有很好的形势，却为敌人所吓倒，终于亡国，值得悲叹。然后顺理成章，警告为国者要吸取这个教训。这话当然是说给北宋统治者听的。

第五段说明诸侯之国的六国既然还有不赂秦就能战胜秦国的情势，作为天下之主的北宋，如果以赂敌国而重蹈六国灭亡的覆辙，那就又在六国之下了。这是在论述历史事实的基础上发出来的感慨。从结构方面说，是论点的引申；从内容方面说，是写这篇文章的目的。

这篇文章一开头先提出中心论点：六国之亡，“弊在赂秦”。然后就着论点层层深入，反复论证：先论赂秦则国必亡，再论不赂秦则国未必亡，齐、燕、赵之所以亡，是因为韩、魏、楚赂秦，失去了强有力的外援而亡。然后呼吁人们必须吸取六国赂秦而亡的历史教训，指出堂堂的天下大国没有蹈六国灭亡覆辙的道理。文章的脉络非常清楚，结构十分完整，而且持之有故，言之成理。有些地方一边议论，一边紧接着就下断语，使读者觉得句句有根。就用词和修辞方面来看，这篇文章也有不少值得学习的。以第二段为例，本段中用了一些排比句，极能加强文章的气势。用词方面如“今日”“明日”，极言割地之频，“五城”“十城”，极言献地之多，“一夕”则言苟安的时间之短暂，“起视”“又至”指出秦人的入侵始终不停，并为下文“奉之弥繁，侵之愈急”蓄势。这些词都能阐明割地求和所得的恶果。“抱薪救火”这个比喻，更是形象生动，具有很好的修辞效果。

周敦颐

周敦颐（1017—1073），字茂叔，宋道州营道（今湖南省道县）人。他是宋明理学的开山鼻祖，“北宋五子”之一，世称“濂溪先生”。哲学著作今存《太极图说》及《通书》四十篇。后人辑有《濂溪文集》。

爱莲说

水陆草木之花，可爱者甚蕃[1]。晋陶渊明独爱菊；自李唐来[2]，世人甚爱牡丹[3]；予独爱莲之出淤泥而不染，濯清涟而不妖[4]，中通外直[5]，不蔓不枝[6]，香远益清[7]，亭亭净植[8]，可远观而不可亵玩焉[9]。

予谓菊，花之隐逸者也[10]；牡丹，花之富贵者也；莲，花之君子者也。噫！菊之爱[11]，陶之后鲜有闻；莲之爱，同予者何人？牡丹之爱，宜乎众矣[12]！

注释

［1］蕃：繁，多。

［2］李唐：指唐朝，唐朝的皇帝姓李。

［3］世人甚爱牡丹：唐人很爱牡丹。唐朝李肇的《唐国史补》说：“京城贵游尚牡丹。每春暮，车马若狂。种以求利，一本有直数万者。”

［4］濯清涟而不妖：经过清水的洗涤，显得洁净而不妖媚。濯，洗涤。

［5］中通外直：（莲花）里面贯通，外表挺直。

［6］不蔓不枝：不蔓延，没有枝节。

［7］香远益清：香气远播，越觉得清香扑鼻。

［8］亭亭净植：洁净地挺立着。亭亭，高耸的样子。

［9］亵玩：轻慢地玩弄。亵，轻慢。

［10］隐逸：指隐居避世。

［11］菊之爱：对于菊花的爱好。

［12］宜乎：当然，自然。

一篇状物言志的散文小品[1]

——读周敦颐《爱莲说》

李如鸾

《爱莲说》是一篇状物言志的散文小品，颇为后人称道和传诵。

作者周敦颐（1017—1073），北宋著名的唯心主义哲学家。字茂叔，谥号元公，道州营道（今湖南省道县）人。因为他在庐山莲花峰下小溪旁建造的房屋是用家乡的濂溪命名的，后人便称他为濂溪先生。他继承了古代部分道家和道教思想，推崇孔孟的儒家学说，后被他的弟子发展成了濂溪学派。他的学说对后来理学的发展有很大影响，并且为宋以后的封建统治阶级所利用。著作有《太极图说》《通书》等。

《爱莲说》这个题目的意思是论说一下喜爱莲花的道理。“莲”，本义是莲子、莲蓬；后来多半与荷混用。这里是指莲花，即荷花，同时也包括它的根与茎。“说”，是古代论说文的一种体裁，可以直接说明事物、阐述事理，也可以通过叙事、写人、咏物来论说道理。《爱莲说》是属于后一种。作者通过对莲花的赞美，说明爱莲的道理，借以表现自己的人格和操守。

全文分为两段。

第一段，从“水陆草木之花”到“可远观而不可亵玩焉”。“水

① 选自宋广礼、刘刈编《阅读和欣赏——古代散文小品选粹》，中国广播电视出版社 1999 年版。

陆草木之花，可爱者甚蕃。”水里和陆地上所开的草本与木本的花，可爱的很多。“蕃”，本义是茂盛、繁殖的意思；这里引申为繁多。这句话是全文的总起：主语部分把水生的草本植物莲花暗扣其中；当然也包括陆地生长的草本的菊花和木本的牡丹。谓语部分点出“爱”字来，就又把“爱菊”“爱牡丹”，特别是“爱莲”这些意思包括在内了。同时，“爱”字还作为意脉，贯穿着全文。“晋陶渊明独爱菊”，陶渊明单单爱菊花。这里，先举出菊花来衬托下面要写的莲花，并用以爱菊闻名后世的晋代大诗人陶渊明来衬托自己的爱莲。陶渊明因不满政治黑暗和官场虚伪，弃官归隐，表现出不愿同流合污的精神。他的高风亮节，使他爱菊成性，常在诗里提到。如组诗《饮酒》第五首里的“采菊东篱下，悠然见南山”，即成为后人传诵的名句。《饮酒》第七首里也有“秋菊有佳色，浥露掇其英”的句子。又如他在《九日闲居》诗的序中也说：“余闲居，爱重九之名，秋菊盈园。”这里衬托的第一层。“自李唐来，世人甚爱牡丹。”自从唐朝以来，社会上的人都很爱牡丹。“李唐”，指唐代，唐代的开国皇帝是唐太祖李渊，所以称为“李唐”。“世人”，世上的人，社会上多数的人。唐代人喜爱牡丹，在古书里是不乏记载的：如李肇的《唐国史补》里说：“京城贵游，尚牡丹三十余年矣。每春暮，车马若狂，以不耽玩为耻。……种以求利，一本有直（值）数万者。”刘禹锡的《赏牡丹》诗中写道：“惟有牡丹真国色，花开时节动京城。”白居易的《牡丹芳》诗中也写道：“花开花落二十日，一城之人皆若狂。”徐凝的诗中则有“三条九陌花时节，万马千车看牡丹”“何人不爱牡丹花，占断城中好物华”的句子。这一句再举出“牡丹”来衬托下文要写的莲花；并举出“世人”，一面和上文的“独”字对照，一面来衬托自己。这是衬托的第二层。下面转入正题：“予独爱莲之出淤泥而不染，濯清涟而不妖，中通外直，不蔓不枝，香远益清，亭亭净植，可远观而不可亵玩焉。”意思是说：我单单喜爱莲花的从污泥里生长出来却不被沾染，在清水里洗过但不妖冶，中间贯通，外部挺直，不生藤蔓，没有旁枝，香气越传得远越觉得清淡，高高地洁净地（沉默不语地）直立在水中，可以从远处观赏它，但不能轻慢地去玩弄它。“净”，一说是“静”的同音假借。这句话对莲作了细致传神的描绘，着力写它的可爱，实际上是借莲花来比喻君子，抒写个人的怀抱，表明自己不受污浊社会的沾染，不求媚于人，不攀附权贵，性格刚直不阿，思想纯正通达，维护声名，独持操守。这一句里的“独”字，既和上文的“独”“世人”呼应、对照，又和下文的“鲜有闻”“同予者何人”“众”等词语相呼应，从中可见出行文的缜密。

以上是第一段，主要写了莲花的可爱，说明自己喜爱莲花的缘由。

第二段，从“予谓”到“宜乎众矣”。“予谓：菊，花之隐逸者也”。我认为：菊花，是花中的“隐士”。“谓”，以为，认为。“隐逸”，指隐居的人。在旧时代，有些清高的读书人对统治者不满或不愿过世俗的生活，就退居乡野，不出来做官。因为菊花是在万花纷谢后的秋天才开放的，它独抗寒霜，散发着幽香，所以作者用隐士来比喻它。“牡丹，花之富贵者也”，牡丹，是花中的“富贵人”。因为牡丹看上去十分浓艳，人谓“天下无双艳，人间第一香”“品原夸富贵，职本重侯王”，所以这样说。“莲，花之君子者也”，而莲花，是花中的“君子”。“君子”，旧社会指品德高尚的人。以上三个排比句，都是用隐喻的修辞手法点明三种花的象征意义。接着用一个叹词“噫”字，表示感慨，引出全文的要旨。是分三层来论述的：“菊之爱，陶后鲜有闻。”对于菊花的喜爱，在陶渊明以后就很少听到了。这是照应上文的“独爱菊”，是论述的第一层。“莲之爱，同予者何人？”对于莲花的喜爱，像我一样的还有谁呢？这是照应上文的“予独爱莲”。这一句由于是用反诘的语气写出，因而比直陈的语气显得深沉遒劲。这是论述的第二层。全文最后写道："牡丹之爱，宜乎众矣！""宜乎"，当然。这句话的意思是：对于牡丹的喜爱，人数当然很多了。这是照应上文的"世人甚爱牡丹"。语含讥讽，表示对时俗的鄙夷之情，这是论述的第三层。这三层中的"菊之爱"与"牡丹之爱"，又都是陪衬"莲之爱"的，借以表示自己的爱莲与众不同。就全文说，这是陪衬的第三层。

以上是第二段。这一段进一步申明自己独爱莲花的原因，并慨叹当世没有和自己同道的人，而喜爱牡丹的庸夫俗子却很多。

《爱莲说》主要是说明莲花的可爱，借以劝勉人们要具有不同流合污的所谓君子的高尚人格，并隐约地讥讽了社会上追求功名富贵的庸俗不堪的人们。作者以人们喜爱什么花来表明其品德的高下：他认为菊花虽好，却幽居独处，孤芳自赏；牡丹艳丽，富贵荣华，正同世俗；只有莲花，虽根陷污淖，却能洁身自好，清高不凡。"出淤泥而不染"，身处污浊环境，还能保持高洁的操守，这种思想在封建社会中，无疑是有一定积极意义的；即使在今天，也不无可取之处。

从结构章法来看，两段文字，前一段多用描述的笔墨，写得较浅，也较实；后一段多用议论的笔墨，写得较深，也较虚。文字有浅有深，有实有虚，深浅相成，虚实相生，极有章法。如此行文，都是文章表现所需。正如唐彪《读书作文谱》中所说："文章非实不足以阐发义理，非虚不足以摇曳神情，故虚实常宜相济也。浅以指陈其概要，而深以刻画其精微，故深浅不可相离也。"

本文在写法上的另一个显著特点是运用了衬托和比喻的修辞方法。全文先后三次用菊和牡丹衬托莲：第一次衬托，表明自己的喜爱与众不同；第二次衬托，见出莲花的品格高出百花；第三次衬托，借以慨叹世上没有别人和自己的爱好相同。三次衬托，各有妙用，而每运用一次衬托，主题就更加深一步。比喻运用得也很巧妙，把菊花比喻为“隐士”，用它的抗霜，表现人的孤傲；把牡丹比喻为“富贵人”，用它的浓艳，表现人的庸俗；把莲花比喻为“君子”，用它的清逸，表现人的清高。特别是描写莲花的这段文字，处处紧扣“君子”的性格特征，把莲花的特质和君子的品格结成一体，名曰写物，实则写人，从中可见出作者的情怀和操守。

此文在写作上的第三个显著特点是咏物精工，做到形神兼备。文章对莲花的状摹和歌咏所连用的七个短语，分别从莲花的环境、形态、香气等方面突现它的特点。文笔细腻，体物入微。这就不但栩栩如生地表现了它的外部特征，做到了形似；而且传神地揭示了它的内在气质，达到了神似。并在形神兼备的基础上，寄寓着作者的理想和情怀，从中见出了作者纯熟的写作技巧。

语言古朴自然，平浅晓畅，句法活脱。在短短的不足一百二十字的小文里，时而用对句（如“出淤泥而不染，濯清涟而不妖”），时而用排比（如“菊，花之隐逸者也；牡丹，花之富贵者也；莲，花之君子者也”），时而用长短相间、错落有致的散行语句（如第一段中“晋陶渊明独爱菊”以下三句），从而产生了文字活泼、句式富于变化的艺术效果。

《爱莲说》是颇为后人称道，传世不衰的佳作。鲁迅先生青年时期所写的七律《莲蓬人》中就曾经写道：“扫除腻粉呈风骨，褪却红衣学淡妆。好向濂溪称净植，莫随残叶堕寒塘。”从这里可以看出，这篇散文不论在立意还是在语言上，都对后世产生了深远影响。

曾 巩

曾巩（1019—1083），字子固，南丰（今江西南丰县）人。年少工为文，得到欧阳修的赏识。宋仁宗嘉祐二年（1057）中进士，历任太平州（今安徽当涂）司法参军、馆阁校勘、集贤院校理、史馆修撰、中书舍人等职。其著作后人辑为《元丰类稿》。

曾巩是“唐宋八大家”之一。在文学上反对形式主义，与欧阳修、苏轼等一起参加了古文革新运动。他的文章平易简洁，讲究行文的法度和布局。风格近欧阳修，世称“欧曾”，对后世古文家颇有影响。

墨池记

临川之城东[1]，有地隐然而高[2]，以临于溪[3]，曰新城。新城之上，有池洼然而方以长[4]，曰王羲之之墨池者[5]，荀伯子《临川记》云也[6]。羲之尝慕张芝，临池学书，池水尽黑，此为其故迹，岂信然邪[7]！方羲之之不可强以仕[8]，而尝极东方，出沧海[9]，以娱其意于山水之间，岂有徜徉肆恣，而又尝自休于此邪[10]！羲之之书晚乃善，则其所能[11]，盖亦以精力自致者[12]，非天成也[13]。然后世未有能及者，岂其学不如彼邪[14]？则学固岂可以少哉[15]！况欲深造道德者邪[16]？

墨池之上，今为州学舍[17]。教授王君盛恐其不章也[18]，书

“晋王右军墨池”之六字于楹间以揭之[19]。又告于巩曰：“愿有记。”推王君之心，岂爱人之善，虽一能不以废[20]，而因以及乎其迹邪[21]？其亦欲推其事以勉其学者邪[22]？夫人之有一能，而使后人尚之如此[23]，况仁人庄士之遗风馀思[24]，被于来世者何如哉[25]！

庆历八年九月十二日[26]，曾巩记。

注释

[1]临川：宋抚州临川郡，在今江西抚州市临川区。

[2]隐然：不显露貌。这里用来形容其地虽高不陡。

[3]临：靠近。

[4]洼然：低深的样子。方以长：方而长，即长方形。

[5]王羲之（321—379）：字逸少，晋人，居会稽山阴（今浙江绍兴市）。官至右军将军、会稽内史，故称“王右军”。是我国著名的书法家。

[6]荀伯子：南朝宋颍阴（今河南许昌市）人。仕晋为著作佐郎，入宋累迁御史中丞。他曾任临川内史，著《临川记》六卷。《临川记》今已亡佚，《太平御览》卷一七〇曾引王右军故宅墨池一条。

[7]“羲之”五句：张芝，字伯英，东汉酒泉（今甘肃酒泉）人，善草书，有“草圣”之称。信然，的确如此。

[8]方：当。强：勉强做官。《晋书·王羲之传》载：王羲之继王述作会稽内史，后来朝廷任命王述为扬州刺史，王羲之耻于当他的下属，称病辞官，去郡。

[9]“而尝”二句：极，穷尽。尝极东方，曾经遍游东方。《晋书·王羲之传》说：“羲之既去官，与东土人尽山水之游，弋钓为娱。”“遍游东、中诸郡，穷诸名山，泛沧海。”出沧海，乘船出海。

[10]“岂有”二句：岂有，岂其，莫非，或许。徜徉，徘徊，

闲逛。肆恣，自由放纵，不受拘束。尝自休于此邪，或许在这里停留过吧。

[11] 能：才能，指精湛的书法艺术。

[12] 精力：指后天的勤奋、努力。致：取得。

[13] 天成：天生的。

[14] 岂其学不如彼邪：莫非是学习的功夫不如王羲之吧。

[15] 则学固岂可以少哉：这样看来学习的功夫怎么可以少啊。

[16] 况欲深造道德者邪：何况要在道德方面达到很高的成就呢。造，达到。

[17] 州学舍：抚州办的官学的所在地。舍，校舍。

[18] 教授：官名。宋在路学、府学、州学各置教授，主管教育所属生员。章：显著。不章：不被人们知道。

[19] 楹：屋柱。楹间：两柱之间的上方，一般挂匾额的地方。揭之：标明出来。

[20]“推王”三句：推，推测。虽一能不以废，虽然只是一技之长也不肯埋没它。

[21] 这句说，因而推及他的遗迹吧。

[22] 推：推广。勉：勉励。此句中三个“其”字，第一个“其”，拟议之词；第二个“其”，指王羲之；第三个“其”，指教授王君。

[23] 尚之如此：推崇他到这个地步。

[24] 庄士：有德行学识的人。遗风馀思：传下来的德行和思想。

[25] 被于：影响到。何如哉：又该怎么样呢。

[26] 庆历八年：公元 1048 年。

曾巩《墨池记》鉴赏[①]

王水照

这篇短文的一个显著特点是因小及大，小中见大。题目是为墨池作记，据说这是东晋大书法家王羲之洗涤笔砚之池。但实际上，传为王羲之墨池旧迹的，还有浙江会稽等多处，从曾巩此文“此为其故迹，岂信然耶？”的语气来看，他对临川墨池是否确为王羲之真迹，是抱有一定怀疑的。因此，他略记墨池的处所、形状以后，把笔锋转向探讨王羲之成功的原因：“盖亦以精力自致者，非天成也！”由此肯定了后天勤学苦练的重要。这是本文的第一层意思。这层意思紧紧扣住了“墨池”题意，是题中应有之义。

但文章的主旨并不就此完结。作者又进一步引申、推论：（一）学习书法是如此，想要提高道德修养也是如此。从学习书法推及道德修养，两者都不是先验的，而是后天获得的；（二）从“人之有一能”尚且为后人追思不已，推及“仁人庄士之遗风余（馀）思”将永远沾丐（沔）后世。从书法推及风节品德，从具体的书法家推及更广泛的仁人庄士，这个推论极为自然，并非外加，却表现出曾巩思路的开阔，识见的高超。低手写作这类碑版文字，往往就事论事，粘着题目，不知生发、开掘的。这是本文的第二层意思。沈德

---

① 王水照（1934—），浙江余姚人。现任中国宋代文学学会（筹）会长、全国苏轼学会副会长、中国韵文学会常务理事、上海作家协会理事、《文学遗产》编委等职。著有《宋代散文选注》《唐宋文学论集》等。本文选自徐中玉主编《古文鉴赏大辞典》，浙江教育出版社 1996 年版。标题为编者所加。

潜评本文说："用意或在题中，或出题外，令人徘徊赏之。"（《八大家文读本》）卷二十八"题中""题外"，就是上述两层意思。

但是，"题外"实在还在"题中"。这两层意思不仅由小及大，顺理成章；而且从讲书法到讲道德，兼论追慕先德，都还是跟题意相扣的。因为"墨池"旧址今为州学舍；本文之作，又是作者应教授王盛的请求；王盛的目的又是"勉其学者（指学生）"。所以，重点是一个"勉"字。于是从学习书法到一般的学习，到道德的修养，自然是勉励学生们的应有内容。如果死扣"墨池"，拘于一般题义，只讲书法，不但死于题下，而且远离作记本意了。所以，这第二层意思，就一般作法来说是"题外"，就本文的具体环境来说，实在还在"题中"。

与既递进又切题的文章内容相照应的是，本文的结构也很有特色：双线交错递进。一线是：叙事的转换，从墨池旧址到当今墨池边上的学舍；另一线是：论点的推进，与叙事的古今转换紧密绾合，论述也从缅怀先辈的"遗风余思"（主要指王羲之的书法成就来源于勤学苦练）到侧重于勉励当今的后学者（主要指道德修养方面）。这样的结构既流动又完整，有助于行文的不粘不离。

这篇小记还有一个特色是多用设问句、反问句和感叹句。其中设问句就有五句之多，如"岂信然耶？""而又尝自休于此邪？"等；最后又以一感叹句煞尾："况仁人庄士之遗风余思，被于来世者如何哉！"这些句式的大量运用，使这篇说理短文平添了一唱三叹的情韵。特别是那五句设问句，兼有停顿舒展之功，避免一泻无余之弊，低回往复，玩索不尽。前人以"欧曾"并称，在这一点上，曾巩是颇得欧阳修"六一风神"之妙的。

王安石

王安石（1029—1086），字介甫，抚州临川（今江西抚州市临川区）人。北宋政治改革家、文学家。宋神宗熙宁二年（1069），任参知政事，开始实行变法，提出农田水利、青苗、免役、方田、均输、保甲、保马等一系列措施，次第推行。这是以整理财政为中心的政治改良运动。熙宁三年（1070），任同中书门下平章事（宰相）。此后几度罢相、复相，熙宁九年（1078）罢相后不再参与中央政事。元丰元年（1078）封舒国公，后改封荆国公。《宋史》有传。

王安石的诗和散文在北宋作家中都别具风格，卓然自成一家。他强调文学的作用首先在为内容服务，提出“所谓文者，务在有补于世”。但他并不忽视艺术形式的作用，认为文之有辞，“犹器之有刻镂绘画”。他的散文有强烈的现实性。不管是长篇还是短制，都思想湛深，笔力雄健。其短处则在有时过于朴奥，不如欧苏之作易于为人接受。

游褒禅山记

褒禅山亦谓之华山[1]。唐浮图慧褒始舍于其址，而卒葬之[2]。以故，其后名之曰“褒禅”。今所谓慧空禅院者，褒之庐冢也[3]。距其院东五里，所谓华山洞者，以其乃华山之阳名之也[4]。距洞百余步，有碑仆道，其文漫灭，独其为文犹可识曰“花山”[5]。

今言“华”如“华实”之“华”者，盖音谬也。

其下平旷，有泉侧出，而记游者甚众[6]，——所谓“前洞”也。由山以上五六里，有穴窈然[7]，入之甚寒，问其深，则其好游者不能穷也，——谓之“后洞”。余与四人拥火以入，入之愈难，其进愈难，而其见愈奇[8]。有怠而欲出者，曰：“不出，火且尽[9]。”遂与之俱出。盖予所至，比好游者尚不能十一[10]，然视其左右，来而记之者已少。盖其又深，则其至又加少矣。方是时[11]，予之力尚足以入，火尚足以明也。既其出，则或咎其欲出者[12]，而予亦悔其随之，而不得极夫游之乐也[13]。

于是予有叹焉[14]。古之人观于天地、山川、草木、虫鱼、鸟兽，往往有得[15]，以其求思之深而无不在也[16]。夫夷以近[17]，则游者众；险以远，则至者少。而世之奇伟、瑰怪、非常之观[18]，常在于险远，而人之所罕至焉[19]，故非有志者不能至也。有志矣，不随以止也，然力不足者，亦不能至也。有志与力，而又不随以怠[20]，至于幽暗昏惑，而无物以相之[21]，亦不能至也。然力足以至焉，于人为可讥，而在己为有悔；尽吾志也而不能至者，可以无悔矣，其孰能讥之乎？此予之所得也。

余于仆碑，又以悲夫古书之不存，后世之谬其传而莫能名者，何可胜道也哉[22]！此所以学者不可以不深思而慎取之也[23]。

四人者：庐陵萧君圭君玉，长乐王回深父，余弟安国平父、安上纯父[24]。

至和元年七月某日，临川王某记。

注释

[1] 褒禅（bāochán）山：在安徽含山县北。

[2]“唐浮”二句：浮图，梵语音译，这里指僧人。慧褎，僧人之名。舍，筑庐定居。址，基地，这里指山脚。卒，与“始舍于

其址”的“始”照应，最终的意思。

［3］庐冢（zhǒng）：庐及冢，生前坐禅、死后藏尸的建筑物。

［4］山的南面叫阳。华山洞因在华山的南面而得名。

［5］“有碑”三句：仆道，倒在路上。其文漫灭，碑上的文字漫漶磨灭，模糊不清。独其为文犹可识曰“花山”，只是从残留的碑文中还可以辨认出“花山”二字。

［6］有泉侧出：有泉水从旁边涌出来。记游者甚众：来这里游览并在洞壁上题名留念的人很多。

［7］窈（yǎo）然：幽暗深邃的样子。

［8］“余与”四句：拥，执持。奇，奇妙。

［9］“有怠”二句：怠，懒惰，指倦于前进。且，将。

［10］比好游者尚不能十一：比起那些喜欢游览的人所到的地方还不到十分之一。

［11］方：当。是时：指从洞中退出时。

［12］“既其”二句：既其出，已经出来。咎其欲出者，责备那个提出要退出来的人。咎，责备，怪罪。

［13］“而予”二句：悔其随之，后悔随着他退出。极夫游之乐，充分享受游览的快乐。极，穷，尽。

［14］叹：感慨。

［15］有得：有心得体会。

［16］求思：思索。深：深刻、深透。无不在：广泛，到处留心。

［17］夷以近：指路平坦而近。

［18］瑰怪：壮丽奇特。观：景象。

［19］罕：少。

［20］不随以怠：不随着别人的怠惰而中止。

［21］物：外物、外力。相：辅助。无物以相之：没有外力来帮助他。

[22]“后世”二句：谬其传，指以谬传谬。莫能名，使人不能识其本名。何可胜（shēng）道，那里说得完呢。

[23]慎取：谨慎选择。

[24]“庐陵”三句：庐陵，江西吉安县。长乐，福建长乐市。这四人都名和字并记。

读《游褒禅山记》[①]

胡念贻

写游记，除了在记叙所见到的山川景物、人情风俗外，当然还可以写作者的感触，抒发作者的思想感情。一般说来，在游记中带一些抒情成分比较常见；借着记游发许多议论，而不失去游记体裁的文学意味，这却需要工夫。王安石的《游褒禅山记》做到了这样，它在千百年来是深深地为读者所喜爱的。

王安石是北宋著名的古文家，本来以写议论文见长。在这篇游记中，他充分发挥了自己的长处，不多写景物，而是尽量就他游览后的感触大发议论。在这篇六七百字的文章中，记游的部分和发议论的部分约各占一半。而在记游的部分中，几乎处处是为后面所发议论立下根基。后面发议论的部分，都是回应前面。文章的结构很严密，通篇显出作者的精心安排。

前半篇记游，文字虽然不多，但它却给读者清晰地描绘出了褒禅山的特殊风貌。它可以分为三个小部分。第一个小部分写褒禅山的环境和它的历史。它写了褒禅山的得名，写到褒禅山的禅院，写到华山洞，还写出了从禅院到华山洞的远近距离。禅院与华山洞之间，“有碑仆道，其文漫灭，独其为文犹可识曰‘花山’”。作者根

① 胡念贻（1924—1982），笔名孟周、江九，湖南长沙人。编著有《关于文学遗产的批判继承问题》《先秦文学论集》《中国古代文学论稿》《中国古典文学论丛》《楚辞选注及考证》等。本文选自毋庚才、刘瑞玲编《名家析名篇》，北京出版社1984年版。

据碑文考订了华山洞应作“花山洞”，显出了作者笔墨的闲暇。第二个小部分写华山洞的“前洞”，只写了四句：“其下平旷，有泉侧出；而记游者甚众，所谓前洞也。”第三个小部分写“后洞”，这是褒禅山奇险的所在，是它最值得游览的地方，描写比较多。“由山以上五、六里，有穴窈然，入之甚寒。问其深，则其好游者不能穷也，谓之后洞”几句，写出了它的不同寻常的幽深。作者写他游“后洞”时，“予与四人拥火以入，入之愈深，其进愈难，而其见愈奇。有怠而欲出者，曰‘不出，火且尽’。遂与之俱出”。这一方面是叙述当日的游踪，一方面也是反衬了后洞的奇险莫测。以下对他当日的游踪还作了几句补叙。补叙出他们一行游后洞到过的地方，“比好游者尚不能十一”；补叙出“然视其左右，来而记之者已少，盖其又深，则其至又加少矣”；补叙出“方是时，予之力尚足以入，火尚足以明”；补叙出他们出来以后，“则或咎其欲出者，而予亦悔其随之，而不得极乎（夫）游之乐也”。

这都是记的游褒禅山的事，也可以说是本篇的正文。文字虽简短，描绘却较细。我们好像跟着作者从山中的禅院出来，行过一块仆在路旁的碑，游览了前洞和后洞。他在游前洞时，看到许多游客在那里记下了名字，知道到过的人很多。但这只是一个普通的洞。游后洞时，要持火把进去，越往深处越难走，见到的景物也越奇。虽然作者没有具体描写它怎样奇，然而这却深深地吸引了读者。通过对洞中探寻的迫切心情，给了读者充分想象的余地。后洞的奇，他还有十分之九没有见到，留下一片懊悔。记游的事已经写完，如果文章到此为止，也未尝不可。但是作者在写这篇文章时，他的打算就是要从这件游览的憾事中总结出一点教训来。

“于是予有叹焉”一句，陡然一转，引起了后半篇的一番大议论。

作者因此想到古代的学者观察天地山川和草木虫鱼鸟兽，往往能得到一些东西，完全是他们苦心探索、务求深入的结果。一般人只想走平坦的道路，只在近处盘桓，象（像）游山的人大都只在前洞看看一样。他们不愿走到艰险和深远的地方去，可是世间的“奇伟瑰怪非常之观”总是在“险远”的、人迹罕到的地方。要到“险远”的地方见识那些“奇伟瑰怪非常之观”，首先要立定志向；立定了志向，还要有能力；有了能力，还要有毅力；在“幽暗昏惑”的地方，还要有所凭借和帮助，象（像）游后洞时需要有火光照明一样。不要在能力还够使的时候就停了下来，徒然让人讥讪和遗下无穷后悔。

这是作者在这次游山后所悟出的一段做学问的道理。这段道理不仅由于通过他的亲身经历说了出来，具有生动的形象性；而且语言也写得饶有韵味，委宛（婉）动人。这段文字的一个特点就是变化多，曲折多。“古人之观于天地、山川、草木、虫鱼、鸟兽，往往有得；以其求思之深，而无不在也”。这是一个总的论述，是这一段文字的纲领。“夫夷以近，则游者众；险以远，则至者少”。这几句具体结合到了这次游山的经历，然而这还是概述，是承上文而来。“而世之奇伟瑰怪非常之观，常在于险远，而人之所罕至焉；故非有志者不能至也”。这里是一转。“有志矣，不随以止也；然力不足者，亦不能至也”。这里又一转。“有志与力，而又不随以怠；至于幽暗昏惑，而无物以相之，亦不能至也”。这里又一转。“然力足以至焉；于人为可讥，而在已（己）为有悔”。这里又一转。“尽吾志也，而不能至者，可以无悔矣，其孰能讥之乎？——此予之所得也”。最后归结到作者在思想上的收获。句子的变化和转折那么多，是为了层层推进地发挥要说的道理。但它转得毫不费力。它在转折的地方都能巧妙地运用虚字，因此是那样圆转流利，挥洒自如。然而它又是风骨遒劲，笔力挺拔。这段文字和上面的记游文字相得益彰，和它在语言上的运用得好是分不开的。

作者在发完这些议论后，又回顾前面看到仆碑一事，最后还写了几句："予于仆碑，又有悲夫古书之不存，后世之谬其传而莫能名者，何可胜道（也）哉！"这是另外一个问题，但又和学问的道理有关，因此紧接着写："此所以学者不可以不深思而慎取之也。"这样的收束，显出作者在一路思考。它在文章中，亦有余波荡漾之妙。

这篇文章把记游和论学结合得这样好，使人百读不厌。它所表现出来的思想是深刻的，散文上的艺术手法也是有独特之处的。

苏 轼

苏轼（1037—1101 年），字子瞻，别号东坡居士，眉州眉山（今四川眉山）人。北宋古文家苏洵之子。宋仁宗嘉祐二年（1057 年），苏轼登进士第，开始政治生涯。熙宁变法，他对新政多所非议，连续出任杭州、密州（今山东诸城）、徐州（今江苏铜山）、湖州（今浙江吴兴）等地方官。元丰二年（1079 年），因御史李定、舒亶、何正臣等人摘引他的某些诗句，深文周纳，加以诽谤新政，影射、咒骂皇帝之罪，被逮系狱。释出以后，贬为黄州（今湖北省黄冈）团练副使。元祐初（1086 年），召回任中书舍人、翰林学士兼侍读等官。当时司马光等尽废熙宁新法，苏轼对这种做法有所争辩，遂又遭旧党排挤。不久，出任杭州等州知州。在他做地方官的时期，曾在徐州抢堵黄河决口，救治黄河水灾；在杭州疏浚西湖，筑堤埂（后称“苏堤”），兴修水利。绍圣元年（1094 年），新党再度上台，清除“元祐党人”，苏轼又被远谪惠州（今广东惠阳），再贬琼州（现在海南岛）。直到他死前一年，徽宗即位（1100 年），才得赦内移，后死于常州（今江苏常州市）。《宋史》有传。

苏轼是我国文学史上才情横溢、有多方面艺术才能的大作家。他不仅擅长诗、词、散文，而且对书法、绘画、音乐等也有很高的造诣。他的散文深受《孟子》《庄子》《战国策》等书的影响，明快锋利，气势逼人。后人常把他和韩愈并称，誉为“韩潮苏海”。他写文章，主张“如行云流水，初无定质，但常行于所当行，止于所不可不止”；反对扬雄那种“好为艰深之词，以文浅易之说”的文风。在散文走向平正通达的道路上，比欧阳修、曾巩等诸人更前进了一步。对宋以后散文的发展，具有深远的影响。

赤壁赋

壬戌之秋[1]，七月既望[2]，苏子与客泛舟游于赤壁之下[3]。清风徐来，水波不兴[4]。举酒属客[5]，诵明月之诗，歌窈窕之章[6]。少焉[7]，月出于东山之上，徘徊于斗牛之间[8]。白露横江[9]，水光接天。纵一苇之所如[10]，凌万顷之茫然[11]，浩浩乎如冯虚御风[12]，而不知其所止，飘飘乎如遗世独立，羽化而登仙[13]。

于是饮酒乐甚，扣舷而歌之[14]。歌曰："桂棹兮兰桨[15]，击空明兮泝流光[16]。渺渺兮予怀[17]，望美人兮天一方[18]。"客有吹洞箫者[19]，倚歌而和之[20]。其声呜呜然，如怨如慕，如泣如诉[21]。馀音嫋嫋，不绝如缕[22]。舞幽壑之潜蛟，泣孤舟之嫠妇[23]。

苏子愀然，正襟危坐而问客曰[24]："何为其然也[25]？"客曰："'月明星稀，乌鹊南飞[26]'，此非曹孟德之诗乎？西望夏口[27]，东望武昌[28]，山川相缪，郁乎苍苍[29]，此非曹孟德之困于周郎者乎[30]？方其破荆州，下江陵，顺流而东也[31]，舳舻千里[32]，旌旗蔽空，酾酒临江，横槊赋诗[33]，固一世之雄也[34]，而今安在哉！况吾与子渔樵于江渚之上[35]，侣鱼虾而友麋鹿[36]，驾一叶之扁舟[37]，举匏樽以相属[38]，寄蜉蝣于天地[39]，渺沧海之一粟[40]。哀吾生之须臾[41]，羡长江之无穷。挟飞仙以遨游，抱明月而长终[42]。知不可乎骤得，托遗响于悲风[43]。"

苏子曰："客亦知夫水与月乎？逝者如斯，而未尝往也；盈虚者如彼，而卒莫消长也[44]。盖将自其变者而观之，则天地曾不能以一瞬[45]；自其不变者而观之，则物与我皆无尽也[46]，而又何羡乎[47]？且夫天地之间，物各有主，苟非吾之所有，虽一毫而莫取。惟江上之清风，与山间之明月，耳得之而为声，目遇之而成色，取之无禁，用之不竭，是造物者之无尽藏也，而吾与子之所共适[48]。”

客喜而笑，洗盏更酌，肴核既尽[49]，杯盘狼藉[50]。相与枕藉乎舟中[51]，不知东方之既白[52]。

注释

[1] 壬戌：宋神宗元丰五年（1082年），苏轼四十七岁。

[2] 望：阴历的每月十五日。既望：指十六日。

[3] 苏子：苏轼自称。泛舟：划着小船。泛，有任船自行的意味。

[4]“清风”二句：徐来，慢慢地细细地吹来。兴，起。

[5] 属（zhǔ）：致意。举酒属客：举起酒杯请客同饮。下文“举匏樽以相属”同。

[6]“诵明”二句：明月之诗，指《诗经·陈风·月出》一篇。这篇诗的第一章里有“舒窈纠（yǎojiǎo）兮”一句。这里说的“窈窕（tiǎo）之章”，应即指《月出》诗的第一章。“窈纠”与“窈窕”音义相近。

[7] 少焉：不一会儿。

[8] 斗牛：斗和牛都是星宿名。

[9] 露：指水气。白露横江：白茫茫的水气横铺在江面上。

[10] 纵：任。一苇：这里是比喻船很小，像一片苇叶。《诗经·卫风·河广》：“谁谓河广，一苇杭（航）之。”如：往。

[11] 凌：越过。万顷：形容江面宽广。茫然：旷远的样子。

[12] 浩浩：水大的样子。冯：同凭。冯虚：凌空。御风：乘风，驾风。《庄子·逍遥游》：“列子御风而行。”

[13]“飘飘”二句：遗世，离开世界。羽化，传说仙人能飞升变化，故谓成仙叫羽化。《抱朴子·对俗》：“古之得仙者，或身生羽翼，变化飞行。”

[14]扣舷（xián）：敲着船边。

[15]棹（zhào）：船桨。

[16]空明：指水月交映的江面。泝（sù）：同溯，逆流而上。这里作迎着讲，古代迎、逆二字通用。流光：江面上浮动着的月光。泝流光：迎着月光，指月下泛舟东行。

[17]渺渺：悠远的样子。予怀：我的心。

[18]美人：指想慕的人。天一方：天的那一边。

[19]洞箫：就是箫。箫管上下直通，下端没底，所以叫洞箫。

[20]倚歌：随着歌声。和（hè）：指以洞箫和歌声，作为伴奏。

[21]如怨如慕，如泣如诉：像愁怨又像爱慕，像哭泣又像诉说。

[22]“馀音”二句：嫋嫋（niǎo），同袅袅，馀音绵延不绝的样子。缕，丝缕。

[23]“舞幽”二句：舞和泣是使动用法，是说使……舞，使……泣。嫠（lí）妇，寡妇。

[24]“苏子”二句：愀（qiǎo）然，忧愁的样子。正襟危坐，正一正衣襟，端端正正地坐着。

[25]何为其然：为什么如此。

[26]“月明星稀，乌鹊南飞”：这是曹操《短歌行》里的诗句。全诗八章，每章四句，该章全文是：“月明星稀，乌鹊南飞，绕树三匝，何枝可依。”

[27]夏口：城名，今湖北武昌。

[28]武昌：今湖北鄂城。

[29]“山川”二句：缪（liáo），盘绕。郁乎，草木茂盛的样子。郁乎苍苍，形容山川夜色深沉。

［30］此：这地方。周郎：周瑜。

［31］“方其”三句：方其，当他。下，攻占。顺流而东，顺江东下。

［32］舳舻（zhúlú）：大船。舳舻千里：形容船只前后相连，千里不断。

［33］“酾酒”二句：酾（shī）酒，斟酒。槊（shuò），长一丈八尺的矛，马上所用。元稹说：“曹氏父子，鞍马间为文，往往横槊赋诗。”（《唐故工部员外郎杜君墓系铭序》）这里借指曹操写“月明星稀”的时候。

［34］一世之雄：一个时代的英雄。

［35］渔樵：捕鱼和打柴。

［36］侣：作伴。麋：鹿的一种。侣鱼虾而友麋鹿：同鱼虾做侣伴，同麋鹿做朋友。

［37］一叶：形容船小，像一片树叶。扁（piān）舟：小船。

［38］匏（páo）：即瓠，葫芦的一种，外壳可以剖作水瓢。用匏做的酒器，叫瓠樽。

［39］蜉蝣（fúyóu）：昆虫名，幼虫生在水中，成虫褐绿色，夏秋之交在水面飞行，生长期极短，古人说它朝生暮死。郭璞《游仙》诗有“借间蜉蝣辈，安知龟鹤年”之句。寄蜉蝣于天地：意思说，个人生命短暂，像蜉蝣一样寄托于广阔永久的天地之中。

［40］沧海：大海。渺沧海之一粟：渺小得像大海里的一粒小米。

［41］须臾：很短的时间。

［42］“挟飞”二句：挟，携带。飞仙，飞行空中的仙人。以，同连词而。遨游，即游，同义复词。长终，指与月相终，即永恒存在。二句说，同飞空的神仙结伴遨游，同月亮一起长存。

［43］“知不”二句：骤得，马上得到。遗响，馀响，指吹出来的声音。

［44］“逝者”四句：逝，往。斯，此，指水。《论语·子罕》：“子在川上曰：‘逝者如斯夫，不舍昼夜。’”盈，满。虚，缺。彼，那，指月。卒，终究，到底。消长，消减和增长。

［45］曾（zēng）：乃。瞬：眨眼。

［46］物：万物。无尽：没有完，不会消灭。

［47］而又何羡乎：又有什么值得羡慕呢。

［48］“是造”二句：造物者，原意指天，就是现在说的自然。无尽藏（zàng），佛家语，无尽的宝藏。适，这里有享乐或满足的意思。二句说，这是自然界无穷无尽的宝藏，我和你可以共同享受的。

［49］肴核：菜肴和果品。核，有核的水果或干果。

［50］狼藉：纵横、散乱的样子。

［51］藉：压。相与枕藉乎舟中：彼此你枕我、我压你地睡在船里，形容醉后睡卧情态。

［52］既：已经。白：指天亮。

读苏轼《赤壁赋》[①]

吴小如

《赤壁赋》也叫《前赤壁赋》，其实“前”字是后加的。因为作者在写第一篇赋时，并未想到几个月之后还要写第二篇。等第二篇也写成了，作者便在题目上加了一个“后”字。后人于是把第一篇的题目也给加上了“前”字。《赤壁赋》之本无“前”字，正如诸葛亮《出师表》的原题并无“前”字一样[②]。

一

这两篇《赤壁赋》都作于公元1082年（宋神宗元丰五年）。当时苏轼因作诗讥刺新法入狱，遇赦后被贬到黄州（今湖北黄冈）任团练副使，虽可自由行动，却须受当地县官的监视。黄州境内长江边有赤壁矶，苏轼曾屡次到那里游玩。这两篇赋和著名的《念奴娇》词（“大江东去”）都是这时在黄州作的。因此，分析这两篇赋，必须理解作者正处于逆境之中，以犯官的身份过着清苦的谪居生活。这在别人，或忧谗畏讥，惶惶不可终日；或意志消沉，以至于万念俱灰。而苏轼在《赤壁赋》中，他并不怨天尤人，心怀忧戚，而其本身的生活态度更非全流于消极；相反，他还抱着思为世

① 选自吴小如《古文精读举隅》，天津古籍出版社2002年版。

② 有人认为《后出师表》并非诸葛亮所作，那么题目上就更不应该加“前”“后”字样了。

用的积极希望。这毕竟是难能可贵的。

说到文章本身，首先应注意到它体裁方面的特点。它是“赋”，不是纯粹散文，却也不是诗，更不等于今天的散文诗。它是用比较自由的句式来构成的带有韵脚的散文，却又饱含着浓厚的诗意。这在当时是一种新文体，是古典散文从骈文的桎梏中冲杀出来取得胜利后的一个新成果。可是这种新体的“赋”很难写，自宋代的欧阳修、苏轼以后，便不大有人染指了。既然它是“赋”，就应具有赋的特点。《文心雕龙·诠赋篇》：“赋者，铺也。铺采摛文，体物写志也。”苏轼写这两篇赋，没有按照汉魏六朝时代的作家写赋时那样大量堆砌辞藻，但比起他本人的其他文章来，文采显然要多。至于“体物写志”，则《赤壁赋》以“写志”为主，“体物”的部分着墨不多，却也精警凝练，形象鲜明。作者在赋中所铺张的内容，主要不是景物和事件，而是抽象的道理。但作者所讲的抽象道理乃是通过形象、比喻、想象、联想以及凭吊古人和耽赏风月等方式来完成的，并不显得空泛或枯燥。这是在古人传统的基础上有所创新的结果。试以欧阳修《秋声赋》与之相比，欧赋的说理内容就未免过于抽象了，因此不及此赋更为扣人心弦。此外，汉魏的赋一般在开头结尾都有短幅叙事，中间有主客回答，此文亦具备。可见作者并没有脱离传统“赋”体的规格，从体制上讲，它仍符合作“赋”的要求。我们说，文学作品要继承传统，却不一定求其必遵循老路。苏轼正是本着这种创新精神来写《赤壁赋》的。

其次，从贯穿全篇的思想内容看，《赤壁赋》所反映的只有两方面的意思：一是“哀吾生之须臾，羡长江之无穷”，这同《念奴娇》的开头“大江东去，浪淘尽千古风流人物”的意思相近；二是抓住时机耽赏大自然的江山风月，亦即《念奴娇》结尾的“一樽还酹江月”；而主导思想乃偏重于后者。但这两层意思都是从篇中所歌唱的“渺渺兮予怀，望美人兮天一方”两句诗生出来的，这就不难看出苏轼的立足点和采取这种生活态度的原因。这一点下面还要谈到。也许有的读者会说，《赤壁赋》中并无什么值得肯定的进步思想，不过主张“及时行乐”而已。这话当然不错。但在这篇赋中“及时行乐”的思想并未从文章的正面反映出来，读者所感受到的乃是作者希望一个人不要发无病之呻吟，不要去追求那种看似超脱尘世其实却并不现实的幻想境界；而是应该适应现实，在目前这种宁静恬适的（尽管它是短暂的）环境里，不妨陶醉于大自然的怀抱之中。而文章的成功处乃在于它有一种魅力，即大自然之美足以使人流连忘返，不得不为之陶醉。这种沉浸于当前的适意的境界中的满足，正是苏轼一贯的生活态度。特别是处于逆境之下。这种生活态度总比畏首畏尾的忧心忡忡或无所作为的意志消沉显得乐观旷达，显得有生机和情趣。因此，在特定的生活条件下和在常人已无法忍受的处境中，这种生活态度应该说尚有其可取的一面。而作者在《念奴娇》的收尾处，虽然说了“一樽还酹江月”的话，却没有摆脱掉“人生如梦”（一本作“人间如寄”）的空幻与悲哀而成为败笔。比起这篇赋来，就显得有些不足了。

因此看来，《赤壁赋》在艺术方面的成就乃是主要的。作者在篇中驰骋着意气纵横的想象力，仿佛“所向无空阔”的“天马”；同时却又体现出作者细密的文心，谨严的法度，无论遣辞造句，都不是无根据无来历的脱离传统艺术渊源的任意胡为。作者戛戛独造的创新之处无一不建筑在深厚而坚实的功力的基础之上。清人方苞评此文说：“所见无绝殊者（没有什么特别与众不同的地方），而文境邈不可攀。良由身闲地旷（心地旷达），胸无杂物，触处流露，斟酌饱满，不知其所以然而然。岂惟他人不能摹效，即使子瞻更为之，亦不能调适而鬯遂也。”可为定评。盖表面看去似挥洒自如，仿佛没有费什么气力；实际上却是思路缜密，一丝不苟。这正是苏轼文章的不可及处。

二

下面我们逐段进行分析讲解。全篇共分五段。

第一段从开头“壬戌之秋”到“羽化而登仙”。这是“赋”的正文以前一段简短的叙事，这里面又分三小节。

第一小节共四句，点明时间、人物、地点。这是写赋的正规笔墨，如一篇长诗前的小序。

第二小节共五句，前两句是景，后三句是事，亦即把客观的景物和主观的言行错综着、交替着来写。我在前面曾说，本篇以写志为主，不强调对景物的描述；因此本篇的景语只有四句，即此处的“清风徐来，水波不兴”和下一小节的“白露横江，水光接天”而已。但这四句极凝练简括，“清风”二句写风与江，“白露”二句写月与江。总之，作者的景物描写只为点出“江”和“月”来，作为后文“写志”时举例用的工具。而当前，作者已写出月下江景，不必更多费笔墨了。

“诵明月之诗”两句与下文“月明星稀”两句同一机杼，盖文人游山玩水，很容易从客观景物联想到昔日所读的作品，然后再由前人的作品生发出自己的感想来。此处写月未出而先用《陈风·月出》作引子，“诵明月之诗”两句是互文见义，但有时这种互文见义的句子不能前后互换。因为“窈窕之章”是在“明月之诗”里面的，内涵大小不同，所以小者不能摆在大者之前。而先“诵”后“歌”，亦合于诗人吟咏时实际情况。人们对景生情，总是愈来感情愈激动，“歌”比“诵”要更牵动感情，故诵在先而歌在后。于此可见作者文心细密之处。

第三小节仍是先景后事，由事生情。造语自然生动，然多有所本。用“徘徊”写月光移动，古诗屡见；如曹植《七哀》“明月照高楼，流光正徘徊”、张若虚《春江花月夜》“可怜楼上月徘徊”及李白《月下独酌》“我歌月徘徊”。“白露横江”句亦从《春江花月夜》“空里流霜不觉飞”化出。“水光接天”句化用赵嘏《江楼感旧》：“月光如水水如天。”“一苇”用《诗·河广》“一苇杭之”；“万顷”用谢惠连《雪赋》及范仲淹《岳阳楼记》；“冯虚御风”用《庄子·逍遥游》；“遗世独立”用李延年歌；“羽化”用《晋书》；“登仙”用《远游》。其自然生动之妙，在于句偶而文字并不对仗，得古赋之神（如《九歌》中“蕙肴蒸兮兰藉，奠桂酒兮椒浆”即是句偶而文不对仗者）。

这一小节每句都依次第先后而写成，不容移置。“少焉”以下写月出，由“出”而“徘徊”；“白露”二句是月出后所见，由天空而水上，由近而远；“纵一苇”句是写主观的游者，“凌万顷”句是写客观的江面。“浩浩乎”句写泛舟江上的现象，“飘飘乎”句则写舟中人的心情感受。笔势流畅，宛如信手拈来，但词语皆有出典，却不着堆砌痕迹。

从“于是饮酒乐甚”至“泣孤舟之嫠妇”是第二段。这里面自然分作两层，歌词是一层，箫声是又一层。作者描绘箫声属于“体物”，但“体物”却是为了“写志”。苏轼在这篇赋中以“哀”“乐”对举，借主客问答以写志抒情，其实是作者本人心情矛盾的两个方面，最后，“乐”战胜了“哀”，主客同达于“共适”之境界。而“哀”的流露全借助于箫声。故作者在这里用全力刻画它。

我个人认为，这一篇立意的主句全在此歌的后二句，即“渺渺兮予怀，望美人兮天一方”。“美人”比君，这两句写出了苏轼的忠君之殷切。忠君诚然是局限，但在苏轼身上却应一分为二地对待。忠君思想正是苏轼思为世用、希望为宋王朝分忧、对功业有所建树的动力。这里面含有积极因素。下文“哀吾生之须臾”与“共适”于“无尽藏”的江山风月，都从此生发出来，妙在并不着痕迹。一个人既出仕做官，思用于世，遇到小人谗谤，自然有“哀”的一面；但“哀”的结果如果是从此消极颓唐，不思振作，那就谈不到完成忠君的目的。于是当客观形势对自己最不利时，便力求胸襟豁达，顺乎自然，以适应逆境；但同时并不放弃忠君用世的一贯精神，即使在身遭贬谪之际也还要“望美人兮天一方”，这正是苏轼的主要的、始终如一的生活态度。作者的歌词中并没有“哀”的成分，甚至是在“饮酒乐甚”的情况下无心流露出来的，所谓“渺渺予怀”，正是思忠君用世而不可得的表现，因此才不得不“望美人兮天一方”。吹箫的“客”是理解歌词内容的，所以把这一方面的感情加强，用箫声倾诉出唱歌人内心的哀怨。这样一来，矛盾就公开亮出来了，于是引起下文，借主客对话把复杂的思想活动和盘托出，却又泾渭分明。文章构思之巧妙，竟到了使人不易觉察的程度，这不能不说是苏轼才华洋溢的体现。

写箫声也是一段精彩文字。“怨”“慕”“泣”“诉”四字抓住了箫声的特点，也写出了“哀”的特点。“呜呜”写初吹，字面用《史记·李斯列传》；“怨”“慕”“泣”“诉”化用《孟子》；“舞幽壑”句，暗用《国史补》李謩吹笛事；“孤舟嫠妇”暗用白居易《琵琶行》。“如怨如慕”二句，写箫声吹入精彩动人处，使听者情不自禁联想到人的七情六欲。“余音”二句写箫声结束。然后再加上两句夸张性的比喻，以摹绘其出神入化。

第三段是伤时忧国的正面文字，却从怀古方面落笔，乃见笔力。怀古又先从诵古人诗句写起，“月明星稀”两句正从当前江月之景联想而得，似有意，若无意。从心中的诗句推展开去，然后写到目中所见之地形，然后把古人曹操推到背景的正面。“方其”以下八句，是推测，是想象，却全力以赴，大肆渲染，此即所谓“铺”，乃作赋之正规写法。这样就从勾勒背景进而塑造了曹操的形象。这同作者在《念奴娇》中所塑造的周瑜的形象同样给《三国演义》的作者以极大启发。“方其”以下，从曹操兵力的强大和地盘的扩张写出了声势和气派，然后以“酾酒临江，横槊赋诗”八字勾画出曹操本人的形象，显得格外饱满，有立体感。不这样写，人物的形象就不易突出。难在“固一世之雄”句的一总，“而今安在哉”的一跌，最见工（功）力。上一句所谓顿挫以蓄势，下一句所谓折落以寄慨。“一世之雄”四字看似容易，实为千锤百炼而出，对曹操这个历史人物确是千古定评。这是本段的上一节，其实也正是《念奴娇》中“浪淘尽千古风流人物”之意，却用了另一种手法，便使人应接不暇了。

从“况吾与子”以下至“托遗响于悲风”，是第三段的下一节，虽为客语，实反映作者本人思想中的消极面。意思是说，像曹操那样的英雄人物，在当时也逃不脱失败的命运；何况在今天这种逆境之中，还有什么必要去建功立业！这一节只是出世思想和消极情绪的反映，而作者却渲染成如此一段文章，既有古文家所谓的辞采，又不落前人陈腐的窠臼，通过形象描写，还使人不致产生消沉之感，正是文字有魅力处。“挟飞仙”二句想象奇绝，却跌入“知不可乎骤得”一层意思中来，于文义为倒装，于文势为逆挽，变化无方，起落随意；以形象、比喻相对比，用意十分醒豁，但又毫无说教者习气，也没有抽象的空论，而悲从中来，想超脱尘世又无法逃避现实，真是哀伤到极点了。所以结语“托遗响于悲风”一句正写出不得不“哀”的一片苦衷。文字写到这里，真疑山穷水尽，无路可走；不想下一段柳暗花明，用带有理趣的逻辑思维来反驳这一消极出世思想，把在人意料之中的一点意思却写得出人意料之外，这真所谓化腐臭（腐朽）为神奇了。

第四段是比前一段深入一层的正面文字，虽与前一段属于一对矛盾的两个方面，却并非平列的。若从其结构看，又与前文不同。这一段本来只有一层意思，却化作两层来写。水和月同为比喻，作用和性质是一样的，作者乃把它们分作两层来说；作者在这一段里所要阐明的只是“不变”这一层意思，却以变与不变两者相提并论。这就使文章显得有波澜起伏。“逝者”句用《论语》“子在川上”一章之意，“盈虚”二句用《庄子·秋水》：“消息盈虚，终则有始。”水虽东流长逝，但川上之水仍源源不断；月虽有圆缺盈虚，周而复始，但月亮还是千古不变的那个月亮。所以用“盖将自其变者”两句轻轻一驳，便不再照应；却把重点放在后面两句：“自其不变者而观之，则物与我皆无尽也。”所以再反问一句：“而又何羡乎？”不说“而又何哀”，反说“而又何羡”，针对上文“羡长江之无穷”而言，文笔总在不断变化。盖有“哀”才有“羡”，无“羡”自然也就没有必要去“哀”了。上文说“吾生须臾”，此则说“物与我皆无尽”。物无尽，人们能理解；“我”亦无尽，就不易分晓。作者之意，乃是指不朽而言，即所谓“太上有立德，其次有立功，其次有立言”。苏轼所追求的也正是这个“不朽”。所以其生活态度归根结底还是积极的。下面“且夫天地之间”四句，看似宿命论，其实作者却是用来对待功名富贵、得失荣辱的，所以其内在涵义并不错；接下去从“惟江上之清风”直到“而吾与子之所共适”，是作者的正面主张，认为应抓紧时机，享受大自然所给予的美的景物。末句的“吾与子”正好同上文“客”所说的“吾与子”遥相呼应。有人说，这不过是及时行乐的思想。诚然。但其所乐者乃在陶然于自然景物，这就比东汉人所追求的“不如饮美酒，被服纨与素”（《古诗十九首》）要高尚多了。可见作者的精神境界并不那么庸俗低级，他所追求的是精神上的解脱而非物质上的享受。他执着于不朽的事业，而对功名利禄却看得比较超脱，这就同一般的及时行乐思想有着本质上的区别了。

第五段仍用简短的叙事作为全篇的结尾。“客喜而笑”的“喜”和“笑”，与前文“饮酒乐甚”的“乐”，以及“怨”“慕”“泣”“诉”“愀然”“哀”“羡”等描写感情变化的词语是联属一气的。这是全文情感发展的线索，直贯通篇。以下的描写与“饮酒乐甚”句相辉映，而最后两句则写尽“适”字之趣，文章亦摇曳生姿，得“余音袅袅，不绝如缕”之妙。

三

最后，我想谈谈本篇的异文和韵脚。据今传苏轼的墨迹，“盈虚者如彼”作“如代”；“而吾与子所共适”的“适”字作“食”。我以为，“代”者交替之意，似较“彼”为佳；而通行本的“适”字，似较饮食的“食”为空灵，故在讲析此文时仍沿用“适”字。

赋是有韵脚的。本篇除开头四句外，后面的文字基本上都押韵。第一段“兴”“章”二字古韵通押，下文则“间”“天”“然”“仙”为韵。第二段，“扣舷而歌之”的“歌”同下文“倚歌而和之”的“和”押韵；四句歌词“光”“方”为韵；然后“慕”“诉”“缕”“妇”为韵。第三段，曹操的两句诗“稀”“飞”为韵，又与下句的“诗”字古韵通押；然后“昌”“苍”“郎”为韵；“东”“空”“雄”为韵；从“况吾与子”以下，韵脚分别为“鹿”“属”“粟”和“穷”“终”“风”。第四段，“往”“长”为一韵，“瞬”“尽”为一韵；“主”“取”为一韵；“月”“色”为一韵；“竭”“适”为一韵。第五段，“酌”“藉”“白”为一韵。有些字应读入声，照普通话读便不易找出韵脚，我们在读古典文学作品时似应该统筹兼顾，而不宜一律以普通话的读音去强求古人。这样，对古典文学作品中的韵律美既可无损，同时也做到了古今有别。我想，这种区别对待的办法似乎不会成为我们推广普通话的障碍吧。

后赤壁赋

是岁十月之望[1]，步自雪堂[2]，将归于临皋[3]。二客从予过黄泥之坂[4]。霜露既降，木叶尽脱；人影在地，仰见明月。顾而乐之，行歌相答[5]。已而叹曰[6]：“有客无酒，有酒无肴；月白风清，如此良夜何[7]？”客曰：“今者薄暮，举网得鱼，巨口细鳞，状如松江之鲈。顾安所得酒乎[8]？”归而谋诸妇[9]。妇曰：“我有斗酒[10]，藏之久矣，以待子不时之需。”于是携酒与鱼，复游于赤壁之下。江流有声，断岸千尺[11]，山高月小，水落石出。曾日月之几何，而江山不可复识矣[12]！

予乃摄衣而上，履巉岩[13]，披蒙茸[14]，踞虎豹[15]，登虬龙[16]；攀栖鹘之危巢[17]，俯冯夷之幽宫[18]。盖二客不能从焉。划然长啸[19]，草木震动，山鸣谷应，风起水涌。予亦悄然而悲，肃然而恐，凛乎其不可留也反而登舟[20]，放乎中流[21]，听其所止而休焉[22]。时夜将半，四顾寂寥。适有孤鹤，横江东来，翅如车轮，玄裳缟衣[23]，戛然长鸣[24]，掠予舟而西也。须臾客去，予亦就睡。梦一道士，羽衣蹁跹[25]，过临皋之下，揖予而言曰[26]：“赤壁之游乐乎？”问其姓名，俛而不答[27]。“呜呼噫嘻！我知之矣！畴昔之夜[28]，飞鸣而过我者，非子也耶？”道士顾笑[29]，予亦惊寤[30]。开户视之，不见其处。

注释

[1] 是岁：这一年。承《前赤壁赋》而来，即壬戌年（宋神宗元丰五年）。

[2] 雪堂：苏轼在黄冈市东坡建筑的住所。堂在大雪中建成，

四壁都画有雪景，故名“雪堂”。

［3］临皋：亭名。苏轼初到黄州时住在定惠院，不久迁居临皋亭。

［4］黄泥之坂（bǎn）：黄冈市东面东坡附近的山坡。是由雪堂至临皋亭的必经之地。坂，斜坡。

［5］“顾而”二句：顾而乐之，环顾四周景色而感觉喜欢。顾，看。行歌相答，边走边唱，互相应和。

［6］已而：不久。

［7］如此良夜何：怎么度过这美好的夜晚呢？

［8］“状如”二句：松江之鲈（lú），松江（今属上海市）盛产四鳃鲈，味道鲜美。顾安所得酒乎，但是到哪里去弄些酒来呢？顾，但是。

［9］诸：“之于”的合音。

［10］斗：古代盛酒的器具。

［11］断岸：陡峭的江岸。

［12］“曾日”二句：曾（zēng）日月之几何，才过了多久呵。曾，乃。江山，指江山的景象。

［13］“予乃”二句：摄衣，提起衣服。履，走过。巉（chán）岩，险峻的山岩。

［14］披：分开。蒙茸（róng）：稠密的野草。

［15］踞：蹲。虎豹：指宛如虎豹的山石。

［16］虬（qiú）龙：古代传说中一种有角的小龙，这里是形容盘曲、古老的树木。

［17］栖鹘（hú）：一种猛禽。危巢：高巢。

［18］冯（píng）夷：即河伯。神话传说中的水神。幽宫：深宫，指水府。

［19］划然：象声词，形容长啸的声音。

［20］反：同“返”。

[21] 放乎中流：随船在江心飘荡。放，任，纵。

[22] 听其所止而休焉：随船飘到哪儿就在哪儿停留。

[23] 玄裳缟（gǎo）衣：黑裙白衣。鹤身上的羽毛是白的，尾巴是黑的，所以这样说。玄，黑。裳，下裙。

[24] 戛（jiá）然：形容鹤尖声高叫的声音。

[25] 羽衣：道袍。蹁跹（piánxiān）：飘然轻快的样子。

[26] 揖：拱手施礼。

[27] 俛：同“俯”。

[28] 畴昔：从前。畴，语首助词，没有实在意义。

[29] 顾：回头看。

[30] 寤（wù）：睡醒。

读苏轼《后赤壁赋》[①]

吴小如

作文章切忌雷同。尤其是同一作者，用同一题目连作两篇文章，就更要另辟蹊径，力避重复。避重复不外两条。一是根据生活如实反映，二是摆脱窠臼重新构思。尽管苏轼两游赤壁，但天下从来没有两桩完全相同的事件，更不会有完全重复的遭遇。这就使作者自然而然有了避免雷同的客观条件。至于艺术构思，乃是作者的主观意图所决定的。前赋既然侧重“写志”，用了很大篇幅写主客问答，从不同角度阐明了作者的人生观、宇宙观，显然是以议论为主的；那么这篇《后赤壁赋》就必须避开说理，而以叙事抒情为主，侧重于“体物”方面的描述，当然也就不致雷同了。作者正是依据各不相同的客观现实生活而改变了他曾用之于前赋的那种艺术构思，来写这篇后赋的。

我们不妨作一具体的比较。第一次游赤壁是初秋，第二次已届初冬，季节上自然有了差异。第一次是有意与友人偕游，所以酒肴都有准备；第二次却是临时倡议，即兴而发，本无意于游而竟然又去游了一次赤壁，所以酒和肴都是陆续拼凑来的。第一次写了舟中饮酒和歌唱的场面，第二次便不再重复。第一次是在舟中醉卧到天明，第二次则写作者兴尽归家，“予亦就睡”应理解为回到临皋住所才睡的。第一次写江上泛舟，所以侧重描写水月交晖（辉）；

① 选自吴小如《古文精读举隅》，天津古籍出版社 2002 年版。

第二次则写登山俯瞰，侧重描写攀援之艰难和巉岩之险峻。第一次有主有客，第二次则“二客不能从”，专写作者个人的感受。这些，我们可以认为，是作者根据第二次游赤壁的实际情况来进行艺术加工、深入刻划（画）的，所以写得与前赋有不少差别。这对读者来说，乃是文章比较容易被理解、掌握的一面。

更重要的是作者具体描写的手段与前赋也截然不同。这就体现了作者在构思上的另起炉灶。前赋描写自然景物只有“清风徐来，水波不兴”和“白露横江，水光接天”共四句；后赋则相应地增加了一倍，即从“霜露既降”至“仰见明月”的四句和“江流有声”至“水落石出”的另一个四句。内容虽仍以写月和水为主。写法却大不一样。作者首先抓住了季节上的差异，然后从不同角度来描绘江和月。比如“霜露既降”四句，乃先从冬景写起，由于“木叶尽脱”，月光才能无遮拦地直射地面；但作者却先写从地上发现人影，才“举头望明月”。虽写月而并未直接说月光如何明亮，显得过程曲折细致，与前赋之放眼看江天一色、浩瀚无边的手法全然异趣。何况这里所写已是入夜后的景象，与前赋所写月初升时情景又复不同。再如写江，前赋是从江面上正面来写水天一色的，而本篇的“江流有声”四句却改变了角度，从岸上写未到赤壁时先闻江声，然后就水位骤降写出冬季的江上特征，“断岸千尺”而“水落石出”。“水”和“月”依然如故，而“江山”却已“不可复识”，这正是前赋所谓的“自其变者而观之，则天地曾不能以一瞬”的形象化描写。但作者在本篇中却不再发一句议论，这就看出作者有意在避免重复了。

前赋的手法是彻头彻尾用“直陈其事”的“赋”体来写的，虽用形象化的事物来说理，在手法上却不沾“比兴”的边儿。而本篇在登山的一段描写中，我个人认为是有着比兴的内容的。贺孔才先生《文编》卷下在“履巉岩”四句下面有注云：“‘巉岩’，状山之高险；‘蒙茸’，状草之冗杂；‘虎豹’，状石之怪特；‘虬龙’，状树之奇诡。”作者一连用了“履”“披”“踞”“登”四个动词，写出作者登山涉险的形象。而这种猛攀高峰、一往无前的勇气，不正象征着作者在政治斗争的漩（旋）涡中不畏艰险的精神么？这种独往独来的气魄自非其他人所能追随和企及，所以说“二客不能从焉”。接着说身在高峰绝顶，却产生了悲哀和恐惧，终于使自己“凛乎其不可留也”，不正意味着彼我形势悬殊，自己无法与政敌抗衡么？于是被迫抽身引退，“返而登舟”，一任其“放乎中流，听其所止而休焉”，这不正是在政治舞台上失意以后，为了尽量做到适应逆境，使自己的抑郁心情得到解脱的一种表现么？这种表面上写游山泛水，实际上却有更深的寓意的手法，也是前赋所不曾用过的。

以上这些不成熟的看法是我对本篇中间一段读后的点滴体会。现在再把文章的开头和结尾进行一些分析。

第一段又分四层。第一层是叙述缘起，写作者本人和两个朋友从雪堂走回临皋，途经黄泥坂，偶然发现月色极美，遂顿兴再游赤壁之念。第二层从“已而叹曰”到“顾安所得酒乎”，第三层从“归而谋诸妇”到“不时之须（需）”，写本无酒肴而终于得到酒肴的曲折过程，却又处处扣紧了事物发生的偶然性。第四层写重游赤壁的一个总印象。这一段层次虽多，所写的内容只集中于一点：重游赤壁纯属偶然机会。然后用“曾日月之几何，而江山不可复识矣”两句跌入感慨，写出事物发展是瞬息万变的，于写实中寓理趣。然后接下去写第二段，借登山为比兴，说明前一阶段自己从朝廷被贬到黄州的种种不可预测的经过，仍归结到随遇而安，不为逆境所困。

结尾一段，完全从《庄子·齐物论》的最后一节化出，而苏轼的描写却更为活泼生动，近于小说家言。这可以说是在《庄子》的哲理性叙述的基础上发展为空灵跳脱的带有浓厚传奇色彩的画面。现在把《齐物论》的原文照抄如下：

> 昔者庄周梦为胡蝶，栩栩然胡蝶也。自喻（愉）适志与（欤）！不知周也。俄而觉，则蘧蘧然周也。不知周之梦为胡蝶与（欤）！胡蝶之梦为周与（欤）？周与胡蝶，则必有分（区别）矣。此之谓物化。

《齐物论》中的庄周与胡蝶，到了《后赤壁赋》中就成为现实中掠舟西飞的孤鹤与苏轼梦中的道士。但在《后赤壁赋》的最后一段里，苏轼的描写却有好几层意思。第一，通过孤鹤与道士一而二、二而一的关系，说明物、我虽有区别，但在人的幻觉中（即做梦）是可以互相转化的（此之谓物化）。用《庄子》唯心主义的思想来解释现实社会，认为人生虽属现实，却不妨视同虚幻；梦境诚为虚幻，但也不妨视为理想或幻想的暂时实现，从而可以忘记人生的矛盾和苦恼。这正是苏轼在《念奴娇》中所提到的“人生如梦”思想的根源，其实质是消极的，应该加以批判；然而，第二，孤鹤虽为道士（得道之士）的化身，却也不甘寂寞，仍在寻觅志同道合的侣伴，所以它才“掠予舟而西”，对苏轼表示友好；正如梦中的道士在问苏轼：“赤壁之游乐乎？”可见其依旧对人世未能忘情，愿同苏轼这样的人交往。这意味着苏轼自己虽遭贬谪，仿佛很孤独寂寞，其实并不缺乏同情他的人，因此精神上可以得到慰藉和满足。第三，这段描写前赋中吹箫人所说的那一段“况吾与子渔樵于江渚之上，侣鱼虾而友麋鹿”云云的形象化的体现，也正是苏轼本人思想意识的另一面。但前赋认为这种近于幻想的境界是“不可骤得”的，所以是不现实的；而在这一篇后赋里，苏轼则认为，只要能“听其所止而休焉”，不失时机地抓住可以使自己陶醉的东西，这种乐趣并非完全不可得。这又像苏轼在密州（今属山东）所作的《水调歌头》（《中秋怀子由》）上片所说的：“我欲乘风归去，又恐琼楼玉宇，高处不胜寒。起舞弄清影，何似在人间。”乘风进入月宫，这当然不现实；但暂时的陶醉，其乐亦正不减于天上，而且已浑不似在人间了。本篇结尾处写孤鹤横江而飞，写道士梦中与己相晤对，俨然如“挟飞仙以遨游”，短暂的乐趣总比永远得不到乐趣要强多了。

从这些具体分析来看，我们认为，《后赤壁赋》所反映的思想内容，还是有局限性的。只是作者写得神乎其神，笔锋变化莫测，读者读了这篇后赋，只对其艺术构思感到惊诧，却不很容易捕捉其真正命意所在。因此，作品的思想内容带给读者的危害性并不很可怕，相反，倒是在艺术表现手法上有不少可供后人借鉴之处。这也正是我们对苏轼这位天才作家所应当采取的一分为二的态度。

最后，简单地介绍一下本篇各段用韵的情况。

第一段，从“霜露既降”以后才押韵，即“脱”“月”“乐”“答”为韵；“鱼”“鲈”“需”为韵；然后以“酒”字与“妇”(古读fǒu)、“久”等字插在中间别成一韵。这一段末尾，以“尺”“出”“识”为韵脚。

第二段，以“茸”“龙”“宫”“从”为韵；然后又以“动”“涌”“恐”为韵；最后再以“留”“舟”“流”“休”为韵。

第三段，先以“来”(古音读“厘”)、“衣”“西”为韵；又以“乐”“答”为韵；最末以“悟”“处”为韵。从押韵的情况看，比前赋更加灵活，更加散文化，不押韵的句子更多了。

超然台记[1]

风物皆有可观。苟有可观，皆有可乐，非必怪奇伟丽者也。哺糟啜醨[2]，皆可以醉；果蔬草木，皆可以饱。推此类也，吾安往而不乐？

夫所为求福而辞祸者，以福可喜而祸可悲也。人之所欲无穷，而物之可以足吾欲者有尽。美恶之辨战于中[3]，而去取之择交乎前，则可乐者常少，而可悲者常多，是谓求祸而辞福。夫求祸而辞福，岂人之情也哉？物有以盖之矣[4]。彼游于物之内，而不游于物之外[5]。物非有大小也，自其内而观之，未有不高且大者也。彼挟其高大以临我，则我常眩乱反复[6]，如隙中之观斗，又乌知胜负之所在？是以美恶横生[7]，而忧乐出焉。可不大哀乎！

予自钱塘移守胶西[8]，释舟楫之安，而服车马之劳[9]；去雕墙之美，而庇采椽之居[10]；背湖山之观，而行桑麻之野[11]。始至之日，岁比不登[12]，盗贼满野，狱讼充斥；而斋厨索然[13]，日食杞菊[14]。人固疑予之不乐也。处之期年[15]，而貌加丰，发之白者，日以反黑[16]。予既乐其风俗之淳，而其吏民亦安予之拙也[17]。

于是治其园囿[18]，洁其庭宇，伐安丘、高密之木[19]，以修补破败，为苟完之计[20]。而园之北，因城以为台者旧矣；稍葺而新之[21]，时相与登览，放意肆志焉。南望马耳、常山[22]，出没隐见[23]，若近若远，庶几有隐君子乎[24]？而其东则卢山，秦人卢敖之所从遁也[25]。西望穆陵[26]，隐然如城郭，师尚父、齐威公之遗烈[27]，犹有存者。北俯潍水[28]，慨然太息，思淮阴之功，而吊其不终[29]。台高而安，深而明，夏凉而冬温。雨雪之朝，风月之夕，予未尝不在，客未尝不从。撷园疏[30]，取池鱼，酿秫酒，瀹脱粟而食之[31]。曰：乐哉游乎！

予弟子由适在济南[32]，闻而赋之[33]，且名其台曰“超然”。以见予之无所往而不乐者，盖游于物之外也[34]。

注释

［1］超然台：台名。在宋密州（治所在今山东诸城市）北城上。

［2］哺（bǔ）：吃。啜（chuò）：喝。醨（lí）：薄酒。

［3］辨：辨别。战：交战，斗争。中：胸中。

［4］盖：蒙蔽，遮盖。

［5］游：处，超脱。

［6］眩（xuàn）乱：昏乱。

［7］横生：横逸而出，不断发生。

［8］予自钱塘移守胶西：苏轼在新旧党争中，自请外调，于熙宁四年（公元1071年）通判杭州，七年移知密州。钱塘，旧县名，在今浙江杭州市境内。秦置，宋时与仁和县同为两浙路及临安府治所。胶西：这里指密州，因密州在汉代为胶西郡。

［9］服：从事，服役。

［10］“去雕”二句：雕墙，用彩画装饰的墙。这里指建筑华丽的房屋。庇（bì），遮蔽，这里是“居住”的意思。采椽（chuán），用柞木作椽子。采椽之居，指简陋的房屋。采，也作“棌”，即柞木，是一种质地坚硬的树木。椽，安在梁上支架屋面和瓦片的木条。

［11］“背湖”二句：背湖山之观，离开山水胜地。行桑麻之野，密州属古代鲁地，而鲁以桑麻著名。

［12］比（bǐ）：连续，连接。登：成熟。不登：歉收。

［13］斋厨：指官署的厨房。

［14］杞菊：枸杞、菊花。它们可作菜蔬和药物。

［15］期（jī）年：一整年。

［16］反：同“返”。

［17］拙：笨拙、愚钝。

［18］园囿（yòu）：种植果木、畜养禽兽的园林。

［19］安丘：县名，在今山东潍坊市南。高密：县名，在今山东胶州市西北。当时都属密州境。

［20］完：完身，即保全自己。

［21］葺：修补。

［22］马耳、常山：二山名。均在山东诸城市南。

［23］见：同“现”。

［24］庶几（jī）：或者，也许。

［25］“而其”二句：卢山，在山东诸城市南，原名故山，因卢敖得名。卢敖，燕国人，秦始皇召为博士，使求仙，后隐居故山。

［26］穆陵：关名，在山东临朐县南大岘山上。

［27］师尚父：即吕尚，又叫姜尚、姜太公。齐威公：即齐桓公。烈：功业。

［28］潍水：即潍河，在山东东部。

［29］思淮阴之功，而吊其不终：淮阴，指韩信。他是刘邦的大将。汉朝建立后，初封楚王，后降为淮阴侯。在刘邦和项羽的战争中，韩信为刘邦平定魏、赵、燕等地之后，又东伐齐。楚项羽使龙且领兵二十万救齐。潍河一战，韩信杀龙且，大败楚军。韩信对汉王朝是有功劳的，但后来为刘邦、吕后所杀，不得善终。

［30］撷（xié）：采摘。疏：通“蔬”，菜蔬。

［31］“酿秫”二句：秫（shú）酒，高粱酒。秫，是一种粘高粱，有的地方就指高粱。瀹（yuè），煮。脱粟，糙米。

［32］子由：苏辙的字，当时为齐州守李师中掌书记。济南：

宋时济南府治在今山东省历城区。

［33］赋之：苏辙作有《超然台赋》，其序曰："《老子》曰：'虽有荣观，燕处超然。'尝试以'超然'命之，可乎？因为之赋。"

［34］物：指世俗、世事。

《超然台记》评①

俞平伯

此文意极和平，而其身世之感已在言外。当熙宁初年，公以触忤时政，出判外郡，由杭移密州，即文中所谓“余（予）自钱唐移守胶西”是也。夫东坡以盖代之才，遭特达之知，命宫磨蝎，所如辄左，而伊郁之音，出之闲雅，文章固佳，其胸襟气度，尤不可及，仅欣赏文词，似尚不足以尽之也。

首段说理虽精，尚属谈玄恒语。其记叙描写并措辞，又极有斟酌，姑举数例明之。如“斋厨索然，日食杞菊”，下应接一句什么细想却甚难。说乐似反人情，说不乐便非超然，全背题旨。曰“人固疑予之不乐也”，虚虚地说，作他人疑惑之词，全不说自己，是文章巧变腾挪法也。及治郡期年后，若为人作园囿亭台之记，便应转入政绩之颂扬，谓以余暇得遂娱赏，此行文一定之法也。以说自身，即不得体，故按下政绩不提，却琐细述说自己状貌反而丰腴，转到正面乐字上去。“余（予）既乐其风俗之淳”句，正呼应上文“盗贼满野，狱讼充斥”。为政甫及期年，便有化浇返朴气象，治绩之佳，意在言外。接一句“而其吏民亦安余（予）之拙也”。把这意思找补清楚，而绝不失自己身份。行文有时不难在字面铺排，在

① 俞平伯(1900—1990)，原名俞铭衡，字平伯。现代诗人、作家、红学家。清代朴学大师俞樾曾孙，与胡适并称"新红学派"的创始人。著有《读词偶得》《杂拌儿》《红楼梦辨》《论诗词曲杂著》等。本文选自《俞平伯全集》，花山文艺出版社 1997 年版。原载 1947 年 6 月 16 日《天津民国日报》。

措词上，却须有分寸，此类是也。

台之具体描写，共分三段：（一）建造来历，（二）远望，（三）内景。四望一节，似乎不涉“超然”本题，而以闲冷之笔，摅思古之怀，极有超然气象。《古文观止》此篇总评曰：“其叙事处，忽及四方之形胜，忽入四时之佳景，俯仰情深，真能超然物外者矣。”评得很不错。《凌虚台记》亦有眼望一节，作本题比较，便觉着实，此则虚虚描写，出之有意无意间，妙得远神。文章固要切题，但若句句坐实，便觉板滞，有似黑漆纹琴，文章故贵通脱不拘也。

“台高而安”二句，明净如画，简单自然，妙不可及。以下转入谈宴之趣，鱼蔬之美，便有菽水箪瓢，与民同乐气象，坡公固名世大贤，不仅为一代文宗也。此记之妙，并不在说理之精，乃在具体画出一个超然的光景来。其文境似浅实深，似容易却艰辛也。

记承天寺夜游

元丰六年十月十二日[1]，夜，解衣欲睡；月色入户，欣然起行，念无与为乐者。遂至承天寺[2]，寻张怀民[3]。怀民亦未寝，相与步于中庭。

庭下如积水空明[4]，水中藻荇交横[5]，盖竹柏影也。

何夜无月，何处无竹柏，但少闲人如吾两人者耳。

注释

[1] 元丰六年：公元 1083 年。

[2] 承天寺：故址在今湖北黄冈市南。

[3] 张怀民：张梦得，清河人，苏轼友，当时亦贬居黄州。

[4] 空明：清澈透明。

[5] 藻荇（xìng）：两种水草名。

一首清冷的月光曲[①]
——苏轼《记承天寺夜游》赏析

吴战垒

宋神宗元丰二年（公元1079年），著名文学家苏轼因对新法持有不同意见，而被网罗罪名，投入监狱。在狱中四个多月，后来被贬为黄州团练副使（黄州就是现在的湖北省黄冈市；团练副使是挂名的地方军事助理官），官衔上还加了“本州安置”字样，不得签署公事，不得擅离安置所，实际上跟流放差不多。

《记承天寺夜游》是苏轼被贬黄州的困苦境遇中写的。这篇仅有八十多字的短文，写一个月光皎洁的夜晚，作者无法睡眠，到承天寺去找好友张怀民，两个人一同在月光如水的庭院中漫步。作者以诗一样的笔触描绘了月色之美，创造了一个清冷皎洁的意境，同时也流露出遭贬生涯中自我排遣的特殊心情。它好像一首清冷的月光曲，每一个音符都闪耀着银色的寒光，都倾诉着作者皎洁而悲凉的情怀。

下面分小段进行分析：

元丰六年十月十二日，夜。解衣欲睡，月色入户，欣然起行。

① 吴战垒（1939—2005），字刚如。专攻古诗文，兼及陶瓷欣赏、收藏。从事编辑工作近40年，生前为浙江古籍出版社编审、中国美术学院客座教授、浙江师范大学特聘教授，《汉语大词典》编委等。著有《中国诗学》《听涛集》《文艺欣赏漫谈》《千首宋人绝句校注》等。本文选自宋广礼、刘刈编《阅读和欣赏——古代散文小品选粹》，中国广播电视出版社1999年版。

宋神宗元丰六年（公元 1083 年），是作者被贬谪到黄州的第四年。夏历十月十二日，正当秋末冬初，夜里已很有点寒意了。“解衣欲睡”，是说寒夜寂寥，百无聊赖，还不如解衣就寝，在睡梦中忘却人世的一切忧愁和烦恼吧！“欲睡”是想睡而还没有睡着。这当儿，“月色入户”，月光悄悄地进门来了。“入户”二字，把月光拟人化，写得自然而生动。月光似乎懂得这位迁客的寂寞无聊，主动地来与他做伴，有意地慰藉我们这位失意的诗人。“欣然起行”，是诗人的反应。写出他睡意顿消，披衣而起，见月光如见久违的知心朋友，欣然相迎。一个被朝廷贬谪的“罪人”，我们可以想见他这时交游断绝、门庭冷落的境况；只有月光毫无势利之情，在寂寥的寒夜里，依然来拜访他。诗人的兴奋和喜悦都已高度地概括在“欣然起行”这四个字中了。这一句与“解衣欲睡”相对照，显得一伏一起；一沉闷，一活跃；完全是两样心情，两种节奏。

苏轼对月光有一种特殊的感情，他常常以拟人化的手法，把月光写得很富有人情味。例如著名的《水调歌头》写月光“转朱阁，低绮户，照无眠”，犹如临歧执手的爱侣，欲去叮咛，频频回首，显得何等缱绻情深。又如《洞仙歌》说“绣帘开，一点明月窥人”，这偷看人间私情密约的月光，仿佛含着几分神秘而羞涩的微笑，使人感到如此调皮而可爱。至于《卜算子》中“缺月挂疏桐，漏断人初静。谁见幽人独往来，缥缈孤鸿影”所描绘的那挂在梧桐上的一钩秋月，夜空中的缥缈孤鸿，已经与独往独来的“幽人”即诗人自己融为一体了。我们不妨说，孤鸿就是诗人的身影，而月光就是诗人的灵魂。这首诗与本文作于同一时期，也写月夜的心境和感受，不过情怀显得更为凄苦和苍凉了。

让我们继续读下去：

念无与为乐者，遂至承天寺，寻张怀民。

诗人见月色而“欣然起行”，充分显示出内心的喜悦；进而想到要与人分享喜悦，应该有人共同赏月，才不致辜负如此良夜。“念无与为乐者”这个“念”字，由“欣然起行”的“行”字转化而来，写出心理活动的发展过程。可是诗人在当时的境遇中，却“无与为乐者”，没有可以赏月同乐的人。作者的心情由欣喜而转入沉思，发出了低沉的喟叹，文情也因此显得跌宕多姿。这句话还可以分两层意思来申说：其一，写出作者在贬居中的寂寞寡欢，即使是多年的老朋友，也不敢与他来往。天上的月亮并无势利之心，而人间却多势利之徒。这是作者的悲愤；这悲愤成了笼罩着贬谪生活的浓重阴影。一同赏月的应该是同心之人，世上那些庸俗势利之徒，是不配而自己也不屑与之同赏的。那么可以与之赏月的又有谁呢？这是第二层意思。作者在寂寞中求伴侣，见明月而思同心；这就很自然地过渡到下一句：“遂至承天寺，寻张怀民。”“遂至”二字下得十分轻淡，好像不假思索，却包含着能一同赏月者只有这个人，非这个人不可的意思。由此可见张怀民在作者心目中的位置了。从文章的情势来说，上一句是“止”，这一句是“行”；苏轼自己形容作文“如行云流水，初无定质，但常行于所当行，常止于所不可不止”（《答谢民师书》）。像这种地方，看起来毫不经意，却显得“文理自然，姿态横生”，有很高的艺术技巧。“寻张怀民”的“寻”字，也很值得玩味。它包含着作者的一种揣想：面对如此好天良夜，张怀民一定不会蒙头大睡吧？他大概也在赏月。只是不知他是在庭中玩月呢，还是出门步月。故此需要寻他一寻。这是“寻”的第一层意思。其次，“寻”与“访”不同，“寻”有一种急欲找到失物似的迫切感，这就熨帖地写出了作者渴望与知心好友共同赏月的急切心理。

那么作者要“寻”的这位张怀民，又是一个何等样的人呢？

张怀民，名梦得，又叫偓佺，清河（今河北省清河县）人。他于元丰六年贬谪到黄州，初到时寓居在承天寺（承天寺故址在今湖北黄冈市南）。他曾筑亭于住所之旁，在那里可以纵览江山的胜概，苏轼名之为“快哉亭”，并写了一首《水调歌头》词赠他，词中有“一点浩然气，千里快哉风”的名句。苏轼的弟弟苏辙也为他写了一篇《黄州快哉亭记》，文章中说张怀民虽然屈居主簿之类的小官，但心地坦然，不把迁谪放在心上。公务之暇，以山水怡情悦性，处逆境而无悲感之容，是一位有过人的自制力的性格倔强的人。这就无怪乎苏轼要引他为同调和知己了。

怀民亦未寝，相与步于中庭。

“亦未寝”的“亦”字，写出这一对朋友情怀相似；对方的“未寝”也正是作者意料中的事。他不必具体去写张怀民如何如何，只这一句，就足以表达出两人的同心之情了。“相与步于中庭”，可以跟“无与为乐者”一句对照起来读，前后显得有照应，有变化，文情的跌宕表现了作者心情的舒展，宛如在清冷的琴弦上拨出几个欢快的音符。“步于中庭”，即漫步在庭院中；这种月光下的漫步，是多么富于诗意！它不同于宁静的凭栏眺月，也不同于狂放的饮酒赏月；而是静中有动，把恬静的心境和诗意的感受化为从容的步履。他们尽可以不发一言，但那和谐的步月节奏，已足以表达出相互默契的心声了。

苏轼寓居在黄州东坡时，喜欢在月光下扶杖漫步，他曾把这种漫步点化成一首情趣盎然的小诗：“雨洗东坡月色清，市人行尽野人行。莫嫌荦（luò 洛）确坡头路，自爱铿然曳杖声。”（《东坡》）诗人在漫步中领略月光的美好，在漫步中思索人生的哲理。我们可以体会到作者鄙弃人世的喧扰，爱在清寂中追求心灵的宁静和纯洁的境界。

庭下如积水空明，水中藻、荇交横，盖竹柏影也。

这是写月光的高度传神之笔。短短三句话，没有写一个月字，却无处不是皎洁的月光。作者用“积水空明”四个字，来比喻庭院中月光的清澈透明；用“藻、荇交横”四个字，来比喻月下美丽的竹柏倒影，可谓勾魂摄魄，精练得无以复加。以水喻月，本来并不显得新颖，新奇的是作者不用普通的明喻，而以隐喻先声夺人，造成一种庭院积水的错觉，进而写清澄的水中交错着藻荇的清影，触类生发，把隐喻又推进一层，使人感到扑朔迷离，水月莫辨。正当读者恍惚迷惘地加以体味时，作者却轻轻地点出：“盖竹柏影也。”于是恍然大悟。只消一个“影”字，不明写月光而月光的美好意境已宛（婉）然具现。它一方面来自真切的生活体验，另一方面又出于高明的烘染技巧。“积水空明”，给人以一池春水的静谧之感；“藻、荇交横”，则具有水草摇曳的动态之美；整个意境静中有动，动而愈见其静。“积水空明”是就月光本身作形容，“藻、荇交横”则以竹柏倒影来烘托。两句之间，有正写侧写之分，收点染并用之妙，从而创造出一个冰清玉洁的透明境界。

这个透明的境界，映照出作者光明磊落、胸无尘俗的襟怀。月下的竹柏倒影，可能也有某种寓意：竹柏是耐寒之物，“岁寒然后知松柏之后凋也”，古人称松、竹、梅为“岁寒三友”，以喻坚贞的操守。月光投影于竹柏，不正是纯洁而坚贞的象征吗？这一写景之笔，看来不仅是记实，而且是一种含蓄的抒情。我们从“积水空明”的意境总体中，联系作者与友人庭中步月的活动，还可以形象地推衍出一个作者没有说出来的隐喻：这一对步月的幽人，难道不就是悠游于“积水空明”中的鱼儿吗？《庄子·秋水》说：“倏鱼出游从容，是鱼之乐也。”（倏鱼，即白条鱼。）庄子濠上观鱼的故事，可以帮助我们理解作者当时那种自由自在的心情。只有在这时，他才摆脱了沉重的迁谪之感，忘怀人间的得失，而进入一个表里澄澈的透明世界。这几句是写月光，也是写作者的心境。它是一首美妙的月光曲，也不妨说是一个透明的梦。

何夜无月？何处无竹柏？但少闲人如吾两人者耳！

作者连发二问，却用不着置答。月色常有，竹柏亦常有，但像我们这样赏月的“闲人”却不可多得啊！寥寥数语，感慨深长。它包孕着作者宦海浮沉的悲凉之感和由此领悟到的人生哲理，在痛苦中又得到某种慰藉的余甘。试想，一个被抛出喧嚣的功名利禄之场的“闲人”却能有“闲情”来欣赏大自然的美妙景色，这是有幸呢，还是不幸呢？看来作者是以“闲人”自居，也以“闲人”自傲的。当时他虽有微官在身，却有名无实，“闲人”二字，也许不无牢骚吧？但他自宽自慰，在作于同一时期的《临皋闲题》一文中说：“江山风月，本无常主，闲者便是主人。”这样的“闲人”，从官场仕途的失意者，变为大自然的骄子，他投身于自然的怀抱，在大自然的抚慰中治愈政治斗争的创伤，从大自然的神奇秀美中获得精神的复苏和心境的安宁。他发现自然美，吟咏自然美，同时也在发现自己，吟咏自己。美学中所谓“物我同一”的境界，在苏轼这类作品中得到了完美的表现。

“但少闲人如吾两人者耳！”作者最后这一句慨叹，诚然有自豪和自慰的意味，但较多的还是惆怅和悲凉。世间如此孤寂者又有几人呢？被罪之人，谪居的境遇，就像一条无形的绳索无时无刻不缠绕着他。虽然作者情怀豁达，尽力在排遣内心的苦闷，但消极的情绪还是无可奈何地流露出来。时代和阶级的局限，以及佛、老思想的影响，使他只能奏出这样清冷而悲凉的“月光曲”，这是我们可以理解的。

苏轼这类抒情小品，在浓郁的诗情画意中渗透着发人深思的人生哲理，他写来朴素自然，情理交融，行文之际，“如万斛泉源，不择地而出”(《文说》)。明代王圣俞在选辑《苏长公小品》时说：“文至东坡真是不须作文，只随事记录便是文。”这是一种“百炼钢化为绕指柔”的艺术境界。它兼有魏晋文风的通脱和六朝小品的隽永，而又自出面目，代表了宋代小品文的最高成就。明代“公安派”的袁氏兄弟对苏轼十分倾倒，袁宏道说苏轼的文章最可爱的是小品文，如果没有小品文，而只有大文章，那么就不成其为苏轼了(见《〈苏长公合作〉引》)。袁宗道因为景仰白居易和苏轼，而把自己的书斋取名为“白苏”，把自己的集子题为《白苏斋类稿》。他们在反对前后七子的复古主义时，向苏轼学习抒情小品的写作，“独抒性灵，不拘格套”，创造出一种清新活泼的文风。从明代“公安派”的山水小记，到张岱的《陶庵梦忆》，及至清代袁枚、郑板桥的散文，都可以看到苏轼抒情小品的深远影响。

苏 辙

苏辙（1039—1112），字子由，眉州眉山（今四川眉山）人，苏洵的儿子，苏轼的弟弟，与父兄同称“三苏”。十九岁与苏轼同中进士，官做到尚书右丞、门下侍郎。晚年居颍川（今河南许昌市），自号颍滨遗老。有《栾城集》。

苏辙诗文都以苏轼为法，认为“文者气之所形”，很强调养气功夫。他的文章成就不如父兄，但亦疏宕有致，自有特点，与父兄同列“唐宋八大家”。

上枢密韩太尉书[1]

太尉执事[2]：辙生好为文，思之至深[3]。以为文者，气之所形[4]，然文不可以学而能[5]，气可以养而致[6]。孟子曰：“我善养吾浩然之气[7]。”今观其文章，宽厚宏博[8]，充乎天地之间[9]，称其气之小大[10]。太史公行天下[11]，周览四海名山大川，与燕、赵间豪俊交游[12]，故其文疏荡[13]，颇有奇气[14]。此二子者，岂尝执笔学为如此之文哉[15]？其气充乎其中，而溢乎其貌[16]，动乎其言，而见乎其文[17]，而不自知也。

辙生十有九年矣[18]。其居家所与游者，不过其邻里乡党之人[19]，所见不过数百里之间，无高山大野，可登览以自广[20]。百氏之书[21]，虽无所不读，然皆古人之陈迹[22]，不足以激发其志气。恐遂汩没[23]，故决然舍去[24]，求天下奇闻壮观[25]，以知天地之广大[26]。过秦、汉之故都[27]，恣观终南、嵩、华之高[28]，北顾黄河之奔流，慨然想见古之豪杰[29]。至京师[30]，仰观天子宫阙之壮[31]，与仓廪、府库、城池、苑囿之富且大也[32]，而后知天下之巨丽。见翰林欧阳公[33]，听其议论之宏辩[34]，观其容貌之秀伟[35]，与其门人贤士大夫游[36]，而后知天下之文章聚乎此也[37]。太尉以才略冠天下[38]，天下之所恃以无忧[39]，四夷之所惮以不敢发[40]，入则周公、召公[41]，出则方叔、召虎[42]。而辙也未之见焉。

且夫人之学也，不志其大[43]，虽多而何方？辙之来也[44]，于山见终南、嵩、华之高，于水见黄河之大且深，于人见欧阳公，而犹以为未见太尉也。故愿得观贤人之光耀[45]，闻一言以自壮，然后可以尽天下之大观，而无憾者矣。

辙年少，未能通习吏事[46]。向之来[47]，非有取于斗升之禄[48]。偶然得之，非其所乐。然幸得赐归待选[49]，使得优游数年之间[50]，将归益治其文[51]，且学为政。太尉苟以为可教而辱教之[52]，又幸矣[53]。

注释

［1］韩太尉：韩琦（1008—1075），字稚圭，宋仁宗嘉祐元年（1056）为枢密使。太尉：汉朝官名，掌兵权。宋代的枢密使掌管军务，故苏辙称韩琦为韩太尉。

［2］执事：表示尊敬对方的说法。意思是不敢直接送致对方，而通过对方的执事者（办事人员）转致。用法与“左右”同。

［3］至：极。

［4］气之所形：是由气形成的。气，此指人的胸襟气度、情趣等。

［5］能：能够，完善。

［6］养：培养，修养。致：达到，求得。

［7］我善养吾浩然之气：见《孟子·公孙丑上》。浩然之气，博大刚正的精神气质，即最高的正气。

［8］宏博：宏大广博。

［9］充：充塞，充满。

［10］称（chèn）：相当，适合。小大：大小程度。

［11］太史公：指司马迁。

［12］豪俊：才智出众的人。

［13］疏荡：疏放而跌宕，意思是洒脱而不拘束。

［14］颇：很。

［15］岂：哪里。尝：曾经。

［16］“其气”二句：乎，于。中，心，跟“貌”相对。溢（yì），水满外流，也泛指满。

［17］“动乎”二句：动乎其言，发于言。见，表现。

［18］十有九年：十九年。有，又。

［19］邻里乡党：本乡本土。《周礼·地官·大司徒》郑玄注：以一万二千五百家为乡，五百家为党。

［20］广：指扩大视野。

［21］百氏：诸子百家。

［22］陈迹：过去的事迹，意思是过去的东西。

［23］遂：因。汩（gǔ）没：沉沦，埋没。

［24］决然：决断的样子。舍：抛弃。

［25］壮观：雄伟的景象。

［26］知：了解，懂得。

［27］秦、汉之故都：秦都咸阳，西汉都城长安，东汉都城洛阳。

［28］恣（zì）观：纵情观览。恣，无拘束。终南：终南山，在陕西省西安市南。嵩：中岳嵩山，在河南省登封市北。华：西岳华

山，在陕西省华阴市南。

［29］慨然：叹息的样子。

［30］京师：国都。这里指北宋都城汴京（即今开封市）。

［31］宫阙：指宫殿。阙，宫门外的望楼。帝王所居也叫阙。

［32］仓廪（lǐn）：粮仓。府库：储藏财货的地方。池：这里指护城河。苑囿：皇家园林。苑，动植物园。囿，动物园。

［33］翰林欧阳公：欧阳修曾任翰林学士。苏辙中进士时，主考官就是欧阳修。

［34］宏：宏伟恣肆。辩：长于言谈。

［35］秀伟：秀美魁伟。

［36］门人贤士大夫：指曾巩、梅尧臣、苏舜钦等。

［37］文章：这里指有文才的人。此：指欧阳修之门。

［38］才略：才能谋略。冠（guàn）：居第一位。

［39］恃：依靠，仗恃。

［40］四夷：指当时边境的少数民族。惮（dàn）：畏惧。不敢发：不敢发动作乱。

［41］周公、召公：周公旦、召公奭（shì），都是周武王的名臣。周公曾助武王灭商。武王死后，成王年幼，由他摄政。召公曾佐武王灭商，成王时任太保，与周公旦分陕而治，陕以西由他治理。

［42］方叔、召虎：都是周宣王时大夫。方叔征猃狁（xiǎnyǔn）有功，召虎讨淮夷有功。狁即秦汉时之匈奴。淮夷古时居于淮水沿岸东到黄海边。

［43］志：立志。

［44］辙之来：指到京应科举考试。

［45］光耀：丰彩（采）。

［46］通习：通晓、熟习。吏事：官吏的事务。

［47］向：以前。

[48] 斗升之禄：微薄的俸禄。这里指品级不高的官。

[49] 赐归待选：被准许回家，等待选拔。苏辙在考中进上之后，又应制科，直言当时政治得失，被列下等，授商州军推官，不就。赐归待选，是委婉的措辞。

[50] 优游：从容闲暇。

[51] 益：更。治：研究。

[52] 苟：如果。辱教之：这是一种谦逊的说法，意思是，不以教导我为耻辱而教导我。之，代“我”。

[53] 又：更。

苏辙《上枢密韩太尉书》鉴赏①

吴汝煜　薛屹峰

《上枢密韩太尉书》是宋代古文大家苏辙散文创作中的精品。韩太尉名琦，当时身据要津，名声风节大为海内所瞩望。苏辙上书时只有十九岁，刚中进士，涉世未深，名节未显，在信中究竟说些什么和怎样说才能引起韩琦的重视，这是他必须考虑的问题。一般人在这种情形下，难免要降心辱志，卑辞厚谀。但苏辙的这篇文章，则完全属于另外一种格调。它以论文述志的姿态出现，显得高雅拔俗，易为重文爱才的韩琦所接受，又以精湛的文学见解贯串其间，使览者不能不为之心折，最后指出求见之由乃是为了养气以益文，而不是干禄求仕，这就与一般的请谒之作有了原则的区别。九百多年来，这篇杰作一直传诵不绝，受到人们的喜爱，这本身就有力地证明它有着不朽的美学价值。

本文共分四个自然节。第一节阐述自己的文学见解。文章一落笔就气势不凡："辙生好为文，思之至深。""生"读如"性"，意即自己对于"为文"的爱好出于至性；第二句是说自己对为文之道想得极深。这两句话出自一个十九岁的青年之口是十分令人惊奇的。它摆出了一副要向前辈名流叩教问难的架势，这就不能不使韩琦奇

---

① 吴汝煜 (1940—1990)，江苏吴江人。历任徐州师院中文系教授、硕士研究生导师、院学术委员会委员、院语言文学研究所顾问。1984 年加入中国作家协会。著有《史记论稿》《刘禹锡传论》《全唐诗人名考》等。薛屹峰，暂无简介。本文选自《古文鉴赏辞典》，江苏文艺出版社 1987 年版。标题为编者所加。

其志、壮其言，从而另眼相看了。以下开始申述自己的文学见解，“文者，气之所形”一句本之刘禹锡的《唐故相国李公集纪》“天以正气付伟人，必饰之使光耀于世。粹和絪缊积于中，铿锵发越形乎文”数语，但比较而言，苏辙的话显得更为简洁明了。“文不可以学而能，气可以养而致”两句，既是本段的主要论点，又是全文借以立论的根据。为了证明这一主要论点，作者接着列举了两个论据。一是说孟子的文章“宽厚宏博”是因善养浩然之气所致，二是说司马迁的文章“疏荡，颇有奇气”乃周览海内名山大川、结交燕赵豪杰所致。这两条论据中，前者说明养气对于为文的重要性，后者说明历览名山大川、结交天下豪俊之士对于养气的重要性。应该指出，苏辙在此所提出的文气论，在我国文学批评史上是有一定地位的。清人张孝先曾经在《唐宋八大家文钞》中说过：“苏家兄弟论文每好说个气字。”本文正是围绕着“气”来展开议论的。所谓气，虽然看似一种无影无形、玄妙非常的东西，但在中国古典哲学和文学批评的范畴之中，却有着十分重要的意义，它的内涵极为丰富而且多变。本文中所说的“气”，则大略是指人的胸襟气度、识见情趣、学问阅历等方面而言的。作者认为“文”不过是“气”的一种表现形式，如果刻意学习写作的技法，决然写不出什么好文章来，为文之前必先养气。关于如何养气的问题，前人已有不少论述。曹丕在《典论·论文》中说：“文以气为主，气之清浊有体，不可力强而致。”而在苏辙看来，“气可以养而致”，决（绝）不是与生俱来，一成不变的。这种观点以发展的眼光看问题，注重后天的学习和修养，显然比曹丕进了一步。苏辙还以司马迁为例指出：养气最有效的方法就是周览海内名山大川以开拓胸襟，交游当世豪杰以激发志气。这些议论阐明了文章风格与人的气质修养之间的关系，强调了后天实践的重要性，因而具有一定的积极意义。从文中特别推举孟子和司马迁这一点来看，作者十分看重文章内容的充实与气韵的雄浑，这是古代文学史上那些专事寻章摘句的可怜文人所不能望其项背的。

文章第二节主要谈实践自己文学主张的情况。韩琦是个见闻赡博、重在实行的政治家，因此，苏辙在提出自己的文学见解之后，紧接着谈实践自己文论主张的情况，这也是易为韩琦所乐闻的。这一节可分四层。第一层说，自己认识到蜗居一隅不足以开拓心胸志气，因此去国远游。第二层写自己游历名山大川，凭吊秦汉故都，瞻仰天子宫阙之后，视野开阔、志气增长，有了很大的收获。第三层特别提出见到欧阳修以后的感想：终于找到了天下文章的聚集之处。其时欧阳修为文坛盟主，因此这个提法是很恰当的。以上三层均为陪笔，作者采用了层层翻进的手法，因此至第四层揭出欲见韩琦的想法时，便显得十分自然。不难看出，作者始终把这次求谒之举巧妙地纳入了文学活动的范围。

第三节进一步申述欲见韩琦的强烈愿望。作者用“于山”“于水”“于人”三个并列的句式述说自己之已见，而用“犹以为未见太尉也”，一句述说自己之未见，从而把韩琦的威望置于名山、大川和文坛盟主之上，并把作者内心那种仰慕、崇敬之诚说到了绝处。作为一个名满天下、诗文兼擅的宰辅大臣，怎能使这样一位虔诚的求访者失望呢?

最后一节重申自己“生好为文”的初衷。为了避免韩琦的误解，他特意提到前不久自己考中进士一事，说是“偶然得之，非其所乐”。表明自己确实志在为文，不汲汲于功名富贵。但韩琦毕竟是一个政治家，而自己上书的目的也并非全无政治意图，过分蔑视仕途并不明智，因此笔锋又轻轻一转，着以“且学为政”一句，并以求教之语作结，蕴藉含蓄，一收得体。

《宋史·苏辙传》云：“辙性沉静简洁，为文汪洋淡泊，似其为人，不愿人知之，而秀杰之气终不可掩。”这个评价是总括其一生的散文创作尤其是中后期的风格特点而言的，在写作此文时，苏辙正当脱颖而出、春风得意之时，不似后来那样历尽坎坷，饱经忧患，从而不得不到佛老思想中去寻求寄托，因此，与中后期那种“沉静简洁，汪洋淡泊”的文风相比，这篇文章的特点是处处透露出朝气和锐气，洋溢着强烈的自信，显现出一种“初生之犊不畏虎”的气概。正如张孝先在《唐宋八大家文钞》中所说：“其行文顾盼自喜，英气勃勃，自是令人倾服”。具体地说，本文在艺术方面有如下一些特色：

一、行文疏荡，颇有奇气。“疏荡”与“奇气”本是苏辙对于司马迁散文的评语，标志着他学习《史记》散文之所得，因此本文也同样具有这一艺术特点。“疏”字可以从两方面来理解。一是与“密”相对而言，本文在材料的安排，论据的使用与论证的过程等方面，并没有面面俱到、广征博引或发表长篇大论，而是仅仅举出两个论据，结合自身体验，紧扣本题，作概括性和跳跃性的论述。二是指信笔挥洒，逞才使气，有时强调一点，不及其余，如为了强调阅历和交游的重要性，便一再把读书的作用说得无关紧要，甚至把“百氏之书”说成“皆古人之陈迹，不足以激发其志气”，这显然有点贬抑太过，而且作者自己对于诸子百家原本十分爱好，并没有把它们看得一钱不值。他这样说，无非是为下面进一步引出求见韩琦的理由而已。有时则肆意夸张，着意渲染。如第三节中“闻一言以自壮”数句，把求见韩琦说成是“尽天下之大观”，这就把自己对于韩琦的崇敬心情以及韩琦人格的巨大感召力渲染到无以复加的地步。所谓“荡”，一是指文思浩荡，文章自“思之至深”以下，胜意迭出，境界大开，诸如高山大川、宫阙帝居、英雄豪杰之类，一一奔赴辐凑于作者笔下，给人以应接不暇之感。二是指行文跌宕，如第一节提出养气的重要并指出养气的方法之后，文章似乎可以顺势引出求见太尉之由，但是作者却将笔锋陡然一转，而在第二节接着述说实践自己文学主张的经过，造成起伏之势。至第二节末了，文章已由名山大川、秦汉故都、京华风物、翰林欧阳公等一步步引出韩太尉，并说“辙也未之见焉”，此时若说出欲见太尉，也未尝不可，但作者却偏偏引而不发，笔锋又是陡然一转，将文章引入第三节，说是“且夫人之学也，不志其大，虽多而何为（方）？”写到这里，作者仍不马上说出欲见太尉，而是再下一顿挫之笔，用三个排句写出自己之已见，再用一个转折词“而”字强调指出自己之未见，顺笔将上文一齐收卷。待蓄得势足，方始倾诉出欲见太尉之由：“故愿得观贤人之光耀，闻一言以自壮，然后可以尽天下之大观，而无憾者矣。”行文至此，读者但觉裹风挟电，声威袭人，而文章的“奇气”也就尽在不言中了。清人沈德潜说：此文“虽以孟子、司马迁并举，然通篇文字，多从太史公周游天下数语生出。一往疏宕之气，亦如公之评太史公文。”（《唐宋八家文读本》）这个评价是十分精当的。

二、注意在此，而立言在彼。关于此文构思与章法方面的特点，清人吴楚材、吴调侯在《古文观止》中曾以“注意在此，而立言在彼”两句评语作了精辟的概括。此文本意是为了求见太尉，希望博得赏誉和受到提拔，这就是所谓“注意在此”，然而通观全篇，却又全以如何养气益文为中心来展开议论，把干谒的旨趣深深地隐蔽起来，这即是所谓“立言在彼”。既然谈文是虚，求谒是实，本当以实者为主，虚者为宾，但是作者却有意喧宾夺主，落笔就大谈其文，不但将文与气的关系以及如何养气的问题阐发得淋漓尽致，而且还历述自己养气益文的经过，直到将及收笔，方才把自己要求谒见韩琦的原委和目的和盘托出。由于作者把求见韩琦的理由建立在谈文论气的基础之上，把自己与韩琦的关系严格限制在高雅的道德文章的框框之内，因此，读完此文，不但丝毫没有庸俗之感，却反而使人觉得作者的请求是那样堂堂正正，合情合理。可以说，作者将文、气关系阐发得越透彻，把自己养气以益文的愿望述说得越强烈，求谒的理由就越充分，文章的词气也就越壮直。由此可见，“注意在此，而立言在彼”的结构方式，大大增强了本文的思想力量。正因为如此，吴楚材等人才将此文称之为“绝妙奇文”。

此外，本文的语言也十分精当畅达、生动传神。例如第二节中“故决然舍去”的“决然”二字，似乎可以使人看到作者去国远游时那种果决开朗、意气风发的神情；再如“恣观终南、嵩、华之高”一句，著一“恣”字，而作者对于雄浑壮丽的自然景物的陶醉之情，便不难想见了；又如“慨然想见古之豪杰”一句，用“慨然”二字生动地传达出作者追怀往古、苍凉慷慨的情怀。还有许多语词、连词，也都运用得恰到好处，前者使文章情韵丰富，后者使文意转接无痕。诸如此类，皆使此文生色不少。总起来说，本文的语言简练而不凝滞，畅达而不浮泛，读来琅琅（朗朗）上口，铿锵有力，令人神旺。

黄州快哉亭记

江出西陵[1]，始得平地，其流奔放肆大[2]。南合沅、湘[3]，北合汉、沔[4]，其势益张。至于赤壁之下[5]，波流浸灌[6]，与海相若。清河张君梦得，谪居齐安[7]，即其庐之西南为亭，以览观江流之胜，而余兄子瞻名之曰“快哉”[8]。

盖亭之所见，南北百里，东西一舍[9]。涛澜汹涌，风云开阖[10]。昼则舟楫出没于其前，夜则鱼龙悲啸于其下。变化倏忽[11]，动心骇目，不可久视。今乃得玩之几席之上[12]，举目而足。西望武昌诸山，冈陵起伏，草木行列，烟消日出，渔夫樵父之舍，皆可指数[13]：此其所以为快哉者也。至于长洲之滨[14]，故城之墟[15]，曹孟德、孙仲谋之所睥睨[16]，周瑜、陆逊之所驰骛[17]，其流风遗迹，亦足以称快世俗[18]。

昔楚襄王从宋玉、景差于兰台之宫[19]，有风飒然至者[20]，王披襟当之[21]，曰：“快哉此风！寡人所与庶人共者耶？”宋玉曰：“此独大王之雄风耳，庶人安得共之！”玉之言盖有讽焉[22]。夫风无雄雌之异，而人有遇不遇之变。楚王之所以为乐，与庶人之所以为忧，此则人之变也，而风何与焉[23]？士生于世，使其中不自得，将何往而非病？使其中坦然，不以物伤性[24]，将何适而非快？今张君不以谪为患，窃会计之余功[25]，而自放山水之间，此其中宜有以过人者。将蓬户瓮牖[26]，无所不快；而况乎濯长江之清流[27]，揖西山之白云[28]，穷耳目之胜以自适也哉！不然，连山绝壑，长林古木，振之以清风，照之以明月，此皆骚人思士之所以悲伤憔悴而不能胜者，乌睹其为快也哉[29]！

元丰六年十一月朔日，赵郡苏辙记。

注释

［1］西陵：西陵峡，长江三峡之一，在今湖北宜昌市西北。

［2］肆大：水势阔大。

［3］沅：沅江。湘：湘江。沅湘二江均注入长江。

［4］汉、沔：汉水。汉水在发源处称漾水，至陕西沔县一段又称沔水。东经褒城县，纳褒水，始称汉水。

［5］赤壁：指黄州赤鼻矶。

［6］浸灌：浸渍灌注。

［7］“清河”二句：清河，今河北清河县。张梦得，张怀民，字梦得，在黄州与苏轼往还。齐安，即黄州。

［8］子瞻：苏轼字。

［9］一舍：三十里。古代行军每天走三十里宿营，叫一舍。

［10］阖：闭。

［11］倏忽：迅急。

［12］玩：赏玩。几：几案，即桌子。席：坐席。

［13］指数：指点数清。

［14］长洲：泛指江中沙洲。

［15］故城：指孙权曾在黄州对岸建造的故宫。墟：旧有建筑物毁平而留有遗迹之地。

［16］睥睨（pìnì）：侧目窥视。引申为傲视。

［17］陆逊：三国时继周瑜之后吴的主要将领，曾两次驻节黄州，多次为吴建功。驰骛：奔驰、追逐。

［18］称快世俗：被世俗之人所称快。

［19］宋玉、景差：都是继屈原之后楚国的辞赋家。兰台：在今湖北钟祥市东。

［20］飒：风声。

［21］披襟：敞开衣襟。

［22］盖有讽焉：大概有讽刺的意思在里头。

［23］何与焉：有什么关系呢？

［24］不以物伤性：不因为环境遭遇的影响而伤害性情。

［25］会（kuài）计：指征收钱谷等事。

［26］将：即使。蓬户：用蓬草塞门。瓮牖：用坏瓮口作窗。

［27］濯长江之清流：比喻高洁的生活，语从左思《咏史》之五化出。

［28］揖：通“挹”。西山：据苏辙《武昌九曲亭记》载，当指在长江南岸今鄂城的樊山。

［29］乌：哪里。

苏辙《黄州快哉亭记》[①]

周先慎

这篇文章写于宋神宗元丰六年（1083）。这个时间，对于理解文章超拔旷达的立意和清健雄放的风格，都很有意义。其时，作者正贬官筠州（今江西高安市）监盐酒税，其兄苏轼（子瞻）戴罪以团练副使的虚衔谪居黄州（今湖北黄冈市），兄弟二人的朋友张梦得（字怀民）亦谪居黄州，住在承天寺。从苏轼的《记承天寺夜游》一文可知，苏轼在黄州同他过从甚密，胸怀情趣都极相投。三人同遭贬谪，人生失意，处于逆境之中。然而，张梦得建亭，苏轼为之命名，苏辙为之作记，都着意于“快哉”二字，声气情志，息息相通，都表现了一种超然放达的情怀。单是这一点，这篇文章的意趣就是很值得玩味的。以大不快之人，建可览江山之胜、快眼快心之亭，起“快哉”之名，作大快意之文，读来确乎使人产生一种神旺气清、痛快淋漓之感。

由于作者胸怀坦荡，一下笔便有一种超拔之气扑面而来。写亭，从大处着笔，文思开阔，气象宏大。亭建在江边，先不写亭而写江。看那长江以奔腾之势流出三峡，直泻辽阔的平原，又先后同沅、湘、汉、沔四水汇合，浩浩荡荡，一直奔流到黄州的赤壁之

---

① 周先慎（1935—），四川成都崇州市人。现为北京大学教授，中国古代文学专业博士生导师，长期从事宋元明清文学史的教学和研究工作。著有《古典小说鉴赏》《中国文学十五讲》等。本文选自周先慎《古诗文的艺术世界》，北京大学出版社2002年版。

下。波涛汹涌，水势浩淼（渺），其声威气象，有若大海。开头以写景入题，用笔奇纵纡徐，奔放中又见含蓄。“快哉”二字不待点出，便已隐然呈现于“奔放肆大”的长江景象之中。接着交代张梦得建亭，子瞻命名“快哉”，便是意中之事，水到渠成之文。“以览观江流之胜”七字，总写建亭和命名“快哉”的缘由；同时又引发下文，为后面具体描写亭上观览之所见、所感，乃至末段有关忧与乐、快与不快的议论张本。由大而小，由远而近，由江而亭，由具体的景象再生发出理性的议论，或隐或显，始终以“快哉”二字贯穿其间，文章的思路和脉络十分清晰。

第二段承首段之义，写亭上之所见和所感，具体深入地写出亭以“快哉”为名的含意。又分作两层写。先写在亭上举目之所见，次写由眼前景引起的对历史的怀想和追思。写所见，以铺张的笔势，展现出丰富多彩、曲折变化的景象。“南北百里，东西一舍（古以三十里为一舍）。”视界开阔，见出快哉亭之高，更见出作者胸襟之坦荡和眼光之高远。接下去写出的具体景象，便是有如此胸襟和眼光的作者的心中之景，眼中之景。“波澜汹涌，风云开阖”，仍然扣住长江来写，很概括，却能让人感受到那奔腾的气势和生命的活力。写登亭见闻，昼夜又有所不同。白天是“舟楫出没于其前”，从视觉着笔；夜晚是“鱼龙悲啸于其下”，从听觉着笔。明暝中各有不同的情景，均极真切。“舟楫出没”见其浪高，“鱼龙悲啸”见其水寒，所闻所见都给人以惊险和凄怆之感。故而作者说：“变化倏忽，动心骇目，不可久视。”读到这里，如身历其境，却不禁产生这样的疑问：如此惊心骇目，何得而言“快哉”？但“不以物伤性”正是作者要阐发的一种思想；同一个地方，由于作者心境情绪的不同，又可以看出另一番景象。以“今”字领起，笔墨一转，作者又写出坐在快哉亭上，得几席之安，优游闲豫，尽情赏玩时，举目所见，又无不令人心旷神怡：向西看，与黄州隔江相对的武昌

（指今湖北鄂州一带）诸山，层层叠叠，起伏不平，排排林木，茂密青葱；晨雾消散，早晨的阳光照射在大地上，江边山下，星星点点，渔夫樵父的屋舍清晰地呈现在眼前。这赏心悦目的景象，读来令读者精神为之一振。作者于是总束一句，点出亭之取意：“此其所以为‘快哉’者也。”文章用笔挥洒，有开有阖，却始终扣住“亭”（所有景象皆亭上所见），扣住“快哉”（惊忧只是陪衬，是宾；“快哉”才是主），不离题旨。

但作者并未就此停止，他又翻进一层，宕开一笔，由近及远，由今及古，由实而虚，从眼前所见联想到历史，追怀同长江和黄州有关的风云人物曹操、孙权、周瑜、陆逊等，他们曾在这一带征战驰骋，叱咤风云。其“流风遗迹”宛然尚在，使人想象出他们当年的雄才大略和豪情壮志，这不能不使人受到更大的鼓舞。于是作者更从个人所感扩大开去，说其情其景“亦足以称快世俗”。仍然扣住“快哉”二字写，意义却开掘得更深，范围也更加扩大了。到此，才算把“快哉亭”的含意充分地表现了出来。

这段文章就“快哉”二字发挥，有景有情，若即若离，写得很曲折，很深透，很完足，层次分明而又富于婉曲的情致。由“动心骇目，不可久视”到“举目而足”“称快世俗”，其间不论景象、感情、气氛，都经历了一层转折：由惊惧而安详，由凄哀而喜悦，由沉重而轻快。这样，既写出“快哉亭”的含意，又为下文即将展开的有关人生态度的议论作了很好的铺垫。

宋人喜欢在写山水亭台的游记散文中言理，在记叙描写中穿插进议论，使文章景、情、理相结合，别具风貌，富于理趣。这篇文章也表现出这样的特色。

第三段文章，在第二段写景的基础上，进一步就“快哉”二字发挥，通过议论，着重阐发一种人生哲理。但在写法上又出人意外，撇开上文反复点示的亭不写，却从天外落笔，远追到战国时代楚襄王同宋玉的一次对话。然而似远而实近，笔墨看似大开大阖，实际仍然紧紧切着亭，切着“快哉”，切着题旨。一则是由襄王“快哉此风”的感叹，自然地交代“快哉”二字原本所来有自，出于楚辞。再则，更重要的是由襄王同宋玉的对话，从人之“遇”与“不遇”同忧与乐的关系，引入命题，展开议论。整个议论分作数层，层层递进，一层比一层深入。第一层，是说人的境遇与心情会决定对同一自然物的不同感受。风原是没有雌雄之分的，而人对风的感受却有“忧”与“乐”的不同，原因就在于他们的地位与遭遇有别。第二层，是说人因触物而生的忧乐感情，不是不可以改变的，关键在于能否做到心中“自得”“坦然”。如果做到了心中“自得”“坦然”，就会“不以物伤性”，即不为外物（包括穷通、沉浮、得失等人生境遇）所牵累和损害，便会无往而不快，无所在而不乐。这一层又从正反两方面论说，“使其中不自得，将何往而非病”同“使其中坦然”“将何适而非快”构成对比，由反入正，得出结论，更显得剀切鲜明。第三层，与文章开头遥相呼应，由张梦得“不以谪为患”，在黄州建亭的坦荡胸怀，肯定和赞美一种不以个人得失为念，放情山水的旷达的人生态度。这就归结到“快哉亭”上，鲜明有力地揭出题旨。在这一层中，又有两层意思递进发展。先说张君心中“宜有以过人者”，即使“蓬户瓮牖”，生活清苦，也“无所不快”；接着以“而况乎”领起，又翻进一层，扣住“快哉亭”发挥，能在此胜景之中，“濯长江之清流，揖西山之白云，穷耳目之胜以自适”，那简直是人生的最大乐事了。从正面说尚嫌不足以申其意，“不然”一转，又从反面加以申说；要是心中不“自得”、不“坦然”呢？那就不论多么赏心悦目诸如长林、古木、清风、明月一类的景物，也只能使那些“骚人思士”感到悲伤，变得憔悴而不能自胜了。这样，经过层层递进和正反两方面的论说，就从耳目所接产生的愉悦，上升到一种人生态度，将“快哉”二字的含义阐发得淋漓尽致了。

通观全文，有生动的景色描绘，有透辟的说理议论，同时又带有浓厚的抒情色彩。以写景始，带出张梦得被谪黄州临江建亭事；以议论终，再回到亭上，写张梦得被谪而能放情山水以自适，赞美其坦荡的胸怀和超旷的人生态度。首尾呼应，脉络贯通，构思细密，结构严谨。中间写景、抒情、议论，笔势铺陈，奇纵莫测，曲折婉转，开阖有致。作者赞美的是张梦得，抒发的却是自己的人生感受和思想感情。我们在受到作者乐观情绪感染的同时，却又不难于在字里行间见出隐含其间的抑郁不平之气。

陆 游

陆游（1125—1210），字务观，号放翁，越州山阴（今浙江绍兴）人。应礼部试为秦桧所黜。考察时赐进士出身，授枢密院编修。官至宝章阁待制。力主抗金，一生屡受排挤。但收复中原之念至死不渝。

陆游是南宋大诗人，今存诗9000多首，题材广阔，内容丰富，风格雄浑豪放。亦擅词和散文。散文语言朴实，文笔清新，亦颇为人传诵。著述宏富，有《剑南诗稿》《渭南文集》《南唐书》《老学庵笔记》《放翁词》《入蜀记》等。

书渭桥事

中大夫贾若思，宣和中知京兆栎阳县[1]。夏夜，以事行三十里，至渭桥[2]，夜漏欲尽[3]，忽见二三百人驰道上，衣帻鲜华，最后车骑旌旄[4]，传呼甚盛。若思遽下马，避于道旁民家，且使从吏询之。则曰："使者来按视都城基[5]，汉唐故城，王气已尽[6]，当求生地[7]。此十里内已得之，而水泉不壮[8]，今又舍之矣。"语毕，驰去如飞。时方承平[9]，若思大骇。明日还县，亟使人访诸府[10]，则初无是事也[11]。若思，河朔人[12]，自栎阳从蔡靖辟[13]，为燕山安抚司管勾机宜文字[14]。靖康中[15]，自燕遁归，入尚书省，为司封郎而卒[16]。陆某曰：河渭之间，奥区沃野[17]，周、秦、汉、唐之遗迹，隐辚故在[18]。自唐昭宗东迁[19]，废不都者三百年矣。山川之气，郁而不发，艺祖、高宗尝慨然有意焉[20]，而群臣莫克奉承[21]。予得此事于若思之孙逸祖。岂关中将复为帝宅乎？虏暴中原，积六七十年，腥闻于天。王师一出，中原豪杰必将响应。决策入关，定万世之业，兹其时矣。予老病垂死，惧不获见，故私识若思事以示同志[22]。安知士无脱挽辂以进说者乎[23]？

注释

［1］“中大”二句：中大夫，宋时官名，从四品。宣和，宋徽宗年号（1119—1125）。京兆栎（yuè）阳，宋时栎阳县，故地在今陕西省临潼区，属京兆府。

［2］渭桥：在陕西省咸阳市西南。

［3］漏：为古代计时器。夜漏欲尽：犹言天将晓。

［4］“衣帻”二句：帻（zé），包发的帕子。鲜华，新鲜美丽。旌旄，旗帜。

［5］按视：巡视勘察。按，巡行。基：建筑物的脚址。

［6］王气：帝王建都所在的生气。

［7］生地：新地。

［8］不壮：不盛。

［9］承平：太平。

［10］访诸府：访此事于京兆府。

［11］初无：本无，根本没有。初，本来。

［12］河朔：河北。

［13］蔡靖：宣和时为燕山知府。从蔡靖辟：由蔡靖推举。

［14］管勾机宜文字：幕僚官名。

［15］靖康：宋钦宗年号（1126—1127），北宋亡于此际。

［16］司封郎：官名，属吏部。

［17］奥区沃野：腹心的地区，肥美的田野。奥，室西南隅曰奥，引申为深幽。

［18］隐辚：车声。

［19］唐昭宗东迁：天祐元年（904），唐昭宗迁都洛阳。

［20］艺祖：宋太祖。

［21］莫克奉承：不能奉命执行。

［22］识（zhì）：记载。

［23］脱挽辂（hé）：解除拖车之务。挽，牵。辂，车上用于牵拉的横木。汉高祖五年（前202），娄敬脱挽辂，衣其羊裘，劝高祖建都汉中。高祖大喜，赐姓刘。

陆游《书渭桥事》鉴赏[①]

朱东润

宋朝自立国始，便未能摆脱外族的威胁。它的北面、今河北北部、内蒙（内蒙古）一带，是契丹人的辽；西北面，今宁夏及甘肃一部分，是党项人的西夏。宋与辽及西夏多次交战的结果，是胜少败多，最终只能靠赐绢来维持表面的和平。由此，宋的疆土，也十分局促狭小，它的北部边境，已经被压缩到黄河、桑干河一线，它的首都，也只能留在河南的开封。这比起汉唐的恢宏强盛，真不可同日而语。然而，就是这样可怜巴巴的局面也不能久保。金人的暴兴，终于把宋王朝赶到了江南。

在这样的屈辱和压迫中成长起来的知识分子，心底里难免怀着深沉的悲愤，怀着重建民族的辉煌历史的梦想。尤其是南宋人，这种感情格外强烈，本文开头记述的一个传说，便是那一个梦想的表现。所谓贾若思在宣和年间于咸阳渭桥，遇到一群官员奉使勘察土地，准备在此建都的故事，当然是虚诞不可信的。但是，这个故事说明了什么呢？咸阳、西安一带，乃是中华民族的发祥地，周、秦、汉、唐，都曾建都于此。那里的一草一木，荒陵断墙，都会唤起人们对于先人以其重重鲜血和汗水创造的民族历史的回想。期望

① 朱东润（1896—1988），是我国文学批评史学科奠基者之一，也是中国现代传记文学的拓荒者。著有《张居正大传》《中国文学批评史大纲》《陆游传》《梅尧臣传》等。本文选自徐中玉主编《古文鉴赏大辞典》，浙江教育出版社 1996 年版。标题为编者所加。

在这里建立宋的都城，其实在意义，就是期望洗刷今日的耻辱，重振民族大业，使铮铮男儿，不致无颜见先人于地下！

陆游生于北宋颠覆之际，长于危乱艰困之中。一生力主抗战，以恢复中原、光大中华为志，未敢稍息。然而，他多历坎坷，垂垂老矣，终未见北伐的成功。此文说及“虏暴中原，积六七十年”，可以推知陆游当时也已将近七十岁了。他知道自己难以活到“王师北定中原日”。但他并不挂念个人年齿日暮，此生无几，只怕江南的人们疏忽了自己的历史责任，所以特地把闻之于贾若思之孙逸祖的这个传说记载下来，激励人们为完成自己的责任而不懈地努力奋斗。对于这个传说本身，对于所谓“王气”的说法，陆游真的很相信吗？这是不一定的。问题的关键，在于这个传说所包含的内在意义，所显示的民族精神。

“安知士无脱挽辂而（以）进说者乎？”用刘敬（即娄敬）劝说汉高祖建都汉中的故事，寄托了对一切有志之士的热切期待。相信读到这里，人们不能无动于衷，无所感愤。

周　密

周密（1232—1298），字公谨，号草窗，又号萧斋、四水潜夫。南宋文学家。本济南（今属山东）人，其曾祖随宋室南渡，迁居吴兴（今属浙江）。宋末曾任义乌令等职，宋亡隐居不仕。有《草窗词》《武林旧事》《齐东野语》等。

周密以词名家，风格在姜夔、吴文英之间，与吴文英（梦窗）并称“二窗”。《武林旧事》仿孟元老《东京梦华录》体例，追忆南宋都城临安旧事，是一部著名的笔记。他还兼擅诗、书、画。所编《绝妙好词》去取谨严，在词选中最称善本。

观潮[1]

浙江之潮，天下之伟观也。自既望以至十八日为最盛[2]。方其远出海门，仅如银线，既而渐近，则玉城雪岭[3]，际天而来[4]，大声如雷霆，震撼激射，吞天沃日[5]，势极雄豪。杨诚斋诗云：“海涌银为郭，江横玉系腰”者是也[6]。

每岁京尹出浙江亭教阅水军[7]，艨艟数百[8]，分列两岸，既而尽奔腾分合五阵之势[9]，并有乘骑、弄旗、标枪、舞刀于水面者，如履平地。倏尔黄烟四起[10]，人物略不相睹，水爆轰震[11]，声如崩山。烟消波静，则一舸无迹，仅有“敌船”为火所焚，随波而逝。

吴儿善泅者数百[12]，皆披发文身[13]，手持十幅大彩旗[14]，争先鼓勇，溯迎而上[15]，出没于鲸波万仞中[16]，腾身百变，而旗尾略不沾湿，以此夸能。而豪民贵宦，争赏银彩。

江干上下十余里间[17]，珠翠罗绮溢目[18]，车马塞途，饮食百物皆倍穹常时[19]，而僦赁看幕[20]，虽席地而不容闲也[21]。禁中例观潮于天开图画[22]，高台下瞰，如在指掌。都民遥瞻黄伞雉扇于九霄之上[23]，真若箫台蓬岛也[24]。

注释

[1] 选自《武林旧事》，周密入元后追忆南宋都城临安（即杭州）旧事而写的一部著名笔记。“武林”为杭州的别称。

[2] 既望：阴历十六日。

[3] 玉城雪岭：形容潮头之高，如城如岭；潮水之色，似玉似雪。

[4] 际天：接天。

[5] 沃日：淹没太阳。沃，浇、灌。

[6] 杨诚斋：南宋诗人杨万里。郭：外城。

[7] 京尹：京城地方长官。教阅：操练，检阅。

[8] 艨艟（méngchōng）：巨舰。

[9] 尽：极其变化。五阵：五种阵势。

[10] 倏（shū）尔：忽然。

[11] 水爆：在水面施放烟幕弹之类。

[12] 泅：游水。

[13] 披发：披散头发。不冠不簪，散开头发，为吴地古俗。文身：身上刺花。

[14] 十幅大彩旗：用十幅布缝制的大旗。

[15] 溯迎：逆潮。

[16] 鲸波：鲸鱼掀起之波，此谓巨浪。

［17］江干：江岸。

［18］珠翠罗绮：指插戴珠翠首饰、穿着绫罗衣裳的观潮人。

［19］皆倍穹常时：指价格都比平时加倍的高。穹，高。

［20］僦赁（jiùlìn）：租用。看幕：观潮的帐幕。

［21］席地：一席之地。

［22］禁中：皇帝所居称禁中，这里指禁中之人。例：循例。天开图画：厅堂名。

［23］黄伞雉扇：皇帝仪仗中所用的黄伞羽扇。雉，野鸡。

［24］箫台蓬岛：神山仙境。箫台，箫史善吹箫作凤鸣，秦穆公将女儿弄玉嫁之，并为之筑凤台而居。蓬岛，蓬莱仙岛。

腾挪多姿　笔卷惊涛[1]
——周密《观潮》简析

吴功正

《观潮》原载《武林旧事》，作者周密，南宋人。

《武林旧事》，是周密在宋灭亡后追忆往事的作品。武林就是南宋的都城临安，也就是现在的杭州。

“观潮”，观的是钱塘江大潮。钱塘江大潮的景象非常壮美。大潮的形成跟这个地区特有的自然条件是密切相关的。钱塘江的江口是典型的喇叭口形，宽的地方超过百里，窄的地方只有十里。浪潮进口的时候被狭窄的江道约束，就会形成波澜壮观（阔）的涌潮。同时，河口有巨大的拦门沙坎，当潮水涌进的时候遇到这么大的阻拦，势必会掀揭天上。这样一来，波赶波，浪推浪，潮水就会排山倒海般地奔腾咆哮起来。

我国古代的作家、诗人，从庄子开始，早就把钱塘江大潮作为描写对象了。蔚为壮观的钱塘江大潮吸引了骚人墨客的注意，激发了他们的艺术兴味。

周密的《观潮》用散文的笔调，绘形绘色地描写了这一壮美雄奇的景象。作者用分镜头摄影的笔法，分别写了潮来的状态，演兵的情形，弄潮的姿势，观潮的盛况。

---

① 吴功正（1943— ），作家、文艺评论家，江苏省社会科学院《江海学刊》主编，著有《小说美学》《中国文学美学》《古今名作鉴赏集粹》等。本文选自宋广礼、刘刈编《阅读和欣赏——古代散文小品选粹》，中国广播电视出版社 1999 年版。

“浙江之潮，天下之伟观也。”作者在卷首第一句就直入题意，介绍了他的描写对象。“伟观”，就是壮伟的景象。文章一开始，就呈现出雄奇广阔的意境和高坂流水般的气势。钱塘江大潮的滚滚波涛赫然在目，凌空欲泻。随后，作者顺势而下，挽狂澜于笔端，集中描写了“自既望以至十八日”的潮来之状。农历的每月十五叫做（作）“望”，“既望”是十六日，这里指八月十六。

作者的观察细微如丝，但又是大处落墨，由远而近，逐渐写来。“方其远出海门，仅如银线”，意思是说，当潮头从水天相接的地方初起的时候，看上去像一条银线。这里用“银线”作比，可以看出作者是在极目远眺，立足点高，视野深远。这种描写，很富生活实感，恐怕不亲临其境，亲见其状，是写不得这么逼真的。随着潮头的奔卷，作者的那杆笔横泼纵洒，恣肆淋漓：“既而渐近，则玉城雪岭际天而来，大声如雷霆，震撼激射，吞天沃日，势极雄豪。”文章的气势到这里突兀而起，像山峦陡然耸立一般。作者是从声、色、形、势四个方面下笔的。“玉城雪岭”，是写“色”和“形”。这是个比喻，新颖形象。这个比喻照应了上文“银线”的“银”字。“银”“玉”“雪”都是着眼于色，白的颜色，但用词多有变化，不雷同。“城”“岭”是说浪潮的形状，这是一种夸张的描写。刘勰说：“壮辞可以喻其事”（《文心雕龙·夸饰》）。通过这个夸张，景物得到了更为真切的描绘。“声如雷霆”，是写“声”，渲染撼人心魄的巨大音响。“际天而来”“震撼激射”“吞天沃日”，是写“势”。那滚滚的波涛如城倾岭崩一般，从天上压将下来，飞腾激卷，喷玉溅珠，蔚成奇观，似乎要给太阳洗澡，要把老天吞没。这里仍然用夸张的手法，写尽了大潮的威仪和气派。作者在这时真是眼耳并用，笔酣墨饱，抓住最有特征、最典型的事物下笔，大开大阖，任情挥洒，把钱塘江大潮的奇特情景写得神采飞动，逼真欲现。然后，作者用杨诚斋的诗句作结：“海涌银为廓（郭），江横玉系腰。”杨诚斋就是杨万里，是南宋有名的诗人。作者之所以引用他的诗句，是因为杨万里的这两句诗所描写的银廓（郭）玉腰跟本文所描写的玉城雪岭，意境是一致的。这样，两相印证，就增强了写景的真实性和作品的感染力。

接下来，文章转入到另一重境界，写演兵的情形。“每岁京尹出浙江亭教阅水军”，“京尹”就是京城的长官，南宋的首都在临安，也就是杭州，所以这里称为“京”；“教阅水军”就是搞水上军事演习。作者首先把注意力集中在战船上：“艨艟数百分列两岸，既而尽奔腾分合五阵之势”。“艨艟”就是战船。“奔腾分合”四个字，文词简练但含义深广，能收到“以少许胜多许”的效果，生动地描写了战船操演的情景：时而劈浪疾飞，时而跃波腾起，时而分隔两厢，时而又合舷并驶。这一节文字变幻生动，但是，作者隐藏了一层意思在字句里面，这就是，这些船是有人驾驶的，而不是“无人自横”之舟。数百条战船能够如此“奔腾分合”并且演化成各种阵势，可见掌舵者的本领是何等高强了。接下来的文字是直接写人的：“并有乘骑、弄旗、标枪、舞刀于水面者，如履平地。”这是写船上操练的具体情景。“乘”“弄”“标”“舞”这些字蝉联而下，形象而多姿，把龙腾虎骧的情景写得活灵活现。“如履平地”四个字如画龙点睛一般，使得整个场面神采四射。水军健儿从容裕如的闲悠神态，和掀天揭地、“震撼激射”的急浪狂涛，相互映衬、烘托，组成一幅奇丽的画图。作者以极其经济的文字和“水涨船高”的描写手段，十分鲜明地显示了水军健儿的过人本领。

紧接着，文章进入实战演习的描写，画面迅速转换：“倏尔黄烟四起，人物略不相睹，水爆轰震，声如崩山。”“略不相睹”，就是说一点也看不清，以此来显示黄烟的浓烈。“水爆”是一种武器，这里用“声如崩山”来说明这种武器的威力。烟雾迷（弥）漫水面，爆声震耳欲聋，一场激战正在进行。正当人们魄动心悸，屏息注目这场战斗的时候，情景再次迅速转换："烟消波静，则一舸（gě 葛）无迹，仅有敌船为火所焚，随波而逝。"数百条战船转眼间不见了，想必是趁着烟雾蔽江的时候，已疾驶远去。

至此，一场水战结束了。这里，没有一兵一卒的厮杀，也没有一舟一船的搏击，却有声有色，如火如荼。作者抓住富有特征意义的情景，通过对"黄烟"和"水爆"的铺张、渲染，高度概括地表现了一场激烈的战斗。同时，迅速转换的画面和动静相衬的对比描写，含蓄而又准确地表现了水军将士卓越的作战技能和优良的军事素质。这一切，都无不显示了作者构思的精巧和文辞的老道。

接下来，文章转入意趣横生的弄潮情景的描绘："吴儿善泅者数百，皆披发文身，手持十幅大彩旗，争先鼓勇，溯迎而上，出没于鲸波万仞中，腾身百变，而旗尾略不沾湿，以此夸能。""吴"，我国古代指长江下游和东南沿海一带。"文身"就是在身上刺画花纹。"披发文身"，是写弄潮儿的外形。"溯迎而上"，就是迎着风浪前进，是写弄潮儿的勇敢。"出没鲸波"，就是说在惊涛骇浪中恣意穿行，是写弄潮儿的矫健。作者抓住了富有特征性和表现力的情态，大刀阔斧地进行勾画。"彩旗"和"文身"相映生色，这种民间习俗的生动描写使文章平添意趣。"腾身百变，而旗尾略不沾湿"，这是传神之笔。持彩旗弄潮不光是为了装饰，主要是为了"夸能"。"旗尾略不沾湿"，这里的"略不"是"一点也没有"的意思。这句话在文章中似乎只是漫不经意地轻轻敷了一笔，实际上有扛鼎之力，这是对弄潮儿本领最高妙的称颂和赞叹。用某一具体的物事，把某种不容易直接表达的情景以对比的手段鲜明地显现出来，这是作者精到的笔法。

在对江上的潮、船、人作（做）了淋漓尽致的描绘以后，作者收拢视线，调转笔锋，写"观潮者"的盛况："江干上下十余里间，珠翠罗绮溢目，车马塞途。""江干"指江岸。"珠翠"指头上戴的首饰。“罗绮”指身上穿的盛装。作者从戴、穿、乘三方面把描写具体化。同时还特意点出“十余里”。车马拥道，迤逦而去，用路途的长来显出观潮的盛；如果只有几十、几百米，恐怕是不足以显示“盛”的。写到这里，作者好像还不尽意，又作侧面烘托：“饮食百物皆倍穹常时，而僦（jiù）赁看幕，虽席地不容闲也。”“穹”是高出的意思。“僦赁”就是租借的意思。食物百货的价钱，突然猛涨；看棚之内，席地无间，插足不得。作者表面上写饮食、看棚，骨子里写的是人潮。真是人山人海啊！江心江岸，江潮人潮，连成了一片。结尾这一段，似乎是横生了枝节，画蛇添足，这里所写的也好像是闲文浪墨，不切题意，跟潮中的诸人诸物仿佛没什么关系。其实这正是作者用墨精心之处。这是一种烘染笔法，用观潮的盛，烘染了江潮的美，江潮不美，怎么能吸引这么多的观众，弄得物价飞涨呢？兴发此而意归彼，这是增强作品的艺术力量不可或缺的手段。

元好问

元好问（1190—1257），字裕之，号遗山，又号遗山真隐。金末元初文学家。太原秀客（今山西忻县）人，鲜卑族。兴定进士，官至尚书省左司员外郎，金亡不仕。有《遗山先生集》。以诗与古文著称，为金元间一大家。论诗尚天然，风格沉郁，多感时伤世之篇。文亦自具法度，晚年以史笔自任。

市隐斋记

吾友李生为予言："予游长安，舍于娄公所。娄，隐者也，居长安市三十年矣。家有小斋，号曰市隐，往来大夫士多为之赋诗，渠欲得君作记。君其以我故为之。"

予曰："若知隐乎[1]？夫隐，自闭之义也[2]。古之人隐于农、于工、于商、于医卜、于屠钓[3]，至于博徒、卖浆、抱关吏、酒家保[4]，无乎不在，非特深山之中，蓬蒿之下，然后为隐。前人所以有大小隐之辨者[5]，谓初机之士[6]，信道未笃，不见可欲，使心不乱[7]，故以山林为小隐；能定能应[8]，不为物诱，出处一致[9]，喧寂两忘，故以朝市为大隐耳。以予观之，小隐于山林，则容或有之，而在朝市者未必皆大隐也。自山人索高价之后[10]，欺松桂而诱云壑者多矣[11]，况朝市乎？今夫干没氏之属[12]，胁肩以入市[13]，叠足以登垄断[14]，利嘴长距[15]，争捷求售，以与佣儿贩夫血战于锥刀之下[16]。悬羊头，卖狗脯，盗跖行，伯夷语[17]，曰：‘我隐者也。’而可乎？敢问娄之所以隐奈何？”

曰：“鬻书以为食，取足而已[18]，不害其为廉；以诗酒游诸公间，取和而已[19]，不害其为高。夫廉与高，固古人所以隐也；子何疑焉？”

予曰：“予得之矣，予为子记之。虽然，予于此犹有未满焉者。请以韩伯休之事终其说[20]。伯休卖药都市，药不二价，一女子买药，伯休执价不移。女子怒曰：‘子韩伯休邪？何乃不二价？’乃叹曰：‘我本逃名，乃今为儿女子所知！’弃药径去，终身不返。夫娄公固隐者也，而自闭之义，无乃与伯休异乎？言，身之文也[21]，身将隐，焉用文之？是求显也，奚以此为哉？予意大夫士之爱公者强为之名耳，非公意也。君归，试以吾言问之。”

贞祐丙子十二月日[22]，河东元某记。

注释

[1] 若：你。

[2] 自闭：主动与世俗隔绝。

[3] 医卜：秦时琅琊人安期生以卖药为生，西汉时，蜀郡严遵以占卜为业，皆隐居不仕。屠钓：据说太公吕望未遇周文王时，曾在朝歌屠牛，渭水钓鱼。

[4] 博徒：赌徒。卖浆：卖酒。抱关吏：看守城门的役吏。酒家保：酒店的佣工。据《史记·魏公子列传》，战国时，赵国隐士毛公和薛公曾分别隐迹于赌徒之中和卖酒人家；魏国隐士侯嬴曾为大梁夷门关吏。《汉书·栾布传》载，栾布曾做过酒家保。

[5] 大小隐之辨：《文选·反招隐诗》：“小隐隐陵薮，大隐隐

朝市。”陵薮，山间水边。陵，土山；薮，大泽。

［6］初机之士：这里指刚学道的人。

［7］“不见”二句：语出《老子》。是说只有不去看那些会引起欲望的东西，才能避免心乱。

［8］能定能应：能定，指内心坚定，能把握自己；能应，指能够从容应付世事的搅扰。

［9］出处：出仕和隐居。

［10］山人：指遁居山林的隐士。唐人李渤曾隐居于少室山，朝廷两次召他出山做官，他都不肯。韩愈《寄卢仝》诗：“少室山人索价高，两以谏官征不起。”

［11］欺松桂而诱云壑：用孔稚珪《北山移文》语。这是讽刺那些借隐居山林来钓取名利的人，简直把自然风物都欺骗了。

［12］干没氏：指与世沉浮、追逐私利的人。干没，囤积谋利，得利为干，失利为没。

［13］胁肩：缩起肩膀，故作谦恭之态。

［14］叠足：脚踩着脚，形容小人急于图利的情状。垄断：高地。《孟子·公孙丑下》说，商人做交易时，为了左右观望，便于获取高利的货物，“必求垄断而登之”。

［15］利嘴长距：指利爪长的猛禽，比喻竞争手段的厉害。距，本指鸡爪。

［16］佣儿贩夫：佣工和小贩。锥刀：指锥刀之利，比喻微小的利益。

［17］盗跖行，伯夷语：盗跖，相传为上古时的大盗，旧时以其为邪恶的代表。伯夷，商朝孤竹君的长子，周灭商后，遁首阳山，不食周粟而死，旧时以其为高尚守节的典型。

［18］取足而已：只求维持生活罢了。

［19］取和而已：只求与人和睦相处罢了。

［20］韩伯休：东汉时隐士，名康。

［21］言，身之文也：言，言谈，这里泛指文章和言论；身之文，身体的文饰。

［22］贞祐丙子：金宣宗（完颜珣）贞祐四年（1216）。

元好问《市隐斋记》鉴赏[①]

程千帆　关道雄

这是一篇比较别致的斋室记文。文章是为一个据说是遁居长安闹市的隐士娄公所写的。它没有此类文章司空见惯的景物描写，也没有对对方的褒扬之词。全文仅以两次问答对话组成，结构上可谓别具一格。婉而多讽，则是它在艺术上的显著特色。

其实，元好问与这位娄公并不相识。为他作记，完全是受了友人的请托。自称隐者，而又汲汲于求他人的文章为自己扬名，这种举动，不能不使敏感的作者有所怀疑。但另一方面，友人之嘱，终究情面难却。正是在这种情势之下，作者采取了委婉劝讽的方式，写下了这篇议论透辟而又巧妙得体的文字，表示了自己对世间假隐士们的批判态度，以及对世俗沽名钓誉行径的鄙视。

全文分四段。

第一段记友人李生的请托之言，从中交代出娄公的身份和作记的原委。“居长安市三十年”“往来大夫士多为之赋诗”的说明，看似平平，却明白无误地告诉我们这位娄公身隐名显、交游广阔的情形，为下文的剖析议论制造契机。

第二段是作者的答词。可分三层。首先，作者并不正面回答

① 程千帆(1913—2000)，九三学社社员，中国著名古代文史学家、教育家，南京大学教授。著有《校雠广义》《史通笺记》《文论十笺》《程氏汉语文学通史》《两宋文学史》等。关道雄，暂无简介。本文选自徐中玉主编《古文鉴赏大辞典》，浙江教育出版社 1996 年版。标题为编者所加。

友人的请求，而是以一问句（“若知隐乎？”）引发开去，上论古代隐士的情况。这正是欲擒故纵的笔法。作者提出，“隐”，就是“自闭”——一种身心与世俗的自我隔绝。在这个意义下，古人隐居的形式是有多种多样的。接着，作者引述前人关于“大隐”“小隐”的意见，似乎是要肯定娄公“隐”于市的行为。这还是以退为进的写法。复次，是作者阐明自己的观点，力辩今世隐者之伪。但仍旧不去直接评判娄公的言行。这是一种旁敲侧击之笔。

“自山人索高价之后”以下十余句，集中刻画世间假隐士们的嘴脸。以“胁肩”耸体写其貌似谦恭、心怀叵测的猥琐体貌；以“叠足”登高写其争名夺利、手忙脚乱的可笑举动；以“利嘴长距”写其毫厘不放、雁过拔毛的贪狠手段，夸张而形象，可谓入木三分。真是一幅士林群丑的绝妙漫画。在行文上，这十余句几乎句句用事用典，却又举重若轻，宛如信手拈来，妥帖自然，绝无堆垛之感。最后，在把当今“隐士”的真实面目揭示无遗之后，文章以一有力的诘问，从容地提出了对娄公之隐的质疑——“敢问娄之所以隐奈何？”“敢问”二字，虽为谦词而似恭实严，令对方如坐针毡。但作者毕竟又未断然说出对娄公的评语，又使文势急中有缓，留下了回旋周转的余地。

第三段是友人李生为娄公的辩解，说明他的行为并不失古之隐者之道。这一段是过渡，以引启下文。

第四段是作者针对李生的说法，对娄公之隐进行剖析，着重说明隐则不当求名这个要害问题。“予得之矣”到“予于此犹有未满焉者”四句，婉转得体地推出进一步的议论。“予得之矣”可以作两层理解：表面上看是作者接受了李生的辩白；实际上则是在暗示说，我已经弄清了娄公之隐是什么货色。一语双关，亦是婉而含讽的一种方式。接下来，作者又连用两个典故，来表明自己的“未满”之意。一是明用汉代韩伯休事，一是暗借春秋时晋国介之推之语。韩伯休以隐而不能逃其名为耻，娄公却借隐以求名——“自闭之义，无乃与伯休异乎？”这是第一问。介之推认为，“身将隐，焉用文之”，娄公却欲藉作者文字以求显——“奚以此为哉？”这是第二问。有意思的是，这回却是作者自己来为娄公打圆场了：“予意大夫士之爱公者强为之名耳，非公意也。”这里的“大夫士”，当然也包括作者的友人李生。非但如此，作者还进一步要求李生回去，“试以吾言问之”，以证明所言不诬。不过，细心的读者一定不会忘记，李生分明已说过“渠欲得君作记”的话。显然，我们的作者又是在明知故问、说反话了。

更妙的是，文章到此戛然而止。作者虽然在前面已答应了“予为子记之”，但在这里又以一连串的反诘、推断之话，实际推翻了先前的许诺。因此，连这篇文章究竟算作写了还是没写，也发生了疑问。这，不啻是同“隐士”娄公开了一个大玩笑，令人不能不佩服作者高明的讽刺艺术。

送秦中诸人引[1]

关中风土完厚[2]，人质直而尚义[3]，风声习气[4]，歌谣慷慨[5]，且有秦汉之旧[6]。至于山川之胜，游观之富，天下莫与为比。故有四方之志者[7]，多乐居焉。

予年二十许时，侍先人官略阳[8]，以秋试留长安中八九月[9]。时纨绮气未除[10]，沉涵酒间[11]，知有游观之美而不暇也。长大来，与秦人游益多，知秦中事益熟，每闻谈周、汉都邑[12]，及蓝田、鄠、杜间风物[13]，则喜色津津然动于颜间[14]。二三君多秦人，与余游，道相合而意相得也。常约近南山[15]，寻一牛田[16]，营五亩之宅[17]，如举子结夏课时[18]，聚书深读，时时酿酒为具[19]，从宾客游，伸眉高谈[20]，脱屣世事[21]，览山川之胜概[22]，考前世之遗迹，庶几乎不负古人者[23]。然予以家在嵩前[24]，暑途千里，不若二三君之便于归也。清秋扬鞭，先我就道，矫首西望[25]，长吁青云。

今夫世俗惬意事[26]，如美食大官，高赀华屋[27]，皆众人所必争，而造物者之所甚靳[28]，有不可得者。若夫闲居之乐，澹乎其无味[29]，漠乎其无所得[30]，盖自放于方之外者之所贪[31]，人何所争，而造物者亦何靳耶？行矣诸君，明年春风，待我于辋川之上矣[32]。

注释

[1] 秦中：指今陕西省境，春秋战国时为秦国的疆域。引：文体名。明代徐师曾《文体明辨·引》认为，唐代开始有此体，大致如序而稍为简短，是由序发展而来的。北宋苏洵之父名序，洵及其

子轼、辙因避讳而以“引”代“序”，后人遂相沿用之。

[2] 风土：并指社会风俗和地理条件，古人认为二者密切相关。

[3] 质直：质朴而爽直。尚义：崇尚义气。

[4] 风声习气：即风气、习俗。古人认为各地风习不同，歌调也具有不同的风格。

[5] 歌谣慷慨：歌谣风格激扬。

[6] 秦汉之旧：秦、汉两朝的遗风。

[7] 有四方之志者：有经略天下的雄心壮志的人。

[8] 侍先人官略阳：侍从已故的父亲在略阳（今甘肃秦安东北陇城镇）做官。元好问自幼过继给叔父元格，这里的“先人”即指元格。

[9] 秋试：在秋季举行的“乡试”。

[10] 纨绮气：富贵人家子弟的习气。纨绮，丝织品，富贵子弟用作衣料，因以指代富家子弟。

[11] 沉涵：沉湎、沉溺。

[12] 周、汉都邑：周都镐京，在今西安西南；汉都长安，在今西安西北。

[13] 蓝田：今属陕西，以产美玉出名。鄠（hù）：今陕西户县。杜：杜陵，今陕西西安市东北，西汉宣帝筑陵于此。这些地方都在长安附近。

[14] 津津然：欣喜的样子。

[15] 南山：指西安市南面的终南山。

[16] 一牛田：一条牛所能耕种的田地。指一小块田地。

[17] 营五亩之宅：经营五亩地的田园，指自食其力的平民生活。

[18] 结夏课：举子在夏日邀集同辈，读书习文，以备秋季应试，称“结夏课”。

[19] 为具：安排饮食的器具，指准备酒食。

［20］伸眉：扬眉。

［21］脱屣（xǐ）世事：比喻抛弃世俗生活。脱屣，脱掉鞋子。

［22］胜概：优美的景色。

［23］庶几：或许可以。

［24］家在嵩前：金宣宗兴定二年（1218），元好问移家登封（今河南省登封市）。嵩，嵩山，在登封市北。

［25］矫首：举头。

［26］惬意事：令人心满意足的事。

［27］高赀华屋：富足的钱财和华丽的房屋。赀，同“资”。

［28］造物者：指上天。靳（jìn）：吝惜。

［29］澹乎：清淡的样子。

［30］漠乎：漠不关心的样子。

［31］自放：自我放逐。方之外：指世外。

［32］辋川：水名，在陕西蓝田东南。唐代王维曾在此筑别墅闲居。

元好问《送秦中诸人引》鉴赏[①]

程千帆　关道雄

本文是一篇以“赠序”的形式，抒怀咏志的佳作。根据作者元好问的行踪推断，其写作时间大致在金哀宗正大元年到二年(1224—1225)。正大元年，元好问中宏词科，授儒林郎，充国史馆编修。次年夏即还居嵩山。长期的怀才不遇和目睹金朝政治日趋腐败，加深了他思想中出仕与归隐的矛盾，《送秦中诸人引》一文正是从一个侧面，反映了作者这一阶段的复杂心态。

全文分三段。

首段以简洁有力的文笔，介绍秦中风土、人情、民俗的阳刚之美。“人质直而尚义”的评语，暗寓着对所送秦中诸友的称道；“且有秦汉之旧”的赞叹，则交织着抚今追昔的感慨。杜甫诗云：“秦中自古帝王州”(《秋兴八首》之六)。在这块古老的土地上，曾先后有周、秦、汉、唐等王朝开基立业。千百年来，历史与文化的积淀，赋予了这里以雄奇而深邃的色彩，使之成为后代英雄心向往之的地方！“故有四方之志者，多乐居焉”一语，正是作者对这种集体意识的概括与说明。这当然也包含着作者本人的心声，是全文抒怀咏志的第一声唱叹！

第二段是全篇的主要部分。作者分四层来抒写自己对秦中的

① 选自徐中玉主编《古文鉴赏大辞典》，浙江教育出版社1996年版。标题为编者所加。

向往之情和渴望旅居秦中的志向。第一层追记年轻时入长安参加秋试，因“纨绮气”未脱，“知有游观之美而不暇”的情形；第二层写“长大来”对秦中人物风情的重新认识；第三层写与诸友的游居秦中之约；第四层写别离在即、自己不能同行的遗憾。这四层的写法，首尾照应，波澜起伏。第一层写追悔，是从反面衬托出如今的渴慕；第二层写态度的转变，是从正面予以铺垫；第三层以含情之笔，作遥想之词，将情绪推向高潮；第四层陡然跌落，转入现实，加重了失望的感情分量，值得注意的是，作者“长大来”对秦中的日益景慕，恰恰是因为“与秦人游益多”而“知秦中事益熟”的缘故。这就暗示了我们，真正吸引作者的，依然不只是秦中的“游观之美”，更主要的是对“秦中事”——秦中历史的追慕。这种追慕，正是契合着“四方之志”的远大抱负的。因此，从表面上看，元好问在这里所描写的，是对一种平静、恬淡的田园生活的向往和超然高蹈的处世态度，但在作者的思想深层，这一切却依然是和其“四方之志”相通的。用他自己在《新斋赋》里的话来说，就是：“动可以周万物而济天下，静可以崇高节以抗浮云。”我们说本文反映了作者于出处仕隐之选择上的复杂心态，也就是指的这些地方。

最后一段是作者的发挥议论，旨在说明“闲居”的乐趣。作者以讥讽的口吻，表示出对当今众人所争的“美食大官，高赀华屋”等“世俗惬意事”的轻视，是对上文“脱屣世事”语意的进一步阐发。末句以明春在秦中相会的殷殷叮嘱作结，点出送别之意，余韵悠然。

前人对此文的评价，有“情深，意远”之语。从上面的介绍可以看出，本文在写作上确实是以文笔清新雄健而文意曲折不尽见长的。尤其值得指出的是，文中对“秦中”(包括“关中”“长安”“周、汉都邑”“南山”“辋川”）的描写，作为一组反复出现的意象，具有多重隐喻的效果。一方面，它不断地表明作者“四方之志”的胸襟怀抱；另一方面，作为“前世之遗迹”而不可复返，它又暗示作者这一抱负的无法实现；最后，它还意味着作者最终的精神寄托。从这样一些地方，我们不难觉察到作者寄托在文中的微妙心绪。

宋　濂

宋濂（1310—1381），字景濂，号潜溪，浦江（今属浙江）人。明初古文家。曾受业于吴莱、柳贯、黄溍。朱元璋起兵，濂与刘基同被征，濂累官至翰林学士承旨知制诰。参与制定典章制度，为明代“开国文臣之首”，主修《元史》。谥文宪。一生著述甚富，文笔清新典雅，写人、写景都有佳作。有《宋学士文集》（宋濂自编）、《宋文宪公全集》（清嘉庆年间严荣编刻）。

送东阳马生序[1]

余幼时即嗜学[2]。家贫，无从致书以观[3]，每假借于藏书之家，手自笔录，计日以还。天大寒，砚冰坚，手指不可屈伸，弗之怠[4]。录毕，走送之，不敢稍逾约。以是人多以书假余，余因得遍观群书。

既加冠[5]，益慕圣贤之道。又患无硕师名人与游[6]，尝趋百里外，从乡之先达执经叩问[7]。先达德隆望尊，门人弟子填其室，未尝稍降辞色[8]。余立侍左右，援疑质理，俯身倾耳以请。或遇其叱咄[9]，色愈恭，礼愈至，不敢出一言以复，俟其欣悦，则又请焉。故余虽愚，卒获有所闻。

当余之从师也，尝负箧曳屣[10]，行深山巨谷中。穷冬烈风，大雪深数尺，足肤皲裂而不知[11]。至舍，四肢僵劲不能动，媵人持汤沃灌[12]，以衾拥覆，久而乃和。寓逆旅主人[13]，日再食[14]，无鲜肥滋味之享。同舍生皆被绮绣[15]，戴朱缨宝饰之帽[16]，腰白玉之环[17]，左佩刀，右备容臭[18]，煜然若神人[19]。余则缊袍敝衣处其间[20]，略无慕艳意[21]。以中有足乐者[22]，不知口体之奉不若人也[23]。

盖余之勤且艰若此。今虽耄老[24]，未有所成，犹幸预君子之列[25]，而承天子之宠光[26]，缀公卿之后[27]，日侍坐[28]，备顾问，四海亦谬称其氏名[29]。况才之过于余者乎？

今诸生学于太学[30]，县官日有廪稍之供[31]，父母岁有裘葛之遗[32]，无冻馁之患矣；坐大厦之下而诵诗书，无奔走之劳矣；有司业、博士为之师[33]，未有问而不告，求而不得者也；凡所宜有之书皆集于此，不必若余之手录，假诸人而后见也[34]。其业有不精，德有不成者，非天质之卑[35]，则心不若余之专耳，岂他人之过哉！

东阳马生君则，在太学已二年，流辈甚称其贤[36]。余朝京师[37]，生以乡人子谒余[38]，撰长书以为贽[39]，辞甚畅达。与之论辩，言和而色夷[40]。自谓少时用心于学甚劳。是可谓善学者矣。其将归见其亲也，余故道为学之难以告之。谓余勉乡人以学者，余之志也；诋我夸际遇之盛而骄乡人者[41]，岂知余者哉！

注释

[1] 东阳：县名，在浙江中部，与宋濂家乡浦江，同属金华府（今浙江金华市）。马生：名君则。

[2] 嗜：酷好。

[3] 致：得到。

[4] 弗之怠：即弗怠之。怠，松懈，偷懒。

[5] 加冠：指二十岁。古时男子二十岁行加冠礼。

［6］硕师：学问渊博的老师。硕，大。与游：与之交往。

［7］乡：同乡。一般指同一府属。先达：有声望的先辈。此指吴莱。吴莱，浦江人，元末名儒。宋濂游学诸暨时，吴莱在白门方氏义塾为塾师。

［8］稍降辞色：言辞、面容稍微和气一些。

［9］叱咄（duō）：呵斥。

［10］箧（qiè）：箱子。曳：拖着。屣：鞋子。

［11］皲（jūn）裂：皮肤受冻坼裂。

［12］媵（yìng）：本指随嫁之人，此指陪送自己上学的人。汤：热水。沃灌：浇洗。

［13］逆旅：客店。

［14］日再食：一天吃两顿饭。

［15］同舍生：同学。被：穿着。绮绣：指丝绸做的、绣花的衣服。

［16］朱缨：红色帽带。

［17］腰：腰间挂着。

［18］容臭（xiù）：香囊。

［19］煜（yù）然：明亮的样子。

［20］缊（yùn）袍：以乱麻为絮之袍。

［21］慕艳：羡慕。

［22］中：内心。

［23］口体之奉：吃穿方面的供给。

［24］耄（mào）老：年老。

［25］幸预：侥幸参与。君子：此指有道德、有学问的人。

［26］宠光：宠荣。

［27］缀：连缀，随着。

［28］日侍坐：日日在皇帝座位旁侍奉。

[29] 谬称：错误地称道。这是自谦的说法。氏名：姓名。

[30] 太学：设在京都的最高学府。明初名国子学，后改称国子监。

[31] 县官：这里作“朝廷”解。廪（lǐn）稍：公家给予的粮食。

[32] 裘：皮衣。葛：葛布衣。

[33] 司业、博士：都是国子学的学官和老师。

[34] 诸：“之于”合音。

[35] 天质：天资。卑：低。

[36] 流辈：同辈。此指同学。

[37] 朝京师：洪武十一年宋濂入京朝见皇帝。

[38] 乡人子：同乡晚辈。谒（yè）：进见。

[39] 撰：写作。长书：长信。贽：见面礼。

[40] 夷：平和。

[41] 诋：诋毁。际遇：遭遇。

宋濂《送东阳马生序》[1]

周先慎

宋濂（1310—1381）是明初著名的散文家。他帮助明太祖朱元璋平定天下，被赞誉为“开国文臣之首”，官至翰林学士承旨知制诰，参与制作裁定朝廷礼文大政，在当时的政治地位和文学地位都很高。《送东阳马生序》是他的一篇传世名作，是写给他的同乡后辈太学生马君则的。

序是古代的一种文体形式，分书序和赠序两类。本文是一篇赠序。这种赠序是专为送别亲友而作，表现一种惜别、祝愿或劝诫、勉励等意思。马君则是浙江东阳市人，宋濂是浙江浦江县人，在当时同属金华府，所以两人算是同乡。宋濂当时正值从家乡到京城应天（南京）朝见皇帝朱元璋，马君则当时是一个太学生，在京师国子监学习，要回家探亲，宋濂作为一个学问渊博、文名很高的长辈，临别时写这篇文章来送给他。

全文的中心意思是勉励马生要勤苦学习。在文章里，作者以他年轻时的亲身实践和体验告诉马生：学习必须勤奋刻苦，专心致志，不辞辛劳，才能取得优异的成绩。由于时代条件不同，我们今天的学习目的和学习方法和宋濂当时已有很大的差异，但是他的认识和经验，对我们仍然有着一定的启发和教育意义。作者那种不怕艰苦、勤奋好学、安于贫贱、不慕富贵的精神，以及对后学热情关

① 选自周先慎《古诗文的艺术世界》，北京大学出版社 2002 年版。

怀、谆谆教导的态度，也是值得我们学习的。

这篇文章内容充实，不发空言，同时写得亲切感人，理胜辞畅，在写作上也很有特色。

全文的中心思想是勉励后学要不畏艰苦、勤奋好学。这个意思贯穿首尾，从不同的角度和侧面进行反复的表现和申说，条理井然，层层深入地被揭示出来，显得十分鲜明突出。

全文分为三个层次。第一个层次包括第一、二、三、四四个自然段，是写自己青少年时代虚心好学、刻苦读书的情景和学有所成的结果。写法是从自身的一面着笔，而推及于赠序的对象，着重表现学习的“勤且艰”以及由此带来的苦和乐。总的是表现自己好学不倦、勤奋读书的精神。又分为四段来写，一段一层意思，一层比一层深入。第一段，从“余幼时即嗜学”，到“余因得遍观群书”，是从读书的角度写，主要写借书之难，强调学习条件的艰苦。借书、抄书，严冬天气，手指冻僵了也不敢稍有懈怠。第二段，从“既加冠”到“卒（获）有所闻”，是从从师的角度写，主要写求师之不易，强调虚心好学的重要。找不到硕师名人，就跑到百里之外去拜求同乡的先达作老师，虚心聆教，恭谨小心。第三段，从“当余之从师也”到“不知口体之奉不若人也”，是从生活条件的角度写，主要写行旅衣食之艰，强调要安于贫贱，不慕富贵。顶风冒雪，穿越深山巨谷去寻师求学，回到旅店时脚被冻裂，四肢冻僵不能动了。素食粗衣，却一点也不去羡慕那些穿戴华贵，同住一起的贵族公子。这一段，在前面两段的基础上，思想境界有了大的提高，不仅写出不怕艰苦，而且写出苦中有乐，乐而忘苦，读书使人在精神上得到极大的满足，以致（至）完全忘掉了吃穿条件的艰苦。

接下去，第四段的开头说：“盖余之勤且艰若此。”一句话就把前面三段文章总束住了：“勤”字概括第一、二两段内容，“艰”字概括第三段的内容，既严密又紧凑。整个第四段，是对第一大层次的总结，也是对前面三段意思的补充和强调。只用了极简括的几句话，以谦虚的方式和语气，说明由于自己的刻苦用功，终于学有所成，得到了社会的承认和天子的宠幸，誉满天下。最后一句说："况才之过于余者乎？"笔势一折，又照应上文，进一步强调"勤且艰"的意思。就是说，自己能取得这样的成就，并不是因为天资好，有才气，而是因为刻苦好学，勤奋不倦。这一句反诘问句，既暗暗扣住"勤且艰"的意思，加强和补足上文；同时又开启并关联下文，说太学生们"其业有不精，德有不成者，非天质之卑，则心不若余之专耳"的结论。这样，思想鲜明突出，前后贯通，结构上显得十分严密紧凑。

第二个层次是文章的第五段。主要写现在的太学生学习条件非常优越，能不能取得优异的成绩，关键在于学习专不专心。这一段在意思的表达和全文的结构上，起到一种承上启下的作用。上面第一个层次，写自己学习条件艰苦也能取得优异的成绩，这一层次写太学生们学习条件优越也可能学无所成。一正一反，在对比映衬中，从不同角度强调了勤奋刻苦学习的重要性。这是在意思上承上的一面。然而这篇文章写自己并不是目的，更没有夸耀自己的意思，写自己乃是为了用具体的榜样和切身的体验来教育勉励马生。因此，作者在充分地写出所要强调的学习态度和精神以后，就还必须由自身而写到赠序的对象马生。作者行文委婉含蓄，很注意方式和效果，因为马生是个太学生，所以在说到马生以前，这一段先从警戒的角度讲一般太学生的情况，作为过渡，使文意自然舒缓而不显得直硬，便于对方接受。这是在意思上启下的一面。

第三个层次是全文的最后一段，明确地写到了马生，点明"道为学之难"以勉励同乡后学的题意，收束全文。因为文章的中心意思已在前面各段中申说得十分充足了，所以这里是顺理成章，水到渠成，不用花费太多的笔墨，只是简单地交代马生跟自己的关系和著文的缘由，全文便干净利落地结束了。虽然对马生多从正面鼓励，说的都是肯定赞美的话，但含蕴在其中的深挚殷切的劝诫之意，马生读了是一定能深切地感受到的。

文章写得具体生动，平易近人，既没有居高临下教训人的口吻，也没有抽象说教的意味，使人读后感到亲切，富于启发意义。这跟作者的文风有关，而文风又是作者的思想修养和人品的表现。

一个学问渊博、地位名望很高的人写文章教育晚辈，最容易犯的毛病就是居高临下，板着脸孔教训人。可是宋濂却将自己置于跟对方平等的地位，热情地跟他谈心，这就使人感到亲切，消除了可能由敬畏而产生的距离。由此决定，在表达方式上，作者不是讲你应该如何如何，而是着重讲我曾经如何如何，现身说法，通过实践写出自己的切身感受。有细节，有形象，有人物活动，具体鲜明，生动感人。通篇将事实的叙述、形象的描写和精辟的说理结合起来，使文章既有说服力，又富于感染力。例如第一段写读书之难，向别人借书，为了按期归还，就不辞辛劳地阅读抄录，作者通过一个典型的细节来加以概括："天大寒，砚冰坚，手指不可屈伸，弗之怠。"第二段写求师之难，强调虚心好学的重要，则描绘出一个具体的生活画面："余立侍左右，援疑质理，俯身倾耳以请；或遇其叱咄，色愈恭，礼愈至，不敢出一言以复；俟其忻（欣）悦，则又请焉。"这里有人物的动作、姿态、神情，还有小心翼翼的心理活动，这就给读者留下了鲜明深刻的印象。有这样生动的描写作（做）基础，道理自不难讲明。因此，这两段的末尾，就都只用了一句极简单扼要的话来作结："以是人多以书假余，余因得遍观群书。""故余虽愚，卒获有所闻。"前者解决了家贫"无从致书以观"的矛盾；后者解决了"又患无硕师名人以（与）游"的矛盾。这样有血有肉地讲述自己的亲身经历和体会，读者自然会感到平易亲切，从而受到感染教育。

作者在表达上处处注意委婉含蓄，避免直露生硬。全文的命意在劝勉后学应该努力学习，但这个意思始终没有直接明白说出来，而是着重从自己曾经怎样学习一面来着笔，最后才从推奖、勉励的积极的方面说到对方。按赠序的一般写法，被赠的对象应该是一篇之主，作者自己则属于宾；但本文的写法却是倒宾为主，先宾后主，这个总的构思和布局就是非常委婉含蓄的。第五段讲的是当时一般的太学生，似乎与马生没有关系，但因为马生本人是个太学生，因而实际上也是隐括了马生在内的。这样写就显得婉曲含蓄而易于被对方接受了。

对比手法的成功运用，也是使得这篇文章文气贯注，结构紧凑，中心思想鲜明突出的重要原因。文章的写法是由巳（己）及人，先宾后主，但作者处处注意主宾之间的内在联系，写宾时处处针对主，而写主时又处处照应到宾。第五段写太学生们学习条件的优越，就不是一般泛泛地写，而是注意到与上文的照应，前后形成鲜明的对比："无冻馁之患"，与上文"口体之奉不若人"形成对比；"无奔走之劳"，与上文"负箧曳屣，行深山巨谷中"等等艰苦情状形成对比；"有司业、博士为之师"，与上文求师之难形成对比；"凡所宜有之书，皆集于此"，与上文借书手录之难形成对比。经过这样前后的鲜明对比，问题就十分自然地归结到学习态度上，然后顺理成章，得出结论：能否学成，关键不在学习条件的好坏，亦不在天资的慧愚，而在学习的专心和不专心。有理有情，理在情中，很有说服力。

综上所说，宋濂这篇《送东阳马生序》，不仅在思想上能给我们以启发，而且写得精炼（练）流畅，生动感人，观点鲜明突出，结构严谨细密，在写作艺术上也有可借鉴之处。

归有光

归有光（1506—1571），字熙甫，人称震川先生，昆山（今属江苏）人。明文学家。嘉靖进士，官南京太仆寺丞。有《震川文集》。

归有光为明代重要散文作家，论文推《史记》和唐宋古文，与王慎中、唐顺之、茅坤等同属“唐宋派”。所作散文，即事抒情，纡徐平淡，文字朴素简洁，对当时和后世影响都很大。

项脊轩志

项脊轩[1]，旧南阁子也[2]。室仅方丈[3]，可容一人居。百年老屋，尘泥渗漉[4]，雨泽下注，每移案[5]，顾视无可置者[6]。又北向，不能得日，日过午已昏。余稍为修葺[7]，使不上漏。前辟四窗，垣墙周庭[8]，以当南日[9]。日影反照，室始洞然[10]。又杂植兰、桂、竹、木于庭，旧时栏楯[11]，亦遂增胜[12]。借书满架，偃仰啸歌[13]，冥然兀坐[14]，万籁有声[15]。而庭阶寂寂，小鸟时来啄食，人至不去。三五之夜[16]，明月半墙，桂影斑驳[17]，风移影动，珊珊可爱[18]。然余居于此，多可喜，亦多可悲。

先是[19]，庭中通南北为一。迨诸父异爨[20]，内外多置小门墙，往往而是[21]。东犬西吠[22]，客逾庖而宴[23]，鸡栖于厅。庭中始为篱，已为墙[24]，凡再变矣[25]。

家有老妪，尝居于此。妪，先大母婢也[26]，乳二世[27]。先妣抚之甚厚[28]。室西连于中闺[29]，先妣尝一至。妪每谓余曰："某所，而母立于兹[30]。"妪又曰："汝姊在吾怀，呱呱而泣[31]。娘以指扣门扉曰：'儿寒乎？欲食乎？'吾从板外相为应答[32]。"语未毕，余泣，妪亦泣。

余自束发读书轩中[33]，一日，大母过余曰[34]："吾儿，久不见若影[35]，何竟日默默在此[36]，大类女郎也[37]？"比去[38]，以手阖门[39]，自语曰："吾家读书久不效[40]，儿之成，则可待乎？"顷之，持一象笏至[41]，曰："此吾祖太常公宣德间执此以朝[42]，他日，汝当用之。"瞻顾遗迹，如在昨日，令人长号不自禁[43]。

轩东故尝为厨[44]，人往，从轩前过。余扃牖而居[45]，久之，能以足音辨人。轩凡四遭火，得不焚，殆有神护者[46]。

项脊生曰[47]："蜀清守丹穴[48]，利甲天下[49]，其后秦皇帝筑女怀清台[50]。刘玄德与曹操争天下，诸葛孔明起陇中[51]。方二人之昧昧于一隅也[52]，世何足以知之？余区区处败屋中[53]，方扬眉瞬目[54]，谓有奇景。人知之者，其谓与坎井之蛙何异[55]？"

余既为此志[56]，后五年，吾妻来归[57]。时至轩中，从吾问古事，或凭几学书[58]。吾妻归宁[59]，述诸小妹语曰："闻姊家有阁子，且何谓阁子也？"其后六年，吾妻死，室坏不修，其后二年，余久卧病无聊，乃使人复葺南阁子，其制稍异于前[60]。然自后余多在外，不常居。

庭有枇杷树，吾妻死之年所手植也，今已亭亭如盖矣[61]。

注释

[1] 项脊轩：归有光的书斋名。归有光远祖道隆，居昆山（今属江苏）之项脊泾。用项脊作书斋名，含意是不忘远祖。

[2] 阁子：指小屋。

[3] 方丈：见方一丈。

[4] 渗漉（lù）：渗漏。

[5] 案：狭长的桌子。这里应指书案，即书桌。

[6] 顾视：环顾四周。无可置者：没有可以安置（书桌）的地方。

[7] 修葺（qì）：修补。

[8] 垣（yuán）：矮墙。周庭：围绕庭院。

[9] 当：对着。

[10] 始：才。洞然：豁亮的样子。

[11] 栏：栏杆。楯（shǔn）：栏杆的横木。

[12] 增胜：增添了景致。

[13] 偃仰：俯仰。啸歌：大声吟唱。

[14] 冥然兀（wù）坐：默默地端坐。

[15] 万籁（lài）：天地间一切声响。

[16] 三五之夜：指农历每月十五的夜晚。

[17] 斑驳：错落杂乱的样子。

[18] 珊珊：舒缓优美的样子。

[19] 先是：此前。

[20] 迨（dài）：等到。诸父：各位伯父叔父。异爨（cuàn）：各起炉灶做饭，指分家。爨，烧火做饭。

[21] 往往而是：到处都是（门墙）。

[22] 东犬西吠：东家的狗对着西家叫。

[23] 逾：穿过。庖：厨房。宴：赴宴。

[24] 已：已而，随后。

[25] 凡：总共。再：两次。

[26] 先大母：去世的祖母。

[27] 乳：此指喂奶。乳二世：喂养过两代人。

[28] 先妣（bǐ）：去世的母亲。抚：这里意为对待、照顾。

［29］中闺：妇女住的内室。此指母亲的卧室。

［30］而：同“尔”，你。

［31］呱（gū）呱：小孩哭声。

［32］板：指门。

［33］束发：古人以十五岁为成童之年，把头发束起来盘到顶上。

［34］过余：到我这里。

［35］若：你。

［36］竟日：整天。

［37］大类：太像。

［38］比去：等到离开时。

［39］阖门：关门，掩门。

［40］读书久不效：读书长久没有收到成效。指未取得功名。

［41］象笏（hù）：象牙制的长方形板，又称象简、手扳，古时大臣朝见君主时手执之物。

［42］太常公：指归有光祖母的祖父夏昶，昶字仲昭，昆山人，明成祖永乐年间进士，曾任太常寺卿。宣德：明宣宗年号（1426—1435）。

［43］长号（háo）：大声痛哭。

［44］轩东故尝为厨：轩的东边以前做过厨房。

［45］扃（jiōng）：关上。牖（yǒu）：窗户。

［46］殆：似乎。

［47］项脊生：归有光自称。

［48］蜀清：古代四川一位名叫清的寡妇。丹穴：出产丹砂的矿。

［49］甲天下：天下第一。

［50］秦皇帝筑女怀清台：《史记·货殖列传》：“巴（蜀）寡妇清，其先得丹穴……清，寡妇也，能守其业，用财自卫，不见侵犯。秦皇帝（秦始皇）以为贞妇而客之，为筑女怀清台。”

［51］陇中：田陇之中，指农村。

[52] 方：当，正在。昧昧：不明，指不被人知道。一隅：一个角落。

[53] 区区：渺小的样子。这是谦词。败：破旧。

[54] 瞬：眼睛转动。扬眉瞬目：形容神采飞扬。

[55] 埳（kǎn）井之蛙：《庄子·秋水》篇中说：埳井之蛙向东海之鳖夸耀它的生活环境和乐趣。后来用它来比喻见识浅陋的人。埳，同“坎”，坑穴。井，即浅井。

[56] 为：指写作。这句表明以下的文字是后来补写的。

[57] 吾妻：指亡妻魏氏。来归：嫁过来。归，古时指女子出嫁。

[58] 学书：学写字。

[59] 归宁：已婚女子回娘家看望父母。宁，向父母请安。

[60] 制：格式。

[61] 亭亭：高高直立的样子。盖：伞。这是比喻枇杷树长得高大，枝叶茂盛。

读归有光《项脊轩志》[①]

吴小如

清代桐城派古文大师姚鼐编选《古文辞类纂》，继唐、宋八家的文章之后，于明代三百年间的作家只选了归有光一人的作品。有人说，这是姚氏门户之见。我却认为，仅从这一点即可看出姚鼐对作家的取舍，态度还是相当谨严的。如果从作家本身去寻找入选的原因，则归有光的某些散文确实具有特色。他不仅取法《史》《汉》、韩、欧，能兼得古人之神与貌，而且从他的创作实践证明，他在一定程度上是体现了明朝中叶的时代特征的。我以为他的散文，不论作者本人有意无意，已开始受到当时白话小说的影响。即以这篇代表作《项脊轩志》而论，它上承唐人传奇写作手法，下启《聊斋志异》用笔先河。它正是归有光专门摹写身边琐事而具有小说胎息的一篇杰作。比如文中写老乳母转述作者母亲的问话，和作者祖母对作者的谆谆嘱咐，既酷似班固《汉书》中人物琐屑问答的口吻，又是蒲松龄写《聊斋志异》的蓝本。实际上，《项脊轩志》所记录的人物对话，已是把口语对译成文言，所以读起来活灵活现，而遣辞造句又十分精练。我感到这正是归有光写古文的特色之一。不过姚鼐对《项脊轩志》的特色却深表遗憾。他认为这篇文章不免带有小说气，而且有辞费之嫌。这恐怕是姚氏囿于正统古文家的看法的缘故，其实，归有光文章的长处恰好正是姚鼐所批评的短处。这恐怕

① 选自吴小如《古文精读举隅》，天津古籍出版社 2002 年版。

不是姚氏始料所及的了。

近年以来，对《项脊轩志》进行赏析并作出评价的文章逐渐多起来了，但这些评论似乎都还未能搔到痒处。以本篇的写作主旨或主题思想而论，有人说是写亲子和夫妇之情的，也有人说是作者从文章里表达了他对昔日家庭生活的怀念。我们承认这些都是《项脊轩志》所具有的内容，而真正的主旨所在，却是作为一个没落地主家庭的子弟，对家道中落的身世发出了惋惜和哀鸣，同时也在沉痛地凭吊个人遭际的不幸。作者以一间破旧的书房为线索，写出了母亲、祖母和妻子三代人对自己的爱怜、期望和依恋，从而流露出一个失意的读书士人生不逢时的抑郁和悲哀。归有光是古文作家中善于描述身边琐事的能手，他把一些米盐琐屑的日常生活写活了，不仅给人以强烈的感染力，而且还使今天的读者深切体尝到封建知识分子在家庭小圈子里的真正的喜怒哀乐。这个内容看似寻常，却直接影响到“五四”以后的散文创作。我们从朱自清先生的《背影》《儿女》《冬天》《给亡妇》等名篇中，不难体认出里面所蕴涵的归有光散文的遗风余韵。

《项脊轩志》的结构似奇而实正。除第一段正面写轩内外的具体情况和特点外，从第二段到第四段转入对人事的回溯，第五段则是这篇《志》文的余波。接下来第六段是作者本人抒发的议论，而文气似未完，就匆匆搁笔了。过去人们都认为自“余既为此志”以下的文章既是作者所补记的《志》文的续篇，为什么非添在“项脊生曰”一段的后面不可呢？作者完全可以把中间“项脊生曰”这一段移到篇末或干脆删掉，何必更添出个尾巴来呢？其实这正是作者摹仿《史记》的地方。《史记》中褚少孙所补的部分固然列于篇末；就是司马迁本人的文章，也出现过这种结构。读者试检《史记·田单列传》，不就是有“太史公曰”以后又添出一段关于王蠋的记载吗？这种章法看似别扭，其实仍有所本。我故曰其结构“似奇而实正”。

让我们先看第一段。作者一上来就点明项脊轩的位置和它建成的时间，是记叙文应有之笔。接着写这间破旧书房的缺点。缺点写得很有意思。这间小屋大约平时还能凑合，一遇雨天可就无处容身了。另外，室内光线不足，也影响对它的使用。于是从补苴罅漏和开南窗入手，让这间小屋得以充分利用。室内矛盾解决了，便设法美化外围环境。这样，“躲进‘书房’成一统”，可以一任自己“偃仰啸歌”了。可是作者为了刻画这间小屋是值得流连眷恋的，乃用“颊上添毫”的手法写出项脊轩周围的昼景和夜色。日间“庭阶寂寂”，小鸟依人；夜来“明月半墙，桂影斑驳”。看似写景，实借以抒情。这样着意描写，就从字里行间透露出作者在这个生活小圈子里所感到的自我满足。不仅可以“两耳不闻窗外事”，甚至连大家庭内部的纠纷也可以丢开了。然而归有光毕竟不是生活在真空的玻璃罩里的人，他把“可喜”的一面写足，笔锋一转，自然进入“可悲”的一面，从而过渡到下面的三段文字。

写“可悲”，要把笔墨放远些。矛盾并不在自己的直系亲属这方面，而要从整个大家庭的分崩离析写起，才见出已经破落的世家门第的迟暮景象。所以第二段写出了已遭破败之后的大环境。作者用“东犬西吠”“客逾庖而宴”“鸡栖于厅”三个细节写出了原来一个大户人家逐渐把一座堂皇富丽的宅第搞成了大杂院。自己作为这个破落家庭的子弟之一员，偏偏又是个读书人（自己的祖母之所以殷切企盼他早日成名原因亦正在此），其感慨之深，忧虑之远，是可想而知的。这样来写人事关系，可谓极尽含蓄蕴藉之能事。作者并没有站出来发牢骚，只用“始为篱，已为墙”寥寥数语，自己的起伏不平的心潮便已从毫端涌向纸上了。

第三四两段，主要写自己母亲的劬劳辛苦和祖母的望孙成名。据归有光《先妣事略》，作者的母亲周桂出生于公元 1488 年（明孝宗弘治元年）。至1503年，她虚岁十六，出嫁到归家。1505年，归有光出生，至1513年（明武宗正德八年），归有光的母亲仅二十六岁，便与世长辞。当时归有光只有八周岁，对他母亲的印象当然不甚清楚，只能靠比自己大一岁的姐姐的乳母（归有光祖母的婢女）来回忆往事。在众多的往事中，只能选择与项脊轩有关的来写，而且事件本身还得服从于文章的主题，必须有典型意义。于是乳母便讲了作者的母亲如何关心她新出生的女儿这件琐事。从乳母来说，这是她亲身经历的，而且就发生在这间小屋里；而从作者说，虽不是发生在他自己身上的事，却足以感受到母爱的温暖和劬劳，自然增重了感情上的负担。同时，作者又想到母亲死去的很早，当然要同那位老乳母相对饮泣了。但母爱只是牵动自己感情的一个方面，更主要的乃是家长盼望子孙能够成名。如果子孙有出息，可以读书应考，终于做了官，才谈得上重振家风，把已经衰落的家业恢复起来。于是作者写了自己的闭门苦读，和祖母对孙子的疼爱与期望。当然，这些情景也是在项脊轩中出现的，作者写来自然顺理成章，没有丝毫勉强。然而自己并没有能够实现祖母的一片心愿，所以“瞻顾遗迹”，就不止（只）是啜泣而已，而不禁要放声痛哭（“长号”）了。

前人认为第五段“轩东，故尝为厨”云云有点多余，可以省略。我则以为这短短几句并非闲笔。作者写自己“能以足音辨人”，足见在轩中生活的时间是很长久的，说明他对这间破旧小屋一直怀有深厚的感情。四次遭火而此轩竟得不焚。这对作者来说又是多么值得慰藉和庆幸的事！以这一段作为写项脊轩的“余波”，才使上文的“可喜”与“可悲”都有了着落，文势也自然绾合。我们必须注意到这是一篇优秀的文学作品，不能只考虑文字的是否简洁而不体会作者感情上的有无牵系。这也正是细节描写有时是必不可少的原因。

接下去第六段是以短短的议论作为小结。作者举出两个历史人物寡妇清和诸葛亮来同自己相比。其共同点是“方二人之昧昧于一隅也”，世人对他们并不了解；正如世人对自己也不了解一样。然而寡妇清善理财，以“丹穴”致富；诸葛亮能治国，是杰出的政治活动家。他们各自在当时都对社会有卓越贡献。而更重要的是他们遇到了赏识者。如果没有秦始皇和刘玄德，恐怕这一女一男也未必能扬名于后世。可见人才还要靠人发现。而自己的怀才不遇，又有谁来发现呢？这是作者要说的一层意思。然后掉转头来再从自己这方面看。寡妇清即使没有秦始皇给她筑台，她依然是富有者；诸葛亮即使不遇刘玄德，他的雄才大略依然不可磨灭。而自己呢，既无蜀清之富又无孔明之才，生活在如此狭隘的家庭小圈子里，却“扬眉瞬目”、沾沾自喜，缺乏自知之明，“谓有奇景”。这就注定是一场悲剧。难怪人们要用“坎井之蛙”来看待自己了。自怨与自卑交织在一身，正是当时没落了的旧家子弟的共同苦闷。作者这一段平凡议论，不仅写了自己，也反映出当时与作者处于同一阶层的封建士子的心声。所以这篇文章虽然主要写的是身边琐事，却也带有一定的普遍意义，不能只看作归有光个人的无病呻吟。

后面补入的两段确实写得哀婉而沉痛。一个早失母爱、同时在政治上又没有发迹的青年读书人，只有在结婚以后，精神才能得到慰抚和寄托。后两段作者虽着墨不多，却写出了伉俪情笃，一家人融融泄泄的“可喜”场面。这就使小小的项脊轩——一间古老而破旧的书房平添了无限生意。然而曾几何时，妻子也离开了人世。项脊轩虽经修葺，却已物是人非，不常有人去住了。这里面蕴涵着多少今昔沧桑之感啊！更使作者不能忘情的，乃是庭前的那株枇杷树。那是自己最心爱的人临死的那一年亲手种植的，如今树已“亭亭如盖”，睹物思人，人何以堪！文章的精彩处就在于作者并没有把一腔幽怨、满腹牢骚倾筐倒箧地和盘托出，只以悠悠不尽之笔淡淡收住，正如苏轼所形容的那种“余音袅袅，不绝如缕”的回声荡漾在人们的耳际。这不仅使文章意旨遥深，情韵不匮，而且这种写法似乎更容易扣动读者的心弦，情不自禁地会引起读者凄惋惆怅的共鸣。这是作者把韩愈、欧阳修的以诗为文的特点与古典小说中着重细节描述的新事物巧妙地结合起来，使古文的意境向前推进了一步，真不愧为后来居上了。

先妣事略

先妣周孺人[1]，弘治元年二月十一日生[2]。年十六，来归[3]。逾年，生女淑静。淑静者，大姊也。期而生有光[4]；又期而生女、子，殇一人[5]；期年而不育者一人[6]；又逾年，生有尚，妊十二月；逾年，生淑顺；一岁，又生有功。有功之生也，孺人比乳他子加健，然数颦蹙顾诸婢[7]：“吾为多子苦。”老妪以杯水盛二螺进，曰：“饮此，后妊不数矣[8]。”孺人举之尽，喑不能言[9]。正德八年五月二十三日[10]，孺人卒。诸儿见家人泣，则随之泣，然犹以为母寝也。伤哉！于是家人延画工画，出二子，命之曰：“鼻以上画有光，鼻以下画大姊。”以二子肖母也。

孺人讳桂[11]。外曾祖讳明，外祖讳行，太学生[12]。母何氏。世居吴家桥，去县城东南三十里，由千墩浦而南，直桥并小港以东[13]，居人环聚[14]，尽周氏也。外祖与其三兄，皆以赀雄[15]，敦尚简实[16]，与人姁姁说村中语[17]，见子弟甥侄，无不爱。孺人之吴家桥，则治木绵；入城，则缉纑[18]。灯火荧荧，每至夜分[19]。外祖不二日，使人问遗[20]。孺人不忧米盐，乃劳苦若不谋夕。冬月炉火炭屑，使婢子为团，累累暴阶下[21]。室靡弃物[22]，家无闲人。儿女大者攀衣，小者乳抱，手中纫缀不辍，户内洒然。遇僮奴有恩[23]，虽至箠楚[24]，皆不忍有后言[25]。吴家桥岁致鱼蟹饼饵，率人人得食。家中人闻吴家桥人至，皆喜。

有光七岁，与从兄有嘉入学。每阴风细雨，从兄辄留。有光意恋恋，不得留也。孺人中夜觉寝[26]，促有光暗诵《孝经》，即熟读，无一字龃龉[27]，乃喜。孺人卒，母何孺人亦卒。周氏家有羊狗之痾[28]，舅母卒，四姨归顾氏，又卒，死三十人而定，惟外祖与二舅存。

孺人死十一年，大姊归王三接，孺人所许聘者也。十二年，有光补学官弟子[29]，十六年而有妇，孺人所聘者也。期而抱女，抚爱之，益念孺人。中夜与其妇泣，追惟一二[30]，仿佛如昨，余则茫然矣。世乃有无母之人？天乎！痛哉！

注释

[1] 先妣（bǐ）：亡母。孺人：明七品以下职官的妻或母的封号。

[2] 弘治元年：1488 年。弘治，是明孝宗朱祐樘的年号。

[3] 归：出嫁。

[4] 期（jī）：一周年。

[5] 生女、子：一胎生了一子一女。殇（shāng）：夭折。

[6] 不育：指流产。

[7] 颦蹙（píncù）：愁眉不展。

[8] 数（shuò）：多，频繁。

[9] 喑（yīn）：哑。

[10] 正德八年：1513 年。正德，是明武宗朱厚照的年号。

[11] 讳：指死去的尊长的名字。

[12] 太学生：国学的学生。

[13] 并：傍，沿着。

[14] 居人：居民。

[15] 以赀雄：以财产而在当地有势力。赀，同“资”。

[16] 敦尚：提倡。

[17] 姁（xù）姁：和悦的样子。

[18] 缉纑（lú）：把麻搓成一缕缕的线。

[19] 夜分：半夜。

[20] 遗（wèi）：赠送。

[21] 暴（pù）：晒，同“曝”。

[22] 靡：没有。

[23] 遇：对待。

[24] 箠：仗。楚：荆木。箠楚：指杖刑。

[25] 后言：背后的非议。

[26] 觉寝：睡醒。

[27] 龃龉（jǔyǔ）：原意为牙齿不正。这里的意思是不流利。

[28] 羊狗之痾：痾，同“疴”，病。羊狗之痾，大约是一种传染病。

[29] 补学官弟子：考中秀才。归有光二十岁以童子试第一名补苏州府学生员。

[30] 追惟：追思，回想。

归有光《先妣事略》鉴赏①

霍松林

归有光只有八岁的时候，他的母亲就去世了。大约二十五六岁的时候，写了这篇《先妣事略》。有些情景，是根据回忆写的；有些事迹，是结合后来的了解写的。

第一段的前一部分，写他母亲的出生、结婚、生儿育女及死亡。这当然是结合后来的了解写的，重点写生儿育女，叙事极简明。出生和死亡，都确切地标出年月日，从而表明他母亲只活了二十五岁。结婚的年龄也明确写出，让人们知道从"年十六"到死去，不过十个年头。而在这短暂的婚后生活中，竟生了七胎，一胎还是孪生。八个孩子喂活了六个，其辛苦不难想见，所以她想节育。可那时还没有什么节育的好办法。"老妪以杯水盛二螺进"，她居然"举之尽"，决心是够大的，然而接着便"喑不能言"，以至（致）送了性命。连产七胎，用"逾年""期""又期""期年""又逾年""逾年""一岁"等词依次写出，给读者的心灵以频繁而迅急的敲击。"吾为多子苦！"这是归有光母亲的呼声，也是旧时代千百万妇女的共同呼声。

第一段的后一部分，写他母亲死后的情景，出于自己的追忆。这时候，最大的孩子只有八（九）岁，其余的则更小，对母亲的死弄不清是怎么回事。"诸儿见家人泣，则随之泣，然犹以为母寝也。"

① 选自霍松林《唐音阁鉴赏集》，河北教育出版社 2000 年版。标题为编者所加。

这三句淡淡写出，而情景如见。孩子们还以为母亲在睡觉，等一会儿就会醒来。他们之所以哭，只是由于看见大人哭，才跟着哭的，心里并不难过。而现在回忆起来，便百倍难过了。“伤哉！”这是想起当时情景之后发出的叹息声。虽只用了两个字，却声泪俱下，令人难以为怀。接着写请人为母亲画像。母亲已经死去，不便让画工看到，怎么画法呢？将近二十年过去了，作者还记得很清楚：家人唤他和他大姊出来，对画工说：“鼻以上画有光，鼻以下画大姊。”因为他们两个的面貌最像母亲。这也是淡淡写出的，然而在客观的叙事中蕴涵无限悲哀。

第二段写他母亲的娘家是个人家族，而且很富有，却“敦尚简实”。写这些干什么，他没有明说，但读者可以领会：这样的家风对他母亲的影响是良好的。接下去便写母亲如何勤劳，如何节俭，如何待人宽厚。不管是在婆家还是回到娘家，都缉、治绵，“灯火荧荧，每至夜分”。娘家经常送东西来，她“不忧米盐”，却“劳苦若不谋夕”。及至生了一大群孩子，“大者攀衣，小者乳抱”，仍然“手中纫缀不辍”。她既勤又俭，“室靡弃物”，却不吝啬，娘家送来的鱼蟹饼饵，都分赠家人，包括那些“僮奴”。通过这些描述，一位淳朴温厚的女性形象便活现面前，足以抑制浮华，唤起人们的善心。

第三段的前一部分写了两件事。第一件，写他七岁时与从兄一起上学，“每遇阴风细雨”，从兄总要留他。而他却爱恋母亲不肯留，冒着风吹雨淋，独自跑回家中。第二件，写他夜间与母亲同睡；母亲半夜醒来，便督促他默诵《孝经》；他背得滚瓜烂熟，字字清晰，母亲才感到高兴。这两件，都是通过回忆当时情景写出来的。而这时，他母亲离开他已将近二十年了！读者假如设身处地想一想，就会感到在那貌似平静的叙述中跳荡着不平静的心。这一段的后一部分，写他母亲死后，外婆家接连死了三十人，包括他的外婆和舅母。这只是偶然事件，似乎没有叙述的必要。然而回顾前面，不是曾写过他母亲出生于一个富有的大家族吗？对一个小孩子来说，有慈爱的母亲，还有人口众多、家境宽裕，又那么爱护母亲因而也爱护自己的外婆家，这该多幸福！可如今，这一切都忽然失落了，变样了！由母亲的死亡而想到外婆家的灾难，原是感情激流的自然奔泻，从而更强化了悲剧氛围。

第四段，回忆中的情景由远及近，最后回到现实，以感叹作结。“先妣”的事迹，前面已经写完了；但这里提到的几件事，又都与她有关。作者的妻子和他大姊的夫婿，都是母亲选定的，可他们结婚的时候，母亲已经死去好久了，无法亲眼看见了！母亲半夜醒来都不忘记督促儿子背书，可儿子考中秀才的时候，母亲已长眠地下十二年；要是她还活着，那该多快活！儿子结婚不久就抱上了女儿，抚爱备至。而这母亲也看不见啊！由自己和妻子抚爱女儿想到他们再也无法得到母亲的爱，就更加思念母亲了。这篇文章，就是在“益念孺人，中夜与其妇泣，追惟一二，仿佛如昨”的情况下写出来的，因而情真意切，感人至深。以“世乃有无母之人，天乎！痛哉”的号呼声结束全文，更增强了震撼人心的艺术力量。

归有光善于写记叙文，以他自己的身世和家人骨肉之间的琐事为题材的记叙文，尤其写得好。方苞在《书〈归震川文集〉后》里说：“其发于亲旧及人微而语无忌者，盖多近古之文。至事关天属，其尤善者，不事修饰而情辞并得，使览者恻然有隐。”这篇《先妣事略》，即“事关天属”。幼年失去母爱，这是大可悲哀的。但如果一味地说他如何悲哀，未必能唤起读者的共鸣。作者除了在中间一处用了“伤哉”，在结尾用了“痛哉”而外，只追述往事，着墨也很淡，但那是含着眼泪写的，语愈淡而情愈深，读之令人鼻酸。方苞所谓“不事修饰而情辞并得，使览者恻然有隐”，是符合实际的。

徐 渭

徐渭（1521—1593），初字文清，后改字文长，号天池山人、青藤道士，山阴（今浙江绍兴）人。明文学家、书画家。曾为浙闽总督胡宗宪幕客，参与谋划抗倭军事。宪宗时被入狱，畏祸发狂。隆庆元年以杀妻罪下狱论死，因里人力救，万历元年获释。一生于功名仕进历尽坎坷，激愤穷愁，寓于文字书画间。有《徐文长全集》。

徐渭以书画知名当世，并工诗文。诗出入李白、李贺之间，成为公安先驱。散文亦恣肆不同凡响，论者以为源出苏轼，较其诗为胜。

豁然堂记

越中山之大者[1]，若禹穴、香炉、蛾眉、秦望之属，以十数，而小者至不可记。至于湖，则总之称鉴湖[2]，而支流之别出者，盖不可胜计矣。郡城隍祠[3]，在卧龙山之臂[4]，其西有堂，当湖山环会处。语其似，大约缭青萦白[5]，髻峙带澄[6]。而近俯雉堞[7]，远问村落[8]。其间林莽田隰之布错[9]，人禽宫室之亏蔽[10]，稻黍菱蒲莲芡之产，耕渔犁楫之具，纷披于坻洼；烟云雪月之变，倏忽于昏旦。数十百里间，巨丽纤华，无不毕集人衿带上[11]。或至游舫冶尊[12]，歌笑互答，若当时龟龄所称“莲女”、“渔郎”者[13]，时亦点缀其中。于是登斯堂，不问其人，即有外感中攻[14]，抑郁无聊之事，每一流瞩[15]，烦虑顿消。而官斯土者[16]，每当宴集过客，亦往往寓庖于此[17]。独规制无法，四蒙以辟[18]，西面凿牖，仅容两躯。客土座必东，而既背湖山，起座 观，还则随失。是为坐斥旷明，而自取晦塞。予病其然，悉取西、南牖之[19]，直辟其东一面[20]，令客座东而西向，倚几以临，即湖山终席不去。而后，向之所云诸景，若舍塞而就旷，却晦而即明。工既讫，拟其名，以为莫“豁然”宜。既名矣，复思其义曰：“嗟乎，人之心一耳。当其为私所障时，仅仅知有我七尺躯，即同室之亲，痛痒当前，而盲然若一无所见者，不犹向之湖山，虽近在目前，而蒙以辟者耶？及其所障既彻，即四海之疏，痛痒未必当吾前也，而灿然若无一不婴于吾之见者[21]，不犹今之湖山。虽远在百里，而通以牖者耶？由此观之，其豁与不豁，一闻耳，而私一己、公万物之几系焉[22]。此名斯堂与登斯堂者，不可不交相勉者也，而直为一湖山也哉！既以名于是义，将以共于人也，次而为之记。

注释

［1］越中：这里主要指明代绍兴府范围。下句言及的禹穴等山，均距绍兴不远。

［2］鉴湖：亦称镜湖，在今绍兴市西。

［3］城隍祠：城隍庙。

［4］卧龙山：今称府山，在绍兴市内，与鉴湖相近。

［5］缭青萦白：指堂为山水环绕。青，指山；白，指水。

［6］髻峙带澄：青山对峙，河水澄鲜。髻，指山；带，指河。

［7］雉堞：城墙。

［8］问：这里意谓可以相闻相问。

［9］林莽田隰（xí）：林野田地。莽，草。隰，低下的湿地。布错：交错排列。

［10］亏蔽：遮掩。

[11] 衿带：衣领和衣带。

[12] 冶尊：喝酒，戏游。冶，通“野”。尊，酒器。

[13] 龟龄：宋代文学家王十朋的字。王有《会稽风俗赋》，写及鉴湖中莲女、渔郎往来的风光。

[14] 即有：即使有。外感中攻：指来自内外的忧虑。

[15] 流瞩：犹言顾盼。

[16] 官斯土者：在此地做官的人。

[17] 寓庖：借此堂为宴集之所。

[18] 辟：同“壁”。

[19] 牖之：开窗于墙。

[20] 直：只，仅。

[21] 婴：同“撄”，触。

[22] 几：迹兆，征兆。系：联属，相关连。

徐渭《豁然堂记》鉴赏①

骆玉明

楼堂亭阁之类的记文，多叙述其建立的缘由、经过，杂以写景、抒情之笔。到了宋人，则喜欢以小见大地引申出一番道理来。欧阳修、苏东坡等名家文集中，都有很好的例子。徐渭此文颇有宋人的风格，而以行文绵密，叙述、写景、说理三者交融一体见长。

整篇文章集中在“去晦塞即旷明”这一层意思上。卧龙山上的那一所堂，处在很好的位置，可以远眺群山众水、田野丛林、渔舟莲舫，令人心旷神怡，烦虑顿消，确实是佳胜之地。可是建造得极不合理：面向湖山的一面，只开了一个仅能容两个人身体的窗子，座位又是背对湖山的。既不能让所有的人同时看到窗外风光，观景的人归座时又不能再看到它，把人和景隔绝开来，那堂的美妙之处就无法充分显示。改建后的堂完全避免了这些缺点：它在面向湖山的西南两面全都开出窗子，把座位反过来向着窗外。这样，堂内堂外连成了一片，人在堂内坐，如在画中游。这就叫“去晦塞而即旷明”。改建后的堂称为“豁然堂”，也就是常言所谓“豁然开朗”之意。

作者由此引申出一个颇为深刻的道理来：人心不也是如此吗？

---

① 骆玉明（1951—），复旦大学教授，博士生导师。主要研究汉魏六朝文学，兼任辞海编委和中国古典文学分科主编。著有《纵放悲歌——明中叶江南才士诗》《老庄哲学随谈》等。本文选自徐中玉主编《古文鉴赏大辞典》，浙江教育出版社1996年版。标题为编者所加。

当人心为一己之私所障时，就像豁然堂未经改建时那样，外面明明有广大世界、无限风光，却什么也看不到；一旦拆除了这屏障，顿时眼界开朗，胸怀高远。所以人心也需要“去晦塞而即旷明”。

徐渭的思想受王阳明学说影响很深，本文就是以王学为基础立论的。按照王阳明的说法，每个人都先天具有清明澄净的“良知”，只是由于种种世俗欲念的遮蔽，人心才变得污秽昏暗。这主要是强调个人的道德修养，要求人们以远大的眼光来看待世界。尽管王阳明的说法有其特定的时代内容，但这种思想还是有一定意义的。在日常生活的经验中，我们也可以体会到：当一个人过分纠缠眼前的、琐碎的利害得失时，往往对外部世界显得冷漠，所谓“一叶障目，不见泰山”。

本文所要论述的道理可以说是复杂而深刻的。但作者并没有花多少笔墨就把它说清楚了，给读者留下的印象十分鲜明。为什么呢？这是由于文章前半部分的叙述和写景，是后半部分所说道理的极为贴切、生动的比喻，所以道理一点即明，无须多说。读者阅读前半部分时，已经获得新堂与旧堂孰优孰劣的鲜明印象，然后从中自然而然地引申出人心之晦塞与旷明的道理，那完全是顺势而下，毫无牵强之处。再反过来说，有些文章的叙述与写景，只是为最终要说的道理作（做）铺垫，道理一旦说明，其自身的意义也就消失了，本文却并非如此。因为即使从单纯的观赏景物来说，也确实需要“去晦塞而即旷明”。正是因为前半部分作为审美经验之谈是充分成立的，用它来作为比喻才显得有很强的说服力。

行文绵密也是本文之长。文章先说越中的群山众水，起得很平，好像漫不在意。然后说到卧龙山堂览胜之妙，这才发觉开头原是殊费苦心。这时读者已不知不觉地入其彀中，这叫“引人入胜”。接着一一列举堂中远眺所见种种景象，富有江南水乡的特点，令人神往。继而一转，说到此堂的“规制无法”，像是先给人以美妙的诱惑却不让人满足，令人感到惋惜。下面再说改建和命名，使人不能不频频首肯，觉得理应如此。进而引申到为人处世的道理，点明“豁然”的更深一层意义，视野更加开阔了。最后又提出人人都应以此相勉，使读者恍然大悟：原来自己并不是一个局外人！全文转折很多，但毫无大起大落、变化突兀之处，而是兼行云流水与细针密线之佳。

最后说明一点：本文可能是代笔。徐渭是绍兴一带的名士，却一向穷困潦倒。他常代别人写文章。本文似乎是以一个官员的口气写的，与作者的身分（份）不合。而且，以徐渭的社会地位和财力，也不大可能去改建绍兴城内官员经常在此宴集的名胜。“豁然亭”的亭名则可能是徐渭代拟的。

宗　臣

宗臣（1525—1560），字子相，扬州兴化（今属江苏）人。明文学家。嘉靖进士，除刑部主事，移吏部文选司，因忤严嵩，出为福建布政参议，迁福建提学副使，在任期间，曾率众击退倭寇，卒于任。有《宗子相集》。

宗臣于诗文主张复古，与李攀龙齐名，“后七子”之一。诗未臻佳境，散文时有妙构，为人传诵。

报刘一丈书[1]

数千里外，得长者时赐一书，以慰长想，即亦甚幸矣。何至更辱馈遗[2]，则不才益将何以报焉？书中情意甚殷，即长者之不忘老父，知老父之念长者深也。

至以“上下相孚[3]，才德称位[4]”语不才，则不才有深感焉。夫才德不称，固自知之矣；至于不孚之病，则尤不才为甚。

且今世之所谓孚者何哉？日夕策马候权者之门，门者故不入[5]，则甘言媚词作妇人状[6]，袖金以私之[7]。即门者持刺入[8]，而主者又不即出见，立厩中仆马之间，恶气袭衣裾，即饥寒毒热不可忍，不去也。抵暮，则前所受赠金者出，报客曰：“相公倦，谢客矣。客请明日来。”即明日又不敢不来。夜披衣坐，闻鸡鸣，即起盥栉[9]，走马抵门[10]。门者怒曰：“为谁？”则曰：“昨日之客来。”则又怒曰：“何客之勤也！岂有相公此时出见客乎！”客心耻之，强忍而与言曰：“亡奈何矣！姑容我入。”门者又得所赠金，则起而入之[11]，又立向所立厩中。幸主者出，南面召见[12]，则惊走匍匐阶下[13]。主者曰：“进”，则再拜，故迟不起，起则上所上寿金。主者故不受，则固请；主者故固不受，则又固请。然后命吏纳之。则又再拜，又故迟不起，起则五六揖始出。出，揖门者曰：“官人幸顾我[14]，他日来，幸勿阻我也。”门者答揖[15]。大喜，奔出。马上遇所交识[16]，即扬鞭语曰：“适自相公家来，相公厚我，厚我！”且虚言状[17]。即所交识亦心畏相公厚之矣。相公又稍稍语人曰：“某也贤，某也贤。”闻者亦心计交赞之[18]。此世所谓上下相孚也，长者谓仆能之乎？

前所谓权门者，自岁时伏腊一刺之外[19]，即经年不往也[20]。间道经其门[21]，则亦掩耳闭目，跃马疾走过之，若有所追逐者。斯则仆之褊衷[22]，以此长不见悦于长吏[23]，仆则愈益不顾也。每大言曰：“人生有命，吾惟守分而已[24]！”长者闻之，得无厌其为迂乎[25]？

乡园多故[26]，不能不动客子之愁。至于长者之抱才而困，则又令我怆然有感。天之与先生者甚厚，亡论长者不欲轻弃之[27]，即天意亦不欲长者之轻弃之也。幸宁心哉[28]！

注释

[1] 刘一丈：名玠，字国珍，号墀石，是宗臣父宗周的老友，厚爱宗臣，为师长、忘年交。一，排行第一。丈，老丈，长者。

[2] 馈遗（kùiwèi）：赠送礼物。

[3] 孚：信任。

[4] 称：相称。

[5] 门者：看门人。

［6］甘言媚词：甜言蜜语，献媚的话。

［7］袖金：把银钱藏在袖中。私之：偷偷地送给看门人。

［8］即：即使。刺：名片。古代削木以书姓名。相互拜见时投送用，称“刺”。明时已改用红纸书写，叫“名帖”。

［9］盥栉（guànzhì）：洗面梳头。

［10］走马：骑马小跑。

［11］入之：让他进来。

［12］南面召见：面向南召见。古代以坐北朝南为尊。

［13］惊走：惶恐地小跑。匍匐：双手着地，膝行向前。

［14］官人：唐时称作官的人为官人，引申以称有地位的人。这里用来称门者。幸：希望。顾：照顾。

［15］答揖：作揖回礼。

［16］所交识：所交结和认识的人。

［17］虚言状：夸张其词地叙述被相公接见时的情状。

［18］心计交赞：心领神会地交口称赞。

［19］岁时伏腊：岁时，一年四季。伏腊，夏伏与冬腊，古时两个祭祀名。“岁时伏腊”连用，泛指逢年过节。

［20］经年：终年。

［21］间（jiàn）：偶或。

［22］褊（biǎn）衷：心胸狭隘。衷，中心。

［23］见悦于长吏：被上司所喜欢。

［24］守分：守本分。

［25］得无：该不会。迂：迂腐，不通人情。

［26］多故：多变故。

［27］亡论：不要说。

［28］幸宁心哉：希望安心。

宗臣《报刘一丈书》鉴赏①

赵昌平

历来论本文都指出其抒愤论政，抨击严嵩之意，这并不错。但是文各有体，复信必针对来函有所为而发，宗臣何以在给师长的复信中如此写，这个问题因刘一丈原书已佚，未有使人信服的解答。表面看来，这信是因刘书中“上下相孚，才德称位”两句所激发，那么刘一丈如此赞宗臣又为了什么呢？不弄清这一问题，对本书的理解，终究隔膜。有一种说法，认为刘一丈可能出于对晚辈十分激进因而有危险之担忧，所以以此为劝告。然而这种推测，一是缺少依据，二是与“上下相孚，才德称位”来挂钩，总有点勉强。

这封信其实要读到最后，方可辨出点味外味来。文末说刘一丈“抱才而困”，不欲自我轻弃，最后以劝他“幸宁心哉”作结。“不欲”“宁心”二词，含义深长，可以不无理由地推测：刘一丈来书当有不甘寂寞，或潦倒不平之意，否则本文末段就成了无的放矢。这样就可以进一步推测到来书“上下相孚，才德称位”二句，如果不是抱才而困的老人对少壮做京官的宗臣的歆羡，也当是穷途末路的长辈，希望在后辈身上实现自己抱负的勉励。而这两种情况，从潜意识来看，其实是相通的。我们生活中经常会看到这样一种场景。

---

① 赵昌平（1945—），现任上海古籍出版社总编辑，编审，中国唐代文学学会副会长，上海市作家协会理事。主要研究唐诗及中国古典诗论。著有《顾况诗集》《孟子：匡世的真言》等。本文选自徐中玉主编《古文鉴赏大辞典》，浙江教育出版社1996年版。标题为编者所加。

父亲碌碌一生，就对儿子说：我不行了，你聪敏能干，一定要好自为之！以本文末段看，来书情况正同于此。看来宗臣对刘一丈的称赞并不以为然，而对他的不平或不甘寂寞，又颇为不安，然而对尊长，这层意思是不便直说的。所以就来书中两句话借题发挥，既一抒胸中块垒，又以一己经历对刘一丈作劝慰或婉讽。全文重点放在抒愤上，只在篇末轻点一笔“幸宁心哉”，所谓“画龙点睛”，这是宗臣答书的得体处。论本文若只说抒愤，而不见劝慰婉讽，恐怕是未明报书之文体特征及全文之脉络所致。

全书以“上下相孚、才德称位”为核心展开，然而于“才德称位”仅一笔带过，却对“上下相孚”在当时之虚伪大加挞伐。这是因“上下相孚”既不存在，“才德称位”就成了无根之木。虽然宗臣自己说安于天命，不才尤甚，但骨子里他却自视极高，也颇有不遇之感。但如直说自己才堪重任，尤其在长辈面前这样说，必不免自矜之讥。所以于“才德称位”一笔带过，这不唯是文章详略之需要，也是涵养风度之表现，这是文章的又一得体处。试想，如果辨“上下相孚”后，再来一段辨“才德称位”，将会拙劣到何等地步？

本文略得好，详得更好，而详中又有略。“上下相孚”的“上”当然是“相公”严嵩，但中间一大段写相公者着墨无多。写得最详的是那位门者与访者的交往。门者之于访者——士人，原本是下者对上者，但这上者的士人却卑躬屈膝，甘言媚词；下者的门者，却颐指气使，骄焰熏天；上下关系压根儿倒了过来。悍仆如此，则主者之气焰可见，所以只需用寥寥数笔。“故不受”“故固不受”；“然后命吏纳之”，就足见其虚伪而贪婪的本性。如此的上者岂可与下者相孚？这是第一个详中之略。第二个详中之略是详写拜见前，而略写拜见后。前面蓄势已足，后面只以“相公家来，相公厚我，厚我”与“某也贤，某也贤”，轻轻（做）反拨，就顿然形成讽刺意味极其强烈的对比。如果后面也详写，文势反会疲沓软弱，必无此点睛之妙。

于是想起前此两篇散文来。

第一篇是《孟子·离娄下》“齐人有一妻一妾”章。此章前文详写齐人每日酒肉饱腹而归，向妻妾吹嘘所交尽富贵者。又详写妻妾致疑，尾随齐人窥视，见其乞食墓间，“遍国中无与立谈者”。妻妾因此“相泣于中庭”。结末只一句云“而良人未之知也，施施从外来，骄其妻妾”。至此戛然而止。然而正是这“施施”和“骄”三个字，画龙点睛，讽意百倍于连篇累牍的描写。七子称“文必秦汉”，如果只就本文观之，可称是深得秦汉前文之神髓。

第二篇是韩愈的《蓝田县丞厅壁记》。于县丞之位同虚设，受制于下属，绘声绘色，入木三分。深得《孟子》笔意，文长不再细述，读者不妨参看。由此可见，七子之攻击唐宋文，将它与秦汉文对立的观点，实在不高明。这恐怕与他们高自位置，好为宏论之脾性有关。然而文学史毕竟是割不断的，主观上的凌空超越的意愿，在实际上都不能不带上前代的印痕。

人们常说《报刘一丈书》是七子文中无袭秦汉衣冠之嫌的一篇。确实如此。其原因，一方面当然在于文章激于现实政治而产生的真切义愤；另一方面，从艺术手法看，恐怕正是继承了前代散文详略得体的优点。

袁宏道

袁宏道（1568—1610），字中郎，号石公。明文学家。湖广公安（今属湖北）人。万历进士，选为吴县令，历国子博士，官至吏部郎中。无意仕途，为官不久，即退隐山居，性爱山水，曾漫游南北。与兄宗道，弟中道并称“三袁”，称“公安派”。有《袁中郎全集》。

“公安派”在理论上他反对前后七子拟古之风，主张抒写性灵，不拘格套，其作品大多真率自然，亲切可喜。“三袁”中以宏道成就最高。他写过很多优美的小品文，体裁多样，尺牍、随笔、游记皆其所长，文笔优美，意韵深长。亦能诗，成就不如散文。

其小品散文对五四以后的白话散文有一定影响。

满井游记

燕地寒[1]，花朝节后，余寒犹厉。冻风时作[2]，作则飞沙走砾，局促一室之内[3]，欲出不得。每冒风驰行，未百步，辄返。

廿二日，天稍和，偕数友出东直[4]，至满井。高柳夹堤，土膏微润[5]，一望空阔，若脱笼之鹄。于时冰皮始解[6]，波色乍明，鳞浪层层，清澈见底，晶晶然如镜之新开，而冷光之乍出于匣也[7]。山峦为晴雪所洗，娟然如拭[8]，鲜妍明媚，如倩女之靧面[9]，而髻鬟之始掠也。柳条将舒未舒，柔梢披风，麦田浅鬣寸许[10]。游人虽未盛，泉而茗者，罍而歌者[11]，红装而蹇者[12]，亦时时有。风力虽尚劲，然徒步则汗出浃背。凡曝沙之鸟，呷浪之鳞[13]，悠然自得，毛羽鳞鬣之间，皆有喜气。始知郊田之外，未始无春，而城居者未之知也。

夫能不以游堕事[14]，而潇然于山石草木之间者[15]，惟此官也。而此地适与余近，余之游将自此始，恶能无纪[16]？己亥之二月也[17]。

注释

[1] 燕：旧时河北省的别称。北京古称燕京。

[2] 冻风：冷风。时：经常。作：兴起。

[3] 局促：兼有狭窄、拘束之义。

[4] 东直：东直门，北京城东面最北的门。

[5] 土膏：肥沃的泥土。

[6] 冰皮：冰覆水面，如水有皮。

[7] 冷光：清亮的光。

[8] 娟然：美好的样子。

[9] 倩女：妩媚的女子。颒（huì）面：洗脸。

[10] 浅鬣（liè）：以兽类颈毛或鸟首毛喻麦苗。下文“鳞鬣”之鬣，则指鱼颔旁小鳍。

[11] 罍（léi）：盛酒器。这里以名词代动词，指喝酒。下文“蹇”字用法同。

[12] 蹇（jiǎn）：指骑驽钝的马或驴。

[13] 呷（xiā）浪：状鱼在水中戏游之状。呷，吸饮。

[14] 堕事：误事。堕，通“惰”，懈怠。

[15] 潇然：舒畅、轻快的样子。

[16] 恶（wū）：疑问代词。恶能无纪：怎能没有记游的文章。纪，通“记”。

[17] 己亥：明万历二十七年（1599）。

春在郊田旷野中①
——读袁宏道《满井游记》

吴战垒

《满井游记》是袁宏道的一篇山水小品，作于万历二十七年（公元1599年）。这年的早春二月，他游览了满井。满井是北京东北郊的一口古井，井中飞泉喷薄，冬夏不竭。井旁苍藤丰草，掩映着清清的渠水、错落的亭台，景色优美，是当时京郊探胜的好地方。

燕地寒，花朝节后，余寒犹厉。

燕地，指现在的北京和河北省北部，古代属燕国。旧俗以阴历二月十五为百花生日，称为花朝节。一种说法是二月十二日，也有的说是二月初二。这一天人们要到野外去玩赏春光。可是，这一年过了花朝节，百花还没有消息，余寒仍然很厉害，可见北方天气寒冷，春天来迟了。

冻风时作，作则飞沙走砾，局促一室之内，欲出不得。每冒风驰行，未百步，辄返。

① 选自宋广礼、刘刈编《阅读和欣赏——古代散文小品选粹》，中国广播电视出版社1999年版。

这几句承上文“余寒犹厉”，着重写风沙的厉害。风是“冻风”，有起冻结冰之感；而且“时作”，就是经常刮；一刮风，就沙砾飞扬，简直没法出门。一出门，冒风快走，不到百来步就挡不住要回头。这是写渴望出游与不能出游的矛盾。作者是一位喜游爱动的人，如今花朝节已经过了，也不知花事如何，因而探春出游之意早已按捺不住，但却被寒风沙砾所阻，不得不“局促一室之内”，其懊丧和郁闷可想而知。

廿二日天稍和，偕数友出东直，至满井。高柳夹堤，土膏微润，一望空阔，若脱笼之鹄。

“天稍和”，这个“和”字，既写天气的和暖，也透露出作者心情的解冻。于是立即同几位朋友出东直门，到满井去。“高柳夹堤，土膏微润”，是出郊所见；一个“局促室内，欲出不得”的人，忽然来到野外，看到堤岸两旁高高的柳树，闻到滋润的泥土芳香，心头不禁漾出一股春天的喜悦。他四望郊原，一片空阔，快活的心情就像脱笼之鸟一样，飞向那辽阔的春天原野。“若脱笼之鹄”，鹄就是天鹅，这是着力描写从局促困居的境况下解脱出来的喜悦，这一比喻真是再真切生动不过了。

于时冰皮始解，波色乍明，鳞浪层层，清澈见底，晶晶然如镜之新开而冷光（之）乍出于匣也。

这几句写春水之美。“冰皮始解，波色乍明”，用对偶的句式，点出余寒已退，薄冰初消，春水开始呈现出澄明的色泽。“始”“乍”二字扣紧早春景象，十分贴切。“鳞浪层层，清澈见底，晶晶然如镜之新开而冷光（之）乍出于匣也。”是写微风吹过水面，漾起鱼鳞般的波纹，清澈的流水闪闪发光，好像清晨刚打开镜匣，反射出镜子的清光一样。“镜之新开”“冷光乍出”的“新开”“乍出”，与“冰皮始解，波色乍明”的“始解”“乍明”，一是形容一天的起点，一是形容一年的起点，相互呼应，同一机杼，很有节候感，足见作者观察的细致和刻画的工巧。另外，用新开匣的明镜来比喻明亮的春水，也显得优美熨帖；同时还可以使人联想到晨妆对镜的美人，从而具有表里相关的两层意蕴。

山峦为晴雪所洗，娟然如拭，鲜妍明媚，如倩女之靧面而髻鬟之始掠也。

这里是写春山之美。山峦的积雪被晴日所融化，青葱的山色如同经过洗拭一般，显得格外鲜妍明媚，好像刚洗过脸的美人正在梳掠她的发髻。靧，当洗脸讲。倩女，就是美女。“始掠”的“始”字，表明美人晨妆刚罢。这个比喻，与上面开匣明镜的春水的比喻，虽然分别指山水，却一气相通，由明镜而带出对镜梳妆的美人，这就把春山春水融成一体，给人以相互生发的和谐美感。

柳条将舒未舒，柔梢披风；麦田浅鬣寸许。

杨柳是敏感的春天使者，也是春色的象征。“柳条将舒未舒”，写出柳芽刚吐，枝头鹅黄嫩绿，宛如朵朵蓓蕾，欲开还闭，别有一种风韵。“柔梢披风”，则写出杨柳的动态美。轻柔的柳梢，虽然还没有垂下万缕金丝，却已经迎着和暖的春风低昂而舞了。用“柔”字、“披”字，写早春杨柳的风姿，很传神。这两句写杨柳，回应前面“高柳夹堤”一句，而作进一步的领略观赏。“麦田浅鬣寸许”，则回应前面“土膏微润”一句，视线由高而低：那一望无际的平畴上，浅绿的麦苗已经从芳润的泥土中探出头来，刚刚只有寸把长呢，整齐得像短短的马鬃一样。鬣，马鬃。作者以极其简练的文字。把景物的特征和自己的审美感受鲜明地表现出来，每一句都渗透着明朗而喜悦的感情色彩。

以上几小段，作者从初到野外的第一印象写起，进而逐层展示春水之美，春山之美，杨柳之美，麦苗之美，构成了一幅北国郊原的早春风光图。令人目不暇接，心旷神怡。这是描写早春风光的第一大层次。

接着写早春的游人：

> 游人虽未盛，泉而茗者，罍而歌者，红装而蹇者，亦时时有。风力虽尚劲，然徒步则汗出浃背。

余寒刚过，盛春未到。游人也还不多。但是春天毕竟来了，第一批郊游者也跟着来了。作者写了游人的几种情态："泉而茗者"，是饮泉水煮茶的人，显得清雅而悠闲。"罍而歌者"，是边喝酒边唱歌的人，显得豪爽而痛快；罍，酒杯。"红装而蹇者"，写穿着艳丽服装的女子，骑着毛驴缓缓而行，显得从容而舒适；蹇，这里指骑驴。"亦时时有"，是说经常可以看到。这一句反接"游人虽未盛"一句，说明游春者已颇有人在。作者对这些最早到郊外来寻春的游人，显然是欣赏而怀有好感的。"风力虽尚劲，然徒步则汗出浃背"，这两句是抒写自己的感受，尽管郊原的风还很有点劲道，但徒步而游，从背上沁出的汗水中，却分明可以感到暖融融的春意了。

这一节从游人着笔，写出各得其乐的种种情态，无疑是一幅郊原春游图。他们既领略着最早的春光，又给余寒初退，大地回春的景色增添了不少的生气和暖意。这一倒叙之笔，成为描写早春风光的第二大层次。

凡曝沙之鸟，呷浪之鳞，悠然自得，毛羽鳞鬣之间，皆有喜气。

“曝沙之鸟”，指在沙滩上晒太阳的鸟儿。“呷浪之鳞”，指在水波中呼吸的鱼儿。曝沙，描写鸟的安闲恬静；呷浪，刻画鱼的自由天真。作者通过鱼鸟一动一静的情态，概括了大自然一切生物在春光中的“悠然自得”之感。他甚至发现和感受到鸟的羽毛和鱼的鳞鳍之间，都洋溢着一股喜气。这真是体察入微，化身为鱼鸟的代言人了。所谓“替山川写照，为鱼鸟传神”，作者以画工的手段，诗人的敏感，把早春景色写活了。这一节着眼于大自然的生物，构成了春光描写的第三大层次。

通过以上三层描写，得出一个审美结论：

始知郊田之外，未始无春，而城居者未之知也。

春在郊田之外，而居住在城里的人还不知道。辜负春光，岂不可惜！这几句与开头“局促一室之内，欲出不得”对照，可以感到作者由衷的欣慰之情。他在郊田之外，呼吸领略到初春的气息和大自然的蓬勃生机，心头的郁闷荒寒到这时便为之一扫。另外这与前面的“冻风时作，作则飞沙走砾”的景象，也恰好形成鲜明的对比。“始知郊田之外，未始无春”，这是作者郊游满井的结论。“始知”二字，得之于目接神遇的深切感受，也就是说，当他站立在郊田之外，沐浴着大好春光的时候，对于那些长期蛰居城内，感受不到早春气息的人，很有几分感慨。辛弃疾《鹧鸪天》词中说：“城中桃李愁风雨，春在溪头荠菜花。”袁中郎的感慨在这一点上颇有共同之处，因而其寓意似乎也不局限在感知春色上，而含有引发人摆脱尘俗，向往大自然的美好情怀。

夫能不以游堕事，而潇然于山石草木之间者，惟此官也。

这几句是说：能够自由自在地遨游于山石草木之间，而不至于因为游玩而耽误公事的，只有这位官员啊。堕事，即耽误公事。此官，指作者自己。当时他正在作顺天府学教官，是个闲职，因而有时间纵情遨游，不怕耽误公事。“惟此官也”的“惟”字，颇有自傲和自慰之感，他不因官小职冷而懊恼，反而为此深自庆幸，没有那种庸俗的封建官场习气，流露出袁中郎独特的性情与个性。

而此地适与余近，余之游将自此始，恶能无记（纪）？——己亥之二月也。

“此地适与余近”，字面上是说，此地刚好与我的住处接近，但这个“近”字，不仅指空间距离的相近，也指性情品格的相近。山水也有情性，辛弃疾说“我见青山多妩媚，料青山见我应如是”，这里就体现了物我交融，相见如逢知己的感受。“余之游将自此始”，表示这一次满井之游，将成为一个值得纪念的开端，因而“恶能无记（纪）”，怎么能不记下这美好的第一印象呢？把感受化为文字，是为了巩固记忆，时时回顾，充分流露了作者的眷眷珍惜之情。事实上，作者在写这篇游记的前一年（万历二十六年）已经游过满井，而且写了一首诗，但他在这里却说“余之游将自此始”，这大概是因为这一次的感受特别深刻，所以把它作为一个美好的开端吧。

最后点明写这篇游记的时间是“己亥二月”，也就是万历二十七年二月。篇末记时，是古代游记的一种常见格式。

这篇游记描写北国早春气象，既能传山川景物之神，又处处洋溢着作者悠然神往的情感。同是写春景，这一篇与《晚游六桥待月记》就各有特色。这一篇疏淡隽永，前一篇明艳旖旎。这不仅由于江南燕北的春色有迟早浓淡之分，更在于作者所感受的自然风物各有特点，以及所寄寓的思想感情各有专注不同。

本篇从城居不见春叙起，接着写郊外探春，并逐层写出郊原早春景色的诱人，而最后归结到“始知郊田之外，未始无春，而城居者未之知也”回应开头困居局促之状，迥然有苦乐之异和天渊之别，表现了作者厌弃喧嚣尘俗的城市生活，寄意于山川草木的潇洒情怀。通篇写景都渗透着这种洒脱而真挚的感情，使文字具有一种清新恬静的田园节奏。而简练的白描和贴切的比喻，更为行文增添了不少诗情画意。

晚游六桥待月记[1]

西湖最盛，为春为月。一日之盛，为朝烟，为夕岚。今岁春雪甚盛，梅花为寒所勒[2]，与杏桃相次开发，尤为奇观。石篑数为余言[3]：“傅金吾园中梅[4]，张功甫玉照堂故物也[5]，急往观之！”余时为桃花所恋，竟不忍去。

湖上由断桥至苏堤一带，绿烟红雾，弥漫二十余里。歌吹为风，粉汗为雨，罗纨之盛，多于堤畔之草，艳冶极矣。

然杭人游湖，止午、未、申三时，其实湖光染翠之工，山岚设色之妙，皆在朝日始出，夕舂未下[6]，始极其浓媚。月景尤不可言，花态柳情，山容水意，别是一种趣味。此乐留与山僧、游客受用，安可为俗士道哉！

注释

［1］六桥：在杭州西湖苏堤上，依次为映波桥、锁澜桥、望山桥、压堤桥、东浦桥、跨虹桥。

［2］勒：制约、控束。

［3］石篑（kuì）：即陶望龄，字周望，号石篑，会稽（今浙江绍兴）人。公安派作家。

［4］傅金吾：不详。金吾，官名，掌宫廷宿卫。明代亲军中有金吾卫。

［5］张功甫：名镃，南宋将领张俊的孙子。玉照堂是他的园林，有四百株名贵的梅花。

［6］夕舂：旧习日落时舂米，故以“夕舂”指夕阳。

空灵幻变　引人入胜[1]
——读袁宏道《晚游六桥待月记》

吴战垒

万历二十五年（公元 1597 年），袁宏道经过多次陈请，终于辞去了吴县知县，他好像脱笼之鸟，赴水之鱼，乘兴漫游吴越。他在西湖看花，在天目山访道，痛痛快快地玩了四个月。这年春天，他第一次游览向往已久的杭州西湖，流连于美丽的湖山之间，写下了十六篇西湖游记。

他在《初至西湖记》中，就用诗一样美的比喻来形容风光媚人的西湖，还说他这时好像诗人曹植梦见美丽的洛神一样，“欲下一语描写不得”，把对西湖的第一印象和陶醉心理表达得十分真切。

本文是西湖游记中的第二篇。题名《晚游六桥待月记》，着重描写六桥一带的春月景色。六桥，在自南而北横贯西湖的苏堤上，依次为：映波桥、锁澜桥、望山桥、压堤桥、东浦桥、跨虹桥。相传这是苏东坡建造的。

下面让我们来欣赏这篇游记。

西湖最盛，为春为月。

① 选自宋广礼、刘刈编《阅读和欣赏——古代散文小品选粹》，中国广播电视出版社 1999 年版。

开头总提西湖最美的是春天和月夜。抓住“春”“月”二字，就提纲挈领地勾画出了西湖美景的特征。“最盛”的“盛”字，兼指风光之美和游人之多，预为下文张目。

一日之盛，为朝烟，为夕岚。

如果上句是指西湖最盛的时间，这里则转写西湖最盛的景物：“为朝烟，为夕岚。”文意又递进一层。作者用“朝烟”“夕岚”四字，概括了晨曦和晚霞映照下的湖光山色之美。“朝烟”指如烟的湖水，“夕岚”指苍茫的山色。“一日之盛”的“盛”字，单指风光之美，与第一句兼指游人的“盛”字有所不同，读到后面就清楚了。

今岁春雪甚盛，梅花为寒所勒，与杏桃相次开发，尤为奇观。

雪盛春寒，梅花开得迟，仿佛被严寒约束住了。“为寒所勒”的“勒”字，是制约的意思，用得颇有拟人的意味。正因为报春的梅花迟开，却被杏花和桃花赶上了，以至出现了梅花、杏花、桃花同时开放的奇观。“相次开发”，是说花期连在一起，接踵而来。这几句写姗姗来迟的梅花与桃杏争春，确是难得的奇观，足以引发赏梅的雅兴。预写一笔，作为后面观赏桃花的第一层铺垫。

石篑数为余言：“傅金吾园中梅，张功甫玉照堂故物也，急往观之！”

石篑，姓陶，名望龄，字周望，会稽（现在浙江省绍兴市）人。与袁宏道志趣相投，十分要好。袁宏道漫游吴越时，他和弟弟陶奭（shì 式）龄都是一道的游伴：傅金吾，其人不详。金吾是官名，明代亲军中有金吾卫。张功甫，名张镃，南宋将领张俊的孙子。玉照堂是他的园林，有四百株名贵的梅花。“玉照堂故物”，就是指张镃遗留下来的宋梅。“数为余言”的“数”，屡次的意思。既然老朋友陶石篑屡次要作者去观赏，可见是很值得一看的了。这是承上文梅花与桃杏争春的“奇观”，从通常的梅花，写到玉照堂名贵的古梅，并通过友人的多次劝赏来渲染，更显得非同一般；“急往观之！”则极写良机莫失。这是为下文欣赏桃花作（做）第二层铺垫。

余时为桃花所恋，竟不忍去。

经过两层铺垫，作者方才吐出真情：他当时正迷恋着湖上的桃花，舍不得离开。言外之意是：宁可赏桃花，而不去赏梅花。于是前面写梅花的奇观，都成为对桃花的陪衬。“为桃花所恋”，这个“恋”，字，写出了作者对桃花像对热恋中的爱侣那样的依依难舍之情。“竟不忍去”，就是终究不忍心离开。更进一步写出作者钟情于桃花，而不愿他顾的一片痴情。“不忍”，写出了迷恋之深，如要离开，情既有所不忍，势亦有所不能。这是一种充满深情的内心剖白。按照中国士大夫传统的审美趣味，梅花冰清玉洁，是高雅品格的象征；桃花虽然艳丽动人，却被斥为轻薄，前人诗中就有“轻薄桃花逐水流”之句。袁宏道却如此欣赏和迷恋桃花，对于梅花则不屑一顾，这种独特的审美态度，颇含有向传统审美观挑战的意味。

湖上由断桥至苏堤一带，绿烟红雾，弥漫二十余里。歌吹为风，粉汗为雨，罗纨之盛，多于堤畔之草，艳冶极矣。

这一段正面写桃花之美，不作静态的观赏，而把缤纷的花海与看花的游人打成一片，极写西湖为春之盛，色调十分浓艳。“由断桥至苏堤一带”，包括环湖的白堤和苏堤在内，这正是西湖春色最浓的所在，“苏堤春晓”就是被人艳称的“西湖十景”之一。“绿烟红雾，弥漫二十余里”，作者正面写桃花，仅此两句，却已使人感到花光照眼，美不胜收了。“绿烟红雾”，指远望盛开的桃花，花叶相映，如烟似雾。“红”指桃花，“绿”指桃叶，造语隽美而有诗意。“弥漫二十余里”，极写桃花之盛，使人目不暇接。作者鸟瞰西湖一角，便把无边的春色尽收眼底了。通过这“弥漫二十余里”的“绿烟红雾”，烘染出西湖“为春之盛”的第一层含意。接着又从仕女如云的看花盛况，写出西湖“为春之盛”的第二层含意。你看，“歌吹为风，粉汗为雨，罗纨之盛，多于堤畔之草，艳冶极矣！”“歌吹”，指歌声和乐声。“罗纨”，指穿绫着罗的仕女游人。美妙的音乐随风飘扬，带香的汗水如雨流淌，穿着绫罗绸缎的仕女游人，比堤边的春草还多，这是多么艳丽而浪漫的风光啊！作者为我们描绘出一个脂香花影、粉汗轻歌的销魂境界。它使人想起唐人崔护的诗句：“人面桃花相映红。”“艳冶极矣”，“艳冶”二字十分精当。艳，指艳丽的色彩；冶，指放荡的风姿；花与人兼写，可谓点睛传神之笔。

这一段写西湖春色之浓，颇有“浓得化不开”之感。然而作者笔锋一转，又开出另一个浓中有淡，妩媚动人的境界来：

> 然杭人游湖，止午、未、申三时，其实湖光染翠之工，山岚设色之妙，皆在朝日始出，夕舂未下，始极其浓媚。

作者在这里批评杭州人游湖不会选择时间，不能领略湖光山色的妙处。“杭人游湖，止午、未、申三时”，“午”是上午十一点到下午一点，“未”是下午一点到三点，“申”是下午三点到五点。其实湖山之美偏偏不在这段时间，作者为此感到遗憾。后来张岱在《西湖七月半》一文中，也批评“杭人游湖，巳出酉归，避月如仇”，即从上午九点到下午五点，恰好在太阳落山，月亮初升的时候回家。这个批评跟袁宏道完全一致。

作者认为“湖光染翠之工，山岚设色之妙，皆在朝日始出，夕舂未下”之时。这就是说：每当晨曦初现，翡翠般的湖水中映浸着玫瑰色的早霞；夕阳将下，环湖的山峦隐现在变幻的岚光夕照之中；这朝暮之间，正是西子最迷人的时候。这几句与开头“一日之盛，为朝烟，为夕岚”相呼应。“湖光染翠”是“朝烟”之美，“山岚设色”则是“夕岚”之美。“染翠之工”和“设色之妙”，写出大自然神奇的艺术手腕，只有在“朝日始出”和“夕舂未下”这两个特定的时刻才显得最完美工妙。“夕舂”指夕阳，舂，指傍晚舂米做饭的时候。

这一段从批评杭州人游湖开始，引出西湖一日之间景色最美的时刻，作者虽然是外地游客，却能独具只眼，领略到通常杭州本地人所未曾发现的西湖之美，这是他的审美眼光不同于一般之处。

作者用“极其浓媚”四个字，来概括西湖的朝暮之美，颇为熨帖。“浓媚”是格外的妩媚动人，但其“浓”在于风神，而不在于色彩；其“媚”在于天然，而不在于装饰，因而别有一种风韵，较之前面所说的桃花人面的“艳冶”之美，显得更高一级。然而这还不是西湖之美的极致。

文章一开头就说：“西湖最盛，为春为月。”为春之盛，前面已经说过了；为月之盛，却未作（做）一字交代，这就造成读者心理上的期待。作者似乎懂得这种“待月”的心理，行文至此，更翻进一层，终于展开了一个月色朦胧的境界：

> 月景尤不可言，花态柳情，山容水意，别是一种趣味。此乐留与山僧、游客受用，安可为俗士道哉！

“月景尤不可言”，这一句点醒全文，是通篇写景的结穴。“尤不可言”的“尤”字，是与前面种种景色相比较的结果。“不可言”，是指不能言说和形容。这种不可言传的美，在作者看来，却正是美的极致。虽说“不可言”，他还是忍不住略作点拨：“花态柳情，山容水意，别是一种趣味。”点到就止，让你自己去领会和体味。试想，在淡月的清光下，花的娇态，柳的柔情，山的姿容，水的情意，该是一种什么样的情趣？作者说：“别是一种趣味。”究竟是什么趣味，他没有说，也无须说；这样反而能调动读者的想象，使之进入欣赏和再创造的境地。

这段写西湖月景之美，背景仍然是春天，这从“花态柳情”上可知。所以它兼有西湖春、月之美，但写法上用笔草草，不作工细描摹。前文详写春景之盛，表面是主，实际为宾；这里略写月景之美，虽寥寥几笔，一带而过，却显得精光独注，大有俯视全篇之势。

最后几句：“此乐留与山僧、游客受用，岂可为俗士道哉！”感叹景色愈美，赏玩者愈少。绿烟红雾，仕女如云，是一种境界，人人得而赏之；朝烟夕岚，染翠设色，又是一种境界，但欣赏这种山水之美的人就较为稀少了。至于不可言传的月景之美，就只有留给山僧、游客去独赏，而不足为流俗之人说起了。山僧是世外之人，游客则是作者自指，他自许为自然美的知音。这几句话，在感叹的语气中，又流露出作者那种士大夫阶级清高自赏的优越感。

这篇山水游记，始终扣住“西湖之盛，为春为月”的“春”“月”二字，腾挪变化，详写“为春”之盛，略写“为月”之美；题为《晚游六桥待月记》，却始终没有正面写待月的情景。他的高妙处在于以层翻浪叠之笔，依次写出梅花、桃花之美，朝烟、夕岚之美，一景胜似一景，逐层衬染，不犯正位，从而造成读者强烈的“待月”心理；待到“千呼万唤始出来”，却又匆匆一面，飘然而去，使人有“着眼未分明”之感，因而显得余韵悠然，情味无穷。作者用这种空灵幻变之笔来写月景之美，可谓别出心裁。

袁中道

袁中道（1570—1623），字小修，一作少修。明文学家。湖广公安（今属湖北）人。年十余，以《黄山赋》《雪赋》知名。万历进士，授徽州府教授，国子博士，官至南京吏部郎中。与兄宗道、宏道并有文名，并称“三袁”，同为“公安派”首脑。有《珂雪斋集》。

江行日记二则

其一

夜雪大作。时欲登舟至沙市[1]，竟为雨雪所阻。然万竹中雪子敲戛[2]，铮铮有声，暗窗红火，任意看数卷书，亦复有少趣。

自叹每有欲往，辄复不遂。然流行坎止[3]，任之而已。鲁直所谓“无处不可寄一梦”也[4]。

其二

天霁。晨起登舟，入沙市。午间，黑云满江，斜风细雨大作。予推篷四顾：天然一幅烟江幛子[5]！

注释

［1］沙市：在湖北江陵县东南十五里长江北岸。

［2］雪子：即霰（xiàn），南方叫雪子。敲戛（jiá）：敲打。

［3］流行坎止：《汉书·贾谊传》载，“乘流则进，遇坎则止。”比喻在顺利的情况下就行动，碰到困难就停止。

［4］鲁直：黄庭坚，字鲁直，北宋诗人。

［5］烟江幛子：画着烟雨江景的屏幛。

摄取诗与画的精魂①
——读袁中道江行日记二则

吴战垒

袁中道（1575—1630）②，字小修，是公安三袁中的老三。他在十岁时就写了《黄山赋》和《雪赋》，洋洋五千余言，显露了早熟的文学才华。他性格豪爽，饮酒高歌，以豪杰自命。他一生喜欢游览名山大川，“泛舟西陵，走马塞上，穷览燕赵齐鲁吴越之地，足迹几半天下”。因而记游之作在他的全部作品中占了较大比重。他的游记，写景抒情，淋漓尽致，但有时不够凝炼（练）深沉，所以清朝人钱谦益说他有“才多之患”。

袁中道对于二哥袁中郎十分敬重爱慕，中郎病危时，他在旁陪侍；中郎去世，他昏厥在地，悲痛得吐血。他的思想志趣和文学主张都与中郎一致，创作风格也相近似，在公安派中，他的成就仅次于袁中郎。

万历三十五年（公元1607），袁中道进京参加会试，没有得中。第二年春天回乡，在家数月，穷极无聊。他又厌恶应酬杂务和周旋熟客，因而起了出门远游的念头。于是在这年冬天整理行装，带了一年的干粮和几箱子书画，从长江南岸的石首市出发，沿江而下。

① 选自宋广礼、刘刈编《阅读和欣赏——古代散文小品选粹》，中国广播电视出版社1999年版。

② 关于袁中道的生卒年月说法不一，一说袁中道生卒年月为1570—1623。

快到湖南岳阳时，因为天气太冷，禁受不住，又怕途中发生意外，不得不掉转船头。下面这两则日记，就写于回舟公安的途中：

其一

夜雪大作。时欲登舟至沙市，竟为雨雪所阻。然万竹中雪子敲戛，铮铮有声，暗窗红火，任意看数卷书，亦复有少趣。

自叹每有欲往，辄复不遂。然流行坎止，任之而已。鲁直所谓“无处不可寄一梦”也。

其二

天霁。晨起登舟，入沙市。午间，黑云满江，斜风细雨大作。予推篷四顾：天然一幅烟江幛子！

先欣赏第一则。

夜雪大作。时欲登舟至沙市，竟为雨雪所阻。

开头四个字：“夜雪大作”，起得简洁明快，而富有暗示性。“大作”二字，有一种时间上的延续感，使人想到雪本来就在下，只是到夜晚越下越大了。这就很自然地为下面描写雪景埋下了一条伏线。“时欲登舟至沙市，竟为雨雪所阻。”沙市，是长江北岸的一个市镇，在湖北省中部。作者这时泊舟江岸，在友人家中小憩，他本想乘船到沙市去，现在却因为下雪而踌躇：去，还是不去呢？他也许想等雪停以后，或者下得小一些的时候去吧。不料这雪越下越大，到夜晚更是纷纷扬扬地“大作”起来，那么这个去沙市的打算也就落空了。“竟为雨雪所阻”，这失望的叹息，正可作为“夜雪大作”的心理注脚。这几句对雪是不满的，可是下面笔锋一转，作者却又赞美起雪来：

然万竹中雪子敲戛，铮铮有声，暗窗红火，任意看数卷书，亦复有少趣。

句首这个“然”字转折得自然而洒脱，在冰天雪地中开出了一个宁静而富于诗意的境界：“万竹中雪子敲戛，铮铮有声”。雪子，即霰，南方叫雪子，是一种白色不透明的小冰粒。敲戛，轻轻地敲打。铮铮，金属之声。漫天的雪子，落在茂密的竹林中，轻轻地敲打着每一片竹叶，发出一种轻微而又清脆如金属般的声音。请想象一下，这是多么美妙而奇幻的大自然之旋律啊！它是白雪和翠竹的窃窃私语，是慰人寂寥的小夜曲。万籁无声听有声，这微妙的音乐，却只有在极其宁静的冬夜和十分安详的心境下才能谛听到，它与“蝉噪林愈静，鸟鸣山更幽”一样，也是以有声写无声，巧妙地衬托出雪夜那诗一般的宁静和作者那雪一样的清冷襟怀。这两句融情入景，体物的工细和抒情的真切都不落痕迹，似乎信手拈来，而情韵俱胜。作者从万竹的“铮铮有声”，感知到外面下的不是雪花而是雪子；又从“铮铮有声”中，感知到作响的不是一两枝雪中翠竹，而是一片“万竹”之林。纯从听觉感受着笔，写出了雪的旋律和精魂。

“暗窗红火，任意看数卷书，亦复有少趣。”这三句承上文，由听觉转到视觉。“暗窗”，指天色之昏，夜色之浓；“红火”则不仅指窗内伴读的灯火，也指身边御寒的炉火。这一星“红火”，给宁静寂寥的雪夜带来了一点暖色；但又从另一方面衬托出沉沉的雪意，可谓以暖写寒。这句与上文以万竹的铮铮有声，来衬托雪夜的静寂，机杼相同，而各显得有声有色，从视听两个侧面写出雪夜的诗情画意。试想：一灯如豆，万竹有声；此时此地，“任意看数卷书”，岂不是别有一番情味吗？“任意看数卷书”，重在“任意”二字，即随便翻翻，聊以遣兴而已。它决不同于正襟危坐，映雪囊萤，好像真在那里啃书本，做学问；而是一种消闲自娱的读书法。正如作者在另一则日记中所说的："随手抽一册，聊以送目，即不全亦可。"这种遣兴消闲的读书法，与这篇小品所写的雪夜情调十分和谐。

接着笔锋又一转：

> 自叹每有欲往，辄复不遂。

这里，作者从雪夜的诗情画意的享受中，由乐生感，由感而叹，所叹的是自己想去的地方，常常去不成。这句话似乎包含着两层意思：一是这次本想东游吴越，却因江上风寒而回舟；二是本想去沙市，却又被大雪所阻。当然，这仅仅是就眼前的小小不如意事而说的，真实还有更深一层的含意，那就是对于人生大不如意事的感慨。作者在科举上不如他两位哥哥春风得意得早，而屡困科场，考了好几次都落第而归，直到四十多岁才中进士。钱谦益说他"流离世故，有忧生之嗟"。当然，这种感慨或"忧生之嗟"，并没有多少关心民生疾苦的社会内容，而不过是个人的得失哀怨罢了。

> 然流行坎止，任之而已。鲁直所谓"无处不可寄一梦"也。

这是作者感慨之余的自宽自解。"流行坎止"这句成语，出于《汉书·贾谊传》："乘流则进，遇坎则止。"比喻在顺利的情况下就行动，碰到困难就停止。"流行坎止，任之而已"，反映了一种一切听任自然，不勉求所欲的人生态度，带有较浓的佛道思想的影响。作者用宋代诗人黄庭坚"无处不可寄一梦"的话来收束全文，进一步具体阐发了"流行坎止，任之而已"的含意，在表面的旷达自解中，流出深长的感喟和虚幻的情调。他所引为同调的诗人黄庭坚，字鲁直，在北宋新旧党争中，屡遭新党打击，曾被贬谪到荒远的川黔边境，多年后遇赦东归，留荆南待命，在这一带留下了不少诗文踪迹。作者曾抚读他为承天寺所作的碑记，对这位著名诗人的不幸遭遇深致慨叹。

人生“无处不可寄一梦”，作者在寒夜听雪，孤灯夜读之时，借古人之口发出的这种自宽自慰的感叹，带着一股寂寞荒寒的冷气，加浓了凛冽的雪夜氛围，也加浓了全文的冷色基调。既然“无处不可寄一梦”，那么此时此地，雪敲万竹，灯映寒窗，举凡所闻、所见、所感，也无异于梦中。这一则短小隽永的日记，也好像一个泛着雪光的冰冷而迷茫的梦。

从写作技巧上看，全文不到一百字，却一波三折，姿态横生。读来有山回路转、柳暗花明之感。转接之际，有明转，有暗接，移步换形，情景相生，毫无生涩之感。令人钦佩的是：作者能在极其短小的篇幅中，展拓出一个富有纵深变化的艺术天地。

再让我们欣赏第二则。

天霁。晨起登舟，入沙市。

天霁，指雪止天晴。这三句简短地交代了天色和船行所向。联系上一则日记，可以知道雪晴去沙市，正是作者所切盼的事。现在天从人愿，他的心情也像雪霁的晴空一样，变得明朗起来。至于去沙市做什么等情况，一概略去不写。

午间，黑云满江，斜风细雨大作。

行文从“晨起”一下子跳到“午间”，而“午间”又只着重写“黑云满江，斜风细雨大作”的江上雨景。作者在时间和空间的取舍上，完全服从于特定的审美情趣，有兴趣则取，无兴趣则舍。既单刀直入，无拖泥带水的弊病；又显得自由主动，从容洒脱。行文跌宕的节奏也由此而生。

“黑云满江”，是雨前景象。用一“满”字，可见黑云密布，江上沉沉，雨虽未下而雨意已浓。“斜风细雨大作”，则写出风雨的特点：“斜风”不同于狂风，“细雨”不同于暴雨；“大作”是写风雨虽不猛烈，却很紧密。总之，既非狂风暴雨，又非和风疏雨；惟（唯）有这风斜雨细，而又有“大作”之势，才密密地织就了一幅雨幕风帘，笼罩于江天之际。作者用字遣词都经过推敲，贴合外景，一点也不苟且。

予推篷四顾：天然一幅烟江幛子！

作者这时正在船中，他找到了一个欣赏江上雨景的最佳窗口。“推篷”是打开船窗，从篷窗中眺望江上雨景，身在烟雨之中，又在烟雨之外；由于隔着一道船篷，就产生了恰当的审美距离，因而感受既格外真切，又能取一种超然的欣赏态度。“四顾”则所望不止一处，而是纵目江天，把满江的雨景尽收于眼底了。“天然一幅烟江幛子！”这是脱口叫出的，是情不自禁的赞叹。“烟江幛子”，就是画着烟雨迷茫景象的屏幛（障）。“烟江”二字绾合前文“斜风细雨”，点出这幅雨景的特点。这时作者连同他的小船，也成为“烟江幛子”中的一部分了。这一句是全文的点睛之笔，只此一句，已写尽江上雨景，也足以抒发作者的审美感受了。作品在此尽管用笔草草，未作细致描摹，却给人留下了不尽的想象余地。

这则三十余字的写景小记，取舍有法，用笔空灵，作者善于捕捉瞬息变幻的景象，稍加点染，便呈现出一个烟雨空濛的优美意境。这一类山水小记，篇幅短得不能再短，而读来情味深长，并无钱谦益所批评的“才多之患”，可算得袁中道散文中的上品。

钟　惺

钟惺（1574—1624），字伯敬，号退谷。明文学家。竟陵（今湖北天门）人。万历进士，授行人，累迁南礼部郎中，出为福建提学佥事。作诗主张抒写性灵，反对前后七子拟古之风，与同里谭元春齐名，号为“竟陵派”。因评选《唐诗归》《古诗归》，声誉鹊起。有《隐秀轩集》。

夏梅说

梅之冷，易知也，然亦有极热之候。冬春冰雪，繁花粲粲，雅俗争赴，此其极热时也。三、四、五月，累累其实，和风甘雨之所加，而梅始冷矣。花实俱往[1]，时维朱夏[2]，叶干相守，与烈日争，而梅之冷极矣。故夫看梅与咏梅者，未有于无花之时者也。

张谓《官舍早梅》诗所咏者[3]，花之终，实之始也。咏梅而及于实，斯已难矣，况叶乎？梅至于叶，而过时久矣。廷尉董崇相官南都[4]，在告[5]，有夏梅诗，始及于叶。何者？舍叶无所谓夏梅也。予为梅感此谊，属同志者和焉[6]，而为图卷以赠之。

夫世固有处极冷之时之地，而名实之权在焉[7]。巧者乘间赴之[8]，有名实之得，而又无赴热之讥，此趋梅于冬春冰雪者之人也，乃真附热者也。苟真为热之所在，虽与地之极冷[9]，而有所必辩焉。此咏夏梅意也。

注释

［1］俱往：都过去了。

［2］朱夏：《尔雅·释天》："夏为朱明。"故称夏季为"朱夏"。

［3］张谓：字正言，唐代诗人。

［4］"廷尉董崇相"一句：董崇相，名应举，福建人，时任南京大理寺丞，故沿古称谓之廷尉。廷尉，汉时为九卿之一，掌刑狱。南都，明成祖迁都北京，以南京为南都。

［5］在告，古代官员在家休假。

［6］属：通"嘱"。

［7］名实：声名实利。权：秤锤，喻为权柄、权力。

［8］乘间：借机，钻空子。

［9］与地之极冷：处于极冷的地位。

钟惺《夏梅说》鉴赏[①]

吴战垒

明代后期文坛上，当公安派纵横驰骋、势力大张的时候，又崛起了一个新的文学流派，由于创始人钟惺和谭元春都是湖北竟陵（今湖北天门市）人，所以被称为“竟陵派”。他们的文学主张基本上与公安派相同，也反对模拟古人，提倡抒写性灵，但对性灵的理解比公安派狭隘，同时企图以“幽深孤峭”的风格来矫正公安派浮浅的弊病，走到“不见人间烟火气”的斜路上去了。他们在反对前后七子的拟古主义方面，起过一定的积极作用；对散文风格和技巧的追求，也有一定的贡献；但影响和成就都不如公安派。由于过分追求形式的新奇，不免使作品流于冷僻苦涩，削弱了感人的艺术效果。钟惺的《夏梅说》是一篇托物寓意的论说文。夏天的梅树无花无果，只有枝叶，似乎没有什么观赏价值。作者因友人咏夏梅的诗而发生感触，写了这篇文章，比较集中地反映了竟陵派“幽深孤峭”的风格。

梅花在冬春之际傲寒而开，以其傲雪报春的特色，素有“幽香”“冷艳”之称。所以文章劈头就说：“梅之冷，易知也。”这个“冷”，既指花开时冰天雪地的气候，也指梅花冰清玉洁的品格。“然亦有极热之候。”“热”而至于“极”，令人大惑不解。文章紧接着就说明这一点：“冬春冰雪，繁花粲粲，雅俗争赴，此其极热时

① 选自吴功正主编《古文鉴赏辞典》，江苏文艺出版社1987年版。标题为编者所加。

也。”残冬岁首，冰雪之中，梅花含苞怒放，暗香浮动，繁花照眼。这时无论雅人俗客，都争先恐后地去踏雪赏梅了。这就是梅花最热闹的时候。“极热”的“热”，既写花事的盛况，也指观赏的盛况。梅花之“冷”容易理解，梅花之“热”似乎就不大好明白，一经作者点出，顿时使人感到立说新颖而又在情理之中。这一段，由梅花之冷而说到极热，冷热相映成趣。文章接下来写道：“三、四、五月，累累其实，和风甘雨之所加，而梅始冷矣。”这里的“冷”与文章开头的“梅之冷”的“冷”含义有所不同，它不再指梅花的品格和气候的寒凉，而是指受人冷落。“绿叶成阴子满枝”，花既不存，从前的赏花人也不复往顾了。随着时间的推移和花落子熟的变化，梅花由“极热”而走向冷落，但这时还处在“始冷”的阶段，未到“冷极”之时。于是，“花实俱往，时维朱夏。叶干相守，与烈日争，而梅之冷极矣！”盛夏的梅树，无花无果，只有枝干和树叶相依相守，挺立于炎天之下，与烈日抗争。气候虽然酷热，却是梅花“极冷”之时，因为在这样的情况下，已没有雅人和俗客来赏爱它了。回顾前文冬春冰雪之中，却是梅花“极热”之时，一热一冷，各至于极，对照之间流露出作者对世态炎凉的慨叹。“故夫看梅与咏梅者，未有于无花之时者也。”这两句承上文总结梅花冷热的际遇，由“极热”而“始冷”而“冷极”，每况愈下，其原因在于有花与无花。有花则热，无花则冷。看梅咏梅，都是如此。用笔冷隽，承上启下，行文至此稍作结穴。

“张谓《官舍早梅》诗所咏者，花之终，实之始也。咏梅而及于实，斯已难矣，况叶乎！梅至于叶，而过时久矣。”张谓的《官舍早梅》诗写道：“阶下双梅树，春来画不成。晚时花未落，阴处叶难生。摘子防人到，攀枝畏鸟惊。风光先占得，桃李莫相轻。”钟惺说这首诗咏的是“花之终，实之始”，就是梅花将谢、梅子初生的时候，即相当于前面所说“梅始冷矣”的阶段。作者赏识张谓别具只眼，他的诗中有“摘子防人到”的句子，写到梅树的果实，“咏梅而及于实，斯已难矣。”但是作者对这一点还不满足，认为还没有写到叶子。“况叶乎！”这一问，也就是提出了更高的要求。因为“梅至于叶，而过时久矣。”梅花到了只剩下叶子的时候，过了花期已经很久了，也就是被人冷落，已到了“冷极”的时候了。那么赏识者更有谁呢？作者在语气之间作一提顿，为下文蓄势张本。于是，接下来便写道：“廷尉董崇相，官南都，在告。有夏梅诗，始及于叶。何者？舍叶无所为（谓）夏梅也。”这一段是说夏梅虽然处在“冷极”之时，却仍然有董崇相这样的人来吟咏和赞赏它。这样的人，真不愧为难能可贵的夏梅知己了。而作者有感于董崇相咏夏梅的情谊，就嘱咐志同道合的朋友来唱和，并且画了一幅夏梅图送给董崇相。作者自己也写了一首应和的五律，诗是这样的：“花叶不相见，代为终岁荣。谁能将素质，还以敌朱明。坐卧已无暑，色香如尚清。始知幽艳物，不独雪霜情。”这首诗所表现的情感兴趣，与本文相一致，可以对照来读。这说明作者与董崇相一样，赞赏夏梅，也是一位不屑于趋炎附势和别有怀抱的人。

作者从梅树的冷热际遇，联想到世间的人事，因而深有感慨，生发出一番意味深长的议论来。“夫世固有处极冷之时之地，而名实之权在焉。”指出社会上原来有一种处在很冷落的时期和很清闲的地位，却拥有名望和实权的人，也就是外表冷落而实际上握有很大的权柄。这时“巧者乘间赴之”，这种人看准了外冷内热的权势所在，就千方百计钻营，全力以赴，结果“有名实之得，而又无赴热之讥。”就是既获得名誉和实利，又不落趋炎附势的话柄。作者一针见血地指出，“此趋梅于冬春冰雪者之人也，乃真附热者也。”表面上显得风雅而不怕寒冷，实际上却是道道地地的赶热闹者。这几句回应开头那几句：“冬春冰雪，繁花粲粲，雅俗争赴，此其极热时也。”“趋梅”二字，可以与“雅俗争赴”的“争赴”二字对照起来玩味。作者由梅树的冷热，感慨世态的炎凉，借花喻人，托物寓意，经过前文几层铺叙，至此一笔点醒，水到渠成，十分自然。作者写投机取巧、追名逐利之徒，用“乘间赴之”“赴热”“附热”等词，刻画这伙人奔走钻营，唯恐不及的手段和丑态，轻蔑厌恶之情溢于言外。

文章的结尾，又回到了梅花冷热的问题上，照应了文章的开头。但联系全文来看，作者的用意是在这里提出一个辨别冷热真伪的方法问题，告诫人们不要被一时一地的假象所迷惑，而应该透过假象，抓住它的本质。这几句话是理性的结论，却慨乎言之，包含了作者宦海浮沉和人情冷暖的生活体验，不可草草看过。通观全文，作者对于那些以巧妙的手段窃取名利，而又装得冠冕堂皇，不让人抓住把柄的伪君子，表示了强烈的憎恨和厌恶；并且语重心长地指出，人们应该学会识别这些狡猾的家伙，不要受他们的欺骗。同时通过对夏梅的礼赞，歌颂了那种甘于寂寞、朴实无华，而敢于同恶势力抗争的品格和精神。“此咏夏梅意也”，最后点明咏夏梅的寓意就在于此，既点到友人咏夏梅的诗，又自然而然地收住本文。

通篇文章围绕梅树的冷热际遇，托物寓意，讽刺世态，引喻贴切生动，写梅树冷热的变迁，层次分明，前后照映。梅树的冷热虽因时而变，但其本身的品格并不因此而有所变化。作者赞扬与烈日抗争的夏梅，却并不贬低冬春傲雪之梅，把批判的锋芒始终指向“有名实之得，而又无赴热之讥”的投机钻营者。文章夹叙夹议，笔锋冷隽而峭刻，可以看出竟陵派文风的特色。其赏识夏梅，取喻不同一般，所流露的思想感情，也显得孤高幽寂，使人想到辛弃疾《青玉案》词中那位站在“灯火阑珊处”的别有怀抱的幽人。

浣花溪记

出成都南门，左为万里桥[1]。西折，纤秀长曲[2]，所见如连环，如玦[3]，如带，如规，如钩，色如鉴[4]，如琅玕[5]，如绿沉瓜[6]，窈然深碧[7]，潆回城下者，皆浣花溪委也[8]。

然必至草堂，而后浣花有专名，则以少陵浣花居在焉耳[9]。行三四里为青羊宫[10]，溪时远时近，竹柏苍然，隔岸阴森者尽溪，平望如荠，水木清华[11]，神肤洞达[12]。自宫以西，流汇而桥者三，相距各不半里。舁夫云通灌县[13]，或所云“江从灌口来”是也[14]。

人家住溪左，则溪蔽不时见，稍断则复见溪，如是者数处，缚柴编竹[15]，颇有次第。桥尽，一亭树道左[16]，署曰“缘江路”。过此则武侯祠[17]，祠前跨溪为板桥一，覆以水槛，乃睹“浣花溪”题榜[18]。过桥，一小洲横斜插水间如梭，溪周之[19]，非桥不通，置亭其上，题曰“百花潭水”。由此亭还，度桥过梵安寺[20]，始为杜工部祠[21]。像颇清古，不必求肖[22]，想当尔尔[23]。石刻像一，附以本传，何仁仲别驾署华阳时所为也[24]。碑皆不堪读。

钟子曰：“杜老二居，浣花清远，东屯险奥[25]，各不相袭。严公不死[26]，浣溪可老，患难之于朋友大矣哉！然天遣此翁增夔门一段奇耳[27]。穷愁奔走，犹能择胜，胸中暇整[28]，可以应世，如孔子微服主司城贞子时也[29]。”时万历辛亥十月十七日[30]。出城欲雨，顷之，霁。使客游者[31]，多由监司郡邑招饮[32]，冠盖稠浊[33]，磬折喧溢[34]，迫暮趣归[35]。是日清晨，偶然独往。楚人钟惺记[36]。

注释

［1］万里桥：在四川成都市南锦江上，是古代乘船东航启程的地方。原名长星桥。传三国蜀费祎出使吴国，诸葛亮在桥边饯行，说："万里之行始于此。"遂更名"万里桥"。

［2］纤秀长曲：形容溪水细长而蜿蜒的样子。

［3］玦（jué）：一种玉佩，似环而有缺口。

［4］鉴：镜子。

［5］琅玕：一种质次于玉的美石。

［6］绿沉瓜：一种颜色深绿的瓜。

［7］窈（yǎo）然：幽深的样子。

［8］浣花溪：一名百花潭，在成都市西郊，为锦江支流。委：水流所聚。引申为水的下流。

［9］少陵：唐代大诗人杜甫。

［10］青羊宫：道观名，在成都市西，始建于唐。因传说老子曾乘青羊至此而得名。

［11］水木清华：溪水清碧，草木繁茂。

［12］神肤洞达：从心神到肌肤都感到通达清爽。

［13］舁（yú）夫：轿夫。

［14］江从灌口来：杜甫《野望因过常少仙》中诗句。江，锦江。灌口，今四川都江堰市。

［15］缚柴编竹：指以柴、竹编为篱、门之类。

［16］树：设置。

［17］武侯祠：诸葛亮祠。

［18］题榜：匾额。

［19］溪周之：溪水环绕着小洲。

［20］梵安寺：在成都市南，与杜甫草堂相连，俗称"草堂寺"。

［21］杜工部祠：即杜甫草堂，为杜甫故宅旧址。原宅中唐时

已毁圮，北宋元丰时重建。

［22］肖：相像。

［23］尔尔：如此。

［24］别驾：州通判的代称。署：代理，暂任。华阳：今四川成都。

［25］东屯：东汉时公孙述于夔州（今重庆奉节）东瀼溪水滨垦稻田，称东屯。杜甫在夔州时居此。

［26］严公：严武，字季鹰，曾官剑南节度使，与杜甫相友善。

［27］夔门一段奇：指杜甫在严武死后离开成都，移居夔州的经历。

［28］暇整：安详而不烦乱。

［29］“如孔子”句：据说孔子在周游列国时，遭遇狼狈，如丧家之犬，后到了陈国，住大夫司城贞子家。事见《史记·孔子世家》。

［30］万历辛亥：明万历三十九年（1611）。

［31］使客：朝廷派到地方上的使臣。

［32］监司：监察州郡之官。郡邑：指地方官。

［33］冠盖：指官吏。稠浊：繁乱。

［34］磬折：弯腰如磬之背，以示恭敬。

［35］趣（cù）：古同“促”，急速。

［36］楚人：作者家乡湖北，古属楚地，故云。

钟惺《浣花溪记》鉴赏[①]

吴战垒

唐肃宗乾元二年（759）冬天，杜甫由同谷（今甘肃成县）流亡到成都，借住在浣花溪边的梵安寺里。第二年春天，在寺旁的荒地上盖了一所草堂住下来，这就是被后人所称道的成都杜甫草堂，也称为浣花草堂。诗人在经过长期颠沛流离的生涯后，得到了一个相对安宁的生活环境，他那颗饱经忧患的心灵，在美丽的自然景色的抚慰下，开始复苏；在短短不满四年中，吟唱出大量动人的诗篇，成为诗人创作生涯中的一个丰收时期。而草堂也因此成为我国文学史上的一块圣地。相传自唐朝末年以来，每逢四月十九日，成都人民都要到草堂来瞻仰这位千古诗人的旧居。

钟惺的《浣花溪记》是一篇记游文章，生动地描写了浣花溪畔杜甫草堂一带清幽曲折的景色，对于诗人杜甫在穷愁奔走之际，还能择胜而居的安详胸襟寄以敬意。文章第一段开头点出浣花溪的方位，杜甫在诗篇中曾多次提到这座富有历史意味的桥，如："南浦清江万里桥""万里桥西一草堂"等。文章接着以"西折纤秀长曲"六个字，总写溪水的流向和形状。进而又用"如连环、如玦，如带、如规、如钩"五个比喻，极写纵目所见溪流的曲折多变。这是从溪流的形状着笔。接着又连用三个比喻，写溪水的颜色："如鉴、如琅玕、如绿沉瓜"。鉴，比喻溪水澄清透明，莹然如镜。琅

① 选自吴功正主编《古文鉴赏辞典》，江苏文艺出版社 1987 年版。标题为编者所加。

玕，绿沉瓜，比喻溪水绿得可爱。作者共用了八个比喻，穷形尽相地来描写溪水的形状和颜色，引起读者多方面的联想。然后紧承一句，“窈然深碧，潆回城下者，皆浣花溪委也”到这里才点出“浣花溪”的名字。“窈然深碧”，是说水深而碧绿，指溪水的颜色；“潆回城下”是说回绕在城下，指溪水的形状，这两句话分别承接和收束上面八个比喻，写来井然有序。“皆浣花溪委也”，是说上面那些曲折多姿的溪流汩聚而成浣花溪。从“所见如连环”等八个比喻，到“皆浣花溪委也”，实际上是一个长句，但分别从溪水的形状和颜色两方面着笔，最后双承一收，句法错综而行文严密，给人一个完整而丰富的总体印象。

接着，用“然”字承上段“皆浣花溪委也”作一转折，意思是说，虽然许多小溪汇合而成为浣花溪，但它一定要流经草堂以后，才有“浣花溪”的专名，这是因为杜甫的浣花草堂在那里啊。作者特地作这样的强调说明，显然是为了褒扬杜甫的名望，正是因为这位伟大的诗人曾在这里居住，才使浣花溪这个名字与诗圣杜甫联系在一起，地因人而传，浣花溪也因此成为一个特定的专名了。随后，作者把笔墨落到浣花溪附近的青羊宫。“溪时远时近”，从空间感觉上写溪流的曲折迂回；“竹柏苍然，隔岸阴森者尽溪”，写岸上竹柏成荫，苍然一片，隔岸而望，黑郁郁地几乎沿溪尽是；“平望如荠”，是形容树木在远望中小得像草一样。唐代诗人孟浩然就有“天边树若荠”的名句。“水木清华，神肤洞达”，总写两句，形容水光树色，清幽美丽，使人感到神清气爽。这一段写青羊宫附近的浣花溪景色，视野非常空阔。

下一段是写浣花溪的源流，但仅仅从轿夫口中侧面点出，一笔带过，作为传闻之辞，不作地理考证。而重点写溪旁人家，错错落落，景色如画。凡有人家住处，溪流就被遮挡而看不见；一到没有人家的空旷处，溪流又呈现在视野之中，“如是者数处”，写出人家错落和溪流掩映的情状，很有风致。而三句中用了三个“溪”字，重点在写溪流的隐显之状。“缚柴编竹，颇有次第”，这两句则是写临溪人家的风貌，缚柴为门，编竹为篱，显得非常整齐。这种人家，既有乡野淳朴之趣，又十分美观，而成为沿溪景色的很好点缀。作者在写于同时的《早发成都出郊》诗中说：“细水平桥着处宜，薄烟疏竹晓离离。野人置屋溪流上，身住仙源知不知？”把溪上人家比作美丽的桃花源中人，流露出欣羡赞叹之情，可以与文章的这段对看。

作者又写道：“桥尽，一亭树道左，署曰：‘缘江路’。过此则武侯祠，祠前跨溪为板桥一，覆以水槛，乃睹‘浣花溪’题榜。”“桥尽”是承接前边的“自宫以西，流汇而桥者三，相距各不半里”而言。走过三座桥，也就是一里半路左右，就看见一座亭子立在路旁，上面写着“缘江路”三个字。过了这亭，就到了武侯祠，即诸葛亮的庙祠。杜甫很敬仰这位古代的贤相，曾写过一首著名的七律，其中有两句说：“丞相祠堂何处寻，锦官城外柏森森。”可以想见武侯祠的肃穆清幽。武侯祠前有一座板桥横跨在溪上，板桥两旁有栏杆，上面覆以顶盖，好像走廊一样。所谓“水槛”即指此。“乃睹‘浣花溪’题榜”，是说到了这里才看见题着“浣花溪”三个字的匾额。“乃睹”二字，是针对前边“然必至草堂，而后浣花有专名”而讲的，这两个字具有多种用途，既有承上启下的妙用，又使行文前后照应，同时也暗示诗人择居的胜地已经不远了。作者又清疏地描述：过了武侯祠前的板桥，看见一个小洲，形状像一把梭子斜插在水中，四周溪流环抱，如果没有桥是走不过去的。上面建了一个亭子，题着“百花潭水”四个字。这题名可能取自杜甫的诗句“百花潭水即沧浪”。百花潭是浣花溪的别名。杜甫有诗说：“万里桥南宅百花潭北庄”，诗人的旧居就在这附近。从这个亭子回头过桥，经梵安寺，俗称草堂寺，才到了杜工部祠。这一段写溪回路转，曲径通幽，最后才到了目的地。“始为杜工部祠”的“始为”

二字，与上文“乃睹‘浣花溪，题榜”的“乃睹”二字，同一机杼，都是经营文章脉络的穴眼，使得行文有层次、有呼应，一步步把读者带到胜境。跟后的一段：“像颇清古，不必求肖，想当尔尔。石刻像一。附以本传，何仁仲别驾署华阳时所为也。碑皆不堪读。”这一段是写杜工部祠内所见，用笔十分简练。杜甫的塑像显得清雅古朴，是雕塑家凭着自己的主观想象而创作的，不必要求它与杜甫本人相像。祠中还有一个石刻像，并附刻着史书上的杜甫传记，这是何仁仲代理华阳县令时所立。“碑皆不堪读”，言外不无岁月沧桑之慨。游记的本文到这里戛然而止。下面是作者的感想和议论，前几句是指杜甫飘泊到四川，一方面依靠朋友的帮助，另一方面也似乎是天意的驱使。在委婉的语气中，对诗人颠沛流离，辗转依人的生涯，寄予深切的同情。接着就杜甫本人的胸襟来说：“穷愁奔走，犹能择胜，胸中暇整，可以应世，如孔子微服主司城贞子时也。”赞叹诗人在穷愁奔走之际，胸襟依然安详而不烦乱，洁身退隐，择胜地而居，好像孔子流亡到陈国，住在司城贞子家里，心怀安详镇静，随时可以出来救世济民一样。以孔子比杜甫，虽然未必恰当，却是尊崇的一种表现。这几句是一篇的主旨，作者探幽访胜，瞻仰诗人旧居的崇敬心情在这里一笔点醒。

最后一段是交代出游的时间和经过，其中从“使客游者”到“迫暮促（趣）归”是一段插叙，意在表现作者厌恶官场应酬，卑视庸俗礼仪，追求清闲自适，超脱凡俗的理想。最后他说明是在这天清早独自一人去探访浣花草堂的，正是作者心绪的某种体现。

这篇文章，议论平淡无奇，其长处在于以峭拔之笔，写清幽之景，叙次井然，历历如画。随着溪流的曲折逶迤，逐步把读者带入胜境。作者善于在关键处转折提顿，照应起伏，行文就显得宛曲多姿。文脉的深细，正足以表现景物的清幽。从遣词造句、设喻写景等方面，都可以看出竟陵派幽深峭拔的风格特色。

谭元春

谭元春（1586—1637），字友夏。明文学家。湖广竟陵人。天启七年乡试第一。与同里钟惺同为“竟陵派”领袖。一生穷愁著书，刻意求工。其文风幽深孤峭。与钟惺合选《唐诗归》《古诗归》。有《谭友夏合集》。

再游乌龙潭记[1]

潭宜澄，林映潭者宜静，筏宜稳，亭阁宜朗，七夕宜星河[2]，七夕之客宜幽适无累。然造物者岂以予为此拘拘者乎[3]？

茅子越中人[4]，家童善篙楫。至中流，风妒之，不得至荷荡，旋迎钓矶系筏。雨垂垂下，霏霏湿幔，犹无上岸意。已而雨注下。客七人，姬六人，各持盖立幔中[5]，湿透衣表。风雨一时至，潭不能主。姬惶恐求上，罗袜无所惜。

客乃移席新轩，坐未定，雨飞自林端，盘旋不去。声落水上，不尽入潭，而如与潭击。雷忽震，姬人皆掩耳欲匿。至深处，电与雷相后先，电尤奇幻，光煜煜入水中[6]，深入丈尺，而吸其波光以上于雨，作金银珠贝影，良久乃已。潭龙窟宅之内，危疑未释。

是时风物倏忽，耳不及于谈笑，视不及于阴森，咫尺相乱[7]。而客之有致者，反以为极畅。乃张灯行酒，稍敌风雨雷电之气。忽一姬昏黑来赴。始知苍茫历乱，已尽为潭所有，亦或即为潭所生。而问之女郎来路，曰“不尽然”，不亦异乎！

招客者为洞庭吴子凝甫，而冒子伯麟、许子无念、宋子献儒、洪子仲韦，及予与止生为六客，合凝甫而七。

注释

［1］潭：指乌龙潭，在江苏南京城内，水木清幽，景物宜人。

［2］七夕：夏历七月七日晚上，传说喜鹊在天河搭桥，让牛郎、织女渡河相会。

［3］造物者：指天。拘拘：拘束。

［4］茅子：指茅元仪，字止生，归安（今浙江湖州市吴兴区）人。作者说他是“越中人”（越中，现在浙江绍兴一带），当是指浙江水乡而言。

［5］盖：指雨具。

［6］煜煜（yù）：明亮耀眼貌。

［7］咫尺：形容距离很近。咫，周制八寸。

谭元春《再游乌龙潭记》鉴赏[①]

吴战垒

谭元春的友人茅元仪在乌龙潭建有住宅，曾多次邀请他去游玩。作者写过三篇乌龙潭游记，其中以《再游乌龙潭记》最为精彩。

《再游乌龙潭记》描写了夏天游潭时忽逢雷阵雨的情景，气势飞动，神态逼真，把大自然惊心动魄的壮美景象生动地呈现在眼前，在竟陵派的游记文学中算得一篇上乘之作。

现在逐段分析这篇作品。“潭宜澄，林映潭者宜静，筏宜稳，亭阁宜朗，七夕宜星河，七夕之客宜幽适无累。然造物者岂以予为此拘拘者乎？”这一段是游潭以前的议论，先从最适宜游览的条件数起。作者在六句当中，一口气用了六个“宜”字，分别从时间、地点、人物三个方面提出最适宜于游览的要求。表面似乎是泛泛着笔，实际上句句扣牢游乌龙潭，认为这是在一个最适当的时间，与一些最合适的朋友，游览一个最值得游览的地方。但作者在历数宜游的条件以后，又用一个“然”字作一转折，反问一句：“然造物者岂以予为此拘拘者乎？”意思是：我提出这许多宜这宜那，老天爷难道以为我是这样拘守死板的人吗？言外之意是，就一般而论，这些条件都是不可缺少的，但也未必都如此，可以有特殊的例外。这就为下文埋下了伏笔，文章写得有开有合，姿态横生。

文章接着写道：“茅子越中人，家童善篙楫。至中流，风妒之，

① 选自吴功正主编《古文鉴赏辞典》，江苏文艺出版社 1987 年版。标题为编者所加。

不得至荷荡，旋迎钓矶系筏。雨垂垂下，靡靡湿幔，犹无上岸意。”这里先写茅止生的家童善于划船，却敌不过顶头风，以反衬风之大。“风妒之”，用一“妒”字，把风拟人化，仿佛它嫉妒人们纵情快游，故意要扫他们的兴。而细雨同时也下个不停，以至于“湿幔”，可见时间已经不短了。总之风雨齐来，天公不作美，但人们的游兴仍然很浓，“犹无上岸意”。

下一段是说，不一会儿，大雨如倒水一般地下起来。七位游客，以及六位伴游的歌女，各自手拿雨具站在布幔中，外面的衣服都湿透了。前面一段说“雨靡靡湿幔”，这里说“已而雨注下”“湿透衣表”，雨势骤然迅猛，而风势也很猖狂；“风雨一时至，潭不能主”，平静的乌龙潭在狂风暴雨的突然袭击下，仿佛一时措手不及，惊慌失措，不知如何是好了。这两句是用拟人的手法描写乌龙潭，渲染风雨气氛十分生动。紧接着“姬惶恐求上”，这是对“潭不能主”的进一步铺陈，也是对上段“雨靡靡湿幔，犹无上岸意”的一个转折。这时筏上有一些人经受不住了。乌龙潭诚惶诚恐，不能自主，筏上的歌女也惶恐不安，要求赶快上岸。由潭而及人，极力渲染狂风暴雨的吓人声势。“罗袜无所惜”，写出狼狈上岸之态，流露出作者对歌女们的幽默嘲讽，显然他自己是不把狂风暴雨放在心上的。歌女“惶恐求上”的“求”字，衬出包括作者在内的七位男游客这时仍无上岸之意，但在歌女们的要求之下也只得同意了。水上之游就到这里结束。下文写上岸后乌龙潭上电闪雷鸣，风雨大作的情景，这是通篇文章的主干，写得笔酣墨饱，淋漓尽致。依次可以分作几个层次来说。先写上岸避雨。“客乃移席新轩”的“乃”字和“移”字，承上文“姬惶恐求上”的“求”字，写游客们在歌女的请求下，把筏上的酒席移到岸上新建的亭轩中去。接着写风雨再度转猛，“坐未定，雨飞自林端，盘旋不去。”“声落水上，不尽入潭，而如与潭击。”这几句写林中和潭上的雨势，各有声态，逼真传神。

"雷忽震，姬人皆掩耳欲匿。"用"忽震"二字写惊雷蓦地炸响，吓得歌女们掩住耳朵想躲藏，渲染惊雷的声威和歌女胆小的神态都十分生动。"至深处，电与雷相后先"，写云层深处，电闪雷鸣，先后相应；而"电尤奇幻，光煜煜入水中，深入丈尺，而吸其波光以上于雨，作金银珠贝影，良久乃已。"在这里作者特别对闪电的奇观作（做）了出色的描写。这是描写雷雨一幕中最精采（彩）而奇幻的镜头。作者由此而产生这样的想象，"潭龙窟宅之内，危疑未释。"这电闪雷鸣，搅得乌龙潭中的龙宫也不得安宁，龙王不知发生了什么事，可能正在那里满怀疑虑呢！从乌龙潭的名字联想到龙宫，十分自然。这一段先写林中的飞雨，再写潭上的急雨，然后写惊雷，写闪电，情景瞬息万变，而写来层次井然，笔笔有飞动之势。但作者又不作一例铺陈，在逐层描写中突出闪电作为重点，显得有主有从，有声有色，有正面的描摹，也有侧面的烘染，充分表现了作者观察的细致和感受的深刻。文章的节奏也如同风雨雷电一般，显得急骤而多变，使人目不暇接，读来有惊心动魄、身临其境之感。

前面一段以描写客观景物为主，下一段则以抒写主观感受为主。"是时风物倏忽"，写景物顷刻万变。"耳不及于谈笑，视不及于阴森，咫尺相乱。而客之有致者，反以为极畅"，尽管风雨晦冥，视听难辨，游客中有兴致的，反而认为十分畅快。"乃张灯行酒，稍敌风雨雷电之气。"于是干脆点起灯来，依次斟酒痛饮，用以驱除昏暗和抵挡风雨雷电的森然寒气。这是进一步写赏景作乐的兴致。

"忽一姬昏黑来赴。始知苍茫历乱，已尽为潭所有，亦或即为潭所生。而问之女郎，来路日不尽然，不亦异乎！"这一段是风雨赏景的余文。前面说游客有七人，伴游的歌女却只有六人，缺少一人。"忽一姬昏黑来赴"，是说昏暗中忽然又有一位歌女赶来赴会，显然她是一位迟到者。"始知苍茫历乱，已尽为潭所有"，这位女郎来了以后，才知道狂风雷雨只在乌龙潭附近，别的地方并不如此。

俗谚说："夏雨隔牛背""东边日出西边雨"。这种情景正为夏天的雷阵雨所独有。"亦或即为潭所生"，是说或者这雷阵雨就是乌龙潭所制造出来的吧。这是暗用龙能行雨的神话传说。从乌龙潭的名字而产生联想，虚衬一笔，显得空灵而饶有情趣。"而问之女郎，来路日不尽然。不亦异乎！"询问迟到的这位女郎，她说来的路上，太阳还没有落山呢。这真是太奇异了！更反衬了乌龙潭雷雨昏暗的独特性，并且回应了开头"始知苍茫历乱，已尽为潭所有"那一句，而"始知"二字也有了着落。正是因为询问了女郎，才知道这边风雨晦冥，那边太阳未落，因而发出"不亦异乎"的惊叹。

这一次游乌龙潭，因为一场雷阵雨，乌龙潭周围天昏地暗，大自然呈现出另一番气势雄伟的奇观。回顾文章开头所说："潭宜澄，林映潭者宜静，筏宜稳，亭阁宜朗，七夕宜星河"等几条，几乎没有一条相符，这一切全被狂风暴雨打乱了。但是作者却感到游得十分畅快，这就独独与游客"宜幽适无累"那一条对上了号。作者之所以独有会心地欣赏乌龙潭的雷雨情景，正显得他"幽适无累"，即胸怀清雅闲适，没有一点尘俗之念。文章的开头和结尾，也就隐然有了一种呼应的关系，需要读者经过思索而领会。

这篇文章在艺术上的最大特色是善于多层次地写景，成功地把夏天乌龙潭上的雷阵雨写得有声有色，情景相生，形神飞动，使人感到风雨雷电之气扑面而来。而这种幽深冷峭的气氛，在某种意义上也可以看作竟陵派文风的象征。也许是题材与风格相适应的关系吧，作者写来得心应手，天然浑成，不像他有的文章那样生硬做作，难以卒读。

张　岱

张岱（1597—1679），字宗子，一字石公，号陶庵，又号蝶庵居士。明末清初文学家。山阴（今浙江绍兴）人，侨寓杭州。终身未仕。明亡，隐居著述。有《琅嬛文集》《陶庵梦忆》《西湖梦寻》等。又有《石匮书》，现存《石匮书后集》，记载崇祯至南明史诗。

张岱是明清之际重要散文作家，擅长小品。作品题材广泛，多写山川风物、风俗民情和日常琐事，常常透露出明亡后的感伤怀旧意绪。文笔清新，语言活泼，兼杂诙谐，具有独特的风格意味。对五世以后的白话散文有一定影响。

柳敬亭说书[1]

南京柳麻子，黧黑，满面疤瘰[2]，悠悠忽忽[3]，土木形骸[4]。善说书。一日说书一回，定价一两。十日前先送书帕下定[5]，常不得空。南京一时有两行情人，王月生、柳麻子是也[6]。

余听其说“景阳冈武松打虎”，白文与本传大异[7]。其描写刻画，微入毫发，然又找截干净[8]，并不唠叨。哱夬声如巨钟[9]。说至筋节处，叱咤叫喊，汹汹崩屋。武松到店沽酒：店内无人，謈地一吼，店中空缸空甓，皆瓮瓮有声。闲中著色，细微至此。

主人必屏息静坐，倾耳听之，彼方掉舌，稍见下人呫哔耳语[10]，听者欠伸有倦色[11]，辄不言，故不得强。每至丙夜[12]，拭桌剪灯，素瓷静递[13]，款款言之，其疾徐轻重，吞吐抑扬，入情入理，入筋入骨，摘世上说书之耳，而使之谛听，不怕其齰舌死也[14]。

柳麻子貌奇丑，然其口角波俏[15]，眼目流利，衣服恬静，直与王月生同其婉娈[16]，故其行情正等。

注释

［1］柳麻子：本名曹逢春，江苏泰州人。当时著名的说书艺人，艺名柳敬亭。面黑而麻，故称柳麻子。

［2］瘰（luǒ）：即“瘰疬”，淋巴腺结核。

［3］悠悠忽忽：随随便便过活，对什么都不重视。

［4］土木形骸：形体像土木一样自然，喻以本来面目示人，不加修饰。

［5］书：聘书。帕：帕子。用帕子包裹聘金和礼物，连聘书一起送去，叫作送书帕。下定：预定。

［6］“南京”二句：行情，商业用语，即商品的当日价格。行情人，有身价的人物。王月生，当时南京名妓。

［7］白文：评书有说有唱，说的部分叫作白，或称说白，道白。本传：指《水浒传》。

［8］找截：评弹艺人的术语。找是增加夸张的部分，截是节略的部分。

［9］哱夬（bóguài）：应是当时口语，似吆喝声。

［10］呫哔（chèbì）耳语：见《史记·魏其侯传》。原作呫嗫，此处误作呫哔。呫嗫是耳语的状语。

［11］欠伸：打呵欠。

［12］丙夜：夜晚三更时，即十二时前后。

[13] 素瓷：白色的茶杯。

[14] 齰（zé）舌：咬舌。

[15] 波俏：宋元以来俗语，俊俏。此指口齿伶俐。

[16] 婉娈（luán）：美好的样子。

美在艺术创造[①]
——介绍张岱《柳敬亭说书》

卜安淳

《柳敬亭说书》是《陶庵梦忆》中的一篇，作者张岱，字宗子，又字石公，号陶庵，又号蝶庵居士，山阴人，是明代末年的史学家和文学家。

张岱年青（轻）时游山玩水，读书品艺，不求仕进。明朝灭亡后，他避居在浙江剡溪附近的山村，从事著述。《陶庵梦忆》就是他隐居期间追忆往昔繁盛写下的小品散文集。这篇《柳敬亭说书》忆写了明亡前他在南京亲自见闻的柳敬亭说书的情况，写得生动传神，从外貌、动作、语态、神情等多方面刻画出了一个活生生的说书艺人的形象，对柳敬亭的说书艺术作（做）出了精当的分析评价。作品的艺术成就很值得我们学习借鉴。

下面分段介绍这篇散文。第一段：

> 南京柳麻子，黧黑，满面疤瘰，悠悠忽忽，土木形骸，善说书。一日说书一回，定价一两。十日前先送书帕下定，常不得空。南京一时有两行情人，王月生、柳麻子是也。

柳敬亭不是南京人。据黄宗羲《柳敬亭传》等介绍，他是泰州

① 卜安淳（1957—），学者，江苏警官学院学报主编、编审，南京大学法学院兼职教授。本文选自中央人民广播电台文艺部编《阅读和欣赏·古典文学部分（十二）》，中国广播电视出版社，1988 年版。

人。据《陶庵梦忆》中的其他文章记载，作者张岱曾于崇祯十一年和十五年两次到南京。这期间，柳敬亭正居住在南京。于是，两人交往，建立了友谊。

对于这位自己所要赞扬的人物，作者首先从他的外貌写起，在指出其脸麻之后，又进一步说，他面色黑中带黄，满脸疙瘩疤痕；随随便便，不事修饰，象（像）泥塑木雕一样粗朴自然。《陶庵梦忆》中的另一篇文章刻画面貌奇丑的范长白象（像）用羊肚石雕刻成的一只小猴子，说他“鼻垩颧颐犹残缺失次也”。这里没有说柳敬亭的面部五官残损不全，长得不是地方，而写他“麻子，黧黑，满面疤瘰，悠悠忽忽，土木形骸”，手法正差不多。张岱仅用十六个字，就刻画出了柳敬亭十分平庸，甚至丑陋的面貌。至此，读者也许会问，刻画这样一个丑人，做什么呢？张岱用三个字回答：“善说书”。介绍这位长相丑陋的柳麻子，因为他善于说书。原来作者是在欲扬先抑。紧接着，文章就先从侧面入手，通过对价高、争聘等受欢迎情况的介绍，反映柳敬亭说书艺术的不同一般。

柳敬亭说书，一天只说一次，不象（像）一般说书人那样很滥。一两白银一次的价是够高的，但来聘请他的人挤破门坎，必须提前十多天送定钱跟他约好，有时他还难以践约。送书帕是当时官场中表面上赠送礼品，实际上行贿的一种方式。人们聘请柳敬亭说书，也送书帕，可见柳敬亭在当时社会上是多么吃香。因此，他在南京名噪一时，成为“两行情人”中的一个。“行情人”指在社会上吃得开、受人欢迎的人。“王月生”是当时南京的著名歌妓。《陶庵梦忆》有一篇专门介绍她，说富贵之家若要邀请王月生，必须“先一日送书帕，非十金则五金”，而“南京城中勋戚大老力致之，亦不能竞一席”。由此看来，王月生是个身价很高又较有骨气的歌妓。这里，张岱用她跟柳敬亭比较，既对柳敬亭的声誉起了一种烘托的作用，同时又避免了行文的平淡和呆板。

文章第一段，先提出人物，刻画外貌，然后介绍他说书受欢迎的盛况。可以说，张岱也在说书，他卖个关子，先说柳敬亭善说书，如何受人欢迎，跟歌妓王月生一样名噪一时，从而吊起读者胃口，使得大家都想听柳敬亭说书，都想知道柳敬亭说书艺术的究竟。读者的情绪激发起来了，他开始正面介绍。

文章第二段，具体描写柳敬亭说书。

> 余听其说“景阳冈武松打虎”白文，与本传大异。其描写刻画，微入毫发，然又找截干净，并不唠叨。哱夬声如巨钟，说至筋节处，叱咤叫喊，汹汹崩屋。武松到店沽酒，店内无人，蓦地一吼，店中空缸空甓，皆瓮瓮有声。闲中著色，细微至此。

文章举了一个具体的例子——“听其说景阳冈武松打虎白文”，来具体说明、描摹刻画柳敬亭说书的生动感人。“白文”，指有说无唱的大书，它不同于有说有唱的小书，而类似于现代的评话。“景阳冈武松打虎”是这段大书的题目。据说，柳敬亭最擅长于演说《水浒传》。诗人顾开雍在《柳生歌》的序中描写柳敬亭为他说“宋江轶记”的情况说：“纵横撼动，声摇屋瓦，俯仰离合，皆出己意，使听者悲泣喜笑。”柳敬亭为顾开雍演说的“宋江轶记”，可能跟“景阳冈武松打虎”一样，是他演说的《水浒传》中的一个段落。由这段记载可以知道，柳敬亭说《水浒》并不是按文讲说，而是大加发挥，“俯仰离合，皆出己意”，调动想象，加以创造。张岱所听的“景阳冈武松打虎”也正是这样，所以“与本传大异”。“本传”，是指施耐庵著的《水浒传》；“大异”，是有很大的差异。我们知道，施耐庵描写武松打虎已经相当细致生动，但如果跟今天扬州评话《武松》的描写刻画比较，就未免令人感到粗略了。柳敬亭演说武松打虎可能赶不上扬州评话细致，但一定比施耐庵的描写细腻得多，所以张岱称他“描写刻画，微入毫发”。描写细腻并不一定就是长处，要在细而不繁，简洁生动，这就是“找截干净，并不唠叨”。“找”，对说得不足的地方加以补充；“截”，对冗长繁复的部分加以删减，损有余而补不足，这样演说故事方能细腻而又简洁。“唠叨”就是噜嗦（啰唆），说废话。做到了“找截干净”，自然就不会给人以“唠叨”的感觉了。这是写柳敬亭说书对故事的发挥创造和语言的细腻简洁。

说书，是声音的艺术，描摹故事刻画形象主要靠有声语言。柳敬亭说书声音如巨钟鸣响，深沉宏（洪）亮，说到关键的地方，更是常常提高音量，以增加演说气势。这里，“哱夬”，是形容声音高亢；“筋节处”，是指关系到故事情节发展或人物形象刻画的关键地方。演说“筋节处”，加快速度，提高音量，增强气势，正是艺术表现的需要。“叱咤”，是大声喊叫；“汹汹”，形容气势盛大。由于声音高、气势大，作为书场的房屋似乎也要被崩塌。这里，文章不仅写出了柳敬亭说书的气势，而且揭示出了他说书抓住关键着意渲染的艺术手法。

以上概括地写柳敬亭说书，读者从中还不大能看出柳敬亭说书如何创造发挥细腻简洁，如何抓住关键着意渲染。因此，文章紧接着又描摹了柳敬亭这一回所说内容中的一个具体的小片段——“武松到店沽酒”，从而具体生动地说明了上述特点。武松到店中买酒喝，店主人不在，他大概不耐烦等待，突然地大吼一声，震得酒店中的空酒缸和空酒甓嗡嗡作响。缸和甓都是陶制的大盛器，能使它们嗡嗡作响的一声吼，一定很响，气势也一定很大，这正是前面所说的“汹汹崩屋”。“崩屋”之声自然能震缸震甓，使之嗡嗡作响。这一声吼，吼出了英雄武松的气势和声威。“武松到店沽酒”，正是景阳冈打虎的前奏。施耐庵作品主要用喝酒量大、一喝十八碗来突出武松的威武。而这里，柳敬亭让武松一跨进酒店就表现出不同凡响的气势。“蓦地一吼”，震山撼岳。这样的发挥创造，正是为后面的打虎壮举张目。这看起来是个小小的细节，却关系到人物性格的刻画，所以，正是一个不大引人注意的“筋节处”。柳敬亭在这小小的“筋节处”着意渲染，而张岱更注意到了这渲染的艺术效果，称赞它是“闲中著色”。“闲中著色”，就是在看来并不紧要的地方着力描绘，而实际上，这样的描绘，正有利于更好地展示人物性格。“闲中著色”，就它在非紧要的地方着力描绘这一点来看，是细腻，但从它更有利于展示人物性格，起到了别的地方难以达到的艺术效果来看，则是简洁。

文章第二段，从创造发挥、细腻简洁、抓住关键着意渲染等方面生动地写出了柳敬亭高超的说书艺术。至此，张岱意犹未竟（尽），接下去又从听众的态度，柳敬亭说书的神态举止、语言风格等方面加以描写、分析和评价。这就是文章的第三段。

> 主人必屏息静坐，倾耳听之，彼方掉舌。稍见下人呫哔耳语，听者欠伸有倦色，辄不言，故不得强。每至丙夜，拭桌剪灯，素瓷静递，款款言之。其疾徐轻重，吞吐抑扬，入情入理，入筋入骨。摘世上说书之耳而使之谛听，不怕其不齰舌死也。

这一段分三层写。第一层主要写柳敬亭说书时听众的态度。“主人”，指聘请人，他“十日前送书帕下定”，好不容易请得柳敬亭到家，这时他屏（平）心静气地坐着，集中精力专心听柳敬亭说书。主人这种全神贯注的神情并非仅仅在听书过程中，柳敬亭开始说书前，他就已经“屏息静坐”，肃然等待了。这时，柳敬亭方才启齿发语，演说故事。“彼”，指柳敬亭；“掉舌”，指开始说书。柳敬亭说书，一看到听众不专心或疲倦了，当即收场，任主人如何恳求，他决不再开口。这说明了柳敬亭十分讲究说书的艺术效果。

第二层，写柳敬亭说书的习惯爱好，举止神态。三更夜静，抹净桌子，剪去灯花，灯明几净。柳敬亭与主人素瓷清茶，默默品味。“素瓷”，白色瓷器，这里指白瓷茶具；“静递”，默默递送。柳敬亭最爱在这幽静的时候，在这种悠雅的环境气氛中，徐徐启唇，缓缓演叙，充分地表露出一付（副）闲雅的神态。

第三层，多方面地分析评价柳敬亭的说书艺术。“疾徐”，指演说有快有慢；“轻重”，指声音或轻或重；“吞吐”，指言语可滞可畅；“抑扬”，指音调时低时昂。这些都按照艺术表达的需要，恰到好处。“入情”，是打动人心，令人感动；“入理”，是不脱离生活实际，符合艺术真实。正是这样，柳敬亭才创造出了优美的艺术境界。“筋”和“骨”应该是指艺术的深处，是艺术作品令人感动的主要环节，类似于上文说的“筋节处”，但不象（像）“筋节处”那样外在，而是内在的深沉的，是意境。进入了意境，说书自然就能打动人心。张岱这里评价柳敬亭说书，从形式到内容，由内容到意境，同样也是“入情入理，入筋入骨”。“齰舌”，一般人惊羡别人才高，感叹自己无能，往往习惯性地咬舌或吐舌。摘来天下所有说书人的耳朵来听说书，他们都会因为惊羡柳敬亭的说书艺术、惭愧自己的无能而齰舌致死。可以说，这是对柳敬亭说书艺术的最高评价了。

文章到此，对柳敬亭的说书艺术，从抽象到具体，又由具体到抽象，从各个不同的角度作了描写、介绍、分析和评价。张岱领我们听柳敬亭说书，分析他的说书艺术，使我们愈来愈感到这位长相丑陋的柳麻子富有内在美。大概正是出于这种由丑到美的感受，张岱呼应第一段，写出最后一段关于柳敬亭神态美的文字。

柳麻子貌奇丑，然其口角波俏，眼目流利，衣服恬静，直与王月生同其婉娈，故其行情正等。

还是“貌奇丑”的“柳麻子”，当了解了他的说书艺术造诣，知道他是一位艺术美的创造者，发现了他身上所蕴含的内在美，人们注意的就不再是他的容貌丑，而是他说书时的神态美了。“口角”“眼目”，指代柳敬亭说书时的面部表情；“波俏”，是说风趣动人；“流利”，是说机灵生动。素洁无华的衣着又给人一种恬淡舒适的感受。“婉娈”，一般是形容女子容颜体态的美好，这里也用来写柳敬亭，说明在人们眼中，柳敬亭跟美丽动人的歌妓王月生一样令人喜爱，受人欢迎。

整篇文章着力刻画了柳敬亭这一人物形象，从写他的外貌丑，到揭示他丰富的内在美，再写到的神态美。张岱不仅为我们刻画出了一个活生生的艺术形象，而且通过这个形象，生动地揭示出了一个深刻的美学道理：事物的外在丑可以被事物本身的内在美冲淡，事物的内在美可以使人们的审美感受发生变化，忽略它的外形丑，而更多地注意搜寻其丑陋的外形中所体现的内在美的因素。正是这种原因，内在美而外形丑的事物，在人们的感受中仍然是美的。而这种美的规律，最本质地体现在人的身上。

张岱揭示柳敬亭丰富的内在美，主要是通过描写他的说书艺术。这篇文章的贡献更在于介绍、分析和总结了柳敬亭的说书艺术经验，使我们今天得以比较全面清楚地了解柳敬亭的说书艺术成就。有关柳敬亭说书艺术的史料并不多，象（像）这样有介绍有描写，由具体到抽象，而且很好地分析评价的史料更是凤毛麟角。而文中的“微入毫发”“找截干净”“闲中著色”“疾徐轻重，吞吐抑扬，入情入理，入筋入骨”等等，既是对柳敬亭说书艺术的分析概括，又体现了张岱自己的文艺观点，也是研究张岱文艺思想的重要材料。

总之，张岱这篇《柳敬亭说书》，无论从文学上、艺术上，还是从美学上来看，都是一篇值得重视的文章。

西湖七月半

西湖七月半[1]，一无可看，止可看看七月半之人。看七月半之人，以五类看之。其一，楼船箫鼓，峨冠盛筵，灯火优傒[2]，声光相乱，名为看月而实不见月者，看之；其一，亦船亦楼，名娃闺秀，携及童娈[3]，笑啼杂之，环坐露台，左右盼望，身在月下而实不看月者，看之；其一，亦船亦声歌，名妓闲僧，浅斟低唱，弱管轻丝，竹肉相发[4]，亦在月下，亦看月而欲人看其看月者，看之；其一，不舟不车，不衫不帻[5]，酒醉饭饱，呼群三五，跻入人丛，昭庆、断桥，嚣呼嘈杂，装假醉，唱无腔曲，月亦看，看月者亦看，不看月者亦看，而实无一看者，看之；其一，小船轻幌[6]，净几暖炉，茶铛旋煮[7]，素瓷静递，好友佳人，邀月同坐，或匿影树下，或逃嚣里湖，看月而人不见其看月之态，亦不作意看月者，看之。

杭人游湖，巳出酉归，避月如仇。是夕好名，逐队争出，多犒门军酒钱[8]，轿夫擎燎[9]，列俟岸上[10]。一入舟，速舟子急放断桥[11]，赶入胜会。以故二鼓以前[12]，人声鼓吹，如沸如撼，如魇如呓，如聋如哑，大船小船，一齐凑岸，一无所见，止见篙击篙，舟触舟，肩摩肩，面看面而已。少刻兴尽，官府席散，皂隶喝道去[13]。轿夫叫，船上人怖以关门[14]，灯笼火把如列星，一一簇拥而去。岸上人亦逐队赶门[15]，渐稀渐薄，顷刻散尽矣。

吾辈始舣舟近岸[16]。断桥石磴始凉，席其上，呼客纵饮。此时月如镜新磨，山复整妆，湖复颒面[17]。向之浅斟低唱者出，匿影树下者亦出。吾辈往通声气，拉与同坐。韵友来，名妓至，杯箸安，竹肉发。月色苍凉，东方将白，客方散去。吾辈纵舟酣睡于十里荷花之中，香气拘人，清梦甚惬。

注释

［1］七月半：农历七月十五日，旧俗是祭祖的节日，称中元节。西湖各大寺院，晚上都举行盂兰盆佛会，为信徒们念经拜忏，以超度亡魂。故七月半晚上，西湖夜游的人很多。

［2］优傒（xī）：指歌妓侍仆。优，旧时称演戏的人。傒，通“奚”，奴仆。

［3］童娈（luán）：美童。娈，美好貌。

［4］竹肉：竹，指箫笛之类的管乐器；肉，指歌唇。

［5］不衫不帻（zé）：指衣冠不整。衫，长衫。帻，古代男子包发的头巾。

［6］轻幌（huǎng）：细薄的帷幔。

［7］茶铛（chēng）：温茶的器具。

［8］犒：赏赐。门军：守城门的兵士。

［9］擎燎：举着火把。

［10］列俟（sì）：排队等候。

［11］速：催促。急放：急驶。断桥：旧名段桥或段家桥，西湖中白堤第一座桥。

［12］二鼓：二更，即夜晚九、十时。

［13］皂隶：皂，黑色；隶，官府中打杂的小吏，俗称差人。因为他们都穿黑色衣服，故称皂隶。喝道：喝，使路人避让。

［14］关门：关城门。旧俗每夜二更，就把城门关闭，禁止出入。

［15］赶门：赶在关城门以前进城回家。

［16］舣（yǐ）：附船着岸。

［17］颒（huì）面：洗面。

杭人倾城出　中元月夜游[①]
——介绍张岱《西湖七月半》

吴功正

张岱，生于一五九七年，死于一六七九年，字宗子，又字石公，别号陶庵，明末清初山阴人，山阴是现在的浙江省绍兴县（市）。张岱出身（生）在仕宦家庭，文学成就较高。《西湖七月半》是他的代表作。七月半指农历七月十五中元节。这一天，杭州人倾城出动游西湖。这篇文章就是写这种情景的。

文章一开始就点出了全文的描写中心："西湖七月半，一无可看，止可看看七月半之人。"作者撇开其他情景，单单只写西湖七月半的人。这样的艺术构思是别具一格的。

"看七月半之人，以五类看之。"这是概括，用来总领下文，然后逐类加以描写。"其一，楼船箫鼓，峨冠盛筵，灯火优傒，声光相乱，名为看月而实不见月者，看之。"这句话中的"楼船"指船舱是高大楼形的船只。"箫鼓"，吹箫打鼓，泛指奏乐。"峨冠"，高高的帽子。"盛筵"，丰盛的酒席。"优傒"的"优"指优伶，演戏的人；"傒"指仆人。这些人，他们乘坐楼形的大船，戴着高高的帽子，摆着丰盛的酒宴，点起明亮的灯火，有优伶演唱，有仆人侍候。"声光相乱"描述了情态。"光"字落实了前面的"灯火"二字；

① 本文选自中央人民广播电台文艺部编《阅读和欣赏·古典文学部分（十一）》，中国广播电视出版社，1987 年版。

“声”字落实了前面的“箫鼓”和“优”字；“乱”字极为生动地描述了他们寻欢作乐的情景。所有这些情景都表明了这是写达官贵人。这些人“名为看月而实不见月”，他们纵情于楼船箫鼓，沉湎于灯红酒绿，连月色都见不着。这是说的第一种人。“其一，亦船亦楼，名娃闺秀，携及童娈，笑啼杂之，环坐露台，左右盼望，身在月下而实不看月者，看之。”这是第二种人。“亦船亦楼”就是既像船又像楼，指的是建在湖上额水榭。“名娃”是有名的美女，这里指歌妓之类的女人。“闺秀”指德貌双全的大家女子。“童娈”，指相貌好看的男童。“露台”指露天的平台。这里所描述的情景与上面的有所区别。他们不是在灯红酒绿中狂欢狂乐，而是在歌妓、男童、闺秀的簇拥下，环坐在平台上，取笑作乐。“笑啼杂之”的“杂”字和上文的“声光相乱”的“乱”字有异曲同工之妙，嘻（嬉）笑声和啼叫声混成 ·片。这些人“身在月下而实不见月”，因为他们“左右盼望”，心不在焉。接着写第三种人：“其一，亦船亦声歌，名妓闲僧，浅斟低唱，弱管轻丝，竹肉相发，亦在月下，亦看月而欲人看其看月者，看之。”这一类人也坐船，也有声歌伴和，但是，他们陪游的人不同，是“名妓闲僧”。“名妓”就是著名的妓女。“闲僧”指在庙外闲玩的和尚。这些人不是狂欢狂饮，而是“浅斟低唱”。所谓“浅斟”就是慢慢地喝酒；所谓“低唱”，就是婉转地歌唱。“弱管轻丝”，“管”指管乐；“丝”指弦乐。“竹肉相发”，竹，指管乐器；肉，指歌唱；相发，指相互激发，也就是相互协调、应和。这种人“亦在月下，亦看月而欲人看其看月者”，这就是说，他们也在月光下，也在赏月，其实是希望别人来看他们。“其一，不舟不车，不衫不帻，酒醉饭饱，呼群三五，跻入人丛，昭庆、断桥，嚣呼嘈杂，装假醉，唱无腔曲，月亦看，看月者亦看，不看月者亦看，而实无一看者，看之。”这第四种人不乘船也不乘车，“不衫不帻”，既不穿长衫也不戴头巾，行为放浪，不拘礼节。他们喝够了酒吃饱了饭，呼唤起三五个人结成一群，用力挤进人流中间，赶到昭庆、断桥这样一些热闹地方。他们在人群中“嚣呼嘈杂”，狂叫乱嚷，还装成假醉，唱着没有腔调的曲子。看来，这伙人是一批市井细民，中间难免夹杂了一些无赖汉。这伙人也看月亮，也看观赏月亮的人，也看那些不看月亮的人，由于他们注意力不集中，视线分散，搅在人群中起哄，凑热闹，因而他们实际上什么也没有真正看到。最后说第五种人：“其一，小船轻幌，净几暖炉，茶铛旋煮，素瓷静递，好友佳人，邀月同坐，或匿影树下，或逃嚣里湖，看月而人不见其看月之态，亦不作意看月者，看之。”这种人乘着小船，挂着“轻幌”，也就是细薄的帷幔。船上有干净的茶几，暖炉，还有一种叫“茶铛”的器具可以用来随时煮茶。煮好以后，他们就用白净的瓷杯很斯文地端送。显然，这是些文人雅士。他们隐身树下，泛舟里湖，为的是躲避喧嚣，“看月而人不见其看月之态，亦不作意看月者”，这种人是专心地观赏月亮，人们看不到他们看月的姿态，他们自己也不故意做出看月的样子。

写完了五种人看月的情景和态度后，作者用重彩浓墨写杭州人游湖的大场面：“杭人游湖，巳出酉归，避月如仇”。“巳”指上午九时到十一时。“酉”指下午五时到七时。“避月如仇”是说他们逃避月亮像逃避仇人一样，上午游湖下午就赶紧回家。这是写平时的表现，目的是跟“是夕”，也就是这七月十五日晚上的情景作对比。“是夕好名，逐队争出，多犒门军酒钱，轿夫擎燎，列俟岸上。一入舟，速舟子急放断桥，赶入胜会。”“好名”，是说中元节游湖的虚名。“逐队争出”，意思是一队接着一队争着出城去游湖。“多犒门军酒钱”，就是多多地赏钱给守城的士兵。“擎燎”就是举起火把。“列俟岸上”的“俟”是等待的意思，一齐排列在岸上等待。“一入舟，速舟子急放断桥，赶入胜会。”“舟子”就是船夫；“放”是“行船”的意思。连起来说就是：他们一上船，马上催促船夫加快速度把船开向断桥，投进盛会中去。“速”“急”“赶”三个字，把这些人那种迫不及待的情态描绘得活灵活现。作者接着写道：“以故二鼓以前，人声鼓吹，如沸如撼，如魇如呓，如聋如哑，大船小船，一齐凑岸，一无所见，止见篙击篙，舟触舟，肩摩肩，面看面而已。”“二鼓”指二更天，古代靠击鼓来报时。“鼓吹”指音乐声。“如沸如撼”意思是像开水沸腾的声音，又像物体摇动的声音。“如魇如呓”的“魇”是指梦中惊叫，“呓”是指说梦话。这段话的意思是：所以在二更天以前，人声和音乐声汇成一片，像开水沸腾声，又像物体摇动声，像梦中惊叫声，又像说梦话，像聋子一样大声喊叫，又像哑巴一样说话不清楚；大大小小的船只汇集到岸边，什么也看不到，只看到船篙碰击着船篙，船只撞击着船只，肩膀摩擦着肩膀，面孔看着面孔而已。这里一连用了几个比喻，精妙恰当，形象生动地写出了嘈杂的声浪。我们继续往下读：“少刻兴尽，官府席散，皂隶喝道去，轿夫叫船上人，怖以关门，灯笼火把如列星，一一簇拥而去。岸上人亦逐队赶门，渐稀渐薄，顷刻散尽矣。”“少刻”就是过一会儿；“皂隶”指官府的衙役；“喝道”指吆喝行人让路，“去”是离开的意思。“怖以关门”，意思是恐吓人们要关城门了。“赶门”指赶在关城门以前进城。这段连起来说，意思是：过一会儿，人们的游玩的兴趣尽了，官府的酒席撤掉，衙役们吆喝着行人离开，轿夫们恐吓着船上的人说城门就要关了。灯笼火把像布满了星星，一批一批地前呼后拥走开了。岸上的游人也一队一队地赶在关城门以前进城，人越走越少，一会儿功（工）夫全走光了。这段文字生动地描写了从官吏到普通游客回去的情景。这里突出了回去时的匆忙状态。这跟来时的匆忙恰成呼应文章到这里没有结束，作者还要写一批真正懂得欣赏西湖七月十五月色的人们。“吾辈始舣舟近岸。”“吾辈”指的是作者等一批人。“始”字照应了前文，是说大家都回去的时候，我们才出来。“舣舟近岸”就是拢起船靠上岸。“断桥石蹬始凉，席其上，呼客纵饮。”这是说，断桥的石阶才有点儿凉意，把酒席摆在上面，呼唤着客人一起纵情饮酒。“此时月如镜新磨，山复整妆，湖复颒面。”“颒面”，意思是洗脸。这个时候月亮像刚刚磨过的铜镜一样，湖光山色重新整妆洗脸，恢复了平静和光亮。这既写出了月的明亮皎洁，山的秀丽，水的娇媚，又通过“新”字和“复”字跟前面所写的景象作对比。作者的褒和贬是很明显的，接下来的几句是：“向之浅斟低唱者出，匿影树下者亦出，吾辈往通声气，拉与同坐。”这里的“向”就是“以前”。这几句的意思是说：前面提到的那些慢慢喝酒、婉转唱歌的人出现了，藏身在树影下的人也出现了，我们去和他们打招呼，应着他们一起坐下。作者把前面写到的两种人纳入到这幅画里面来了，处处注意上下文的照应。文章接着写道：“韵友来，名妓至，杯箸安，竹肉发。”“韵友”指风雅的朋友；“箸”就是筷子。风雅的朋友来了，著名的歌妓到了，酒杯筷子摆好了，管乐声乐一齐出现了。他们这种玩乐虽然热闹，但不像达官贵人的狂欢，透现出某种雅趣。他们的兴致也颇浓，一直玩到月色迷茫，东方快要透亮的凌晨，这就是文章中所写的“月色苍凉，东方将白，客方散去。”在客人走后，“吾辈纵舟，酣睡于十里荷花之中，香气拍（拘）人，清梦甚惬”。“纵舟”就是让船随便飘荡。古人常说杭州有“三秋桂子，十里荷花”，十里指方圆、面积。这里的意思是说：我们让船儿随便飘荡，在十里荷花的湖面上美美地睡觉，香气吹在人身上，平和安静的梦非常惬意。

这篇文章生动地描述了西湖七月十五的狂热景象。作者对那些庸俗游客的种种表演，表现出轻蔑的感情。他所欣赏的是包括他自己在内的一批文人的高雅情趣。当然，这种情趣是封建士大夫文人的情趣，我们在阅读时是要仔细分辨的。

这篇文章格调清新，描写生动，文词优美，有很高的艺术成就。由于西湖七月半是个狂热的节日，作者所要描写的是游人，因而，文章一开始用“止可看看七月半之人”一句，点出了中心。接着，作者运用高度的艺术概括，把西湖游客分成五种人加以描绘。在描绘时，都是根据文章一开始所确定的“看”字来进行的，表现出作者的艺术描绘有着明确的着眼点。所以，作者虽然把五种人并列起来写，但是都以“看之”来收束，因而不显得散乱。这五种人的描绘经过了作者的艺术概括和提炼，很有代表性和典型意义。虽然作者没有对每一种人的身份和社会地位加以提示，但是，我们从这些人的游湖情景，完全可以推测和想象得到。这就显示出作者艺术描写的高超本领。五种游人的描绘相对独立，各自形成一幅完整的画面。在每幅画面的描绘中，都是用简炼传神的笔墨。作者总是先作具体描述，然后指出他们看月的态度，一经明示，便昭然若揭，确实有画龙点睛的艺术效果。字里行间，还表现出作者的抑扬褒贬，看出作者主观评价的倾向性。

作者在行文时，有合有分，有概括描述，有具体描述，有综述，有分述，有自然景象的描述，也有人物情志的描述，显示出章法的多变化。而作者所欣赏的是“吾辈”游湖的方式和情怀，放在最后一部分进行，这是作者笔墨的落脚点。因而前面的大段大段的文字，就或明或暗发挥了对比映衬作用。作者逐层过渡，一路写来，使得最后部分显得顺理成章。文章的描述好像是电影中的镜头，一个镜头就是一幅画画。但是镜头和镜头之间又不是割裂开的。除用了对比映衬的手法外，还适当地把前文已有的描述挪到后面来，例如“向之浅斟低唱者出，匿影树下者亦出”等句子，就把前后画面适当地加以勾联，并且组合成一幅新的艺术画面。这样，整个文章既做到章法的多变化，又做到结构的严谨。这是写作艺术上的又一个重要特色。

这篇文章的笔墨是富有变化的，多姿多彩的。有时浓重，有时又素淡，这一切都是根据不同的描写对象和需要来安排的。在描写游湖狂潮时，泼墨如云，淋漓尽致。精妙的比喻和纵情的描述相结合，写得十分酣畅淋漓。我们仿佛看到了如潮的人流，听到了如沸的声浪。“吾辈纵舟，酣睡于十里荷花之中，香气拍人，清梦甚惬。”这又意境深远恬淡，令人遐想不已。整个文章的语言声色兼备，清新喜人。作者常用四个字一句的语言结构，读起来圆润顺畅，琅琅（朗朗）上口。

湖心亭看雪

崇祯五年十二月[1]，余住西湖。大雪三日，湖中人、鸟声俱绝。

是日，更定矣[2]，余拿一小舟[3]，拥毳衣炉火[4]，独往湖心亭看雪。雾凇沆砀[5]，天与云与山与水，上下一白；湖中影子，惟长堤一痕、湖心亭一点与余舟一芥、舟中人两三粒而已！

到亭上，有两人铺毡对坐，一童子烧酒炉正沸。见余，大喜曰："湖上焉得更有此人！"拉余同饮。余强饮三大白而别[6]。问其姓氏，是金陵人，客此。

及下船，舟子喃喃曰[7]："莫说相公痴，更有痴似相公者！"

注释

［1］崇祯：明思宗年号。崇祯五年：公元1632年。

［2］更定：众人都入睡的时候，大约晚上九十点钟。更，一夜分五更。定，人声静谧。

［3］拿：此指牵引。

［4］毳（cuì）衣：皮衣。

［5］雾凇：像雾一样的寒气。沆砀（hàngdàng）：白气。

［6］大白：酒盏名。

［7］喃喃：絮絮细语。

诗的小品　小品的诗①
——读张岱《湖心亭看雪》

吴战垒

明朝后期的小品文在中国散文史上虽然不如先秦诸子或唐宋八大家那样引人注目，却也占有一席之地。它好像开放在深山幽谷中的一丛兰花，素雅天然，清香扑鼻，虽然没有桃李那样鲜艳夺目，却自有一种清高拔俗的风韵。

晚明小品文有两个重要的流派：一个是以湖北公安县袁宗道、袁宏道、袁中道三兄弟为首的“公安派”；另一个是以湖北竟陵（现在湖北天门市）人钟惺、谭元春为首的“竟陵派”。这两派都反对一味模仿古人，主张打破文学复古主义的各种清规戒律，大胆抒写性灵，充分表现创作个性，在文坛上打出一面鲜明的革新旗帜。尽管两派各自存在着某种浮浅和艰涩的流弊，但在基本方面仍然具有一定的创新精神和进步意义，在当时产生了较大的影响。

张岱，浙江山阴（今浙江绍兴市）人，生于公元1597年，死于1679年。他继“公安”“竟陵”两派之后，以清淡天真之笔，写国破家亡之痛；寓情于境，意趣深远，算得上晚明散文作家中一位成就较高的“殿军”。

张岱出身于一个官僚家庭，明朝灭亡以前没有做过官，游山玩

① 选自宋广礼、刘刈编《阅读和欣赏——古代散文小品选粹》，中国广播电视出版社1999年版。

水，听曲吟诗，过着闲暇优裕的生活。明朝灭亡以后，他曾经参加过抗清斗争，后来见大势已去，消极避居浙江剡溪山中，专心从事著作。他的两部小品文代表作《陶庵梦忆》和《西湖梦寻》就写于明朝灭亡入山以后。书中缅怀过去的风月繁华，追忆前尘影事，字里行间流露出深沉的故国之思和沧桑之感。

张岱的小品可谓名副其实的小品，长者不过千把字，短者仅一二百字，笔墨精炼（练），风神绰约，洋溢着诗的意趣。人们常说散文贵有诗意，这是很对的。如果拿诗来作比，张岱的小品就有点像唐人绝句。它以短小隽永见长，寥寥几笔，意在言外，有一唱三叹的风韵，无捉襟见肘的窘迫。它像一泓清泉，喝一口就感到甜美爽快，沁人心脾。下面我们就从《陶庵梦忆》中选一则《湖心亭看雪》进行分析。

崇祯五年十二月，余住西湖。

崇祯是明朝最后一个皇帝朱由检的年号，崇祯五年就是公元1632年。这时张岱寓居在杭州西湖。开头这两句点明时间、地点。张岱文集中凡记述过去行踪的文章，大都标出明朝纪年，以示不忘故国。这里标出“崇祯五年”也是如此。“十二月”，正当严冬多雪之时；“余住西湖”则点明作者所在之地。这平平淡淡的两句话，却从时间、地点两个方面不着痕迹地引逗出下文的大雪和湖上看雪。

大雪三日，湖中人、鸟声俱绝。

这两句紧接开头，点出“大雪”。上句末了“三日”和下句末了“俱绝”二字，很自然地押了入声韵，给人一种陡然而来的荒寒之感。尽管没有具体描绘雪景，却使人可以想见大雪封湖之状，读来如觉寒气逼人。作者妙在不从视觉写大雪，而通过听觉来写，“湖中人、鸟声俱绝”，一个“绝”字，传出冰天雪地，万籁无声的森然寒意——大雪后一片静寂，湖山封冻，人和鸟都瑟缩着不敢外出，寒噤得不敢作声，连空气也仿佛冻结了。这是高度的写意手法，巧妙地从人的听觉和心理感受上画出了大雪的威严。它使我们联想起唐朝诗人柳宗元那首有名的《江雪》：“千山鸟飞绝，万径人踪灭。孤舟蓑笠翁，独钓寒江雪。”柳宗元诗中的这幅江天大雪图是从视觉着眼的，江天茫茫，“人鸟无踪”，独有一个垂钓的渔翁。张岱笔下则是“人鸟无声”，但这无声却正是人的听觉感受，因而无声中仍有人在。柳宗元的诗只有二十个字，最后才点出一个“雪”字，是从结果追溯原因。张岱则写“大雪三日”而使“湖中人、鸟声俱绝”，是从原因见出结果。两者着眼点不同，却各有千秋，同样达到写景传神的艺术效果。如果说，《江雪》中的“千山鸟飞绝，万径人踪灭”，是为了渲染和衬托寒江独钓的渔翁；那么张岱写“湖中人、鸟声俱绝”，则是为下文有人冒寒看雪作映照。

是日，更定矣，余拏一小舟，拥毳衣炉火，独往湖心亭看雪。

“是日”，即这一天，指“大雪三日”之后湖山封冻的日子。“更定”，指夜深人静，寒气倍增的时候。“拏”，在这里是牵引的意思。“毳（cuì 翠）衣”就是皮袍子；“拥毳衣炉火”，是拿御寒的衣物来反衬寒气刺骨。试想，在“人、鸟声俱绝”的冰天雪地里，竟然有人深夜出门，披着皮袍，带了火炉，“独往湖心亭看雪”，这是一种何等不同流俗的孤怀雅兴啊！“独往湖心亭看雪”的“独”字，可以与柳宗元诗句“独钓寒江雪”的“独”字对照起来玩味。这种不畏严寒的赏雪雅兴，难道仅仅出于对自然美的深情向往吗？恐怕未必尽然。我们从这里可以强烈地感受到作者那种独抱冰雪的操守和孤高自赏的情调。他所以要夜深独往，大约是既不想被人看见，也不想看见别人。那么，在这种孤寂的情怀中，不也蕴含着避世的幽愤吗？

请看作者以何等绝妙之笔来写湖中雪景：

> 雾凇沆砀，天与云与山与水，上下一白；湖中影子，惟长堤一痕、湖心亭一点与余舟一芥、舟中人两三粒而已！

这真是一幅水墨淋漓，气象混茫的湖山夜雪图！“雾凇沆砀”是形容湖上雪光水气，混濛不分。“天与云与山与水，上下一白”，叠用三个“与”字，生动地写出天空、云层、湖水之间白茫茫浑然难辨的景象。作者先总写一句，犹如摄取了一个“上下皆白”的全景，从看雪来说，很符合第一眼的总感觉和总印象。接着变换视角，化为一个个诗意盎然的特写镜头：“长堤一痕”“湖心亭一点”“余舟一芥”“舟中人两三粒”等等。（芥，小草，引申为轻微纤细的事物。）这是朦胧的画，梦幻般的诗，给人一种似有若无、依稀恍惚之感。作者对数量词的锤炼功夫，不得不使我们惊叹。你看，“上下一白”的“一”字，是形容天与水的混茫难辨，使人感到境界之大；而“一痕”“一点”“一芥”的“一”字，是形容视像的依稀可辨，使人感到景物之小。大小相形，大者更觉其大，小者愈见其小，这真所谓着“一”字而境界出矣！同时由“长堤一痕”到“湖心亭一点”，到“余舟一芥”，到“舟中人两三粒”，其镜头则是从小而更小，直至微乎其微。这“痕”“点”“芥”“粒”等量词，一个小似一个，写出视线的移动，景物的变化，暗示出小船在夜色中徐徐行进，展现了一个微妙而变幻的意境。这些经过千锤百炼的字眼，丝毫没有雕琢的痕迹，仿佛信手拈来，使人觉得天造地设，自然地生定在那儿，谁也撼动它不得。这一段是写景，却又不止于写景，我们从这个混沌一片的冰雪世界中，不难感受到作者那种人生天地间，茫茫如沧海一粟的深沉感慨。

接着由“舟中人”写到湖心亭上的人，奇峰突起，又开出了一个新的境界：

> 到亭上，有两人铺毡对坐，一童子烧酒炉正沸。见余大喜曰：“湖中焉得更有此人！”拉余同饮。余强饮三大白而别。问其姓氏，是金陵人，客此。

本来是“独往湖心亭看雪”，却不料亭上已有人先到了。这一笔，写出了作者意外的惊喜，也引起读者意外的惊异。但作者并不说自己惊喜，反而写二客“见余大喜”，背面敷粉，反客为主，足见作者用笔的腾挪变化。“湖中焉得更有此人！”这一惊叹虽然发之于二客，实为作者的心声。作者妙在不发一语，而“尽得风流”。二客先是“见余大喜”，接着又“拉余同饮”，大有幸逢知己之乐。这一意外的相逢，似乎给冷寂的湖山和孤寂的怀抱增添了一分暖色，然而骨子里依然不改其凄清的基调。这有如李白的“举杯邀明月，对影成三人”，不过是一种虚幻的慰藉罢了。“焉得更有”，是说这样的人不可多得。“强饮三大白”：“大白”，是酒杯；“强饮”，是说本来不会饮酒，但对此景，当此时，逢此人，却不可不饮。如果说，上一段是欣赏湖中雪景，那么这一段却是欣赏湖心亭赏雪之人；上一段是写自然雪景的奇观，这一段是说人生知己的难得。作者以曲折之笔，写出深沉的襟怀。你看他写湖心亭上三人对饮，除了开头一声惊叹外，再无什么对话了，大有“相视而笑，莫逆于心”之慨，显得如此不拘形迹而心心相印。只是在饮罢告辞时，才似乎突然想起应该问一问二客的姓氏，却又妙在语焉不详，只说“是金陵人，客此”。可见这二位湖上知己，原是他乡游子，言外有后约难期之慨。这一补叙之笔，透露出作者的无限怅惘：茫茫六合，知己难逢；人生如雪泥鸿爪，转眼各复西东。淡淡的一句话，包含着丰富的情感内容。文章做到这里，在我们看来，也算得神完意足了。但作者意犹未尽，还余韵悠扬地吹奏出这样一个尾声：

及下船，舟子喃喃曰："莫说相公痴，更有痴似相公者！"

读到这里，真使人拍案叫绝！前人论词，有点、染之说，这个尾声可谓融点、染于一体。作者前面说："独往湖心亭看雪"，到湖心亭，忽见二客及烧酒炉的童子，到这里又点出还有一个摇船的"舟子"，似乎此行并不孤独；然而这种偶然和表面的不孤独，却正是为了点染作者别有怀抱的孤高冷寂之感。你看为他荡舟的船家始终不理解"相公"的古怪脾气，他大概一上船就在纳闷：这么冷的天，深更半夜，还要到湖心亭看雪，真是个怪人！心里这么想，嘴里却没有说出来。一直到"下船"，才憋不住独自嘀咕起来。"喃喃"二字，形容船家自言自语、大惑不解之状。如闻其声，如见其人。这一笔，即张岱所谓"闲中点染"，十分耐人寻味。它透露出船家与"相公"在思想感情上并不是一路，他们虽然同行，却并不同心；这也从另一面反衬了"相公"的独往独来，落寞寡偶。同时这里借船家之口，点出一个"痴"字，又以相公之"痴"与"痴似相公者"相比较，相浸染，把一个"痴"字写透。"更有痴似相公者"，并非减损相公之"痴"，而是以同调来映衬相公之"痴"。这种旁观者的评价，作者如实写来，虽不赞一辞，却似贬而实褒。所谓"痴"，正是指一般所谓"俗人"不能理解的清高超逸的情怀。这种地方，也正是作者的得意处和感慨处。这个小小的尾声，如轻舟荡桨，使人感到文情摇曳，余味无穷。

《湖心亭看雪》这一篇小品，有人物，有对话，叙事、写景、抒情融于一炉，淡淡写来，情致深长，洋溢着浓郁的诗意，而全篇连标点在内还不到二百字。笔墨之精炼（练）含蓄真令人惊叹！这一点就很值得我们借鉴和学习。当然，文中所流露的孤高自赏和消极避世的情调，我们必须批判地对待和历史地分析。

《陶庵梦忆》自序

陶庵国破家亡，无所归止，披发入山，骇骇为野人[1]。故旧见之，如毒药猛兽，愕窒不敢与接[2]。作自挽诗，每欲引决[3]。因《石匮书》未成[4]，尚视息人世[5]。然瓶粟屡罄，不能举火。始知首阳二老，直头饿死[6]，不食周粟，还是后人妆点语也。

饥饿之余，好弄笔墨。因思昔人生长王、谢[7]，颇事豪华，今日罹此果报[8]。以笠报颅，以篑报踵，仇簪履也[9]；以衲报裘，以苎报绨[10]，仇轻暖也；以藿报肉，以粝报粻[11]，仇甘旨也；以荐报床[12]，以石报枕，仇温柔也；以绳报枢，以瓮报牖，仇爽垲也[13]；以烟报目，以粪报鼻，仇香艳也；以途报足，以囊报肩，仇舆从也[14]。种种罪案，从种种果报中见之。

鸡鸣枕上，夜气方回，因想余生平繁华靡丽，过眼皆空，五十年来，总成一梦。今当黍熟黄粱，车旋蚁穴[15]，当作如何消受？遥思往事，忆即书之，持向佛前，一一忏悔。不次岁月[16]，异年谱也；不分门类，别《志林》也[17]。偶拈一则，如游旧径，如见故人，城郭人民，翻用自喜[18]，真所谓“痴人前不得说梦”矣[19]。

昔有西陵脚夫[20]，为人担酒，失足破其瓮，念无所偿，痴坐伫想曰：“得是梦便好。”一寒士乡试中式，方赴鹿鸣宴[21]，恍然犹意非真，自啮其臂曰：“莫是梦否？”一梦耳，惟恐其非梦，又惟恐是梦，其为痴人则一也。余今大梦将寤，犹事雕虫[22]，又是一番梦呓。因叹慧业文人，名心难化，政如邯郸梦断，漏尽钟鸣，卢生遗表，犹思摹拓二王，以流传后世[23]。则其名根一点，坚固如佛家舍利[24]，劫火猛烈[25]，犹烧之不失也。

注释

[1] 骇：同“骇”。骇骇，使人惊异。

[2] 愕：惊。窒：气塞。愕窒：使人惊奇得不敢呼吸。不敢与接：不敢与（我）接近交游。

[3] 引决：自杀。

[4]《石匮书》：作者正在写作的一部历史书。

[5] 视：视觉。息：呼吸。有视觉，有呼吸，表示人还活着。

[6]“始知”二句：商代遗民伯夷、叔齐，隐居于首阳山，采薇蕨等野菜为食料，坚决不吃周朝的米。直头，苏州方言，竟自，一直。

[7] 王、谢：晋代两大富贵家族，后世用此二字来代表豪贵门第。

[8] 罹（lí）此果报：遭到这样的报应。果报，因果报应。

[9]“以笠报颅”三句：从前头上插簪，现在戴个竹笠；从前脚上穿华美的履，现在穿的是草鞋。今天的竹笠和草鞋，是对从前簪履的报复。仇，相应，相匹。

[10]“以衲”二句：衲，打补钉的旧衣。裘，皮毛外衣。苎，粗麻布衣。绨，细麻布衣。

[11]“以藿”二句：藿，豆叶。粝，粗劣的米。粻（zhāng），精米。

[12] 荐：草席。

[13]“以绳”三句：枢，旧式建筑物的门臼。此处用来代替门字。牖（yǒu），窗户。爽，空气流通。垲（kǎi），高燥。爽垲，表示房屋的高燥凉爽。

[14]“以途报足”三句：从前有车马代步，现在自己走路；从前有人代扛行李，现在自己背负行囊。舆从，抬轿的和随行的仆人。

[15]“今当黍熟黄粱”二句：用“黄粱梦”的故事，见唐人传奇文《南柯太守传》。旋，归。

[16] 不次：不排列次序。

[17]《志林》：南宋人编集苏东坡的故事，分门别类，书名《东

坡志林》。别：不同。

［18］翻：反而。用：因此。

［19］“痴人”句：向痴人讲你的梦，他以为是真有此事。故有此说。

［20］西陵：即西兴，钱塘江的渡口。旧时从杭州到萧山，必在此处渡江。

［21］“一寒”二句：乡试，全省秀才，在省城会考举人，称为乡试。鹿鸣宴，考中举人以后，有一次庆祝宴会，称为鹿鸣宴，用《诗经·小雅·鹿鸣》的典故。

［22］雕虫：汉代的扬雄曾说，作赋是“雕虫小技”。见《法言》。后人就称写文章为“雕虫小技”。

［23］“政如邯郸梦断”五句：用汤显祖写的剧本《邯郸记》中的故事。剧中主人公卢生在临死时还写一个遗表给皇帝，表示他还有心摹写王羲之父子的书法。政，通“正”。漏尽钟鸣，是夜尽天明的意思，也喻作生命结束。

［24］“则其”二句：名根，好名的根性（本性）。舍利，得道高僧死后火化时，骨肉的脂肪凝结成彩色的坚硬的珠状物，称为舍利，为信徒所供奉。

［25］劫火：佛教语，大灾难中的大火灾。

张岱《陶庵梦忆·自序》鉴赏[①]

施蛰存

作者生长于富裕的士大夫家庭，少壮时，当万历、天启年间，社会比较安定，民物丰盈，正是明代文化最灿烂的时期。作者又多才多艺，除诗文以外，一切声色、狗马、歌舞、技艺，无不精通。因此，作者的前半生，过着繁华靡丽的生活。

明朝灭亡之后，作者已是七十老翁，他那时所处的社会，是民穷财尽，动乱不定。他的家庭是瓶无储粟，门可罗雀。作者隐姓埋名，避居山野。布衣蔬食，从事著述。

《陶庵梦忆》和《西湖梦寻》是他写的两本回忆散文。记录他早年所过的豪华生活。在这篇《自序》中，作者说明了他把这两部回忆记称为“梦”的意义。

全文分四段，字数不多，思想过程却极为复杂。第一段略叙国破家亡后的个人生活。第二段叙述今天的饥寒生活，竟是过去奢侈生活的报应。作者用极其简净，而又极富独创性的句法，表述他对早年生活的忏悔情绪。第三段就点明“梦”字的意义：“五十年来，总成一梦。”但是，既然明知过去的一切，到如今只是一个梦，为什么还要把它们当成真事。作者在这里，自我嘲讽为“痴人说梦”。

---

① 施蛰存（1905—2003），原名施德普，字蛰存，常用笔名施青萍、安华等，浙江杭州人。现当代著名学者、作家。代表作有《上元灯》《将军的头》《宋元词话》《唐诗百话》等。本文选自徐中玉主编《古文鉴赏大辞典》，浙江教育出版社1996年版。标题为编者所加。

第四段举两种人为例。有人希望真事是个梦，有人希望梦是真事。在作者看来，都是痴人。但作者还想把这些梦记下来，使它们成为实事。这是为什么呢？作者坦白承认，他还有一个摆脱不掉的人情世故，“名心”。为了要留名于后世，所以还是要作此痴事。

从这篇序文，我们可以体会到，作者记此二梦，尽管文章非常生动，叙事酣畅淋漓，却是从沉痛的忏悔情绪中发泄出来的。

张　溥

张溥（1602—1641），字天如，号西铭。明末文学家。太仓（今属江苏）人。崇祯进士，授庶吉士。于崇祯初组织复社，评议朝政，为权贵所忌，多方迫害，冤狱未成，溥即逝世。善散文，风格朴实，政治色彩较浓。有《七录斋集》。另编有《汉魏六朝百三名家集》。

五人墓碑记

五人者，盖当蓼洲周公之被逮[1]，激于义而死焉者也。至于今，郡之贤士大夫请于当道，即除魏阉废祠之址以葬之[2]，且立石于其墓之门，以旌其所为[3]。呜呼，亦盛矣哉！

夫五人之死，去今之墓而葬焉[4]，其为时止十有一月耳。夫十有一月之中，凡富贵之子，慷慨得志之徒，其疾病而死，死而湮没不足道者[5]，亦已众矣，况草野之无闻者欤！独五人之皦皦[6]，何也？

予犹记周公之被逮，在丁卯三月之望[7]。吾社之行为士先者[8]，为之声义，敛赀财以送其行[9]，哭声震动天地。缇骑按剑而前[10]，问："谁为哀者？"众不能堪，抶而仆之[11]。是时以大中丞抚吴者[12]，为魏之私人[13]，周公之逮，所由使也。吴之民方痛心焉[14]，于是乘其厉声以呵，则噪而相逐[15]。中丞匿于溷藩以免[16]。

既而以吴民之乱请于朝，按诛五人，曰：颜佩韦、杨念如、马杰、沈扬、周文元，即今之傫然在墓者也[17]。然五人之当刑也，意气阳阳[18]，呼中丞之名而詈之[19]，谈笑以死。断头置城上，颜色不少变。有贤士大夫发五十金，买五人之脰而函之[20]，卒与尸合。故今之墓中，全乎为五人也。

嗟夫！大阉之乱，缙绅而能不易其志者[21]，四海之大，有几人欤？而五人生于编伍之间[22]，素不闻诗书之训，激昂大义，蹈死不顾，亦曷故哉？且矫诏纷出[23]，钩党之捕[24]，遍于天下，卒以吾郡之发愤一击，不敢复有株治[25]。大阉亦逡巡畏义[26]，非常之谋，难于猝发。待圣人之出[27]，而投缳道路[28]，不可谓非五人之力也。

由是观之，则今之高爵显位，一旦抵罪，或脱身以逃，不能容于远近，而又有剪发杜门[29]，佯狂不知所之者，其辱人贱行，视五人之死，轻重固何如哉？是以蓼洲周公，忠义暴于朝廷[30]，赠谥美显[31]，荣于身后，而五人亦得以加其土封，列其姓名于大堤之上。凡四方之士，无有不过而拜且泣者，斯固百世之遇也。不然，令五人者保其首领，以老于户牖之下[32]，则尽其天年，人皆得以隶使之，安能屈豪杰之流，扼腕墓道[33]，发其志士之悲哉？故予与同社诸君子，哀斯墓之徒有其石也，而为之记，亦以明死生之大，匹夫之有重于社稷也[34]。

贤士大夫者，冏卿因之吴公[35]、太史文起文公[36]，孟长姚公也[37]。

注释

［1］蓼洲周公：周顺昌，字景文，号蓼洲，明吴县（今苏州市）人。万历进士，曾任福州推官，吏部员外郎等职。他反对宦官魏忠贤专权，被捕下狱，死于狱中。崇祯初赠谥忠介。

[2]“郡之”二句：当道，当权者，这里指当地官长。除，修治。魏阉，魏忠贤。废祠，魏忠贤专权时，他的党羽为他在各地建生祠，苏州的生祠建于虎丘山塘，祠未建成而魏已死，祠废。

[3]旌：表彰。

[4]墓而葬：修墓安葬。墓，这里用作动词。

[5]湮没：埋没。

[6]皦（jiǎo）皦：明亮、显耀。

[7]丁卯三月之望：指明熹宗天启七年（1627）三月十五日（周顺昌在三月十五日被捕，至十八日才“开读”——公开宣布皇帝的诏书；带走“犯人”——所以苏州人民的反抗，发生在三月十八日）。

[8]吾社：指复社。张溥等组织复社，以继承东林党为号召，所以称复社为吾社。

[9]敛：募集。赀（zī）财：钱财。赀，通“资”。

[10]缇骑（tíjì）：本是汉代京城中逮捕人犯的马队，这里指明代的锦衣卫，当时为魏忠贤所掌握。

[11]抶（chì）：鞭打。仆：倒下。

[12]大中丞：官职名。原是御史台官职，这里指巡抚。

[13]魏之私人：魏忠贤的党羽。这里指魏忠贤的干儿子毛一鹭。

[14]痛心：痛恨。

[15]譟：通“噪”，喧哗。

[16]溷（hùn）藩：厕所。

[17]傫（lěi）然：重叠相连的样子。

[18]阳阳：意同“扬扬”。

[19]詈（lì）：骂。

[20]脰（dòu）：通“头”。函：用封套盛装物品，这里指把人头用盒子盛起来。

[21]缙绅：士大夫。

［22］编伍：平民。古时居民每五户编为一伍。故以编伍称平民。

［23］矫诏：假托皇帝的名义发布的诏书。

［24］钩党：钩相牵连而为同党。

［25］株治：以一人之罪而牵连惩治他人。

［26］逡（qūn）巡：退缩。畏义：害怕群众的正义斗争。

［27］圣人之出：指明思宗即位。《明史·宦官传》：“崇祯二年，命大学士韩等定逆案，始尽逐忠贤党，东林诸人复进用。”

［28］投缳道路：在半路上自缢身死。明思宗即位后，贬魏忠贤往凤阳看守皇陵，魏自北京出发，行至河北阜城时畏罪自杀。

［29］剪发：削发为僧。杜门：闭门不出。

［30］暴（pù）：显露。

［31］美显：美好而光荣。

［32］户牖（yǒu）：门和窗。这里指居家。

［33］扼腕：一只手握住另一只手的手腕，表示悲愤。

［34］匹夫：个人。社稷：指国家。

［35］冏（jiǒng）卿：太仆卿的别称。《书·冏命序》：“穆王命伯冏为周太仆正。”因之吴公：吴默，字因之，吴江人，官太仆卿。

［36］太史：翰林院修撰、编修、检讨等官的别称。翰林任修史之职，故以古代“太史”之名称之。文起文公：文震孟，字文起，长洲人，曾官翰林院修撰。

［37］孟长姚公：姚希孟，字孟长，吴县人，曾官翰林院检讨。

张溥《五人墓碑记》鉴赏[①]

霍松林

封建社会的"墓志"，一般是为达官贵人或其亲属写的。张溥的这一篇，却是为下层人民写的。"五人"本无令人艳羡的世系、功名、官爵，作者摆脱旧框框的束缚，突出重点，集中地写他们轰轰烈烈的反阉党斗争及其历史意义，从而为我们留下了明末市民暴动的珍贵文献。在表现方法上，传统的"墓志"文要求"唯叙事实，不加议论"；偶有稍加议论的，就被认为是"变体"。张溥的这一篇，却夹叙夹议，甚至以议论为主，在善与恶的搏斗、正与反的对比中对下层人民的正义行为和崇高品质给予大力的肯定和热情的赞扬。这实质上是一篇战斗的小品文。

这篇"碑记"在叙述"五人"之死的原因时说："是时以大中丞抚吴者，为魏之私人，周公之逮，所由使也。吴之民方痛心焉，于是乘其厉声以呵，则噪而相逐。中丞匿于溷藩以免。既而以吴民之乱请于朝，按诛五人"。"吴民"为什么会痛恨毛一鹭而同情周顺昌呢？让我们看看《明史·周顺昌传》的记载："顺昌为人刚方贞介，疾恶如仇。巡抚周起元忤魏忠贤削籍，顺昌为文送之，指斥无所讳。魏大中被逮，道吴门。顺昌出饯，与同卧起者三日，许以女聘大中孙。旂尉屡趣行，顺昌瞋目曰：'若不知世间有不畏死男子耶？归语忠贤，我故吏部郎周顺昌也。'因戟手呼忠贤名，骂

---

① 选自霍松林《唐音阁鉴赏集》，河北教育出版社 2000 年版，标题为编者所加。

不绝口。旂尉归，以告忠贤。御史倪文焕者，忠贤义子也，诬劾同官夏之令，致之死。顺昌尝语人，他日倪御史当偿夏御史命。文焕大恚，遂承忠贤指，劾顺昌与罪人婚，且诬以赃贿，忠贤即矫旨削夺。先所忤副使吕纯如，顺昌同郡人，以京卿家居，挟前恨，数谮于织造中官李实及巡抚毛一鹭。已，实追论周起元，遂诬顺昌请嘱，有所干没，与起元等并逮。顺昌好为德于乡。有冤抑及郡中大利害，辄为所司陈说，以故士民德顺昌甚。及闻逮者至，众咸愤怒，号冤者塞道。至开读日，不期而集者数万人，咸执香为周吏部乞命。诸生文震亨、杨廷枢、王节、刘羽翰等前谒一鹭及巡按御史徐吉，请以民情上闻。旂尉厉声骂曰：'东厂逮人，鼠辈敢尔！'大呼：'囚安在？'手掷锒铛于地，声琅然。众益愤，曰：'始吾以为天子命，乃东厂耶！'蜂拥大呼，势如山崩。旂尉东西窜，众纵横殴击，毙一人，余负重伤，逾垣走。一鹭、吉不能语。知府寇慎、知县陈文瑞素得民，曲为解谕，众始散。顺昌乃自诣吏。又三日北行，一鹭飞章告变。东厂刺事者言吴人尽反，谋断水道，劫漕舟，忠贤大惧。已而一鹭言缚得倡乱者颜佩韦、马杰、沈扬、杨念如、周文元等，乱已定，忠贤乃安。然自是缇骑不出国门矣。……”传中主要叙述了周顺昌反对阉党、同情人民，因而得到人民支持的历史事实。在当时，反对阉党和同情人民是紧密地联系在一起的。传中提到周顺昌“捕治税监高寀爪牙”，当高寀激起“民变”的时候有人主张让周顺昌代替高寀做税监去平息“民变”，而周顺昌坚决不肯，就足以说明这个问题。

明代后期，江南地区开始孕育着资本主义的萌芽，工商业和城市经济都有一定程度的发展和繁荣，这就引起了把持朝政的阉党对这一地区进行更残酷地掠夺的野心。以江南中小地主阶级知识分子为主体的政治集团东林党，就是在这样的历史条件下形成的。东林党人主张开放言路、改良政治、反对阉党对江南地区实行残酷的政治压迫和经济掠夺的斗争，既代表了江南中小地主阶级的利益，也符合江南工商业者和广大市民及其他人民的要求，因而也得到他们的支援。阉党因逮捕周顺昌而激起以“五人”为首的市民暴动，就是典型事例之一。人民群众对阉党恨入骨髓，而对东林党人却抱有一定的同情，所以当阉党逮捕敢于为人民的冤抑和利害说话的周顺昌时，就激起了一场声势浩大的市民暴动。这场市民暴动的首领颜佩韦等“五人”虽然牺牲了，但“忠贤大惧”“自是缇骑不出国门”，充分显示了人民斗争的威力。

明思宗即位，镇压了阉党，起用了东林党人。但这时候朱明王朝的统治机构已经腐烂不堪，而阶级矛盾又异常尖锐。加上被起用的东林党人都是一些空谈家，只斤斤于派别斗争，不能采取有效的措施以挽救危亡。阉党残余又乘机卷土重来，相继入阁执政，一面打击东林党人士和正派人物，一面镇压人民起义。张溥于是联合各地文社，于崇祯二年（1629）组成“复社”，和阉党作斗争。他之所以能够写出一篇热情洋溢地歌颂苏州人民反阉党斗争的《五人墓碑记》，是和他反阉党的政治目的分不开的。

这篇文章在写作方法上的特点是：夹叙夹议，层层对比，步步深入，前后照应，反复唱叹，熔叙事、议论、描写、抒情于一炉。而这一切又都服务于主题思想的表达。这个主题思想，作者直到文章的结尾才明确地说出来，那就是“明死生之大，匹夫之有重于社稷”。

作者提出的这个主题思想，本身就包含着许多对比的因素：“死”与“生”，当然是对比；有“大”就有“小”，有“重”就有“轻”，有“匹夫”就有“富贵之子，慷慨得志之徒”和“缙绅”以至“高爵显位”，这里都有强烈的对比。

为“五人墓”作“碑记”，当然得写出“五人”是怎样的人。但这也可以有各种写法。按照“墓志”文的格局，一上来就得叙述他们的姓名、籍贯、世系、行事等等，但张溥却另辟蹊径，只用“五人者，盖当蓼洲周公之被逮，激于义而死焉者也”一句话，对“五人”作（做）了判断性的说明。以一个判断句开头，说明“五人”是“激于义而死”的，这里已包含着对“五人”的颂扬。“激于义而死”有其对立面，例如“不义而生”“不义而死”等等。按照作者在篇末点明的主题思想的逻辑，“激于义而死”，“死”的意义就“大”；如此而死，虽“匹夫”也“有重于社稷”。那么与此相对照，那些“不义而生”“不义而死”的，又怎么样呢？对于这些，作者暂时没有发议论，然而讽刺的锋芒也已经从对“五人”的颂扬中露出来了。

点出“五人”“激于义而死”读者满以为该写怎样激于义而死了；但作者却按下不表，由“死”写“葬”、由“葬”写“立石”，给读者留下悬念。

写“葬”、写“立石”，用的是叙述句，但并非单纯叙事，而是寓褒于叙。“贤士大夫”们“除魏阉废祠之址以葬之，且立石于其墓之门，以旌其所为”，这不是对“五人”的褒扬吗？所以紧接着，即用“呜呼，亦盛矣哉”这个充满激情的赞颂句收束上文，反跌下文，完成了第一段。

有褒必有贬。第一段虽然只是从正面褒“五人”，但其中已暗含了许多与“五人”相对比的因素，为下文的层层对比留下了伏笔。

第二段，就“富贵之子，慷慨得志之徒”的“死而湮没不足道”与“五人”的死而立碑“以旌其所为”相对比，实际上已揭示出“疾病而死”与“激于义而死”的不同意义。但作者却引而不发，暂时不作（做）这样的结论，而用“何也”一问，使本来已经波澜起伏的文势涌现出轩然大波。

如前所说，在一开头点出“五人”“激于义而死”之后，原可以就势写怎样“激于义而死”。但作者却没有这样做，而是写“墓而葬”、写立碑“以旌其所为”、写在“五人”死后的“十有一月”中无数“富贵之子，慷慨得志之徒”死于疾病，从而在两相对比的基础上提出了一个尖锐问题：凡人皆有死，但一则受到贤者的旌表，死而不朽，一则与草木同腐，“湮没不足道”，这是什么原因呢？在这尖锐的一问使文势振起之后，才作为对这一问的回答写“五人”怎样“激于义而死”。文情何等曲折！文势何等跌宕！然而这一切，都是为更有力地歌颂“五人”之死蓄势。对“五人”的歌颂越有力，对其对立面的暴露、批判也就越深刻，对表现“明死生之大，匹夫之有重于社稷”的主题也就越有利。

写“五人”之死用了两段文字，叙事中有说明、有描写，而且处处与前面的文字相照应，其目的不在于叙述市民暴动的全过程，而在于通过写“五人”为什么而死来表扬他们的正义行动。

和全文开头处的“当蓼洲周公之被逮”相照应，这一段从“予犹记周公之被逮……”写起。“周公之被逮”，与“五人”之死又有什么关系呢？作者在追述了“缇骑按剑而前，问‘谁为哀者？’……”的情景之后告诉读者：“是时以大中丞抚吴者，为魏之私人，周公之逮，所由使也。吴之民方痛心焉，于是乘其厉声以呵，则噪而相逐。”寥寥数语，表明“周公”与阉党形同冰炭，互不相容；那么两相对比，“周公”是怎样一个人，也就不言而喻了。还表明“吴之民”痛恨阉党而同情“周公”，那么因阉党逮捕“周公”而激起的这场“民变”的正义性，也就不容歪曲了。正面写市民暴动只有四个字：“噪而相逐”。但由于明确地写出“逐”的对象是“魏之私人”，因而虽然只用了四个字，却已经把反阉党斗争的伟大意义表现出来了。

“吴之民”与“五人”是全体与部分的关系。不单写“五人”，而写包括“五人”在内的“吴之民”“噪而相逐”，这就十分有力地表现出民心所向，正义所在，从而十分有力地反衬出阉党以“吴民之乱”的罪名“按诛五人”的卑鄙无耻、倒行逆施。

在前面，只提“五人”，连“五人”的姓名也没有说。直等到写了“五人”被阉党作为“吴民之乱”的首领被杀害的时候，才一一列举他们的姓名，大书而特书，并用“即今之傫然在墓者也”一句，与首段的“墓而葬”拍合。其表扬之意，溢于言外。

这还不够，接着又用一小节文字描写了“五人”当刑之时“意气阳阳，呼中丞之名而詈之，谈笑以死”的英雄气概和“贤士大夫”买其头颅而函之的义举，然后又回顾首段的“墓而葬”，解释说：“故今之墓中，全乎为五人也。”很明显，这里既歌颂了“五人”，又肯定了“贤士大夫”。而对于“贤士大夫”的肯定，也正是对“五人”的歌颂。

第三大段写“五人”怎样“激于义而死”，四五两段，则着重写“五人”之死所发生的积极而巨大的社会影响。

第四段是这样开头的：“嗟夫！大阉之乱，缙绅而能不易其志者，四海之大，有几人欤？”阉党把“乱”的罪名加于“吴民”，作者针锋相对，把“乱”的罪名还给阉党，恢复了历史的本来面目。“大阉”不过是皇帝的家奴，凭什么能“乱”朝廷、“乱”天下？这固然由于皇帝的宠信，但在很大程度上还由于“缙绅”的助纣为虐。作者以十分感慨的语气指出：“四海之大”，能够在“大阉之乱”中不改其志的，并没有几个人！我们只要翻一下《明史》，就知道这并非夸张。然而这样说，是要得罪成千上万的“缙绅”的。作者不怕树敌，敢于揭露真像（相），表现了卓越的胆识。

在“缙绅而能不易其志……”这个句子中，“而”字用于主语和谓语之间，表示一种特殊的转折关系。全句的意思是：作为读书明理的“缙绅”，本来应该在任何情况下都不改变高洁的志操，但在“大阉之乱”中，普天下的无数“缙绅”能不改变高洁的志操的，竟然没有几个人，岂不令人愤慨！以“嗟夫”开头，以“有几人欤”煞尾，表现了作者压抑不住的愤慨之情。

“缙绅”如此，那么“匹夫”怎样呢？于是用“而”字一转，转而歌颂“五人”，阐发“匹夫之有重于社稷”的主题。“缙绅”都是“读诗书”“明大义”的，却依附阉党，危害国家，“而五人生于编伍之间，素不闻诗书之训，激昂大义，蹈死不顾，亦曷故哉？”作者从地主阶级立场出发，认为素闻诗书之训的“缙绅”应该比“素不闻诗书之训”的“匹夫”高明，但事实却恰恰相反，因而发出了“亦曷故哉”的疑问。这个疑问，他不可能作（做）出正确的回答。但他敢于承认这个事实，仍然是值得称道的。他不但承认这个事实，而且以“缙绅”助纣为虐、祸国殃民为反衬，揭示了以“五人”为首的市民暴动在打击阉党的嚣张气焰、使之终归覆灭这一方面所起的伟大作用。在《明史·周顺昌传》里，也有“忠贤大惧”“自是缇骑不出国门”的记载，但张溥讲得更全面：“且矫诏纷出，钩党之捕，遍于天下，卒以吾郡之发愤一击，不敢复有株治。大阉亦逡巡畏义，非常之谋，难于猝发。待圣人之出，而投缳道路，不可谓非五人之力也。”把这一切都归于“吴之民”的“发愤一击”和“五人之力”，是看出了而且高度评价了人民群众的力量的。

第五段也用对比手法，以“由是观之”领头，表明它与第四段不是机械的并列关系，而是由此及彼、层层深入的关系。“是”是一个指代词，指代第四段所论述的事实。从第四段所论述的事实看来，仗义而死与苟且偷生，其社会意义判若霄壤。作者以饱含讽刺的笔墨，揭露了“今之高爵显位”为了苟全性命而表现出来的种种“辱人贱行”，提出了一个问题：这种种“辱人贱行”，和“五人之死”相比，“轻重固何如哉”。苟且偷生，轻若鸿毛；仗义而死，重于泰山：这自然是作者希望得到的回答。

在作（做）了如上对比之后，作者又从正反两方面论述了“五人”之死所产生的另一种社会效果。从正面说，由于“五人”“发愤一击”，“蹈死不顾”而挫败了浊乱天下的邪恶势力，因而“得以加其土封，列其姓名于大堤之上。凡四方之士，无有不过而拜且泣者，斯固百世之遇也。”从反面说，假使“五人者保其首领，以老于户牖之下，则尽其天年，人皆得以隶使之，安能屈豪杰之流，扼腕墓道，发其志士之悲哉？”应该指出：这不仅是就“五人”死后所得的光荣方面说的，而且是就“五人”之死在“四方之士”“豪杰之流”的精神上所产生的积极影响方面说的。“四方之士”“过而拜且泣”“豪杰之流，扼腕墓道，发其志士之悲”，不正表现了对“五人”同情、仰慕乃至向他们学习的崇高感情吗？而号召人们向“五人”学习，继续跟阉党余孽作斗争，正是作者写这篇文章的目的。所以接下去就明白地告诉读者：“予与同社诸君子，哀斯墓之徒有其石也，而为之记，亦以明死生之大，匹夫之有重于社稷也。”

这篇文章题为《五人墓碑记》，歌颂“五人”当然是它的主要内容。但社会是复杂的，事物是互相联系的，要孤立地歌颂“五人”，就很难着笔。张溥在这篇文章中，与“五人”相对比，不仅指斥了阉党，还暴露批判了“富贵之子，慷慨得志之徒”和“缙绅”“高爵显位”等等；与“五人”相映衬，不仅赞美了周顺昌，还肯定了“郡之贤士大夫”。正是由于有了这一系列的对比和映衬，才充实了歌颂“五人”的思想内容，加强了歌颂“五人”的艺术力量。

在文章的前一部分，提到“贤士大夫”的共有两处：一处是“郡之贤士大夫请于当道，即除魏阉废祠之址以葬之，且立石于其墓之门，以旌其所为”；另一处是“有贤士大夫发五十金，买五人之脰而函之，卒与尸合”。从行文的需要看，在这两处列出“贤士大夫”的姓名，显然不太适宜。但这些“贤士大夫”不仅在对待“五人”的态度上值得称道，而且和写这篇文章也直接相关。没有这些“贤士大夫”买“五人之脰”、为之修墓、为之立碑，哪有可能写这篇《五人墓碑记》呢？所以在文章的结尾，又用特笔补出了“贤士大夫”的姓名。而用特笔补出，既避免了前半篇行文的累赘和重点的分散，又加重了褒扬的分量。

张溥在文章结尾列举三位“贤士大夫”“冏卿因之吴公、太史文起文公、孟长姚公”，称“公”而不称名，表示了对他们的敬意。这三个人，都是当时苏州著名的有正义感的知识分子。阉党崔呈秀编《天鉴录》献魏忠贤，指杨涟、左光斗等近三十人为“东林党”，企图一网打尽；文震孟和姚希孟，就都被列入这个《天鉴录》。

这篇文章在结构上的一个显著特点是：先以洗练的笔墨叙述了“五人”死后贤士大夫为他们修墓、立碑的盛况，接着与此相对照，写了“富贵之子，慷慨得志之徒”的“死而堙没不足道”，从而提出了一个问题：“独五人之皦皦，何也？”这一问，是贯串全篇的主线。它承上而来，又领起以下各段。第三大段树立“五人”大义凛然、威武不屈的形象，固然是对这一问的回答；四五两段揭示“五人”之死所发生的社会影响，也是对这一问的回答。正因为以一线贯全篇，所以文笔既活泼，结构又谨严。而作者之所以要用这样的一问作为贯串全篇的主线，又是从有利于表现他确定的主题出发的。回答了“五人”为什么那样“皦皦”的问题，不就自然而然地阐明了“死生之大，匹夫之有重于社稷”的主题吗？

林嗣环

林嗣环（？—？），字铁崖。清作家。晋江（今属福建）人。顺治六年（1649）进士。晚年寓居杭州。著有《铁崖文集》《湖航存稿》《秋声诗》等。《口技》一文历来脍炙人口。

口技

京中有善口技者。会宾客大宴[1]，于厅事之东北角[2]，施八尺屏障[3]，口技人坐屏障中，一桌、一椅、一扇、一抚尺而已[4]。众宾团坐[5]。少顷[6]，但闻屏障中抚尺一下[7]，满坐寂然[8]，无敢哗者。

遥闻深巷中犬吠，便有妇人惊觉欠伸[9]，其夫呓语[10]。既而儿醒[11]，大啼。夫亦醒。妇抚儿乳[12]，儿含乳啼，妇拍而呜之[13]。又一大儿醒，絮絮不止[14]。当是时，妇手拍儿声，口中呜声，儿含乳啼声，大儿初醒声，床声，夫叱大儿声，尿瓶中声、尿桶中声，一时齐发[15]，众妙毕备[16]。满坐宾客，无不伸颈，侧目[17]，微笑，默叹[18]，以为妙绝。

未几[19]，夫齁声起[20]，妇拍儿亦渐拍渐止。微闻有鼠作作索索[21]，盆器倾侧[22]，妇梦中咳嗽。宾客意少舒[23]，稍稍正坐。

忽一人大呼“火起”，夫起大呼，妇亦起大呼。两儿齐哭。俄而百千人大呼[24]，百千儿哭，百千犬吠。中间力拉崩倒之声[25]，火爆声，呼呼风声，百千齐作；又夹百千求救声，曳屋许许声[26]，抢夺声，泼水声。凡所应有[27]，无所不有。虽人有百手[28]，手有百指，不能指其一端[29]；人有百口，口有百舌，不能名其一处也[30]。于是宾客无不变色离席，奋袖出臂[31]，两股战战[32]，几欲先走[33]。

忽然抚尺一下，群响毕绝。撤屏视之，一人、一桌、一椅、一扇、一抚尺而已。

注释

[1] 会：适逢，正赶上。

[2] 厅事：大厅，客厅。

[3] 施：设置，安放。屏障：指屏风、围帐一类用来隔断视线的东西。

[4] 抚尺：艺人表演用的道具，也叫“醒木”。

[5] 团：聚集、集合。

[6] 少顷：一会儿。

[7] 但闻：只听见。

[8] 坐：同“座”。

[9] 欠伸：打呵欠，伸懒腰。

[10] 呓语：梦话。

[11] 既而：不久。

[12] 抚：抚摸，安慰。乳：喂奶。

[13] 呜：指轻声哼唱。

[14] 絮絮：连续不断地说话。

[15] 一时：同时。

[16] 毕：全、都。备：具备。

[17] 侧目：偏着头看。

［18］默叹：默默地赞叹。

［19］未几：不多久。

［20］齁（hōu）：打呼噜。

［21］作作索索：老鼠活动的声音。

［22］倾侧：倾斜翻倒。

［23］意：心情。少：稍微。舒：伸展、松弛。

［24］俄而：一会儿。

［25］间（jiàn）：夹杂。崩倒：倒塌。力拉：象声词。

［26］曳（yè）：拉。许许（hǔ）：象声词。

［27］凡所应有：凡是应该有的。

［28］虽：即使。

［29］指：指明。一端：一头，这里是“一种”的意思。

［30］名：作动词用，说出。

［31］奋：张开、展开。出：露出。

［32］战战：哆嗦的样子。

［33］几：几乎，差点儿。

林嗣环《口技》鉴赏[①]

霍松林

欧阳修有一篇著名的《秋声赋》，把看不见、摸不着的“秋声”写得形色宛然，变态百出，从而寄托了叹世悲秋的思想感情。林嗣环把自己的诗歌创作结集起来，题为《秋声诗》。《口技》，是他《〈秋声诗〉自序》的一部分。

林嗣环的本意并不是写口技，而是为他自己的诗集写前言。他在写完口技之后说：“嘻，若而人者，可谓善画声矣！遂录其话以为《秋声》序。”很清楚，他是借口技人“善画声”说明《秋声诗》“善画声”的。所谓“善画声”，用我们的话说，那就是善于绘声绘色地描写自然景物和社会生活。主题既明，与此无关或关系不大的一切就都可以全部舍弃。林嗣环正是这样做了的，他不但没有写口技这种艺术的名称、特点、起源和发展，而且连那位口技人的状貌、衣饰、年龄、性别以至姓名，都没有写。他没有鼓掌叫好，也没有用华丽的词藻形容口技如何了不起，而是通过具体描写，把口技人的表演生动地再现出来。读了这篇短文，就像身临其境，听了一场精彩的口技，受到深刻的感染。

林嗣环在把主要力量用于正面描写时，也采用了辅助性的艺术手法：侧面烘托。而且，他把正面描写与侧面烘托（写听众的反应）结合起来，收到了极好的艺术效果。

① 选自吴功正《古文鉴赏辞典》，江苏文艺出版社 1987 年版。标题为编者所加。

第一段："……于厅事之东北角，施八尺屏障，口技人坐屏障中，一桌、一椅、一扇、一抚尺而已。众宾团坐……"可以设想，一个大宴宾客的场所，是有许多东西可写的，为什么只写这些呢？那是因为这些东西最有利于烘托主题。口技人是坐在屏障中的，如果不亮一下底，让"众宾"知道其中除"一桌、一椅、一扇、一抚尺"而外，别无他物，那就会怀疑其中有鬼。"而已"两字，扫清一切怀疑，使人确信口技人奏技只用一张口。

接下去，既写口技人奏技，又写众宾的反应，波澜层出，极起伏变化之妙。

"一抚尺而已"扫清了众宾的怀疑，文势一缓，紧接着："但闻屏障中抚尺一下，满坐寂然，无敢哗者"，立刻造成一种肃静的、紧张的气氛，文势一振。一缓一紧，出现了第一次波澜。

抚尺一下，为什么会产生那么大的威力呢？这因为"一桌、一椅、一扇、一抚尺而已"，一方面使"众宾"相信口技人奏技只用一张口，另一方面又不免产生只凭一张口究竟能玩出什么花样的疑问。这疑问，又逼出一种急于一听究竟的"悬念"。所以"抚尺一下"，就像抛出一块巨大的磁石，把他们的注意力吸引过去了。

文势振起之后，接着是一段正面描写。从"遥闻深巷中犬吠，便有妇人惊觉欠伸"到"又一大儿醒，絮絮不止"，声音由远而近，由疏而密，由简单而复杂，写得极有层次。到了"妇手拍儿声，口中呜声，儿含乳啼声，大儿初醒声，床声，夫叱大儿声，尿瓶中声、尿桶中声……"则诸声并作，出现了第一次高潮。

高潮出现后，并没有让它骤然降落，却把笔锋一转，去写众宾的反应："满坐宾客，无不伸颈，侧目，微笑，默叹，以为妙绝。"这一段侧面烘托，不仅加强了前面的正面描写，而且使文势动宕，摇曳多姿。

烘托之后，又继之以正面描写："夫齁声起，妇拍儿亦渐拍渐止。微闻有鼠作作索索，盆器倾侧。妇梦中咳嗽。”高潮下降，众宾“伸颈，侧目”的紧张情态也松弛下来，“意少舒，稍稍正坐”。也许，他们以为这场表演，就此结束了；而且，就此结束，他们大约也已经满足了。谁料到：“忽一人大呼‘火起’，夫起大呼，妇亦起大呼。两儿齐哭。俄而百千人大呼，百千儿哭，百千犬吠。中间力拉崩倒之声，火爆声，呼呼风声，百千齐作；又夹百千求救声，曳屋许许声，抢夺声，泼水声。凡所应有，无所不有。”于高潮下降，仅留余波之时，骤然雷轰电击，风狂雨暴，波浪掀天。而情绪刚刚松弛下来的听众，猝不及防，被这突如其来的巨变吓坏了，真以为发生了火灾，都“奋袖出臂，两股战战，几欲先走。”这是一个规模更大的高潮。由余波到规模更大的高潮，复又兴起波澜。

正当听众想突围而出的时侯（候），“忽然抚尺一下，群响毕绝。”这究竟是怎么一回事？是不是真的发生了火灾呢？是不是屏障里面有水、有火、有房屋、有千百大人、千百小儿、千百只犬……呢？都不是。“撤屏视之，一人、一桌、一椅、一扇、一抚尺而已。”更大的高潮突然降落，这是又一次波澜。

这里，“一抚尺而已”的再一次出现，绝不仅仅为了形式上的首尾呼应。首段的“一抚尺而已”使听众确信口技人奏技只用一张口；但当听众听到发生火灾时，不但不以为那只是口技，而且简直感到真的发生了火灾。末段的“而已”和首段遥遥呼应，把听众从火灾的惊恐中唤回来，使他们不得不相信刚才发生的一切，都出于口技人的一张口。于是，口技人的“善画声”，也就不能不令人叹为观止了。

《虞初新志》的编者张潮说：“绝世奇技，复得此奇文以传之。读竟，辄浮大白。”“技”之所以奇，不仅在于模仿各种声音，惟妙惟肖，而且在于对那段表演的组织结构，独具匠心。它以一个家庭为中心，先描绘在静夜里的各种细碎活动，然后扩展开去，描绘突然发生大火灾。前后的两种场面迥不相同，但中间又有必然的联系，毫无七拼八凑之感。此其一。由较小的波澜逐渐推进，形成高潮，一步步抓紧听众的注意力；然后高潮突然降落，让听众的紧张情绪松弛下来；突然一声“火起”，使听众猝不及防，忘记了是在听口技，想从大火包围中冲出去；在这紧张万状的关头，忽然抚尺一下，众响毕绝；有起有伏，有擒有纵，变化万端，不可方物。此其二。这显然不是自然主义地模仿生活，而是高度的艺术概括、艺术提炼的产物。

“文”之所以奇，也奇在组织结构的巧妙上，口技表演的巧妙的组织结构，也许完全出于口技人的匠心，也许还有作者的再创造。即使在表现口技表演的组织结构上没有再创造，但如前面所分析，他在写口技表演的全部过程中巧妙地穿插了听众的各种表情，不仅突出了口技的高明，而且也丰富了文章的波澜，这还是创造。文章所以奇，又奇在正面描写的惟妙惟肖上。不言而喻，口技这种技艺是用声音反映生活的（所以又叫象声）；作家要传出口技之神，也必须利用语言的音响。林嗣环在这一点上做得很出色。显而易见的是他用了许多像“呜”“作作索索”“呼呼”“许许”之类的象声词；但这还是次要的。主要的是：句子忽长忽短，声音忽低忽高，节奏忽缓忽急，构成抑扬顿挫的旋律，准确地再现了口技表演的抑扬变化。

这是散文，但为了加强节奏感，于忽长忽短的句子中又安排有若干字数约略相同的句子，还押了不少所谓“独脚韵”（即用同一字押韵），韵与节奏的关系很密切。作者根据节奏缓急的需要，押了或疏或密的韵。最密的时候是句句押韵（如“呼”字韵、特别是“声”字韵），但又兼用了“交韵”（即单句与单句押一个韵，双句与双句另押一个韵）与句句押韵相结合的办法（如“夫起大呼，妇亦起大呼。两儿齐哭。俄而百千人大呼，百千儿哭”）。又短句多，长句少，其中还夹杂了一些字数约略相等的句子；字数约略相等的句子，又是几句长、几句短，参差错落，变化无穷。这就使得节奏急促而富于变化，真有“大珠小珠落玉盘”之妙。

末了，还有几句关于这篇《口技》的作者的话值得一说：在贯华堂本《水浒传》第六十五回的前面，金圣叹用口技之妙比喻《时迁火烧翠云楼》一回的写作技巧，其描写口技的文字，与林嗣环的这一篇几乎完全相同，而他并没有提到林嗣环，却是用“吾友斫山先生尝向吾夸京中口技”云云开头的。金圣叹与林嗣环大致同时，所以这篇作品的著作权究竟属谁，很难确定。然而不管属谁，都足以说明这是一篇引人入胜的好作品，一脱稿就不胫而走了。

侯方域

侯方域（1618—1655），字朝宗，号雪苑。明末清初作家。商丘（今属河南）人。父恂，为明户部尚书。侯方域为明末“四公子”之一，早年为“复社”重要成员。入清后，热衷荣利，应河南乡试，中副榜，中年抑郁而死。侯氏早有文名，与魏禧、汪琬并称“清初三大家”。工诗和古文，文以韩、欧为宗，长于叙事。有《壮悔堂集》。

马伶传

马伶者，金陵梨园部也[1]。金陵为明之留都[2]，社稷百官皆在，而又当太平盛时[3]，人易为乐，其士女之问桃叶渡、游雨花台者[4]，趾相错也[5]。梨园以技鸣者[6]，无论数十辈[7]，而其最著有二：曰“兴化部”，曰“华林部”。

一日，新安贾合两部为大会[8]，遍征金陵之贵客文人[9]，与夫妖姬静女[10]，莫不毕集。列兴化于东肆[11]，华林于西肆。两肆皆奏《鸣凤》，所谓椒山先生者[12]。迨半奏[13]，引商刻羽[14]，抗坠疾徐[15]，并称善也。当两相国论河套[16]，而西肆之为严嵩相国者曰李伶[17]，东肆则马伶。坐客乃西顾而叹[18]，或大呼命酒[19]，或移坐更近之，首不复东。未几更进[20]，则东肆不复能终曲[21]。询其故，盖马伶耻出李伶下，已易衣遁矣[22]。马伶者，金陵之善歌者也，既去，而"兴化部"又不肯辄以易之，乃竟辍其技不奏[23]，而"华林部"独著。

去后且三年[24]，而马伶归，遍告其故侣[25]，请于新安贾曰："今日幸为开宴[26]，招前日宾客，愿与'华林部'更奏《鸣凤》[27]，奉一日欢[28]。"既奏，已而论河套[29]，马伶复为严嵩相国以出。李伶忽失声[30]，匍匐前称弟子[31]。"兴化部"是日遂凌出"华林部"远甚[32]。

其夜，"华林部"过马伶曰[33]："子[34]，天下之善技也，然无以易李伶[35]。李伶之为严相国至矣[36]，子又安从授之而掩其上哉[37]？"马伶曰："固然，天下无以易李伶，李伶即又不肯授我[38]。我闻今相国昆山顾秉谦者[39]，严相国俦也[40]。我走京师[41]，求为其门卒三年，日侍昆山相国于朝房，察其举止，聆其语言[42]，久而得之。此吾之所为师也。""华林部"相与罗拜而去[43]。

马伶名锦，字云将，其先西域人[44]，当时犹称马回回云。

侯方域曰：异哉，马伶之得师也！夫其以李伶为绝技，无所干求[45]，乃走事昆山，见昆山犹之见分宜也[46]。以分宜教分宜，安得不工哉[47]？呜呼！耻其技之不若，而去数千里，为卒三年，倘三年犹不得，即犹不归耳。其志如此，技之工又须问耶？

注释

[1] 金陵：今南京。梨园部：剧团，戏班。梨园，原是唐玄宗时伶人学习演唱的处所。

[2] 留都：迁都以后，称旧都为"留都"。明太祖平定全国，建都南京。明成祖即位后，中央政权移北京，南京即为"留都"。南京原有的一套官制仍然保留。故下句云"社稷百官皆在"。

[3] 太平盛时：《马伶传》所记是天启年间的事，而明末大乱在崇祯年间，故称天启为"太平盛时"。

［4］桃叶渡：在南京秦淮河上，因晋王献之作歌送其妾桃叶于此地渡河而得名。雨花台：南京城南的一个圆形土丘，传说梁武帝时高僧云光师在那里讲佛经，感动上天，降下天花，故名。

［5］趾相错：脚趾互相交错，形容人多。

［6］以技鸣：因技艺高而闻名。

［7］无论：即“无虑”，大略、大概之意。辈：个。

［8］新安：徽州府，古名新安郡。贾：商人。

［9］征：招请。

［10］妖姬：美艳的妇人。静女：未出嫁的淑女。

［11］肆：这里指剧场。据下文看，很可能是临时搭就的剧场，为利于兴化、华林二部较技，故东、西两侧皆设戏台。

［12］“两肆”二句：《鸣凤》，《鸣凤记》传奇。传为明朝王世贞门客作，一说王世贞本人作。演杨继盛等八个谏官连续同严嵩等奸臣恶吏斗争，均受迫害的故事。最后以严嵩父子罪行受揭发，受到制裁结束。杨继盛，字仲芳，号椒山，明朝容城（今河北容城县）人。嘉靖进士。敢直言，曾劾大将军仇鸾和奸臣严嵩，被害惨死。

［13］迨：及、到。半奏：演唱到一半。

［14］引商刻羽：按曲调歌唱。引，发声。刻，刻画，严格按照要求。商、羽，都是五音之一，这里泛指曲调。

［15］抗坠疾徐：指声音的高低快慢。抗，高。坠，落、低。

［16］两相国论河套：指夏言（华盖殿大学士）、严嵩（谨身殿大学士）二人就收复河套地区所进行的争论。明朝大学士虽无宰相职称，实有宰相职权，所以称为相国。

［17］严嵩：字惟中，分宜（今属江西）人。明代大奸臣。

［18］叹：赞叹。

［19］大呼命酒：表示极度高兴。命酒，吩咐拿酒来。

［20］未几更进：过了一会儿，继续演唱下去。

［21］终曲：演至终场。

［22］易衣：脱下戏装，换上便服。

［23］辍其技不奏：停止演出。

［24］且三年：将近三年。

［25］故侣：指兴化部的旧同伴。

［26］幸：希望。

［27］更奏：再演。

［28］奉：敬献。

［29］已而：过了一会儿。

［30］失声：（因惊讶而）禁不住发出声音。

［31］匍匐前：爬着向前。

［32］凌出：超出，超过。

［33］过：前往拜访。

［34］子：你（有表示尊敬的意味）。

［35］无以易李伶：不能替换李伶。

［36］至：好到极点。

［37］安从授之而掩其上：从哪里得到传授而超过他。掩，覆盖。

［38］即：同“则”。

［39］顾秉谦：明朝昆山（今江苏昆山市）人，万历进士。先后为文渊阁大学士、建极阁大学士。谄附魏忠贤，残害忠良杨涟、左光斗等。

［40］俦：伴侣、同类。

［41］走：跑到。

［42］聆：听。

［43］相与罗拜：一齐排列着向马伶致敬。

［44］西域：指今甘肃西部及以西广大地区。

［45］干：求。

［46］见昆山犹之见分宜：见到顾秉谦就像是见到严嵩一样，意谓他们同是大奸臣，没有什么区别。旧时代常以籍贯为大官员的代称，故此称顾秉谦为昆山，称严嵩为分宜。

［47］工：巧妙，精微。

侯方域《马伶传》鉴赏①

王季思　林　建

侯方域的《壮悔堂集》有两篇著名的传记：一篇《李姬传》，记南京名妓李香君的故事，后来成为孔尚任《桃花扇》传奇的素材；一篇《马伶传》，是今天研究中国戏曲史的重要资料。封建时代的文人，大都看不起娼妓、优伶，侯方域能够为他们立传，是很不容易的。

《马伶传》分三个层次，写马伶在戏曲艺术上由失败而重新攀登高峰的事迹。马伶本来就是金陵兴化部的台柱，当时剧坛里数一数二的明星，可以跟华林部的李伶登台争胜。只是在演到严嵩跟夏言争论收复河套时，李伶的演技越来越吸引观众，他才以失败告终。一切艺术上的竞技在达到高水平后，再超越一分一毫都千难万难。马伶和李伶第二次竞技时，马伶居然超出了李伶，使华林部诸伶人拜倒在地。这本领是哪里来的呢？马伶最后才说出了自己的秘密：在当朝相国顾秉谦家里当了三年跟班，在舞台上再现了顾的神态，也就把严嵩演活了，因为他们本是一路货色。

这篇传记，写了两场竞技。第一场竞技主要从观众的角度分三层写：第一层写金陵观众的热闹场景，显得这次竞技的关系重大；

① 王季思（1906—1996），学名王起，字季思，以字行。中国著名的戏曲史论家、文学史家。著有《西厢五剧注》等，主编了《中国文学史》《金元戏曲》等。林建，暂无简介。本文选自徐中玉主编《古文鉴赏大辞典》，浙江教育出版社1996年版。标题为编者所加。

次写上半场的旗鼓相当，在观众中平分秋色；最后写严嵩和夏言的争论收复河套，观众开始向李伶主演的西台注目，直至“首不复东”，马伶只好易装遁去。这说明李伶在这本戏的关键性场合，即揭露严嵩奸恶的表演上技高一筹，把马伶赛垮了。在写第二场竞技时，侯方域换一个角度，从竞技的对方来写，描写马伶扮严嵩出场时，“李伶忽失声，匍匐前称弟子”。场景没有渲染，观众的反应完全被省略了，文笔既有变化，也显得繁简有法。最后才从马伶本身落笔，道出他从失败到再起的根本原因是直接向生活学习。这在艺术上是带有根本意义的问题，对今天的读者还有启发。

“侯方域曰”以下深入一层，从马伶的失败再起这一事实里挖掘出根本原因是“有志竟成”。还宕开一笔，“见昆山犹之见分宜也”，把谄附魏忠贤的顾秉谦之流涂上大白脸示众。这显然是继承了《史记》“太史公曰”的笔法，而对东西两台竞技的描写，又可明显看出唐人传奇《李娃传》写长安东西两肆以唱挽歌竞赛对它的影响。

汪琬

汪琬（1624—1690），字苕文，号钝庵、玉遮山樵。清初散文家。长洲人（今江苏省苏州市吴中区）。顺治进士，曾任户部主事，官至刑部郎中。以工诗及古文知名。与魏禧、侯方域并称“清初三大家”。其文源出欧阳修，造诣与归有光相仿佛。

送王进士之任扬州序[1]

诸曹失之[2]，一郡得之，此十数州县之庆也。国家得之，交游失之，此又二三士大夫之憾也。

吾友王子贻上，年少而才。既举进士，于甲第当任部主事[3]，而用新令，出为推官扬州，将与吾党别。吾见憾者方在燕市[4]，而庆者已翘足企首[5]，相望江淮之间矣。

王子勉旃[6]：事上宜敬，接下宜诚，莅事宜慎[7]，用刑宜宽；反是罪也。吾告王子止此矣。

朔风初劲，雨雪载途，摇策而行[8]，努力自爱。

注释

［1］王进士：即王士禛，字贻上，号阮亭，又号渔洋山人，山东新城（今桓台）人。顺治十二年（1655）进士。之任：到任。王士禛中进士后，出任扬州推官。

［2］诸曹：朝廷各部司官的通称。

［3］甲第：科举考试的等第。明清进士分三甲，一甲进士及第，二甲进士出身，三甲同进士出身。主事：各部所属司官的最低一级。

［4］燕市：指京城。

［5］翘足企首：状企盼之态。企，原意为踮起脚跟，这里引申为伸长脖子。

［6］勉旃（zhān）：勉之。旃，语助词“之焉”的合音。

［7］莅（lì）事：临事。

［8］策：马鞭。

骊歌虽短　别意深长①
——读汪琬《送王进士之任扬州序》

吴战垒

汪琬（1624—1690），字苕文，号钝庵，晚年又号尧峰，江苏长州（现在江苏省苏州市吴中区）人。十一岁就死了父亲，家境贫穷。顺治十二年（公元 1655 年）进士，做过户部主事、刑部郎中等官。康熙时举博学宏词，授翰林院编修，参加过《明史》的编纂工作。他擅长写记事文，和侯方域、魏禧齐名，被推为清初三大古文家。著有《尧峰文钞》五十卷。文章纯正简约。

《送王进士之任扬州序》，是一篇赠序，带有临别赠言的性质。序是古代的一种文章体裁。王进士，指王士禛，字贻上，就是后来著名的文学家王渔洋。之任，到任的意思。顺治十二年（公元 1655 年），汪琬和王士禛一同考中进士，汪琬留在京城任户部主事，王士禛则出任扬州推官。临行的时候，汪琬写这篇文章赠别。

下面逐段分析这篇文章：

诸曹失之，一郡得之，此十数州县之庆也。国家得之，交游失之，此又二三士大夫之憾也。

① 选自宋广礼、刘刈编《阅读和欣赏——古代散文小品选粹》，中国广播电视出版社 1999 年版。

文章劈头就针对王进士离京外任扬州这一件事，从国家人民的利益和朋友同年的私情得失来立论，没有泛泛的俗套话，而是开门见山，单刀直入，大有高屋建瓴（líng 零）、先声夺人之势。“诸曹失之，一郡得之，此十数州县之庆也。”诸曹，是朝廷各部司官的通称。一郡，指扬州府，扬州古时候是江都郡治所在。清初扬州府沿用明制，设三州七县，这里说“十数州县”，是就它的大数而言，泛指一郡的所有州县。这几句说京师各部司官失去一个部僚，但地方上却得到一位善于治理的官员，这是扬州府的老百姓值得庆贺的事。诸曹之“失”，同时却是一郡百姓之“得”，公义私情，两相比较，得大于失。这是站在地方百姓的立场，为王进士的外任而庆贺。接着又推挽一笔，写道：“国家得之，交游失之，此又二三士大夫之憾也。”国家选用了一位有才干的地方官员，京师的交游中却失去了一位朋友，这难免使他们感到遗憾。这是站在京城里朋友的立场上来说的，表示友情难舍。

这一段文字，分作两层意思来申说，却紧紧围绕着公义私情的得失，两相比较，如：“诸曹失之，一郡得之”；“国家得之，交游失之”；权衡得失，倾向很鲜明。而“十数州县之庆”和“二三士大夫之憾”，这中间谁多谁少，哪个重哪个轻，也不难作（做）出结论。作者把得和失、庆幸和遗憾，通过整齐的句式排比出来，虽然不直接表示自己的意见，他的态度却十分明确。王进士的外任而引起的公私得失，又从不同的侧面说明了这个人对国家和朋友都很忠诚，是一位可贵的人才和可交的良友，因而他的去就动向才能牵动人心，引起不同方面的强烈反应。本来，在封建社会，中了进士，不能留作京官而到外地就职，会被人认为不光彩。但作者却一反这种俗见，不发惋惜感叹的言辞，而把期待寄托于劝勉之中。这短短两行文字，措辞得体，又有独到的见识，而且蕴藏着爱才惜别的无限深情。这的确是一个很精彩的文章开头。

第二段：

> 吾友王子贻上，年少而才。既举进士，于甲第当任部主事，而用新令，出为推官扬州，将与吾党别。吾见憾者方在燕市，而庆者已翘足企首，相望江淮之间矣。

前一段空中腾挪，盘旋作势，虽然没有介绍出所写对象的身份姓氏，而王进士这个人已呼之欲出。这一段顺势点出王进士的名字：王贻上，也就是王士禛。“年少而才”，是对他的一个总的评价。王士禛中进士的时候只有二十一岁，很年轻。作者汪琬比王士禛大十岁，但因为是同年进士，所以称他为“吾友”。“于甲第当任部主事，而用新令，出为推官扬州”。是说，中了进士，从科举等第的情况看，应当在中央部里当主事的官，但根据新的任命，他要出京到扬州去做推官了。明清进士经殿试分为三甲：一甲赐进士及第；二甲赐进士出身；三甲赐同进士出身。汪琬和王士禛都是二甲进士。主事，各部所属司官的最低一级。清代进士分到各部，必须先从主事做起。推官，清初各府掌管刑狱的官员。“当任部主事”，是说他按例可以作京官；“而用新令，出为推官扬州”，指出这次外任是因为朝廷的新任令。这几句交代王士禛中了进士和外任扬州推官的经过，语气之间，并无褒贬的意思，使人感到这是很自然的事情。“将与吾党别”，指任命既下，行期在即，就要跟我们分别了。吾党，我辈，我们。这是进士同年的口气，流露出惜别之情。“吾见憾者方在燕市，而庆者已翘足企首，相望江淮之间矣。”这两句紧承将别而言，说当京师的朋友正在为你的离京而感到遗憾时，江淮之间的老百姓却已经在热切等候和盼望你了。燕市，指北京。翘足企首，踮起脚尖，仰着头，形容等候、盼望殷切的样子。江淮之间，指扬州一带。这两句是想象之词，虚中有实，生动地写出同一时间，不同地方，对于王士禛离京外任的反应，好像电影的蒙太奇镜头，把京师友人的惜别惋叹和江淮人民的热切盼望叠印在一起，产生了十分强烈的抒情效果。同时“憾者”和“庆者”，又同开头“十数州县之庆”和“二三士大夫之憾”相呼应，进一步补足前面的意思，行文回环往复，摇曳多姿。

第三段：

王子勉旃：事上宜敬，接下宜诚，莅事宜慎，用刑宜宽，反是罪也。吾告王子止此矣。

这一段是临别赠言的正文，写得极为简约。王子，就是王士禛。子，是古代对男子的尊称。勉旃（zhān 毡）就是勉之；旃，语助词。作者勉励王士禛，到任以后，在四个方面要特别注意：一、“事上宜敬”，就是接奉上级要恭敬有礼；二、“接下宜诚”，就是对待下属要开诚布公；三、“莅事宜慎”，就是处理政事要谨慎细心。莅事，指面对事情，着手去解决。四、“用刑宜宽”，就是动用刑罚要仁慈宽厚。这里提到用刑问题，是因为王士禛所任的推官掌管刑狱，因而特别提一下，切合身份，不是泛泛之语。作者在四个方面勉励之后，紧接一句：“反是罪也。”如果不这样就是罪过。从正反两面着笔，有勉励，也有告诫。这几句临别赠言，总的精神不外乎仁义忠信的礼教规范，带着那个时代和阶级的鲜明印记；然而其中也表现了忠于职守和体恤民情的思想。如果这四个方面真正能够身体力行，在封建社会也算得一位清良正直的官吏了。作者谆谆劝勉，语重情长，四个简短的排句，各用一个“宜”字，意思是最好是这样，而不说应该如何如何；语气宛（婉）转，态度诚恳，完全是朋友之间相互勉励的口吻，没有居高临下教训人的味道。

“吾告王子止此矣。”意思是，我对朋友王士禛要说的话就这么几句了。显得直截了当，要言不烦。所说几点，虽无惊人之语，却朴朴实实；再说真正受用的话，几句也就够了，何必喋喋不休呢。这样做，还含有尊重和信任对方的意思：常言道“快马一鞭，明人一言”，王士禛也是一位明达事理的人，用不着对他多说了。

最后一段：

朔风初劲，雨雪载途，摇策而行，努力自爱。

这一段渲染送别的情景，寥寥四句，就构成了一幅充满着离情别意的风雪送行图。“朔风初劲”，是初冬天气，用一个“劲”字，写出北风凛冽、初寒难禁之状，也间接烘托出离人的心情。“雨雪载途”指雨雪纷纷，路上泥泞难走。这两句写风雪出行，在写景中蕴含着关切行人的深厚情意。“摇策而行”，指骑马而去。摇策，扬鞭。作者目送友人在风雪中扬鞭远去，不胜其依依惜别之感，千言万语归并一句话：“努力自爱。”请远行的朋友一路保重，爱惜身体。

这四个短句，情景交融，语言精练，好像一首抒写离别情思的小诗。它不但使眼前送别的情景历历如画，而且让人产生一些诗意的联想：“前日风雪中，故人从此去”；“山回路转不见君，雪上空留马行处”。漫天风雪，依依话别；扬鞭挥手，匹马南行；这情景是颇为荒寒而凄苦的，但是想到扬州一带老百姓的等候和欢迎，心头的寒意也就冰消雪化了。

这个富有浓郁诗意的结尾，在寒冷孤寂的氛围中渗透出温暖的友情和良好的祝愿，因而并不使人感到哀怨消沉。文章到这里戛然而止，显得情韵悠然，余味不尽。

这篇短文，不过寥寥数百字，却蕴含着期望、勉励、怜才、惜别等多种情思，从容宛（婉）转，一一流于笔下。写来回环往复，曲折多姿，开头突兀奇警，很快入题；结尾含蓄隽永，耐人寻味。文章的承接起伏，跌宕开合等，处处都见出作者谋篇的匠心，因而在极其短小的篇幅中，展现了大可回旋的余地，真不愧为短文中的上乘之作。作者后来跟王士禛论文意见不合，产生了一些隔阂，但王士禛还是很钦佩这位老朋友的。

张 潮

张潮（1650—？），字山来，号心斋，清初文学家。新安（今安徽歙县）人。康熙初，他以岁贡担任翰林院孔目。康熙三十八年（1699年），因事牵累，陷入困境。晚年事迹不可考。

张潮一生著述甚丰，有《心斋诗抄》《花影词》《幽梦影》等，尤以《幽梦影》最为人称道。张潮还辑有文言短篇小说集《虞初新志》，在社会上影响较大。

幽梦影（节选）

春听鸟声，夏听蝉声，秋听虫声，冬听雪声，白昼听棋声，月下听箫声，山中听松风声，水际听欸乃声，方不虚生此耳[1]。若恶少斥辱[2]，悍妻诟谇[3]，真不若耳聋也。

赏花宜对佳人，醉月宜对韵人，映雪宜对高人。

对渊博友，如读异书；对风雅友，如读名人诗文；对谨饬友[4]，如读圣贤经传；对滑稽友，如阅传奇小说。

人须求可入诗，物须求可入画。

少年人须有老成之识见，老成人须有少年之襟怀。

春者天之本怀，秋者天之别调。

昔人云：若无花月美人，不愿生此世界。予益一语云[5]：若无翰墨棋酒，不必定作人身。

古人以冬为三余，予谓当以夏为三余：晨起者夜之余，夜坐者昼之余，午睡者应酬人事之余。古人诗云：“我爱夏日长。”洵不诬也[6]。

艺花可以邀蝶[7]，累石可以邀云，栽松可以邀风，贮水可以邀萍，筑台可以邀月，种蕉可以邀雨，植柳可以邀蝉。

景有言之极幽而实萧索者，烟雨也；境有言之极雅而实难堪者，贫病也；声有言之极韵而实粗鄙者，卖花声也。

新月恨其易沉，缺月恨其迟上。

楼上看山，城头看雪，灯前看花，舟中看霞，月下看美人，另是一番情境。

山之光，水之声，月之色，花之香，文人之韵致，美人之姿态，皆无可名状，无可执着[8]，真足以摄召魂梦[9]，颠倒情思。

以爱花之心爱美人，则领略自饶别趣[10]；以爱美人之心爱花，则护惜倍有深情。

美人之胜于花者，解语也[11]；花之胜于美人者，生香也。二者不可得兼，舍生香而取解语者也。

少年读书，如隙中窥月[12]；中年读书，如庭中望月；老年读书，如台上玩月。皆以阅历之浅深，为所得之浅深耳。

吾欲致书雨师[13]，春雨宜始于上元节后（观灯已毕），至清明十日前之内（雨止桃开），及谷雨节中。夏雨宜于每月上弦之前，及下弦之后（免碍于月）[14]。秋雨宜于孟秋、季秋之上下二旬[15]（八月为玩月胜境）。至若三冬，正可不必雨也。

蝶为才子之化身，花乃美人之别号。

因雪想高士，因花想美人，因酒想侠客，因月想好友，因山水想得意诗文。

闻鹅声，如在白门[16]；闻橹声，如在三吴[17]；闻滩声，如在浙江。闻羸马项下铃声，如在长安道上。

雨之为物，能令昼短，能令夜长。

当为花中之萱草[18]，毋为鸟中之杜鹃。

凡声皆宜远听，惟听琴则远近皆宜[19]。

花之宜于目而复宜于鼻者，梅也，菊也，兰也，水仙也，珠兰也，莲也。止宜于鼻者，橼也[20]，桂也，瑞香也[21]，栀子也，茉莉也，木香也，玫瑰也，腊梅也。余则皆宜于目者也。花与叶俱可观者，秋海棠为最，荷次之，海棠、酴醿[22]、虞美人、水仙又次之。叶胜于花者，止雁来红、美人蕉而已。花与叶俱不足观者，紫薇也，辛夷也。

云之为物，或崔巍如山，或潋滟如水，或如人，或如兽，或如鸟毳[23]，或如鱼鳞，故天下万物皆可画，惟云不能画，世所画云，亦强名耳[24]。

值太平世，生湖山郡，官长廉静[25]，家道优裕，娶妇贤淑，生子聪慧，人生如此，可云全福。

养花胆瓶，其式之高低大小须与花相称[26]，而色之浅深浓淡，又须与花相反。

春雨如恩诏[27]，夏雨如赦书[28]，秋雨如挽歌。

情必近于痴而始真，才必兼乎趣而始化[29]。

凡花色之娇媚者，多不甚香；瓣之千层者，多不结实。甚矣，全才之难也，兼之者其惟莲乎[30]！

著得一部新书，便是千秋大业；注得一部古书，允为万世弘功[31]。

云映日而成霞，泉挂岩而成瀑，所托者异而名亦因之，此友道之所以可贵也。

大家之文，吾爱之慕之，吾愿学之；名家之文，吾爱之慕之，吾不敢学之。学大家而不得，所谓刻鹄不成尚类鹜也[32]；学名家而不得，则是画虎不成反类狗矣。

梅边之石宜古，松下之石宜拙，竹傍之石宜瘦，盆内之石宜巧。

律己宜带秋气，处世宜带春气[33]。

松下听琴，月下听萧，涧边听瀑布，山中听梵呗[34]，觉耳中别有不同。

月下谈禅，旨趣益远；月下说剑，肝胆益真；月下论诗，风致益幽；月下对美人，情意益笃[35]。

有地上之山水，有画上之山水，有梦中之山水，有胸中之山水。地上者，妙在丘壑深邃；画上者，妙在笔墨淋漓；梦中者，妙在景象变幻；胸中者，妙在位置自如[36]。

一日之计种蕉，一岁之计种竹，十年之计种柳，百年之计种松。

春雨宜读书，夏雨宜弈棋[37]，秋雨宜检藏[38]，冬雨宜饮酒。

诗文之体，得秋气为佳；词曲之体，得春气为佳。

藏书不难，能看为难；看书不难，能读为难；读书不难，能用为难；能用不难，能记为难。

有工夫读书谓之福，有力量济人谓之福[39]，有学问著述谓之福，无是非到耳谓之福，有多闻直谅之友谓之福[40]。

人莫乐于闲，非无所事事之谓也。闲则能读书，闲则能游名胜，闲则能交益友，闲则能饮酒，闲则能著书，天下之乐，孰大于是？

文章是案头之山水，山水是地上之文章。

注释

［1］虚：空，虚度。

［2］斥辱：斥责辱骂。

［3］悍妻：恶妻。悍，凶悍蛮横。诟（gòu）：骂。谇（suì）：

责骂。

[4] 谨饬（chì）：谨慎，能约束自己的行为。饬，谨慎。

[5] 益：增加。

[6] 洵（xún）：诚然，实在。诬：欺骗。

[7] 邀：请，迎来。

[8] “皆无”二句：名，命名。状，状写。执，拿，持。着（zhuó），着力。意为这些事物都无法形容命名，无处下手把握。

[9] 摄：吸引。召：召唤。摄召魂梦：吸引灵魂和梦境。

[10] 饶：丰富，富有。别趣：别样的趣味。

[11] 解：明白，懂得。语：语言。解语：明白，懂得说话，会说话。

[12] 隙：缝隙。

[13] 致书：写信给某人。雨师：司雨之神。

[14] “夏雨”二句：上弦，上弦月，夏历初八或初九日的月相，可看见月亮西边的半圆。下弦，下弦月，夏历二十二或二十三日的月相，可见月亮东边的半圆。

[15] 孟秋：秋季的第一个月。季秋：秋季的最后一个月。

[16] 白门：南京的旧称。

[17] 三吴：古地区名，具体所指有不同说法。三国时以吴郡、吴兴、会稽为三吴，宋以苏州、湖州、常州为三吴，明以苏州、润州、湖州为三吴。

[18] 萱草：古人以为可以使人忘忧的一种草。

[19] 宜：合宜，合适。

[20] 橼（yuán）：枸（jǔ）橼，又称香橼，一年多次开花，花紫色。

[21] 瑞香：常绿灌木，春天开花，有香气。

[22] 酴醾（túmí）：蔷薇科灌木，初夏开白色花。

［23］毳（cuì）：鸟兽的细毛。

［24］强名：勉强画出。名，命名，这里指绘画。

［25］廉静：指官员廉洁，不扰民。

［26］式：样式。

［27］恩诏：赐恩的诏书。

［28］赦书：赦免的诏书。

［29］始：方始，才。化：造化，自然的功能，这里意为达到自然精妙的境界。

［30］其：表推测。

［31］弘：大。

［32］鹄（hú）：天鹅。鹜（wù）：野鸭。

［33］“律己”二句：律己，要求自己。处世，与别人相处。

［34］梵呗（fànbài）：佛教仪式中赞唱佛、菩萨的倾歌。

［35］笃（dǔ）：深厚。

［36］自如：像本来的样子，活动不受拘束。

［37］弈棋：下围棋。

［38］检藏：查验收藏。

［39］济人：帮助别人。济，救济，帮助。

［40］多闻：见识广博。直谅：正直诚实。谅，诚实。

张潮《幽梦影》欣赏

西　渡

《幽梦影》是清初文学家张潮的一本以文艺格言为主的随笔，汇集了作者各类格言、警句、韵语、语录二百则。这里从其上卷节选了四十六则。

美缘于情，情缘于爱。有深刻的爱，才能领略深刻的美；有博大的爱，才能领略博大的美。张潮的这些格言、警句抒发了作者对自然、人事、经济的体验和感受，文笔清新洒脱，感受空灵精微，充满了美感和情趣，将日常生活提升到了诗的境界。整部《幽梦影》可以说是一部生活的美的教科书，读之可以涤除尘虑，澄澈心胸。

《幽梦影》的写法和日本平安朝女作家清少纳言的《枕草子》很相似，都是通过并列、比较生活中的各种现象、情景，来表现作者的情趣和感受。比较是两位作者共同使用的手法，但也有不同的地方。《枕草子》主要得之于作者对自然、人事细致的观察，擅长精细的描绘，文笔细腻，重在情趣；而《幽梦影》主要是对各种人事、自然现象的总体把握，是一种抽象的比较，文笔隽永，而重在理趣。但无论是情趣还是理趣，想象力是它们共同的基础。因此，读这两本书，一定要调动想象力，否则就不能领略其中的“深趣”。

方　苞

方苞（1668—1749），字凤九，号灵皋，又号望溪。清古文家。桐城（今属安徽）人。康熙进士，曾因戴名世《南山集》文字狱牵连入狱，后得释。官至礼部侍郎、三馆总裁。于古文提倡“义法”，推崇《左传》《史记》、唐宋八大家，为清朝影响最大的散文流派“桐城派”的创始人。所作多为经说反书、序、碑、传之属，气体雅洁，但变化不多，也缺少亲切感。有《方望溪先生全集》。

左忠毅公逸事[1]

先君子尝言[2]，乡先辈左忠毅公视学京畿[3]，一日，风雪严寒，从数骑出[4]，微行入古寺[5]。庑下一生伏案卧[6]，文方成草[7]。公阅毕，即解貂覆生[8]，为掩户[9]。叩之寺僧[10]，则史公可法也[11]。及试[12]，吏呼名至史公，公瞿然注视[13]，呈卷，即面署第一[14]。召入，使拜夫人，曰：“吾诸儿碌碌[15]，他日继吾志事[16]，惟此生耳！”

及左公下厂狱[17]，史朝夕狱门外。逆阉防伺甚严[18]，虽家仆不得近[19]。久之，闻左公被炮烙[20]，旦夕且死[21]，持五十金[22]，涕泣谋于禁卒，卒感焉。一日，使史更敝衣草屦，背筐，手长镵[23]，为除不洁者[24]，引入。微指左公处，则席地倚墙而坐[25]，面额焦烂不可辨，左膝以下，筋骨尽脱矣。史前跪，抱公膝而呜咽。公辨其声，而目不可开，乃奋臂以指拨眦[26]，目光如炬，怒曰："庸奴[27]！此何地也？而汝来前！国家之事，糜烂至此。老夫已矣，汝复轻身而昧大义，天下事谁可支拄者！不速去，无俟奸人构陷[28]，吾今即扑杀汝！"因摸地上刑械，作投击势。史噤不敢发声[29]，趋而出[30]。后常流涕述其事，以语人[31]，曰："吾师肺肝，皆铁石所铸造也！"

崇祯末[32]，流贼张献忠出没蕲、黄、潜、桐间[33]。史公以凤庐道奉檄守御[34]。每有警，辄数月不就寝，使将士更休，而自坐幄幕外[35]。择健卒十人，令二人蹲踞而背倚之，漏鼓移，则番代[36]。每寒夜，起立，振衣裳，甲上冰霜迸落，铿然有声[37]。或劝以少休，公曰，"吾上恐负朝廷，下恐愧吾师也。"

史公治兵[38]，往来桐城，必躬造左公第[39]，候太公、太母起居[40]，拜夫人于堂上。

余宗老涂山[41]，左公甥也。与先君子善[42]，谓狱中语，乃亲得之于史公云[43]。

注释

［1］左光斗（1575 — 1625），字遗直，号浮丘。明桐城（今属安徽）人。任左佥都御史时，因与杨涟同劾魏忠贤，被诬入狱死。弘光帝时赐谥"忠毅"。

［2］先君子：作者自称其已死去的父亲。方苞的父亲名仲舒，字逸巢。

［3］乡先辈：同乡的长一辈人。视学京畿：任畿辅的学政。畿，京城管辖区。天启初年左光斗出任京畿学政。

［4］从数骑：几个骑马的随从跟着。骑（jì），名词，一人一马。

［5］微行：微服间行。古时皇帝或官员外出时身穿平民服装，以隐蔽身份，叫微行。

[6] 庑（wǔ）下：厢房里。生：书生。案：书案。

[7] 成草：已写成的草稿。

[8] 貂：貂皮外衣。

[9] 掩户：关门。

[10] 叩：问。

[11] 史公可法：史可法，字宪之，号道邻，明末祥符（今河南省开封市）人，寄籍大兴（今北京市大兴区），崇祯进士。南明福王时以兵部尚书大学土督师扬州抗清，兵败，不屈而死。

[12] 试：童生的岁试。

[13] 瞿（jù）然：惊视的样子。

[14] 面署第一：当面书写，定为第一。

[15] 碌碌：平庸无能。

[16] 志事：志向事业。

[17] 厂狱：明代特务机构东厂所设的监狱，多由太监掌管。

[18] 逆阉（yān）：指魏忠贤。伺：探察。

[19] 家仆：左光斗家的仆人。

[20] 炮烙（páoluò）：殷纣所发明的一种酷刑，令犯人在烧红的铜柱上走。后来泛指烧灼的酷刑。

[21] 且：将。

[22] 五十金：五十两银子。

[23] 镵（chán）：一种类似铲子的工具。

[24] 为：这里是装作的意思。

[25] 席地：以地为席。

[26] 眦：眼眶。

[27] 庸奴：无能的奴才，不识大体的奴才。

[28] 奸人：指魏忠贤的狱中爪牙。构陷：编造罪名来陷害。

[29] 噤（jìn）：闭口。

[30] 趋：小步紧走。

[31] 语：告诉。

[32] 崇祯：明思宗的年号。

[33] 流贼：明清士大夫对李自成、张献忠起义军的污蔑称呼。出没：来往。蕲（qí）：蕲州府，现在湖北省蕲春县一带。黄：黄州府，现在湖北省黄冈市一带。潜：今安徽省潜山县。桐：今安徽省桐城市。

[34] 凤庐道：管辖凤阳府、庐州府一带的官。檄：古代官府用以征召、晓谕或声讨的文书。

[35] 幄：帐篷。

[36]“漏鼓”二句：漏，古代用滴水计时的器具。鼓，打更的鼓。番代，轮流代替。番，轮换。

[37] 铿然：清脆响亮的声音。

[38] 治兵：训练军队，统率军队。

[39] 躬造左公第：亲身到左公家宅。

[40] 候太公、太母起居：问太公、太母安好。太公、太母：指左光斗的父母。

[41] 宗老涂山：同族中行辈高，号涂山的（方苞的本族祖父，名文）。

[42] 与……善：同……交好。

[43] 云：语气助词。

方苞《左忠毅公逸事》赏析[①]

周振甫

这篇文章写了左光斗的两件事：一件是选拔人才，一件是训斥后辈。贯串在这两件事里的，是左的爱国精神。

左光斗做考官时，不是趋奉权贵，接受请托，而要选拔真才。从他在风雪严寒中微行到古寺看来，可见他是经常在各处访求人才的。这里，作者用笔非常精练，只写了简单的一句话，却能使我们想到许多他没有写出来的事。左光斗看了史的草稿，并不叫醒他，却“解貂覆生，为掩户”，这里作者着墨不多，就突出了左的爱惜人才，史的清寒苦读。到“吏呼名至史公，公瞿然注视”，写得极为真切。因为上次相遇时史正“伏案卧”，没有看到容貌，所以这次见面就非常注意。“呈卷，即面署第一”，这好像很可怪，没有看到全部考卷，怎么可以批史的考卷为第一呢？但作者用笔是极简练又极周到的。正因为前面写左在风雪中微行察访，说明他在举行考试前，不论是晴天或雪天，不论是上古庙还是去客馆，他对于考生都已了解过了；对于那些豪贵子弟的才学，他自然更是胸中有数。所以他看了史的考卷，就能对全部考卷作（做）出评判来。最后，左对夫人的话，真像画龙点睛，使前面的叙述更富有意义。原来他的解貂、掩户、面署第一，都是为国求才，为了要史“继吾志事”。

① 选自周振甫《古文选注译释》，见《周振甫文集》第九卷，中国青年出版社 1999 年版。标题为编者所加。

左的崇高精神，就这样突出来了。

第二个故事，写史到狱中去看左。在狱卒的指点下，他看到有个人面部被烧得焦黑腐烂，下肢的筋骨脱落。这里，作者对明代监狱的黑暗残酷，封建统治者的罪恶，作了有力的揭露。更可贵的，作者进一步突出了左的精神面目。左受了那样无法忍受的酷刑，可是没有倒下去。作者写他“倚墙而坐”，用个“倚”字，显示他已经很难支持自己，可他还靠着墙坐着。当他听到史的抽咽声，就奋臂拨眦。作者用个“奋”字，显示他的手臂已经不好使了，他要奋力才能举起手来。用拨眦，显示他的眼眶已经烧烂，睁不开了。这些地方处处结合着酷刑的残忍，更突出了左的坚强。接着写左看到最喜爱的学生，冒着生命危险来探望自己，他却不是感激而是怒斥，甚至骂史为“庸奴”。原来，史到狱中去探望，自然为了感恩，这是可以理解的。但左的选拔史，是为了国家选拔人才，要史“继吾志事”，根本不需要什么感恩。他知道自己活不长久，因此对史的期望更加殷切。可是史冒着生命危险到狱中来，这说明史完全不了解自己的心事，要是发生危险，不是完全辜负了自己的期望吗？所以骂史为“庸奴”“摸地上刑械，作投击势”，就是要史赶快离开，就是要史继承自己的志事。这些，都是为了爱护史，从国家利益着眼的。

第三段写史，实际上是回顾前文，进一步写左。前面写左为国选拔人才，那么史究竟能不能继承他的志事呢？这段文字就是作了一个回答。结句史说：“吾上恐负朝廷，下恐愧吾师也。”上一句正写他的报国，下一句正写他的不负师的提拔和教训。

这篇文章写得形象生动，语言精练，结构谨严。

前三段引用左或史的话作小结，这些话进一步阐发了人物的精神面貌，是一种很好的安排。但是本篇也有局限性。古代的民族英雄的一言一行，往往和“忠君”思想是分不开的，因此，当广大农民在封建帝王压榨下举行起义时，有些民族英雄在封建的“忠君”思想支配下也参与镇压农民起义军。本篇写到史可法积极防御张献忠，就是一例。本篇作者不写史死守扬州、坚决抗清的一段可歌可泣的斗争经历，而着力描绘他在凤庐道的一段生活，这正反映了作者思想中的消极面。

姚 鼐

姚鼐（1731—1815），字姬传，一字梦谷，室名惜抱轩，世称惜抱先生。清散文家。桐城（今属安徽）人。乾隆进士，历官刑部郎中，入四库全书馆，为纂修官，年余南归，绝意仕进。历主江南，紫阳、钟山书院，凡四十年。博通经史，工古文，亦能诗。有《惜抱轩全集》。姚鼐为文主张以“义理、考据、辞章”为重，所作古文，自谓师法方苞而上溯欧阳修、曾巩。为桐城派之集大成者，论者以为其文从容雅澹，自是名家。

登泰山记

泰山之阳[1]，汶水西流[2]；其阴，济水东流[3]。阳谷皆入汶[4]，阴谷皆入济。当其南北分者，古长城也[5]。最高日观峰[6]，在长城南十五里。

余以乾隆三十九年十二月[7]，自京师乘风雪，历齐河、长清[8]，穿泰山西北谷，越长城之限，至于泰安[9]。是月丁未[10]，与知府朱孝纯子颍由南麓登[11]。四十五里，道皆砌石为磴[12]，其级七千有余。

泰山正南面有三谷[13]。中谷绕泰安城下，郦道元所谓环水也[14]。余始循以入，道少半，越中岭，复循西谷，遂至其巅[15]。古时登山，循东谷入，道有天门。东谷者，古谓之天门溪水，余所不至也。今所经中岭及山巅，崖限当道者[16]，世皆谓之天门云。道中迷雾冰滑，磴几不可登。及既上，苍山负雪，明烛天南[17]。望晚日照城郭，汶水、徂徕如画[18]，而半山居雾若带然[19]。

戊申晦[20]，五鼓，与子颍坐日观亭[21]，待日出。大风扬积雪击面，亭东自足下皆云漫[22]。稍见云中白若樗蒱数十立者[23]，山也。极天，云一线异色，须臾成五采。日上，正赤如丹[24]，下有红光，动摇承之[25]。或曰，此东海也[26]。回视日观以西峰，或得日[27]，或否，绛皓驳色[28]，而皆若偻[29]。

亭西有岱祠[30]，又有碧霞元君祠[31]。皇帝行宫在碧霞元君祠东[32]。是日，观道中石刻，自唐显庆以来[33]，其远古刻尽漫失。僻不当道者，皆不及往。

山多石，少土。石苍黑色，多平方，少圆。少杂树，多松，生石罅[34]，皆平顶。冰雪，无瀑水[35]，无鸟兽音迹，至日观数里内无树，而雪与人膝齐。

桐城姚鼐记。

注释

［1］泰山：古称东岳，又称岱山、岱宗，主峰在今山东泰安城北。阳：山南曰阳。

［2］汶水：即大汶河。发源于山东莱芜东北，向西南经流泰安，至汶上县入运河。

［3］济水：发源于河南济源市西的王屋山，本来东流入山东与黄河并行入海。现在故道一部分已经淤塞，一部分为黄河所占。

［4］阳谷：指山南谷中水道。

［5］古长城：指战国时齐国所筑的长城，从山东肥城市西北一直伸到黄海。

［6］日观峰：泰山绝顶诸峰之一。

［7］乾隆：清高宗年号（1736—1795）。乾隆三十九年即公元1774年。

［8］齐河、长清：皆山东省县名。

［9］泰安：清代山东府治，辛亥革命后改为县，登泰山者大抵从泰安上去。

［10］丁未：指乾隆三十九年十二月二十八日。

［11］朱孝纯子颍：朱孝纯，字子颍，山东历城人，乾隆进士，当时任泰安知府。

［12］磴（dèng）：山上的石级。

［13］三谷：指泰山东、西、南三天门及东、西、中溪。

［14］郦道元：北魏人，著有《水经注》四十卷。环水：总名中溪，又各梳洗河。

［15］巅：山顶。

［16］崖限：像门限一样的山崖。当道：当路，横在路上。

［17］烛：照。

［18］徂徕（cúlái）：山名，在泰安东南。

［19］居：住，引申为停留。

［20］晦：夏历每月的最后一天。戊申晦：戊申这天（正值）晦日。

［21］日观亭：日观峰上观日出的亭子。

［22］漫：布满。

［23］樗蒱（chūpú）：古代赌具，共五子，又名五木，木头制成，有上黑下白、全黑、全白等。

［24］正赤：纯红。丹：朱砂。

［25］承：托。

［26］东海：泛指东方的大海。

［27］得日：太阳照射。

[28] 绛（jiàng）：大红色。皓（hào）：白色。驳：杂。

[29] 偻（lǚ）：弯腰曲背。指山势较低。

[30] 岱祠：泰山神东岳大帝的庙。

[31] 碧霞元君：女神，传说为东岳大帝的女儿。

[32] 行宫：皇帝出行时居住的地方。

[33] 显庆：唐高宗年号（656—660）。

[34] 罅（xià）：裂缝。

[35] 瀑水：瀑布。

从桐城派的古文谈到姚鼐的《登泰山记》[1]

马茂元

提起姚鼐，会自然地联想到古文的桐城派。对桐城派的评价，是个复杂的问题，还没有一致的意见。但有一点是不能否认的：在清代文学发展史上桐城派的确起了巨大的影响，它是代表清代散文正统的一个重要流派；而在这个流派里，姚鼐又是一个杰出的作家。

桐城派之所以能够成为重要的文学流派，是它对于散文创作有一套完整的理论和鲜明的主张，而这一流派的作家都能用自己的创作实践去贯彻和充实这个文学理论和主张，从而扩大它的影响。桐城派创始于方苞，经过刘大櫆到姚鼐才发展到更成熟和巩固的阶段。在承先启后的关系上，姚鼐是一个中心人物。

要说明姚鼐在文学上的成就，必须对桐城派在文学理论和主张上的一般性的问题以及姚鼐在散文创作上的特色有所理解。这里试作如下的简单分析：

桐城派文人把他们所写的散文称为“古文”。“古文”这个名词的涵义是我们首先应该明白的。

在文学史上出现“古文”的名称，始于韩愈。[2]韩愈所提倡的

① 马茂元（1918—1989），字懋园，安徽桐城人。当代著名文艺理论家，在古典文学研究领域享有崇高威望，是我国著名的楚辞、唐诗研究专家。著有《古诗十九首初探》《晚照楼论文集》，编有《楚辞选》《唐诗选》等。本文选自毋庚才、刘瑞玲编《名家析名篇》，北京出版社1984年版。

② 《史记·太史公自序》里出现过“古文”一词，那是指古代文字。

古文是对当时流行的从六朝以来相习成风的务求形式声韵之美的骈偶文而言。那古文是一种具有进步意义的文学。苏轼称扬韩愈"文起八代之衰"，[①] 就是这个原因。韩愈曾经这样说：

愈之为古文，岂独取其句读不类于今者耶？思古人而不得见，学古道则欲兼通其辞。通其辞者，本志乎古道者也。[②]

"辞"指文辞。他是怎样向古人的文辞去学习呢？他说：

惟古于词必己出，降而不能乃剽贼。……文从字顺各识职，有欲求之此其躅。[③]

从这里可以看出，所谓"古文"并不是单纯地模拟古人文章的形式，而是从古代作品里吸取一种"词必己出"的创造精神和"文从字顺"的语言逻辑，反对时俗所崇尚的陈陈相因、堆砌词藻的文风。就这个意义考察，文学上的古文是在文学发展历史的某种具体情况下产生的一个专门用语。这样的古文实际上是散文的标准化。桐城派作家就在这样一个理论基础上继承并发展了唐宋八大家的古文创作。姚鼐《古文辞类纂》序目说：

夫文无所谓古今也，惟其当而已。……知其所以当，则于古虽远，而于今取法，如衣食之不可释。

---

① 《潮州韩文公庙碑》，见《东坡文集》。

② 《题哀辞后》，见《韩昌黎集》卷22。

③ 《南阳樊绍述墓志铭》，同上书，卷34。躅（zhuó）：足迹。

这话更是一针见血地道破了个中消息。无论韩愈或桐城派的古文都不是无原则地迷信古人，更不是要脱离时代的现实。他们之所以取法于古，还是为了求“当”于今，是为了扭转和清除当时文坛上的某种歪风和积弊，而达到他们心目中的散文的健康纯洁的标准。韩愈取法于周、秦、两汉的古，桐城派取法于唐、宋八家的古，在基本精神上是一脉相承、前后一致的。

桐城派心目中的散文健康纯洁的标准是怎样的呢？首先提出这个问题并使它具体化的，是方苞的“义法”论。

“义法”的涵义，方苞曾有简要的说明：

> 《春秋》之制义法，自太史公发之，而后之深于文者亦具焉。义即《易》之所谓“言有物”也，法即《易》之所谓“言有序”也。义以为经而法纬之，然后为成体之文。[①]

很显然，义是指文章的思想内容，法是指文章的表现形式。所谓“义以为经而法纬之，然后为成体之文”，那就是说必须是内容与形式达到高度的统一，才能成为完美的文学作品。

在内容的标准上，方苞认为古文必须“经本术而依于事物之理”。[②] 在形式的标准上，他认为一切艺术技巧和剪裁结构必须适应它所表现的内容。“或顺或逆，或前或后，皆义之所不得不然”，[③] 完全是为内容而服务的。

基于这样的理论原则，他提出了清真雅正、谨严朴素的文章风格。他认为只有清真雅正、谨严朴素，或者是“澄清之极，自然而

---

① 《又书货殖列传后》，见《方望溪全集》，卷 2。

② 《答申谦居书》，见《方望溪全集》，卷 6。

③ 《左传义法举要》。

发其光精”[1]的才能算是纯粹的散文。为了保持散文的纯粹性，因而在修辞方面就必须严格地汰去一切非散文因素的杂质。他不但把散文和骈文绝对化，排斥一切“藻丽俳语”，甚至他认为连“汉赋中板重字法、诗歌中隽语、南北史佻巧语以及语录中语”都不可渗入古文。[2]

这些理论不仅在方苞自己的创作实践上起指导作用，而且指给了后人可以遵循的门径。桐城派就是在这样的情况下开辟了它的领域的。但另一方面，这些清规戒律，从内容到形式都反映出方苞在文学造诣上的局限性。桐城派的堂庑到姚鼐手里才真正地扩大起来。

姚鼐是方苞的再传弟子，但他对方苞并不完全满意。他在与陈硕士的尺牍中说：

> 望溪所得，在本朝诸贤为最深，而较之古人则浅。其阅《太史公书》，似精神不能包括其大处、远处、疏淡处及华丽非常处。止以义法论文，则得其一端而已。[3]

方苞的“义法”论阐明了文学作品内容决定形式的原理，强调内容和形式不可分割的关系。这是正确的。但他对形式本身相对的独立性和它的积极性，对作为文学的特质、内容和形式的关键的形象问题认识不足。因而他的所谓法，似乎只停留在篇章结构、详略剪裁的一般文章作法上，而对于更进一层的“大处、远处、疏淡处及华丽非常处”的文章意境就体会不到了。

姚鼐在《古文辞类纂》序目里说：

① 《古文约选》凡例。

② 见沈莲芳《书方望溪先生传后》引方苞语。

③ 《惜抱轩尺牍》五。

凡为文之体类十三（指他在《古文辞类纂》里所分论辨、序跋、书说等十三种文体），而所以为文者八：曰神、理、气、味、格、律、声、色。神、理、气、味者，文之精也；格、律、声、色者，文之粗也。然苟舍其粗则精者亦胡以寓焉？学者之于古人，必始而遇其粗，中而遇其精，终则御其精者而遗其粗者。

这是针对方氏“义法”论的局限性而提出来的。很显然，他的所谓格、律、声、色，约略相当于方苞所谓法；而神、理、气、味则决（绝）不是作文方法和标准的问题，而是作者在文学创造上所能达到的一种境界。对于这个问题，他在《复鲁絜非书》里有详细的说明：

鼐闻天地之道，阴阳刚柔而已。文者天地之精英，而阴阳刚柔之发也。……其得于阳与刚之美者，则其文如霆，如电，如长风之出谷，如崇山峻崖，如决大川，如奔骐骥；其光也，如杲日，如火，如金、镠、铁；其于人也，如凭高视远，如君而朝万众，如鼓万勇士而战之。其得于阴与柔之美者，则其文如升初日，如清风，如云，如霞，如烟，如幽林曲涧，如沦，如漾，如珠玉之辉，如鸿鹄之鸣而入寥廓；其于人也，漻乎其如叹[①]，邈乎其如有思，乎其如喜，愀乎其如悲。观其文，讽其音，则为文者之性情形状，举以殊焉。且夫阴阳刚柔，其本二端，造物者糅而气有多寡进绌[②]，……糅而偏胜，可也。偏胜之极，一有一绝无，与夫刚不足以为刚，柔不足为柔者，皆不可以言文。[③]

---

① 漻（liáo）：清深的样子。

② 进绌（chù）：进退。

③ 《惜抱轩全集》六。

他不仅说明了文学是人类思想情感的具体的形象的表现，而形象的本身就是作家现实生活感受的高度集中和概括；并且指出了文学作品通过艺术形象所显示出来的美学意义。他把作家的人格修养的美和作品的意境风格的美统一起来，从而阐明了他所谓“文之精”的神、理、气、味的真谛。这实在是发前人之所未发，在今天看来，也还是精当的。

姚鼐编选的《古文辞类纂》，在近代是一部家弦户诵的文章总集。为什么这部总集流传之广、影响之深达到了前所未有的程度呢？这是因为编选标准和所收作品的范围都明确地贯彻了编选者的文学理论和主张；而这对一般读者来说，是具有极普遍的意义的。只要把另一部性质相同的方苞编选的《古文约选》拿来对比，就可以看出问题所在了。方苞强调“辨古文气体，必至严乃不杂”，因而在《古文约选》里，稍近词华一路的文章一概不选；而姚鼐的《古文辞类纂》则收有汉、魏、六朝的辞赋，显然是兼综众长的。他所指示给后人的文章途径比方苞深广得多。此外在文章分类方面，姚鼐分为十三类，并且分别地辨析了它们的源流，这也是比较科学的。

在我国古典文学领域中，散文的发展和诗歌同样的源远流长，有三千多年的历史。在总结前人积累的创作经验，使它理论化、系统化这一点上，桐城派文人，特别是姚鼐，有卓越的贡献。至于对他们的作品的评价，这又是另一问题。他们有一个共同的弱点：由于他们都是属于封建社会的正统文人，生活的接触面不广，因而反映在作品里的现实性也就不强，往往显出内容贫乏空虚的现象，虽姚鼐亦所不免。像他所提出的那样令人惊心动魄、富有感染力的包罗万象的巨大艺术形象，在他们的作品里是很难看到的。

姚鼐生于1731年（清雍正九年），卒于1815年（嘉庆二十年）。他生活的八十四年正当清王朝由极盛走向衰败的转折点，也是中国二千年封建社会面临崩溃的前夕。当时清政府对待知识分子的政策是：一方面通过文字狱，血腥地镇压具有民族意识的反抗者；一方面加强科举制度，培养各级统治爪牙；另一方面又开四库全书馆，大规模地整理古书，借此来广泛搜罗学者和专家。姚鼐出身于一个官僚地主家庭。早年在名场上就很得意。成进士，入翰林，官至刑部郎中，并参与过四库全书的编纂工作。但他对政治生活似乎并不怎样感到兴趣，正当他年富力强的时候，就引退了。此后在漫长的岁月里，他来往于故乡桐城和南京一带，以学者和文人的身份主讲敬敷、梅花、钟山等书院，从容自得地度过了他中年和暮年的生涯。

姚鼐不是热衷于富贵功名的人，也不同于山林隐逸，与那些落拓江湖、穷愁潦倒的失意之士，像和他同时的曹雪芹、吴敬梓更有所不同。他早年的参加科举，似乎只是按照传统习惯走一走封建士大夫的那条老路。中年以后，他就完全用自己的理想来支配自己的生活，沉浸在学术、文章的研究领域和友朋、山水的乐趣里了。这是封建社会正统文人的另一种类型。这种类型的文人的特征有两个方面：一方面，他们对自己所从事的学术或文学事业是专心致志的；另一方面，他们的行动似乎很宽阔自由，但实质上他们毕竟是把自己的生活内容限制在个人的志愿和兴趣的圈子里。由于前者，他们对自己所从事的专业往往有极深的造诣；由于后者，他们也就不可能接触到当时社会生活中的主要矛盾。像姚鼐这样的文人，在封建社会里是有典型意义的。我们试翻开《惜抱轩全集》来看，它的主要内容不外下列四个方面：独抒己见的谈艺论文；触事兴怀的抒情写意；熟悉人物的传记；自然风景的素描。这都是以他个人的生活和研究心得为中心的。其中有些作品确实达到晶莹澄澈、明润无疵的境界。像高中文学课本里选的《登泰山记》就是脍炙人口的一篇。

山水游记当然是以客观景物的描绘、环境形象的刻画为对象。但也有两种不同的写法。一般的写法只是反映自然界蕴藏的美在作者心灵深处唤起的经验和感觉，是单纯从欣赏的角度出发的。另一种则以主观的抒情为重点。作者往往通过某山某水的登览，一丘一壑的宴游，来抒写自己的情感。或者叹遭时之不遇，或者发思古之幽情。描写任何景物，无不围绕这个核心，写景和抒情结合得非常密切。像柳宗元的《永州八记》、范仲淹的《岳阳楼记》都是这样的写法。《登泰山记》则属于前者而不属于后者，它只是从壮丽河山的画面里，从作者登览的一刹那的感觉中，抓住最能动人的环境形象，通过艺术手法的刻画，使它生动地显现在读者面前。

这篇文章，我以为可以从下列两个方面去体会、欣赏：

第一个方面。泰山为五岳之一，范围之广，胜迹之多，描写起来决非短短的篇幅所能容纳。本篇以《登泰山记》名篇，实际上作者匆匆来去，"五岳寻山不辞远"[①]，也只是由于"会当凌绝顶，一览众山小"[②]的心情所吸引，要在这绝顶之上看看日出的奇景而已。因此，日观峰就成了全文的核心。围绕着这一核心，所有的一切描写都不至散漫而无归宿。这是造成本篇在组织结构上主次分明、繁简适当的一个基本因素。

自然界任何一个美丽的风景镜头都不是孤立的，它是在总体的配合与调和的条件下显现出来的一个集中点。泰山之所以以壮丽雄伟著称，是由于它本身的厚重高深，也是由于它矗立在"浮云连海岱，平野入青徐"[③]的辽阔平原上。而日观峰昂然高耸于千崖万壑之表，总揽全山胜境，特别是如本篇所描写的日出的一个镜头，更

① 李白《庐山谣寄卢侍御虚舟》里的诗句。

② 杜甫《望岳》里的诗句。

③ 杜甫《登兖州城楼》里的诗句。

成为它所独有的奇观。从这里，我们就不难理解日观峰在本篇里成为描绘的主要对象所具有的特殊意义了。但如果离开泰山，离开泰山的外围环境而写日观峰，则日观峰的奇景无从显现。因此，主次之间，详略繁简的关系都有待于作者恰当地安排。桐城派所追求的“雅洁”，所反对的“芜杂”，就在这些方面。这在本篇里是表现得非常成功的。桐城派古文的这个特色，从这篇里也可见一斑。

本文分五段。描写和叙述交织着。作者集中精力刻画的是第三段的日观峰观日出。围绕这个中心形象的其余几个部分，则是把描写渗透在叙述里，用外围的形象扩大这一中心形象，使他构成有机的整体。

开头一段，作者在还没叙述登山的时候，先通过叙述汶水和济水的怎样分流以及分水界的古长城等，勾勒出一个泰山的轮廓。用笔虽很简括，却把泰山的地形和位置了如指掌地摆在读者面前了。最后写日观峰同古长城的距离，特别提出日观峰的位置“最高”，这就给他这次游览的主要对象安下了伏笔，预示下文发展的方向，这句话很有分量，对全篇起提纲挈领的作用。

第二段写登山的经过。这又可以分为三部分：一是由北京到泰安；二是从山麓到山顶；三是到山顶以后所见的景物。在这一段里，有叙述，有描写。用笔有条不紊，而又极变化之能事。从北京到泰安，作者仅仅叙述了出游的时间和路程。从山麓到山顶，则详细记述了道途的远近、山路的石级和自己所经由的路线以及与这有关的一些地理知识。到登山以后，则完全是描写凭高俯瞰中的景物了。三种不同的写法，是与作者当时的心理状态相应的。作者完全是为了游山而来，因此，从北京到泰安途中应该是没有什么可记述的；即使有，最好也不写在这篇里。因为把与泰山无关的事写在本文里，就会成多余的成分。到达泰山以后，情形可就不同了。由于长期的向往，凡属有关泰山的一切，对游人来说，都是有情感的东西；特别是文人，当他把从书本上所得的知识与自己的生活实践相印证的时候，更会感觉得亲切有味。因此，作者叙述了泰山的三谷和环水、天门，而且写得那么轻松自然，一点也不使人感到考证的繁冗。登山的过程是艰难的。但登上山顶以后，陡然呈现在他眼底的气象万千的景物，又是怎样激动他的喜悦！“苍山负雪，明烛天南。望晚日照城郭，汶水、徂徕如画，而半山居雾若带然。”这一明朗而开阔的画面正是自然景物在作者一刹那间心花怒放中的形象概括。文章的情节发展到这里，就很自然地由远及近，由略而详，逐渐过渡到下文日观峰的集中描绘了。

描写日观亭观日出的奇景以后，在第四段里叙述山上所看到的一些建筑和古迹。这些东西都点缀在日观亭附近或者是作者从日观亭下来时路上所见的。它们与日观峰也有关系。

第五段综合叙述泰山景象，着重介绍山的特点。而最后仍然突出“至日观数里内无树，而雪与人膝齐”，和前面相呼应，用来结束全篇。这样不但显得文章的结构谨严，而且通篇的脉络贯穿，给人以神完气固的感觉。这正是桐城派本色当行的所在。

第二个方面。一切自然界的客观景物都不是静止的，而是经常和时令的特征、人的心情感觉密切联系，时刻在变化发展中呈现丰富多彩的形象。

作者是在深冬腊月游山的。一开始他就说，从北京“乘风雪”远行。这雪不仅在时令上成为贯穿全篇的一条线索，而且给景物涂上一层灿烂的色彩，在描写上起了渲染的作用。作者描写了“苍山负雪，明烛天南”。正因为青苍的山上蒙上了一层雪，它才发出晶莹的白光，在和傍晚的太阳互相映射中照亮了人们的视野。所以下文说，“望晚日照城郭，汶水、徂徕如画”。又描写道：“亭东自足下皆云漫，稍见云中白若摴蒱数十立者，山也。”这里所写的是太阳还没出来时的景物。日观峰的位置很高，作者所处的位置正如

《山鬼》篇所说的“表独立兮山之上，云容容兮而在下”，所以当他俯瞰时，一切都消失在白茫茫的云海里。可是那些负雪的苍山却披上了一件比云更白的衣裳，这就使得它们在云海中呈现出白摴蒱的形象了。又描写道：“回视日观以西峰，或得日或否，绛缟（皓）驳色，而皆若偻。”在从东边投射过来的鲜红阳光的照耀下，原来负雪的山峰，有的因为受到阳光而变成绛紫色，有的因为太阳没照到，仍然保持着原来的纯白，这白光却更显得晶莹耀眼。

日观峰的一段描写，时间上不过是日出前后的一刹那。就在这一刹那间，白茫茫的云雾却变成了五彩的明艳朝霞；像“白摴蒱”一样的雪山却变成了绛缟斑驳的五光十色；天空升起了一轮“正赤如丹”的初日；遥远的大海上荡漾着动摇的红光。所有这一切无不在作者的笔底跳跃着，变化着。这一活的形象的塑造，当然是以日出为关键；而这一形象之所以丰富多彩，和作为时令特征的雪是分不开的。

任何文学艺术形象都有它的思想意义。自然风景的刻画，仅仅在程度上同社会生活的描写有所不同而已。如前所述，《登泰山记》是比较单纯地从欣赏的角度出发而写成的作品，并没有什么深刻的人生感慨和复杂的社会内容。但是尽管这样，里面也还活跃着蓬勃饱满的健康情绪。

游览山水的时间，一般都在春秋佳日。可是作者这次却冒着严寒，不远千里从北京“乘风雪”而游泰山。在四十五里的登山过程中，他走着“迷雾冰滑”的道路，爬上了“几不可登”的七千多层石级。从这里我们可以想象到作者游兴之豪，对名山向往的心情是多么热烈，看日出要上日观峰，可是日观峰附近数里“雪与人膝齐”；而在日观亭等待日出的时候，又有“大风扬积雪击面”。作者把这些情况写出来，愈能使读者感到场面的伟大，对日出的奇景起了烘托作用。作品的思想意义，作者的主观情感，也是通过时令的特征表现出来的。

作者是一个光大桐城派门户的人物。他的文章一方面继承了从方苞以来所提倡的清真雅正、谨严朴素的特点，另一方面又从词彩精美、形象鲜明的境界里独标他个人的风格。后来他的弟子梅曾亮进一步从六朝骈文里撷取英华，把它和桐城派的古文结合起来，创造出许多富于诗意的短篇，这也可以说是受到姚鼐在这方面的启发的。

（原载《语文学习》一九五七年十月号）

全祖望

全祖望（1705—1755），字绍衣，号谢山。清史学家。鄞县（今属浙江）人。乾隆进士，授庶吉士，散馆以知县用。后绝意仕进，专心著述。曾主讲蕺山、端溪书院，学问渊博，经史诗文，皆所擅长。曾续修黄宗羲《宋元学案》，七校《水经注》，三笺《困学纪闻》。有《鲒埼亭集》。

梅花岭记

顺治二年乙酉四月[1]，江都围急，督相史忠烈公知势不可为[2]，集诸将而语之曰："吾誓与城为殉[3]！然仓皇中不可落于敌人之手以死，谁为我临期成此大节者[4]？"副将军史德威慨然任之[5]。忠烈喜曰："吾尚未有子，汝当以同姓为吾后[6]。吾上书太夫人，谱汝诸孙中[7]。"

二十五日，城陷。忠烈拔刀自裁[8]，诸将果争前抱持之[9]。忠烈大呼德威，德威流涕，不能执刃，遂为诸将所拥而行。至小东门，大兵如林而至[10]，马副使鸣骎、任太守民育，及诸将刘都督肇基等[11]，皆死。忠烈乃瞠目曰[12]："我史阁部也[13]。"被执至南门。和硕豫亲王以先生呼之[14]，劝之降。忠烈大骂而死。

初，忠烈遗言："我死，当葬梅花岭上。"至是，德威求公之骨不可得，乃以衣冠葬之。或曰，城之破也，有亲见忠烈青衣乌帽，乘白马，出天宁门投江死者，未尝殒于城中也。自有是言，大江南北，遂谓忠烈未死。已而英、霍山师大起[15]，皆托忠烈之名[16]，仿佛陈涉之称项燕[17]。吴中孙公兆奎以起兵不克[18]，执至白下[19]。经略洪承畴与之有旧[20]，问曰："先生在兵间，审知故扬州阁部史公果死邪[21]，抑未死邪[22]？"孙公答曰："经略从北来，审知故松山殉难督师洪公果死邪，抑未死邪？"承畴大恚[23]，急呼麾下驱出斩之[24]。

呜呼！神仙诡诞之说[25]，谓颜太师以兵解[26]，文少保亦以悟大光明法蝉蜕[27]，实未尝死。不知忠义者圣贤家法[28]，其气浩然[29]，长留天地之间，何必出世入世之面目[30]！神仙之说，所谓"为蛇画足"。即如忠烈遗骸[31]，不可问矣，百年而后，予登岭上，与客述忠烈遗言，无不泪下如雨，想见当日围城光景，此即忠烈之面目，宛然可遇，是不必问其果解脱否也；而况冒其未死之名者哉！[32]

注释

[1] 顺治：清世祖的年号。乙酉：公元1645年。

[2] 督相史忠烈公：史可法以宰相身份督师，故称督相。史可法殉节后谥号忠烈。

[3] 殉：牺牲。

[4]"然仓"二句：仓皇，慌张匆忙。临期，到城破时。节，节操。大节，指以身殉国。

[5] 副将军：副总兵官。史德威：山西平阳人。

[6] 后：后代。

[7] 谱：家谱，这里作动词用，"列入谱中"。

[8] 自裁：自杀。

[9] 抱持：抱住使他不得自杀。

[10] 大兵：指清兵。

[11]“马副”二句：副使，按察副使。马鸣騄，陕西省褒城县人。太守，汉代官名，此处借以代知府。任民育，字时泽，山东省济宁人，当时任扬州知府。都督，武官名。刘肇基，字鼎维，辽东人。

[12] 瞠（chēng）目：瞪着眼看。

[13] 史阁部：明朝称大学士为入阁。史可法是大学士兼管兵部，所以称为“史阁部”。

[14] 和硕豫亲王：清太祖努尔哈赤的第十五子，名多铎。和硕，满族语，意思是“旗”（八旗）“部落”。清代亲王、公主都冠以“和硕”二字。

[15] 英、霍山师大起：英山和霍山（当时安徽省的两个县）一带大起义兵。

[16] 托：假托。倪在田《续明纪事本末》：“义士冯弘图、侯应龙、张图容、杨国士起兵于霍山。弘图倡言史可法实未死，众信之，集兵数千，攻英山、霍山、六安，皆下之。”

[17] 陈涉之称项燕：陈涉起义时假借项燕的名义。项燕世代作楚国的大将，在楚国有极高的威望，事见《史记·陈涉世家》。

[18] 吴中：旧苏州府属的通称，就是现在江苏省苏州市一带。孙兆奎：字君昌，吴江举人。吴江被清兵攻下后，他与吴易率兵起义抗清，号孙吴军，后兵败被俘。

[19] 白下：江宁（南京）旧有白下城，所以别名“白下”。

[20] 洪承畴：字亨九，福建南安（今福建省南安县）人。崇祯十二年以经略的名义总督蓟辽军务。他与清军战于松山，兵败被俘降清，任七省经略，时驻江宁。有旧：有老交情。

[21] 审知：确凿地知道。

[22] 抑：还是，可是。

[23] 恚（huì）：恨，怨。

[24] 麾（huī）下：部下。麾，军旗。

[25] 诡诞：虚妄荒诞。

[26] 颜太师：唐颜真卿，官太子太师，招降叛将时被害。以兵解：因被杀而成仙。兵，兵器。解，解脱躯壳而成仙。

[27] 文少保：指文天祥。大光明法：指佛法。蝉蜕：像蝉脱壳一样遗下躯壳。

[28] 圣贤家法：圣贤人传统的道德准则。

[29] 浩然：正大光明。

[30] 出世入世：都是佛家语。出世是脱离俗世，入世是生于世上。

[31] 即如：就像，就说。

[32] 冒：假托。

全祖望《梅花岭记》鉴赏[1]

张中行

这是一篇性质比较特殊的散文。看题目，像是游记；看内容，评论历史人物，借历史人物发表自己对于立身处世的见解，性质更近于史论。作者是史学家，重视气节，对于明朝灭亡之后，士大夫阶层的热中（衷）利禄，毫无民族气节，不免有些感愤，所以借谈论历史人物的机会，坦率地表示了自己的态度，这就是：为反抗民族压迫而牺牲，其精神可以长留于天地间，受到后人的景仰和怀念。在二百多年前清朝的全盛时期，作者这样的民族思想是值得重视的。

文章可以分作前后两个部分。前面三段是前一部分。按照时间先后的顺序，从史可法殉难之前写起，接着写他殉难时的坚定和壮烈，写殉难之后的传说和影响。这部分以记叙事实为重点，是后一部分发表议论的张本。末尾一段是后一部分。用感慨的笔调，发表自己对于舍生取义的看法，认为为保持民族气节而死，他的精神可以长留于天地之间。这部分还记叙了自己登上梅花岭的感慨，以便与文章的题目相照应。

文章的叙事部分和议论部分，都表现了鲜明的是非观念和强烈的爱憎感情，文字却写得简炼（练）而含蓄。例如写史可法，并没有原原本本地述说他的生平，而只是写了一些突出的事例，这既可

① 选自《古文选读》，中国青年出版社 1964 年版。标题为编者所加。

以节省笔墨，又可以更加鲜明地表现史可法的为人。又如作者的抒发感情，多半隐含在叙事中，写史可法的言行是这样，写孙兆奎的言谈尤其是这样，我们读这些话，就可以清楚地感到作者赞扬的是什么，痛恶的是什么。“百年而后，予登岭上，与客述忠烈遗言，无不泪下如雨，想见当日围城光景”，这也是叙事，可是深挚的感情溢于言表。

文章特别写出孙兆奎和洪承畴，这是用正反两个方面的人物对比；提到颜太师和文少保，这是用正面的人物同史可法互相映衬。这样写，史可法的忠烈就更加突出，作者的主张也就更加鲜明了。

不过这篇的议论也受时代的局限。像完全否定民间流传颜真卿、文天祥不死的传说，其实这些传说正表示人民对英雄人物的崇敬心情，说明他们活在人民心里，是不朽的，不必全盘加以否定。当然，指出成仙的说法是荒唐的，那是对的。其次，赞美民族气节是正确的，但把它算作圣贤家法的忠义，这里就嫌分辨得不够清楚。第三，认为不必“冒其未死之名”，其实假托史可法的名义的，是反抗民族压迫的具有抗暴精神的人物，在当时是值得赞扬的。不过这篇文章总的精神还是赞美民族英雄，那是应该肯定的。

龚自珍

龚自珍（1792—1841），一名巩祚，字璱人，号定庵。浙江仁和（今杭州）人。道光进士，官礼部主事。四十八岁辞官南归，任丹阳云阳书院讲习，不久病逝。有《定庵全集》。

龚自珍是清末杰出的诗人、散文家、思想家。他的散文常“以经术作政论”，指斥时弊，议论纵横，辞采瑰丽。杂文、小品，叙事文皆成气候，自为一家。其诗词想象瑰丽，词采飞扬，感情真挚深沉，为近世大家。

病梅馆记

江宁之龙蟠[1]，苏州之邓尉[2]，杭州之西溪[3]，皆产梅。

或曰：梅以曲为美，直则无姿；以欹为美[4]，正则无景；梅以疏为美，密则无态，固也。此文人画士，心知其意，未可明诏大号[5]，以绳天下之梅也[6]。又不可以使天下之民，斫直[7]、删密、锄正[8]，以夭梅[9]、病梅为业以求钱也。梅之欹、之疏、之曲，又非蠢蠢求钱之民[10]，能以其智力为也[11]。有以文人画士孤癖之隐[12]，明告鬻梅者：斫其正，养其旁条；删其密，夭其稚枝[13]；锄其直，遏其生气[14]，以求重价[15]，而江、浙之梅皆病。文人画士之祸之烈至此哉[16]！

予购三百盆，皆病者，无一完者。既泣之三日，乃誓疗之，纵之[17]，顺之。毁其盆，悉埋于地，解其棕缚[18]。以五年为期，必复之全之[19]。予本非文人画士，甘受诟厉[20]，辟病梅之馆以贮之[21]。

呜呼！安得使予多暇日，又多闲田，以广贮江宁、杭州、苏州之病梅，穷予生之光阴以疗梅也哉[22]！

注释

［1］江宁：清代江宁府，今南京市。龙蟠：龙蟠里，在南京清凉山下。

［2］邓尉：山名，在苏州西南，传说汉代有个叫邓尉的曾隐居于此，故得名。

［3］西溪：杭州市灵隐山西北。

［4］攲（qī）：横斜。

［5］诏：告。

［6］绳：约束。

［7］斫（zhuó）：砍。

［8］锄：铲除。

［9］夭：指残害。

［10］蠢蠢：愚昧无知。蠢蠢求钱之民：这里指梅农。

［11］为：办到。

［12］孤癖：奇特的嗜好。隐：心理，隐情。

［13］稚枝：幼枝。

［14］遏：阻止，妨害。

［15］重价：高价。

［16］烈：酷暴。

［17］纵之：解放它，让它自由地生长。

［18］解其棕（zōng）缚：解除在它身上的棕绳束缚。

[19] 复之全之：恢复它自然的形态，保全它的生机。

[20] 诟厉：辱骂，斥责，憎恶。

[21] 辟：开设。

[22] 穷：竭尽。

龚自珍《病梅馆记》鉴赏[①]

吴战垒

《病梅馆记》又题《疗梅说》，是龚自珍的散文代表作。它写江南梅树因受人工的束缚而变为病态畸形，借以控诉封建统治者禁锢思想，扼杀人才的罪恶。它写辟病梅馆疗救病梅，借以抒发解放人才和个性自由的理想。

文章开头点出三个著名的产梅胜地：一是“江宁之龙蟠”；二是“苏州之邓尉”；三是“杭州之西溪”。三地“皆产梅”，至于是什么样的梅花，这里暂且不作交代，留到下面再说。这句是作一个引子，由“梅”引出“病梅”。

> 或曰：梅以曲为美，直则无姿；以欹为美，正则无景；梅以疏为美，密则无态，固也。

这一段转述有人对梅花的一种审美标准，就是以弯曲稀疏的样子为美，以挺直繁密的形态为丑，一句话就是颂扬梅花的病态美，而且认为这是天经地义，理所当然的。这种人既然以病态为美，就必然以这样的审美标准来要求和改造梅花，于是梅花就不得不病了。这层意思虽然没有明说，却隐伏在字里行间。“以曲为美，直则

---

① 选自吴功正主编《古文鉴赏辞典》，江苏文艺出版社 1987 年版。标题为编者所加。

无姿；以欹为美，正则无景”；“以疏为美，密则无态”，六个短句排比而下，最后“固也”作一总结，句式骈散结合，在整齐中寓有变化。这一段先把颂扬病梅的论调摆出来，便于下文追究祸根，进行针锋相对的批驳。

此文人画士，心知其意，未可明诏大号，以绳天下之梅也。又不可以使天下之民，斫直、删密、锄正，以夭梅、病梅为业以求钱也。梅之欹、之疏、之曲，又非蠢蠢求钱之民，能以其智力为也。

这一段针对上述那种以病态的审美观欣赏梅花的谬论，尖锐地指出：这种论调来自文人画士们，他们心里很清楚自己的真正用意，但不便公开明白地大声号召，让别人根据他们的标准来衡量天下的梅花。又不能使天下的老百姓为了赚钱，而按照他们的心意去改造梅花。“梅之欹、之疏、之曲，又非蠢蠢求钱之民，能以其智力为也。”指出梅花这种歪斜、稀疏、扭曲的所谓病态美，不是糊涂而想赚钱的普通老百姓所能动脑筋做出来的。言外之意是：这都是文人画士们干的。这一段一共用了三个长句提顿蓄势，“未可”“又不可”“又非”三词，分别领起了三层意思，相承相转，一波三折，为下文作了很好的铺垫。于是，下文便痛斥文人画士的祸害，竟达到如此严重的程度！作者的愤慨和感叹是强烈而深长的。他痛恨文人画士把好端端的梅花弄成这般模样，又感叹迎合求利的小市民如法炮制，趋之若鹜。两下里一拍即合，双方各遂其愿，而遭殃的却是梅花。

如果说“文人画士”是罪魁祸首，培植和出卖病梅的商人，以及把文人画士的隐秘透露给商人的代言人，则是一伙为虎作伥的帮凶了。这里作者表面上是在说病梅的祸始者、宣扬者和炮制者，实际上，矛头指向扼杀人才、禁锢思想的清朝统治者和他们的大小奴才。用的是一种寓言式的隐喻手法，在抨击病态审美观的表面文章下，包孕着深刻而尖锐的社会政治内容。

从行文看，“斫其正，养其旁条”，回应前文“以欹为美，正则无景”；“删其密，夭其稚枝”，回应前文“以疏为美，密则无态”；“锄其直，遏其生气”，回应前文“以曲为美，直则无姿”；前后相承，文脉细密。同时，这几个短句，隔句相对，蝉联而下，构成了一种摧残梅树的连续动作，生动地写出卖梅求利的商人投文人画士之所好，急忙下手，迫不及待的神态。“江、浙之梅皆病”，则回应开头“江宁之龙蟠，苏州之邓尉，杭州之西溪，皆产梅”一句，慨叹产梅胜地的梅树，全都成为病梅了。“皆产梅”和“梅皆病”的两个“皆”字，遥相呼应。语句十分沉痛，因此接下来的一句“文人画士之祸之烈至此哉！”也就更显得悲愤满腔，痛恨不已。

下一段写作者痛慨于病梅，就多方购买，开辟病梅馆来收藏，发誓治好病梅，恢复它的天性。“泣之三日”，是为病梅而哭，也是为天下受迫害和遭禁锢的人才一洒同情悲悼之泪。但是作者不是以一哭了之，而是哭过之后，立即付诸行动。“乃誓疗之，纵之，顺之。毁其盆，悉埋于地，解其棕缚。以五年为期，必复之全之。”这几句一气呵成，节奏急促，写出作者忧心如焚，急于疗救病梅的心情。它与描写卖梅求利的商人“斫其正，养其旁条；删其密，夭其稚枝；锄其直，遏其生气，以求重价”，那一段，正反相照，针锋相对。作者明白宣告：自己，“本非文人画士，甘受诟厉”，就是甘愿受到这伙人的讥讽和辱骂，决心反其道而行之。他的方针是：“疗之，纵之，顺之”，让它自然地生长；作者所采取的具体措施是：“毁其盆，悉埋于地，解其棕缚”；他的目标是：“以五年为期，必复之全之。”一定要恢复梅花的本来形态，保全它的天然生机。为达到这个目的，他“辟病梅之馆以贮之”。作者的决心很大，“乃誓疗之”“必复之全之”，一个“誓”字，一个“必”字，表示斩钉截铁，毫不动摇。这一段分作几层意思，逐次写来，显出治疗病梅的方针明确，措施得当，目标切实。文章也写得纵横奔放，一气贯注，有锐不可当的气势。

最后一段，文情一转，由决心治疗病梅，转发感慨，这就是由于时间和条件的限制，不能使江浙一带的所有病梅都得到疗救。为此作者说：唉！怎么能够让我有充分的空闲和多余的土地，来广泛地收藏南京、杭州、苏州的病梅，尽我一生的光阴来从事疗救病梅的工作呢！这个结尾，使人想到诗人杜甫在《茅屋为秋风所破歌》中那个不可能实现的宏愿："安得广厦千万间，大庇天下寒士俱欢颜。"龚自珍的感叹，反映出封建末世政治的黑暗和腐败，以及人才遭到禁锢、扼杀的普遍性和严重性。积重难返，依靠个别人的呼号和努力是无济于事的。作者在《乙丙之际著议第九》一文中指出：到了世道衰落的时候，一旦有才能的人出现，许多不才的人就来监督、扼杀他们，扼杀他们的"能忧心，能愤心，能思虑心，能作为心，能有廉耻心，能无渣滓心"，使大家没有忧愤，没有思想，没有作为，没有廉耻，没有是非，浑浑噩噩，麻木不仁。作者指出，处在这样的状态下，"乱亦竟不远矣！"社会的动乱和变革也即将到来了。这些话很可以与这篇文章相互参照。作者目击衰世人情，满怀忧虑，面对万马齐喑的死寂局面，他曾经大声疾呼"不拘一格降人才"，但是反响很小。封建末世必然没落的历史命运，已经不可挽回了。像龚自珍这样少数有识之士，虽然有志救世，却无力补天；因而他的慨叹，也必然带有无可奈何的悲凉色彩。

这篇文章，寓意深刻，感慨苍凉，具有龚自珍文风的鲜明特色。全文通过文人画士欣赏病梅，投其所好的人炮制病梅，以及作者疗治病梅等几层意思，反复映照，用笔曲折奇诡，跌宕有致；结尾点出心有余而力不足，则透露了这篇短文的时代背景，哀音回荡，更见出作者思想的深沉清醒和行文的开合顿挫之美。

己亥六月重过扬州记

居礼曹[1]，客有过者曰：卿知今日之扬州乎？读鲍照《芜城赋》，则遇之矣。余悲其言。明年，乞假南游，抵扬州。属有告籴谋[2]，舍舟而馆。

既宿，循馆之东墙，步游得小桥，俯溪，溪声讙[3]。过桥，遇女墙啮可登者[4]，登之，扬州三十里，首尾屈折高下见[5]。晓雨沐屋[6]，瓦鳞鳞然，无零甃断甓[7]，心已疑礼曹过客言不实矣。

入市，求熟肉，市声讙。得肉，馆人以酒一瓶、虾一筐馈[8]。醉而歌，歌宋元长短言乐府[9]，俯窗呜呜，惊对岸女夜起，乃止。

客有请吊蜀冈者[10]，舟甚捷，帘幕皆文绣[11]，疑舟窗蠡彀也[12]，审视[13]，玻璃，五色具。舟人时时指两岸曰：某园故址也，某家酒肆故址也，约八九处，其实独倚虹园圮无存[14]。曩所信宿之西园[15]，门在，题榜在，尚可识，其可登临者尚八九处。阜有桂[16]，水有芙渠菱芡[17]，是居扬州城外西北隅，最高秀。南览江，北览淮[18]，江淮数十州县治，无如此冶华也[19]。忆京师言，知有极不然者。

归馆，郡之士皆知余至，则大讙[20]。有以经义请质难者，有发史事见问者，有就询京师近事者，有呈所业若文、若诗、若笔、若长短言，若杂著、若丛书，乞为叙、为题辞者，有状其先世事行乞为铭者[21]，有求书册子、书扇者，填委塞户牖[22]，居然嘉庆中故态[23]。谁得曰今非承平时邪[24]？惟窗外船过，夜无笙琶声，即有之，声不能彻旦。然而女子有以栀子华发为贽求书者[25]，爰以书画环瑱互通问[26]，凡三人，凄馨哀艳之气，缭绕于桥亭舰舫间，虽淡定[27]，是夕魂摇摇不自持。

余既信信[28]，拿流风，捕余韵[29]，乌睹所谓风嗥雨啸、鼯狖悲、鬼神泣者[30]？嘉庆末，尝于此和友人宋翔凤侧艳诗[31]，闻宋君病，存亡弗可知，又问其所谓赋诗者，不可见，引为恨。

卧而思之，余齿垂五十矣[32]，今昔之慨，自然之运，古之美人名士富贵寿考者，几人哉？此岂关扬州之盛衰，而独置感慨于江介也哉[33]！抑予赋侧艳则老矣，甄综人物，蒐辑文献[34]，仍以自任，固未老也。天地有四时，莫病于酷暑[35]，而莫善于初秋，澄汰其繁缛淫蒸[36]，而与之为萧疏淡荡、泠然瑟然[37]，而不遽使人有苍莽寥泬之悲者[38]，初秋也。今扬州，其初秋也欤？予之身世，虽乞籴，自信不遽死，其尚犹丁初秋也欤[39]？作《己亥六月重过扬州记》。

注释

[1] 礼曹：礼部的各司。这里指礼部主客司。

[2] 属（zhǔ）：正赶上。告籴（dí）：向人借粮。籴，买进粮食。谋：打算。

[3] 讙：同“喧”，喧哗。

[4] 女墙：城墙上之矮墙。齧（niè）：同“啮”，这里指缺口。

[5] 见：同“现”。

[6] 沐：冲洗。

[7] 甃（zhòu）、甓（pì）：砖瓦。

[8] 馈：赠送。

[9] 长短言乐府：指长短句，也就是词。

[10] 吊：吊古。蜀冈：在今扬州市西北近郊。

[11] 文绣：绣着花纹。

[12] 蠃縠（luókū）：这里指贝壳。蠃，通“蠃”，螺。縠，卵、卵壳。

［13］审视：仔细看。

［14］倚虹园：元代崔伯亨花园。圮：坍塌。

［15］曩：过去。信宿：连宿两夜。西园：扬州园林之一，在蜀冈法净寺西。

［16］阜：土山。

［17］芙渠：荷花。菱：菱角。芡：俗名“鸡头”。

［18］“南览”二句：江，长江。淮，淮水。

［19］“江淮”二句：州县治，州城、县城。华，繁华。

［20］讙：此同“欢”。

［21］“有呈”三句：这一长句中的“若”是连词，“或”的意思。状，写成“行状”。先世，先辈。事行，事迹行为。乞为铭，请求为他们作碑铭。

［22］填委：拥挤的样子。户牖：门窗。

［23］嘉庆：清仁宗年号。态：社会风习。

［24］承平：太平。

［25］华发：应为华鬘，一种头饰。贽：初见送礼。

［26］爰：乃，于是。环瑱：首饰。互通问：互通音问。

［27］淡：淡泊。定：稳定。

［28］信信：住了四宿。

［29］“拿流”二句：流风，前代流传下来的风习。余韵，余音。

［30］鼯：黄鼠狼。狖（yòu）：长尾猿。

［31］宋翔凤：字虞廷，长洲（今江苏省苏州市吴中区）人，今文经学家。侧艳诗：指艳情诗。

［32］齿：年龄。垂：将近。

［33］江介：江边，这里是指扬州。

［34］“甄综”二句：甄综，综合分析，鉴别品评。蒐（sōu）辑，汇集、编辑。蒐，聚集。

[35] 病：难受。

[36] 澄汰：澄清、淘汰。繁缛：杂乱。淫蒸：湿热。

[37] 泠：清凉。瑟：萧索。

[38] 遽：顷刻。苍莽：迷茫空阔。寥泬（xuè）：空旷萧条。

[39] 丁：当，遭逢。

龚自珍《己亥六月重过扬州记》鉴赏[①]

吴调公

处于十九世纪上半纪大转折时代的晚清思想家、文学家龚自珍，具有惊人的洞察力。尽管在1840年鸦片战争以前，清王朝早已百孔千疮，可那些昏聩糊涂、从来不曾睁开眼睛看世界的人们，还经常以“天朝”的繁荣昌盛自诩。为此，龚自珍对他们展开了尖刻的讽刺和批判，有所谓“秋气不惊堂内燕，夕阳还恋路旁鸦”之句（《逆旅题壁》）。特别是在他自赏为“高文”的那一篇含意深刻、笔锋锐利的《尊隐》中，就更一针见血地指出，当时王朝已经决（绝）不是什么“盛世”，而是“日之将夕，悲风骤至”的“衰世”。甚至我们还可以扩而大之地说，龚自珍的极大多数诗文，都在不同程度上表现了一种时代敏感和对家国的关注。唯其关注愈深，故敏感愈显，而出于敏感所引起的对现实的关注，就更体现为爱国主义精神的崇高和革新政治愿望的炽烈。

这篇《己亥六月重过扬州记》是一篇抒情记事散文。表面看来，它写的只是身边琐事，最多也不过为扬州一个地方的盛衰发抒感慨，好像不涉及什么时代感问题。其实不然。它的最大优点是由小见大，从扬州的由盛转衰写出整个时代的由盛转衰，特别是通过以今文经学为指导思想观察现实的深微感受，来描写这一种世运潜移；通过士大夫阶层的消沉、索寞的精神状态，来反映他们所面对

① 选自吴功正主编《古文鉴赏辞典》，江苏文艺出版社1987年版。标题为编者所加。

的时代和难以摆脱的苦闷，使人们了然于那一个“忽忽中原暮霭生”的清王朝惨景。

扬州，自古是一个历史名城，曾经为不少文人所艳称；同时由于历遭兵祸，几经兴废，也更易于引起他们的怀古伤今之情。鲍照的《芜城赋》，姜夔的《扬州慢》，可以说是其中的代表作。龚自珍这篇散文，写于清宣宗道光十九年己亥（1839），正是鸦片战争前夕，和著名的《己亥杂诗》的创作同在一年，也同样反映了中国历史上一个处于巨大转折的飘风急雨的时代。

龚自珍由于力图革新，抨击时政，早就引起他的长官和当权者的深重忌恨，饱受排挤和打击。为免遭可能出现的不虞之险，他决定辞官归隐，于道光十九年四月二十三日出都，七月九日返抵故乡杭州。途中经过扬州小留，时值初夏。他拜访了退居在家的前大学士阮元，并且和在扬的一些学者、文人，如校勘家兼词人秦恩复、史地学家兼文学家魏源、算天学家陈杰、探花及第的名流谢增、经学家兼文学家刘宝楠、《左传》研究专家刘文淇、西北地理研究专家杨亮等人谈艺论学，极一时之盛，这是他深感欢欣的。可与此同时，他也隐隐地发出兴衰之叹。所谓兴衰，当然不局限于扬州一地，而是意味着关乎国家世运的巨大变化。在《己亥杂诗》中有这么一首，是为扬州词人秦恩复而写的，大可以道出此中消息。不妨参看：

蜀冈一老抱哀弦，阅尽词场意惘然。绝似琵琶天宝后，江南重遇李龟年。

有人认为龚自珍把会见秦恩复与杜甫在天宝年间重逢著名乐师李龟年相比，拟不于伦，其实大大不然。杜甫《江南逢李龟年》诗所说的“正是江南好风景，落花时节又逢君”，主要是发抒天宝乱后的沧桑之感，深慨于昔日的文采风流，如烟如梦。龚自珍重过扬州的时代，当然不同于天宝之乱，但杜甫有感于开元盛世的消逝，和龚自珍有感于乾嘉盛世的消逝，从历史的巨大转折这一点来说，两位诗人的感情确有其相似之处。也正因为这样，我们对龚自珍重过扬州时心情的理解，便应该把握这一个契机：哀时伤世之情。龚自珍从天宝乱后唐王朝的大地疮痍，想到清王朝的危机四伏，再从杜甫的关山戎马，漂泊流离，想到自己的“吟鞭东指”与“浩荡离愁”，这一种身世的联想是很自然的；特别是他点明“绝似”二字；就更突出了诗人对国运衰颓的清醒认识，包括秦恩复的感慨，也包括他和秦重逢时的感慨，恰似重丁天宝。因此，诗人眼中的国运衰颓和时代转折，可以说是《己亥六月重过扬州记》一文的思想关键。

文章一开头，第一段中的寥寥数语，是从诗人寄寓北京时听到一个朋友的闲话引起的：

卿知今日之扬州乎？读鲍照《芜城赋》，则遇之矣。

用《芜城赋》来说明当时扬州的面貌，自然是指那种直观千里，惟（唯）见黄埃的荒凉景象。龚自珍听了后是怎样呢？他说：“余悲其言”。简单概括；寥寥四字；但更重要的只有一个字：悲。它笼罩全文，为扬州、也为清朝的季世奠定了基调。从思想内容说，这是作者的衰世之感。从文章开头说，这是以飘风骤雨的方式突出本题，干净利落。好像一座陡峭的山峰巍然兀立，既没有浓荫掩蔽，也没有群山衬托，峻峭之至。龚自珍说他自己是“忧天如杞人”（《乞籴保阳》），这就是本文能抓住衰世脉搏的思想根源。龚自珍的为人目光如炬，踔厉锋发，亦狂亦侠，这就是本文论断犀利、波澜迭起，显示其峻峭特色的根源。文如其人，确有至理。

为了勾画出一幅重过扬州图，显示其钟虡苍凉之思，这篇文章自始至终扣紧了他对当前扬州的观感，一步紧似一步地把笔锋推进，终于证实了扬州确已衰落。尽管当时还是炎夏，但他已经感到初秋的征兆。最初的印象是，从表面看来并不衰落；接着进而说是充满繁华；再次，又肯定其无异于承平景象。层层铺垫，层层反衬，最后终于出现了一个大幅度的转折：结合自己的消沉心境，抒写昔日扬州的文采风流今已寥落，不过却还没有达到"使人有苍莽寥泬之悲"的程度，而是一种"初秋"景象。前面大半部文章，写不信其寥落，分明是"抬"扬州；后面小部分文章是写出寥落，则又是使扬州下"跌"。抬得愈高，跌得愈重，正反分明。初秋的衰世，被这一位睥睨一世的惊才活脱脱地写出了。奇峰突起处是言悲，结尾不言悲而悲愈甚。一纵一擒，捉摸不定，确乎是使人目眩神迷，深感其亦险亦峭。

作为衰落反衬的笔墨包括三层。第一层从"明年，乞假南游"起，到"心已疑礼曹过客言不实矣"止，主要描叙小桥溪声之欢和登上女墙眺望，看到屋宇的整秩这两个方面。这是从市容所见的扬州印象，认为"芜城"之说并不可靠。第二层从"入市，求熟肉"起，到"忆京师言，知有极不然者"止，主要描叙了这几个方面：饮酒、供应，比较丰硕；醉啖高歌，兴致甚豪；游船布置精美，瘦西湖两岸园林完好可游，在江淮间堪称"冶华"之冠。第三层从"归馆"起，到"谁得曰今非承平时邪"止，主要描叙慕名而来求文索书的人极多，显示一派太平景象。这三层次序是按照时间排列的，但其侧重点各有不同。第一层写登高纵览，"扬州三十里"的城墙和"鳞鳞"屋瓦，形成一幅鸟瞰图，恰好作为序幕。第二层由扬州城坊转到湖上，而以湖上为主，突出这一带水乡风物和园林之胜。第三层，利用湖游归馆，作为时间线索，运用大量排语（前面是"若"，后面是"有……者"），以短促的节奏、简捷的勾勒，描述了依然乾嘉盛世之风的骚人墨客以文会友的胜事。

经过以上三层反衬，当读者耳边还留下余音袅袅时，我们却又听到作者引为遗憾的声音了：“惟窗外船过，夜无笙琶声，即有之，声不能彻旦。”这恰是境界转折的开始。紧接着，他又点出自己和前来求书的几位女子互通音问一节，揭示出一种“凄馨哀艳”之情。措辞含糊，女子是谁？不得其详。可能是指“能令公愠公复喜”的小云一类妓女，也可能是指因爱其诗文而向他抒发衷心感喟的大家闺秀。从她们的遭遇中，甚或从她们的诗文中，作者看出她们的才华和傲骨，特别是从她们的“凤泊鸾飘”的生活中引起他对那一个腐朽时代的窒塞之感。小云不同于一般妓女，有人访她三次不见。为此，龚自珍激赏其为“非将此骨媚公卿”，说明在敬重的同时，就不免为美人的沦落而愈加感到公卿的可鄙，同时也就不免更感到“罡风力大簸春魂”之可愤了。这是从“美人”一方面来写扬州衰世。不仅如此，下面作者还又从“名士”方面下笔来写衰世。原来他到扬州后，想起了过去曾经与友人宋翔凤有过唱和的往事。加上他听到这位远方的友人生病，深以为念，甚至关心到他的生命。其实宋卒于咸丰十年（1860），比龚自珍的故世要晚十九年。他对宋这样地关切、忧烦，并且还从彼此交游引起无限的“今昔之慨”，甚至联想到扬州以至国运的盛衰，决（绝）非偶然。这正因为，宋翔凤是今文学派的健将，在学以经世这一个根本问题上，他和龚自珍是志同道合的，所以在《己亥杂诗》中对他作（做）出极高的评价，称其为“朴学奇才”，而在这篇文章中则又拓而广之，抒发了对人生“寿考”问题的感叹，有感于学人的投老，又复身丁季世。总之，不管“美人”或“名士”，这两方面都给龚自珍带来寥落的心情，如《己亥杂诗》中所写：“七里虹桥腐草腥，歌钟词赋两飘零。”一诗一文，恰可互为印证。“腐草腥”表面好像只是指扬州的荒废，但其实，分明意味着整个江山的荒废，也就是他说的

“颓波难挽”的“自然之运”。这一来水到渠成，结论有了：

今扬州，其初秋也欤？

不仅扬州，文章结尾还又补上一笔：

予之身世，虽乞籴，自信不遽死，其尚犹丁初秋也欤？

衰世，使人忧心郁勃。然而，对龚自珍这一个倔强的人说来，他虽有悲秋之意，但却并不同于欧阳修听到秋声后的凄凄戚戚。他既有“芜城”的“秋意”，但与此同时，却也看到初秋有“萧疏淡荡”、使人神爽气清的一面。更值得注意的是他毅然表示，虽说向人告贷，但决不会很快就死。他坚信自己要活下去。这种凛然不可犯的风操，在结尾寥寥数句中就已表现得神采奕奕了。你看，“初秋”的一再重叠，“其……也欤”的一再反问，从扬州的初秋一转而为自己的身逢初秋，转折得陡峭而又飘忽。这些都可以看出龚自珍的峻洁之笔，确如他自称的“风雷老将”其人，因而这篇文章所反映的扬州以至整个世运的盛衰，苍凉寥落中透露出“少年击剑更吹箫”的雄情、狂态。

版权说明

初岸文学

初岸文学是由北大中文系出身的一批知名诗人、作家、评论家和出版传媒人共同发起的纯文学出版品牌和微信公众号，愿以国内外一流作家、学者的智慧、经验、妙悟和灵思，为文学爱好者提供最好的审美引领与文学导航，在滔滔洪流中为走近它的每个人提供一块精神的锚地。

已出版图书

纯美阅读名著系列

简·爱
童　年
茶花女
海底两万里
鲁滨逊漂流记
泰戈尔诗选
老人与海
哈姆莱特
……

名家领读经典系列

名家读古诗
名家读宋元明清诗
名家读古文（一）
名家读古文（二）
名家读唐诗（待出）
名家读唐宋词（待出）
名家读新诗（待出）
名家读外国诗（待出）

初岸文学
与美同栖

初岸 Chuan

纯美阅读名著系列

品味美，品味丰盛人生

纯美阅读名著系列甄选资深翻译名家的全译版本，加以精心编校和精彩导读，图书内容品质上乘。丛书的书目荟集英、法、美、俄等国家最杰出的文学作品，包括小说、散文、传记、诗歌、戏剧等诸种文学样式，引领读者走进精彩纷呈的文学殿堂。

初岸文学策划出版这套纯美阅读名著系列，就是希望让更多的中小学生和年轻人在成长的关键时期，能够读到从内容到形式都堪称美丽的图书，受到美的熏陶和智慧的启迪，让人生因此而更加美好明亮。

「纯美阅读，与美同栖」

已出版20种

简·爱　　童　年
复　活　　瓦尔登湖
哈姆莱特　　海底两万里
泰戈尔诗选　　鲁滨逊漂流记
莫泊桑短篇小说选　　汤姆·索亚历险记
假如给我三天光明　　欧·亨利短篇小说选
欧也妮·葛朗台　　契诃夫短篇小说选
格列佛游记　　巴黎圣母院
老人与海　　茶花女
名人传　　双城记

名家领读经典系列

阅读经典，就是阅读灵魂

名家领读经典系列由著名诗人、诗歌评论家西渡博士编选，以帮助读者亲近名篇经典，品味永恒之美。

丛书精选鲁迅、朱自清、闻一多、钱锺书、林庚、叶圣陶、俞平伯、夏承焘、唐圭璋、程千帆、李泽厚、吴小如等众多现代大家、名家及部分外国著名汉学家、学者对中国古典诗词、散文、新诗、外国诗名篇的解读文章，和原作编辑在一起，辑为一套，共七种八册。

入选诗文均为千古传诵、已有定评的名篇，解读文章则为中外现当代一流名家之作，完美融合古今大师、名家的才华与智慧。

丛书选篇精当，解读精彩，装帧精美，是大中学生、语文教师及其他文学爱好者欣赏我国古典诗词文和新诗、外国诗，有效地提高经典解读能力与文学鉴赏水平的一套权威性指导读物。

已出版

名家读古诗
名家读宋元明清诗
名家读古文（一）
名家读古文（二）

待　出

名家读唐诗
名家读新诗
名家读唐宋词
名家读外国诗